dtv

Der erfolgreiche niederländische Geschäftsmann Peter de Boer leitet ein Unternehmen, das darauf spezialisiert ist, große Firmen zu zerschlagen. Er wirbt die Halbindonesierin Nicky Landsaat als Trainee an und macht die ehrgeizige junge Frau rasch zu seiner Vertrauten – und mehr. Noch ahnen beide nichts von ihren gemeinsamen Wurzeln. Eines Tages gerät de Boer an den undurchsichtigen Chef einer Consultingfirma, der ihn im Auftrag des irakischen Nachrichtendienstes damit betraut, einen großen Ölkonzern in die Knie zu zwingen. Und das ist nur der erste von zwei politisch hochbrisanten Aufträgen, denen sich der »Firmenzerstörer« widerwillig stellen muss. Denn tut er es nicht, droht ein schwarzes Kapitel seiner Vergangenheit an die Öffentlichkeit zu kommen. Und plötzlich finden Peter de Boer und Nicky Landsaat sich einer perfiden Verschwörung ausgesetzt, in der Geld, schmutzige Politik und rohe Gewalt ihr Schicksal zu besiegeln scheinen.

Jussi Adler-Olsen wurde 1950 in Kopenhagen geboren. Mit seiner Thriller-Serie um Carl Mørck vom Sonderdezernat Q und seinen Romanen ›Das Alphabethaus‹, ›Das Washington-Dekret‹ und ›Takeover‹ stürmt er die internationalen Bestsellerlisten. Seine vielfach preisgekrönten Bücher erscheinen in über 40 Ländern und werden mehrfach verfilmt.

Jussi Adler-Olsen

TAKEOVER

Und sie dankte den Göttern …

Thriller

Aus dem Dänischen
von Hannes Thiess
und Marieke Heimburger

dtv

Ausführliche Informationen über
unsere Autoren und Bücher
www.dtv.de

Von Jussi Adler-Olsen
sind bei dtv erschienen:

Erbarmen (24751, 21262 und 8637)
Schändung (24787 und 21427)
Erlösung (24852 und 21493)
Verachtung (28002 und 21543)
Erwartung (28020, 19902 und 21620)
Verheißung (28048 und 19903)

Das Alphabethaus (24894 und 21460)
Das Washington-Dekret (28005 und 21573)
Takeover (28070 und 21648)
Das Versteck (eBook 42804)

MIX
Papier aus verantwortungsvollen Quellen
FSC® C019821

Ungekürzte Ausgabe 2016
3. Auflage 2016
dtv Verlagsgesellschaft mbH & Co. KG, München

Titel der dänischen Originalausgabe: ›Og hun takkede guderne‹
(Erstveröffentlichung 2003 unter dem Titel ›Firmaknuseren‹)

Umschlaggestaltung: Katharina Netolitzky/dtv
unter Verwendung von Fotos von
plainpicture/Stephen Shepherd und gettyimages/Martin Barraud
Satz: Greiner & Reichel, Köln
Druck und Bindung: Druckerei C.H.Beck, Nördlingen
Gedruckt auf säurefreiem, chlorfrei gebleichtem Papier
Printed in Germany · ISBN 978-3-423-21648-7

Auch wenn die meisten Ereignisse und Personen in diesem Roman fiktiv sind, folgen sie doch in hohem Maße Vorbildern in der Realität. Mehr dazu im Vorwort.

VORWORT

Große Ereignisse sind oft nichts weiter als ein Glied in einer Kette, und nicht immer landet die wichtigste Nachricht auf der ersten Seite der Tageszeitung. Würde man auch Randnotizen hin und wieder ernst nehmen, ließen sich manche Katastrophen womöglich verhindern. Doch wer kann die Relevanz von Ereignissen schon im Vorhinein bewerten?

Der Terrorangriff auf das World Trade Center am 11. September 2001 stellt eine Zäsur in der Weltgeschichte dar: Es gibt nur noch die Zeit vor und nach dem Attentat. Lange war man ausschließlich mit der Aufarbeitung der Katastrophe beschäftigt – doch nach und nach fügte sich eine Reihe anderer, weniger spektakulärer Ereignisse zu einer Kausalkette zusammen. Auch sie werden früher oder später in den Schlagzeilen landen, meist dann, wenn man es am wenigsten erwartet, und vielleicht in Zusammenhängen, die einem erstaunlich vorkommen.

Der Terror hat viele Gesichter. Epidemien, Naturkatastrophen, Börsencrashs: Schicksal? Menschliches Versagen? Alles ist möglich.

Doch solange es Menschen oder Institutionen gibt, die von einer Katastrophe profitieren, muss man genauer hinschauen. Als 1986 beim Pharmakonzern Sandoz durch ein Leck große Mengen Cyanid in den Rhein gelangten, beschlich viele Menschen ein ungutes Gefühl. Wer hätte einen Vorteil davon haben können? Die Konkurrenz – natürlich. Doch würde man aus rein wirtschaftlichem Interesse zu einem solchen Mittel greifen? Während ich am vorliegenden Buch schrieb (die Arbeit war wenige Monate vor dem Angriff auf das World Trade Center abgeschlossen gewesen), kam tatsächlich ans Licht, dass die Stasi damals hinter dem Vorfall bei Basel stand – im Auftrag des KGB. Man wollte die Aufmerksamkeit der Weltöffentlichkeit von der Katastrophe in Tschernobyl ablenken, die ein halbes Jahr zuvor die Welt erschüttert hatte. Nicht einmal die lebhafteste Schriftstellerfantasie hätte sich etwas so Erbärmliches ausdenken können.

»Manipulationen« in großem und in kleinerem Maßstab finden jeden Tag statt. Internationale Firmen sorgen gezielt für eine Art Gleichgewicht der Macht, bereits »kleinere« Terroranschläge beeinflussen die Aktienkurse in ähnlicher Weise wie der Tod eines Wirtschaftsmagnaten. Für eine Schlagzeile auf den Titelseiten der großen Medien genügt das jedoch nicht.

Denken wir das einmal weiter: Was wäre, wenn Personen oder Gruppen, ausgestattet mit entsprechender Macht, sich zum Ziel setzten, Unternehmen zu zerschlagen – aus den unterschiedlichsten Gründen: wirtschaftlichen, politischen, historischen Gründen. Wer sind diese Mächte? Wie gehen sie vor? Und: Wer weiß von ihnen?

Davon unter anderem handelt dieses Buch. Eingeflochten in eine fiktive Geschichte sind eine ganze Reihe realer Ereignisse einschließlich solcher, deren wahre Hintergründe im Dunkeln liegen, denen in einem Roman aber denkbare Ursachen zugesprochen werden dürfen.

Die Geschichte spielt im Jahr 1996. In jenem Jahr schlug ein gut aufgelegter Bill Clinton, den eine gewisse Monica Lewinsky noch nicht kompromittiert hatte, Bob Dole aus dem Feld. Im selben Jahr herrschte nach den Friedensvereinbarungen um Bosnien halbwegs Frieden auf dem Balkan, und auch in Israel fanden – trotz der Ermordung Yitzhak Rabins ein Jahr zuvor – Friedensgespräche statt. In jenem Jahr nahm Masud Barzani, der Anführer der Kurden, Kontakt auf zu Saddam Hussein und bat ihn, Kurdistan von rivalisierenden Gruppen zu säubern.

Es war ein Jahr voller Randnotizen.

PROLOG

Der Fernseher war fast den ganzen Nachmittag über im Hintergrund gelaufen, aber als die Sportsendung begann, schalteten sie ihn aus. Für Sport interessierte sich keiner der vier.

Der Jüngste wischte die Zigarettenasche von der Wachstischdecke und teilte routiniert die Spielkarten aus.

Jamshid Solimann zählte die Asse in seiner Hand, seine beiden Brüder ordneten konzentriert ihre Karten. Die Zigaretten im Mundwinkel, die Augen im Rauch zusammengekniffen, gaben sie sich alle Mühe, cool zu wirken. Unauffällig gab Jamshid seinem Schwiegervater ein Zeichen. Spiel Pik aus, Shivan, sagte sein Blick.

Der Alte nickte kaum merklich, er hatte verstanden – das waren die Fähigkeiten eines alten Soldaten: angreifen und gewinnen. In der Hinsicht waren sich die beiden sehr ähnlich, Jamshid und sein Schwiegervater.

Shivan hatte gerade den Pikbuben auf den Tisch gelegt, als es plötzlich dunkel wurde. Alle vier blickten gleichzeitig zum Fenster. Nur Millisekunden später sahen sie, Jamshid und die drei anderen, wie sich der gewaltige Jumbojet neigte und ungebremst in das Hochhaus gegenüber raste. Wie der Funkenflug die herbstliche Dämmerung in hellen Tag verwandelte. Wie die Explosion und das anschließende Flammenmeer das Haus vor ihren Augen wie in Zeitlupe zum Einsturz brachten. Die Druckwelle sprengte die Glasscheiben. Binnen eines Atemzuges hatten Hunderte von Menschen alles verloren.

Die Männer sahen den schwarzen Rauch und die Trümmer und den Schutt auf der verkohlten Wiese inmitten des Bijlmermeerkomplexes, aber dass die Glassplitter sie selbst verletzt hatten, spürten sie nicht.

»Allmächtiger Allah!« Jamshid deutete auf die Außenhaut des Flugzeugs, die sich in der Hitze der Stichflammen auflöste. Sie alle kannten den türkisblauen Streifen: man kannte ihn einfach, wenn man aus dem Nahen Osten kam.

Und so rannten sie hinunter auf den Platz und ignorierten die Panik und die Schreie der Menschen. Es war der türkisblaue Streifen, der sie veranlasste, unbeirrt die herumliegenden Kisten einzusammeln.

Es war das Jahr 1992. Zwei Monate später waren alle vier tot.

1

Nicky Landsaat hatte ihr Leben lang in ein und demselben Haus in Amsterdam gewohnt. Siebenundzwanzig Jahre in nächster Nähe zu den Kanälen, inmitten von alten Häusern mit abblätternden Fassaden, nur fünf Schritte entfernt vom Rotlichtviertel.

Der einzige Weiße in diesem Haus war ein fantasievoll, aber vulgär tätowierter Kerl, einer, der wusste, wie man Frau und Kindern das Leben zur Hölle machte. Er war ein Arschloch, aber: Er war Nickys Vater.

Nur wenige hundert Meter von Amsterdams Fußgängerzone entfernt, dort, auf der Schattenseite der Stadt, waren Nicky und ihre Geschwister aufgewachsen.

Es gab in dieser Straße weder Türken noch Afrikaner oder Deutsche. Auf der sozialen Stufenleiter unter ihnen rangierten einzig die wenigen Menschen aus Surinam.

Nicky Landsaat war der Inbegriff eines Mischlings. Die markanten Gesichtszüge hatte sie von ihrer molukkischen Mutter, von ihrem Vater die hochgewachsene Gestalt. Auf den Laufstegen von Paris oder New York mochte das von Vorteil sein, in diesen Gassen Amsterdams jedoch brachte es nur Probleme mit sich. Nicky vereinte in sich die unterschiedlichsten Eigenschaften: So war sie einerseits offen, sensibel und wissbegierig – doch es gab auch diese andere Seite, die sie manchmal unberechenbar machte.

Als Teenager wurde sie, die Exotische, von den Jungen umschwärmt, sie, die so ganz anders, so unbekümmert war, lebhaft und fröhlich, Nicky mit ihrem stolzen, federnden Gang.

Doch da Nicky gar kein Interesse an ihnen zeigte, zogen sich die jungen Männer schon bald von ihr zurück.

Sie hatte genug damit zu tun, sich innerhalb ihrer Familie in einer Atmosphäre von Gleichgültigkeit und allgegenwärtigen Spannungen und Konflikten abzugrenzen. Früh schon hatte sie sich eine Gegenwelt geschaffen. Mit Büchern und Zeitschriften träumte sie sich hinaus in ein anderes Leben. Als Einzige in der Familie benutzte sie den Mädchennamen ihrer Großmutter väterlicherseits, Landsaat. Denn de Jong wie der Vater wollte sie auf keinen Fall heißen.

Sie setzte auf Distanz. Und auf eine gute Ausbildung – und so entschloss sie sich zum Studium an der Handelshochschule. »Ich bleibe hier, bis ich fertig bin und eine Arbeit gefunden habe.« Mehr hatte sie der Familie dazu nicht zu sagen.

Es gab einen Riesenkrach, der damit endete, dass Nicky regelmäßig einen Betrag abdrückte, der dem Vater unter anderem eine wöchentliche Flasche Genever zusätzlich sicherte. Sie wusste: Das war eine gute Investition und wahrscheinlich der einzige Weg, diesem Milieu später einmal zu entkommen.

Sie erinnerte sich an andere Zeiten. Doch als ihr Vater seine Arbeit verlor, begann der klassische Abstieg: Erst die Leere, dann der Alkohol – ihr Vater sank tiefer und tiefer, Gewaltexzesse waren nahezu an der Tagesordnung. Und da war keine Mutter, die sich schützend vor ihre Kinder gestellt hätte, nein, die Mutter war selbst zu schwach.

Doch Nicky biss die Zähne zusammen: Sie brauchte eine gute Ausbildung, um sich eine Zukunft aufzubauen, weit entfernt von dieser elterlichen Hölle.

Und dann war es endlich so weit: Nickys Examensnoten waren so gut, dass die aus besseren Verhältnissen stammenden Kommilitonen auf der Handelshochschule vor Neid erblassten. Nicky hatte das Gefühl, endlich aus dem Schatten heraustreten zu können. Nicky, der Mischling, noch ungeküsst.

Jetzt wollte sie nur noch weg.

Nickys Bruder Henk hatte einen anderen Weg gewählt: Er bestritt seinen Lebensunterhalt mit Taschendiebstählen. Sein Revier reichte bis zu den Villen von Weesp, sein Spezialgebiet: Touristen mit offener Handtasche oder der Geldbörse in der Gesäßtasche.

Henk war der Liebling des Vaters. Konnte reden wie die Moderatoren im Fernsehen, und nur wenige Frauen im Viertel hatten ihre Brüste noch nicht in seine Hände geschmiegt.

Illusionen hatte Henk keine, und zarte Worte wie Liebe, Gefühl und Romantik waren ihm fremd. Nicky und Henk lebten in zwei Welten. Nicky schämte sich für das, was er tat, und er hatte nichts als Verachtung übrig für seine Schwester.

Eines Tages, Henk präsentierte gerade stolz den Lohn seiner Tagesarbeit, saß Nicky vor dem Fernseher und sah zum ersten Mal in das Gesicht jenes Mannes, der ihr Leben für immer verändern sollte.

»Der Geschäftsmann Peter de Boer, der seit letzter Woche als Drahtzieher im Zusammenhang mit der Insolvenz des Unternehmens Van Nieuwkoop Holding in Eindhoven gilt, wurde kurz vor Mitternacht vor seinem Privathaus überfallen«, lautete die lakonische Nachricht. Die Sprecherin ordnete routiniert die Papiere vor sich auf dem Tisch. Im Hintergrund wechselte das Bild von einer Porträtaufnahme des Betroffenen zu einem Foto der prunkvollen Haustür, vor der der Überfall stattgefunden hatte. »Der Täter hatte Peter de Boer vor seinem Wohnsitz im Zentrum von Haarlem aufgelauert. Beim Überfall mit einem Machete-artigen Messer auf den

Geschäftsmann direkt vor dessen Haustür konnte der Täter von Passanten überwältigt werden.«

An dieser Stelle wurde ein Ausschnitt aus einem älteren Interview mit de Boer eingeblendet. Und das war der Moment, in dem es in Nickys Kopf »klick« machte.

Wie gebannt starrte sie in die Augen eines Mannes, den sie nie zuvor gesehen hatte – dessen Anblick sie jedoch in einem Maße überwältigte, dass sie einen Entschluss fasste.

Nicky wusste genau, wie sie vorgehen wollte. Sie hinterfragte ihren Plan keine Sekunde.

Sie durchsuchte die Stellenanzeigen des ›Telegraaf‹, und tatsächlich: Peter de Boers Firma brauchte neue Mitarbeiter.

Nicky hielt ihre Bewerbung kurz und knapp.

Zu dem Auswahltest waren lauter hippe junge Menschen angetreten, die Ledermappen bei sich trugen und nicht so eine zerschlissene Leinentasche wie Nicky. Die Bewerber mussten im Rahmen eines Assessment-Centers mehr als zweihundert Fragen schriftlich beantworten.

Bis das Ergebnis kam, waren vier Wochen verstrichen.

Nickys Herz schlug schneller, als sie auf der Heizung in der Küche die Ecke eines weißen Briefumschlags entdeckte, die aus dem Stapel Reklameblätter hervorlugte. Flecken und Ränder auf dem Umschlag dokumentierten seinen Weg vom Briefschlitz bis zur Küche und dort von einem Papierstapel auf den nächsten.

»Verdammt! Wie lange hat der hier schon gelegen?«, flüsterte sie und bemühte sich, das Datum des Poststempels zu entziffern. Es lag einige Tage zurück. Alarmiert öffnete sie den Umschlag.

Amsterdam, den 9. August 1996

Sehr geehrte Mevrouw Landsaat,
nach gründlicher Prüfung Ihrer Unterlagen und vor dem Hintergrund Ihrer ausgezeichneten Zeugnisse sowie des fehlerfrei abgelegten Tests freuen wir uns, Ihnen mitteilen zu können, dass Sie für die Teilnahme am nächsten Traineekursus bei Christie N.V. vorgesehen sind.
Die monatliche Vergütung während der Ausbildung beträgt 8.000 Gulden.

Hans Blok
Leitung Finanzen
Christie N.V.

Nicky biss sich auf die Lippe. Das war eine Menge Geld.

Der Wunsch, ihr Glück laut hinauszuschreien, war fast übermächtig, doch sie riss sich zusammen. Beim Weiterlesen stockte ihr der Atem.

Zeitraum: 20. August bis 12. Dezember 1996
Einführung: 19. August, 12.30 Uhr
Kleidung: gedecktes Kostüm, dunkle Schuhe
Anmeldung: bis spätestens 16. August 1996, 10 Uhr

Unwillkürlich warf sie einen Blick auf die Uhr. Es war eins. Die Frist war abgelaufen.

Vor zwei Tagen und drei Stunden.

2

»Entschuldigen Sie, dass ich Sie habe warten lassen, Meneer de Boer.« Schwerfällig ließ sich der Kriminalassistent in den Stuhl hinter seinem Schreibtisch sinken. »Vermutlich ahnen Sie, warum ich Sie auf die Wache bestellt habe?«

»Wahrscheinlich geht es um den Überfall. Aber sind wir die Geschichte inzwischen nicht oft genug durchgegangen?« Peter bemühte sich, mit dem Beamten Blickkontakt aufzunehmen. »Der Mann wurde doch gefasst und hat gestanden. Er wurde gleich während der Tat vor meinem Haus gestellt. Es gab einen Prozess, er wurde verurteilt.«

»Der Täter heißt Bert Vergger. Sie kennen ihn von früher.«

Peter zuckte die Achseln. Ja, gut, und?

»Heute Morgen um 3 Uhr 45 hat Bert Vergger versucht, sich das Leben zu nehmen.« Der Kriminalassistent blickte in seine Unterlagen. »Man fand ihn in seiner Zelle, in seinem Hals steckten Stoffstreifen von seiner Unterwäsche.«

So was geht?, dachte Peter. »Ach. Das tut mir leid«, sagte er.

Der Kriminalassistent blickte auf. »Wirklich?«

»Ja.«

»Meneer de Boer, Sie haben das Unternehmen, in dem Bert Vergger gearbeitet hat, ruiniert. Fast zweihundert Männer wurden arbeitslos, als in der Van Nieuwkoop Holding das Licht ausging. Tut Ihnen das auch leid?«

»Es waren zweihundertneun, und zwar Männer und Frauen.«

»Das wissen Sie sicher besser als ich.«

»Darüber wollten Sie mit mir sprechen?«

»Vergger hat eine Frau und zwei Kinder.«

Das haben mindestens ein Sechstel aller Männer auf der Erde, dachte Peter und sah auf seine Armbanduhr. »Würden Sie mir bitten sagen, worauf Sie hinauswollen? Wenn Sie der Meinung sind, ich müsse etwas bereuen – das habe ich begriffen. Aber das ändert nichts an der Tatsache, dass es Bert Vergger war, der versucht hat, *mich* mit einer Machete umzubringen – nicht umgekehrt.«

»Es ist ihm zum Glück nicht gelungen, aber Ihnen ist es gelungen, die Firma, für die er arbeitete, eine der besten IT-Firmen des Landes, zu zerschlagen.«

»Sie kennen die Firma? Oder jemanden, der dort angestellt war?«

Der Kriminalassistent antwortete nicht. Peter zuckte erneut die Achseln. Die Welt war klein. »Es gibt eine Menge erstklassiger IT-Firmen. Firmen, die darauf verzichten, Software an Embargo-belegte Länder wie den Irak zu verkaufen.«

»Wer wem was verkauft, weiß ich nicht, damit habe ich nichts zu tun. Sie sollen lediglich wissen, dass Ihnen Bert Vergger in Zukunft keine Probleme mehr bereiten wird. Wie lange er schon in seiner Zelle lag, bevor er gefunden wurde, weiß man nicht. Um vollständig zu genesen, war er zu lange bewusstlos. Von diesem Suizidversuch wird er sich nie mehr ganz erholen. Der Fall ist abgeschlossen, de Boer. Sie können sich neuen Aufgaben zuwenden.«

Peter blieb noch einen Moment sitzen, er überlegte, ob er noch einmal sein Bedauern über Bert Verggers Schicksal ausdrücken sollte, vielleicht in Form einer Art Kompensation für die Familie. Ein Trostpflaster. Oder sollte er ihr vielleicht einfach anonym eine größere Geldsumme zukommen lassen?

Unwillkürlich zog er die Mundwinkel nach unten und

schüttelte den Kopf. Dann stand er auf und nickte dem Kriminalassistenten zu.

»Einen Augenblick noch, de Boer. Wir hier bei der Polizei mögen Ihre Methoden nicht, das sollten Sie wissen. Nicht wenige Angehörige von Kollegen sind von Ihrem ›Geschäftsmodell‹ betroffen. De Boer, Sie stehen unter genauer Beobachtung, das kann ich Ihnen versichern.« Damit wandte er sich den Papieren auf seinem Schreibtisch zu.

Peter hätte ihm gern eine reingehauen.

Draußen vor dem großen roten Backsteingebäude am Koudenhorn zwei, in dem die Polizeidienststelle untergebracht war, saß Heleen im Auto und wartete auf ihn.

Die Gruppe hatte sich komplett um den Tisch im größten Konferenzraum der Firma versammelt. Peter hatte Christie N.V. vor fünfzehn Jahren gegründet und gemeinsam mit den meisten der Anwesenden aufgebaut. Entsprechend leger war ihr Umgangston.

Als er eintrat, erhob sich seine Sekretärin, Linda Jacobs, und die Gespräche verstummten. Eine geschlagene Stunde warteten sie schon auf ihn. Nur Thomas Klein, der Chef der juristischen Abteilung, wagte es, ihn direkt anzusehen.

Peter nahm grußlos Platz, kein Wort der Entschuldigung. »Wir wollen uns als Erstes den Kakaz-Fall vornehmen und ihn für Rob skizzieren.« Er blickte zum Leiter der Marketingabteilung, der gerade gut erholt und braun gebrannt aus dem Urlaub zurückgekommen war.

»Unser Klient heißt Benjamin Holden, er ist Amerikaner, lebt in den Niederlanden und besitzt eine Schuhfirma mit Namen SoftGo. Er hat uns die Aufgabe übertragen, Kakaz, einen konkurrierenden Schuhfabrikanten, vom Markt zu entfernen. Das ist nicht unproblematisch, denn Kakaz läuft gut und ist mit seinen Aktivitäten breit aufgestellt.« Peter gab der Leiterin der technischen Abteilung ein Zeichen, sie möge fortfahren. Karin Dam erhob sich. Dass viele Stunden intensiver Arbeit hinter ihr lagen, ließ sich leicht an ihren müden Augen ablesen.

»Die Muttergesellschaft von Kakaz ist hier in Amsterdam zu Hause«, begann sie. »Es gibt vierzig Angestellte in Verwaltung, Entwicklung und Vertrieb. Die Schuhproduktion selbst erfolgt durch zwei Subunternehmen, eines in Portugal, ein zweites auf Java, in beiden sind zusammen gut dreihundert Arbeiter beschäftigt.«

Peter unterbrach sie. »Die Produktionskosten von Kakaz sind außerordentlich niedrig, und die indonesische Produktion läuft wie geschmiert. Zu unserem Glück haben wir aber vor wenigen Tagen entdeckt, dass der portugiesische Teil der Produktion staatliche Subventionen erhält, und die laufen im nächsten Jahr aus.« Er bedeutete Karin Dam mit einem Kopfnicken, wieder zu übernehmen.

»Mit der Produktion des letzten Jahres erzielte Kakaz einen Rekordumsatz von 110 Millionen Gulden.« Sie schrieb die Zahl an das Whiteboard hinter ihr. »Was einer Umsatzrendite von rund zehn Millionen Gulden entsprach.«

Peter sah in die Runde. Früher wären seine Mitarbeiter bei einer Zahl dieser Größenordnung schier ausgerastet, aber im Lauf der Jahre hatten sich die Dimensionen verschoben.

Karin Dam fuhr fort. »Unser Honorar für die Marktbereinigung ist um einiges höher als sonst.«

Peter legte die Aktenmappe aus der Hand. »Wir bekommen elf Komma fünf Millionen Gulden. Alles klar?«

Die Versammlung nickte.

»Stellt sich die Frage, ob SoftGo auch wirklich das Geld hat, um uns zu bezahlen?« Er wandte sich an Thomas Kleins blassen, tadellos frisierten Sekretär. »Jetzt bist du an der Reihe, Matthijs. Wie sieht's denn aus bei SoftGo?«

Der junge Mann räusperte sich. Ein Zucken seines Kinns ließ die Antwort bereits ahnen. »Soweit ich sehe, kann Soft-Go nicht zahlen.«

»Keine Sicherheit über fünf Millionen Gulden, wie von uns verlangt?«

»Nein, jedenfalls nicht durch eine Bank. Die fünf Millionen sind allerdings in bar hinterlegt.«

»In bar? Ausgeschlossen, das machen wir nicht. Das ist zu heiß. Und du hast keine Lösung für das Problem?«

»Nein.« Matthijs Bergfeld versuchte angestrengt, seinen Blick nicht zu senken.

»Elf Komma fünf Millionen – das ist eine Menge Geld, Matthijs.«

»Ja. Natürlich.«

»Und da ist nichts zu machen?«

»Nein, ich fürchte, nicht.«

Peter ließ den Blick wandern. Niemand hatte dem etwas hinzuzufügen, auch nicht Thomas Klein, der bloß lächelnd die Schultern zuckte, wie immer unerschütterlich.

»Kommst du mal mit in mein Büro, Thomas?« Ohne eine Antwort abzuwarten, stand Peter auf und öffnete die Tür. »Bitte entschuldigt uns für einen Moment.«

Zwar war Peter fast einen Kopf größer als die meisten, aber um den arroganten Blick dieses selbstgefälligen Kolosses von einem Juristen einzufangen, musste selbst er nach oben schauen. Aus diesem Grund sagte er: »Nimm doch Platz, Thomas.«

Sie sahen sich eine Weile schweigend an.

»Du wirst Matthijs kündigen, Thomas. In deiner Freizeit kannst du deine Hand in seine Hose stecken, so viel du willst, aber hier wirst du auf ihn verzichten müssen.«

»Du bist verrückt! Er ist der beste Mann bei uns!« Entspannt kraulte Klein sein Doppelkinn.

»Elf Komma fünf Millionen Gulden, Thomas! Eine Menge Geld, von dem wir uns da verabschieden müssen. Du hältst dir einen teuren Geliebten.«

»Jetzt lass mal die Kirche im Dorf. SoftGo kann uns nicht bezahlen, ganz einfach. Dafür kannst du doch Matthijs nicht verantwortlich machen.« Er nahm seine Hand vom Kinn. »Hör zu, Peter. Das Projekt ist mit einem riesigen personellen Aufwand kalkuliert. Wir haben andere Projekte, die uns weniger Mühe machen würden. SoftGo soll Kakaz oder meinetwegen sich selbst zerschlagen, aber ohne unser Mitwirken. Matthijs hat recht.« Klein lehnte seinen massigen Körper etwas zu vertraulich nach vorn. Peter de Boer drückte die Sprechanlange.

»Verbinde mich mit SoftGo, Linda. Sag ihnen, Thomas Klein möchte mit ihrem Direktor, Benjamin Holden, sprechen. Bitte sofort, wir warten.«

Klein schüttelte den Kopf. »Das wird doch nichts bringen, Peter. Warst du es nicht, der uns beigebracht hat, aufzuhören, solange das Spiel noch gut läuft?«

»Und was habe ich euch sonst noch beigebracht? Dass ihr improvisieren sollt! Das ist genau der Grund, weshalb ich es nicht leiden kann, dass die juristische Abteilung sich so verdammt in den Vordergrund gespielt hat. Ihr könnt einfach nicht improvisieren. Juristen scheinen dazu nicht in der Lage zu sein.« Peter lehnte sich zurück. »Ihr wisst doch, was ich von euch will, oder?«

Klein setzte an zu protestieren, ließ es dann aber sein.

»Und ihr habt die verdammte Pflicht, euer Bestes zu geben, Thomas. Davon leben wir. Entweder liefert SoftGo seriöse Sicherheiten, oder wir verlangen Aktienoptionen oder abgeschlossene Verträge. Ab sofort gelten wieder meine Spielregeln, Thomas. Und was Matthijs Bergfeld betrifft: Ich will ihn in der Abteilungsleiterrunde nicht mehr sehen, klar?«

Klein rieb sich ein Auge. Er war zufrieden, das war nicht zu übersehen. Der Riese durfte seinen hübschen kleinen Assistenten also behalten.

Als das Telefon klingelte, griff Klein zum Apparat. Mit hochgezogenen Augenbrauen hörte er zu. Schließlich reichte er den Hörer an Peter weiter. »Das hier ist nicht Benjamin Holden, sondern eine amerikanische Anwaltskanzlei. Ich meine, er hätte gesagt, Lawson & Minniver. Sagt dir das etwas?«

Peter schüttelte den Kopf.

»Es geht um Kelly.«

»Kelly?« Peter wurde schlagartig heiß, Unbehagen machte sich in ihm breit. Warum rief jemand wegen Kelly an? Nach so vielen Jahren? Er nahm den Hörer.

Die Stimme klang monoton und selbstbewusst.

Nachdem er aufgelegt hatte, starrte Peter vor sich hin, sein Herz raste. Jetzt weit weg sein, ganz weit weg. Alles hinter sich lassen – die Arbeit, den Kriminalassistenten, das Bild eines Mannes, dem Stofffetzen im Rachen stecken. Und ganz bestimmt auch das hier.

Klein versuchte, Peters Miene zu deuten. »Und?«

Peter zögerte. »Offenbar etwas Neues.«

»Dann lassen wir SoftGo also fallen?«

Peter betrachtete einen Moment seine Hand, die ziellos über den Tisch strich. Die Handfläche war feucht. Er holte tief Luft. »Das eben hat keinerlei Einfluss auf unseren Auftrag von SoftGo oder auf unsere anderen Projekte. Das ist rein privat.«

Klein schob die Unterlippe vor. »Soll ich mich darum kümmern?«

»Vielleicht.« Peter versuchte, die Erinnerungen zu verscheuchen. Erinnerungen an eine Frau, die sich einst seiner Träume bemächtigt hatte. Erinnerungen an Kelly.

»Was ist das mit Kelly, Peter? Was hat das zu bedeuten?«

»Das erzähle ich dir, wenn ich mich entschieden habe, ob du dich der Sache annehmen sollst.«

»Unannehmlichkeiten?«

»Später, Thomas.« Er deutete auf das Telefon auf dem Mahagonitisch, das schon wieder klingelte.

Klein nahm den Anruf entgegen und nickte. Der Eigentümer von SoftGo ließ sie nicht unnötig lange warten.

Kleins Gesicht glänzte speckig, aber er wirkte konzentriert und ruhig. Er machte sein Anliegen kurz und knapp deutlich, hörte den Protesten seines Gesprächspartners geduldig zu, wand erneut seine Worte um dessen Kehle, nickte zu den Beteuerungen am anderen Ende der Leitung, auf die er geschickt einging, und sorgte dafür, dass der Abstand zwischen den Parteien langsam schwand. Wie schon so oft wurde alles unmerklich in die richtige Bahn gelenkt.

Peter richtete seinen Blick auf das mattgrüne Gemälde des Borobudur-Tempels, des größten Heiligtums Javas, das hinter Thomas Klein an der Wand hing. Er schloss die Augen. Zum ersten Mal seit Langem erschienen Kelly und ihr wunderbares, ungezwungenes Lächeln vor ihm. So lebendig, als wären nicht schon Jahre vergangen.

Der Konferenzraum von Christie N.V. ging zum Hinterhof des repräsentativen Gebäudes hinaus, weg von den Kanälen Amsterdams und den Schiffen für die Rundfahrten. Kaum waren Peter de Boer und Thomas Klein zurückgekehrt, schloss Linda Jacobs die Tür und sperrte die lebhafte Geräuschkulisse von draußen aus.

»Hans, die Vorbereitungen zum Fall Kakaz übernimmt ab sofort deine Abteilung!« Peter blickte zu einem mageren Mann ganz hinten im Raum.

Der Chef der Finanzabteilung, Hans Blok, war dem Typ nach Asthmatiker, in Wahrheit jedoch nicht nur körperlich, sondern auch mental ein zäher Bursche. Gerade steckte er sich einen Bonbon in den Mund und kritzelte etwas in sein Notizbuch.

»Vor etwa drei Minuten ist es Thomas gelungen, Benjamin Holden dazu zu bringen, eine Bankgarantie zu besorgen. Sie ist ausgestellt über acht Millionen Gulden, und das bedeutet, dass wir die Geschichte durchziehen können. Die verbleibenden drei Komma fünf Millionen müssen wir dagegen als besonders risikobehaftet betrachten.«

Zwei der Anwesenden lächelten.

»Um die Bankgarantie kümmerst du dich, Hans.«

Der hagere Mann notierte wieder etwas. Peter sah zu Matthijs Bergfeld hinüber. »Danke, Matthijs! Thomas Klein wird dich über deine zukünftigen Aufgaben informieren.« Die beiden nickten einander kaum merklich zu, dann schloss Bergfeld die Tür hinter sich.

Seit Kellys Tod war Peter de Boer vollkommen in seiner Firma aufgegangen. In den beiden letzten Jahren war nur ein einziger Mann neu zur Führungsspitze gestoßen, eben Matthijs Bergfeld. Die übrigen im Raum waren altbekannte Gesichter, die seit Jahren ihr Dasein auf der Sonnenseite genossen und ihm, Peter, Sicherheit gaben. Sie hatten seine Firma zu einem konkurrenzlosen und außerordentlich lukrativen Unternehmen geformt und waren allesamt hoch professionell, ausgesprochen engagiert und eigentlich kaum zu ersetzen.

Doch wer die Menschen hinter den Gesichtern waren, wusste er schon lange nicht mehr. Oder war das immer so gewesen? Peter überlegte kurz. Vielleicht fand er ja mal Gelegenheit, darüber etwas genauer nachzudenken. Jetzt wischte er den Gedanken erst mal beiseite.

Die auf dem Kanal vor dem Gebäude von Christie N.V. ankernden Schiffe voller Möwendreck und -federn waren eindeutig noch nicht auf den Herbst vorbereitet.

Klaas, ein alter Sonderling, lebte schon seit Jahren auf einem Prahm in nächster Nähe. Jetzt hob er zum Gruß den Malerpinsel an seine Mütze, Peter nickte ihm etwas abwesend zu.

Er ließ den Blick umherschweifen bis hinunter zum zweihundert Meter entfernten »Homomonument«, das an die im Zweiten Weltkrieg verfolgten und ermordeten Homosexuellen erinnerte. Er spürte, wie die Fülle der Probleme ihn niederdrückte.

Die letzten Meter bis zum Westermarkt zogen sich endlos hin. Vor der Sauna de Keizer blieb er stehen und sah über das glitzernde Wasser der Keizersgracht.

All die Erinnerungen hatten ihn plötzlich wieder fest im Griff.

Mehr als vier Jahre war es her, dass Mevrouw Jonk, ihre Haushaltshilfe, ihn im Büro angerufen hatte. Sie hatte unter Schock gestanden, und nur mühsam war es ihm gelungen, ihrem Schwall unzusammenhängender Sätze die Kerninformation zu entnehmen.

Sie hatte seine Frau leblos auf der Couch im Wohnzimmer gefunden. Noch während sie nach dem Puls fühlte, hatte sie versucht, die herumliegenden leeren Pillendöschen zu zählen. Kelly de Boers Körper war zu dem Zeitpunkt schon kalt gewesen.

Die Geschichte hatte keine juristischen Folgen gehabt. In der Presse war nur eine kleine Meldung über den Selbstmord der Frau eines reichen Geschäftsmannes erschienen. Die Menschen aus ihrer Umgebung hatten höflich kondoliert und Peter anschließend in Ruhe gelassen.

Thomas Klein war Peters erster Angestellter gewesen. Er genoss einiges an Privilegien, sie waren rasch vertraut miteinander.

Ganz offensichtlich hatte ihn der Anruf des amerikanischen Anwaltes jetzt überrascht und sofort seine professionelle – und natürliche – Neugier geweckt. Dennoch hatte er das Telefonat später am Tag mit keinem Wort erwähnt.

Jetzt in der Mittagspause nahm Peter in Dimitri's Café auf einer Bank Platz. Er starrte aus dem Fenster und dachte an das Gespräch mit dem Prokuristen der Anwaltskanzlei Lawson & Minniver. Dass amerikanische Anwälte gnadenlos sein konnten, war ihm nicht neu.

Der Anrufer war ohne Umschweife zur Sache gekommen. Angehörige von Peters verstorbener Frau Kelly de Boer, ehemals Kelly Wright, hätten sich mit dem Vorwurf an die Anwälte gewandt, er, Peter de Boer, habe seine Frau mit seiner Tyrannei in den Selbstmord getrieben. Dies sollte nun durch die Anwälte rechtlich verfolgt werden.

Als Nächstes hatte ihm der Anwalt der Familie mitgeteilt, Kellys Mutter habe auf Drängen der Familie hin einen Briefwechsel mit ihrer Tochter ins Feld geführt, der diese Behauptung auf das Stärkste stütze. Eine erschütternde Lektüre, wie der Anwalt bemerkt hatte. Es sei der erklärte Wille der Angehörigen, bevor der Fall verjähre, den Ruf der Verstorbenen und der gesamten Familie wiederherzustellen.

Erst kurz vor Ende des Gesprächs war das Wort »Entschädigung« gefallen. Zwar hätte Peter den Betrag ohne Weiteres begleichen können, auch wenn es sich bei der Forderung um eine geradezu unanständig hohe Summe handelte.

Aber weshalb sollte er bezahlen? Welche Beweise konnte man ins Feld führen für eine solche Beschuldigung? Dennoch: Er würde wohl doch besser Thomas Klein einschalten, auch wenn das zusätzliche Unannehmlichkeiten mit sich brachte.

Aber die Geschichte war Thomas ja mehr oder weniger bekannt …

Im Sommer 1985 hatte Peter zwar viel zu tun gehabt, aber er war jung, Freiberufler, und er arbeitete äußerst effektiv.

Seine Aufgabe in den USA war innerhalb von acht Wochen die dritte im Ausland gewesen. Als er mit den Recherchen im kalifornischen Palo-Alto-Adel begann, hatten die örtlichen Spießer schon wochenlang ihrer Sommerbeschäftigung gefrönt, nach passenden Kandidaten für ihre Töchter im heiratsfähigen Alter Ausschau zu halten. Alle wollten dasselbe: junge Männer mit energischem Kinn und gut gefülltem Konto.

Die hübsche Kelly Wright hatte sich unbeeindruckt vom väterlichen Engagement längst selbst auf die Piste begeben. Sie flirtete hemmungslos und hatte in kürzester Zeit viele Herzen gebrochen und ebenso viele Hoffnungen zerstört. Tiefe Gefühle lagen ihr nicht, sie umgab sich mit einer Aura aus Stolz und Arroganz.

Als der hochgewachsene Niederländer auf der Bildfläche erschien, hatte sie sich gerade einer neuen Gruppe junger Männer zugewandt, die ihr allesamt zu Füßen lagen.

Peter de Boer war anders als diese jungen Typen, die an ihrer Angel zappelten. Er war deutlich älter als sie selbst, dazu extrem attraktiv. Und er würdigte sie keines Blickes. Sie war sofort verloren, ihr Jagdfieber war geweckt. Doch Peter zeigte sich unnahbar bis kühl – was Kelly nur noch mehr anstachelte. Er war schließlich hier, um das Unternehmen ihrer Eltern zu retten, und etwas anderes schien ihn auch nicht zu interessieren.

Kelly war zutiefst irritiert, das war sie einfach nicht gewohnt. Doch eines Tages – sie war in Bestform – gelang es ihr, ihn in ein Gespräch über Gott und die Welt zu verwickeln. Sie kam aus einem guten Stall, ihre Eltern hatten es, was ihre Bildung betraf, an nichts fehlen lassen. Und sie hatte ihre Hausaufgaben in Sachen Peter de Boer gemacht. Zielstrebig verwickelte sie ihn in Überlegungen zum Kunstmarkt, brillierte über Mozarts Terzette und die großen Intermezzi der Opernliteratur und schwärmte hinreißend von Yehudi Menuhins Bogenführung und seinen zarten Flageoletttönen. Es musste ihr einfach gelingen, diesen Mann zu knacken.

Sie hatte sich peu à peu an ihn herangetastet – über eine der großen Leidenschaften de Boers: die klassische Musik, den feinen, zarten Klang der Violinen. Am Ende war es gar nicht so schwer gewesen …

Und als er schließlich nach Europa zurückkehrte, fuhr sie mit.

Tatsächlich faszinierte sie ihn mit ihrer Begeisterung für alles, was ihn interessierte. Und an dem Tag, an dem bei einem Fußballspiel im Heyselstadion achtunddreißig Menschen zu Tode getrampelt wurden, empfing Kelly nur fünf Kilometer entfernt ihren Ehering. Elfeinhalb Jahre war das alles her. Jenes Lächeln, mit dem sie ihn damals unter ihrem Brautschleier angeschaut hatte, war ihm gerade eben in einem Ölfilm auf dem Wasser des Kanals erschienen.

Der Alltag mit Kelly hatte Peter bald gezeigt, dass es für seine Frau keinen Unterschied gab zwischen echter Rührung und falschem Pathos, dass ihre gesellschaftliche Stellung und ihr sozialer Hintergrund ihr mehr als alles andere bedeuteten und dass sie Richard Clayderman und Daniel Barenboim in einem Atemzug nannte, ohne rot zu werden.

Von Menuhins Flageoletttönen hatten sie nie wieder gesprochen.

Was folgte, waren sieben unglückliche gemeinsame, einsame Jahre.

Dimitri's Café war nicht besonders komfortabel, es gab nur wenige Plätze, und man war den Blicken von der Straße ausgesetzt. Trotzdem mochte Peter den Ort. Hier hatte er einige seiner besten Einfälle gehabt, hierher zog er sich zurück, um Zeitung zu lesen und sich über Trends in Politik und Wirtschaft auf dem Laufenden zu halten.

Thomas Klein hingegen fühlte sich sehr viel wohler im Restaurant De Vergulde Gaper, fünfzig Meter entfernt an der Ecke zur Prinsengracht. Sein Unbehagen, als er sich nun ächzend auf einem Stuhl niederließ, war nicht zu übersehen.

»Also hör mal, Peter, was ist denn das für ein Treffpunkt? Was spricht gegen dein Büro?«

»Das hier«, gab Peter zur Antwort, nachdem sie ihre Bestellung aufgegeben hatten, und reichte Klein einige Faxe.

Thomas Klein sah sie flüchtig durch und schüttelte den Kopf. »In der Mittagspause! Wo bleiben meine Rechte als Arbeitnehmer?«

»Ich kann dein Gehalt gern um fünfzehntausend Gulden im Monat kürzen. Wenn du willst, kannst du ab sofort im zweiten Stock sitzen und dich jeden Tag bis Viertel vor fünf mit deinen Rechten amüsieren.«

Klein verzog keine Miene. »Geht es um Kelly?«

»Lies doch!«

Peter betrachtete die Menschen draußen auf der Straße. Hunderttausende waren im Laufe der Jahre die Prinsengracht hinunter zu dem Haus gegangen, in dem Anne Frank gelebt hatte. Gerade zog wieder eine Gruppe Touristen vorbei – wie die Entenküken spazierten sie alle brav hinter der Fremdenführerin her.

»Und?« Thomas Klein legte die Papiere auf dem Nachbarstuhl ab und betrachtete dann abschätzig den Teller, den die Kellnerin vor ihm auf den Tisch stellte, als wäre das Essen eine Zumutung.

»Was, meinst du, können sie mir anhaben?«

»Hör zu, Peter.« Thomas schob sich eine Gabel Pasta mit Pesto und Lachs in den Mund. »Ich habe keine Ahnung, was diese amerikanischen Straßenräuber von Anwälten alles können oder nicht. Aber solange du nicht in Kalifornien herumspazierst, können sie dir erst einmal gar nichts anhaben. Es sei denn, es ist ein von Zeugen bestätigtes Geständnis deinerseits aufgetaucht, dass du Kelly vorsätzlich so lange tyrannisiert hast, bis sie keinen anderen Ausweg mehr sah, als sich umzubringen. Und ein solches Schriftstück existiert vermutlich nicht, oder?«

»Nein, natürlich nicht.«

»Na, dann müssen wir lediglich ihre Behauptung zurückweisen. Die Familie ist eindeutig aufs Geld aus, und das kann man ihnen nicht mal verdenken.«

»Wie hoch könnte so eine Forderung ausfallen?«

»In solchen Fällen ist sie meistens gigantisch hoch.«

»Zehn Millionen?«

Das war der Betrag, den der Anwalt von Lawson & Minniver genannt hatte.

Klein ergriff erneut den gefaxten Brief und las ihn Peter laut vor:

Dear Mom,

die Bäume haben ihr Laub verloren, und Haarlem ist in Winterschlaf versunken.

Die käsigen Holländer sind jetzt alle in ihren Garagen und ölen ihre geliebten Fahrräder, träumen vom nächsten Frühling und welchen Busch sie dann in den Vorgarten pflanzen werden.

Ab jetzt wird bis März nirgendwo irgendetwas passieren. Glaube mir, es ist einfach schrecklich.

Peter ist seit über zwei Wochen nicht mehr zu Hause gewe-

sen. Aber so, wie sich mein Leben gestaltet, ist das auch der einzige Lichtblick.
Jeder Augenblick mit ihm ist eine Qual. Seine Sturheit und seine Kompromisslosigkeit treiben mich in den Wahnsinn. Ein Wort aus seinem Mund, und ich welke wieder ein bisschen mehr dahin.
Das ganze Haus ist krank. Ich muss zusehen, dass ich bald zu Kräften komme, damit ich hier verschwinden kann …

Klein nahm noch einen Happen. »Also mal ehrlich, Peter, die haben doch nichts in der Hand. Von wann ist dieser Brief, was steht da? 25. November 1991? Das war genau drei Monate vor ihrem Tod, oder?«

Den Weißwein ließ er mit verächtlichem Blick stehen, spülte stattdessen mit Aqua della Madonna nach. »Der Brief ist doch völlig nichtssagend. Das ist das Gejammere einer frustrierten Frau, die früher oder später vermutlich die Scheidung einreichen wird.«

»Aber das hier ist ja auch nur ein Auszug aus einem umfangreichen Briefwechsel, Thomas. Was wissen wir denn, was sie sonst noch geschrieben hat?«

»Was soll sie schon geschrieben haben? Was schreibt man seiner Mutter?«

Klein sah ihn fragend an, aber Peter schüttelte nur den Kopf.

»Peter! Du verlierst den Blick fürs Ganze! Wie du selbst immer zu sagen pflegst: Wer weiß denn, ob unter der Spitze des Eisbergs nicht doch bloß ein altes Floß schwimmt?« Klein legte seinen Löffel auf den Teller, der trotz allem so sauber aussah, als käme er geradewegs aus dem Geschirrspüler. Er wischte sich über den Mund, dann fuhr er fort: »Denn unter der Spitze ist doch wohl kein Eisberg, oder?«

»Nein, ich glaube nicht, nein«, stotterte Peter, auch wenn er das Gefühl hatte, dass der Eisberg in Wahrheit ziemlich groß war. »Ich weiß nicht, was da sein könnte«, fuhr er dann mit fester Stimme fort. »Wir hatten es nicht gut miteinander, und das weißt du auch, das wissen alle. Aber Kellys Tod hat mich dennoch absolut bestürzt, damit hatte ich nie gerechnet. Thomas, wir müssen uns auf jeden Fall wappnen!«

»Lass uns erst mal abwarten, was sie sonst noch zu bieten haben. Auf der Grundlage dieses einen Briefs würde hierzulande sicher kein Gericht die Angelegenheit aufgreifen.«

Peter versuchte, sich seine ehemalige Familie vor Augen zu führen. Gerede über Geld, nichts als Gerede über Geld. »Wir könnten ihnen vielleicht einen Teil von Kellys väterlichem Erbe anbieten«, sagte er vage. »Um die Sache so schnell wie möglich vom Tisch zu haben.«

Thomas Klein wandte seinen Blick nicht vom Dessert ab, das seinen Ansprüchen offenkundig noch weniger entsprach als die Hauptspeise.

»Aber könnte das nicht als eine Art Schuldeingeständnis interpretiert werden?«, fuhr Peter fort. »Könnte man nicht eher eine Kompensation für das versäumte Erbe des Vaters anbieten? Das müsste doch möglich sein, ohne dass ich mich dadurch verdächtig mache. Sagen wir zum Beispiel zwei Millionen.«

Klein hob langsam den Blick. »Du bist doch verrückt, Peter. Was ist denn mit dir los! Zwei Millionen Gulden! Die gib mal lieber mir, dann können Matthijs und ich im Winter eine Weltreise machen. Das würde den armen Kerl bestimmt aufmuntern. Weißt du eigentlich, wie schlecht es ihm geht?«

»Denk drüber nach. Bastel irgendetwas zusammen. Ich kann mich im Moment nicht um noch ein Problem kümmern.«

Thomas Klein schob den Teller zurück. »Was heißt denn ›noch ein Problem‹? Meinst du SoftGo?«

»SoftGo?« Peter blickte dem Mann, mit dem er seit Jahren vertrauensvoll zusammenarbeitete, tief in die Augen. »Nein, Thomas. Gott bewahre, nein.«

Keiner der Mitarbeiter vermochte lauter zu lachen als Magda Bakker. Und wenn sie sauer war, hörte man ihre dröhnende Stimme bis in den letzten Winkel der Büros. Seit sie vor Jahren zur PR-Chefin ernannt worden war, kannte sie keine Zurückhaltung mehr. In Medienkreisen war sie berühmtberüchtigt. Ihre Art ließ jeden noch so selbstsicheren Wirtschaftsjournalisten erblassen, und selbst den hartgesottensten Chefredakteur konnte Magda Bakker allein mit der Waffe ihrer Stimmbänder dazu bringen, den Aufmacher auf Seite eins zu ändern.

Als ihre durchdringende Stimme in diesem Moment bereits zum dritten Mal durch die Wände schallte, drückte Peter kopfschüttelnd den Knopf der Gegensprechanlage.

»Linda, sieh mal nach, was da los ist. Bei dem Lärm kann ich mich nicht konzentrieren.«

»Magda Bakker empfängt gerade die neuen Trainees.«

»Und warum muss sie dabei so brüllen?«

»Eine der Neuen hat ihre Zusage zu spät eingereicht. Deshalb hat ein anderer ihren Platz im Kurs bekommen.«

»Ja und?«

»Das Mädchen ist trotzdem zur Einführung erschienen, und Magda Bakker versucht, diese dreiste Person gerade zum Gehen zu bewegen.«

»Soll das heißen, zum Traineekursus sind diesmal vier erschienen?«

»Ja.« Ein seltenes Mal klang sie fast verlegen.

»Und was hat Magda Bakker damit zu tun?«

»Sie ist zufällig vorbeigekommen.«

»Sag ihr, sie soll sofort aufhören.«

»Das wird nicht leicht.«

»Dann schick meinetwegen diejenige, die sich zu spät gemeldet hat, zu mir herein.«

3

»Nein, Peter de Boer«, zischte Nicky in Richtung Kanal. »Da mache ich unter keinen Umständen mit. So etwas zu entscheiden, dazu gehören zwei.« Zwei Passanten blickten sie etwas irritiert an. Vor ihr auf dem Bürgersteig lag ein Häufchen Pistazienschalen, sie hatte seit dem Treffen mit Peter de Boer fast die ganze Tüte geleert. Ja, sie war wütend, aber nie hätte sie ihre Wut herausgebrüllt wie ihr Vater. Dennoch: Die Wut musste raus, und sie hatte kaum gemerkt, wie sie leise und empört vor sich hin schimpfte.

Mit den Vorderzähnen knackte sie eine weitere Nuss. Dabei sah sie hinüber zum Gebäude. »Nun kommt schon raus! Ich kann nicht den ganzen Tag hier warten.« Inzwischen wurde es dunkel.

Als Erste kam schließlich diese große, kräftige Frau in Sicht, die Nicky an der Rezeption abgefangen hatte, um sie gleich wieder hinauszuschmeißen. Sie schwang ihre gewaltigen Maße durch die Eingangstür.

Als die nächste Gruppe von Leuten in der Tür auftauchte, stieß Nicky sich von dem Laternenpfahl ab, an dem sie gelehnt hatte. Es waren die drei, die zum Traineekurs angenommen worden waren. »Also los«, murmelte sie und ging langsam zu ihnen hinüber. »Einer von euch hat mir meinen Job weggeschnappt«, ging es ihr immer wieder durch den Kopf. Sie knackte die nächste Nuss und beobachtete dabei sorgfältig die Körpersprache der drei Männer. Dann entschied sie sich, dem größten von ihnen zu folgen.

Demjenigen, der so aussah, als verbrächte er am meisten Zeit vor dem Spiegel.

Der breitschultrige Typ schritt durch die Stadt wie durch eine Art Westernkulisse. Auf dem Muntplein blieb er vor einem Schaufenster stehen, strich sich das glänzende schwarze Haar zurecht und betrachtete eingehend einen figurbetonten Anzug, in dem er garantiert unwahrscheinlich gut aussehen würde. Nicky schlenderte heran und stellte sich vor das benachbarte Schaufenster. Während sie langsam näher rückte, streifte ihr Blick über die ausgestellten Waren.

»Na, das ist ja ein Ding!«, rief sie unvermittelt in seine Richtung, so dass der Typ sich fast die Stirn am Schaufenster stieß.

Verdutzt sah er sie an. Und erst als sie ihn fragte: »Wie war es heute?«, hellte sich seine Miene auf. Sein Lächeln zeigte, dass er sie wiedererkannte.

»Ach so, du bist diejenige, die sich zu spät rückgemeldet hat. Wie ärgerlich.« Er gab sich Mühe, Anteilnahme zu signalisieren.

»Ja. Total ärgerlich.« Sie lächelte ihn an, und unwillkürlich richtete er sich auf, so dass in seinem Hemdausschnitt ein paar Brusthaare sichtbar wurden.

Nicky zuckte die Achseln. »Na, was soll's, am Ende bin ich ja trotzdem angenommen worden.«

Jetzt horchte er auf und streckte ihr die Hand entgegen.

Sie schlug ein, als er sich als Ruud Dijksma aus Rotterdam vorstellte.

Das Café war voll besetzt, und das Personal schien überfordert oder einfach lustlos.

Mit aufgesetztem Lächeln versuchte Ruud Dijksma, etwas zu bestellen, vergeblich.

Nicky fixierte die blutroten Lippen einer der Kellnerinnen, die sich, Kaugummi kauend, unablässig öffneten und schlossen. Dann wandte sie sich der Speisekarte zu, einem uninspirierten Allerlei aus holländischer Schnellküche und mit Schlagsahne überladenen Konditoreierzeugnissen.

»Nur Känguruﬂeisch enthält kein Cholesterin, wusstest du das?«

Der Typ ihr gegenüber sah sie irritiert an und entgegnete höflich: »Bist du auch Juristin?«

Nicky schüttelte leicht den Kopf. »Nein, ich habe einen Abschluss in Marketing.«

»Echt!« Als er ein weiteres Mal versuchte, etwas zu bestellen, wirkte das Lächeln des jungen Mannes bereits leicht debil.

»Das ist schon eine tolle Sache, was, Ruud. Mit dem Job, meine ich«, sagte Nicky ungerührt.

»Christie! Ist das nicht unglaublich? Wir beide bei Christie!«

»Doch, ja.« Sie lächelte schwach und wurde sogleich wieder ernst. »Da kann man es weit bringen, wenn man es bringt.«

»Wenn man es bringt?« Ruud Dijksma zog fragend die Augenbrauen hoch. »Natürlich muss man es bringen, sonst hätten wir ja das Aufnahmeverfahren gar nicht bestanden.«

»Das Aufnahmeverfahren? Vergiss es.«

»Klar. Jetzt geht es wahrscheinlich darum, jeden Tag bei der Arbeit sein Können unter Beweis zu stellen, oder was meinst du?«

»Ach, Quatsch!« Nicky spitzte den Mund, so dass ihre Wangenknochen deutlicher vortraten. »Nein, ich denke da an was ganz anderes …« Wieder las sie in der Speisekarte.

Jetzt war der Typ neugierig geworden. »Wie? Was meinst du denn? Peter de Boers Geschäftspraktiken?«

»Seine Geschäftspraktiken? Nein, nein. Die sind, gelinde gesagt, ziemlich alternativ.«

Wieder wanderten die Augenbrauen des Typs neugierig nach oben. Nicky hatte ganz offenkundig das richtige Opfer gewählt.

»Ich meine eher die Sache an der Privatfront …«, fuhr sie fort und sah ihn bedeutungsvoll an. »Weißt du das gar nicht? Dann rechne am besten schon mal damit, dass de Boer so lange hinter dir her sein wird, bis du dich irgendwann freiwillig zu ihm legst. Na ja, das wirst du schon noch früh genug mitbekommen.«

Ruud Dijksmas Blick sprach Bände. Sein Vertrauen in die Welt balancierte plötzlich auf diesem einen Satz.

»Du willst doch nicht etwa sagen, dass …« Er war sichtlich erschüttert.

Nicky lächelte ihn an. Seine Fassungslosigkeit konnte er nur sehr unzulänglich überspielen.

»Große Männer mit braunen Augen.« Nicky sprach jedes Wort mit Bedacht und nutzte seinen Zustand perfekt aus. »Braune Augen und Haare auf der Brust. So etwas registriert Peter de Boer sofort. *Damit* bringst du es, *damit* kommst du weiter.«

Seine Miene war übertrieben fragend. »Das ist nicht dein Ernst?«

»Aber ja.«

Die Falten auf seiner Stirn machten ihn nicht unbedingt attraktiver.

»Ach, komm schon, Ruud, nun hör aber auf. Du kommst doch aus Rotterdam. Du kennst doch die einschlägige Szene?«

»Keine Ahnung«, meinte er ausweichend.

Nicky schüttelte den Kopf. »Na ja, egal. Jeder muss seine eigenen Erfahrungen machen.«

»Und wenn ich das nun … nicht … bin?« Unschlüssig ließ Ruud Dijksma sich zurücksinken. Seine Miene verbarg nur sehr unzureichend seine Verwirrung.

Nicky lehnte sich über den Tisch. Gnadenlos fuhr sie fort. »Du musst schon wissen, was dir wichtig ist«, flüsterte sie. »Mein Gott, nimm's doch einfach mit! Denk dran, wie viele Frauen sich all die Jahre im geheiligten Namen der Karriere haben nach oben schlafen müssen! Und du bist ja schon so gut wie auf dem Weg ganz nach oben in der Firma. Bist du dir darüber im Klaren, wie viel die dort verdienen?«

»Nein. Also: doch. Ich meine …« Es war ihm offenbar langsam auch egal.

Unvermittelt richtete Nicky sich auf, fixierte die Kellnerin, die am Tresen stand, und holte tief Luft. »Das Faultier ist das langsamste Tier der Welt, Fräulein, wussten Sie das? In ganz seltenen Fällen kommt es in einer Stunde hundertfünfzig Meter weit.« Den letzten Satz sagte sie so laut, dass die Botschaft auch alle anderen Gäste im Lokal erreichte.

Dann wandte sich Nicky wieder Ruud Dijksma zu. »Das Faultier ist tatsächlich so faul veranlagt, dass es mit seinen Ausscheidungen auf Regenwetter wartet, weil dann alles von selbst verschwindet. Ist das nicht unfassbar?« Sie nickte, erst in seine Richtung, dann in die der Kellnerin.

Tatsächlich bewegte die Bedienung sich jetzt langsam in ihre Richtung.

»Was soll's denn sein?«, fragte sie barsch, als sie schließlich an ihrem Tisch stand. Den Bestellblock ließ sie jedoch in der Schürze. Ungeduldig starrte sie den athletischen jungen Mann an.

»Nichts«, antwortete dieser. »Ich glaube, nichts.«

Auf dem Zeedijk konnte man Koks und Gras kaufen – und eins auf die Schnauze bekommen, sogar am helllichten Tag, so lange die schmale Straße noch nicht von Touristenhorden überrannt wurde. Der Zeedijk bildete die Abkürzung zwischen dem Amsterdamer Hauptbahnhof und dem Viertel, in dem Nicky aufgewachsen war, diesem Labyrinth und Hexenkessel, wo sich schnelles Geld verdienen ließ und Prostituierte und allerlei Gesindel sich herumtrieben, deren einziges Ziel darin bestand, gutgläubigen Touristen das Geld aus der Tasche zu ziehen.

Frank, ein massiger Typ aus Surinam mit tiefdunkler Haut, stand dort, wo er immer stand, nämlich mitten auf der Straße, und egal, wer vorbeikam, Frank bewegte sich keinen Zentimeter von der Stelle. Nicky holte tief Luft und gab sich größte Mühe, ihr Herzklopfen zu ignorieren. Hätte sie ihm aus dem Weg gehen wollen, hätte sie schließlich eine andere Straße gewählt.

»Hey, du!« Er brüllte wie immer. »Sag deiner bekloppten Schwester, wenn sie nicht in zehn Minuten hier aufschlägt, dann kann sie sich die plastische OP sparen, von der sie die ganze Zeit faselt.« Er drückte seine Nase mit dem Zeigefinger auf die Oberlippe. »Du weißt schon, die Nase.« Er nahm die Hand runter, ohne zu lächeln.

In zehn Jahren würde er garantiert schon fünf Jahre tot sein. Nicky verließ sich da ganz auf die Statistik.

Darauf bedacht, ihre Nervosität nicht zu zeigen, baute sie sich vor ihm auf. »Weißt du, Frank, was ein Affenmännchen und ein Rattenbock im Gegensatz zu dir haben?« Frank kam bedrohlich näher, doch sie rührte sich nicht vom Fleck. »Einen Knochen im Schwanz. Und weißt du, mit wem du diesen eklatanten Mangel teilst? Nein? Mit den Hyänen, unter anderem. Du hast überhaupt viel mit ihnen gemein.«

Die Umstehenden schienen die Luft anzuhalten. Franks Lakaien hatten bisher an einer Hauswand gelehnt, stießen sich nun aber ab und bezogen Stellung. Nicky starrte Frank weiter an. Alle sollten wissen, dass sie, Nicky Landsaat, keine Angst hatte, auch wenn das nicht ganz stimmte. Sie alle sollten wissen, dass es besser für sie wäre, wenn sie sich von ihr und ihrer

Familie fernhielten. Dass sie niemals, unter keinen Umständen, ihre Geschwister im Stich lassen würde.

»Gib's auf, Frank. Mille ist nicht mal siebzehn, sie wird nicht kommen. Also fahr zur Hölle.« Jetzt hatte sie es gesagt.

Er packte sie am Arm, und sie wusste, was das zu bedeuten hatte. »In zehn Minuten, Nickymuschi. Klar?« Damit hatte er das letzte Wort gehabt, und das Messer konnte in der Tasche bleiben.

Mit wild pochendem Herzen riss Nicky sich los. Didi, einer der anderen Surinamer, trat jetzt auf sie zu, er wohnte in ihrem Haus. Er warf Frank einen fragenden Blick zu, und erst als dieser den Kopf schüttelte, schlurfte Didi zurück an seinen Platz an der Hauswand.

Nicky schnaubte. »In zehn Minuten? Was hast du denn für Vorstellungen!?«

Seine dunklen Augen ließen nicht von ihr ab. Vermutlich hatte er keine Ahnung, wovon sie da redete, aber die herrschende Klasse auf dem Zeedijk kannte keine Furcht vor der eigenen Beschränktheit. »In zehn Minuten, habe ich gesagt. Ansonsten soll es Mille lieber nicht wagen, sich noch einmal auf der Straße blicken zu lassen. Das verspreche ich dir.«

Bis ins Treppenhaus drang der Gestank aus der Wohnung. Seit Freitagnachmittag, dem Nullpunkt und Startschuss eines weit über das Wochenende hinaus reichenden Besäufnisses, frönte Nickys Vater nun wieder dem Alkohol.

»Du hast den Job nicht gekriegt!« Höhnisch grinsend setzte er die Flasche an. Sein Unterhemd war voller Flecken.

»Doch.«

Ihre Schwester Beatrix machte sich nicht mal die Mühe, von ihrer Illustrierten aufzuschauen. Nur Mille winkte ihr halbherzig zu.

Der winzige Raum hinter der Küche gehörte ausschließlich

Nickys Mutter. Ganz früher hatte er einmal als Vorratskammer gedient, aber seit es in allen Haushalten Kühlschränke gab, waren Nähtisch, Spitzen, Stoffe sowie allerhand weiterer Kram dorthin versammelt worden. Das war ihr Reich, und schon beinahe ihre ganze Welt.

Langsam hob die Mutter den Kopf von ihrer Flickarbeit und sah Nicky durch die mit den Jahren milchig gewordenen Brillengläser an. »Du hast ihn nicht bekommen, Nicky.« Ihre Stimme klang leidenschaftslos.

»Ist das so offensichtlich?«

Die Mutter schaute wieder nach unten, heftete einen kleinen Riss im Stoff zusammen.

»Aber ich habe noch eine Chance.«

Die Mutter lächelte nicht. »Ja, sicher, Nicky.«

Wortlos saßen sie beisammen, bis die Hose in den Händen der Mutter so gut wie neu war. »Halte dich in den nächsten Tagen von deinem Vater fern.« Sie biss den Faden ab.

Nicky legte ihr die Hand auf die Schulter – eine Schulter, die so zart war und so vieles aushalten musste, auf der im Lauf der Jahre so viel Kummer gelastet hatte, eine Schulter, die solche Gesten der Zärtlichkeit gar nicht mehr wahrzunehmen schien.

»Hab ich vielleicht nicht mein Examen bestanden?« Nicky zog ihre Hand zurück.

Ihre Mutter nickte.

»Habe ich nicht Bestnoten bekommen?«

Wieder nickte die Mutter.

»Dann bekomme ich auch diesen Job, okay?«

»Okay, Nicky. Wenn du meinst. Hauptsache, du vergisst nicht, wo du herkommst.« Jetzt sah ihre Mutter ihr endlich ins Gesicht. Nichts erinnerte daran, dass diese Augen einmal Vulkanen in einer Schneelandschaft geglichen hatten. Das Weiße in ihren Augen war matt und gelblich geworden. »Marketing!«

Das Wort klang aus ihrem Mund wie etwas Unwirkliches, beinahe Schmutziges. »So einem Marketingfräulein mit breitem Gesicht und einer Haut wie Safran begegnet man in dieser Gegend nicht jeden Tag, das wirst du doch einsehen!«

»Ich habe Bestnoten, Mutter! Das ist es, was zählt.«

»Ja, das hast du schon gesagt.« Die Mutter griff nach einem der abgegriffenen Wunschpüppchen an der Wand, einem kleinen Etwas mit dreieckigem Zyklopenkopf und winzigem Jadeauge.

»Du musst Mille Hausarrest geben«, bat Nicky.

»Was muss ich?« Ihre Mutter war bereits weit weg. Die Holzpuppe in ihrer Hand lächelte, und sie lächelte zurück. In dem kleinen Raum entfaltete der Urwald seine Macht. Immer öfter versank ihre Mutter in Tagträumen.

»Frank ist wieder unterwegs.«

Unversehens änderte sich der Gesichtsausdruck der Mutter. »Mille kann auf sich selbst aufpassen.«

»So wie Bea, meinst du?«

Ihre Mutter blickte nicht auf.

Beatrix, Nummer drei der vier Geschwister, war einmal über einen Monat nicht nach Hause gekommen. Dann stand sie plötzlich mit Schnittwunden an den Beinen und übersät von starken Blutergüssen an Hals und Schlüsselbein vor der Tür. Doch diese Verletzungen waren nichts gewesen, gemessen an den Folgen des väterlichen Wutanfalls. Das Gleichnis vom verlorenen Sohn interessierte ihn einen Scheißdreck.

Bea war trotzdem wieder bei ihnen eingezogen. Seither verbrachte sie ihre Tage auf dem Sofa, um Kraft zu sammeln für ihren nächtlichen Job. Und im Moment hoffte sie darauf, dass ihr Bauch aufhören würde zu wachsen.

Wer der Vater des Kindes sein könnte, interessierte sie nicht. Unter den Mädchen auf dem Straßenstrich vom Kloveniersburgwal war sie eine der achtlosesten.

»Mutter, du musst mit Mille reden!« Nicky sprach eindringlich, aber mit gedämpfter Stimme, auf sie ein. Wenn nur ihr Vater nichts mitbekam. »Mutter, du bist die Einzige, die Mille da rausholen kann. Wirklich. Du musst!«

Zwar hatte keines der vier Kinder jemals Überfluss gekannt, aber sie hatten doch alle immer ein eigenes Zimmer gehabt. Einundzwanzig Quadratmeter waren aufgeteilt worden durch Trennwände aus weicher Spanplatte, die Türen aus laminierter Pappe. Hier in ihrem eigenen Reich setzte sich Nicky an den Tisch mit dem kleinen Bildschirm. Sie tastete unter der Tischplatte nach einem Griff und zog eine fast leere Schublade auf.

Ihr eigenes Wunschpüppchen, in Batikstoff gehüllt, lag in ihrer Hand, und Nickys Wünsche waren Wünsche für Mille. Sie zeichnete das Muster des Stoffs mit der Fingerspitze nach, dann drückte sie die Puppe fest und schnaubte: »Peter de Boer! Ich komme wieder!« Sie schloss die Augen. Die Worte kitzelten angenehm, sie musste lächeln. »Bei Serams Geistern! Morgen stellst du mich ein, ob du willst oder nicht!« Sie lockerte den Griff um die Puppe und glättete deren Kleidchen mit dem undefinierbaren Muster.

Nicky hatte immer gut auf die Puppe aufgepasst.

Sie kam von weit her …

Um seinem jämmerlichen Dasein zu entkommen, war der Vater von Nickys Mutter 1945 mit seiner gesamten Familie in einer sternenklaren Nacht von der Insel Seram in der Provinz Maluku losgesegelt. Sie wollten ihr Glück auf Java, in Cirebon oder Jakarta, suchen.

Er und drei weitere Erwachsene mit insgesamt sechs Kindern brauchten fast zweieinhalb Jahre, um sich durch das Inselreich zu den glückverheißenden Städten durchzuschlagen.

Am Ende hatte ihnen dieser Aufbruch nichts als Not und Elend gebracht. Bald war nur noch das älteste Kind am Leben.

Die Irrfahrt endete in Jakarta, wo Nickys Mutter, noch ehe sie dreizehn war, lernte, ihren Lebensunterhalt aus eigener Kraft zu bestreiten. Und die Kraft war ihr Körper. Dort begegnete sie einige Jahre später Nickys Vater.

Er nahm sie zu sich, das naive junge Mädchen von den Molukken. Sie hatte Glück gehabt. Viele andere Frauen bedienten weiterhin Freier, erkrankten an Syphilis und starben jung. Gemessen an den Umständen hatte sie noch Glück gehabt, hatte Nickys Mutter oft gesagt.

Heute, fünfunddreißig Jahre später, war Nickys Mutter im Grunde noch immer das arglose Mädchen aus der Wildnis Serams, das lieber über Gewürznelken und Sagopalmen sprach als über Hoffnung, Selbstwertgefühl und Zukunftsträume. Sie lebte weit entfernt von der Realität, die ihre eigenen Kinder in den Abgrund zog.

Vier Kinder hatten sie bekommen. Einen Taschendieb, eine Prostituierte und die sechzehnjährige Mille, die über kurz oder lang Frank und seinen Kumpanen auf den Zeedijk folgen und in den betuchten Stadtteilen hinter dem Damrak mit Kokain dealen würde.

Die Älteste war Nicky, dieses sonderbare große Mädchen, das bisher nichts weiter erreicht hatte, als Zeit zu vergeuden, und das nun obendrein den ersten richtigen Job verpasst hatte.

Diese Herkunft, gegen die sie aufbegehrte und die sie um jeden Preis hinter sich lassen wollte, war es, die Nicky in dieser Nacht beschäftigte.

Sie musste diesen Job einfach haben.

4

»Sag ja nicht, du hättest keine Lust.« Heleen betrachtete sich im Rückspiegel und wischte sich den leicht verschmierten Lippenstift aus den Mundwinkeln. Peter starrte über das Steuer auf den langsam abnehmenden Feierabendverkehr an diesem ersten Werktag der Woche. Er reagierte nicht.

»Peter, amerikanische Geschäftsleute sind meine wichtigsten Kunden«, fuhr sie fort. »Und du weißt ganz genau, dass in meiner Branche die meisten zu den Demokraten gehören. Deshalb müssen wir hin.«

Sie hatten das Villenviertel erreicht. Der Palast, auf den sie zuhielten, war ein steingewordenes Zeugnis der Kolonialzeit der Holländer in Indonesien. Heute war er beleuchtet wie ein Weihnachtsbaum, prachtvoll und etwas vulgär. So sahen die Häuser häufig aus, wenn amerikanische Geschäftsleute jener Gesellschaftsschicht sie übernommen hatten, zu der auch ihre Gastgeber gehörten.

Peter hätte Heleen am liebsten abgesetzt und wäre mit dem Wagen umgekehrt. Heleen bemerkte das sofort. Sie streichelte seinen Oberschenkel. »Lass uns gemeinsam diesen verdammten Geburtstag feiern, Peter, es wird sich lohnen, auch für dich.«

Am Fuß der geschwungenen Treppe kamen ihnen die Gastgeber strahlend entgegen: Amerikaner mittleren Alters, die sich gut gehalten und zur Feier des Tages knallbunte Buttons mit dem breit lächelnden Konterfei ihres Präsidenten auf die Brust gesteckt hatten. Sie empfingen Heleen und Peter auf das Herzlichste – und wandten sich den nächsten Ankömmlingen zu, ohne dass sich ihre Miene auch nur im Geringsten veränderte.

Nach dem Begrüßungscocktail waren alle festlich gekleideten Gäste ebenfalls mit einem Bill-Clinton-Button versehen. Im Foyer und den angrenzenden Sälen hingen amerikanische Flaggen und Banner zu Ehren des 50. Geburtstags des Präsidenten. Die Stimmung war ungetrübt, die Musik laut wie die einer Marching Band im Highschool-Stadion, und das Essen war entsprechend.

Als der Champagner schon eine ganze Weile floss, ließ Peter Heleen mit der Bemerkung allein, sie könne ihre Kontakte ohne ihn sicher besser pflegen. In Wahrheit wollte er sich in einen der Nebenräume flüchten.

Gut dreißig andere Männer hatten dieselbe Idee gehabt. Drinks in der Hand, Kragen und Krawatten bequem gelockert, standen sie an der Bar und diskutierten mit gedämpfter Stimme und großer Geste. Nachdem Peter seinen Sol y Sombra gereicht bekommen hatte, suchte er sich einen Platz in Hörweite.

Wortführer war ein weißhaariger Mann, der dem Jubilar zum Verwechseln ähnlich sah und permanent breit lächelte. »Klar gewinnt Clinton«, erklärte er. »Die Republikaner sind Experten für Irrtümer, und Dole ist der größte von allen!« Dafür erntete der Weißhaarige zustimmenden Beifall.

Ein Mann, dessen Haut im Gesicht auf einer Seite stark vernarbt war, lehnte sich an die Bar. »Das habe ich heute Abend nun schon mindestens zwanzigmal gehört. Aber was ist eigentlich an diesem Clinton so besonders?«

Peter lächelte. Der Mann gehörte mit Sicherheit nicht zu den Demokraten, vermutlich war er nicht einmal Amerikaner.

Der Weißhaarige antwortete jovial: »Er hat volleres Haar

als die anderen! Er hat Grübchen und gute Zähne. Die Weiber träumen von ihm und die Männer von seiner vernachlässigten Ehefrau, stimmt's?« Einige der Männer nickten.

Peter nippte an seinem Drink und sah sich um. Was sich ihm hier bot, sah er nicht zum ersten Mal. Das hier war die amerikanische Wahrheit *in nuce*. College-Fantasien von großen Titten und breiten Schultern, von Sex, Geld und vier Kindern. Darum ging es immer, gleichgültig zu welchem Anlass, ob Geburtstagsparty, Arbeitsessen oder Präsidentenwahl.

Dole hat Angst zu verlieren, und deshalb wird er verlieren, dachte Peter.

Ein ansteigendes Brausen aus dem großen Saal erinnerte ihn an den Anlass der Party. Hochrufe waren zu hören, und die Menschen begannen zu klatschen. Peter schaute auf die Uhr. Heleen traf bei Gelegenheiten wie dieser zahlreiche Bekannte, und wie so oft würde sie unendlich müde sein, sobald sie in dem eleganten Viertel Haarlems ankamen, in dem ihr Reihenhaus lag.

Er erwog, die Gesellschaft zu verlassen. Sein Unbehagen nahm zu. Vielleicht lag es an dieser Sache mit Lawson & Minniver und der Erinnerung an Kelly, die ihm in den Knochen steckte.

In diesem Moment trat der Mann mit dem unansehnlich vernarbten Gesicht auf Peter zu und sah ihn nachdenklich an. »Kenne ich Sie nicht von irgendwoher?«, fragte er dann.

Peter musterte ihn. Sollte er das Gesicht schon einmal gesehen haben? Er konnte sich nicht entsinnen.

Da hellte sich die Miene des anderen plötzlich auf. »Natürlich!«, rief er. »Ich weiß, wer Sie sind.« Er nickte. »Einige meiner Geschäftsfreunde haben bereits Bekanntschaft mit Ihnen gemacht. Ja, das ist es.« Er schob nachdenklich die Unterlippe vor und nickte erneut. »In einem Fall eine traurige Geschichte, ohne dass ich jemandem die Schuld zuweisen möchte.« Jetzt lächelte er übertrieben breit. »Der ›Abwickler‹, nicht wahr? Werden Sie nicht so genannt?«

Zwei der Männer an der Bar senkten in Zeitlupe ihre Gläser. Peter spürte, wie sie die Ohren spitzten. Er stellte sein Glas ab und trat einen kleinen Schritt zurück. »Um welchen Fall ging es, wenn ich fragen darf?«

»Never mind.« Der andere streckte ihm die Hand entgegen. »Wenn ich mich vorstellen darf. Ich heiße Franken de Vires. Marc Franken de Vires.« Das Lächeln wirkte aufrichtig, dennoch war Peter auf der Hut.

»Peter de Boer«, stellte er sich vor. Den meisten Anwesenden würde dieser Name etwas sagen.

Der Weißhaarige eröffnete den Reigen. »Sie sind kürzlich in Haarlem fast umgebracht worden, nicht wahr?«

»Ich wurde vor meinem Haus angegriffen, ja.«

»In Ihrer Branche macht man sich viele Feinde, was?«

»Das gilt für viele Branchen.«

Der Weißhaarige lächelte. »Bei uns zu Hause wäre er nicht weit gekommen mit seiner Machete.«

»Ah ja?«

»Er wäre abgeknallt worden.«

Peter schüttelte den Kopf. Du Idiot!, dachte er. »Wenn wir hier alle mit einem Schießeisen herumlaufen würden, dann hätte der Typ wohl auch eine effektivere Waffe benutzt als ein altes Zuckerrohrmesser. Was hätte es mir dann genützt, selbst wenn ich eine Uzi in der Tasche gehabt hätte?«

»So so, ein Gegner des Rechts auf Selbstverteidigung. Erstaunlich, in Ihrer Situation.«

Peter zuckte die Schultern.

Der Weißhaarige lachte. »In der Stadt, aus der ich komme, geht kein Mensch schlafen, ohne zuvor die Pistole in seiner Nachttischschublade zu entsichern!«

Peter reckte sich und erkannte drüben im Festsaal Heleens Lockenkopf. Sie war jetzt zweifellos in ihrem Element.

Die riesige Flügeltür bildete den Rahmen für ein Bild voller Luftschlangen und Konfetti, die auf breiten schwarz gekleideten Schultern und in tiefen Dekolletés landeten.

Obwohl man bereits alle Fenster geöffnet hatte, war es im Festsaal unerträglich schwül. Nur die wirklich Hartgesottenen hielten sich in der Mitte des Raums auf. Heleen gehörte natürlich zu ihnen.

Ihr volles Haar wippte, und sie beantwortete willig alle Fragen der Männer um sie herum. Als Peter näher kam, lächelte sie ihm zu.

»Wie ich sehe, haben wir gemeinsame Bekannte.« Die Stimme kam von hinten. Wieder stand dort der Mann mit dem entstellten Gesicht.

Ein kaum merklicher Blick aus dem Augenwinkel, und Heleen strahlte. »Marc!« Erfreut bahnte sie sich ihren Weg an Peter vorbei auf den anderen zu. Lächelnd ließ sie zu, dass der Mann sie auf die Wange küsste. »Ich habe schon nach dir Ausschau gehalten, Marc. Ich habe gehört, dass du hier bist.« Dann strich sie mit ihrem Samthandschuh über Peters Wange. »Und ihr beide habt euch auch schon kennengelernt, wie nett.«

Marc de Vires' Lächeln erstarb. »Ja, durchaus, Peter de Boer habe ich kennengelernt.«

Peter deutete eine Verbeugung an und sah Heleen auffordernd an.

»Marc und ich sind alte Bekannte«, sagte sie. »Es sind einige Jahre vergangen, seit wir uns zuletzt gesehen haben. Aber früher haben wir mehr Zeit zusammen verbracht, nicht wahr, Marc?«

Peter mochte das Lächeln nicht, mit dem de Vires sie bedachte.

»Ja, wie haben wir nur darauf verzichten können?«

Ihr Lachen, das einmal durch alle Tonlagen flatterte, fand sein Echo in den Mienen der Umstehenden.

De Vires zwinkerte Peter zu. »Sie sind ein glücklicher Mann, de Boer.«

Peter erwiderte die Bemerkung mit einem kurzen Nicken. Heleen registrierte seinen Unmut sofort.

Er ließ den Blick durch den Raum wandern. Überall waren die Menschen in Gespräche verwickelt. Kellner mit erhobenem Tablett schlängelten sich galant durch die Menge. Plötzlich bemerkte Peter, dass die Augen einiger Männer auf ihn gerichtet waren. Er spürte die Feindseligkeit in den Blicken wie eine Berührung. Ganz offensichtlich sprach man über ihn.

Er bemerkte außerdem, dass de Vires der Gruppe zunickte. »Sind das Ihre Freunde, von denen Sie vorhin sprachen? Die Freunde, deren Weg ich gekreuzt haben soll?«

»Unter anderem, ja.«

Diese kleine Bemerkung reichte aus, um Peter zu alarmieren. Auch diese Regung registrierte Heleen sofort.

»Peter, bitte.« Heleen nahm seinen Arm und drückte ihn. »Keine Provokationen heute Abend, ja?«

Er blickte sie irritiert an. Was meinte sie? Als hätte sie ihn jemals ausfallend oder wütend erlebt.

Peter spürte die Feindseligkeit im Raum jetzt ganz deutlich – und nach und nach konnte er die Gesichter wieder zuordnen. Vor Jahren war Südholland durch die Vermittlung von Christie N.V. um eine Eisengießerei ärmer geworden. Den Eigentümer hatte es schwer getroffen. Seit fünf Generationen in Familienbesitz, hatte das Unternehmen vielen Familien ein Auskommen geboten. Nach dem Konkurs hatte Peter so lange anonyme Drohungen erhalten, bis er schließlich die Polizei einschaltete. Und nun warf ihm ebendieser Mann, den er um sein Erbe gebracht hatte, auf einem Fest zu Ehren des amerikanischen Präsidenten einen hasserfüllten Blick zu.

Peter wandte sich ab, lächelte Heleen zu, reagierte höflich, aber knapp auf eine Bemerkung von de Vires und beschloss, umgehend aufzubrechen.

Da spielte das Orchester eine Fanfare. Zum Entzücken aller Gäste schwebten auf einmal Hunderte von bunten Ballons, auf jedem eine geschwungene Fünfzig, von der Decke. Sie verteilten sich als Farbenmeer über den kunstvollen Frisuren der Damen und ihren sündhaft teuren Roben – das Ergebnis harter Arbeit, wie sie die Frauen, die darin gekleidet waren, niemals hatten leisten müssen.

Heleen lächelte und schien begeistert vom kollektiven Glücksgefühl.

Nur einer der Ballons hatte sich nicht einfangen lassen. Schließlich gelang es einem der Gäste, ihn in Peters Richtung zu boxen. Peter kannte das Gesicht nur zu gut. Heleen sah, wie Peter erstarrte.

»Hast du noch jemanden entdeckt, mit dem du Geschäfte gemacht hast?« Dazu malte sie mit den Fingern Gänsefüßchen in die Luft.

»Nein.«

»Wer ist das?«, hakte sie nach.

»Rien.«

»Rien! So sieht er also aus. Besonders gefährlich wirkt er auf mich nicht.«

»Um wen geht es?« Marc de Vires reckte sich, um ihren Blicken folgen zu können.

»Peter hat seinen Cousin Rien entdeckt. Er hasst ihn wie die Pest.«

Peter warf Heleen einen kritischen Blick zu. »Du hast nicht zufällig vorher die Gästeliste gelesen, Heleen?« Mit einem

Mal empfand er ihre Gleichgültigkeit als abstoßend. Diese Gleichgültigkeit, die alles überlagerte: ihre Eleganz, ihre Schönheit, ihre Sinnlichkeit.

»Nein, Peter.« Sie zuckte die Achseln und berührte Marc de Vires am Arm. »Das habe ich ganz sicher nicht.«

Noch ehe ›God Bless America‹ verklungen war, saß Peter in seinem Wagen und lauschte einem Streichquartett von Haydn. Die Dunkelheit umfing die Reihe der entgegenkommenden Lichtkegel. Mechanisch begann er, Einsätze und Takte zu zählen, und ließ seine Gedanken befreit umherschweifen. Irgendwann ließ sogar seine Wut auf sich selbst nach.

Seit einiger Zeit wuchs in ihm die Sehnsucht nach einem anderen Leben. Immer häufiger fühlte er sich leer, antriebslos. Zufriedenheit empfand er in letzter Zeit eigentlich nur, wenn er sich an weit in der Vergangenheit liegende Erlebnisse erinnerte. An einen rabenschwarzen Himmel voller Sterne. Klangvolle fremdartige Namen. Samarinda, Mamehak, Kiham Oedang. Das Reich seiner Kindheit.

Auch jetzt dachte er daran und spürte, wie er sich langsam entspannte.

Eigentlich lag zwischen Amsterdam und Jakarta nicht einmal eine Tagesreise. Der Hexenkessel Jakarta oder Djakarta, Batavia. Was für ein anderes Leben! Diese Taxifahrer in Batikhemden, die geduldig auf jemanden warteten, den sie übers Ohr hauen konnten – und sich als die zuverlässigsten Menschen auf Erden entpuppten, sobald man ihnen auf Augenhöhe begegnete.

Peter kniff die Augen zusammen, die Scheinwerfer des Gegenverkehrs blendeten ihn.

So weit zurückzudenken schmerzte. Das alles war Lichtjahre entfernt von der Hülle, in der er sich im Laufe der darauffolgenden Jahre verkapselt hatte.

Peter war seit seiner Kindheit nur ein einziges Mal wieder in Indonesien gewesen. Die Reise hatte sich damals auf wenige hektische Tage in Jakarta beschränkt, dazu ein paar weitere Tage verbissener Dienstreise auf Bali: die breiten Boulevards von Denpasar, das Rauschen am Strand von Kuta, die Kette der Sonnenschirme im Dunst an der Küste von Sanur, der schlummernde Vulkan Gunung Agung mit dem typischen Wolkenkranz. Was für ein Unterschied zu den Kindheitserinnerungen an Borneo und die Dörfer am Fluss Mahakam.

Seit man die Holländer hinausgeworfen hatte, hieß es, hatte sich auf den indonesischen Inseln vieles verändert, vor allem in den letzten Jahren. Und wenn es nur der neu gewachsene Wald von Satellitenschüsseln war, die wie Suppenteller in den Himmel zeigten.

Als Peter zum letzten Mal dort gewesen war, hatte es nichts davon gegeben.

Das letzte Mal lag zehn Jahre zurück.

Wie immer war Peters Haus mitten in Haarlem hell erleuchtet durch das Licht der Schaufenster und der Scheinwerfer, die auf den Dom, ausgewählte Hausfassaden und das Denkmal auf dem Platz gerichtet waren.

Wäre Heleen mit ihm nach Hause gekommen, hätte er im Zimmer hinter der Eingangshalle das Licht angeknipst und ihr sogleich einen Waldorf frappé gemixt. Seit sie in den mondänen Vierteln Bagdads am Tigris für M'Consult gearbeitet hatte, hegte sie eine Vorliebe für dieses bizarre Getränk.

Nur wenige Schlucke, dann hätte sie in seinen Armen gelegen, mochte sie auch noch so müde sein.

So aber stieg er die Treppe hinauf und blieb auf dem Absatz im ersten Stock stehen. Einen Moment lang erwog er, ins Schlafzimmer abzubiegen, doch dann griff er nach dem Geländer und starrte nach oben.

Die zweite Etage hätte schon lange einer liebevollen Hand bedurft. Wenn es einmal so weit war, würde er die Trennwände einreißen lassen, die zugemauerten Fenster und alten Holzbalken freilegen und das oberste Stockwerk mit Tageslicht fluten.

Lange würde es nicht mehr dauern.

Mit wenigen Sätzen nahm er die Stufen zur Dachwohnung des herrschaftlichen Hauses, blieb an der angelehnten Tür stehen und horchte. Der Raum war dunkel, es war still. Der unverkennbare scharfe Geruch, den auch der Puder nicht überdecken konnte, verriet ihm jedoch, dass er gleich zu tun bekäme.

»Peter, bist du es?« Die Stimme war schwach, aber klar.

»Ja.« Er schaltete das Licht ein. Auch dieses Mal lag die Bettdecke auf dem Fußboden. Sie saß halb aufrecht im Bett, das wirre Haar hing über den Kissenstapel in ihrem Rücken. Der Rollstuhl war beiseitegeschoben. Das Laken war so durchnässt, dass der Fleck sich bis zur Bettkante ausgebreitet hatte.

Sie hob die Hand, um ihre Augen von dem grellen Licht abzuschirmen. »Ist Heleen bei dir?«

Erst nachdem er verneint hatte, blickte sie auf.

»Peter, ich habe wirklich versucht, es zurückzuhalten.« Sie zog an der Bettdecke, um das nasse Laken zu verstecken, aber sie zitterte am ganzen Leib, und es gelang ihr nicht.

»Das macht doch nichts, Marie. Mevrouw Jonk wird das morgen in Ordnung bringen.«

Der Ausbruch kam unerwartet. Ihr Gesichtsausdruck schwankte zwischen Ohnmacht und Empörung, dann schluchzte sie, dass ihr der Rotz aus der Nase lief. »Peter, ich kann nicht die ganze Nacht so daliegen.«

Nach kurzem Zögern hob er sie in ihrem klammen Nachthemd aus dem Bett.

Wie zerbrechlich sie war. Von Monat zu Monat wurde sie leichter.

5

Erst als Nicky seine Stimme hörte, merkte sie, dass er den Raum betreten hatte.

»Aus welchem Grund geht ein Mensch in die Politik?«, fragte er. Der Kurs hatte begonnen.

Nicky holte tief Luft. Peter de Boer wirkte größer als am Vortag, sogar um etliches größer, dabei jedoch alles andere als schlaksig. Ein Mann, der auffiel.

De Boer ließ seinen Blick über die drei Kandidaten wandern, als wären sie ungebetene Gäste in seinem Heim. Er verweilte bei dem Typ ganz außen. »Äh …« Fieberhaft suchte der nun nach einer Antwort. »Aus welchem Grund ein Mensch in die Politik geht? Vielleicht weil er glaubt, die Gesellschaft zum Besseren verändern zu können.«

De Boers Blick schwenkte zu Nickys Nachbarn.

»Machtgier.« Die Antwort kam wie aus der Pistole geschossen.

»Aus welchem Grund geht ein Mensch in die Politik?«, wiederholte de Boer seine Frage und sah dabei Nicky an.

Die Sekunde, die sie zögerte, erschien ihr selbst endlos. Sie schnappte nach Luft. Sie versuchte, de Boers Augenfarbe zu erkennen.

»Selbstgerechtigkeit«, hörte sie sich selbst sagen.

De Boer nickte, ohne zu lächeln. »Danke. Ausgezeichnet. Sie alle nennen simple, denkbare Motive. Aber in der Realität sind die Beweggründe meist viel niederer.«

Er wischte das Whiteboard ab. »Am Ende dieses Kurses

werden Sie Spezialisten darin sein, hinter die polierte Fassade der Menschen zu blicken. Sie werden zu verstehen gelernt haben, wie einer, der seine Ehefrau schlägt, sich als durchaus geeignet für ein Ministeramt betrachtet. Sie werden das komplexe Geflecht von Verrat und Opportunismus durchschauen. Und hoffentlich imstande sein, eine unendliche Flut origineller Ideen zu produzieren, für die Sie einen angemessenen Lohn erwarten dürfen.«

Nicky konzentrierte sich auf de Boers attraktive Rückseite.

»Sie wurden unter Hunderten von Bewerbern ausgewählt.« Er nahm einen Stapel Papiere und studierte den obersten. »Die Anforderungen an Sie werden hoch sein.«

Nicky und die beiden anderen nickten stumm.

»Einer von Ihnen ist bereits abgesprungen. Was Ihnen, Marlene Landsaat, zum Vorteil gereicht.«

»Nicky. Nennen Sie mich Nicky.«

De Boer ignorierte sie. »Dieser Kurs kostet die Firma über hundertfünfundsiebzigtausend Gulden, rechnet man den gesamten Personalaufwand ein. Dass jeder von Ihnen die an Sie gestellten Erwartungen erfüllt, setzen wir voraus. Ihr Ziel ist eine Festanstellung bei Christie N.V., darin sind wir uns einig?«

Erst jetzt stellte er sich vor. »Mein Name ist Peter de Boer, ich bin Ihr oberster Chef.« Er sah über ihre Köpfe hinweg. »Zu Ihrer exklusiven kleinen Gruppe gehören ein Jurist, ein Ökonom und eine Marktanalytikerin. Noch ehe Ihre Traineephase abgeschlossen ist, werden Sie in Ihren zukünftigen Abteilungen gearbeitet haben und dort Menschen begegnet sein, die sich auf ihren Posten bewährt haben, Menschen, mit denen Sie zusammenarbeiten und denen Sie sich unterordnen werden. Diese Personen werden bei Ihrer Beurteilung herangezogen. Wenn Sie sich bewähren, werden Sie früher oder später auch mehr Einfluss bekommen.«

Als er jetzt an das Whiteboard trat, glitt Nickys Blick erneut über seine Anzughose, dieses Mal langsamer. Peter de Boers Hintern war genau so, wie er sein sollte.

»Menschen neigen zu Pauschalisierungen: Belgier spinnen, fettige Haare sind ein Zeichen für die Unterschicht, Mercedes ist ein sicheres Auto, und Südeuropäer sind sexuell aktiver als wir. Menschen – und damit meine ich alle Menschen – vereinfachen. Und sie fischen sich aus allem nur das heraus, was sie wahrhaben wollen. Das trifft auch auf Politiker zu. Der Mensch bastelt sich seine Vorstellungen von der Welt, wie sie ihm einleuchtet. Mit Wissen hat das nichts zu tun: Wir werden im Laufe unseres Lebens immer beschränkter.

Sich dessen bewusst zu sein, ist für die Wirtschaft extrem nützlich. So werden Werbebotschaften für Produkte kreiert, die hängenbleiben, weil sie simpel sind. Und sie werden eingesetzt für immer neue Produkte, die die Welt nicht braucht. Wie viele Zahnpastamarken könnten Sie nennen? Drei, vielleicht vier?«

Sein Blick heftete sich auf den Typen am Fenster. »Colgate, Elmex, Sensodyne. Und weiter?«

Nicky spürte die Unruhe des jungen Mannes, spürte, wie er in de Boers Netz zappelte. Als sie schließlich an seiner Statt antworten wollte, wurde sie mit einer abwehrenden Geste gebremst.

»Wann immer zehn neue Produkte auf dem Markt lanciert werden, sind neun davon schon aus dem Bewusstsein der Leute und aus den Geschäften verschwunden, noch ehe ein Jahr verstrichen ist. Das ist die Realität des Marktes!« De Boer runzelte die Stirn und blickte das Trio eindringlich an. »Dieser Realität müssen auch wir bei Christie uns stellen, nur mit umgekehrten Vorzeichen.«

Die beiden Männer neben Nicky machten sich eifrig Notizen, doch Nickys Stift lag weiterhin auf dem Tisch.

Zum zweiten Mal sah sie Peter de Boer direkt in die Augen, und ihr wurde heiß. Sie atmete heftig ein und spürte, wie ihr ganz eng um die Brust wurde.

»Die Firmen, zu denen wir Kontakt haben, wissen um diese Realität, denn sie haben sie überlebt, genau wie einige ihrer Konkurrenten. Und an dieser Stelle kommt Christie N.V. ins Bild. Christie N.V. hilft seinen Kunden, die konkurrierenden Unternehmen auszuradieren. Meist sind diese im Grunde erfolgreicher als unsere Kunden, mit guter Geschäftsstrategie und mit starken Produkten, die von den Leuten gut angenommen werden und an die sie sich für unseren Geschmack eben etwas zu gut erinnern. Unsere Aufgabe besteht nun darin, die Menschen dazu zu bringen, genau diese Produkte fortan zu meiden. Davon leben wir! Wir leben davon, ein Unternehmen auf Bestellung der Konkurrenz auszuschalten.«

Er schaute von einem zum anderen.

»Die Spielregeln in diesem Prozess bestimme im Übrigen ich.«

Gemessen an dem exklusiven Standort von Christie und der edlen Fassade wirkte die Kantine wie ein Fremdkörper. Es roch intensiv nach Frittenfett, und dieser Geruch überdeckte alles andere.

Nicky setzte sich an den vierten Tisch, während sich ihre beiden Kollegen sofort einen Tisch in der Ecke ausgesucht hatten, wo sie die Köpfe zusammensteckten. Nicky hatte nichts anderes erwartet.

Die Kantine war ein kahler, schlauchartiger Raum. Hatte man sich nichts mitgebracht, konnte man sich etwas aus mehreren Automaten ziehen, Grolsch-Bier, Pepsi Light, lauwarme Reis- und Nudelkroketten oder ein paar trockene belegte Brötchen.

Ein blondes Mädchen in engem Rock ging auf Stilettos an

Nicky vorbei, und ihre Blicke trafen sich für Sekunden. Dann machte das Mädchen auf dem Absatz kehrt und setzte sich zu Nicky. Sie legte ein winziges, in Alufolie eingewickeltes Päckchen auf den Tisch. »Anneke«, erwiderte sie, nachdem sich Nicky vorgestellt hatte. »Anneke Janssen. Ich arbeite unten am Empfang. Ich bin in dieser Firma so eine Art Laufmädchen.« Ihr Lachen war überraschend tief. Von den bläulich schimmernden Zähnen Annekes schloss Nicky auf einen starken Rotweinkonsum. »Wir werden uns noch öfter begegnen.« Während sie ihr Sandwich auspackte, deutete sie beiläufig zum Ecktisch. »Du sitzt nicht mit den anderen zusammen?«

Am Ecktisch hatte sich ein lebhaftes Gespräch entsponnen, beide Männer machten sich eifrig Notizen. Nicky zuckte nur die Achseln. Ihr stand der Sinn weder nach Notizen noch nach angeregter Debatte.

»Kümmere dich nicht weiter drum, das ist völlig normal. In den beiden ersten Monaten halten die Kerle in den Traineekursen zusammen. Aber warte nur ab! Wenn die endgültige Auswahl erst näher rückt, sitzen alle drei – jeder für sich – an einem Tisch.«

Die Tür zum Flur flog auf, und herein kamen vier Männer, die zu den Automaten stürmten.

Nicky registrierte erfreut den Unmut ihrer Kollegen, als sich die Gruppe an ihrem, Nickys, Tisch niederließ.

Anneke deutete auf die Ankömmlinge: »Matthijs, Jan Moen, Piet und Daan! Darf ich euch Nicky vorstellen?«

Der Gepflegteste der vier reichte Nicky die Hand. »Matthijs Bergfeld. Ich bin der Assistent von Thomas Klein, dem Chef der juristischen Abteilung.« Er schob sich eine Krokette in den Mund. »Bist du Juristin?«

»Nein. Aber einer von den beiden.« Nicky deutete auf die beiden Männer in der Ecke.

»Na, kommt ihr direkt aus der Tretmühle?« Jan fuhr sich

mit den Fingern durch seine Strubbelfrisur. »Die berühmten zehn Gebote bei Christie? Loyalität, Diskretion und so weiter.«

Er stand auf und sprach mit tieferer Stimme weiter. »Diese Regeln müsst ihr im Schlaf wiederholen können, und ihre Beachtung gilt unter allen Umständen!« Die Imitation gelang ihm verblüffend gut, doch ihm fehlten Peter de Boers magische Augen.

Anneke Janssen kicherte, aber Matthijs Bergfeld sagte ohne ein Lächeln: »Jan, wenn ich du wäre, würde ich das lieber lassen.« Er sprach ein wenig affektiert und wandte sich sogleich an Nicky. »Jan macht sich zwar über de Boers Codex lustig, aber der ist hier absolute Grundlage. Wenn du gegen eine der Regeln verstößt, ist es auch ganz schnell wieder vorbei.«

Jan bedachte ihn mit einem kalten Blick. »Gebranntes Kind scheut das Feuer«, murmelte er und trank einen Schluck von seiner Pepsi. »Aber Bergfeld hat natürlich recht. Jeder hat sich an die zehn Gebote zu halten. Auch ich.«

Daran hatte Nicky keinen Zweifel. Auch wenn die Kantine nur von den kleineren Angestellten besucht wurde, hatten alle, außer vielleicht Anneke, denselben knallharten Test und dasselbe Auswahlverfahren durchlaufen wie sie selbst.

Diese kleine Gruppe stellte nur einen Bruchteil derer dar, die für einen Job bei Christie N.V. alles getan hätten. Hier saßen diejenigen, die durchs Nadelöhr gegangen waren. Keiner verdiente weniger als ein Chefarzt. Und ob sie die Regeln einhalten und um ihren Job kämpfen würden!

»Normalerweise geht Matthijs nicht in die Kantine.« Jan Moen prostete Matthijs mit seiner Pepsi zu. »Man vergisst wohl den Umgangston, wenn man immer nur mit den Vorgesetzten im De Vergulde Gaper essen geht.«

Der Gemeinte überhörte die Beleidigung und wandte sich Nickys Kurskollegen am anderen Tisch zu. Wäre der arme

Kerl, den Nicky gestern hinausmanövriert hatte, derartig unverhohlenem Interesse ausgesetzt gewesen, wäre er wohl mit akuten Symptomen von Homophobie zu Boden gegangen.

Nicky wandte sich an Jan Moen. »Stimmt es eigentlich, dass ein Strafzettel an einem Dienstwagen bei Christie ein potenzieller Kündigungsgrund ist?«

Jan schaute sie lange an.

»Ja, natürlich«, meinte er schließlich breit lächelnd.

6

»Thomas!« So andächtig wie der große Mann seinen schweren Leib durch den engen Flur bugsierte, hatte er offenbar nicht bemerkt, dass Peter ihn schon zum zweiten Mal gerufen hatte.

»Hast du Informationen über Lawson & Minniver eingeholt?«

»Leider, ja.«

»Was soll das heißen, leider?«

»Die Anwälte von Lawson & Minniver sind hochkarätig.«

»Und?«

»Es wird auf alle Fälle irre teuer, wie wir's auch drehen und wenden. Werden wir kämpfen, um zu gewinnen, wird das Jahre dauern – und schon damit teuer. Lassen wir uns auf einen Vergleich ein, wird es ebenfalls teuer, das verspreche ich dir. Kellys Familie wusste genau, wen sie auf dich ansetzt. Lawson & Minniver sind Spezialisten für Vermögensteilung, Scheidungszahlungen, Vaterschaftsklagen, Misshandlung von Ehefrauen, Eheverträge, Entmündigung, Anfechtung von Testamenten.«

»Große und kleine Fälle?«

»Nur große Fälle. Ganz große Fälle. Nie unter fünf Millionen Dollar.« Er kraulte sein Doppelkinn und schüttelte nachdenklich den Kopf.

»Verstehe.« Peter sah ihn einen Moment lang an. Er wusste ganz genau, dass sein juristischer Berater ihm einen Vergleich vorschlagen würde. Ihm war ebenfalls klar, dass Thomas Klein lieber in der unbedeutendsten aller Bananenrepubliken überwintern und sich dort mit See- und Handelsrecht herumschlagen würde als eine halbe Stunde lang mit Privatrecht. Aber dass Kleins Gelassenheit vom Vortag verschwunden war, konnte auch einen anderen Grund haben. So groß pflegte sein Respekt für letztlich doch unbekannte amerikanische Anwaltskanzleien normalerweise nicht zu sein.

Peters Misstrauen war geweckt. Er nahm Abstand zu seinem Wunsch, die Sache möglichst klein zu halten. In der letzten Zeit hatte es so viele Veränderungen gegeben.

»Wir ziehen es durch«, sagte er und klopfte Thomas Klein auf die Schulter. »Schick ihnen umgehend die Mitteilung, dass wir den Fall aufgreifen und nicht eher ruhen, als bis sie für jeden einzelnen Cent der Verfahrenskosten aufgekommen sind. Schreib ihnen, dass das Verfahren auf holländischem Boden stattfindet und wir eine Beleidigungsklage anstrengen. Das reicht fürs Erste.«

Thomas Klein gab sich Mühe, sanft zu bleiben. »Peter, glaubst du wirklich, das ist eine gute Idee?« Dessen Sinneswandel behagte ihm augenscheinlich nicht.

Peter ließ ihn etwas zappeln. »Was meinst du?«

»Zu bluffen.«

»Bluffen? Ich bluffe nicht, Thomas. Das weißt du auch.« Nachdenklich blickte er seinem juristischen Berater nach, als dieser den Raum verließ.

Nach der Pause schickte die Sonne ihre Strahlen so schräg in den Raum, dass der besonders blasse der beiden männlichen Trainees aussah, als leuchtete er von innen.

Ernsthafter junger Mann, dachte Peter. Wahrscheinlich hatte er den größten Teil des Sommers in geschlossenen Räumen verbracht, um Informationen über Christie N. V. zu sammeln.

»Gutes Business heißt, sein Unternehmen zu pflegen, wie ein Gärtner seinen Baum pflegt«, begann er. »Die meisten

Chefs verstehen sich sehr gut auf das produktive Zusammenspiel von Aggressivität und Milde, mit dem man ein wachsendes Unternehmen voranbringt. Aber wenn die Firma erst einmal groß ist und Wurzeln geschlagen hat, ob sie dann auch daran denken, ihr regelmäßig neue Nährstoffe zuzuführen, den Baum sozusagen zu beschneiden und zu wässern, wie das ein Gärtner tut? Kennen sie die realen Wachstumsbedingungen ihrer Firma, oder folgen sie nur dem, was man Witterungstendenzen nennen könnte und was wir wiederum als Trend bezeichnen? Mit anderen Worten, nehmen die Entscheidungsträger ihre Verantwortung ernst? Dass Wachstum dem Boden viel Nahrung entzieht, begreifen sie das als möglichen Vorboten von Krankheit? Tun sie das?«

Der fahle Jüngling schüttelte den Kopf.

Peter versuchte, das Lächeln aufzusetzen, das er an dieser Stelle stets zum Einsatz zu bringen pflegte. Zum zehnten Mal leitete er diesen Traineekurs. Längst nervte ihn die Routine. Davon abgesehen war es ihm schlichtweg nicht möglich zu improvisieren, solange ihn die Augen dieser jungen Frau so forschend ansahen.

Schöne, wunderschöne Augen.

Er betrachtete sie und versuchte, ihre Herkunft zu bestimmen, von den Mandelaugen bis zum Pulsschlag an ihrem Hals. Sie war schwer zu fassen. Sie war weder javanisch noch molukkisch noch balinesisch – und zu den Dayak gehörte sie auch nicht. Aber etwas von allem steckte in ihr. Doch, garantiert hatte sie indonesisches Blut.

Unwillkürlich fühlte er sich an den Duft von Sandelholz erinnert, aber er zwang sich fortzufahren. »Vielleicht ist ein solches Bild ja banal: Christie entfernt manchmal sogar gute, lebenstüchtige Bäume, auf dass andere noch besser wachsen können.«

Die junge Frau sah ihn unverwandt an. Es war faszinierend –

ihre Augen vereinten eine ganze Palette von Brauntönen, warm wie die Stämme der Palmen in seiner Kindheit.

In seinem Körper machte sich ein Gefühl breit wie nach unruhigem Schlaf.

Peter riss seinen Blick von der jungen Frau los und betrachtete die Lichtstreifen auf dem dunklen Dielenboden. Es bezog sich. Die Wipfel der Bäume am Kanal bewegten sich im aufkommenden Wind. Bald schon würde der Herbst erneut seine Sehnsucht wecken. Und eigentlich hatte Marlene Landsaat das bereits getan.

Er setzte sich auf die Tischkante. Die junge Frau hatte nur selten einmal etwas auf dem vor ihr liegenden Blatt Papier notiert.

»Sie haben bestimmt vom Bankrott der Van Nieuwkoop Holding vor ein paar Wochen gehört. Was wissen Sie darüber?«

Der mittlere Trainee antwortete als Erster. »Ein IT-Unternehmen, das sich auf Software für Industrieroboter spezialisiert hatte. Die Firma hat sämtliche Verträge verloren.«

»So ist es. Was genau war schiefgegangen?«

»Gab es da nicht den Verdacht, dass ihre Software weiterentwickelt worden war für Waffensysteme?«, fuhr der junge Mann fort.

»Ja. Aber die Vorgeschichte war so: Einer der Konkurrenten der Van Nieuwkoop Holding hatte sich an uns gewandt und uns sein Leid geklagt. Wir bekamen einen hohen Vorschuss und sorgten anschließend dafür, dass die Holding einen Programmierer einstellte – und zwar einen von unseren. Er analysierte ihre Software und kam zu dem Schluss, dass sie in mehrfacher Hinsicht bahnbrechend war. Der Programmierer schlug uns daraufhin vor, Informationen zu streuen, wonach die Van Nieuwkoop Holding drauf und dran war, Software zur Steuerung von Waffensystemen zu entwickeln.

Das taten wir dann auch, und zwar bei mindestens zwanzig Botschaften in London. Nicht bei den großen, wie Sie sich denken können. Nur bei den kleineren.«

Natürlich nickte der Trainee. Es schien niemanden zu stören, mit welchen Mitteln hier gekämpft wurde.

»Natürlich war ein Unternehmen wie Van Nieuwkoop Holding nicht im Traum dazu in der Lage, eine solche Software zu entwickeln, und deshalb war ihre Überraschung auch groß, als eine Delegation irakischer Geschäftsleute mit dem Vorschlag auf die Firma zukam, Van Nieuwkoop solle ihnen in Zukunft Software für ihre Raketensysteme liefern. Sie dachten an Raketen vom Typ der französischen Exocet-Missiles aus dem Falklandkrieg.«

Die junge Frau lächelte. »Dann hatte Christie sicher in der Zwischenzeit alle Kunden von Van Nieuwkoop kontaktiert und denen nahegebracht, zu welchen Zwecken die Forschung, die sie mitfinanziert hatten, missbraucht worden war! Oder ein paar Nachrichtendienstler, um sie auf frischer Tat ertappen zu können.«

Er nickte. Sie war beeindruckend nahe dran. »So etwas in der Art, aber nicht sofort. Die Iraker waren nun oft im Unternehmen zu Besuch, und in der Zwischenzeit hatten wir Strohmänner Aktien der Firma kaufen lassen, um sie gegebenenfalls an unsere Kunden weiterverkaufen zu können. Je öfter die Iraker erschienen, umso mehr Aufkäufe. Es musste fast so scheinen, als hätte die Anwesenheit der Iraker direkten Einfluss auf den Aktienkurs. Die Geschäftsführung der Van Nieuwkoop Holding war mit der Kursentwicklung sehr zufrieden, und am Ende wurden sie gegenüber den Wünschen der Iraker schwach. Plötzlich sahen sie ganz neue Möglichkeiten. Das Geld war mal wieder das beste Argument.«

»Und dann verkauften die Strohmänner ihre Aktien, während gleichzeitig der Nachrichtendienst eingeschaltet wurde«, schlug die junge Frau vor.

Er sah sie an. Viele interessante Eigenschaften schienen sich in ihr zu vereinen, sehr verheißungsvoll. »Nicht gleichzeitig. Zunächst veranlasste man andere Geschäftsleute aus der Branche, ebenfalls Aktien zu kaufen, und dann brachte man sie dazu, alle auf einmal wieder zu verkaufen, so dass der Kurs einbrach. Danach kamen die Nachrichtendienste ins Spiel und die anonymen Schreiben an die Kunden der Van Nieuwkoop Holding. Die Kurse stürzten in den Keller. Zahlreiche Menschen wurden verhaftet, zahlreiche Aufträge annulliert. Der Skandal war groß und der Bankrott der Van Nieuwkoop Holding unausweichlich.« Peter deutete zu dem Bleichgesicht am Fenster. »Ja, Sie haben etwas hinzuzufügen?«

»Man hat doch herausgefunden, dass Christie N.V. hinter dem Raubzug stand. Warum wurde Christie nicht angezeigt?«

»Nachweisen ließ sich einzig und allein, dass die Firma, die wir repräsentiert hatten, danach alle Aufträge erhielt – anstelle der Van Nieuwkoop Holding. Weiter nichts. Was sonst hätte man auch herausfinden sollen?«

Der Blasse blickte ihn verlegen an. »Über zweihundert Personen verloren bei dem Bankrott ihre Arbeit, haben wir mit so etwas kein Problem?«

»Ich weiß nicht. Haben wir?« Peter sah einen nach dem anderen an.

Die Frau ergriff als Erste das Wort. »Ich kenne einen Fahrradbauer, der ernsthafte Konkurrenz bekam, als eines Tages in den Nachbarladen eine dieser Ketten einzog und billige Misträder verkaufte. Was konnte der Fahrradbauer tun? Hätte er auf den Zug aufspringen und schlechte chinesische Fahrräder verkaufen sollen oder seinen Laden gleich abwickeln?«

Peters Blick traf kurz den der jungen Frau, und sofort meldete sich das Aroma des Sandelholzes. Auch ihre Stimme war eine Herausforderung, wie fremde Musik.

»Nein«, fuhr die junge Frau unverdrossen fort. »Er schrieb auf das Schild vor seinem Haus einfach nur, dass bei den Reparaturkosten für die Fahrräder seines Nachbarn ein Aufschlag von fünfzig Prozent fällig würde. Kein Wort über die schlechte Qualität der Räder, das war nicht nötig. Natürlich beschwerte sich die Kette, rief auch einen Anwalt hinzu. Aber der Fahrradbauer gewann doch, denn am Ende verkaufte er dem Konkurrenten sein eigenes Geschäft zu einem Wucherpreis und zog weg.«

»Sie heißen Marlene, nicht wahr?« Er ignorierte ihren Einwand. »Diese Geschichte haben Sie doch gerade erfunden?«

Sie zuckte nicht mit der Wimper.

»Aber Sie haben recht. Das ist in etwa dieselbe Konstellation und Problemstellung wie bei Van Nieuwkoop Holding. Der Fahrradbauer hat aus der Situation das Beste gemacht, so wie das unserem Kunden im Falle der Van Nieuwkoop Holding gelungen ist. In beiden Fällen gibt es einen Gewinner und einen Verlierer, aber es gibt keinen Schuldigen.

Und das führt uns zu einer weiteren Pointe. Wenn Sie bei uns Erfolg haben wollen, müssen Sie es wie der Fahrradbauer halten und die Schwachstelle der Gegenpartei finden.« Er hielt inne. Das war keine Kunstpause, er war tatsächlich abgelenkt. »Und dann lösen Sie das Problem, ohne über die Konsequenzen nachzudenken.« Jetzt hatte er ihren Duft erfasst. Es war viel mehr als Sandelholz.

Wieder begegnete er ihrem Blick, drehte sich abrupt zur Tafel, schloss die Augen und hatte den Duft von Papaya, Salakpalme, Rambutan, Limette und Jackfrucht in der Nase. Vor sich sah er den Mangrovenwald, paradiesisch wie die verschwundene Welt der Dinosaurier. Lichtreflexe auf der Delfinhaut jenseits der Reling. Große Augen, die ihn suchten, schneeweiße Zähne, kleine Hände und kleine Schritte.

Die junge Frau brachte ihn dazu, wieder an seine Kindheit zu denken, ohne dass er sich dagegen wehren konnte.

Er nahm den Stift und zeichnete einen Punkt auf das Whiteboard. »Überall gibt es Schwachstellen. Das ist in aller Kürze das, wonach wir suchen. Wir streben keine impulsiven Lösungen an, dafür sind unsere Honorare zu hoch, dafür gibt es zu wenige Kunden. Leichtsinn führt immer wieder zu voreiligen Entschlüssen.«

Die Männer in seinem Rücken kritzelten wie wild auf ihre Blöcke. Er würde darauf wetten, dass die Frau an dem Wettbewerb nicht teilnahm.

Nachdem er über das Verhältnis zwischen Christie und den Medien gesprochen hatte, wurde es Zeit, seine Zuhörer in die Realität zurückzuholen und zum Schluss zu kommen.

»In diesem Spiel gibt es viele Sackgassen, und ich lasse Sie nicht mitspielen, ehe Sie nicht imstande sind, diese zu erkennen.« Hier schüttelten die Männer den Kopf, das war meistens so. »Sie sind die Besten dieser Auswahlrunde, aber damit ist noch nicht gesagt, dass Sie auch eine Zukunft hier bei uns vor sich haben. Das versuchen wir in den folgenden Wochen herauszufinden.«

Der Mittlere lächelte selbstsicher, doch Peter entschied sich, stattdessen den Blassen anzusehen. »Laut Statistik brauchen wir nur einen von Ihnen, während die beiden anderen mit dem für die Traineeperiode vereinbarten Betrag abgefunden werden.«

Die beiden Männer runzelten die Stirn und warfen sich gegenseitig einen kritischen Blick zu. Schon war die Saat der Feindschaft ausgebracht. Offenkundig erkannte der Blasse seine schwächere Position. Die Frau beachteten sie nicht, ihr war das nur recht.

»Jetzt sollten wir doch mal klären, wer hier wer ist.« Peter nickte dem Blassen zu, der der Älteste der drei war. »Sie sind Rinus Groeneveld.«

»Ja, das stimmt.« Er bemühte sich, offen zu wirken.

»Wie ich sehe, hatten Sie bisher eine Anstellung im Justizministerium. Sie sind achtundzwanzig Jahre alt und somit unser Alterspräsident und der Bewerber mit der meisten Erfahrung.«

»Ja, das hoffe ich.«

Peter überging den mittleren Trainee, dessen Miene gefror. »Marlene – genannt Nicky – Landsaat, siebenundzwanzig Jahre. Sie haben gerade erst die Ausbildung als Marketingmanagerin an der Handelshochschule abgeschlossen. Ziemlich spät, um in Gang zu kommen, oder?«

»Nicht unter den Bedingungen, unter denen ich studiert habe.« Ihr Mund verriet Stolz, ein Lächeln machte sich breit und offenbarte zwei Grübchen.

»Aha. Darf man fragen, was Sie damit meinen?«

»Ich habe keinerlei Unterstützung erhalten: familiär, ökonomisch, fachlich, persönlich.«

Sie kam also aus kleinen Verhältnissen. Und auch das wirkte irgendwie reizvoll. »Sie mussten so manche Widerstände überwinden, wollen Sie das damit ausdrücken?«

»Ich habe nie etwas anderes gekannt.«

Peter riss sich von ihrem Blick los und überflog das Blatt Papier vor sich. »Nun. Und dann haben wir noch Rinus van Loon. In der Gruppe gibt es also zwei Rinus! Hier steht, Sie sind dreiundzwanzig Jahre alt und studierter Ökonom, ebenfalls mit Bestnoten.«

»Meine Bedingungen waren übrigens auch nicht ideal.« Bei

diesen Worten musterte er Nicky Landsaat, vermutlich wollte er sehen, wie sie ankamen, doch Nicky würdigte ihn keines Blickes.

Peter nickte nachdenklich. Rinus van Loon war tatsächlich noch sehr jung.

»Bis nur noch einer von Ihnen beiden übrig ist, spreche ich Sie mit Nachnamen an, ist das okay?« Er blickte zu der Frau, aber sie reagierte nicht auf seine Provokation. »Also falls Sie überhaupt so weit kommen«, ergänzte er.

Nicky Landsaats Augen waren in diesem Moment so dunkel und glühend wie seine Vergangenheit.

7

Peter war ein Kind der Liebe, empfangen in einem Internierungslager in Burma, als die japanische Besatzungsmacht gerade ihre Macht in Südostasien verloren und der Atompilz über Nagasaki so viele Menschenleben ausgelöscht hatte. Es war das erste erotische Erlebnis von Peters Mutter – ein ausgesprochen bizarres Zusammentreffen.

Peter blieb das einzige Kind seiner Eltern.

Der Monsun hatte Schlammbänke in der Mündung des Deltas angehäuft, als sie den indonesischen Teil Borneos umrundeten, in dem Peter geboren wurde. Noch hatten Sukarnos donnernde Reden, hatten die Guerilla der indonesischen Streitkräfte TNI und die Merdeka-Schlachtrufe von einem freien Indonesien in den Dörfern am oberen Flusslauf des Mahakam nicht Fuß fassen können. Diese Dörfer sollten die Kulisse für Peters Kindheit bilden.

Jaap de Boer, Peters Vater, liebte den süßen Duft des Geldes, wenn im Wald die Edelhölzer gefällt und das Unterholz in Brand gesetzt wurde. Mit Ausnahme der Kriegsjahre war er immer Zimmermann gewesen, wie sich die Ausbeuter des Regenwalds zu nennen pflegten. Als solcher arbeitete er, seit er von zu Hause weggelaufen war, um sein Glück zu suchen. Dann kam der Krieg, und nach dem Krieg war er wieder Zimmermann. Die niederländischen Grundbesitzer beschlossen, ihm zu vertrauen. Dazu waren sie gezwungen, denn nach der Kapitulation der Japaner waren qualifizierte weiße Arbeitskräfte in der Gegend Mangelware. Im ›Javabode‹, einer der holländischsprachigen Zeitungen Javas, wimmelte es von Stellenanzeigen, in denen nach weißen Tagelöhnern gesucht wurde.

So ergab es sich, dass Jaap de Boer so viele Bäume fällte, wie er nur konnte, und darüber in leidlicher Übereinstimmung mit der Realität abrechnete.

Niemand hatte Jaap de Boer gefragt, was er in dem besetzten Java zu tun hatte, vor jenem Tag, als ihm die Japaner an den Kragen wollten, und niemand fragte ihn hinterher, warum er sich schließlich unter falschem Namen internieren ließ, zusammen mit den anderen Niederländern, die nicht rechtzeitig aus Indonesien weggekommen waren.

Die Holzfirma empfing ihn also mit offenen Armen, ohne irgendwelche Fragen oder Bedingungen zu stellen. Man übertrug ihm die volle Verantwortung für die Gegend nördlich von Long Bloeoe, wo in einem nahe gelegenen Ort ein komfortables Haus auf seine Familie wartete.

Von hier aus entdeckte Peter die Welt.

Federwölkchen am azurblauen Himmel, glühende Feuerstellen bei den Langhäusern, kleine Männer ohne Bartwuchs, aber mit wilden Augen. In der Dämmerung und bis zu dem Zeitpunkt, wo das unverkennbare Brummen des Generators den Anbruch der Nacht verkündete und das künstliche Licht übernahm, leuchtete das Weiße ihrer Augen im Dunkeln fast ebenso wie die Hemden seines Vaters.

Als Peter größer war, nahm ihn der Vorarbeiter seines Vaters schließlich mit zum Fest der Toten.

Die Dayaker trugen bunte Gewänder. In ihrer Mitte lag ein balsamierter Leichnam.

Unbekümmert plaudernd zogen sie Peter in die »Männerhütte« und übergossen ihn mit kaltem Wasser aus einem Bottich. Anschließend kleideten sie ihn für das Fest. Unter großem Spektakel köpften sie dort einen Stier und teilten das Fleisch unter sich auf.

»Der Stier kann jetzt den Toten begleiten«, nuschelte ein fast nackter Greis.

Es sollte nicht das einzige Totenfest bleiben, dem Peter beiwohnte, und bei einem dieser Feste sah er die Tochter des Häuptlings zum ersten Mal, sie war zwei Jahre jünger als er. Sie saß im Gras und hielt den eingetrockneten Schädel ihres Großvaters im Schoß, ein unvergesslicher, fantastischer Anblick. Neben ihr auf dem Boden lagen zwei kleine Püppchen aus Stoff.

Plötzlich lächelte das Mädchen, und als sich ihre Blicke begegneten, glühten ihre Augen. Leja, die Tochter des Häuptlings. Leja, noch nicht ganz Frau. An jenem Tag erwachten Sinne in ihm, die nie wieder zur Ruhe kamen, Sehnsüchte, die ihn auf immer mit diesem Dorf auf Kalimantan verbinden würden.

Leja, die Tochter des Häuptlings. Zum ersten Mal war er verliebt.

Er bat die Runde, die Kernpunkte der letzten Stunden zusammenzufassen. Der Blasse am Fenster resümierte das Procedere von Christie bei Bezahlung und Rechnungsstellung. Der Typ in der Mitte dozierte über die Beziehungen der Firma zu den verantwortlichen Direktionen, Vorstandsmitgliedern und Hauptaktionären ihrer Kunden.

Genau wie er es vorgetragen hatte.

Dann war die Frau an der Reihe. Ihr Part war die Kundenakquise.

»Es muss schwer sein, jemanden zu finden, der für uns überhaupt als Klient in Frage kommt«, bemerkte sie lapidar mit gerunzelter Stirn. »Na, jedenfalls beurteilen wir zunächst einmal die Umsätze und Gewinne beider Firmen, auch vor dem Hintergrund von EU-Mitteln.« Sie schüttelte ungläubig den Kopf. »Wie viel Zeit das kosten muss!«

Das war alles, was sie zu dem Fall zu sagen hatte.

Peter versuchte zu lächeln. »Und dann, Groeneveld?«

»Dann untersucht unsere Rechercheabteilung die Firmenprofile unseres Klienten und seines Konkurrenten sowie das Marktsegment, in dem beide unterwegs sind.«

»Van Loon.«

Der Mittlere lehnte sich zurück. »Anschließend analysieren in Karin van Dams Abteilung die Techniker, ob der Kunde von seinem Profil her imstande ist, den Markt des Konkurrenten zu übernehmen, und ob seine Produkte vergleichbar sind. Gleichzeitig beurteilen unsere Juristen, ob beide Partner die arbeitsrechtlichen Vorschriften sowie die Umweltauflagen einhalten?«

»Landsaat.«

»Anschließend prüfen wir möglicherweise existierende Verträge der Firmen mit irgendwelchen Handelsketten. Genauer: Das tun nicht wir, das tun Sie ja persönlich, Herr de Boer.«

Sie sprach seinen Namen seltsam melodisch aus, gerade so, als ob die Stimme jeden einzelnen Buchstaben auf einer eigenen Tonebene malen wollte, was ihn ausgesprochen irritierte.

Zweifel beschlichen ihn, ob sie bleiben konnte.

Etwas schneller fuhr sie fort. »Magda Bakkers PR-Leute checken, ob der Klient unzuverlässige Kunden und Lieferanten hat, während sich Hans Bloks Abteilung um die Beziehungen der Vertriebsleute und Großhändler kümmert. Falls zu der Firma Großaktionäre gehören, muss ein Aktionärsprofil erstellt werden, wohingegen die Anteile der Minderheitsaktionäre von weniger als zwanzig Prozent einfach egal sind.«

Peter konnte sich nicht erinnern, sich so ausgedrückt zu haben.

Er deutete auf Groeneveld.

»Dann wird eine Expertise des Produkts in Auftrag gegeben, um das konkurriert wird.«

»Möchten Sie etwas ergänzen, Nicky Landsaat?«

»Sind die Produkte des Klienten und des Rivalen okay, wie sie sind? Kann das Produkt unseres Klienten verbessert werden – substanziell? Oder auch nur in der Wahrnehmung?«

»Welche Abteilung, van Loon?«

»Die technische, Karin van Dams Abteilung.«

»Korrekt.« Er sah auf die Uhr. »Nächstes Mal geht es unter anderem um den Nachweis von Bestechung, Insiderhandel und Manipulationen von Budgets. Aber auch jetzt haben wir bestimmt noch fünf Minuten übrig. Die Führungsstruktur des Konkurrenten, wie analysieren wir die?« Er schob seine Papiere zusammen.

Nicky meldete sich zu Wort. »Bei der Gelegenheit fällt mir ein, dass zu jedem Zeitpunkt an tausendachthundert verschiedenen Orten auf der Welt ein Gewitter runterkommt. Ist das nicht fantastisch?«

Peter sah die junge Frau an. Anders als die beiden Männer wirkte sie vollkommen gelassen.

»Tatsächlich treffen jede Sekunde zirka hundert Blitze die Erde«, sagte sie.

»Was bedeutet?« Peter war wirklich interessiert. Er übernahm die ersten Unterrichtsstunden einzig aus dem Grund, weil er mit allergrößter Wahrscheinlichkeit später nichts mehr mit diesen Personen zu tun haben würde und deshalb nur schwer zwischen seinen eigenen Angestellten und denen der Kunden unterscheiden konnte. Nicky Landsaat allerdings würde er wohl immer und überall wiedererkennen.

»Nichts. Die Erde ist eben einfach ein gefährlicher Ort. Es gibt all diese Blitze, und es gibt Christie N.V.« Sie lachte auf. »Pech für die arme Erde und Pech für diejenigen, die in das Visier von Christie geraten.«

Der Bleiche übernahm das Wort, offenbar war ihm die Situation unangenehm. »Wir beurteilen die Führungsstile der konkurrierenden Firma und in dem Zusammenhang auch den privaten Geldverbrauch des jeweiligen Chefs sowie mögliche Zeichen, ob dieser Chef sich zu irgendeinem Zeitpunkt empfänglich für Bestechung gezeigt hat.«

»Van Loon.«

»Wir suchen nach Beweisen für kompromittierendes Verhalten unter den Mitarbeitern in Führungspositionen und machen uns ein Bild von der Widerstandskraft des jeweiligen Managers.«

»Landsaat.«

»Das war's eigentlich. Hat der Gegner Biss, dann geben wir dem Affen Zucker, wenn nicht, führen wir ihn vor.«

»Ich glaube nicht, dass Sie das in meinem Handout lesen können.«

»Nein. Aber es entspricht dem, was Sie meinen.«

Er sah sie an. »Nein, Nicky Landsaat, nicht ganz.« Er warf einen weiteren Blick auf die Uhr, bevor er weitersprach. »Also. Die Ergebnisse dieser Untersuchungen werden in einem Report zusammengefasst, was weitgehend die Aufgabe von Mitarbeitern wie Ihnen ist. Diesen Report bekommen Thomas Klein und ich.«

Einen Moment blieb Peter ruhig stehen. In den letzten Jahren hatte er mehr als dreißig neue Mitarbeiter eingestellt, alles hoffnungsvolle junge Talente, aus Hunderten Kandidaten ausgewählt. Und sie waren so gut wie alle auch jetzt noch bei ihm angestellt – ein Einziger hatte der Versuchung nicht widerstehen können, eine Familie zu gründen. Er hatte anschließend nie mehr zu seinem alten Schwung zurückgefunden.

Die allermeisten konnten die Abläufe der Firma im Schlaf referieren. Jeder Einzelne war in der Lage, eine Marketingstrategie zu entwickeln, die die Einnahmen oder die Produktion jedweder Firma ändern konnte, und sie alle hatten ihre Termine so im Blut, dass Uhren überflüssig waren.

Es gab einen Haken. Bei solchen Mitarbeitern bestand immer die Möglichkeit, dass sie sich konspirativ zusammenschlossen und sein Lebenswerk mit einem Schlag zerstörten. Dafür brauchte es nur ihren Willen.

Er betrachtete die drei Neulinge. In jeder Traineegruppe gab es mindestens einen, der das Zeug zum Königsmörder hatte.

Diesmal war es eine Frau.

»Sie haben fleißig Notizen gemacht, meine Herren«, sagte er und betrachtete respektvoll die Stöße von Notizpapier vor den beiden jungen Männern. »Nicky Landsaat dagegen nicht.«

»Ich habe ein gutes Gedächtnis.«

»Eine halbe Seite ist es immerhin doch geworden, wie ich sehe.«

»Ja, ich habe in den Pausen ein paar Sachen notiert.«

»Ah ja? Vielleicht die Kernpunkte?«

»Die Kernpunkte?« Ihr Lächeln war fast schon nachsichtig. »Die Namen von siebenundfünfzig Sorten Zahnpasta.«

8

Fast zwei Wochen lang bekam sie Peter de Boer nicht zu Gesicht. Das war eine lange Zeit, und Nicky spürte die Anspannung geradezu körperlich.

An einem Montag kam er ohne Vorwarnung aus der oberen Etage, zu der die Trainees keinen Zugang hatten, in den Unterrichtsraum. Er nickte der kleinen Gruppe zu, dann warf er der neben dem Whiteboard thronenden Magda Bakker eine Bemerkung zu. Sie errötete, was Nicky aus unerfindlichen Gründen beunruhigte.

Für den Bruchteil einer Sekunde sah de Boer Nicky direkt in die Augen. Er wirkte bekümmert, und sie spürte, dass es sie offenbar berührte. Das kurze Wiedersehen führte dazu, dass der Unterricht und die Gespräche anschließend in der Kantine kaum zu ihr vordrangen. Dort debattierte man hitzig über die irakischen Bombenangriffe auf die Kurden.

Sie kam später als sonst nach Hause. Bea war noch da. Als sie Nicky sah, verzog sie das Gesicht.

»Kannst du dir schenken, Bea«, sagte Nicky. »Ich hab nicht vor, mich mit dir zu streiten.«

Im Wohnzimmer saß ihr Vater vor dem Fernseher. Sein Atem ließ erahnen, wie viel Genever er schon wieder intus hatte. Der Fernseher lief, auch hier wieder Bilder von Kurden, die ihre Fäuste in Richtung Bagdad erhoben, Bilder von menschlichem Leid nach Massenhinrichtungen in den Straßen von Arbil flimmerten über den Bildschirm.

Menschliches Leid, dachte sie verbittert und ging in die Küche, als ob menschliches Leid für ihren Vater überhaupt eine Kategorie wäre.

Die Tür zur Kammer war angelehnt, und drinnen in dem stickigen Raum beugte sich Nickys Mutter über ihre Näharbeit. Seit Monaten schien sie immer weniger zu werden, ihr Atem ging schwerer und schwerer, und die meiste Zeit über hatte man das Gefühl, sie tauche immer weiter ab in ihre eigene Welt. Arztbesuche lehnte sie kategorisch ab, obwohl sie sicher ahnte, welch schwere Krankheit da zunehmend Besitz von ihr ergriffen hatte.

Sie sah nicht auf. »Nicky, du kommst zu spät«, sagte sie mit leiser Stimme. »Wir mussten Mille losschicken für Nachschub.«

Nicky zuckte die Achseln. Von ihr aus sollte sich ihr Vater ohne ihre Unterstützung besaufen. Sie beugte sich über die zarte Gestalt ihrer Mutter und legte ihre Wange an das feine dunkle Haar. Die Hand der Mutter griff nach Nickys Arm. »Was ist denn?«

Nicky lächelte. »Heute hat er mir in die Augen geschaut.«

»Wer denn?«

»Mein Chef, Peter de Boer! Er hat mir in die Augen geschaut, und das geht mir einfach nicht aus dem Sinn.«

Der zarte, zerbrechliche Körper unter ihr zuckte zusammen. Die Hand ließ ihren Arm los, griff nach dem Batiklappen, ihrem Seelentröster und Talisman. Verliebtheit, oder auch nur eine Andeutung davon, das hatte in diesem Raum keinen Platz. Hier herrschten Enttäuschung, Resignation und Krankheit.

»Ist er in deinem Alter?« Ihr Tonfall verriet, dass sie die Antwort bereits ahnte.

»Nein, älter. Aber noch keine fünfzig.«

Der Blick ihrer Mutter wurde scharf.

Nicky hielt ihm stand.

»Fünfzig?« Die Mutter holte tief Luft. »In meiner Heimat werden nur Häuptlinge und deren Brut fünfzig.« Sie stand auf und nahm die Holzpuppe mit dem Jadeauge und dem dreieckigen Kopf von ihrem Nagel an der Wand. »Sieh sie dir an. Meine Großmutter hat sie geschnitzt, als sie fünfzig war. Es war ihr letztes Geschenk an mich. Begreifst du?« Sie schnaubte auf. »Nein, mein liebes Mädchen, ein Fünfzigjähriger soll sich nicht für dich interessieren.« Ihre Mutter stöhnte leise. Nicky vermutete, dass sie längst auch körperliche Schmerzen hatte, und es fiel ihr zunehmend schwerer, die Weigerung, sich in ärztliche Behandlung zu begeben, zu akzeptieren.

»Mutter, er weiß kaum, dass es mich gibt.«

»Aber es wird nicht lange dauern, das spüre ich«, fuhr die Mutter unbeirrt fort.

Mit missbilligender Miene hängte sie die Holzfigur wieder an ihren Platz. »Du bekommst vielleicht deinen Willen. Aber er wird auch seinen bekommen, da kannst du sicher sein!«

»Du hast selbst einen weißen Mann geheiratet, der älter war als du.«

Erzürnt sah ihre Mutter sie an, doch als sie antwortete, hatte sich ihr Ton verändert. »Ja, schau ihn dir an.« Sie schüttelte den Kopf. »Von der Sorte gab es damals viele in Indonesien.«

Nicky runzelte die Stirn. »Das, was dir damals in Indonesien passiert ist, hat nichts mit Peter de Boer zu tun.« Sie klang bitter. Die Parallele, die die Mutter gezogen hatte, gefiel ihr gar nicht. Vor zwei Stunden erst hatte sie erfahren, dass Peter de Boer seine Kindheit in Indonesien verbracht hatte. Demnach hatten sie also gemeinsame Wurzeln, und das war ein gutes Gefühl.

»Peter de Boer ist nicht wie Vater«, entfuhr es ihr. »Er ist dort geboren.«

In den Augen ihrer Mutter blitzten Tränen, dann schüttelte es sie: »Dukun, Dukun!«, rief sie immer wieder und packte

Nickys Hände. »Die Prophezeiung, jetzt geschieht, was er vorausgesagt hat! Dukun, du Teufel!«

Fassungslos starrte Nicky ihre Mutter an, als ihr Vater die Tür aufriss: »Dukun, Dukun! Müssen wir uns jetzt wieder diesen Voodoo-Scheiß anhören?«, brüllte er und ging auf seine Frau los. Ohne Vorwarnung schlug er ihr mitten ins Gesicht. Nicky warf sich dazwischen, doch ihr Vater war nur noch von Wut und Schnaps beherrscht. »Dukun, Dukun! Ich werde dir schon den Hexendoktor geben, du Schlampe!«, lallte er, und Speichel tropfte ihm vom Kinn, während er weiter auf seine Frau einschlug. Nicky hatte keine Chance, ihn zu stoppen.

»Ich hole die Polizei!« Nicky schrie so laut, dass ihre Stimme kippte. In diesem Augenblick traf die Faust des Vaters auch ihr linkes Auge. Nickys Mutter hatte schon lange aufgehört, Widerstand zu leisten. Sie lag gekrümmt am Boden und gab keinen Laut mehr von sich.

»Hau ab!«, zischte der Vater Nicky schließlich zu, »und lass dich hier nicht mehr blicken – ohne deine Schwester und ohne das Zeug.«

Als sie ihn endlich gefunden hatte, unten bei Oude Schans, hielt Nicky ihre Hand schützend vor ihr blaues Auge.

Frank stand mit drei weiteren Surinamern am Kanal, darunter auch Didi, die unvermeidliche Lederkappe auf dem Kopf. Am äußersten Rand des Bürgersteigs teilten sie den Inhalt eines Pillendöschens unter sich auf.

»Verpiss dich!« Frank blitzte sie an.

»Wo ist Mille?« Nicky rührte sich keinen Zentimeter von der Stelle. Sie musste wissen, wo ihre Schwester war, damit sie rasch zurück in die Wohnung konnte, bevor ihr Vater noch einmal explodierte.

»Oho, das Kindermädchen ist auf der Suche?« Er zog ihr die Hand vom Gesicht, und seine Kumpel fingen an zu lachen.

Frank spielte Erstaunen. »Sieh mal einer an. Hat mir schon einer die Arbeit abgenommen!« Wie aus dem Nichts schlug er zu und traf genau die Stelle am Auge, wo die Schwellung bereits schmerzhaft pochte.

Still sackte Nicky in die Knie. Die alten Hausgiebel über sich nahm sie nur noch verschwommen wahr. Doch eines war klar: Sie würde unter keinen Umständen weinen.

Sie packte Franks Hosenbein und zog sich daran hoch, bis sie wieder auf den Füßen stand.

»Wo ist Mille?«, fragte sie, ohne mit der Wimper zu zucken.

Die Suche nach Mille dauerte. Schließlich sah sie ihre Schwester im Hauseingang verschwinden und folgte ihr. Mille schleppte sich Stufe um Stufe die Treppe hinauf, ihr Körper wirkte so matt, so zart, sie konnte sich kaum auf den Beinen halten. Mit einem Satz war Nicky bei ihr und schüttelte sie, aber Mille war gar nicht in der Lage, zu reagieren.

»Was haben sie dir gegeben?«

Mille presste die Einkaufstüte mit den zwei Flaschen Genever an sich. Nein, den Schnaps für den Vater vergaß sie nicht mal, wenn sie bis obenhin zugedröhnt war. Nur mit Schnaps konnten sie sich ein paar Stunden Ruhe vor ihm erkaufen.

Zu Hause in der Wohnung herrschte Stille. Der Vater riss Mille die Tüte aus der Hand und zog sich wortlos in die Sitzecke zurück, wo noch immer stumm der Fernseher lief.

Schweigend brachte Nicky ihre Schwester in das winzige Jungmädchenzimmer mit Zeitungsausschnitten von Rockstars an den Wänden und Stofftieren auf dem Kopfkissen. Mille merkte schon nicht mehr, wie Nicky sie zudeckte.

Nicky ging hinaus in die Küche. Die Kammer war leer, die letzten Sonnenstrahlen drangen durch die Spinnenweben vor dem Glasbaustein unter der Decke. Bis auf die kleine Holzfigur mit dem Jadeauge, die ihren Nagel an der Wand verlassen hatte, war alles an seinem Platz.

Erst als sie wieder an der Türschwelle zum Flur stand, bemerkte Nicky die Blutflecken auf dem Küchenboden. Sie bückte sich. Die Spur begann auf den Fliesen vor der Kammer und führte bis zum Ende des Flurs.

In diesem Moment schienen die Ereignisse des Tages ineinanderzufließen und in Nickys Kopf zu explodieren. Benommen ging sie zum Schlafzimmer.

Die Mutter lag still auf dem rechten Bett. Das Blut im Flur stammte ganz offensichtlich von einer tiefen Platzwunde auf ihrer Wange. Als Nicky sich neben das Bett kniete und die kalte Hand der Mutter nahm, huschte ein schwaches Lächeln über deren Gesicht. Doch irgendetwas hielt Nicky davon ab, den Notarzt zu rufen.

Die Blutspur vom Ohr bis zum Schlüsselbein war schon etwas getrocknet. Nicky spürte, wie die Wut in ihr aufstieg. »Es reicht. Ich hole jetzt die Polizei und einen Arzt«, flüsterte sie und wollte aufstehen, aber die Mutter hielt sie zurück.

»Bleib hier, mein Schatz«, flüsterte sie kaum hörbar. »Bleib hier, ich muss dir etwas sagen.« Die Hand tastete nach Nickys Haar – das hatte ihre Mutter schon seit Jahren nicht mehr getan. Unendlich liebevoll blickte die Mutter sie an. Dann flüsterte sie den alten Vers in ihrer Muttersprache:

Komm, kleiner Schmetterling, schwing dich hinauf,
Tanz vor mir her, bring mich zur Ruh.
Lass mich frei atmen und träumen.
Lass uns zusammen fliegen
Durch die Zeit, die uns beiden gegeben ist.

»Erinnerst du dich noch an diesen Vers, Nicky?« Sie lächelte sanft.

Nicky kämpfte mit den Tränen. Alles war auf einmal wieder da, der Segen der Mutter, das Ritual hinter den Worten. Hinter jenen Worten, die von Generation zu Generation weitergetragen worden waren.

Als die Mutter den Vers wiederholte, schloss Nicky die Augen und lauschte mit allen Sinnen. Sie spürte, dass ihre Mutter die Geschichte zum letzten Mal für sie würde erzählen können. Warum war ihr plötzlich klar, dass ihre Mutter im Begriff war, sich aus dem Leben zu schleichen?

Komm, kleiner Schmetterling, schwing dich hinauf,
Tanz vor mir her, bring mich zur Ruh.
Lass mich frei atmen und träumen.
Lass uns zusammen fliegen
Durch die Zeit, die uns beiden gegeben ist.

»Merk ihn dir, denn du musst ihn an deine Tochter weitergeben und sie an ihre. Also merk ihn dir gut.«

Sie drückte Nickys Hand, und plötzlich hustete sie blutigen Schleim. Dann fasste sie sich und atmete rasselnd ein – so tief sie konnte. Nicky nahm ein Tuch und tupfte sie vorsichtig sauber.

»Du musst von dem Fluch erfahren, Nicky. Hörst du mir zu?«

Nicky umfasste ihren Arm.

»Mein liebes Mädchen, dein und mein Schicksal begann mit einem Schmetterling, der so schön war wie der Sternenhimmel … Vor mehr als dreihundert Jahren verirrte er sich vom Dschungel an die Küste, an die Orte Bula und Nif, wie man sie heute nennt. Das war auf den Molukken, an der Nordostküste Serams, wo die Portugiesen damals schon lange nach Schätzen suchten.« Und während ihre Mutter versuchte, die Geschichte in der fremden Sprache so fließend wie möglich zu erzählen, verwandelte sie sich in Nickys Ohr in eine anmutige Melodie.

»An jenem Tag wollte es das Schicksal, dass einer der Seemänner allen Warnungen der anderen zum Trotz diesem wunderschönen Schmetterling in den Dschungel folgte. Als der Schmetterling auf dem Boden landete, breitete er seine gezackten Flügel aus und legte einen Zauber über den Seemann, der sich auf der Stelle in den Ort, in dessen Düfte und Farben verliebte.

Den Strand sah der Seemann nie wieder. Der Wald hatte sich hinter ihm geschlossen, und die Rufe seiner Kameraden verklangen in der Dunkelheit.

Tagelang irrte er im Unterholz umher, bis Angehörige eines Eingeborenenstamms den völlig entkräfteten Mann am Fuß eines großen Baumes fanden. Unter großer Aufregung brachten sie ihn in ihr Dorf. Ihre Hilfe vergalt er ihnen schlecht – er schwängerte eines der Mädchen im heiratsfähigen Alter und büßte dafür mit seinem Leben. Doch die Saat war gelegt …

Der jungen Frau, die bei guter Gesundheit war und stets den ganzen Tag hatte arbeiten können, gestattete man, ihr Kind zur Welt zu bringen und es zu behalten. Doch als das Kind schließlich nicht mehr gestillt werden musste, verstieß das Dorf Mutter und Kind. Wochenlang irrte die Frau umher und gelangte schließlich an den Fuß des Vulkans Gunung Besar, wo unter den dort wohnenden Menschen *nitu nitu* herrschte.«

Nicky hatte bisher still zugehört. »*Nitu nitu?*«

»Ja. Der Glaube, dass die Seelen der Toten in allem weiterleben.« Die Hand der Mutter sank auf die Bettdecke, die Augen hatten ihren letzten Glanz verloren. Ihre Stimme war immer schwächer geworden.

»Mutter, wir müssen einen Arzt holen.«

»Nein!« Ihre Reaktion war heftig. »Nein, ich verbiete es dir. Du wirst verstehen, warum. Hör zu. Dort, wo *nitu nitu* herrschte, lebten die Alfuren, die Heiden, die Wilden. Sie nahmen die junge Frau zu sich, und bei ihnen zog sie ihre Tochter auf. Und ihre Tochter gebar dort wiederum eine Tochter und diese wiederum ihre und so fort, bis die Reihe an mir war.« Sie nickte.

»Du, Nicky, bist die älteste Tochter der ältesten Tochter der ältesten Tochter und so weiter zurück bis zu dem Mädchen, das den Samen vom Schmetterlingsmann empfangen hatte. Die Geschichte von dem Mädchen mit dem hellen Kind, das vor dreihundert Jahren zu den Alfuren kam, ist am Fuß des Vulkans noch heute lebendig.

Zwar hat man die Nachkommen dieser Frau geduldet, aber sie unterschieden sich doch immer von den Alfuren: Sie waren anders, kräftiger, auch attraktiver, und wurden dafür beneidet und gehasst. Viele der Mädchen mit dem Seemannsblut fristeten ein kümmerliches Dasein, aber das Blut des Portugiesen wurde von Generation zu Generation weitergegeben. Siehst du den roten Faden der Geschichte, Nicky?« Die zarte Hand drückte ihre. »Mit der Gnade der Götter und angekündigt von einem nachtblauen Schmetterling kamst nach dreihundert Jahren du als die älteste Tochter der ersten Tochter der ersten Tochter auf die Welt. Dreihundert Jahre ist das nun her.«

Nicky ließ für einen Augenblick die Hand der Mutter los und spürte, wie die Sorge um sie nach und nach verdrängt wurde von einem tiefen Wunsch nach Rache. Dafür würde ihr Vater büßen. Heute hatte er zum letzten Mal die Hand gegen jemanden aus der Familie erhoben. Es war genug. Mehr als genug. Es war Zeit.

Die mandelförmigen Augen der Mutter waren nun halb geschlossen. Nie hatte Nicky einen Menschen so verletzlich und schwach gesehen. Und dennoch, so wie ihre Mutter dort lag, mit dem Leben nur noch durch den Gedanken an ihrer aller Geschichte verbunden, wirkte sie stark wie eine Wurzel, deren

Verästelungen tief in den Boden der Vergangenheit drangen. Sie hatte ihre Geschichte zu erzählen, und diese Geschichte musste weiterleben. Doch Nicky fürchtete sich vor dem, was nun kommen würde.

Die Mutter fuhr sich schwach mit der Zunge über die Lippen. »Damals, als dein Großvater deiner Großmutter begegnete, war die Geschichte an dem Punkt angelangt, wo sich die Weißen schon seit zu vielen Jahren an den Bodenschätzen der Molukken bereichert und alle Wälder gerodet hatten – man hasste sie dafür, die Weißen.

Und das war der Grund, warum der Hexendoktor unseres Dorfes, der Dukun, so zornig war: Dein Großvater hatte sich für deine Großmutter entschieden. Einen Abkömmling dieser verhassten Weißen. Schließlich aber fand sich der Dukun damit ab, selbst mit meiner Geburt. Seine Verwünschungen begannen erst, als ihm mein zartes, aber trotziges Wesen auffiel.

Dann kam der Krieg und mit ihm die Japaner. Schon bald verbreitete sich an den Küsten das Gerücht, Jayabayas Weissagung sei in Erfüllung gegangen. Erinnerst du dich an die Geschichte von Jayabaya, Nicky?«

Die Mutter registrierte das Nicken ihrer Tochter schon nicht mehr. Nicky wusste tief in ihrem Innern, dass der Abschied kurz bevorstand. Und sie wusste, sie musste ihre Mutter die Geschichte zu Ende erzählen lassen. Gegen jede Vernunft. Sie konnte ihre Mutter nicht retten, denn ihre Mutter hatte sich bereits entschieden. Kein Arzt würde sie gegen ihren Willen davon abbringen, ihren Weg zu gehen. »Jahrhunderte bevor die Weißen auftauchten, war er der König eines großen Java-Reichs, und er hatte prophezeit, dass eines Tages der weiße Mann kommen und eine grausame Herrschaft führen werde: so lange, bis sonnengelbe Männer aus dem Norden sie vertreiben würden. Danach – so sagte er – würden diese gelben Männer genauso lange im Land bleiben, wie der

Mais braucht, um zu reifen. Erst dann würden die Molukken und das übrige Indonesien frei sein. Aufgrund dieser Weissagung Jayabayas wurden die Japaner in den Dörfern als Befreier empfangen. Allerdings wurden die Menschen schnell eines Besseren belehrt, denn mit den Japanern kam die Hungersnot.« Sie lachte leise. »Ja, mein Kind, ich lache. Denn ohne diese Weissagung und ohne den nachtblauen Schmetterling mit den gezackten Flügeln wärst du nie zur Welt gekommen! Das Blut des weißen Mannes war durch die Verlockung eines Schmetterlings auf die Insel gekommen, aber nun sollte dieses Blut schnellstmöglich wieder verschwinden. So wollte es nach den Worten Jayabayas das Schicksal.«

Sie seufzte, und ihr Blick flackerte, die Erinnerungen schienen ihr größere Schmerzen zu bereiten als alles andere. Dann fasste sie sich wieder. »Selbst die Kinder auf dem Dorfplatz bespuckten mich. Sie nannten mich *swangi*, Hexe. Aber mein Vater war ein starker Mann. Um meine Mutter und mich zu beschützen, widersetzte er sich sogar dem Dukun. Schon das brachte uns viel Ärger ein, aber das Schlimmste war, dass er den Talisman des Dukun entwendete, die kleine Figur mit dem Jadeauge. Und dafür nahm der Dukun grausam Rache: Eines Tages, als sich in der Mittagshitze der Lavastaub gelegt hatte, umarmte er meinen Vater. Und noch bevor dieser begriff, was geschah, flüsterte ihm der Dukun seine Verwünschungen ins Ohr. Mit einem Kuss auf die Wange meines Vater besiegelte er unser Schicksal.«

Sie legte den Kopf in den Nacken und starrte wie blind an die Decke. »Das ist lange her. Die meisten seiner Prophezeiungen sind längst in Erfüllung gegangen – und damit vorbei.« Eine Träne erschien in ihrem Augenwinkel. »Der Rest liegt nun bei dir, Nicky.«

Da bäumte sich ihr Oberkörper so heftig auf, dass ihr Kopf gegen das Brett am Ende des Bettes schlug. Die Sehnen an ihrem Hals waren bis zum Äußersten gespannt, und der Brustkorb hob und senkte sich ruckartig, dann fiel ihr Kopf schlaff zur Seite. Nicky wollte aufspringen. Ratlosigkeit und Panik beherrschten sie gleichermaßen. Sollte sie nicht doch endlich einen Arzt rufen? Doch als es ihr unter Mühen gelungen war, sich Nicky zuzuwenden, war in den Augen der Mutter kein Funken Angst zu erkennen. Lächelnd griff sie noch einmal nach der Holzpuppe und blickte fest in das starre Jadeauge.

»Verehrte Schwestern, Mütterchen«, flüsterte sie. »Nun bin ich bald bei euch.«

Nicky zitterte.

Die magere Hand legte den Talisman auf Nickys Schoß. »Pass gut auf sie auf! Das sind deine Ahnen, zu denen auch ich schon bald gehöre. Solange du sie bei dir trägst, sind wir bei dir, vergiss das nicht!«

Nie war Nicky ihrer Mutter näher gewesen. »Mutter, ruh dich jetzt aus. Das Sprechen ist zu anstrengend …«

»Schhhh! Meine Geschichte ist gleich zu Ende, mein liebes Mädchen, dann kann ich mich ausruhen. Hör gut zu! Als die Japaner von der Insel verschwanden, flohen deine Großmutter, dein Großvater und ich zusammen mit einer anderen Familie von Seram. Die Verwünschungen des Dukun schleppten wir als Ballast mit uns.« Sie kniff die Augen zusammen. »Der Dukun hatte prophezeit, dass niemand von uns die Molukken und die Insel unserer Geburt je wiedersehen würde. Meine Eltern würden mich an einen weißen Mann verlieren. An einen Weißen, der das zurückholen würde, was der weiße Portugiese seinerzeit gebracht hatte. Die Teufelsbrut. Und der letzte Nachkomme dieser Teufelsbrut, das war ich, sollte sechs Kinder gebären.«

Nicky sah ihre Mutter bestürzt an. »Du hast aber nur vier Kinder bekommen. Das stimmte also nicht.«

Doch ihre Mutter schüttelte kaum merklich den Kopf. »Ich

bekam sechs Kinder, Nicky, alles entsprach der Prophezeiung. Vor dir, mein Liebling, hatte ich zwei Söhne, aber das Schicksal wollte, dass ich sie wieder verlor. Auch das hatte der Dukun vorhergesagt.« Sie machte eine kleine Pause. »Aber was er nicht vorhergesagt hatte, war, dass die Schuld daran mein eigener Mann zu tragen hatte.«

In das Gefühl größter Nähe mischte sich schleichendes Unbehagen. War ihre Mutter gerade dabei, eine große Lebenslüge aufzudecken? »Wie meinst du das?« Nicky rang um Fassung.

»Man gestattete deinem Vater, auf Java zu bleiben, auch nachdem die Holländer 1949 des Landes verwiesen wurden. Wir beide gingen ein Bündnis ein: Er sollte die Möglichkeit bekommen, zu bleiben, und ich, den engen Gassen und miefigen kleinen Bordellen zu entkommen!« Sie tätschelte Nickys Hand. »Ja, du hast richtig gehört. Und wir heirateten. Wir bekamen zwei Söhne – und wir verloren sie wieder.«

»Wie habt ihr sie verloren?«

»Anders als man heute behauptet, rollten 1965 auf Sumatra und den anderen Inseln bei den Weißen nur wenige Köpfe. Aber dein Vater war feige, wie so viele andere in Jakarta. Er tat sich mit einem holländischen Schiffseigner aus Borneo zusammen, witterte gleich wieder ein gutes Geschäft. Und ließ sich von denen, die mit uns flohen, gut bezahlen, damit sie samt ihrem Hab und Gut aus Indonesien entkommen konnten.« Sie lachte auf. »Aber das Schiff sank, und wir trieben hilflos im Meer.«

»Das Schiff hieß ›Banjak Bagus‹«, fuhr die Mutter nach einer kleinen Pause fort. Ihr Atem ging nur noch rasselnd. »Das bedeutet ›sehr gut‹.« Wieder ein Lachen, so trocken und vernichtend, wie Nicky es nie von ihr gehört hatte. »Ein guter Name für ein Schiff, das seinen Eigner, die Besatzung und viele Passagiere, darunter deine beiden Brüder, mit sich in die Tiefe riss. Schuld daran war dein Vater, oder vielmehr: der

Gin.« Wieder stieg ein Lachen in ihr auf. Dieses Mal aber blieb es ihr in der Kehle stecken.

»Die kleine Puppe, die ich dir schenkte, als du klein warst, mein liebes Mädchen, schwamm damals auf dem Meer. Woher sie kam, weiß ich nicht. Sie tanzte plötzlich auf den Wellen. Außer ihr konnte ich nichts retten.«

Nicky nickte stumm. Das Püppchen mit dem blauen Muster auf dem Kleid lag in der Schublade. Wie oft hatte es sie getröstet!

»Später wollte es das Schicksal, dass ich noch vier Kinder bekam. Die Verwünschungen des Dukun wirkten also weiter. Dich, meine älteste Tochter, und noch drei weitere, die mein Blut nicht wert waren. Genau wie vorhergesagt.«

Die schlaffe Hand ließ Nickys los. »Bea, Henk und Mille, das ist die Teufelsbrut. Drei der Kinder würden nichts taugen.«

Nichts taugen? Nicky weigerte sich, das hinzunehmen. Und Teufelsbrut! Wie konnte eine Mutter so bösartig von ihren Kindern sprechen! Und doch waren ihr selbst diese Gefühle von Hass und Verachtung nicht fremd, sie hatte nur nicht gewusst, wie tief und weit diese Gefühle gehen konnten.

Indem ihre Mutter die eigenen Kinder »Teufelsbrut« genannt hatte, war der Fluch nach außen getragen.

Nicky riss sich zusammen. »Und was ist mit Mille? Was hat sie denn getan? Sie ist doch noch ein Kind.«

»Mille hat ihren Platz im Leben längst gefunden. Genau so wurde es vorhergesagt.«

»Das kann ich nicht akzeptieren, Mutter.«

»Das wirst du müssen, Nicky.«

»Und was ist mit mir? Was ist denn so Besonderes an mir, dass du mich nicht zur Teufelsbrut rechnest?«

»Du?« Sie lächelte und strich vorsichtig über das geschwollene Auge der Tochter. »*Bunga saya,* meine Blume. Du wirst einen weißen Mann bekommen, der dich zurückbringt, und dann wird sich der Ring schließen.« Sie nickte bekräftigend, als sie Nickys Zweifel bemerkte. »Schon bald sollst du das Stück Stoff nehmen, das in der Kammer an der Wand hängt, ja?« Nicky nickte langsam. »Und dann kümmerst du dich nicht mehr um deinen Vater«, flüsterte ihre Mutter. »Von seinen ersten widerlichen Zärtlichkeiten bis zu seinem letzten Gewaltausbruch war er nichts weiter als ein Werkzeug des Dukun, begreifst du das?«

Die Mutter sah Nicky wie aus weiter Ferne an. Dann verdrehten sich ihre Augen, sie atmete rasselnd ein und lächelte wie aus weiter Ferne. »Oh … oh … hörst du, mein Engel? Das ist die vierte Seele. Hörst du?«, flüsterte sie, und mit einer Stimme, sanft wie der Wind, dankte sie den Göttern.

Im selben Moment, als der Geist sie verließ, wurde die Holzfigur in Nickys Hand ganz warm.

Am Ende der Nacht hatte Nicky keine Tränen mehr, und sie betete längst nicht mehr, die Götter ihrer Ahnen möchten das Geschehene ungeschehen machen. Noch immer umklammerte sie die Hand ihrer Mutter, die eiskalt geworden war. Nun war sie allein. Ihr Vater, der Mörder, saß vollkommen betrunken in der Sofaecke. In ihrem Zimmer döste Mille in einer anderen Welt vor sich hin. Bea und Henk waren auf der Straße unterwegs. So sehr sich auch Nickys Verstand dagegen wehren mochte – sie alle waren wohl Teil eines Fluchs – und dieser Fluch stand kurz vor der Erfüllung.

Schließlich ließ Nicky die Hand der Toten los. Ein Leben voller Härten hatte ein Ende gefunden. Es war der Wille ihrer Mutter gewesen, und Nicky hatte von Anfang an gespürt, dass es nichts mehr zu tun gab für sie. Sie selbst, Nicky, aber blieb einsam und verwirrt im Chaos der Gefühle zurück.

Wie in Trance ging Nicky durch den Flur und die Küche in die Kammer, die sie zu empfangen schien, als wäre sie immer schon ihr Platz gewesen. Es war fast so, als würden sich die zahlreichen Puppen vor ihr verneigen. Der Nähtisch war aufgeräumt, die fertigen Spitzen lagen an der Seite. Die älteste Tochter, in der zehnten Generation Nachfahrin eines Portugiesen, hob den Kopf und sah die Stoffstücke an der Wand über sich leuchten. Sie überlegte nicht lange, welches die Mutter gemeint hatte, sondern griff sofort nach dem kleinsten. Nicky mochte den Geruch des mürben Stoffs auf Anhieb.

Auf der Rückseite des Stofffetzens klebte ein gewelltes Stück Papier, das allein hielt im Grunde die Fasern zusammen. In der zierlichen Schrift der Mutter stand dort 3-6-2-4-3-1. Sie schloss die Augen. Zahlen haben eine Bedeutung, hatte ihre Mutter immer wieder gesagt.

Nicky sah sich das Papier genau an. In einer Ecke waren zwei anmutig aneinander lehnende Ovale gezeichnet. Nicky kannte das Zeichen, sie hatte es oft gesehen. Höchstens fünf Jahre alt war sie gewesen, als ihr in der Ecke der Kammer zum ersten Mal eine Bodenfliese aufgefallen war, die dieses Zeichen trug.

Sie kniete sich hin, um das Muster aus nächster Nähe zu betrachten. Haarfeine, fast unsichtbare Linien spannten ein dekoratives Netz. Und bei genauem Hinsehen offenbarten die beiden Ovale einen blau gezackten Rand. Zum ersten Mal fielen ihr diese winzigen Details auf. Aufgewühlt richtete sie sich wieder auf und verschränkte die Arme.

Es war das untere Flügelpaar des blauschwarzen Schmetterlings, genau wie ihn ihre Mutter beschrieben hatte.

Das Zeichen der ältesten Tochter.

Penibel untersuchte Nicky die angrenzenden Bodenfliesen. Und sie wurde fündig: Drei Fliesen in Richtung Zimmermitte tauchte eine weitere winzige Zeichnung auf, die den langgestreckten Körper eines Schmetterlings darstellte. Nicky nahm den Stofffetzen in die Hand und las noch einmal die Zahlen auf der Rückseite. 3-6-2-4-3-1.

Sie suchte weiter, und tatsächlich: Sechs Fliesen unterhalb des Insektenkörpers fand sie einen Fühler, zwei Fliesen schräg links darunter einen weiteren, vier Kacheln über die Zimmermitte hinaus das obere Flügelpaar, dann drei Fliesen schräg nach oben die drei Beinpaare. Und ein Feld nach links entdeckte sie schließlich ein winziges Kreuz, umkränzt von gezackten Ornamenten. Das Schmetterlingspuzzle endete direkt an der Schwelle der schmalen Tür zur Küche.

Die Fugen rings um diese Fliese waren tiefer als die übrigen. Als sie mit dem Fingernagel darunter fuhr, merkte sie, dass die Fliese nur lose auflag. Vorsichtig hob sie sie an. Darunter lag ein zusammengefalteter Briefumschlag.

Nicky kniete eine ganze Weile da und starrte darauf. Ihr war unbehaglich zumute, als sie danach griff, um ihn zu öffnen. Fast war es, als würde sie in fremdes Territorium eindringen.

Im Umschlag befanden sich keine persönlichen Dinge, nur mehr oder weniger offizielle Dokumente. Der Mietvertrag für die Wohnung. Eine notarielle Aufstellung sämtlichen Hausrats, der Beleg über eine kleine Hypothek von sechzehntausend Gulden sowie längst beglichene Abzahlungsvereinbarungen.

Alles war auf Nickys Namen ausgestellt.

Nachdem sie die Unterlagen ein zweites Mal durchgesehen hatte, legte sie sie in den Schoß und schloss die Augen. Das Gesicht der Mutter erschien vor ihr. 3-6-2-4-3-1! Dreihundert Jahre lang hatte die älteste Tochter Bedeutung gehabt. Dann kamen sechs Kinder. Zwei davon starben, vier blieben. Drei taugten nichts. Und hier saß sie nun allein, die irdischen Güter ihrer Mutter vor sich. Doch, es stimmte, Zahlen hatten eine Bedeutung.

»Dukun!«, zischte Nicky und erhob die Faust in Richtung der Wand. Ihr Vater hatte ihre Mutter getötet. Im Auftrag des Dukun. »Verflucht seist du!«

9

Konzentriert und rasch steckte Marc de Vires alles, was er brauchen würde, in seine Aktentasche. Sein Blick wanderte noch einmal über die Papierstapel auf dem Schreibtisch und über die Zeitungsartikel zum Bürgerkrieg in Kurdistan.

Er ließ die rasante Entwicklung der letzten Stunden Revue passieren und atmete tief durch. Dann schaltete er den Computer aus, wählte aus seiner Garderobe den für die Jahreszeit am besten geeigneten Trenchcoat aus, ließ die Haustür mit so viel Nachdruck zufallen, wie er sich in seiner Situation erlauben konnte, und war mit vier Schritten bei der Garage, wo er abrupt stehen blieb.

Er stellte die Aktentasche auf den Platten ab und tat so, als suchte er etwas in den Tiefen seiner Manteltaschen. Nachdem er sich ein paarmal auf die Brusttasche geklopft hatte, nahm er die Aktentasche, wandte sich zum Haus um und ging wieder hinein.

Er wartete eine ganze Weile, ehe er sich an das Fenster zur Straße wagte. Der viel zu anonyme Lieferwagen unter den Kastanien war ihm sofort aufgefallen.

Der Wagen parkte mit den Vorderrädern auf dem Fußweg. Er hatte ein gelbes niederländisches Nummernschild wie alle Autos im mondänen Haarlem. Außer ein paar rostigen Stellen an der Seite und einem Kasten, der an der Heckklappe angebracht war, wirkte der Wagen völlig unauffällig. Für den durchschnittlichen Beobachter mochte der Metallkasten ein zusätzlicher Stauraum für Werkzeug oder etwas dergleichen sein.

Aber Marc de Vires war diese Ausstattung sehr wohl vertraut, allerdings nicht in diesen Breitengraden.

Er harrte hinter den Gardinen aus und beobachtete, was auf der Straße passierte, bis die Schatten länger wurden. Schließlich ging er ins Wohnzimmer, schob ein Gemälde an der Wand zur Seite und entnahm dem Tresor dahinter eine Pistole.

Mit der Waffe in der Manteltasche trat er wieder aus der Haustür.

Noch ehe er neben dem Lieferwagen stand, registrierte er das leise Brummen des Kastens an der Heckklappe. Er hatte nichts anderes erwartet. Das Geräusch stammte vom Generator eines Kühlwagens.

Unter der nachlässig ausgeführten, matt glänzenden Spritzlackierung konnte er noch die Umrisse eines Firmenlogos ausmachen. Anton Borst Catering, las er.

Die Chance, dass ihn jemand angreifen würde, war gering, trotzdem schloss er seine Hand um die Pistole fester und spannte die Muskeln des Unterarms.

Als die Schiebetür des Lieferwagens aufglitt, gefror die Luft um ihn herum zu Eis und verdeckte für einen Moment den Anblick.

Dann sah er die nackten Füße. Blasse nackte Füße, mit Stoffstreifen an zwei Stahlrohren festgebunden. Es handelte sich um die Leiche eines Weißen, bläulich, von Raureif überzogen. Marc de Vires hatte den Mann nie gesehen, trotzdem wusste er, um wen es sich handelte. Kopfschüttelnd beugte er sich vor, griff nach dem Zettel, der auf dem steifen Körper lag, und knallte die Schiebetür zu.

Fünf Minuten später saß er, das linierte Stück Papier vor sich, an seinem Schreibtisch und starrte auf die beiden Telefonnummern. Schließlich griff er nach dem Hörer und wählte die erste Nummer.

Noch ehe die Verbindung hergestellt war, hörte er, wie der Kühlwagen losfuhr. Er beugte sich zum Fenster, konnte aber aus seiner Position nichts sehen.

»Ja!«, sagte die Stimme am anderen Ende der Leitung. Nachdem Marc de Vires sich gemeldet hatte, kam der Mann sofort zur Sache. »Nun, Marc de Vires, so etwas passiert, wenn man sich nicht an die Spielregeln hält. Wir hatten Ihnen Rahman für die grobe Arbeit angeboten, nicht wahr? Sie aber haben einen anderen Mann für die Aufgabe engagiert.«

»Das Büro in der King's Road wird nicht erfreut sein, wenn klar wird, dass einer der eigenen Männer auf Eis gelegt wurde.« Marc gestattete sich ein kurzes Auflachen.

Die Stimme am anderen Ende blieb leidenschaftslos. »Hören Sie. Sie können so viele verdammte Söldner anheuern wie Sie wollen. Vom Büro in der King's Road oder von sonst wem. Aber solange Sie mit uns zu tun haben, setzen Sie unsere Leute für so etwas ein, ist das klar?«

»Weil sonst wieder der Anton-Borst-Kühlwagen vorgefahren kommt?«

»Sie nehmen Rahman, verstanden? Und dabei bleiben Sie, bis die Aufgabe beendet ist. Er wurde dafür eingestellt. Nicht nur Sie sind in die Sache involviert, für uns alle steht viel auf dem Spiel.« Damit wurde der Hörer am anderen Ende aufgeknallt.

De Vires nahm sich wieder das Blatt Papier vor, das auf der steifgefrorenen Leiche gelegen hatte. Dann strich er sich über die vernarbte, gefühllose Seite seines Gesichts, schaltete das Tonband seines Anrufbeantworters an und wählte die zweite Telefonnummer.

Nach langem Tuten war ein Klicken zu hören.

Die Stimme war leise. Glasfaserkabel und Relaisstationen,

Satelliten im All und alte Kupferkabel in glühendheißer Wüstenluft, sie alle lagen dazwischen und schufen zusammen beträchtlichen Widerstand.

»Marc!« Es klang mehr wie Stöhnen, dem ein kurzes Husten folgte.

Ein Zittern durchfuhr Marc, dann war die Stimme wieder weg. Das war alles gewesen. Er legte auf, starrte dumpf vor sich hin. Es gab keinen Zweifel. Diese Stimme kannte er ausgezeichnet.

Er bemerkte den Jungen, als der sich gerade hinter der Tür zur Diele verstecken wollte. Ertappt streckte der Junge den Kopf zur Tür herein. »Waren das Vater und Mutter?«

Marc schüttelte den Kopf, und augenblicklich veränderte sich der Gesichtsausdruck des Kindes. Es wirkte wie ein verletztes Tier, vollkommen wehrlos.

Das können Trauer und Entbehrung aus einem Kind machen, dachte Marc.

Er nickte dem Kindermädchen zu, das die Treppe heruntergekommen war, um sich den Jungen zu schnappen.

»Ich habe gerade von einem üblen Einbruch im Viertel gehört, bei dem eine Frau überfallen wurde. Deshalb spielt ihr in den nächsten beiden Tagen besser nur im Haus, Ingrid. Wir müssen vorsichtig sein, okay?«

Achselzuckend zog sie den Jungen mit sich fort. Das war das Gute an belgischen Au-pair-Mädchen. Solange der Lohn gut war, taten sie alles, was man ihnen sagte.

Marc de Vires beschloss, sich erst noch seiner Arbeit zuzuwenden. Über die letzten Monate hinweg hatten sich Papierstöße auf seinem Schreibtisch aufgetürmt. Nur widerwillig blickte er auf den zuoberst liegenden Zeitungsausschnitt.

»Gewaltsame Demonstrationen in Jordanien aus Protest gegen steigende Brotpreise«, las er. Es war die kleinste Überschrift auf der Seite, aber sie war sein Werk, genau wie viele weitere Notizen, auf die man gelegentlich in Zeitungen und Magazinen stieß, die bei Reuters abonniert hatten. Das magische, weltumspannende Auge.

Seine nächste Aufgabe hatte er bereits in Angriff genommen. Er musste zusehen, dass er Peter de Boer schnellstmöglich in die Geschichte hineinzog.

10

Im Laufe der letzten Zeit hatten sie sich immer mehr entfremdet. Aber trotz diverser Anzeichen war Peter das erst am Abend zuvor wirklich bewusst geworden, da allerdings mit erschreckender Klarheit. Es lagen inzwischen Welten zwischen ihm und Heleen.

Hastig und mechanisch hatten sie sich geliebt, dann hatte jeder für sich ein Bad genommen, und zwanzig Minuten später waren sie festlich gekleidet auf einem dieser öden Empfänge eingetroffen, an denen teilzunehmen ihm Heleen regelmäßig abverlangte.

Zwischen all den selbstgefälligen Menschen hatte er sich durchaus aufgeschlossen gegeben und sich bereitwillig auch den Frauen zugewandt, sogar den Arm um die eine oder andere gelegt, immer in der Hoffnung, Heleen würde es registrieren.

Der weiche Satin des Kleides und die nackte Haut der Frau, die er am Abend zuvor im Arm gehalten hatte, hatten ihn durchaus auch sexuell stimuliert. Und schlagartig war ihm bewusst geworden, dass er sich schon sehr bald auf ein Leben ohne Heleen einstellen musste. Aber nicht Heleen bremste ihn – sie beachtete ihn überhaupt nicht –, sondern der Mann mit dem entstellten Gesicht, dem er kurz zuvor schon einmal begegnet war.

Dieser war mit freudig ausgebreiteten Armen auf ihn zugekommen. »Peter de Boer! Wie schön, Sie sind auch hier!«

Na prima, dachte Peter.

»Marc Franken de Vires«, half ihm der Mann auf die Sprünge. »Bill Clintons Geburtstag, *remember*?«

Peter spürte eine wachsende Gereiztheit gegenüber dem Mann, der ihn jetzt am Arm festhielt. Die Frau an seiner Seite entschwand derweil zu anderen Zielen.

»Das war ja fast hellseherisch neulich.« De Vires lächelte breit. »Sie haben doch sicher gehört, dass der demokratische Konvent einen Vorschlag zur Waffengesetzgebung geäußert hat, demzufolge Männern, die ihre Frauen misshandeln, der Waffenbesitz untersagt wird.« Er lachte, doch seine Augen lachten nicht. »Nicht Gewaltverbrecher oder registrierte Mafiosi werden ins Visier genommen, sondern Ehemänner, die ihre Frauen schlagen!«

Peter zuckte gleichgültig die Achseln. Möglicherweise war die Anwesenheit dieses irritierenden Zeitgenossen der Grund, weshalb Heleen darauf bestanden hatte, dass er sie zu diesem Empfang begleitete.

»Was sagen Sie zur Situation im Irak?«, wechselte der Mann da überraschend das Thema.

»Irak?« Peter schaute sich flüchtig um. »Ein ziemliches Durcheinander.«

»Ein Durcheinander?« Marc de Vires strich sich über das Kinn. »Ja, vielleicht.« Er runzelte die Stirn. »Kurden gegen Kurden. Sprachbarrieren. Unscharfe Territoriumsgrenzen. Öl. Schmuggel über die Grenzen zur Türkei und nach Armenien. Außer Kontrolle geratene amerikanische Marschflugkörper.« Wieder lachte er. »Und das mitten im amerikanischen Wahlkampf. Doch ja, das ist wahrlich ein ziemliches Durcheinander. Sie haben recht.«

Peter blickte über die Menge hinweg. Die Frau in Satin stand bereits beim Ausgang, mit einem anderen Mann am Arm. Jemand derart Ungeduldiges hatte sowieso keine Chance bei ihm, und so wandte er sich wieder de Vires zu. »Ein kalkuliertes Durcheinander«, ergänzte er. »Saddam kann man nicht so leicht aus der Ruhe bringen. Er weiß, was er zu verlieren hat, wenn er sich im Nordirak einmischt. Aber er weiß auch, was er stattdessen gern hätte. Selbst wenn Clinton derzeit mitten im Wahlkampf garantiert nicht zögern wird, eine massive Gegenoffensive in Gang zu setzen, ändert das nichts an der Tatsache, dass sich Saddam langsam, aber sicher seinem Ziel nähert.«

»Interessant.« De Vires lächelte. »Und was ist sein Ziel?«

»Doch wohl die Führungsposition im Nahen Osten an sich zu reißen.«

»Tja. Warum nicht.«

Sie waren sich einig. Wenn die Zeit reif war, würde Saddam mit dem Segen der meisten arabischen Brudervölker Kuwait erneut überfallen. Man brauchte nur abzuwarten, früher oder später würde es passieren. Nur – warum brachte de Vires das Thema auf?

»Seltsame Leute, diese Araber«, sagte dieser genau in dem Moment und bot Peter eine Zigarette an. Als der ablehnte, nahm er sich selbst eine. »Ich arbeite seit 1976 mit Arabern zusammen, Sie können mir also glauben, dass ich weiß, wovon ich rede. Seltsame, starke und unergründliche Menschen.« Der blauschwarze Rauch seiner Zigarette veranlasste einige in seiner Nähe stehende Gäste, wegzugehen. Peter wäre ihnen am liebsten gefolgt.

»Oman, Jemen, Jordanien. Ich habe viel gesehen.« Er hielt einen Moment lang inne. »Und Sie, Meneer de Boer? Ich könnte mir vorstellen, dass Sie ebenfalls über eine gewisse Kenntnis der Araber verfügen.«

»In gewisser Weise, ja. Ich hatte Klienten in Saudi-Arabien.«

»Oh, Saudi-Arabien!« Sofort griff de Vires das Stichwort auf. »Ja, Saudi-Arabien, nicht zu vergessen. Da bin ich natürlich auch gewesen. Dieser Sand, nicht wahr, der in alle Ritzen dringt. Eine echte Pest. Man kann sich kaum vorstellen, wie die Menschen mit diesem Sand leben können. Jedenfalls war das unser größter Feind. Der feine Sand und die Wunden. Als ich das letzte Mal dort unten war, mussten wir unseren belgischen Arbeitern die ganze Zeit einschärfen, nicht zu baden, wenn sie Wunden am Körper hatten. In diesen Gegenden entzündet sich schon die unbedeutendste Schramme, sobald man nur duscht. Aber natürlich taten sie es trotzdem. Und hielten sie sich freitags vom Marktplatz in Riad fern? Nein, natürlich nicht.«

»Vom Marktplatz in Riad?«

»Wegen der öffentlichen Enthauptungen. In der Gegend ein beliebtes Vergnügen, das muss man schon sagen. Doch unsere Leute arbeiteten anschließend schlechter, und das kostete uns viel Zeit.«

Peter zwang sich, seinem Gegenüber fest in die Augen zu schauen. »Meneer de Vires, ich möchte nicht unhöflich erscheinen, aber ich glaube nicht, dass wir uns so, wie sich das Gespräch entwickelt, näherkommen.« Er deutete zur entferntesten Ecke des Raums. »Ich habe dort einige Bekannte entdeckt, mit denen ich gern ein paar Worte wechseln würde. Wenn Sie mich bitte entschuldigen.« Damit ließ er den Mann stehen und ging. Der Ausgang lockte.

Nicht einmal von Heleen verabschiedete er sich.

Peter de Boer hatte nicht gut geschlafen und machte sich nur widerwillig auf den Weg ins Büro. Von der schier unerschöpflichen Energie, die ihm früher zur Verfügung stand, war nicht mehr viel übrig.

Seine Gedanken kreisten gerade um seine Beziehung mit Heleen, als sich Magda Bakker mit der Anmut eines Flugzeugträgers in sein Büro schob. Sie hatte reichlich Lippenstift aufgetragen, ihr Mund wirkte riesig.

Kaum hatte sie Platz genommen, explodierte die Stimme

der Frau, dass alles im Raum nur so vibrierte. Peter zuckte zusammen.

»Stell dir vor, Peter!« Sie beugte sich ein wenig nach vorne, und ihr Kettenanhänger glitt tief in die Schlucht ihres Dekolletés. »Stell dir vor, wir werden Voerman Electric ohne Probleme aus dem Sattel heben! Wir haben eine grandiose Idee!« Sie legte einen Stapel Papiere auf den Tisch.

Peter nickte gespannt. Voerman Electric hatte in Südholland und der Region Amsterdam lange das Feld angeführt und sich in den beiden letzten Jahren beim Wohnungsbau als Elektro-Unternehmen der Wahl etabliert. Es gab also keine Zweifel, dass der Klient von Christie in absehbarer Zeit in die Knie ging, vorausgesetzt, die Expansion von Voerman Electric wurde nicht verhindert. Alle früheren Anstrengungen in dieser Hinsicht waren fehlgeschlagen.

Peter überflog die Papiere, die Magda Bakker ihm vorgelegt hatte. Dann sah er auf.

»Von wem haben wir die Idee geklaut?«

»Wie bitte?«

»MultiCable! Ein Kabel, das alles bietet. Fünf Leiter für Starkstrom, zwölf Schwachstromleitungen für Telefonie, Netzwerk und Sprechanlagen, eine geschützte Leitung für Fernsehkabel und Videolink. Ich habe so etwas schon einmal gesehen. Auch das mit den Modulen in der Fußleiste.«

»Verdammt!«, fluchte Magda Bakker, fasste sich aber rasch wieder.

»Noch etwas, Magda?«

Für den Bruchteil einer Sekunde verzog sie den Mund, aus Wut vielleicht oder aus Enttäuschung. Er hatte das schon so oft an ihr wahrgenommen und rechnete mit weiteren Kraftausdrücken, stattdessen aber vertieften sich die Lachfältchen um ihre Augen, und ein glucksendes Lachen brachte ihr Doppelkinn zum Beben. Die Enttäuschung schien schon überwunden. »Ich habe hier noch eine weitere hervorragende Idee, Peter. Wir haben dafür noch keinen Klienten, aber bestimmt gibt es genug, die daran interessiert wären.« Mit diesen Worten schob sie ihm ein einzelnes Blatt aus einer älteren Akte über den Tisch.

Peter wartete verhalten ab.

»Der Vorschlag kam von einem der neuen Trainees.«

»Ach ja?«

»Wir haben gerade mit dem zweiten Teil des Kurses angefangen, Projektabwicklung. Der junge Rinus van Loon kam damit. Er will, dass irgendwelche Japaner, Koreaner oder Chinesen in Europa eine ganz neue Art von Küchenmaschinen einführen, die auf Modulen basiert.«

Sie setzte ein paar Striche auf das Papier. »Mixer, Toaster, Küchenmaschine.« Sie deutete begeistert auf ihre primitive Zeichnung. »Hier oben, siehst du? Fritteuse, Eierkocher, Waffeleisen, Wasserkocher. Und du kannst jedes Element auswechseln. Hier unten ist die Mikrowelle. Die Leute werden das Konzept auf Anhieb verstehen. Was sagst du dazu?«

Peter nahm die Skizze in die Hand. Auf den ersten Blick war nur schwer zu entscheiden, was oben und was unten war, aber bei genauerer Betrachtung formte sich das Bild einer echten Neuschöpfung. Jedes Modul bot seine spezifischen Möglichkeiten. Es wirkte vielversprechend.

»Ja.« Mehr sagte er nicht.

»Ja? Sagst du Ja?« Magda Bakker strahlte. Noch vor Ende des Arbeitstags, das war Peter glasklar, würde sie durch die Unterschrift des jungen Rinus van Loon sichergestellt haben, dass die Idee Eigentum von Christie N.V. war.

Sie war ihr enormes Gewicht in Gold wert.

»Wie geht es übrigens mit den Trainees?« Er hatte bei seiner Frage den Klang von Nicky Landsaats Stimme im Ohr. »Gibt es einen geeigneten Kandidaten für uns?«

Magda Bakkers Stimmungswechsel war bemerkenswert. Sie legte die Hände ineinander und schlug einen nachsichtigen Ton an. »Peter! Ein junger Mann mit einer solchen Idee. Wie kannst du da noch fragen?«

»Mir ist auch aufgefallen, dass Rinus van Loon ein aufgeweckter junger Mann ist, ja. Aber ist er denn der Richtige?«

»Wer sonst? Rinus Groeneveld passt sicher hervorragend in ein nettes kleines Büro im Justizministerium. Hübsche wache Augen in einem blassen Gesicht. Aber bei uns? Er sagt doch niemals ein Wort, ehe er nicht mindestens siebzehnmal in sich gegangen ist. Nein, Peter. Der junge Rinus, der marschiert durch, wenn du mich fragst.«

»Du hast Nicky Landsaat gar nicht erwähnt.«

»Marlene Landsaat? Ha!« Jetzt lachte Magda wieder lauthals. »Peter!«, fuhr sie fort, als sie sich beruhigt hatte. »Die junge Dame ist eine Katastrophe. Sie läuft mit einem blauen Auge herum! Hier bei Christie! Als wären wir im Boxring. Abgesehen davon vergeht keine Stunde, in der sie nicht irgendwelche irrelevanten Informationen einbringt. Das stört sehr, Peter.«

»Irrelevante Informationen? Was meinst du?«

»Nun, wusstest du meinetwegen, dass das Durchschnittsalter weiblicher Hauptrollen in Hollywood von 1920 bis heute um neun Jahre gestiegen ist?«

»Nein, das wusste ich nicht.«

»Da hast du's. Und dass sich Mozart drei Jahre lang einen Star hielt, weil der gelernt hatte, eine seiner Melodien zu pfeifen?«

»Ja, das war mir bekannt.«

Ihr Kopfschütteln brachte erneut ihr Doppelkinn zum Beben. »Peter! Dass sich unser Chef sehr für Musik interessiert, ist eine Sache. Aber dass jemandem während meines Unterrichts so etwas durch den Kopf geht, das ist etwas ganz anderes.« Ihre Gesichtszüge wurden plötzlich erstaunlich starr. »Zum Beispiel heute. Da bemerkte Fräulein Landsaat, dass man sowohl in den USA als auch in Russland wichtige Posten bei großen internationalen Unternehmen nur mit Kandidaten besetzt, die man auf irgendeine Weise zu kompromittieren weiß.«

»Interessanter Aspekt. Das ist sicher wahr. So hat man sie auf jeden Fall leichter unter Kontrolle.«

»Mag ja sein. Aber weißt du, wenn wir nun gerade einen Fall wie Voerman Electric diskutieren, leuchtet mir nicht wirklich ein, was Kurt Waldheim damit zu tun haben soll.«

»Wie hat sie den Zusammenhang erklärt?«

»Ach, irgend so ein dummes Zeug. Wenn ohnehin alle wüssten, dass Voerman Electric massenweise Surinamer ohne Aufenthaltsgenehmigung beschäftigt, warum sich dann noch mit Kabeln und Patenten plagen.«

»Surinamer ohne Aufenthaltsgenehmigung bei Voerman Electric? Haben wir das gewusst?«

»Wir können es nicht beweisen, was nützt uns das also?«

»Kann es Nicky Landsaat beweisen?«

»Keine Ahnung.« Wieder bebte ihr Doppelkinn. »Wenn wir versuchen, die Standards der Unternehmensführung mit dem zu vereinbaren, was in Nicky Landsaats Gehirnwindungen vorgeht, möchte ich ehrlich gesagt lieber die Quadratur des Kreises lösen. Allein in dieser Woche hat sie mindestens fünf Mal versucht, klassische Aufgaben durch Erpressung zu lösen.« Sie holte tief Luft. »Wenn wir der jungen Dame freien Lauf ließen, steckten wir binnen einer Woche tief in der Bredouille. Das können wir nicht gebrauchen.«

»Hattest du nicht selbst einmal vorgeschlagen, einen Klienten zu erpressen?«

»Ja, als man uns um unser Honorar zu betrügen versuchte.«

»Aber es war dein Vorschlag, Magda, nicht wahr? Einen unserer Klienten! Das war doch zweifelsohne auch ein wenig jenseits unserer Praxis, oder?«

Sie zog die Nase kraus. »Das ist zehn Jahre her, Peter!«

»Klar muss Nicky Landsaat sich an unsere Regeln halten. Aber gib ihr eine Chance. Hast du sonst noch etwas zu besprechen?«

Das Telefon rettete sie. Als er nach dem Hörer griff, nutzte sie die Gelegenheit und walzte aus seinem Büro.

Peters Miene verriet seine Anspannung. Am anderen Ende war es still.

»Marie«, sagte er intuitiv, als Magda die Tür hinter sich geschlossen hatte. »Marie, sei so lieb und sag etwas.«

Er hörte sie leise schluchzen und wartete ab.

»Warum hast du mich heute Morgen nicht geweckt?«

»Ich bin schon um fünf Uhr früh aus dem Haus, Marie. Ich muss mich zurzeit um so vieles kümmern.«

»Und gestern Abend?«

»Da war es bei dir dunkel. Es war schon spät.«

Wieder war es am anderen Ende still. Schweigen – ein Schutz gegen den plötzlichen Zusammenbruch.

»Ist Mevrouw Jonk nicht bei dir, Marie?«

»Doch.« Ihre Stimme klang belegt.

»Sag ihr, dass sie bleiben soll, bis ich komme.«

»Aber das wird sie nicht tun.«

»Probier's.«

Ihr Atem ging jetzt wieder ruhiger. »Ich will einfach nicht mehr.«

»Red keinen Unsinn. Ich sorge dafür, dass ich nicht so spät nach Hause komme, Marie.«

»Ach, lasst mich doch alle in Ruhe!«

Ein Stöhnen war zu hören, doch Peter wusste aus Erfahrung, dass dies das Signal für einen Stimmungsumschwung hin zum Euphorischen war. Er musste nur schweigen und abwarten. Auch diese Symptome gingen mit ihrer MS-Erkrankung einher.

Tatsächlich hatte sie sich kurz darauf schon wieder gefangen. Das Telefon war für sie der Rettungsanker. So hielt sie seit fast zehn Jahren Kontakt zu den Menschen, die sie mit bitterem Unterton als ihre Zeitgenossen bezeichnete.

Nun lachte sie plötzlich. »Na ja«, bemühte sie sich, ihre Munterkeit zu zügeln. »Ich weiß schon, was ich an meinem Psychologen habe.« Wieder lachte sie. »Ich rufe an, und er kommt! Der kleine Nebengewinn der Krankheit. Wer nur lange genug still abwartet, dem wird es an nichts mangeln.«

Wieder lachte sie, aber ihr Lachen war voller Hohn. Marie ten Hagen hatte zweifellos bessere Zeiten erlebt.

Peter war im Lauf der Jahre immer klarer geworden, dass die Lösung für Maries Probleme letzten Endes vielleicht in jener Grauzone zu suchen war, die zwar von einigen barmherzigen Ärzten betreten wurde, die sich aber noch keiner öffentlichen Akzeptanz erfreute.

Peter schob den Gedanken beiseite, wie schon so oft.

»Wir haben eine Absprache, Peter, denk dran.« Ihre Stimme klang jetzt fest. Peter fuhr ein Schauder über den Rücken. Es war, als hätte sie seine Gedanken gelesen.

Auf dem Heimweg war Peter mit seinen Gedanken weit weg gewesen und hatte gleich hinter dem Autobahnkreuz Rottepolderplein übersehen, wie ein Lastwagen vor ihm die Spur wechselte.

Sein Wagen war nach einer Vollbremsung quer über die Fahrbahn geschleudert und dann in die Leitplanke geprallt, die Beifahrerseite war schwer demoliert worden. Als der Wagen zum Stehen kam, war die Ouvertüre zu ›Cavalleria Rusticana‹ gerade zu Ende gegangen, und er hatte den CD-Spieler ausgeschaltet. Die Beifahrertür war eingedrückt und der Sitz mit Glassplittern übersät.

Peter hatte aus dem Seitenfenster geblickt und nach seinem Handgelenk gegriffen. Der Puls war nur unwesentlich beschleunigt.

Diese Tatsache beeindruckte ihn an dem Unfall wohl am meisten.

Nachdem die polizeilichen Formalitäten erledigt waren – auch ein Alkoholtest blieb ihm nicht erspart –, nahm ihn ein freundlicher Autofahrer bis Haarlem mit und setzte ihn am Hooimarkt ab.

Dort stand er nun am Kanal und beobachtete einen schwer beladenen Prahm, der langsam in Richtung Nordseekanal tuckerte. Auf dem Achterdeck spielten selbstvergessen zwei Kinder mit der Wäscheleine.

Welch ein Glück die Kinder doch haben!, ging es ihm durch den Sinn. Noch leben sie unbekümmert, ohne Begriff von Zeit und Raum.

Die Kellnerin im Stads Café bemerkte gleich, als er die Schwingtür aufstieß, dass er früher kam als sonst.

Von seinem üblichen Platz in der Auslucht hatte man einen guten Blick sowohl auf die Straße hinaus als auch auf die eigentümliche Einrichtung des alten Lokals. Ein lauschiger Winkel hier, eine Nische dort und ein Wandschirm von anno dazumal. Kupferkessel, Terrinen und gerahmte Fotos auf den Simsen, in einer Ecke stand ein alter Kinderwagen, es gab auf alt gemachte Stehlampen mit Quasten und Fransen, und an den Wänden hingen Spiegel und antike Schiffslampen. Alles in allem ein sorgfältig komponiertes Eldorado der Stilverwirrung.

Aber im Moment war bis auf ihn und die Kellnerin kein

Mensch im Lokal. Wortlos bekam er seinen Kaffee hingestellt, denn nach all den Jahren wussten beide zwischen Höflichkeit und notwendigem Übel zu unterscheiden.

In dieser abgeschirmten Ecke am Fenster zog Peter nun das kleinste Handy aus der Tasche, das es zurzeit auf dem Markt gab. Er schaltete es an und gab seinen Pincode ein. Dann checkte er den Ladestatus und wartete wie immer geduldig.

Er spürte ein leichtes Pochen im Arm. Vielleicht hatte er sich doch verletzt, als der Wagen mit Wucht an die Leitplanke geprallt war. Er kniff die Augen zusammen und versuchte, sich den Unfall zu vergegenwärtigen, aber es gelang ihm nicht, das Geschehene zu fassen. Immer wieder drifteten seine Gedanken ab.

Sein Blick fiel auf einen Kupferstich an der Wand: ›Hoffnungslosigkeit und Schrecken‹ war der Titel. Eine weinende Frau wachte über ihr krankes Kind. An manchen Tagen stimmte ihn dieser Anblick wehmütig.

Er sah Marie vor sich. Mittlerweile war sie nur mehr ein Schatten ihrer selbst. Die einst so schönen Beine waren ebenso Vergangenheit wie ihr ehemals so kesser Blick: Ja, Hoffnungslosigkeit und Schrecken. Marie war der Inbegriff dieser Worte.

Als sein Handy vibrierte, schrak er ein wenig zusammen. »Ja?«, sagte er nur.

»Ich glaube, du hast recht.«

Peter seufzte. Das zu hören tat weh.

»Thomas Klein war im Büro von Jeremy Lawson angestellt, als er in New York gearbeitet hat.«

»Und Jeremy Lawson ist Teilhaber von Lawson & Minniver?«

»Ja.«

»Weißt du, ob sie sich seither getroffen haben?«

»Nein.«

»Waren in der letzten Zeit Repräsentanten von Lawson & Minniver im Land?«

»Ich habe keine Möglichkeit, an derlei Informationen heranzukommen.«

Regungslos blieb Peter sitzen, nachdem das Telefonat beendet war. Er fühlte sich leer, wie ausgenommen.

Der Fall Kelly hatte eine verfluchte Entwicklung genommen. Lawson & Minniver hatten endlich ihre Forderung genannt: Ein Fünftel des Verlangten wäre schon reichlich gewesen. Außerdem hatte sich eine Reihe holländischer Anwälte zu Wort gemeldet. Wenn es darauf ankam, hatten Lawson & Minniver offenbar nicht wenige Alliierte, und nun war zu allem Überfluss herausgekommen, dass Thomas Klein, Peters engster Vertrauter, ihm seine Bekanntschaft mit einem der Gründer dieser Anwaltskanzlei verschwiegen hatte. Das schmerzte.

Peter de Boer seufzte. Gut, dass er jemanden auf die Sache angesetzt hatte. Er hatte also einen Judas an seinem Tisch genährt. Thomas Klein war ein Mann, dem er immer vertraut hatte, ein Freund, bei dem er nach Kellys Tod Halt gesucht hatte. Klein war aber auch ein gewiefter Jurist, der ihn dank seiner Stellung in der Firma in große Schwierigkeiten bringen konnte. Deshalb musste er ihn umgehend kaltstellen und seine neuen Informationen über Klein zum eigenen Vorteil verwenden. Auf einmal war Peter sicher, dass noch mehr ans Licht kommen würde.

Gleichzeitig musste Peter aufpassen, dass die Geschichte seine Zeit nicht über Gebühr beanspruchte. Allerdings schien plötzlich seine Zukunft von dieser Sache abzuhängen, deshalb musste er für den Augenblick alles andere zurückstellen. Auch den Feldzug von SoftGo gegen Kakaz. Nur, wer würde sich darum kümmern, jetzt, da Thomas Klein dafür nicht mehr infrage kam?

Am naheliegendsten war wohl, Rob Sloots aus der Marketingabteilung auf das Projekt anzusetzen. Er kannte sich mit dem Fall gut aus. Die Sachlage war ja nicht besonders kompliziert. Wollte man Schuhe herstellen und gut an ihnen verdienen, musste man sich hundertprozentig auf seine Lieferanten verlassen können.

Und genau hier, bei seinen Lieferanten, hatte Kakaz seinen wunden Punkt. Die portugiesischen Lieferanten würden ihnen nicht viel länger unterbezahlte, mit EU-Geldern subventionierte Arbeitskräfte zur Verfügung stellen können. Deshalb war es für Kakaz auf einmal so dringlich geworden, dass der indonesische Fabrikant reibungslos mit den Lieferungen fortfuhr.

Was sollte das Geschäft auch stören? Die Zusammenarbeit war über viele Jahre hinweg vertrauensvoll gut und die Qualität der Produkte beneidenswert. Kakaz verkaufte gute Schuhe, Markenschuhe.

Erstaunlich war dennoch, dass die Zusammenarbeit der Geschäftspartner ausschließlich auf Handschlag basierte. Es gab keine Verträge, das hatte Rob Sloots aufgedeckt. Zu allem Überfluss hatte der indonesische Produzent den Wunsch geäußert, die Fabrik am liebsten loswerden zu wollen. Er hatte sich nämlich bei einem Golfturnier in Jakarta unsterblich in eine lokale Schönheitskönigin mit langen Beinen verliebt, und das Leben mit ihr erschien ihm jetzt weitaus interessanter als die Schuhfabrik und sein altes Dasein.

Also musste Christie N.V. dafür sorgen, dass man den verliebten indonesischen Fabrikanten kontaktierte, an sich ein ganz normales Vorgehen. Es gab nur ein Problem. Der Besitzer von SoftGo, Benjamin Holden, hatte die Produkte des Indonesiers überall schlechtgemacht. Kakaz hatte das natürlich dem indonesischen Fabrikanten gesteckt, der seinerseits kein Hehl daraus machte, wie sehr ihn das kränkte. Eine taktische

Dummheit Benjamin Holdens, dem es offenbar nicht nur an Charme und Improvisationstalent, sondern auch an dem besonders in Asien unverzichtbaren Fingerspitzengefühl fehlte.

Deshalb musste Christie N.V. bereits in der einleitenden Phase Maßnahmen ergreifen.

Peter hatte Rob Sloots gebeten, nach Indonesien zu fliegen, was dieser rundweg abgelehnt hatte. Für einen Menschen mit ausgeprägter Flugangst war ein fünfzehnstündiger Flug genau fünfzehn Stunden zu lang. Der Schreck, den Peters Vorschlag bei Rob ausgelöst hatte, stand dem Mann noch ins Gesicht geschrieben, als Peter dessen Büro wieder verließ.

Von den wenigen Personen, die grundsätzlich in der Lage waren, die Arbeit so gut zu erledigen wie Rob Sloots, stand keiner zur Verfügung. Auch Peter selbst hatte keine Zeit, obwohl ihn die Vorstellung, nach Java zu fliegen, reizte. Für ihn hatte die Geschichte mit Kelly Priorität.

Dennoch musste die Sache in Angriff genommen werden. In zwei Wochen sollte die Hauptversammlung von Kakaz stattfinden, und bis dahin musste Christie dafür sorgen, dass der Vorstand nicht umhinkam, den Aktionären die unerfreuliche Wahrheit zu eröffnen, dass ihr indonesischer Lieferant alle Absprachen abgesagt hatte. Wenn es nach Peter ginge, sollte der Vorstand die Hauptversammlung bei dieser Gelegenheit auch darüber informieren können, dass sich das Problem vermutlich lösen ließe, indem die Aktionäre ihre Anteile an den Konkurrenten SoftGo verkauften.

Dieser Kurs sollte für die meisten verlockend sein.

Peter rieb sich die Hände. Ein eigenwilliger Gedanke kam ihm in den Sinn. Vielleicht war die Zeit reif für ein Experiment.

Er konnte Magda Bakkers ungläubiges Gesicht förmlich vor sich sehen und musste schmunzeln. Er stellte sich die beiden Trainees vor, wie sie mit mürrisch verzerrten Mienen hinter ihr standen, und er wusste bereits, wie Thomas Klein seiner Skepsis Ausdruck verleihen würde.

Er würde die Person in der Firma mit der größten Klappe, seine jüngste Entdeckung, dorthin zurückschicken, wo sie herkam. Er würde Nicky Landsaat auf Rechnung der Firma erster Klasse nach Jakarta schicken. Bewältigte sie ihre Aufgabe, würden sich Bakker & Co. an einen neuen bunten Einschlag im Unternehmen gewöhnen müssen. Schaffte sie es nicht, würde er weitere Diskussionen vermeiden. Dann musste Rob Sloots eben doch die Kastanien aus dem Feuer holen, Flugangst hin oder her, dann hatte er zu parieren.

Peter merkte, wie sich ein Lächeln in ihm breitmachte. Er wollte eine Indonesierin nach Indonesien schicken, um vor Ort mit einem Indonesier zu verhandeln. Eine lebhafte junge Frau, die nicht in gewohnter Weise zwischen möglich und unmöglich unterschied.

Peter spürte, wie sein Gesicht warm wurde. Zufrieden lehnte er sich zurück.

11

Nicky fuhr aus dem Schlaf. Es war Dienstag, der Morgen nach dem Tod ihrer Mutter.

Sie tastete nach ihrem Gesicht, es brannte noch dort, wo Frank und ihr Vater zugeschlagen hatten.

Die Wohnung war viel zu aufgeräumt. Vorsichtig öffnete Nicky alle Türen, jeder Winkel ihres Zuhauses strahlte Schuld und Beschämung aus.

Nicky meinte deutlich zu spüren, wie der Dukun über sie wachte. Ein dunkler, nicht abzuschüttelnder Fluch lauerte überall.

In ihrem Zimmer schlief Mille mit angezogenen Beinen wie ein Embryo. Henk und Bea waren noch nicht wieder aufgetaucht.

Ihre Mutter schien zu schlafen. Geschminkt, mit hochgestecktem Haar und den gefalteten Händen wirkte sie fremd. Nicky setzte sich vorsichtig auf die Bettkante und betrachtete sie. Die geliebte Stimme war für immer verstummt.

Nun gab es niemanden mehr, der ihr Zuneigung schenkte. Nicky spürte, wie es ihr bei diesem Gedanken die Kehle zuschnürte. Langsam wischte sie den roten Tilaka weg, den ihr Vater der Toten auf die Stirn gemalt hatte. Die Haut war eiskalt.

In Gedanken versunken, hörte Nicky plötzlich, wie die Tür geöffnet wurde.

Nüchtern und wachsam, in einer Mischung aus Verlegenheit und Misstrauen stand er da, der Mörder, und beobachtete sie. Und als der Arzt schließlich eintraf, erzählte der Vater ihm sogleich von seinem Kummer über den Verlust. Er wirkte schmächtiger denn je. Sogar weinen konnte er. Nicky schwieg.

Routiniert führte der Arzt die Untersuchung aus – schnell und oberflächlich. Er vermied es so gut es ging, die Tote anzufassen. Ungerührt stellte er den Totenschein aus und deckte den Leichnam abschließend mit einem Laken zu. »Tod durch Herzversagen«. In Gegenden wie dieser schaute man lieber nicht so genau hin.

Beim Verlassen der Wohnung warf der Arzt Nicky einen herablassenden Blick zu und schüttelte dem Vater schlaff die Hand. Nicky nahm den Totenschein an sich, ging in ihr Zimmer und schloss die Tür ab. Allein mit sich wurde sie von heftigem Schluchzen überwältigt. Sie weinte, bis am Ende ihr ganzer Körper schmerzte. Wie sie den Anruf beim Bestatter hinbekommen hatte, wusste sie nachher nicht mehr.

Als sie früh am nächsten Morgen aufwachte, war sie wie benommen. Noch war die Sonne nicht aufgegangen. Aus einer Wohnung auf der anderen Seite des Hinterhofs drang Radiomusik und kündigte einen neuen Tag voller Lärm an. Barfuß schlich Nicky durch den Flur. Sie warf einen Blick ins Wohnzimmer. Bea saß steif auf dem Sofa, ihre Augen kalt und ausdruckslos. Neben ihr lag Mille mit gerötetem Gesicht.

»Ach, jetzt seid ihr da!« Der Vorwurf in ihrer Stimme war nicht zu überhören. Beas Nasenflügel bebten, und für einen Moment wirkte sie, als würde sie gleich zusammenbrechen. Dann erstarrte ihr Gesicht wieder, und der kurze Moment, in dem sie eine Gemütsregung gezeigt hatte, war vorüber.

»Ihr habt gehört, dass Mutter tot ist.« Bei diesen Worten blieb ihr die Luft weg.

»Vater hat es uns gesteckt.« Henks Stimme klang wie eine Ohrfeige.

Sie hasste diesen herablassenden, kalten Ton, der so typisch für Henk war. Immerhin konnte sie wieder durchatmen. Sie sah in die Ecke, wo Henk zurückgelehnt im Sessel des Vaters saß. In der Hand hielt er ein Schnapsglas. Sein Gesicht war voller Schrammen, und seine Lederweste strotzte vor Dreck. Nicky wollte gar nicht wissen, im Bett welcher Frau er die Nacht verbracht und was deren Ehemann mit ihm angestellt hatte.

Höhnisch starrte Henk sie an, leerte sein Glas und rülpste demonstrativ.

Andere wären zusammengezuckt, aber Nicky kannte das Spiel schon. »Wo ist er jetzt?«, fragte sie und ging vor Mille in die Hocke.

Henk zuckte die Achseln, füllte sein Glas erneut und leerte es in einem Zug. In diesem Moment trat Bea heftig nach Nicky und grinste sie böse an. Mille rollte sich mit halb geschlossenen Augen auf die andere Seite. Sie schien sehr weit weg zu sein, sie merkte nicht einmal, wie ihr der Speichel aus dem Mund floss.

»Mille, was hast du genommen?«, fragte Nicky leise und wischte mit ihrem Handrücken die Spucke ab. »Du bist seit vorgestern völlig weggetreten, weißt du das?« Sie strich ihr übers Haar. »Sag mir, was du genommen hast. Wer hat es dir gegeben?«

Nicky drückte Milles zarte Hand. Die Schwester reagierte nicht.

»Er wird hier ein für alle Mal verschwinden, ich kümmere mich darum, das verspreche ich euch.« Nicky vermochte das Ungeheuer, das ihre Mutter getötet hatte, nicht mehr als ihren Vater zu bezeichnen. Sie sah Henk finster an.

Auf dessen Stirn bildete sich eine tiefe Falte. »Seit wann bestimmst du hier? Bringst du etwa das Geld nach Hause? Wer hat denn wohl die Miete bezahlt und den kleinen Computer, hinter dem du immer hockst? Du etwa oder Bea? Vielleicht bist du diejenige, die hier verschwinden muss!«

Falls Nicky auf Aussöhnung mit den Geschwistern gehofft hatte: angesichts Henks drohender Faust hatte sich der Gedanke sofort erledigt. Der Rest von Zusammenhalt hatte sich in dem Moment in nichts aufgelöst, als sie nicht länger durch einen liebenden Menschen geeint waren.

Erst nachdem sie mindestens zehnmal an der Wohnungstür einen Stock tiefer geklingelt hatte, öffnete ihr eine verschlafene Frau. Auch wenn Nicky kein Wort verstand, waren die Flüche der vom Leben gezeichneten Person unmissverständlich. Nicky überging den Wortschwall einfach. »Ich will mit Didi sprechen.«

Die Frau ließ die Tür offen stehen und schlurfte zurück zu ihrem Bett.

Verschlissene Vorhänge teilten das Wohnzimmer in drei Abschnitte. In einem davon fand Nicky Didi tief und fest schlafend vor. Er lag vollständig bekleidet, samt Schuhen und Lederkappe, auf der blanken, fleckigen Matratze. Ein penetranter Geruch hing im Raum.

»Was zum Teufel tust du hier?«, knurrte er unwirsch, als sie ihn zum dritten Mal angestoßen hatte.

Seine Geschwister hinter den Vorhängen waren ebenfalls aufgewacht und beschwerten sich über die Störung.

»Was habt ihr Mille gegeben?« Dieses Mal knuffte sie ihn so fest, dass er unsanft gegen die Wand stieß.

Unvermittelt explodierte Didi und beschimpfte Nicky in übelster Manier. Danach setzte er sich auf die Bettkante und tastete nach dem Joint, der im Aschenbecher lag. Auf seiner dunklen Haut leuchteten sorgfältig geschnittene Narben so hell und scharf, dass sie an Elfenbein erinnerten.

Er griff Nickys Arm und drehte ihn so, dass er auf ihre

Armbanduhr sehen konnte. »Verdammt, es ist noch nicht mal neun, ist dir das klar?«

Ihre ironisch mitfühlende Miene besänftigte ihn keineswegs.

»Ich hab der kleinen Sau nix gegeben, klar?«

»Wer dann? Frank vielleicht?«

»Frank hat ihr auch nix gegeben, kapiert? Und jetzt verzieh dich.«

Nicky ging in die Hocke, lehnte sich zurück und ließ Didi den ersten tiefen Lungenzug des Tages machen. Den süßlichen Geruch von Marihuana am frühen Morgen konnte sie kaum ertragen. »Wayana!«, sagte sie, als er die Augen öffnete und endlich einen einigermaßen klaren Blick hatte.

Als er nicht reagierte, fuhr sie fort. »Das stimmt doch, oder? Du bist weder Maroon noch Kreole, wie die ganzen anderen Surinamer hier. Du bist ein Wayana-Indianer.«

»Wer behauptet das?«

Nicky ließ Didi nicht aus den Augen. »Du weißt doch, dass du für Frank weniger wert bist als der Dreck, den die Ratten fressen?«

Didi hätte ihr fast eine gelangt, bremste sich aber im letzten Moment.

»Ich weiß, dass deine Mutter kreolisches Blut hat«, fuhr Nicky fort, »aber stimmt es nicht, was man sonst so sagt? Dass du aus einem Häuptlingsgeschlecht stammst, Didi? Du hast das Blut eines Herrschers in dir, oder?«

Er nahm einen weiteren tiefen Zug von seinem Joint und lehnte sich dann zurück an die Wand. »Wer sagt das, Nicky? Sag schon.«

In seinem Blick lag jetzt etwas anderes. Von der Verschlagenheit und dem Misstrauen, das die Dealer und Zuhälter in Walletjes und auf dem Zeedijk normalerweise zum Überleben brauchten, war nichts mehr zu erkennen.

»Wer das behauptet, weiß ich nicht, aber es stimmt doch, oder?«

»Schon.«

»Warum lässt du dich dann von so einem jämmerlichen Typen wie Frank herumkommandieren? Im Vergleich zu dir ist der doch bloß ein Hund. Hast du denn gar keinen Stolz, Didi?«

»Davon kann man sich nichts kaufen«, knurrte er.

»Hast du das in Paramaribo gelernt oder woher auch immer du kommst? Hast du vielleicht schon dort gelernt, wie man ein Coke-Boy wird, du Idiot?«

Mit einem Satz war er bei ihr und packte grob ihr Gesicht. »Jetzt will ich dir mal was sagen von wegen Paramaribo. Kann gut sein, dass wir hier wie die Heringe in der Tonne liegen hinter den vergammelten Vorhängen, acht dreckige zehntklassige Surinamer, und dass du findest, wir kriegen nichts auf die Reihe, nur weil wir für Frank schuften. Aber in Paramaribo hatten wir keine Vorhänge und Betten schon gar nicht, und außerdem waren wir dort nicht nur zu acht im Zimmer. Und dass nur drei von uns den Löffel abgeben mussten, ehe wir hier rübergekommen sind, das war verdammtes Glück und sonst nichts.« Einen Moment lang verstärkte er den Druck seiner Hände, dann stieß er Nicky von sich. »Komm du also ja nicht an und erzähl mir, was Frank möglicherweise über mich sagt, verstanden?«

Nicky tastete ihr Gesicht ab. »Zweihundert Gulden«, sagte sie. »Du bist ein smarter Typ, Didi, und du kannst zweihundert Gulden verdienen. Es kostet dich nicht mehr als zehn Minuten.«

Er ließ die Schultern fallen, wirkte fast gekränkt. Diese Haltung kannte Nicky. All diese Menschen, die sich am Boden der Gesellschaft befanden, die Mittellosen, Alkoholiker, Junkies, die Huren und die Kleinkriminellen, sie alle hatten diesen »Glaub-ja-nicht-dass-du-was-Besseres-bist-als-ich«-Ausdruck im Gesicht, wenn sie sich beleidigt fühlten.

»In Surinam gibt es doch viele Indonesier?«, fuhr sie unbeirrt fort.

Didi zuckte die Achseln.

»Wir sind schon seltsam, wir Nigger und Indonesier und Indianer. Weiterziehen, immer nur weiterziehen, das können wir echt gut. Woher wir stammen, ist völlig egal. Sobald die Weißen kommen, müssen wir weiterziehen. Wir ziehen weiter und mischen uns immer mehr. Wir werden schwarz und braun und beige und gelb und ich weiß nicht was. Ein einziger Mischmasch. Aber weiß werden wir nie. Wir ziehen immer nur weiter, aber gegen den Grund dafür unternehmen wir nichts. Du steckst bis zum Hals in der Scheiße mit deinem Häuptlingsblut und verteidigst so einen Loser wie Frank. Du weigerst dich, mir etwas über Frank und Mille zu sagen, wenn ich dich darum bitte. Hör zu, Didi, du kannst von mir aus in alle Ewigkeit weiterziehen, aber ich biete dir was anderes, klar?«

Seine Augen suchten die Umgebung nach einer Kippe ab. Falls sie ihn mit ihren Worten erreicht hatte, ließ er sich das nicht anmerken.

Sie beugte sich vor. »Du kannst zweihundert Gulden verdienen, Didi.«

»Ich sag gar nix, kapierst du das endlich?« Er hob eine Kippe vom Boden auf und zündete sie sich an.

»Weißt du, dass meine Mutter nicht mehr lebt?«

Er warf ihr einen skeptischen Blick zu.

»Sie ist vorgestern gestorben.« Nicky musste sich sehr zusammen reißen, um ihre zitternden Lippen wieder unter Kontrolle zu bringen. »Und du musst mir einen Gefallen tun, Didi. Du bist der Einzige, der mir helfen kann. Okay?«

Am späten Vormittag kam der Bestatter. Er erklärte, man werde die Urne in den nächsten Tagen vorbeibringen. Dann ließ er Nicky noch zwei Minuten allein mit ihrer Mutter, bevor er sie mitnahm.

Henk hatte sämtliche Schubladen und Schränke durchwühlt und nichts von Wert gefunden, aber er wusste ja auch nichts von dem Hohlraum unter der Fliese in der Kammer. Bea hatte inzwischen ihr Hab und Gut geholt und war verschwunden. Mille sagte noch immer nichts, aber aß, was Nicky ihr vorsetzte.

»Ich werde es ihm schon zeigen, diesem Dukun.« Nicky sprach sich selbst Mut zu. Sie hatte die abgegriffene Holzfigur mit dem dreieckigen Kopf und dem Jadeauge in der Hand. Dann zog sie die oberste Kommodenschublade auf und nahm die zweite Puppe heraus, diejenige, die ihre Mutter aus dem Meer gefischt hatte, als ihre beiden Brüder ertrunken waren. Sie strich über das struppige Haar, das borstig war wie ein Kuhschwanz. Nun konnten die Puppen übereinander wachen.

Das Telefon klingelte und riss sie aus ihren Gedanken.

Der Anrufer musste seinen Namen mehrmals wiederholen, ehe Nicky wirklich bei der Sache war. »Hier spricht Jan Moen! Von Christie! Ich bin der, mit dem du in der Kantine immer flirtest, Nicky!«

»Ja, Jan, klar weiß ich, wer du bist.«

»Wo steckst du denn, ich vermisse schon deinen schönen Anblick. Man wird ja ganz trübsinnig ohne deine klugen Beiträge in der Kantine.«

»Meine Mutter ist gerade gestorben.«

Er schwieg, und sie hörte ihn atmen. »Darf ich das weitergeben?«, fragte er nach einer Weile.

»Weitergeben?«

»Wir müssen doch wissen, warum du nicht zur Arbeit kommst, Nicky. Ich sitze im Personalbüro.«

»Ach so. Natürlich, Entschuldigung.«

Wieder ließ er einen Moment verstreichen, bevor er noch etwas sagte. »Es tut mir leid, Nicky. Kann ich etwas für dich tun?«

»Nein, nein danke.«

»Wenn doch, sag es bitte, ja? Ich meine es ernst. Ich würde dir gerne helfen. Sehr gerne sogar.«

Gegen neun Uhr abends hörte sie die Schritte ihres Vaters im Treppenhaus. Wenn er im Anmarsch war, hatte das jahrelang Unheil verkündet. Wankend betrat er die Wohnung. Wie immer hatte er einiges zu viel intus. Er kniff die Augen zusammen und sah sich um, doch außer Nicky war niemand da. Er war blass und unrasiert, seine Lippen waren aufgesprungen. Mit zwei, drei Schritten kam er näher und blieb vor Nicky stehen. Natürlich rechnete sie damit, dass er zuschlug.

»Du rührst mich nicht an!« Sie hörte sich das selbst ruhig und klar sagen. »Du rührst mich nicht an!« Selbstbewusst baute sie sich vor ihm auf. »Wenn du mich anfasst, werde ich dafür sorgen, dass du nie wieder einen Fuß in diese Wohnung setzt. Hast du das verstanden?«

Mit unsicheren Schritten ging er hinüber zu dem Tisch, auf den Nicky die beiden Puppen gelegt hatte. Wütend fegte er die Figur mit dem Jadeauge von der Tischplatte. Dann richtete er den Blick wieder auf Nicky, als wollte er ihr im nächsten Moment an die Gurgel gehen.

In diesem Moment trat Didi unbemerkt von hinten an ihn heran. Der Schlag traf ihn so unerwartet, dass er sich nicht einmal mehr umdrehen konnte.

Brüllend griff er sich an den Oberarm – es war ein tiefer glatter Schnitt.

Jetzt stand Didi vor ihm und richtete sein Rasiermesser drohend auf ihn. »Hau ab!«, schrie er. »Hau ab und komm nie wieder her! Wenn du nicht auf der Stelle abhaust, schlitze ich dich auf, du Schwein.«

Der Vater blickte ihn verwirrt an.

»Ich will dich nie wieder in dieser Wohnung sehen, hast du verstanden?«, fügte Nicky hinzu. »Andernfalls sorge ich dafür, dass die Umstände von Mutters Tod noch mal etwas genauer untersucht werden.«

Aus seinen wässrigen Augen starrte der Vater sie an. Der Hass in seinem Blick ließ sie erschauern.

»Nur dass du Bescheid weißt, Mutter hat es so eingerichtet, dass alles hier in der Wohnung auf meinen Namen läuft. Du hast kein Recht mehr, hier zu sein, weder heute noch sonst irgendwann. Tauchst du trotzdem hier auf, rufe ich die Polizei.«

Nur mühsam konnte sie ihr Zittern verbergen. Nie mehr wollte sie Angst vor ihm haben müssen.

Erst als seine holprigen Schritte am Ende der Straße schließlich verklungen waren, wandte sich Nicky an Didi. Die beiden Geldscheine hielt sie in der Hand.

Didi verzog das Gesicht. »Was soll ich damit?«

»Das war die Absprache. Zweihundert Gulden. Jetzt nimm schon, Didi!« Sie hielt ihm die Geldscheine hin. »Die bin ich dir schuldig.«

Er klappte das Rasiermesser ein und steckte es zurück an seinen Platz unter der Lederkappe. »Eine Hand wäscht die andere, Nicky.«

Er ließ seinen Blick unverhohlen über ihre Brüste und bis hinunter zu ihrem Schritt wandern. »Zieh deine Hose aus.«

Sein Blick wirkte nicht bedrohlich, aber das konnte sich rasch ändern. Nicky schüttelte den Kopf. »Nicht so was, Didi. Da musst du dich an Bea wenden. Die kannst du für zweihundert gleich zweimal haben. Nun nimm schon.«

»Bea?«, sagte er abfällig. »Dich will ich nackt sehen. Kapierst du? Dich!«

Eine ganze Weile erwiderte sie seinen Blick, ohne mit der Wimper zu zucken. Dann löste sie zögernd ihren Gürtel, knöpfte den Hosenbund auf und zog den Reißverschluss herunter. Sie hielt die Luft an, als die Hose über ihre Beine glitt und sie Didis Blick an sich hinunterwandern sah. Er blinzelte nicht. Da fuhr sie mit den Fingerspitzen unter den Bund ihres Slips, über die warme Haut, das feste schwarze Schamhaar und weiter an den Hüften entlang, so dass er schließlich zu sehen bekam, was er sehen wollte.

Schwer atmend standen sie sich gegenüber, reglos und jeder auf seine Weise nackt, ohne sich zu berühren. Bis sich Didi ohne Vorwarnung plötzlich an ihr vorbeischob und die Treppe hinunterpolterte.

Nachdem sie ihre Kleidung wieder gerichtet hatte, hob sie die Holzpuppe vom Boden auf und legte sie zurück zu der anderen mit den Kokoshaaren.

Und plötzlich waren alle Unruhe, aller Aufruhr verschwunden. Plötzlich war alles ganz still.

Die folgende Nacht war voller Offenbarungen. Die Prophezeiung von einem Weißen, der sie nach Indonesien zurückbringen wollte, vermischte sich mit einem bestimmten Gefühl, als sie einen Blick auf ihren Schoß gerichtet spürte. Über allem lag ein Summen von fremden, dunklen Lauten. Lag die Stimme eines Mannes, dessen Bild sie nicht losließ. Peter de Boers Stimme. Da waren Hände, die sie umfassten, Düfte, schwer zu unterscheiden von ihren eigenen, aber deutlich kräftiger. Delfine tauchten aus den Wellen des Meeres auf, als wollten sie sie willkommen heißen. Arme umfassten sie und hielten sie so lange fest, bis das hässliche Lachen des Dukun einsetzte und das Gesicht der Mutter hinter dem Horizont versank.

Früh am Morgen wechselte ein Handwerker das Schloss an der Wohnungstür aus. Nun endlich konnte sie wieder zur Arbeit gehen.

Bei Christie sprach ihr niemand sein Beileid aus. Kein einziger Kollege kam auf sie zu.

Magda Bakker wachte über ihre Gruppe wie ein Habicht über seine Wiese. Nicky empfand die Rückkehr in den Alltag ernüchternd. Dennoch gab sie sich die größte Mühe. Sie hörte zu, machte sich Gedanken über Szenarien, neue Finanziers zu gewinnen, und Christie N.V. zu einem noch einträglicheren Unternehmen zu machen.

Nickys Beiträge behagten Magda Bakker nicht, was Nicky wiederum wenig überraschte. Am Ende gab sie sich damit zufrieden, zuzuhören und sich zu fügen. Sie nickte mechanisch und war mit ihren Gedanken schon bald wieder bei den Ereignissen der letzten Tage.

Schließlich entschuldigte sie sich, sagte, sie fühle sich nicht wohl, und verließ die Firma drei Stunden früher als üblich. Das wiederum war Wasser auf Magda Bakkers Mühlen und festigte ihren kaum noch verhohlenen Unmut.

Auf den Stufen vor dem Ausgang von Christie blieb Nicky stehen und atmete tief durch. Ein gutes Stück die Straße hinunter schaukelte eine Pferdekutsche Touristen über die Brücke der Keizersgracht. Sie sah, wie ein großer Mann zur Seite auswich und ausrutschte. Es war Peter de Boer, der gerade in Richtung Brouwersgracht ging.

Nicky klemmte sich ihre Tasche unter den Arm und folgte ihm.

Peter de Boer ging zügig und energischen Schrittes, und sie hatte Mühe, ihn einzuholen. Erst am Bahnhof wurde ihr bewusst, dass noch etwas anderes als die Neugier sie getrieben hatte, etwas Fremdes, das sie anzog.

Auf dem Bahnsteig wimmelte es von Menschen. Sie suchte sich einen Platz ganz am Ende des Waggons, wobei sie darauf achtete, dass Peter de Boer sie nicht entdecken konnte. Es war Jahre her, seit sie zuletzt mit dem Zug gefahren war.

Bereits an der zweiten Haltestelle stieg Peter de Boer aus. Nicky folgte ihm unbemerkt, blieb dann auf dem Bahnsteig stehen und sah ihm nach, wie er die Treppe hinunterging und den riesigen Parkplatz von Hertz betrat. Als er einen der Leihwagen aufschloss, kam ein schwarzhaariger Mann in einem Trenchcoat an den parkenden Autos vorbei zu einem glänzend hellen Wagen gerannt, der mit offener Tür wartete und dann unmittelbar losfuhr. Sie hatte keine Ahnung, woher der Mann so plötzlich gekommen war, aber sie merkte, wie sich ein ungutes Gefühl in ihr breitmachte.

Zwei Stunden brauchte sie, um nach Hause zu kommen.

Sie stutzte. Jemand hatte versucht, das Schloss aufzubrechen, und dabei rings um das Schloss jede Menge Schrammen in der Tür hinterlassen.

Als sie gerade den Schlüssel umdrehte, stürmte ein Schatten die Treppe herunter. Henk hatte offenbar auf der Lauer gelegen. Sein Atem stank nach Genever.

»Was bildest du dir ein!«, schrie er, packte sie an der Schulter und schüttelte sie wie ein ungezogenes Kind. »Vater rauszuschmeißen!« Er versetzte ihr eine Ohrfeige und schüttelte sie erneut. »Du hast das Schloss auswechseln lassen! Was bildest du dir eigentlich ein?«

Vorsichtig befreite sie sich aus seinem Griff und schob ihn weg. »Auf wessen Seite stehst du, Henk?« Mit dem Handrücken wischte sie sich über die Wange.

»Was meinst du?« Er schäumte vor Wut. »Wenn ich diesen Nigger Didi zwischen die Finger bekomme, dann kann er sich auf was gefasst machen, das kannst du ihm schon mal ausrichten.« Von irgendwoher hatte er plötzlich ein Messer in der Hand, vermutlich ähnlicher Herkunft wie Didis. Nicky sah ihm fest in die Augen und legte sanft eine Hand um seinen Nacken.

Unter dieser Berührung erstarrte er.

Als sie schließlich aufschloss und in die Wohnung trat, stand er noch immer regungslos auf der Treppe, das Messer in der Hand.

Sie hörte nicht, wie er ging.

Die Wohnung war wie ausgestorben. Dass Mille ihr Zimmer verlassen und sich auf den Weg gemacht hatte, mochte schon etliche Stunden her sein, denn ihr Bett war kalt. Nicky legte ihren Kopf auf Milles Kissen. Wie viele Tränen waren hierauf schon vergossen worden. So war das, wenn das Schicksal zuschlug und der Dukun die Seinen rief.

Unmittelbar beschloss sie, mit den Göttern in Kontakt zu treten – und anschließend mit ihrer Mutter. Sie bemühte sich, ihn, den Dukun, zu übertönen – vergebens. Schließlich, als die Schatten länger wurden und der Tag sich dem Ende zuneigte, lief sie hinunter auf die Straße und suchte nach ihrer kleinen Schwester.

Stundenlang wanderte sie im Schein roter Lampen und grünlich blinkender Neonröhren an den Kanälen entlang. Erfüllt von einem Gefühl zwischen Ohnmacht und Trotz ging sie viele Stunden später zu Bett. Ihre Suche war erfolglos gewesen.

12

Die Giebel der Häuser an der Lauriersgracht ähnelten den Achterspiegeln alter Schiffe. In einem dieser Häuser, dem mit den grün gestrichenen Fensterrahmen, herrschte an diesem Vormittag helle Aufregung. Laurens Poot, Besitzer und Mitbegründer der ehrenwerten Finanzmaklerfirma Huijzer & Poot, hatte nach dem Anruf eines seiner wichtigsten Kunden fast einen Herzinfarkt bekommen. Der Kunde war nicht wütend gewesen, aber äußerst ernst.

Poot hatte dafür größtes Verständnis.

Zum ersten Mal hatte jemand in Verbindung mit Huijzer & Poot das Wort Untreue in den Mund genommen.

Poot hatte versprochen, dem Fall nachzugehen. Danach hatte er seinen Arzt angerufen und darum gebeten, ein bestimmtes Medikament verschrieben und geliefert zu bekommen. Erst dann setzte er sich vor seine Bildschirme.

Schon nach kurzer Recherche häuften sich die Indizien.

Poot lehnte sich vorsichtig in seinem Bürostuhl zurück und wartete, dass man ihm die Medizin brachte.

Nur wenige Minuten bevor sich die Gruppe der Senior- und Juniorpartner sowie der Börsenmakler versammelte, informierte Laurens Poot Rien ten Hagen über den Vorfall.

Die Stimmung im Konferenzraum war angespannt. Alle blickten erwartungsvoll auf Poot, der sich auf die Lehne seines Stuhls stützte.

»Ja, so ist das leider.« Poot schaute in die Runde. Rien ten

Hagen, der auf der Kante seines Stuhls saß und vor sich auf den Tisch sah, zitterte. »Und auf diese Weise werden Prestige und Modus Vivendi einer Firma ruiniert, die seit nahezu vierzig Jahren einen unbescholtenen Ruf hat«, fuhr Poot fort. »Was gilt es zu tun? Nützt es unserer Firma, wenn Rien ten Hagen strafrechtlich verfolgt wird und ins Gefängnis kommt?«

Rien sah sich vorsichtig um, doch keiner erwiderte seinen Blick.

Der Seniorchef seufzte. »Nützt es uns, wenn wir verlautbaren lassen, dass einer der verantwortlichen Mitarbeiter unserer Firma nicht ganz bei – also, dass er verrückt geworden ist? Würde unser Ruf gerettet, wenn sich der junge Rien ten Hagen das Leben nähme?«

Jetzt richtete sich die geballte Aufmerksamkeit aller Anwesenden auf Rien ten Hagen. Die anklagenden Mienen schienen ihn aufzufordern, Poots Gedanken umgehend in die Tat umzusetzen. Rien griff sich unwillkürlich an den Hals.

Poot schüttelte den Kopf. »Wenn es doch so einfach wäre.« Er wandte sich nun Rien ten Hagen zu. »Wie konnten Sie so etwas tun?«

Rien hätte gern gelächelt. Aber das misslang ihm schon im Ansatz, und zum zweiten Mal an diesem Morgen wurde ihm eiskalt. Schließlich sagte er leise: »Ich brauchte Geld.«

»Meinetwegen, aber wie kam es dazu?« Der Tonfall des Alten wurde scharf.

»Wie es dazu kam?« Man konnte förmlich sehen, wie Rien überlegte. »Wie? Tja, nun ja, es ergab sich irgendwie von selbst. Ich weiß nicht, was mit mir los war. Es passierte einfach, als ich erfuhr, dass bestimmte Aktien über einen kürzeren Zeitraum gewaltig klettern könnten.«

»Nun, dass uns Klienten Geheimnisse anvertrauen, die Einfluss auf die Aktienkurse haben, kommt hin und wieder vor,

Herr ten Hagen. Aber das gibt uns nicht das Recht, solche Insiderkenntnisse auch zu verwenden. Was also hat Sie dazu gebracht?«

»Ja, also, ich erinnerte mich daran, dass einer unserer Klienten einen großen Bestand an ebendiesen Aktien bei uns deponiert hatte.«

»Ja, genau, die Firma M'Consult. Und dann?«

»Ich habe sie verkauft. Ich hatte einen Hinweis bekommen, dass ich sie nur wenige Tage später zu einem weitaus niedrigeren Kurs zurückkaufen könnte.«

»Und dann sollten die Aktien einfach wieder ins Depot überführt werden, nicht wahr?«

»Äh, ja.«

»Und Sie wollten den Gewinn für sich behalten.«

»Nein, nein, das …«

»Aber dann fiel der Kurs gar nicht?«

»Richtig.«

»Und Sie behielten das Geld aus dem Verkauf einfach, nicht wahr?«

»Ja, aber es war anders, als Sie denken. Ich wollte es ja nur für ein paar Tage leihen.«

»Ein paar Tage?«

»Ja. Oder vielleicht eher ein paar Wochen.«

»Vielleicht eher ein paar Wochen?« Poot wandte sich der Versammlung zu. »Wir sprechen hier von dreihunderttausend Gulden! Von Aktien, die nach dem Verkauf um weitere dreihundertfünfzig Punkte gestiegen sind. Von vertraulichen Informationen und uns anvertrauten Mitteln und nicht zuletzt …«

Er unterbrach sich, um rasch eine kleine grüne Tablette zu schlucken, die an der Tischkante bereitlag. Mit gedämpfter Stimme fuhr er fort. »Und nicht zuletzt sprechen wir von Betrug an einem unserer wichtigsten Klienten.«

Mehrere der Anwesenden nickten zustimmend.

Rien war erschüttert. Erst jetzt begriff er den Ernst seiner Lage. Er würde alles, wirklich alles verlieren, und seine Zukunft war mehr als ungewiss.

Er senkte den Blick. Vielleicht, dachte er, sollte er die Option Selbstmord ernsthaft in Erwägung ziehen.

Da ergriff Poot wieder das Wort. »Ich will allen, denen daran gelegen ist, die Möglichkeit geben, sich von Rien ten Hagen zu verabschieden.« Er sprach bedächtig und sah nacheinander jeden Einzelnen im Raum an. Dann verschränkte er die Arme vor der Brust und sah zu, wie sich die Makler einer nach dem anderen erhoben.

Rien wagte nicht, aufzuschauen. Als sich die Tür hinter dem letzten Kollegen schloss, atmete er tief durch. Nicht ein einziger hatte das Angebot genutzt. Nur Huijzer und Poot waren jetzt noch im Raum, und beide schwiegen.

Rien schob die Lippen vor. »Und nun?«

»Tja, und nun.« Huijzer ergriff zum ersten Mal das Wort. Rien konnte ihm kaum in die Augen schauen. Huijzer war sein Lehrmeister gewesen, der ihm alles beigebracht hatte, was er konnte, im Guten wie im Schlechten.

»Es gibt kaum noch etwas hinzuzufügen, Rien. Du hast mich und die Firma im Stich gelassen. Was du getan hast, ist kriminell und wird ernste Konsequenzen nach sich ziehen. Mit den uns vorliegenden Beweisen werden das ein paar Jahre Haft. In der Angelegenheit sollte eigentlich nichts mehr zu sagen sein.«

Sollte? Eigentlich? Rien sah Huijzer nun ins Gesicht.

»Aber wir beide, Laurens Poot und ich, wir sind nicht mehr die Jüngsten. Ein Skandal, so scheint uns, würde unsere Kräfte übersteigen.«

Rien holte tief Luft. »Ich habe noch nicht alles Geld verbraucht. Und vielleicht kann ich einen Kredit aufnehmen, natürlich mit einer angemessenen Verzinsung. Und damit den verlorenen Kursgewinn decken.«

»Wer sollte dir das Geld leihen? Wir etwa? Und wie solltest du es bitte zurückzahlen können? Wir können dich hier nicht behalten.«

Rien senkte den Blick wieder. »Ich könnte anderswo Geld verdienen.« Er zögerte. »Vielleicht könnten Sie mir eine Empfehlung geben.«

»Ausgeschlossen!« Poot schlug so heftig auf den Tisch, dass die Wassergläser bebten.

Huijzer nickte seinem Kompagnon beruhigend zu, und Poot schluckte eine weitere grüne Tablette. »Das geht unter keinen Umständen, Rien. Findest du wirklich, dass wir langjährigen Kollegen, für die wir größte Achtung hegen, einen Betrüger empfehlen sollen?«

»Nein, Rien ten Hagen!« Poot hatte sich halb erhoben. »Hier in der Firma geht es für Sie nicht weiter, und genauso wenig in der gesamten Branche. Möglicherweise ist Ihre Zukunft trotz allem gesichert, aber das liegt ganz bei Ihnen.«

»Wie darf ich das verstehen?« Rien hielt die Luft an.

Huijzers sanfte Augen unter den buschigen Brauen wirkten müde. »Aus uns unbekanntem Grund hat der Klient, den du hintergangen hast, einen Vorschlag im Sinn, den er dir allerdings persönlich unterbreiten möchte. Akzeptierst du seine Bedingungen, entgehst du einer Anklage, und die Rückzahlung der Summe, die du dir auf betrügerische Weise angeeignet hast, wird dir erlassen.« Huijzer sah Rien an. Sein Blick war nun hart. »Natürlich wirst du akzeptieren. Das bist du uns schuldig.«

»Aber ja doch. Und die Bedingungen?«

Huijzer zuckte die Achseln. »Damit haben wir nichts mehr zu tun. Wir behalten unseren Klienten, und du verschwindest. Das genügt uns.«

Poot trat an die Tür und öffnete sie. »Sie werden Marc Franken de Vires um zwei Uhr bei M'Consult treffen, dann wird er Sie über alles Weitere informieren.« Als Rien an ihm vorbeiging, senkte Poot den Blick. »Sie werden uns ab jetzt nicht mehr kontaktieren. Franken de Vires wird uns persönlich darüber informieren, ob Sie die Bedingungen akzeptieren oder nicht. Den Empfang Ihrer Kündigung können Sie beim Verlassen an der Rezeption quittieren.«

Marc de Vires erwartete ihn im zweiten Stock eines zentral gelegenen Bürogebäudes. »Willkommen, Herr ten Hagen«, sagte er. Freundlich fasste er ihn am Ellbogen und führte ihn in den größten Besprechungsraum von M'Consult.

De Vires nahm an einem wuchtigen Konferenztisch Platz und sah Rien fragend an, woraufhin sich dieser erneut wortreich verteidigte und somit nicht hörte, wie die Tür hinter ihm geöffnet und geschlossen wurde. Dass ein Dritter den Raum betreten hatte, bemerkte er schlagartig, als ihm der Arm so gewaltsam auf den Rücken gedreht wurde, dass er nach Luft schnappte. Der intensive Geruch von Knoblauch und exklusivem Aftershave schlug ihm sofort auf den Magen.

Sich zu wehren war unmöglich.

De Vires hatte derweil angefangen, summend irgendwelche Papiere zusammenzustellen. Als er dann auf Rien zukam, lockerte der andere seinen Griff.

De Vires sah Rien einen Moment lang fest in die Augen. Dann versetzte er ihm wie aus heiterem Himmel einen Schlag mit der Handkante, schnell und präzise und mitten in das entschuldigende Lächeln. Der Schmerz war unbeschreiblich, sein Unterkiefer zitterte. Rien ging zu Boden, und de Vires trat einige Schritte zurück. Der andere Mann verließ das Büro so leise, wie er gekommen war.

»Sie wissen ja, weshalb Sie hier sind. Bedauernswert.«

Rien nickte, aber das nahm de Vires nicht wahr.

»Als ich in Ihrem Alter war, ist mir einmal etwas Fantastisches passiert.« De Vires stand nun vor dem Fenster mit dem großartigen Panorama. »Ein kluger Beduine hat mir beigebracht, dass der Mensch in seinem Leben zwar Pläne schmieden kann, ob sie aber aufgehen, ist eine andere Sache. Nachdem ich versucht hatte, ihn übers Ohr zu hauen, ließ mich dieser alte Kauz nach alter arabischer Sitte wählen, ob ich meine Strafe von den Menschen oder von Gott empfangen wolle. Ich entschied mich für die Strafe Gottes. Für meinen Mut wurde ich damals sehr gelobt. Man brachte mir einen frischen Pfirsich. Aber als ich ihn essen wollte, schüttelten die anderen den Kopf. Erst später sollte ich begreifen, warum.« De Vires lachte.

»Als mir klar wurde, dass mich die Beduinen mit einem Dromedar einen Tagesritt weit in der Wüste Rub'al Khali zurücklassen würden – die Hände auf dem Rücken gefesselt und der Pfirsich vor mir im Sand –, da glaubte ich in meiner Torheit, Gott würde es diesen Richtern schon zeigen und ich könnte von dort entkommen. In dieser brütend heißen Hölle lernte ich Demut. Ich grub mich mit den Knien tief in den kühlen Untersand und lernte, wie ich an dem sandigen Pfirsich saugen musste, damit kein Tröpfchen Flüssigkeit verlorenging.«

Er trat vom Fenster weg und gab seiner Sekretärin über die Sprechanlage Anweisung, die Klarsichthülle mitsamt den Papieren abzuholen. Sie stand vor ihm, noch ehe er den Knopf losgelassen hatte. Die Frau zeigte sich unbeeindruckt von Riens Zustand.

»Wie auch immer.« De Vires straffte die Schultern. »Die Araber wurden schließlich meine besten Freunde. Sie waren gnädig und vergaben mir, als sie mich zu ihrer Verwunderung eine Woche später noch immer lebend vorfanden. Oh ja, die Beduinen lachten herzlich über den Willen Gottes und gruben mich aus.« Er strich sich über die vernarbte Gesichtshälfte. »Aber die Sonne hat meine Haut schwer verbrannt.« De Vires zog einen Stuhl vom Tisch und setzte sich vor Rien. »Ich hatte Glück, dass ich wählen durfte. Denn so konnte ich erleben, wie die Beduinen über den Streich, den Gott ihnen gespielt hatte, lachten.«

Er machte eine unheilverkündende Pause.

»So gnädig will ich mit Ihnen nicht sein, Rien ten Hagen.« De Vires lehnte sich zurück. »Das hat mich die Geschichte gelehrt«, sagte er. »Was geschehen soll, ist ausschließlich meine Entscheidung und nicht die Gottes.«

»Ich zahle alles zurück.« Riens Stimme zitterte. In seinem ganzen Leben hatte er sich noch nie so elend gefühlt.

»Ja, das werden Sie, Rien ten Hagen, das werden Sie in der Tat!« Er stand auf und half Rien auf die Füße. Während dieser noch stöhnte, öffnete sich wieder die Tür. Der Mann, der so stark nach Knoblauch und Aftershave roch, kehrte mit einem Tablett in Händen zurück. Auf Rien wirkte er südländisch, möglicherweise arabisch.

Marc de Vires schenkte sich Minztee ein. Er ließ sich dafür viel Zeit. »Jemanden um dreihunderttausend Gulden zu betrügen, ist ungeheuerlich, Meneer ten Hagen. Das ist nicht nur viel Geld, sondern vor allem auch eine grobe Beleidigung, wie sie allenfalls Brüder untereinander hinnehmen können.« De Vires deutete auf den Teller mit hartem Mandelgebäck auf dem Tablett. Rien nahm ein Stück davon und steckte es sich in den Mund, kaute jedoch nicht.

»Somit stellt sich doch die Frage, Meneer ten Hagen: Wie werden wir beide zu Brüdern?«

De Vires' Handlanger nahm im hinteren Teil des Raums Platz. Rien schielte zum Ausgang und versuchte, sich zu erinnern, ob es im Vorzimmer wenige Schritte neben dem Aufzug eine Feuertreppe gegeben hatte.

Dummerweise erinnerte er sich aber nur an den gut gefüllten BH der Sekretärin, dessen oberen Rand er für den Bruchteil einer Sekunde hatte sehen können, als ihm de Vires mit freundlich ausgestreckter Hand entgegengekommen war.

»Ich möchte, dass Sie mir einen Gefallen tun, Rien ten Hagen. Einen Gefallen unter Brüdern.« Er lächelte Rien an. »Und wenn wir Brüder sein wollen, so müssen wir uns von nun an auch mit Vornamen anreden.«

Rien wollte de Vires' Beispiel folgen und versuchte zu lächeln. Klebrige Spucke, die den Geschmack einer unbestimmbar exotischen Süße angenommen hatte, rann über seine noch immer gefühllose Unterlippe.

»Im Gegenzug werden dir deine Schulden getilgt und dein Einkommen ist für alle Zukunft gesichert.« Wieder lächelte er. »Ein Einkommen, das in Anbetracht deiner Lage eher freigebig als angemessen ausfallen wird.«

»Was soll ich tun?« Rien schaffte es endlich, das Lächeln zu erwidern, wenngleich unter entsetzlichen Schmerzen.

De Vires zog eine Schublade auf, entnahm ihr einen Gegenstand und hielt ihn in die Höhe. »Weißt du, was das ist?«

»Eine Glasflasche.«

»Das siehst du richtig, ja. Und könntest du Arabisch lesen, was du nach meinen Informationen nicht kannst, wüsstest du, was darauf steht. Weißt du, was Thallium ist?«

»Ich glaube nicht.«

»Es ist meine Lebensversicherung und dein schlimmster Albtraum, falls du nicht sehr genau zuhörst. Alles, was du jetzt erfährst, wird dich für geraume Zeit eng mit mir verbinden. Aber du wirst das alles unter keinen Umständen irgendjemandem erzählen, wenn du der wundersamen Wirkung dieses Fläschchens entgehen willst.« Er schloss die Schublade wieder. »Welches Datum haben wir heute?«, fragte er unvermittelt.

Die Antwort kam wie aus der Pistole geschossen. »Den 6. September.« Rien versuchte, den trockenen Klumpen in seinem Mund zu schlucken. »Freitag, den 6. September 1996.«

»Noch vor dem 12. September, in weniger als einer Woche also, wirst du mir und Rahman einen großen Gefallen getan haben.« Er deutete auf den bärtigen Mann in der Ecke. »Ihr habt vorhin schon Bekanntschaft geschlossen. Rahman ist ein sehr dankbarer Mensch. Und er kann seine Dankbarkeit wunderbar zum Ausdruck bringen. Rahman kommt aus einem Dorf namens Dschamdschamal. Sagt dir das etwas?«

»Ich glaube nicht.«

Der Mann in der Ecke reagierte nicht auf Riens entschuldigenden Blick. »Liegt das in Frankreich?«

»Hättest du dich für die Nachrichten der Welt interessiert, wüsstest du, dass Orte wie Dschamdschamal, Taqtaq und Arbil derzeit in aller Munde sind. Dschamdschamal liegt in Kurdistan im nördlichen Irak. Dämmert es?«

»Hm, ja.«

»Ich höre?«

»Es herrscht Krieg dort.«

De Vires nickte nachdenklich. »Krieg?« Er schob die Unterlippe vor. »Du nennst das Krieg. Na, warum nicht.«

»Irak und Kurden führen Krieg gegen andere Kurden.« Als keine Reaktion kam, setzte Rien vorsichtig nach. »Oder?«

»Anhänger der Demokratischen Partei Kurdistans und das irakische Heer haben die Iran-treue kurdische Bewegung PUK aufgehalten, ja. Ausgezeichnet.« De Vires lehnte sich vor. »Und warum?«

Die Situation war absurd.

Rien versuchte, die Geschehnisse des Tages einzuordnen. Was die nächsten Stunden bringen würden, war nur schwer vorherzusehen.

»Was soll das alles?«, schnaubte er.

Der Bärtige sprang auf. Mit nur einem Satz war er bei Rien und verpasste ihm einen Fausthieb in den Brustkorb.

»Wir sind jetzt Brüder, vergiss das nicht! Beantworte einfach meine Fragen. Warum, glaubst du, hat Saddam Hussein die eine kurdische Bewegung mithilfe einer anderen bekämpft? Welchen Nutzen zieht er daraus? Komm schon, Rien ten Hagen, zeig dich ein bisschen kreativ.«

»Ich weiß es nicht«, röchelte Rien.

De Vires ging zum anderen Ende des Raums. Der Spalt der Schranktür, die er nun vorsichtig öffnete, war in der Wandtäfelung so gut wie unsichtbar gewesen. Aus den zahlreichen Jacketts, die sich darin verbargen, wählte er das dunkelste aus. »Rahman, behalte doch bitte Rien ten Hagen im Auge, während er über meine Frage nachdenkt.«

Mit diesen Worten verließ er den Konferenzraum. Rahman setzte sich Rien gegenüber auf den Stuhl. Zwischen dichten dunklen Wimpern sahen ihn ein Paar hellwacher Augen an.

So saßen sie vier Stunden lang, bis de Vires schließlich zurückkehrte.

»Du wohnst ja erstklassig, Rien ten Hagen, und teuer, wie ich gesehen habe.«

Vor Rien auf den Boden warf er einen Zettel, der noch am Morgen in einem unscheinbaren Buch versteckt gewesen war. Da war sich Rien sicher.

»Inzwischen hast du deine Spielschulden offenbar beglichen, das geht daraus eindeutig hervor.« De Vires stieß den Zettel mit der Schuhspitze an. »Alles ganz ausgezeichnet, auch wenn das natürlich mein Geld war.« Er machte eine unwillkürliche Handbewegung, und Rien zog instinktiv den Kopf ein.

»Hast du über meine Frage nachgedacht?«

»Ja.«

»Also, warum hat Saddam Hussein einer Bewegung von Kurden gegen andere Kurden geholfen, wo dieses Volk doch traditionell sein Feind ist.«

»Er will sie bestimmt gegeneinander ausspielen, so dass am Ende er die Macht in der Gegend übernehmen kann.«

De Vires nickte. »Was meinst du, Rahman. Sollen wir es damit bewenden lassen?« Rahmans Blick löste sich von Riens Gesicht. Er stand auf und verließ den Raum.

»Du fragst dich vielleicht, worauf das hier hinausläuft?«

»Ja.« Rien fasste Mut und sah de Vires in die Augen. »Wie bist du in meine Wohnung gekommen?«

»Ach, das machen wir doch hin und wieder. Noch nicht gemerkt?«

Rien schüttelte langsam den Kopf. Ihn schauderte.

»Du bist für uns ein offenes Buch, genau wie deine Wohnung.«

»Wann seid ihr in der Wohnung gewesen?«

»Mein lieber Bruder, warum sich darüber Gedanken machen? Wir haben dich auserkoren, damit du uns hilfst. Dafür konntest du deine Spielschulden zahlen und noch ein bisschen mehr.«

Ein böser Gedanke erwachte in Rien. »Ihr habt mir die Insider-Informationen zugespielt!?«

De Vires verzog keine Miene. »Indirekt, ja. Und du bist darauf angesprungen und hast wie erwartet reagiert. Du hast angefangen, über unser Aktiendepot zu disponieren.«

Rien sah ihn ungläubig an. Man hatte ihn dazu verleitet, sich selbst zu ruinieren!

»Aber wir haben es eigentlich gar nicht auf dich abgesehen, Rien. In Wahrheit geht es uns um deinen Cousin Peter.«

»Um Peter?«

Die Tür ging auf, Rahman war wieder da.

»Peter de Boer, ja. Ich brauche ihn.« De Vires warf sein Jackett Rahman in die Arme, der es zurück in den Wandschrank hängte.

»Wie gesagt, in weniger als einer Woche«, sagte de Vires und machte eine Pause. »Bis dahin hast du Peter de Boer so weit, dass er unterschreibt und für mich arbeitet.«

Rien kapierte nichts. »Kommenden Donnerstag? Ja, aber das geht nicht! Peter und ich haben keinen Kontakt, das müsste euch klar sein, wenn ihr schon so viel über mich wisst. Peter würde lieber sein Hab und Gut verschenken, als mir zu helfen.«

»Rien, wir haben dich ausgewählt, gerade weil du der Mensch bist, den Peter de Boer zu umgehen versucht. Anscheinend bist du der Einzige, der sein mehr als dürftiges Gefühlsleben in Wallung zu bringen vermag.«

Rien war es ein Rätsel, woher dieser Mann etwas über Peters Gefühlsleben wissen wollte. Aber eigentlich war es ihm auch egal. Peter de Boers Gefühle waren ihm scheißegal. Die mussten wahnsinnig sein, ihn dieses Kerls wegen dermaßen zu quälen. »Wozu?«, fragte er. »Ich habe den Mann noch nie verstanden. Und was zum Teufel er gegen mich hat, das weiß ich noch viel weniger.«

»Aber das findest du sicherlich heraus, Rien, nicht wahr? Bis Donnerstag hast du das Rätsel um euer beider Problem gelöst und ihn dazu gebracht, diesen Vertrag hier zu unterschreiben.« De Vires hielt die Klarsichthülle hoch, die er wieder mit hereingebracht hatte.

»Erst muss ich mehr erfahren. Woher wisst ihr das alles? Dass Peter und ich Cousins sind und dass wir nicht miteinander reden?«

»Das brauchst du nicht zu wissen.« Wieder zog de Vires die Schublade auf und nahm zum zweiten Mal die kleine Flasche heraus. »In dieser Flasche hier befindet sich ein Stoff, den schon viele Widersacher des Regimes in Bagdad – und im Übrigen auch viele seiner Anhänger – kennengelernt haben. Das

Elegante an diesem Stoff ist die Abhängigkeit seiner Wirkung von der Dosierung, denn man kann eine gewisse Menge davon einnehmen, ohne wirklich krank zu werden. Sobald man aber wiederholt eine bestimmte Menge davon schluckt – und es braucht nicht viel zu sein, das kannst du mir glauben –, stirbt man unter schrecklichen Qualen.«

De Vires gab Rahman einen Wink, und Sekunden später öffneten zwei von hinten kommende Hände gewaltsam Riens Kiefer. Dann aber gab de Vires erneut ein Zeichen, und Rahman ließ von Rien ab. »Du siehst, Rien, wie leicht es wäre, den Vergiftungsprozess zu starten. Ein, zwei Tropfen hätten für den Anfang schon gereicht. Aber warum sollten wir? Unter Brüdern, meine ich.«

Riens Puls war in die Höhe geschossen. »Okay, ich werde Kontakt mit Peter aufnehmen«, flüsterte er.

»Ausgezeichnet!« De Vires zog einen Atlas aus einem der Regale. »Du isst alles Mögliche gern, stimmt's? Du magst einfaches Essen wie Burger oder Schaschlik mit Zigeunersoße, dazu ein kaltes Bier. Aber Delikatessen und edle Weine weißt du auch zu schätzen. Du bist ein richtiger Gourmet, nicht wahr, Rien ten Hagen? Ein wahrer Genießer mit Appetit auf alles, was Herz und Magen begehrt. Nun, Thallium unterscheidet nicht zwischen Delikatesse und Fastfood, es versteckt sich überall gleich gut. Selbst im Leitungswasser schmeckt man es nicht. Es schmeckt oder riecht nämlich nach gar nichts.« Sorgsam, als handelte es sich um eine seltene antiquarische Ausgabe, schlug er nun den großen Atlas auf.

Rien war schockiert. Wie hatte er nur glauben können, es könnte ihm zum Vorteil gereichen, dass Poot und Huijzer so auf den Ruf ihres Unternehmens bedacht waren.

»Schau, hier.« De Vires zeigte auf eine Karte, auf der detailreich ein breiter Streifen vom syrischen Aleppo bis Teheran im Iran zu sehen war. Im Norden war Baku zu erkennen, im

Süden die endlose Wüste Saudi-Arabiens – ebenjene Wüste, in der das Gesicht des Mannes so entstellt worden war.

»Saddam Hussein ist ein Visionär, einen größeren haben die Araber nie gekannt«, sagte de Vires jetzt. »Er hat begriffen, dass die Araber ein gemeinsames Interesse haben, trotz aller internen Streitigkeiten. Die Araber halten lieber zusammen, und koste es ihr Leben, als sich von einem Nicht-Araber verhöhnen zu lassen. Saddam Hussein kennt die Araber besser als jeder andere. Saddam ist nämlich selbst Araber.« De Vires betonte den letzten Satz in einer Weise, die Rien zusammenzucken ließ.

»Saddam Hussein denkt schnell, und er denkt weit voraus. Noch bevor wir uns umsehen, wird sich die ganze Welt erstaunt fragen, wieso ein kleiner regionaler Aufstand in Kurdistan die gesamte arabische Welt aufzubringen vermag. Golfkrieg hin oder her, Saddam ist stärker denn je, und jetzt hat er auch noch den Westen gespalten. Die amerikanischen Missiles?« Er lachte und hob seine Arme in einer gleichgültigen Geste. »Als wenn die Saddam etwas anhaben könnten. Er rechnete mit ihrem Einsatz, denn er wusste, dass diesem Schuljungen mit Namen Bill Clinton mitten im Wahlkampf gar nichts anderes übrig blieb. Er beobachtete das ja nicht zum ersten Mal. George Bush hatte genauso gehandelt. Es war vorhersehbar. Und jetzt? Jetzt wollen Frankreich und eine Reihe anderer Länder plötzlich nichts damit zu tun haben. Warum? Weil der Irak Öl zu verkaufen hat und weil sie die Genehmigung bekommen haben, für ein paar Milliarden Dollar Öl zu pumpen.« Wieder lachte er. »Glaubst du vielleicht, dass Deutschland und Frankreich mitmachen und die Sanktionen gegen den Irak verschärfen, wenn ihnen Saddam bereits ein so lukratives Angebot gemacht hat?«

Rien versuchte verzweifelt, de Vires zu folgen. Entweder war der Mann total verrückt, ein Psychopath, oder er hörte sich einfach gern reden. Rien starrte Marc de Vires an. Solchen Typen war er schon des Öfteren begegnet. Panisch griff er sich an den Hals.

»Was hat das mit Peter und mir zu tun?«, fragte er dann mit heiserer Stimme.

»Das will ich dir sagen, Rien. Vor sechs Jahren wollte Kuwait verhindern, dass die Ölpreise steigen, und der Irak war so gut wie bankrott. Das Öl war also zu billig. Gleichzeitig hatte Saddam im Krieg gegen den Iran große Ausgaben gehabt. Nach Saddams Plänen war es allerdings notwendig, dass sein Land eine weitere kapitalintensive Aufrüstung durchführte, die letzte, mit der er sein eigentliches Ziel erreichen wollte, nämlich die Etablierung einer alliierten arabischen Großmacht mit ihm selbst als souveränem Führer an der Spitze.«

Ob ironisch oder mit aufrichtiger Ehrfurcht, jedenfalls verbeugte sich de Vires buchstäblich vor diesem Mann. Rien war irritiert.

»Nichts Geringeres als ein babylonisches und mesopotamisches Großreich sollte es werden. Das stand hinter Saddams Angebot an Kuwait, ehe er den Golfkrieg begann. Die Kuwaiter sollten dem Irak einfach sieben Milliarden Dollar als Kompensation für die von ihnen selbst diktierten niedrigen Ölpreise bezahlen. Als sich Kuwait weigerte, marschierte Saddam dort ein und nahm sich selbst, was ihm seiner Meinung nach zustand.

Inzwischen sind sechs Jahre vergangen, und wir sind keinen Schritt weitergekommen. Saddams Ziel ist heute noch dasselbe wie zu Zeiten der Invasion Kuwaits. Aber dieses Mal überlässt er nichts dem Zufall, das garantiere ich dir.

Es wird Krieg geben, jetzt oder in naher Zukunft. Die Araber sehen in Saddam einen Adler, und zwar einen Adler mit breiten Flügeln, die Platz genug bieten für die arabische Identität über alle Grenzen hinweg.

Und während wir auf den Krieg warten, besticht Saddam seine Widersacher einen nach dem anderen mit ein wenig Unterstützung hier und da.«

De Vires sah Rien eindringlich an. In seinem Blick lag eine Vertraulichkeit, die den jungen Mann in Sorge versetzte. »Und weißt du was, Rien, mein Bruder? In diesem Zusammenhang haben wir uns zu einem ganz speziellen Zweck deinen Cousin Peter ausgesucht. Nichts Spektakuläres, aber doch etwas, das Schule machen soll dabei, was bald überall auf der Welt geschehen wird.«

Als Linda Jacobs Nicky am Freitagmorgen bat, in Peter de Boers Büro zu kommen, war Nicky todmüde, körperlich und seelisch. Peter de Boer blickte ihr tief in die Augen, was ihr zugleich unheimlich und angenehm war. »Ich trage mich mit dem Gedanken, dir eine sehr verantwortungsvolle Aufgabe zu übertragen, Nicky Landsaat. Vielleicht ist die Verantwortung gar zu groß. Der Meinung sind jedenfalls einige kluge Mitarbeiter hier im Unternehmen, und vermutlich haben sie recht.«

Nicky nickte. Sie war zum ersten Mal seit ihrem ersten Tag bei Christie wieder allein mit ihm. Ungeschickt bemühte sie sich, die Blutergüsse im Gesicht zu verdecken. Und zum ersten Mal hatte er sie geduzt, wie alle anderen bei Christie auch.

Sie gab sich größte Mühe, ihre Freude nicht zu zeigen, sondern konzentrierte sich auf seine Worte.

Er war so entspannt, wie sie ihn noch nie gesehen hatte. Sein Blick war forschend und ein bisschen so, als amüsierte sie ihn.

Sie konnte die Situation kaum ertragen, immer wieder musste sie ihren Blick abwenden.

In knappen Worten erklärte er ihr, er habe vor, sie am Montag, in drei Tagen also, nach Indonesien zu schicken. Er führte aus, warum er ausgerechnet ihr die Aufgabe übertragen wollte und was sie vor Ort zu tun haben würde.

Nicky zitterte. Ihr war, als glitte ein Schatten der Vorahnung vorbei.

Als Peter de Boer fertig war, betrachtete er sie eingehend. »Du musst sehr wachsam sein.«

Sie lächelte.

»Deine Visionen, Nicky Landsaat, sind wirklich gut. Aber du darfst eines nie vergessen: Solange du Christie repräsentierst, gibt es klare Regeln für das, was du dir erlauben darfst. Nicht wenige hier in der Firma reiben sich schon die Hände und warten nur darauf, dass du deine Kompetenzen überschreitest oder dich auf etwas einlässt, das dem aktuellen Projekt oder dem Ruf der Firma schaden könnte. In dem Fall wirst du deine Zukunft anderswo verbringen. Wir verstehen uns doch?«

Sie nickte und beobachtete die Schatten, die auf den Fensterscheiben tanzten.

»Bitte denk daran, dass nicht jedermann deinen Gedankenspielen folgen kann.«

Nicky wusste nicht genau, was er damit meinte, aber sie schwieg. Jetzt hatten sich die Schatten am Fenster zu vier flatternden Flügeln geordnet.

»Du hast zwei Tage Zeit, um dir eine Strategie zurechtzulegen. Made Kabibarta, der Fabrikdirektor in Jakarta, weiß bereits, dass du kommst. Ich habe mit ihm gesprochen, und er schien interessiert zu sein. Aber er kennt den konkreten Zweck deines Besuchs nicht und weiß auch nicht, welches Gastgeschenk du für ihn dabeihast.«

Damit überreichte ihr Peter de Boer die Akte. Das Foto von Made Kabibarta zeigte einen affektiert wirkenden Mann mit ockerfarbener Haut in Festkleidung mit safrangelbem Schal und bunter Kopfbedeckung. Sein Blick hatte etwas Lauerndes. Macht und Reichtum, die seiner Familie seit Jahrzehnten eigen waren, schienen sich darin niedergeschlagen zu haben. Hoffentlich tut ihm das Foto Unrecht, dachte sie und las, was in der Akte über seinen Hintergrund vermerkt war, über seinen Werdegang und seine Interessen, aber auch über sein Vorhaben, seine Ehefrau gegen eine lokale Schönheitskönigin einzutauschen.

»Rob Sloots' Sekretärin wird dir alle nötigen Informationen zu Kabibartas Schuhfabrik und über deren Zusammenarbeit mit Kakaz geben. Außerdem bekommst du allgemeine Hinweise über die Geschäftsgepflogenheiten der Indonesier. Sie wird dir, wenn nötig, über das ganze Wochenende zur Verfügung stehen. Du kannst natürlich auch jederzeit bei SoftGo anrufen. Ein Techniker dort wird dir mit allen notwendigen Informationen weiterhelfen.

Am Montagmorgen erwarte ich von dir einen fertigen Plan, der zeigt, dass meine Entscheidung richtig ist. Okay?« Jäh unterbrach er sich. »Was sagst du dazu?«

Die Frage kam unerwartet, und Nicky sah einen Moment zum Fenster hinüber. Das Schattenspiel war noch immer zu sehen. Die Gardine bewegte sich in einer Brise, die frische Luft hereinbrachte. Auf Seram glitt ein prunkvoll schönes Insekt über das Unterholz und kündete von neuem Leben. Sie konnte alles sehen.

Dann wandte sie sich den dunkelblauen Augen zu, die ihre Vergangenheit und Zukunft miteinander zu verflechten schienen und ihre Bedenken zum Schmelzen brachten. »Das müsste möglich sein«, sagte sie und nickte selbstbewusst. Und die Zweige der Bäume vor dem Fenster hielten inne, sie bewegten sich ebenso wenig wie ihre Schatten auf dem Fenster.

»So kann auch die Asche meiner Mutter nach Hause zurückkehren.«

13

Peter lief unruhig in seinem Büro auf und ab. Der Kaffee auf seinem Schreibtisch dampfte noch. Aus dem Vorzimmer hörte er Lindas Tastatur klappern. Um sich abzulenken, begann er schließlich, Zeitung zu lesen.

Die Iraker auf kurdischem Boden bewegten sich keinen Zentimeter von der Stelle. Die Drohungen des Sicherheitsrats nahm niemand ernst, nicht einmal die UN-Botschafter selbst. Niemand hatte die Absicht, Stellung zu beziehen, und Saddam Hussein schon gar nicht. Die zweihundert irakischen Kurden mit Kontakt zur CIA waren einige Tage zuvor in Salah ad-Din im nördlichen Irak eingekesselt worden. Und als die CIA-Basis in Arbil eingenommen wurde, hatte man weitere hundert Kurden verhaftet und erschossen. »Wir helfen denen, die mit uns zusammenarbeiten«, wurde Clinton zitiert, ohne das Zitat auf etwas Bestimmtes zu beziehen.

Derzeit stand im Persischen Golf beträchtlich mehr auf dem Spiel als die Stabilität der Region. Die Zusammenarbeit in Europa zeigte Risse: Deutschland votierte für Sanktionen, Frankreich dagegen, und Italien zeigte sich unentschieden. Die USA blieben neutral, hatte der amerikanische Generalstabschef, General John Shalikashvili, erklärt, als man ihn zur Stellungnahme drängte. Unterdessen gewann Clinton in den Meinungsumfragen an Boden. Selbst republikanische Stammwähler glaubten nicht mehr, dass Bob Dole Steuererleichterungen würde durchführen können.

Peter warf die Zeitung auf den Tisch. Ihm kam das Ganze

vor wie eine einzige riesige Zirkusarena. Er sah auf die Uhr. Noch keine Stunde war es her, seit sie Nicky Landsaat in ein Taxi gesetzt hatten, das sie nach Schiphol brachte. Als sie früh morgens in sein Büro gekommen war, hatte sie übernächtigt und angespannt ausgesehen, aber ihre Ideen waren durchaus brauchbar gewesen.

Als Peter später der Abteilungsleiterrunde seinen Entschluss vorgetragen hatte, die Firma in Indonesien von Nicky repräsentieren zu lassen, war dieser wie erwartet auf wenig Begeisterung gestoßen. Einen millionenschweren Handel auf der anderen Seite des Erdballs einem unerfahrenen Trainee zu überlassen, hatte für einiges Kopfschütteln gesorgt. Magda Bakker äußerte lautstark ihre Zweifel, ob sich »das Mädchen« an die Absprachen halten würde. Thomas Klein erlaubte sich, Peter als verrückt zu bezeichnen. Im gleichen Atemzug und wie nicht anders zu erwarten, hatte er Matthijs Bergfeld als weitaus geeigneteren Kandidaten angeführt.

»Ich glaube nicht, dass Benjamin Holden erfreut ist, wenn ihn jemand wissen lässt, dass du die Zukunft von SoftGo in die Hände einer blutigen Anfängerin legst«, hatte er Peter nach dem Meeting unter vier Augen erklärt. »Wie kannst du nur glauben, eine unerfahrene Siebenundzwanzigjährige würde eine Unternehmensübertragung dieser Größenordnung bewältigen? Noch dazu mit einem verliebten Fabrikbesitzer, der doppelt so alt ist wie sie? Wie kannst du glauben, dass ein Moslem aus Java überhaupt mit einer Frau sprechen wird? Wenn du meine Meinung hören willst, haben wir mit Nicky Landsaat keine Chance. Das wird nicht klappen. Er wird sie gar nicht erst zum Zug kommen lassen.«

Peter ging auf Kleins Vorbehalte nicht ein. »Thomas, Made Kabibarta ist Hindu. Balinesischer Hindu, und das macht einen Unterschied. Balinesische Männer haben kein Problem damit, Geschäfte mit Frauen abzuschließen.«

»Ach Peter, hör doch auf. Was soll das? Du hast Matthijs degradiert, weil er gründlich war und vorsichtig. Ich finde, das war nicht in Ordnung. Und jetzt verschließt du auf einmal die Augen und tust etwas, das du früher als groben Fehler bezeichnet hättest. Hoffst du auf ein Wunder? Das ist, muss ich sagen, eine fahrlässige Haltung der Firma gegenüber.« Klein kniff die Augen zusammen. »Du hast so ein Funkeln in den Augen, Peter, das kommt mir irgendwie bekannt vor. Und ich will dir eins sagen, es gefällt mir nicht.«

»Was meinst du?«

»So hast du damals auch ausgesehen, als du mit Kelly im Schlepptau aus den USA zurückkamst.«

»Aha.« Der Schlag hatte gesessen. »Und was willst du damit andeuten?«

»Ach, vergiss es.« Klein wandte sich zum Gehen. »Sag mal, Peter, kann ich Matthijs nicht wieder ins Führungsteam bekommen? Er ist eine fantastische Entlastung gewesen.«

»Nein, Thomas, das kannst du nicht.«

Klein nickte. »Weiß Heleen eigentlich, dass sie abgehakt ist?«

»Lass das!«, fuhr Peter ihn an.

»Schon gut. Hör zu, Peter, wir haben ein Problem. Da gibt es ein paar Amerikaner, die darauf hoffen, schon in naher Zukunft geradezu in Geld zu schwimmen, weil du damals nicht richtig auf deine Frau aufgepasst hast. So sehen sie es zumindest. Und jetzt hast du wieder irgendetwas am Laufen, das merke ich doch.« Er gestattete sich ein Lächeln. »Wenn du mich fragst: der Zeitpunkt ist nicht sonderlich gut gewählt. Solltest du dich nicht besser in Zurückhaltung üben?«

Peter war einen Moment lang erschüttert. Wenn es tatsächlich stimmte, dass Thomas Klein auf der Gehaltsliste von Lawson & Minniver stand, dann spielte er seine Karten taktisch sehr klug aus. »Tu mir einen Gefallen, Thomas, und vermisch die Dinge nicht, ja? Im Zusammenhang mit Kellys Tod habe ich mir nichts vorzuwerfen. Und egal, was passiert, Matthijs wirst du nicht wieder ins Führungsteam bekommen, wie bequem das auch immer für dich wäre. Und was Nicky Landsaat betrifft, so ist sie für die gesamte Firma unterwegs und darf deshalb Loyalität von allen Kollegen von Christie erwarten.« Peter legte Thomas Klein eine Hand auf die Schulter und spürte, wie kühl dessen Haut unter dem dünnen Hemd war. »Um meine und Heleens Beziehung, Thomas, merk dir das, musst du dir nicht den Kopf zerbrechen.«

Als er nach Feierabend heimkehrte, schwebte im ganzen Haus noch immer Heleens Duft vom Wochenende.

Er öffnete die Fenster und lockerte die Krawatte, bevor er die Treppe zu Marie ten Hagens Wohnung hinaufstieg. Bei sanfter Beleuchtung saß sie in einer Ecke des Wohnzimmers. Wahrscheinlich hatte sie sich schon seit Stunden auf diesen Moment vorbereitet. Sie hatte sich Mühe gegeben: Die Augenlider hatte sie mit Eyeliner nachgezogen, so dass ihre Augen fast strahlten, und um ihren Hals lag eine der Ketten aus der Schmuckkassette. Die vielen Tablettenschachteln waren ausnahmsweise einmal weggeräumt.

»Hier bin ich, Peter!« Sie streckte die Hand aus, die augenblicklich zu zittern begann und kraftlos auf die Lehne sank. Peter ergriff sie, allerdings ohne das Innige ihrer Berührung zu erwidern.

»Stell dir vor, Marie, heute habe ich eine meiner Mitarbeiterinnen nach Jakarta geschickt.«

»Oh!«, rief sie mit leichter Verzögerung, und ein Schauder durchfuhr sie. »Riechst du den Duft?«

Peter lächelte. Kaum jemand kannte Indonesien so gut wie Marie.

Er ließ sie eine Weile von anderen Zeiten erzählen, von Zeiten, in denen ihre Arme noch elegant und geschmeidig waren, als sich die Männer erhoben, sobald sie den Raum betrat, und kaum wagten, ihrem Blick zu begegnen. Von einsamen Nächten auf der Veranda, in denen ihre einzige Gesellschaft Eidechsen und Geckos waren, von den Flößern, die auf dem Mahakam, dem großen Fluss, vorüberglitten. Von dem Gefühl, etwas erreichen zu können. Von dem Leben, das auf sie zu warten schien.

Peter hatte das alles schon oft gehört, und während er Maries leisem Singsang lauschte, tauchte vor seinen Augen eine hoch aufgeschossene junge Frau mit markanten Wangenknochen auf, die sich in diesem Augenblick allein auf dem Flughafen Sukarno-Hatta zurechtfinden musste.

Er schüttelte den Kopf. Vielleicht hätte er doch mit ihr zusammen auf die andere Seite des Erdballs fliegen sollen.

Er schrak hoch, als er bemerkte, dass Marie innegehalten hatte. Er wusste, was nun gleich folgen konnte: ein hysterischer Anfall, hässliche Worte, weil er ihr nicht genügend Aufmerksamkeit schenkte, unmögliche Forderungen. Vielleicht würde sie wieder nach ihm schlagen, ihn anspucken. Er hatte all das oft genug erlebt. Und anschließend saß sie dann wieder reumütig und allein in ihrem Zimmer.

Also wandte sich Peter seiner Tante noch einmal zu, bevor er sich verabschiedete und in seine Wohnung zurückkehrte.

Mittlerweile war es dunkel geworden, und vor den Fenstern zum Domplatz waren die Vorhänge zugezogen. Peter saß an seinem Schreibtisch. Nachdenklich lehnte er sich zurück. Wieder kam ihm Nicky Landsaat in den Sinn.

Als es wenig später an der Haustür klingelte, zuckte er zusammen, und er erschrak erneut, als er die Gestalt im Türspion erkannte.

Da stand Rien ten Hagen, sein Cousin. Es war Jahre her,

dass er gezwungen gewesen war, diesem Mann in die Augen zu sehen.

Er öffnete die Tür nur einen Spaltbreit.

Rien sagte nichts, er breitete nur irgendwie linkisch die Arme aus, fast so, als meinte er ein Zeichen der Versöhnung in Peters Blick erkannt zu haben.

Doch Peters Tonfall war alles andere als versöhnlich. »Willst du deine Mutter besuchen?«

Wieder breitete sein Cousin die Arme aus, dieses Mal bittend.

»Komm tagsüber vorbei, Rien, wenn ich nicht da bin.« Peter wollte die Tür schließen, aber Rien drückte dagegen.

»Ich bin gekommen, um mit dir zu sprechen, Peter.«

»Dann bist du umsonst gekommen. Es gibt nichts, worüber wir zwei zu sprechen haben.«

»Du wirst mit mir sprechen müssen.« Er flüsterte nur noch. Er wirkte noch schmächtiger als früher, seine Stirn glänzte, die Augen waren gerötet, kurzum, Rien bot ein Bild des Jammers.

»Sag, was du willst, und dann geh.«

Der Druck schien etwas von dem Besucher zu weichen, aber Peter bewegte sich nicht von der Stelle.

»Ich habe einen Klienten für dich, Peter.«

»Erzähl das meiner Sekretärin. Das Büro ist morgen ab acht Uhr besetzt.«

»Nicht für Christie … Für dich, Peter.«

14

»So eine Scheiße!« Rien ten Hagen versetzte der Küchentür einen Tritt, dass sie zuknallte.

In seinem Haus herrschte Chaos. Seit fünf Tagen, seit er mit den Konsequenzen seines Betrugs konfrontiert worden war, hatte er in seinen vier Wänden alles stehen und liegen lassen.

In den ersten Tagen nach der Begegnung mit Marc de Vires hatte er nur wie gelähmt herumgesessen und vor sich hin gestarrt. Aufgewühlt und in Bedrängnis wie er war, hatte er sogar erwogen, außer Landes zu flüchten. Schockiert musste er jedoch feststellen, dass man seine sämtlichen Bankkonten gesperrt hatte. Marc de Vires und seine Leute waren gründlich gewesen. Sie hatten auch sein Bargeld aus der Wohnung mitgenommen.

Also hatte Rien getan, was sie von ihm verlangten: Er war zu seinem Cousin gegangen. Peter allerdings hatte ihn gar nicht erst ins Haus gelassen, und seine Sekretärin hatte ihn dreimal abblitzen lassen.

Rien war verzweifelt. Nur noch zwei Tage, dann war seine Frist abgelaufen, und die paar Gulden, die ihm de Vires zugesteckt hatte, waren bereits so gut wie verbraucht.

Der Ausgang des nächsten Treffens mit de Vires hing von dem Resultat ab, das er lieferte. Über diesen Zeitpunkt hinaus konnte er kaum denken.

Rien sah sich um. Auch wenn de Vires in seine Privatsphäre eingedrungen war, empfand er sein Haus doch immer noch als seinen Rückzugsort. Auf den edlen Holzfußböden lagen schwere Teppiche. Die ganze Einrichtung war äußerst luxuriös, die Ausstattung der Küche hätte jede holländische Hausfrau in Entzücken versetzt. Alles in allem bildete das Haus die perfekte Umgebung für einen jungen Börsenmakler auf dem Weg nach oben.

Aber genau das war nun Vergangenheit, und Rien war verzweifelt. Er spielte mit dem Gedanken, alles zu verkaufen und ins Ausland zu fliehen. In Venezuela zum Beispiel könnte er für wenig Geld ziemlich lange leben und wieder auf die Beine kommen.

Aber die Vorstellung währte nicht lang: Wie konnte er annehmen, dass sie seinen Pass vergessen hätten?

Sein Blick fiel auf ein Äffchen im Regal, dessen Farbe bereits abgeblättert war und das ihn aus großen Augen anstarrte. Er nahm die kleine Blechfigur in die Hand. Der Fez saß keck schräg auf seinem Kopf, und die kleinen Metallhände ließen sich bewegen. Unwillkürlich musste er lächeln.

»Den hast du mir geschenkt, Peter«, flüsterte Rien. »Den und sonst nichts.«

Jahrelang hatten sie im selben Haus gelebt, er und Peter, und Rien hatte Peters Soldaten geerbt. Er hatte mit denselben Autos gespielt wie Peter, dieselben Comics gelesen. Aber sonst? Hatten sie zusammen gespielt? Niemals, und das hatte nicht am Altersunterschied gelegen. Nie waren sie sich nahe gekommen, nie hatten sie ein freundliches Wort gewechselt, doch genau danach hatte sich Rien immer gesehnt, nach einer herzlichen Geste von Peter, nach der Anerkennung und Liebe des Cousins.

Sein Leben lang.

»Marie ten Hagen ist meine Mutter, ich will sie besuchen«, knurrte Rien gereizt, als die Haushälterin ihm den Zutritt zum Haus verwehrte.

»Ich glaube nicht, dass Peter de Boer …«, protestierte sie, aber Rien schob sich an ihr vorbei zur Treppe. Das Gefühl des Geländers in der Hand war ihm sofort vertraut.

Als er oben die Tür aufstieß, haute ihn der Urin- und Parfümgestank fast um. Die Gestalt im Rollstuhl schlummerte. Für einen Moment stand er vor ihr und betrachtete sie still. Er erschrak fast, mit welcher Brutalität ihn das Bedürfnis überfiel, sie mit Prügeln in ein besseres Jenseits zu befördern, und wandte rasch den Blick ab. Dann besann er sich und atmete tief durch.

Ihr Gesicht war noch immer zart, der Nasenrücken so schmal und eben wie früher, die Augenbrauen wunderschön geschwungen. Ihr übriger Körper aber war nicht wiederzuerkennen – seit ihrer letzten Begegnung war viel Zeit vergangen, über zehn Jahre.

Er biss sich auf die Lippen und kniff die Augen zusammen. Wenn er das Problem aus der Welt schaffen wollte, dann musste er jetzt handeln. Sofort. Er musste sich zusammenreißen und das Richtige tun.

Sie erwachte, noch bevor er sie berührte, sah ihn verwirrt an und döste gleich wieder ein. Erst als sie erneut zu sich kam und die Augen aufschlug, wurde ihr bewusst, dass er es tatsächlich war. »Rien?«, flüsterte sie und verzog das Gesicht zu einer Grimasse, die er noch nie gesehen hatte.

Sie versuchte, eine Hand zu ihm auszustrecken. »Rien!«, wiederholte sie.

Ihre Stimme war wunderbar weich. Zögernd ergriff er ihre Hand, die sich federleicht anfühlte und kühl. Marie streichelte seine Fingerspitzen. Sie strich ihm über die Wange, und er küsste ihre Hand und ließ sie dann auf den Schoß sinken. Er war selbst überrascht, wie liebevoll er ihr die Haare aus dem Gesicht strich. Ihre Augen waren noch so kristallblau und wunderschön wie früher.

Rien räusperte sich. »Ich stecke in der Klemme«, sagte er und erzählte ihr dann ohne Umschweife, warum er gekommen war. Marie hörte zu und ließ die Augen nicht von ihm. Aber sie sagte kein Wort. Erst als er sie abschließend um Hilfe bat, senkte sie den Blick. »Ich kann dir nicht helfen, Rien. Einen solchen Einfluss habe ich nicht auf Peter.«

Er empfand die Absage wie einen Schlag ins Gesicht. Nicht zum ersten Mal nahm die Stimme seiner Mutter im entscheidenden Moment einen blassen und farblosen Ton an. Wie oft schon hatte sie ihn im Lauf seines Lebens im Stich gelassen.

Er hob den Kopf und stand auf. Mit raschen Schritten ging er durch das Zimmer und stieß so heftig gegen den Toilettentisch, dass die Parfümflakons klirrten. »Ich bin dein Sohn! Hast du das vergessen?«

Wortlos schüttelte sie den Kopf.

»Warum steht hier Peters Foto? Das Foto jenes Mannes, der deinen Sohn aus dem Haus geworfen hat, aus deinem Haus!«

Ein Schatten huschte über ihr Gesicht. Immer noch aufgebracht, hockte Rien sich vor sie hin. »Erzähl mir wenigstens, warum er mich so hasst!«

Sie schloss die Augen, und Rien versuchte, einen klaren Kopf zu bewahren. Übelkeit stieg in ihm auf, aber sein Magen war leer, wenn er sich jetzt übergeben müsste, würde nur noch Galle kommen.

Kurzentschlossen riss er die Tür auf und rannte die Treppe hinunter. Er stürzte in die Bibliothek und riss die Bücher aus den Regalen.

Seit er denken konnte, hatten die Tagebücher der Familie, ihre Aufzeichnungen und Sammelalben im mittleren Regal gestanden. Aber jetzt war alles verschwunden. Er sah sich verwirrt um. Nichts war mehr so angeordnet wie früher.

Das Haus war riesig und unübersichtlich. Nur einen kleinen Teil der Möbel kannte er aus der Zeit, bevor er das Haus verlassen musste. Trotzdem erinnerte er sich an jedes Zimmer, jeden Winkel.

Er rannte die Kellertreppe hinunter, musste sich unten erst orientieren. Die Räume waren nicht länger unheimlich und voller Geheimnisse. Alles war renoviert und praktisch eingerichtet. Nur hier und dort, hinter zahlreichen Kartons, tauchten Schränke und Stühle auf, die er wiedererkannte.

Schließlich entdeckte er den dunklen Glasschrank. Da waren sie also! Rien presste aufgeregt die Lippen zusammen. Dort im Glasschrank standen die Tagebücher und die Sammelalben, nach denen er gesucht hatte.

Er schob einen Stuhl an den Schrank heran und setzte sich. Vorsichtig öffnete er die Glastür, fuhr mit den Fingern über die Leinenrücken und zog den ersten Band heraus.

Peters Mutter hatte Sammelalben geführt. Kleine Ausflüge wurden hierin festgehalten, Straßenbahnfahrkarten eingeklebt, es wurde vermerkt, wer dabei und wie das Wetter gewesen war. Jede Quittung, jeder Bewirtungsbeleg war hierin aufbewahrt, selbst Papieruntersetzer, bedruckte Servietten und Postkarten mit den Sehenswürdigkeiten Mitteleuropas. Beschriftet war alles fein säuberlich mit ihrer charakteristisch energischen Handschrift.

Er fand Fotos von Jaap de Boer mit Patronengurt über der Schulter, von Kindern, die lachend im Fluss spielten, Fotos von Peter in jedem Alter.

Hier war das Leben einer Emigrantenfamilie dokumentiert, die am Ende nach Hause zurückkehrte. Daran war nichts Ungewöhnliches.

Schließlich fand er zuunterst das halb zerfallene Fotoalbum, das er in seiner Kindheit unzählige Male durchgeblättert hatte, immer in der Hoffnung, etwas über seinen Vater zu erfahren. Er klemmte es sich unter den Arm und wandte sich zum Gehen. Hier war nichts mehr zu holen.

In diesem Moment, gerade als er eine Schrankseite schloss, fiel sein Blick auf einen bräunlichen Umschlag, der unter dem Fotoalbum gelegen hatte.

Die Briefmarke war entfernt worden, und vom Datumsstempel war nur noch die Jahreszahl zu sehen. 1959. Die Handschrift war ihm unbekannt, und die Klappe auf der Rückseite des Umschlags samt der Absenderadresse war verschwunden.

Im Kuvert steckte ein Brief auf liniertem Papier, und als er ihn auseinanderfaltete, fiel ihm ein Foto entgegen. Atemlos starrte Rien den Mann auf dem Foto an. Er war groß, bekleidet mit knielangen Khakihosen, und stand mit verschränkten Armen lächelnd vor einer Reihe kleinerer Frachtschiffe in einem primitiven Flachwasserhafen.

Rien glaubte zu wissen, um wen es sich handelte, und der Mann auf dem Foto verschwamm vor seinen Augen. Es pochte in seinen Schläfen. Dann las er den Brief.

Meine Geliebte,
ein Jahr mit vielen Veränderungen und Enttäuschungen liegt hinter mir. Meine Zeit hier geht zu Ende, und es kann nicht mehr lange dauern, bis wir wieder vereint sind. Ich habe größte Hoffnung in unsere gemeinsame Zukunft in Holland, aber zuerst muß ich hier vor Ort unseren Besitz sichern. Die Prahme werden sich leicht verkaufen lassen, aber Holz steht derzeit nicht hoch im Kurs.
Sukarno sieht es nicht gern, daß wir noch länger im Land bleiben, und ich bin in diesem Distrikt inzwischen wohl der einzige Holländer. Die meisten meiner Bekannten auf Borneo sind Chinesen, aber Sukarno droht nun auch ihnen, daß sie das Land verlassen sollen. Er macht, was er will. Bestimmt weißt Du, daß er das Parlament aufgelöst hat, aber sicher weißt Du nicht, daß die Menschen nun zum ersten Mal gegen ihn wettern.

Jederzeit kann es zu einem Aufstand kommen. Und ich bete, daß ich mich nicht in seinem Brennpunkt befinde, wenn es so weit ist.
Mit dem Holzfällen steht es zur Zeit nicht gut. Es gibt einen hohen Krankenstand, und in den vergangenen Monaten sind viele Arbeiter gestorben. Ich habe keine Erklärung dafür. So ist das Leben hier, aber das kennst Du ja!
Liebste Marie! Ich bitte Dich, sorge Du dafür, daß Jaap in den Kreisen, in denen er sich zu Hause neuerdings bewegt, ein gutes Wort für mich einlegt. Es würde mich ungemein erleichtern, wenn ich wüßte, daß dort eine Aufgabe auf mich wartete.
Heute nacht lärmen die Geckos besonders laut.
Ich schaue den Mond an und freue mich, daß er nun keine Geheimnisse mehr vor uns verbirgt. Da haben wir den Kommunisten doch immerhin etwas zu verdanken. Wenn schon für nichts anderes, dann doch auf jeden Fall, daß sie seine Rückseite photographiert haben.
Ein letztes Mal drücke ich meinen kleinen Talisman, denn nun lege ich ihn diesem Brief an Dich bei. Wenn wir uns sehen, wirst Du ihn verstehen. Trag ihn an Deinem Herzen, bis wir wieder vereint sind. Ich weiß nicht, wann das sein wird. Es kann noch zwei Jahre dauern oder drei, vielleicht mehr, aber bitte halte durch. Ich tu es auch!
Jalan und Muksim bitten mich, Dich zu grüßen. Sie vermissen Dich jeden Tag und verstehen immer noch nicht, wieso Du Dich entschlossen hast, uns zu verlassen.
Nun, meine Geliebte, Du hast das Richtige getan. Auch wenn die letzten zwei Jahre unendlich langsam vergangen sind, erfreue ich mich an dem Gedanken, daß Du noch lebst und auf mich wartest.

Dein Willem
Batu Kelau, Borneo

Rien faltete den Brief zusammen. Zerstreut und wehmütig blätterte er in dem Fotoalbum. Dann jedoch fiel ihm ein bestimmtes Foto ein, und er begann, gezielt zu suchen.

Und tatsächlich fand er das Foto. Er kannte es in- und auswendig. Er erinnerte sich auf Anhieb an die mit langen Schnürsenkeln zusammengebundenen Schlittschuhe, die Jaap de Boer sich über die Schulter geworfen hatte. Zwei Frauen standen zur einen Seite des Mannes und etwas im Hintergrund ein etwa zwölf- oder dreizehnjähriger Junge mit wollener Windjacke. Auf Jaap de Boers Schoß thronte breit lächelnd ein kleinerer Junge. Er hatte schräge Augenbrauen.

Kopfschüttelnd drehte Rien das Foto um. »Marie, ego, Jaap, Peter und Rien. Die Schlittschuhe haben wir nicht gebraucht«, hatte Peters Mutter in ihrer zierlichen Handschrift auf der Rückseite notiert. Auch Datum und Ort waren dort vermerkt: Ijmuiden, 24. Januar 1960.

Maries Rollstuhl war halb umgedreht, als sich Rien wieder zu ihr setzte. Das Licht fiel nur auf eine Wange, so dass ihr Gesicht wie gespalten aussah.

Er steckte sich eine Zigarette an, das Streichholz schnipste er aus dem Fenster. »Peter hat mich rausgeworfen an dem Tag, als ich achtzehn wurde. Doch so weit ich mich erinnere, habe ich ihm nie irgendetwas angetan. Warum hast du das zugelassen?«

Ihre mageren Hände ruhten auf den Armlehnen. Sie antwortete nicht.

»Er hatte das Sagen, stimmt's?«

Er legte ihr das geöffnete Fotoalbum auf die Beine. Ihre Fingerspitze zeigte auf das lächelnde Gesicht ihres Sohnes auf Jaap de Boers Schoß. Sie wandte den Blick ab.

»Du musst mir jetzt alles erzählen, Mutter, bitte! Jetzt gleich, bevor ich es tue. Das ist deine letzte Chance! Sprich es aus!«

Er reichte ihr den Brief. Eine Zeit lang hielt sie ihn einfach, und es sah ganz so aus, als hätte sie nicht vor, ihn zu lesen. Doch plötzlich gab sie nach, wie ein Damm, den die Flut eindrückt. Das Zittern begann in ihrem Handgelenk und setzte sich dann durch ihren ganzen Körper fort. »Oh Gott, Rien! Wo hast du diesen Brief gefunden?«

Er ließ nicht locker. »Sag es, Mutter! Du kannst es nicht länger vor mir verbergen. Lügt das Bild? Stimmt das Datum nicht? Oder ist mein Taufschein vielleicht nicht korrekt?«

Dass sie schwieg, war ihm Antwort genug.

»Wie kann Willem ten Hagen mein Vater sein, kannst du mir das bitte erklären?« Rien stand auf. »Warum hat Peter mich rausgeschmissen? War das der Grund?« Er deutete auf das Foto und spürte, wie ein Schrei in ihm emporstieg, der stumm blieb.

Marie ten Hagen sah ihn lange an.

Ihre Stimme zitterte, als sie endlich die Mauer des Schweigens und der Lügen durchbrach, so dass er sich konzentrieren musste, sie zu verstehen. Aber allmählich beruhigte sie sich, und ihre Stimme wurde fester.

Manchmal war die Wahrheit schlimmer als die Ungewissheit.

Rien hatte sich schon immer einsam gefühlt, aber nun war es mehr als nur ein Gefühl, es war eine Tatsache.

Da war er. Und dort waren die anderen.

Die beiden Schwestern hatten als Einzige aus der Familie die Bombardierung durch die Japaner überlebt. Das war die Vorgeschichte.

Marie war acht Jahre jünger als Christine, aber trotz ihrer neun Jahre bereits die reifere der beiden. Als sie auf Sumatra interniert wurden, war sie es, die die Bambusrohre spaltete, damit die beiden das lausige, von Insekten wimmelnde

Essen zumindest von einer Art Teller essen konnten. Sie war es, die die japanischen Wächter um den kleinen Finger zu wickeln verstand, so dass ihre Alltagspflichten ein zu bewältigendes Maß nicht überstiegen, und schließlich war auch sie es, die Jaap de Boer unter den verdreckten und völlig erschöpften Neuankömmlingen entdeckte.

Der Krieg dauerte nur noch wenige Monate. Jaap de Boer war fast dreiundvierzig Jahre alt, aber trotz des großen Altersunterschieds gab es von Anfang an eine unausgesprochene und ungewöhnliche Verbundenheit zwischen Jaap und Marie.

Auch deshalb war Marie so wütend, als Jaap einige Jahre später die ältere Christine heiratete.

Schon im folgenden Jahr ließen Jaap und Christine sich im indonesischen Teil Borneos nieder, dem späteren Kalimantan. Marie mussten sie als lästigen und aufmüpfigen Anhang mitnehmen. Erst nach Peters Geburt ebbte Maries unbändige Eifersucht etwas ab.

Marie nahm sich einen Mann, kaum dass sie alt genug war – und zwar aus dem einzigen Grund, Jaap de Boer zu provozieren. Der junge Willem ten Hagen, ein großer, einfältiger Holländer, war leicht zu verführen.

Jaap reagierte mit kaum verhohlener Eifersucht, die er durch rücksichtslose Behandlung seiner Waldarbeiter kompensierte. Langsam, aber sicher entfernte er sich von Frau und Kind.

An ihrem achtzehnten Geburtstag heirateten Marie und Willem ten Hagen. Zu dem Zeitpunkt hatte der Hass in Jaaps Leben schon einen viel zu großen Platz eingenommen.

Später, an einem kalten Tag im November 1956, ungefähr zwei Jahre bevor Rien zur Welt kam, wurden ein Stück entfernt am Fluss drei Waldarbeiter enthauptet aufgefunden. Und obwohl Jaap de Boer ganz eindeutig nichts mit dem Fall zu tun hatte, wurde er zu tagelangen Verhören abgeholt. Aber

Jaap de Boer wusste, wen man zu schmieren hatte, um keine Probleme zu bekommen.

Kaum hatte man ihn freigelassen, beschloss er, den Behörden keine Gelegenheit zur Wiederholung zu geben und in die Niederlande zurückzukehren. Dort erwarte sie eine vielversprechende Zukunft, versicherte er seiner Familie.

Willem ten Hagen opponierte als Einziger, Marie hingegen zögerte keine Sekunde. Binnen weniger Stunden hatte sie ihre Sachen gepackt, und der Mann, dessen Nachnamen Rien tragen sollte, sah seine Frau nie wieder. Von ihm persönlich hatten sie nur diesen einen Brief erhalten, den Rien soeben gefunden hatte.

Als seine Mutter geendet hatte, spürte Rien in sich nur noch Abscheu. »Jaap de Boer, dieser Barbar. Dann hast du ihn also am Ende doch bekommen?«

Sie nickte stumm.

»Und hast mir immer verschwiegen, dass er mein Vater ist!« Er rang um Fassung. »Und Peter mein Halbbruder! Mein Bruder, der mir alles genommen hat, was mir einmal gehörte, der mich sogar aus meinem Elternhaus hinausgeworfen hat.«

Er wartete, bis sein Herz nicht mehr ganz so heftig klopfte.

Auf einmal war es so ungeheuer viel leichter geworden, Marc de Vires' Forderung zu erfüllen.

15

Ein schwarzes Käppchen war das Erste, was Nicky Landsaat von dem hageren Mann erblickte, der sie abholte. Er stand in der Ankunftshalle hinter der Absperrung und wusste offenkundig nicht, auf wen er eigentlich wartete. Deshalb war sein Schock, als Nicky auf ihn zutrat und sich vorstellte, unübersehbar, und das Schild mit ihrem Namen, das er bis dahin hochgehalten hatte, segelte auf den spiegelblanken Fußboden des Flughafengebäudes. Vermutlich entsprachen weder ihre Größe noch ihr Alter oder ihre Hautfarbe seinen Erwartungen.

»*Selamat datang!*« Seine eiskalte Hand fühlte sich an wie Leder.

Nicky hielt ihre Tasche eng an sich gepresst und folgte dem Mann zum Vorplatz des Flughafens. Dort wurde sie von der Hitze und dem Lärm fast erschlagen.

Schwer beladene Gepäckkarren, Mopeds, die sich durch Massen von Männern in kurzärmeligen Hemden und schwarzen Kappen schlängelten, Taxichauffeure, die sich lautstark anboten – Nicky sog alle Eindrücke begierig auf.

Erst als sie in einem der Taxis davonfuhren, stellte der Mann sich vor. Er war Hasan Anas, Made Kabibartas Betriebsleiter. Er ließ Nicky wissen, dass sein Chef den ganzen Tag für dieses Treffen reserviert habe. Das war das Wichtigste. Nach Nickys Reiseverlauf oder ihrem Wohlergehen erkundigte er sich nicht.

Nicky war vollkommen überwältigt. Staunend blickte sie in

das Gewimmel von Menschen und Fahrzeugen auf den Boulevards, auf die endlos vielen schmalen Straßen, die einzelnen Stadtteile, übersät von roten Ziegeldächern und wie hingestreut in einem gigantischen Wirrwarr ohne Anfang und Ende. Je tiefer sie in die einzelnen Viertel vordrangen, umso waghalsiger wurden die Mopedfahrer. Oft saßen auf dem Rücksitz Frauen in flatternden Kleidern. Wohin sie blickte, sah Nicky diese schmalhüftigen kleinen Frauen, oft mit gigantischen Flechtkörben auf dem Kopf.

Erinnerungen wurden wach an eine andere Frau und an deren Erinnerungen. Das Bild ihrer Mutter fügte sich in das, was sie sah, und legte sich über alles andere. Das Bild einer zarten Frau aus den Wäldern Serams. Hier an diesem Ort war sie einmal gewesen.

Nicky seufzte so tief, dass der Fahrer sie im Rückspiegel ansah. Hier, in dieser Stadt, war ihre Mutter dem Mann begegnet, der ihr später das Leben raubte. Wie lange das alles her war.

»Gibt es in der Stadt Prostituiertenviertel?«

Hasan Anas reagierte so ungerührt auf Nickys Frage, als hätte er bereits damit gerechnet. Der Fahrer schob lediglich den Rückspiegel zurecht, und während der restlichen Fahrt ruhte sein Blick mehr auf ihr als auf dem Verkehr.

»Es gibt viele, warum?«

»Ich bin einfach neugierig.«

»Die meisten kennen Kramat Tunggak. Das liegt etwas nördlich von hier.«

Etwas nördlich von hier, liebe kleine Mutter, dachte Nicky. Dort könntest du deine Ruhe finden.

Der Besitzer der Schuhfabrik, Made Kabibarta, war ein sehr dicker Mann, der Nicky kaum bis an die Schulter reichte. Er war mindestens so hässlich wie auf dem Foto, das Nicky bereits zu sehen bekommen hatte. Aber er lächelte entgegenkommend und wirkte nicht im Mindesten überrascht über Nickys Alter und ihre ethnische Herkunft. Sein perfektes Englisch zeugte von seiner Erziehung in einem der altehrwürdigen Internate in England. Ohne Umschweife zog er sie in die strahlend weiße Produktionshalle. Dort saßen in zehn akkurat angeordneten Reihen über ihre Maschinen gebeugt die Näherinnen, die virtuos und blitzschnell das Leder verarbeiteten. Der Geruch frisch gegerbten Leders war nicht unangenehm, aber intensiv.

Als die kleine Delegation durch die Reihen schritt, beobachtete Nicky ihren Gastgeber unauffällig. Made Kabibarta war sich des Werts seiner Fabrik augenscheinlich sehr bewusst und hatte keinen Zweifel, dass sein Betriebsleiter Hasan Anas genau wusste, wie sie zu führen war. Freundlich grüßte Nicky die Arbeiterinnen, die ihre Anwesenheit kaum wahrnahmen. In Gedanken ging sie derweil durch, was sie mit Peter de Boer besprochen hatte.

Am Ende der Halle bekam Hasan Anas von einer kleinen Gruppe Arbeiter, die alle die Kopfbedeckung der gläubigen Moslems trugen, respektvoll ein Stück eines Schuhs, das aus der Ferne wie der Schaft aussah.

Die Arbeiter sammelten sich um ihn. Mit prüfendem Blick riss und zerrte Hasan Anas an dem Leder, dann legte er es auf die flache Hand. Es hatte perfekt die Form gehalten. Fast hätten die Arbeiter gelächelt. Hasan wandte sich Nicky zu, und dunkelbraune, siegesgewisse Augen sahen sie herausfordernd an.

Oh ja, er wusste genau, wer er war.

Die Verhandlungen fanden erst nach Hasan Anas' zweitem Nachmittagsgebet in seinem verglasten Büro über der Halle statt. Als Nicky jetzt das Wort erhob, hörten beide Männer aufmerksam, aber regungslos zu. Der Tee in den Gläsern wurde kalt. Nicky überkam plötzlich ein so starkes, nahezu unwirkliches Gefühl, wichtig zu sein, dass sich ihr Magen zusammenzog. Aber das ging schnell vorüber.

Als Nicky schließlich den konkreten Vorschlag unterbreitete, hatte Kabibarta dafür nur Hohn übrig. »Warum in aller Welt sollte ich mein Unternehmen zu derartigen Bedingungen und zu einem solchen Preis verkaufen?« Er zog sein Batikhemd zurecht, das sich über dem gewaltigen Bauch verschoben hatte. »Was auch immer SoftGo uns unterjubeln will, so weiß ich doch, dass meine Kollegen bei Kakaz mir leicht das Doppelte bieten würden.« Er hob den Zeigefinger. »Falls ich überhaupt verkaufen will.«

»Das Doppelte?« Sie schüttelte den Kopf. »Jedermann weiß, dass das nicht möglich ist.«

Made Kabibarta starrte sie an. »Aha, das glauben Sie also nicht? Und warum nicht, wenn ich fragen darf?« Er faltete die Hände über seinem Bauch. »Kakaz kann nicht auf unsere Produkte verzichten, wenn die Zusammenarbeit mit den Portugiesen endet. Das weiß auch jedermann.«

Nicky öffnete ihre Tasche und sah einen Moment lang hinein, dann zog sie ihren Trumpf heraus. »Kennen Sie das Exemplar?«

Hasan Anas nahm den Schuh, drehte und wendete ihn immer wieder. Wog ihn in der Hand, klopfte auf den Absatz, schnupperte daran, verdrehte ihn und rieb über die Schuhspitze.

»Ja, das ist einer unserer Schuhe aus der diesjährigen Frühjahrsproduktion.« Er gab Nicky den Schuh zurück.

»Falsch!« Sie legte eine effektvolle Pause ein. »Dieser Schuh wurde in einer der Fabriken von SoftGo in Polen hergestellt.« Sie präsentierte den Schuh mit ausgestrecktem Arm. Das Herz schlug ihr bis zum Hals, denn das war der springende

Punkt der Mission – sie mussten ihr unbedingt glauben. Sie mussten glauben, dass dies nicht ihr eigener Schuh war.

Made Kabibarta lehnte sich vor, der Bambusstuhl knackte bedrohlich. Er musterte den Schuh, nahm ihn Nicky wortlos aus der Hand und reichte ihn an seinen Betriebsleiter, und das Ritual vollzog sich von Neuem.

»Ja, Sie wägen ihn in der Hand«, sagte Nicky, als sie den Schuh wieder an sich nahm. Die Techniker bei Christie hatten ganze Arbeit geleistet. Hasan Anas konnte nicht sehen, dass man den Absatz vorsichtig aufgetrennt und ausgehöhlt und mit Treibgas gefüllt hatte. »Es ist eine Frage des Gewichts, nicht wahr? Ansonsten gibt es keinen Unterschied. Aber Sie müssen zugeben, dieser Schuh ist um einiges leichter als die Schuhe aus Ihrer Produktion.«

Made Kabibarta warf Hasan Anas einen besorgten Blick zu, der wiederum seine Verwirrung hinter einer verbissenen Miene zu verbergen suchte. Nicky empfand fast Mitleid mit ihm.

»Und müde Füße merken diesen Unterschied«, schloss sie.

»Ich kann Benjamin Holden für das Plagiat meines Produkts verklagen«, zischte Kabibarta, ehe er von einer Frau unterbrochen wurde, die leise den Raum betreten hatte. Bedächtig verneigte sich die Frau, nahm einen kleinen Korb aus geflochtenen Bananenblättern zur Hand und stellte die Opfergabe für die Ahnen auf den Boden. Die Blumen waren frisch, etwas Reis krönte das Ganze.

Die Frau wurde Nicky nicht vorgestellt, aber sie war zweifelsohne Kabibartas Ehefrau. Sie war geschmackvoll gekleidet und im gleichen Alter wie ihr Mann. Nicky betrachtete ihre ruhigen Bewegungen und konnte sich eines Anflugs von Mitleid nicht erwehren. Die Frau hatte sicher keine Ahnung, welchen Einfluss dieses Treffen möglicherweise auf ihr Leben haben und dass sie nur allzu bald für eine Schönheitskönigin mit langen Beinen verstoßen werden könnte.

Nicky sah Hasan Anas an. »Dieser Schuh ist ein Prototyp. Er wurde allein zu dem Zweck hergestellt, ihn hier bei diesem Treffen vorzustellen. Mr. Holden würde niemals Ihre Konzepte und Modelle kopieren.« Sie stellte fest, dass sich die Falten auf Hasan Anas' Stirn zunehmend vertieften.

»Möglicherweise sind auch die anderen Produkte von SoftGo so leicht«, fuhr sie gnadenlos fort. »Ausgezeichnetes Design, allerbestes Material, superleicht und stark, man hat das Gefühl, Leinenschuhe zu tragen, dabei sind es erstklassige, gediegene Lederschuhe.« Sie zog ein Blatt Papier aus ihrer Tasche und reichte es Made Kabibarta. »Schauen Sie!«, sagte Nicky und deutete auf die Zahlen. »Sie behaupten, Kakaz würde die doppelte Summe bieten. Aber sehen Sie hier, so sieht die Finanzlage bei Kakaz heute in Wahrheit aus. Ich denke, das spricht Bände.« Sie hielt kurz inne, bis die Frau den Raum verlassen hatte. »Das ist der Preis, den Sie von Kakaz bekommen können. Und auch das nur, wenn das Unternehmen die Bank überzeugen kann, dass die gegenwärtige Halbjahresprognose Stich hält. Glauben Sie nicht, Mr. Kabibarta, dass insbesondere Letzteres schwierig wird, wenn unser Klient, SoftGo, in wenigen Wochen seinen neuen ultraleichten Schuh einführt? Keiner der Konkurrenten kann mehr die Prognosen erfüllen, wenn SoftGo erst dieses neue Konzept und Design auf den Markt gebracht hat.«

Sie holte ein weiteres Papier hervor. »Hier also unser Angebot. Solide und realistisch. Gewiss nicht ganz so ambitioniert, wie Sie es von Kakaz erwartet haben, aber dennoch.«

Made Kabibarta warf einen kurzen Blick auf das Papier und knallte es kommentarlos auf den Tisch. Das verhieß nichts Gutes.

Sie saßen sich eine Weile stumm gegenüber. Er will tatsächlich mehr, dachte Nicky. Schließlich kritzelte sie einige Zeilen auf einen kleinen Zettel und reichte ihn Made Kabibarta.

»Wir könnten diesen Passus einfügen, wenn Sie einen Vertrag mit uns machen, Mr. Kabibarta«, sagte sie mit klopfendem Herzen. »Das wird Ihnen einige persönliche Vorteile verschaffen.« Sie biss sich auf die Wange.

Der Mann ließ sich mit der Lektüre Zeit, trank dann einen Schluck kalten Tee und befeuchtete seine Lippen mit der Zungenspitze.

Nicky sah die Funken in seinen Augen genau, spürte, wie sich das Gefühl, brüskiert worden zu sein, in ihm breitmachte. Hasan Anas' Unruhe neben ihm war kaum noch zu bändigen.

»Wenn Sie gestatten, kann ich vielleicht vertiefen, was dort steht, Mr. Kabibarta?«

Der Mann hob ganz leicht die Augenbrauen. Noch immer war sein Blick gesenkt. Er ließ auch nicht die kleinste Andeutung einer Aufforderung erkennen. Er schwieg, und gefühlte fünf Minuten lang war nur die Klimaanlage unter der Decke zu hören. Sie spürte, wie in ihr das hässliche Gefühl einer verlorenen Schlacht aufstieg.

Dann stand er unvermittelt auf, gab ihr wortlos die Hand, verzog das Gesicht, es war nicht mehr als die Andeutung eines Lächelns, und verließ den Raum.

Dies war das erste und letzte Mal, dass Nicky Made Kabibarta zu sehen bekam.

Hasan Anas kommentierte die Ereignisse des Nachmittags auf der Fahrt zum Hotel mit keinem Wort.

»Welche Nachricht darf ich nach Hause übermitteln?«, fragte Nicky vorsichtig.

»Warten Sie ab«, lautete die Antwort. »*Jam garrat!*«

Bei diesen Worten spürte Nicky den sanften Flügelschlag des Schmetterlings und drückte ihre Tasche an sich. *Jam garrat!* Das waren Worte, die hier, überall um sie herum, lebten.

Nicky spürte noch einmal die Hände ihrer Mutter. Wie sanft hatten sie sie gestreichelt, das eine Mal in ihrem Leben, als sie getröstet werden musste. Dieses eine Mal vor vielen Jahren, als Nicky sich zu Tränen hatte hinreißen lassen angesichts der Schlechtigkeit der Welt und der Schläge ihres Vaters. »*Jam garrat*, mein Schatz«, hatte die Mutter sie getröstet. »Die Zeit ist wie ein Gummiband. Mal dehnt es sich, mal zieht es sich zusammen. Manchmal kommt einem die Zeit unendlich lang vor und manchmal viel zu kurz.«

Jam garrat! Sie musste sich in Geduld üben.

Hasan Anas' Händedruck war federleicht, als er sie eilig im Hotel ablieferte.

Oben in ihrem Zimmer lehnte Nicky sich über das Fenstersims, schaute hinunter auf die belebte Straße und ließ sich einen Moment lang ganz von den Geräuschen der abendlichen Kulisse betören. Die Dämmerung war schon weit vorangeschritten. Unter ihr knatterten noch immer die Mopeds, Abgaswolken hinter sich herziehend, Geschäftsleute traten aus neonbeleuchteten Gebäuden, steuerten die nächste Garküche an und aßen stehend im Schein von Petroleumlampen.

Am Himmel tauchten die ersten Sterne auf, formierten sich zu ganz anderen, fremden Bildern. Das war der Himmel ihrer Vorzeit. Hoch und erhaben und ewig wie die Zeit selbst. Eine der Schmetterlingstöchter, die vorläufig letzte, war unter ihn zurückgekehrt.

Sie sog die warme Luft ein, schloss die Augen und gab sich der Erinnerung an den Mann hin, der sie hierher geschickt hatte. Eine fast körperlich empfundene Sehnsucht stieg in ihr auf, der Fluch des Verliebtseins. Sie legte sich, wie sie war, aufs Bett und ließ die Welt draußen toben.

Es war fast halb zwölf, als sie am nächsten Morgen erwachte. Sie gönnte sich noch eine Portion Rührei mit Reis im Restaurant des Hotels, auch wenn sie wusste, dass Hasan Anas seit zwanzig Minuten in der Hotellobby auf sie wartete.

»Gut geschlafen?« Er wartete die Antwort gar nicht ab. »Wann geht Ihr Flug? Mit welcher Fluggesellschaft fliegen Sie?«

»British Airways. Um 19 Uhr 15. Und danach weiter von Kuala Lumpur. Um sechs Uhr Ortszeit bin ich in Amsterdam«, antwortete sie wie aus der Pistole geschossen. Er führte sie zu einem Auto, das allem Anschein nach sein eigenes war. Er nahm eine Tasche vom Beifahrersitz und warf sie auf den Rücksitz. Die Sitzpolster hatten ihre beste Zeit schon hinter sich.

»Über Kuala Lumpur, aha«, sagte Anas, als das Schweigen unangenehm wurde, und hörte gleichzeitig auf, mit den Fingern auf das Lenkrad zu trommeln. »Schon mal da gewesen?«

»Ich bin noch überhaupt nirgendwo vorher gewesen.« Nicky zwang sich zu einem Lächeln. »Sagen Sie bitte, wie steht es um unsere Angelegenheit?«

Er sah sie kurz an, seine dunklen Augen waren gerötet, als hätte er nicht geschlafen. »Made Kabibarta hat sich nicht gänzlich abgeneigt gezeigt. Auf jeden Fall hat er mich beauftragt, Ihnen eine Reihe Fragen zu stellen. Nachdem wir den Rest des Tages gemeinsam verbringen, bleibt uns ausreichend Zeit dafür.«

»Ich werde mein Bestes tun, sie zu beantworten.«

»Derweil hat mich Made Kabibarta gebeten, dafür zu sorgen, dass Sie seine Gastfreundschaft wirklich genießen.« Unvermittelt blickte er ihr tief in die Augen. »Natürlich vermute ich, dass Sie Interesse daran haben, noch mehr von der Stadt zu sehen.«

Wieder wartete er ihre Reaktion erst gar nicht ab und fuhr los. Während seine Fragen wie ein sanfter Ascheregen auf sie niedergingen, zog draußen das Leben wie in einem Film an ihnen vorbei. Trotz all der Eindrücke musste sie genau überlegen, wie sie ihre Antworten am galantesten formulieren konnte.

Plötzlich stoppte Anas am Straßenrand. Er winkte einem Mann zu, der ohne zu zögern zum Auto gerannt kam. Wortlos steckte Anas ihm tausend Rupien in die Hand. Er solle auf das Auto aufpassen, während sie durch die engen Straßen gingen.

»Sie wollten ein Prostituiertenviertel sehen!« Hasan Anas machte eine abschätzige Kopfbewegung. »Da sind wir.«

Nicky betrachtete das Straßengewirr und griff nach ihrer Tasche.

»Das scheint hier alles sehr neu zu sein«, sagte sie.

»Und?«

»Gibt es nichts Entsprechendes, das auch schon während des Krieges existiert hat?«

Hasan Anas zeigte seine Verärgerung nicht, sondern bedeutete ihr nur wortlos, ihm zu folgen.

In dem Bezirk, den sie nach einer Weile erreichten, schienen die einzelnen Häuser miteinander verwachsen zu sein. Ihre Dächer ragten weit in die engen Gassen hinein, so dass sie sich fast in der Mitte trafen. Es gab weder Straßenschilder noch Hausnummern. Das Ganze kam ihr wie ein brodelnder Dschungel vor.

»*Jangan Lari!* Hier dürfen Sie auf keinen Fall rennen!« Er ging zwei Schritte vor ihr her. »Gehen Sie ganz ruhig, das ist am besten.«

Überall waren Kinder. Eine kleine Schar folgte ihnen, verschwand kurzzeitig hinter einigen Wellblechhütten, stand dann urplötzlich vor ihnen und war gleich wieder verschwunden.

»Wie findet man sich hier zurecht?«, fragte sie, während ihr Blick über die armseligen grauen Hütten schweifte.

Hasan Anas zuckte die Achseln. Dann deutete er auf einen Getränkestand am Straßenrand. Ein sonnengebleichtes Pappschild zählte das Angebot an Erfrischungen auf. Offenbar hatte er vor, sie hier zu bewirten. Sie nahmen auf zwei wackeligen Stühlen Platz. Nicky suchte sich ein Gatorade, Lemon-Lime, aus. Das Getränk war kalt, das war das Beste, was sich darüber sagen ließ.

»Den Vertrag, den Sie Made Kibabarta gestern vorgelegt haben, ergänzten Sie um einen Passus. Er könne Berater für die Geschäftsführung von SoftGo werden und in dieser Funktion in den nächsten zehn Jahren überallhin auf der Welt auf Kosten von SoftGo reisen.« Hasan Anas' gelbliche Augen musterten sie. »Haben wir das korrekt verstanden?«

»Ja. Made Kabibarta wird Berater. Ohne Pflichten, aber auch ohne Einfluss.«

»Auch keine Pflichten steuerlicher Natur?«

»Auch das nicht, wenn ihm das zusagt«, sagte sie und atmete tief durch. Sie sog an ihrem Strohhalm. Die feuchtheiße Luft schien sich zu verdichten und ihre Haut wie mit einem klebrigen Film zu überziehen. Sie zupfte an ihrer Bluse.

»Kakaz beabsichtigt, sich einen europäischen Exklusivlieferanten zu suchen, sagen Sie, aber warum sollten wir Kakaz nicht davon überzeugen können, dass wir die Produktion bewältigen können? Was wissen Sie denn über unsere Verbindungen hier auf Java, auf Sumatra und in Singapur? Wir haben Partner, die jederzeit einspringen. Wir können unsere Produktion sehr schnell herauffahren.«

Nicky spürte, dass der Wendepunkt der Verhandlung erreicht war. Entweder würde sie nun alles verlieren, oder sie würde sich festkrallen können und dann nicht wieder loslassen.

Geistesgegenwärtig erwog sie Hasan Anas' Worte und biss dann an. »Ihre Verbindungen? Darüber wissen wir nichts. Aber ich bin mir sicher, dass es für Kakaz eine zufriedenstellende Lösung wäre, wenn Sie weitere Produktionsstätten dazugewinnen könnten.«

»Natürlich.«

»Kakaz hat sicher bereits eine neue Aktiengesellschaft gegründet und darin eine bestimmte Kaufsumme angelegt. Eine Summe, die möglicherweise Made Kabibartas Forderungen entspricht? Wäre das nicht denkbar?«

Anas zuckte die Achseln.

»Aber nach einigen Monaten oder Jahren sucht sich Kakaz möglicherweise einen neuen Partner irgendwo im ehemaligen Ostblock. Irgendeine Fabrik, die richtig gute Schuhe zum selben Preis wie Sie hier fabrizieren kann, wo aber Frachtkosten keine Rolle mehr spielen.«

Die dunklen Augen hefteten sich fest. »Und?«

»Und dann wird der Teil von Kakaz, dem die hiesige Fabrik gehört, plötzlich Liquiditätsprobleme bekommen. Konkurs ist sicher ein zu hartes Wort, aber würde Made Kabibarta in dem Fall nicht wohl einem gerichtlichen Vergleich zustimmen müssen, so wie alle anderen Kreditoren? Und ob dann nicht die Ausbeute ein Gutteil geringer ausfallen wird als ursprünglich vereinbart?«

»Das sind doch alles nur Spekulationen. Ich glaube keineswegs, dass an all dem etwas dran ist. Aber wir sollten das besser mit Kakaz erörtern, nicht wahr?« Er nahm seinen Tee, kippte ihn in den Rinnstein und stand auf.

Nicky blieb sitzen und starrte auf die leere Sodawasserflasche. Unbeirrt fuhr sie fort.

»Eines Tages, Sie werden sehen, haben Sie allein die Verantwortung, Hasan Anas. Made Kabibarta ist weg, und Sie sind mit dem Stand der Geschäfte zufrieden. Denn schließlich wollen Sie doch vor allem und in erster Linie gute Schuhe machen, nicht wahr? In der Zwischenzeit aber hat Kakaz Ihre Arbeit kopiert, ist bestens mit den Produktionsverhältnissen, den Lieferanten und den Materialien vertraut. Und dann, schwupps, ist Ihr alter Freund Kakaz verschwunden.«

Sie spürte einen Regentropfen auf ihrer Haut. Sie hatte immer davon geträumt, im Tropenregen zu stehen und sich nassregnen zu lassen.

»Die Fabrik läuft nicht ohne mich.« Hasan Anas' Blick zeigte deutlich, dass seine Selbstsicherheit noch nicht erschüttert war.

»Natürlich nicht. Aber das wird dann keine Rolle mehr spielen, wenn sie ohnehin eingeht. Oder?«

Anas setzte sich wieder hin. Er schwieg noch eine ganze Weile. »Es gibt einen Parasiten, der im Schallsinnesorgan des Nachtfalters lebt«, sagte er schließlich und spitzte seine Lippen. »Wenn der Parasit sich gemästet hat, ist der Nachtfalter auf diesem Organ sozusagen taub, und der Parasit sucht sich ein neues Wirtstier.«

Nicky hörte konzentriert zu.

Anas runzelte die Stirn. »Aber warum der lästige Aufwand? Warum übernimmt der Parasit nicht einfach das andere Hörorgan des Nachtfalters? Das wäre doch viel einfacher.«

Er schüttelte den Kopf, und Nicky verstand ihn. Die Erfindungen der Natur waren wirklich groß und erhaben. Der kleine Parasit ohne Seele und Verstand schien zu wissen, dass der Nachtfalter den Schrei der Fledermaus nicht mehr hören und davonfliegen könnte, wenn er auch noch das zweite Schallsinnesorgan besiedelte. Und unweigerlich würde der Parasit dann zusammen mit seinem Wirtstier sterben.

»Wer ist der Parasit, und wer ist der Nachtfalter?« Sie erlaubte sich die Frage, aber die Antwort konnte nicht interessanter sein als der lange Blick, mit dem Anas sie nun bedachte.

»Im Moment ist mir, als ob ich taub würde«, sagte er leise. »Nach und nach verklingen die Geräusche in meinem Alltag. Die hohen Töne verschwinden.«

Mit diesen Worten bezahlte Hasan Anas, stand auf und ging, ohne auf sie zu warten. Erst nach einigen Metern hatte sie ihn wieder eingeholt.

Vorsichtig fasste sie ihn am Ärmel. »Ich verstehe Ihre Sorge, Hasan Anas.« Ihr Lächeln geriet zu breit, das spürte sie. Zum Ausgleich runzelte sie deshalb die Stirn.

»Aber letztendlich sind wir doch alle Parasiten«, fuhr sie fort. »Ich und Sie und alle anderen. Und natürlich auch Soft-Go.«

Er spuckte auf den Boden vor sich, aber Nicky nahm nicht weiter Notiz davon. Sie richtete sich auf, so dass ihre tatsächliche Größe zur Geltung kam. »Hören Sie, Hasan Anas. Unser Angebot beinhaltet, dass die Fabrik weiterarbeitet. Das geben wir Ihnen schriftlich.«

Er musterte sie aufmerksam. Vielleicht erwartete er, dass sie fortfuhr, aber dieses Mal schwieg sie.

Sie sah zu dem schmalen Streifen Himmel, der sich zwischen den Dächern abzeichnete. Die Wolken hatten ihn nun in eine Palette aus Grautönen verwandelt. Inzwischen fielen die Tropfen steter. Ganz am Ende der Gasse lagen zwei verfallene Bambushütten, vor denen sie eine Wasserpumpe entdeckte.

Dorthin wollte Nicky gehen. Sie merkte, dass Hasan Anas ihr folgte. Vor einem schlammig braunen Kanal blieb sie stehen. Sie trat auf einen der niedrigen Anlegestege, die in den Kanal ragten, hinter ihr ein Schwarm Kinder. Dann verharrte sie still und gedachte ihrer Mutter, dieser Frau von Seram, die ihrem Mann im Hinterhof des Paradieses begegnet war.

Auf ein plötzliches Grummeln am Himmel folgte eine Windböe, und die Kinder quietschten vor Vergnügen. Nicky löste das Band um das Paket, das sie in ihrer Tasche herumgetragen hatte. Einen Moment lang hielt sie die Urne mit der Asche hoch über ihren Kopf. Dann schloss sie die Augen und ließ den Inhalt ins Wasser rieseln.

»Liebe Mutter!«

Die Asche wirbelte auf, dann senkte sie sich langsam wie ein Nebelschleier auf das Wasser.

16

Der Mann, der Peter gegenübersaß, hatte gleich zu Beginn des Meetings das Wort ergriffen. Seither redete er. Zu sagen hatte er eigentlich nichts, er war nichts weiter als ein gut frisierter Kuli. Nicht einmal seinen Namen hatte Peter mitbekommen.

Wichtig war der spitznasige Mann neben ihm mit der gestreiften Krawatte. Eine alteingesessene New Yorker Anwaltskanzlei wie Lawson & Minniver suchte ihre Anwälte sehr sorgfältig aus. Thomas Klein zufolge duldete dieser Mann es nicht, Fälle zu verlieren. Gut möglich, dass es wirklich noch nie vorgekommen war.

Peter sah hinüber zu Klein, der wie ein großer satter Bär in seiner Höhle saß. Er schien mit seinen Gedanken weit weg zu sein. Ganz offenkundig hatte er nicht vor, einzugreifen. Warum sollte er auch? Bisher war nichts Neues ans Licht gekommen.

Peter stand auf und wandte der Gesellschaft den Rücken zu. »Können wir bitte zur Sache kommen?« Er sprach nicht laut, aber sein Ton war unmissverständlich.

Der Spitznasige ergriff das Wort. »Wir sind im Besitz des Briefwechsels zwischen Kelly de Boer und ihrer Mutter«, erklärte der Senioranwalt. »Es handelt sich um einundzwanzig Briefe, geschrieben in einem Zeitraum von mehr als zwei Jahren. Und genau wie der Brief vom 25. November 1991, den wir bereits vorgelegt haben, demonstrieren die vertraulichen Schilderungen in Kellys Briefen nachdrücklich die verzweifelte Lage, in der sie sich durch die Ehe mit Ihnen befand.«

»Ich ahnte es«, sagte Peter.

»Vermutlich kann Mrs. Wright noch weitere Schriftstücke vorlegen.«

»Ohne Zweifel. Kelly schrieb leidenschaftlich gern Briefe.«

»Nehmen Sie die Sache nicht auf die leichte Schulter. Es handelt sich um massive Vorwürfe, die Sie in sehr schlechtem Licht dastehen lassen.«

Peter ließ sich wieder auf seinem Stuhl nieder, lehnte sich ein wenig vor und sah dem Staranwalt tief in die Augen. Konzentriert hörte er der Anklage zu. Als der Mann geendet hatte, wartete er einen Augenblick lang ab, um seinen Widersacher glauben zu machen, er hätte dessen Worten nichts mehr hinzufügen.

Dann schlug er mit der flachen Hand so fest auf den Tisch, dass alle Anwesenden zusammenzuckten.

Der Anwalt musste unwillkürlich blinzeln.

Peter war zufrieden. Die Worte, auf die er gewartet hatte, waren gefallen, und zwar sehr viel früher als erwartet. Er reckte sich quer über den Konferenztisch und drückte auf den Knopf der Sprechanlage.

»Spiel für uns, Linda!«

Es rauschte, und als die Anlage die Stimme des Anwalts wiedergab, fuhr dieser auf seinem Stuhl erschrocken zurück. Die magere Lautsprecherqualität ließ ihn nasal klingen.

»... es handelt sich um massive Vorwürfe, die Sie in sehr schlechtem Licht dastehen lassen ...«, wiederholte die Stimme.

»Stopp Linda, spul das Band noch etwas weiter zurück.«

Wieder rauschte es. Dieses Mal klang die Stimme etwas metallisch. Peter lächelte. Sie hatte es perfekt getroffen.

»... einundzwanzig Briefe, geschrieben in einem Zeitraum von mehr als zwei Jahren. Und genau wie der Brief vom 25. November 1991, den wir bereits vorgelegt haben, demonstrieren die vertraulichen Schilderungen in Kellys Briefen nachdrücklich die verzweifelte Lage, in der sie sich durch die Ehe mit Ihnen befand.«

Im Gesicht des Anwalts lag Missbilligung.

Peter kannte das Gefühl. Mit sich selbst konfrontiert zu sein, war nie angenehm.

»Wie weit soll ich zurückspulen?«, fragte Linda.

»Danke, Linda, das reicht. Ich gehe davon aus, dass du alles erfasst hast.«

»Ja, das habe ich.«

Peter lehnte sich ein wenig zurück. »Aus genau diesem Grund beabsichtige ich, Anklage gegen Ihre Klientin zu erheben«, sagte er mit einem ruhigen Blick in die Runde. »Wir werden gegen Kelly de Boers Mutter Anklage erheben, weil sie es trotz des begründeten Verdachts, dass Kelly sich mit Suizidgedanken trug, und trotz der unzähligen Hilferufe, die ihre Tochter ihr schickte, nicht für nötig hielt, etwas zu unternehmen, um ihre Tochter zu unterstützen.« Er machte eine effektvolle Pause. »Warum wohl hat Kellys Mutter nichts unternommen? Warum um Himmels willen nahm sie nicht Kontakt zu einem Psychologen auf? Warum nahm sie die Situation nicht persönlich in Augenschein? Warum hat sie mir nicht geholfen, die Signale zu deuten? So dass ich Kelly hätte helfen können?« Peters Stimme schallte laut durch den Konferenzraum. »Wie kann die Frau damit leben, über all die Hilferufe geschwiegen zu haben? Kann mir das jemand erklären?«

Die Männer wechselten bedeutsame Blicke. Sie würden sich nicht weiter dazu äußern und erklärten das Meeting für beendet. Keine fünf Minuten später brummte der Leihwagen der Amerikaner die Straße hinunter. Peter stand am Fenster und sah ihnen nach, bis der Wagen verschwunden war.

»Läuft das Band noch?« Thomas Klein hatte die Hände über dem Bauch gefaltet. Er war am Tisch sitzen geblieben.

Peter nickte.

»Wann hast du damit angefangen, Peter, Meetings auf Band aufzunehmen?« Die Kränkung in seiner Stimme war nicht zu überhören.

Misstrauen ist das Markenzeichen deines Chefs, Thomas, hast du das nicht gewusst?, dachte Peter. Laut sagte er: »Du wirst nicht mehr an diesem Fall arbeiten, Thomas.«

»Wie meinst du das?«

»Ich meine, dass du an diesem Fall nicht mehr arbeiten wirst.« Er beobachtete, wie Thomas Kleins gefaltete Hände sich nun lösten.

Im Lauf der Jahre hatte Peter mit dem Leiter der juristischen Abteilung verschiedentlich kleinere Scharmützel ausgefochten. Fragen der Kompetenz und Sachkenntnis waren meist die Ursache für das Kräftemessen gewesen, das stets in einer versöhnlichen Geste geendet hatte. Dieses Mal war keine Einigung in Sicht.

»Bist du verrückt geworden?« Klein sah Peter ernst an.

»Du kannst deine Unterlagen auf dem Tisch liegen lassen, Thomas«, erwiderte Peter ungerührt. »Du brauchst sie nicht mehr. Ich habe externe Juristen engagiert. Lawson & Minniver werden sich womöglich wundern.«

Das Gerede im Haus war unvermeidlich.

Thomas Klein war unmittelbar nach dem Meeting nach Hause gefahren. Es hieß, er fühle sich nicht gut.

Magda Bakker klopfte sacht an Peters Tür.

»Hast du einen Augenblick, Peter?« Ihre Wangen leuchteten tiefrot.

»Nein, Magda, jetzt nicht. Ich weiß auch nicht, was Thomas fehlt.«

»Thomas?« Sie schürzte die Lippen. »Nein, deshalb nicht … Magst du nicht mit in mein Büro kommen, Peter? Ich weiß nicht so recht …« Ihre Mimik drückte Ratlosigkeit aus. »Nicky Landsaat ist vor gut einer Stunde vom Flughafen hergekommen, und seither sitzt sie reglos in meinem Sessel und schläft.«

Eine leere Aktenmappe war kurz davor, von Nicky Landsaats Schoß zu rutschen.

So wie sie in ihrem Mantel dasaß und schlief, wirkte sie wie ein kleines Kind in viel zu großen Kleidern. Halb versteckt hinter Magdas riesigem Sessel schaute ein schäbiger kleiner Koffer hervor, eines der Schlösser war aufgesprungen.

Magda Bakker verließ kopfschüttelnd den Raum.

Peter räusperte sich vorsichtig. Nicky holte tief Luft, und ihr Kopf sank vollends auf die Schulter. Er streckte seine Hand aus, hielt sie kurz über ihr in der Luft. Die Hand wirkte ruhig, aber es fühlte sich ganz und gar nicht so an. Behutsam legte er seinen Handrücken auf die goldene Haut der jungen Frau, und in diesem Moment spürte er ihren Duft und erstarrte. Ihm wurde heiß. Er spürte ihren Pulsschlag, und seine eigenen Atemzüge wurden tiefer. Ihre Lider bewegten sich schwach, als würde sie träumen.

Sie war umwerfend.

»Leja«, hörte er sich flüstern. Wie elektrisiert berührte er ihre Lider mit den Fingerspitzen und zuckte sofort zurück.

Es lag Jahrzehnte zurück, seit er den Namen laut ausgesprochen hatte. Leja, die Tochter des Häuptlings, das Mädchen mit den schneeweißen Zähnen, den kleinen Händen und den zierlichen Schritten. Leja, wir sehen uns wieder, hatte er so viele Jahre lang gedacht, ehe schließlich die Realität des Erwachsenenlebens den Gedanken verdrängt hatte.

Die Wimpern der jungen Frau zuckten.

»Nicky«, flüsterte er und legte seine Hand auf ihre. »Nicky.«

Als Linda Jacobs auf einmal in der Tür stand, ahnte er, dass sie schon ein paarmal angeklopft haben musste. »Entschuldigung.« Seine Sekretärin sah verunsichert zwischen ihm und der jungen Frau hin und her, über die er sich gebeugt hatte.

»Aber das hier ist gerade gekommen. Ich dachte, es ist wichtig, also ich meine, wenn du sowieso mit Miss Landsaat über diese Angelegenheit sprechen musst.«

Linda reichte ihm ein Fax, das Peter sogleich überflog. Er sah ihr nach, wie sie in ihrem roten Kleid den Raum verließ, und wandte sich dann wieder Nicky Landsaat zu.

Die fuhr sich mit dem Handrücken über das Gesicht, konnte kaum die Augen offenhalten und schaute sich schlaftrunken um.

Er heftete seinen Blick an die kaum merklich pulsierende Ader an ihrem zarten Hals. Ihr langsamer Lidschlag, ein verträumtes Lächeln, eine verirrte Strähne in ihrem Gesicht, das alles berührte ihn zutiefst. »Guten Morgen und herzlich willkommen zu Hause«, sagte er schließlich so neutral wie möglich.

Von einem Moment zum anderen war sie voll da. Sie schlug die Augen auf und begann mit geröteten Wangen, sofort von ihrer Reise zu erzählen. Es war ihre erste Geschäftsreise gewesen – und ihre Augen leuchteten.

Er hörte ihr zu und fand sie in ihrer Offenheit einfach hinreißend. Der Kontrast zu Magda Bakkers Refugium hätte größer nicht sein können.

Er ließ sie erzählen. Hörte zu, wie sie von der merkwürdigen Allianz zwischen dem Moslem Hasan Anas und dem Hindu Made Kabibarta berichtete und von deren Verwunderung über den ultraleichten Schuh, den sie ihnen aufgetischt hatte.

»Ach, das war zu schön«, lachte sie. »Sie konnten ja nicht wissen, was es mit dem Schuh auf sich hatte.«

Ihr Lächeln war zwar bezaubernd, aber die Faxmitteilung brannte in Peters Hand. »Ja, das Einfache ist selten so klar ersichtlich«, murmelte er und nickte. Trotzdem führte kein Weg daran vorbei: Er musste sie feuern.

Wie immer hatten die Mitarbeiter des Vertriebs am schnellsten den Finger am Abzug. »Wenn ich das richtig verstehe, hat Nicky Landsaat versucht, Made Kabibarta mürbe zu machen, indem sie ihm alle möglichen Extras zugesagt hat, obwohl wir ihr solche Sperenzien ausdrücklich verboten hatten«, sagte Hans Blok, Leiter der Abteilung.

»Ja.« Peter fiel auf, dass Rob Sloots am Ende des Tischs Zeichen machte. Er schien mit der Situation nicht glücklich zu sein, vielleicht machte er sich Vorwürfe, weil er nicht selbst gefahren war. »Und wie hat Made Kabibarta reagiert?«, fragte Rob schließlich.

»Kabibarta hat natürlich keine fünf Minuten, nachdem Nicky Landsaat sein Büro verlassen hatte, Kakaz kontaktiert. Ich weiß von SoftGo, dass der Vorstand von Kakaz dort bereits Protest erhoben hat.«

»Wir müssen also davon ausgehen, dass Benjamin Holden seine Bankgarantie zurückgezogen hat?«, warf ein anderer ein.

»Nein, noch nicht, dafür habe ich gesorgt.«

»Wie viel Uhr ist es jetzt gerade in Jakarta?« Rob Sloots richtete sich auf. »Etwa zweiundzwanzig Uhr, oder?«

Peter nickte. »Ich habe bereits mit Hasan Anas telefoniert.«

Nicky Landsaat wartete auf dem Gang auf ihn, weit davon entfernt, sich geschlagen zu geben. »Ich gehe nicht eher, als bis ich die Gelegenheit bekommen habe, mich noch einmal zu erklären.«

Peter betrachtete die junge Frau. Sie grämte sich unendlich, das selbstsichere Auftreten war nur Fassade.

»Ich habe mich exakt an unsere Absprachen gehalten. Aber Made Kabibarta interessierte sich einzig und allein dafür, was für ihn persönlich bei dem Handel raussprang.«

Peter betrachtete ihre zitternden Lippen. »Nicky. Made Kabibarta hat deinen Vorschlag als Kränkung empfunden, das hat er mir selbst gesagt.«

Sie atmete ruhig.

»Er ist ein stolzer Mann, verstehst du? Sein Vater hat geschuftet und sich hochgearbeitet, und Kabibarta hat sein Erbe ausgezeichnet verwaltet. Er ist mit der Fabrik nach Java umgezogen, und obwohl er Hindu ist, hat er sich entschieden, unter Moslems zu leben, weil es für die Fabrik seines Vaters das Beste war. Niemand kann von ihm sagen, er habe es im Leben auf Kosten anderer zu etwas gebracht. Verstehst du, es war nie unsere Aufgabe, ihm Almosen anzubieten. Das war ein grober Fehler, für den du jetzt die Quittung erhältst. Damit ist die Angelegenheit erledigt.«

»Hasan Anas kann man sicher überzeugen«, wandte Nicky schneller ein, als sie denken konnte. »Er hat großen Einfluss auf Made Kabibarta.«

»Wer soll denn diese Judas-Silberlinge bezahlen?«

Sie zuckte die Achseln. Ihre Mimik ließ kaum Zweifel, dass sie kurz davor war, sich selbst vorzuschlagen. Plötzlich wirkten ihre Schultern ungemein zart.

Komm in meine Arme, rief alles in ihm, aber er sprach es nicht aus. Er beschränkte sich auf das Nötigste. »Es tut mir leid, aber ich kann in meiner Firma keine Angestellten dulden, die sich nicht an die Anweisungen der Vorgesetzten halten.«

Als sie ging, ließ sie ihre Aktenmappe zurück. Er trat ans Fenster und blickte ihr bis zur Kanalbrücke nach. Der Koffer zerrte an ihrem Handgelenk.

In diesem Moment zerbrach etwas in ihm.

Den restlichen Vormittag über erging sich Peter in einer Reihe von Erledigungen.

Er telefonierte ein zweites Mal mit Hasan Anas. Obwohl es in Jakarta spät in der Nacht war, saß Anas noch an seinem Schreibtisch. Er klang erstaunlich wach. Unverhohlen erörterten sie die Frage der »Überredung« und einigten sich auf einen bestimmten Betrag.

»Ich spreche morgen mit Made Kabibarta«, versprach Anas. »Ich glaube, ich weiß, was Eindruck auf ihn machen wird.«

Im Lauf des Tages geriet Peter immer wieder in diesen Zustand, in dem sich Gedanken und Träume treffen. Die ganze Zeit sah er Nickys goldene Haut, ihre weichen Lippen und den hauchzarten Puls vor sich. Immer wieder war er gedanklich ganz weit weg, gab sich seinen Fantasien hin, in denen das Bild der Hand, die einen abgewetzten Koffer trug, all seine unterdrückten Träume zum Leben erweckte.

Vor allem den größten Traum: aus seinem Leben auszubrechen.

Eine sanfte Stimme weckte ihn, und lächelnd öffnete er die Augen in der seltsam berauschenden Hoffnung, dass die junge Frau zurückgekehrt sei.

Sein Lächeln wurde erwidert, aber nicht Nicky Landsaat stand vor ihm, sondern Heleen, die mit ausgebreiteten Armen darauf wartete, dass er sie an sich zog.

»Ich habe dir das schon einmal gesagt, Peter. Ich möchte nicht, dass noch auf meinem Grabstein mein Mädchenname steht. Ich bin jetzt achtunddreißig, du musst mir in dieser Sache helfen.«

Durch die Jalousien drangen ein paar Sonnenstrahlen und bildeten Muster auf Heleens nackter Haut. Sie kniete auf dem Bett, ihr Bauch wölbte sich leicht. Die Brustwarzen waren noch hart und dunkelrot, und ihr blondes Haar klebte an der Stirn.

Peters Atem war noch nicht wieder zur Ruhe gekommen. Ihre Kleidungsstücke lagen überall verstreut. Der Akt war wie immer in dem Augenblick überstanden gewesen, als sie ihren Orgasmus gehabt hatte. Sein Herz hämmerte, als wäre er hundert Meter in rekordverdächtiger Zeit gelaufen.

Heleen legte ihre Hand auf seinen Brustkorb, fuhr mit gespreizten Fingern durch das Brusthaar und zog leicht daran.

Kaum öffnete er den Mund, war ihre Zunge schon wieder dabei, die seine zu untersuchen. Ihr warmer Atem streichelte seine Wange, und ihre Beine schmiegten sich um seine Schenkel. Glatte kühle Haut an gespannten Sehnen.

»Peter«, flüsterte sie unter seinem Kinn, steckte ihre Hand zwischen seine Beine und tastete nach seinem Penis. »Ich liebe dich, weißt du das?«

Er griff nach der Fernbedienung der Stereoanlage auf dem Nachttisch und deutete mit ihr auf einen imaginären Punkt in der Ecke.

Der Ton war verstörend laut.

Was aus den Lautsprechern dröhnte, war Zeugnis von Robert Schumanns virtuosem Können. Das Schlafzimmer schrie um Gnade. Heleen warf sich erschrocken zurück, beide Hände an die Ohren gepresst, und noch bevor er ausgeschaltet hatte, stand sie schreiend vor dem Bett.

So gut er ihre Frustration nachvollziehen konnte, am liebsten hätte er die Anlage gleich wieder aufgedreht.

Heleen legte sich wieder neben ihn, der Zorn pochte noch immer unter ihrer Haut.

Und Peter sagte das, von dem er mehr denn je wusste, dass es das Richtige war. »Wir können nicht heiraten, Heleen.« Leidenschaftslos nahm er zur Kenntnis, wie sie die Luft anhielt.

Als in diesem Moment das Telefon klingelte, drehte sie sich

mit einem Ruck um und sah ihn scharf an. Hinter dem drohenden Blick verbarg sich eine tiefere Gewissheit. Nahm er jetzt ab, würde sie sich bewahrheiten.

Er hob den Hörer ab. »Ja?« Mehr sagte er nicht.

Die Verbindung war schlecht. »Hier ist Rien«, hörte er zwischen dem Rauschen. Peter schloss die Augen und wollte schon auflegen.

»Ich habe dir in der Bibliothek etwas hingelegt«, hörte er gerade noch.

Er hielt inne.

»Bist du noch da?«

»Ja.«

»Auf deinem Schreibtisch in der Bibliothek liegt ein Buch, ›Musical Instruments of the World‹. Schau rein.«

Peter antwortete nicht.

»Ich warte so lange. Leg nicht auf.«

Peter holte das Buch und schlug die erste Seite auf. Heleens Blick brannte in seinem Rücken.

Riens Handschrift hatte das Kindliche nicht verloren. »Ich weiß jetzt alles, Bruder«, stand da, mehr nicht.

Nur mühsam bahnten sich rationale Gedanken ihren Weg. Schockiert griff Peter nach dem Hörer, der noch immer auf der Bettdecke lag.

»Hast du es gelesen, Peter?« Das merkwürdige Geräusch sollte wohl ein Lachen sein. »Sollten wir uns nicht doch noch einmal treffen? Wie wär's im Stads Café?«

17

Rien war noch nicht da. Peter saß allein im Stads Café, wie immer auf dem Platz in der Auslucht. Es ging ihm nicht gut, und die düstere Atmosphäre schlug ihm zusätzlich aufs Gemüt.

Die Kellnerin wischte gerade die Tische ab, und ohne dafür ihre Arbeit zu unterbrechen, warf sie einen kurzen Blick zu ihm herüber.

Als sich draußen ein Schatten auf die Schwingtür des Lokals zubewegte, erhöhte sich Peters Pulsschlag augenblicklich.

Rien nahm grußlos Platz. Die Kellnerin näherte sich ihrem Tisch, aber Peter winkte abwehrend.

»Also kein Wein für mich?«, konstatierte Rien.

Gereizt sah Peter ihn an, doch Rien wandte den Blick nicht ab.

»Kennst du den?«, sagte er nur und reichte Peter einen Brief.

Peter warf einen Blick auf das Schreiben. Willem ten Hagen hatte sicher an Malaria gelitten, dafür sprach die zittrige Schrift. Er biss die Zähne zusammen. Dieser Brief hätte schon längst vernichtet werden sollen. Wo zum Teufel hatte ihn dieses Kuckuckskind gefunden?

Riens Gesichtsausdruck wurde hart. »Hier!« Er schob Peter ein abgestoßenes Foto hin.

Die Gruppe auf dem Foto wirkte unbekümmert, aber Peter wusste es besser. Er erinnerte sich gut an jenen milden Wintertag, an die Schwäne und Singvögel, die in der frostfreien Erde schon Futter finden konnten. Er erinnerte sich an diesen und an viele ähnliche Tage. »Die Schlittschuhe haben wir nicht gebraucht«, las er auf der Rückseite des Fotos, und ihm war schlecht. Nicht wegen der Menschen, die da abgebildet waren. Nicht, weil er sich wie eine Ratte in eine Ecke gedrängt fühlte. Nicht, weil der Mann, der ihm gegenübersaß, regelrecht darum bettelte, eine klare Auskunft zu erhalten, und nicht, weil Rien heute das Recht einforderte, das ihm per Geburt zustand.

Nein, ausschließlich seiner selbst wegen drehte es ihm schier den Magen um.

»Du hast ihn umgebracht, Peter!« Rien stieß mit dem Finger auf das Foto. »Du hast unseren Vater und deine Mutter umgebracht, ich weiß alles.« Er drehte sich nach der Kellnerin um. »Eine Flasche Puligny Montrachet, Jahrgang 1985, bitte. Der Herr zahlt.«

Peter fühlte sich grenzenlos einsam. Gott im Himmel, was passiert hier gerade, dachte er. Ihn schauderte. Dann riss er sich zusammen. »Was soll das?«

Rien wirkte jetzt vollkommen ruhig. »Soll ich dir erzählen, was ich weiß, oder willst du anfangen?«

»Habe ich die Wahl?« Peter kniff die Augen zusammen. »Willst du Geld? Wie viel willst du aus mir herauspressen? Hunderttausend? Zweihunderttausend? Vielleicht fünfhunderttausend?« Peter starrte Rien an. Das Machtverhältnis hatte sich zu dessen Gunsten verschoben.

Rien reagierte weder auf Peters Blick noch auf die Frage. Als der Wein kam, schenkte er sich in Ruhe ein, schnupperte am Bouquet und trank einen kleinen Schluck. Dann befeuchtete er seine Lippen und setzte sorgsam an zu sprechen.

Ohne eine einzige Unterbrechung wirbelte er den gesamten Schlamm und Schmutz der Vergangenheit auf. Peter hörte mit finsterer Miene zu. Ihm war, als würde seine Seele gelöscht.

Rien hatte sich darauf beschränkt, die Tatsachen zu konstatieren. Dass er Peters Halbbruder war und dass Jaap de Boer Marie ten Hagen in dem Haus geschwängert hatte, in dem sie dank der Liebe und Großzügigkeit ihrer Schwester leben durfte, und dass es diese Schande war, die Peters Mutter über die Jahre hatte dahinsiechen lassen.

Rien kannte zu Peters Erstaunen nicht wenige Details. Wie er, als er größer wurde, Peters wachsenden Hass gespürt hatte. Wie er den Schmerz, die Verzweiflung und die vergiftete Stimmung, die im Haus herrschte, erlebt hatte.

Peter erinnerte sich daran selbst nur allzu gut, seine eigene Erinnerung aber reichte noch viel weiter zurück. Er sah die dunklen Flure und die verzweifelt weinende Mutter in ihrem Zimmer zur Straße noch genau vor sich. Ihre dunklen, traurigen Augen und die aus ihnen sprechende Einsamkeit. Und ebenso klar erinnerte er sich an die aus der obersten Etage des Hauses dringenden lustvollen Geräusche, wenn sein Vater und seine Tante sich zurückgezogen hatten.

Am schlimmsten war die Erinnerung daran, wie Riens Existenz im Haus irgendwann eine Tatsache geworden war. Solange Rien, dieses Kind der Liebe, dieser Bastard, da war, sollte die Schande kein Ende nehmen. Dieses Kind mit seinem unschuldigen und lebensfrohen Juchzen peinigte Peters Mutter täglich aufs Neue, so dass sie sich oft wimmernd die Ohren zuhielt.

Als sich die Familie de Boer 1956 in der Villa in Haarlem niederließ, besaßen in dem schicken Viertel nur wenige Familien ein Auto. Im Laufe der Jahre aber schafften sich immer mehr Familien am Domplatz eines an.

Der Wagen von Peters Vater war von allen der schönste, ein cremeweißer Wolseley. Binnen kürzester Zeit kannte Peter das Wunderwerk unter der Motorhaube so gut wie seine

Westentasche – und fast so gut wie den Duft zwischen den gespreizten Beinen der Geliebten seines Vaters.

Im Grunde schon, seit Peter bemerkte, wie sich der Flaum über seinem Glied veränderte, hatte sich Marie ten Hagen ein Vergnügen daraus gemacht, mit ihm zu flirten und ihn hinter dem Rücken seines Vaters zu berühren. Peter hasste sie abgrundtief dafür. Er hasste sie für die ungenierten Blicke und ihre Distanzlosigkeit. Er hasste sie für diesen zusätzlichen Betrug.

Aber er weidete sich auch an der Qual in den Augen seines Vaters, und nichts verschaffte ihm größere Befriedigung, als mitzuerleben, wie sein Vater spürte, dass etwas im Busch war, das er jedoch nicht verstand und deshalb auch nicht kontrollieren konnte. Also ließ Peter es irgendwann zu, dass Marie ten Hagen ihn verführte, und er lernte, sie seinerseits so zu berühren, dass sie ihn schließlich um Zärtlichkeiten anbettelte.

Als er zwanzig wurde, warf ihn ein gedemütigter und zorniger Jaap de Boer aus dem Haus. Zu dem Zeitpunkt war Peter seit mehr als fünf Jahren der Geliebte seiner Tante.

Eigentlich war es ein reiner Zufall, der zu dem Rausschmiss führte. Der gute alte Sinterklaas, der weißbärtige Bischof mit seiner roten Mütze, spazierte zur Freude aller wieder einmal über den Domplatz. Während sie vom Herrenzimmer aus dem Festzug zusahen, hatte Marie Peters Rücken immer drängender gestreichelt, bis sie am Ende lachend auf dem Schreibtisch des Vaters gelandet waren.

Dort nahm Peter sie, ohne zu zögern, laut und heftig, und stöhnend verschränkte Marie ihre Beine hinter Peters Rücken.

Im selben Moment flog die Tür auf, und Jaap de Boer stürzte ins Zimmer. Der Hieb mit der Peitsche traf Peters Ohr so unerwartet und heftig, dass er kurz die Besinnung verlor. Der zweite Hieb rauschte auf seinen nackten Hintern nieder, so dass Peter über seiner Tante zusammenbrach. Den dritten, vierten und fünften Hieb spürte er schon nicht mehr.

Mit höllischen Schmerzen taumelte er aus dem Haus und kam erst in einer kleinen Nebenstraße des Domplatzes wieder zu sich. Er schleppte sich zur Garage seiner Eltern und fing an, am Bremssystem des Wolseley herumzuhantieren.

Wenige Minuten später verließ er mit der Bremsflüssigkeit in einer Radkappe die Garage. Er kippte die grüne Substanz in die Bakenessergracht. Der Ölfilm breitete sich ein gutes Stück die Spaarne hinunter aus und spiegelte im schaukelnden Schatten der Gravenstenen-Brücke den Himmel in allen Farben. Die Radkappe verschwand anschließend in der Korte Veerstraat unter einem Haufen Bauschutt.

Ob er in seiner Wut und Empörung tatsächlich so weit hatte gehen wollen, ob er wirklich gewollt hatte, was dann geschah – dieser Frage musste er sich jetzt, Jahre danach, noch immer stellen.

»Hör zu. Ich war wütend. Ich war empört. Ich war außer mir. Aber ich habe sie niemals töten wollen«, sagte Peter jetzt.

»Nein, das hast du wohl nicht.« Gedankenversunken griff Rien nach dem Weinglas und trank einen großen Schluck.

Auf der Einfallstraße nach Alkmaar war der Wolseley in einer Kurve ins Schleudern geraten und mit hoher Geschwindigkeit in einen haltenden Wagen gekracht. Beide Fahrzeuge waren sofort in Flammen aufgegangen. Die Hitze und die Detonation der brennenden Autos ließen etliche Fensterscheiben in der Nähe bersten, und Peters Eltern waren bis zur Unkenntlichkeit verbrannt.

Die Polizei zog zwar verschiedene Erklärungen in Betracht, Mord, Selbstmord, Unfall oder auch das, was allgemein unter »natürliche Ursachen« zusammengefasst wird: plötzliches Unwohlsein oder Herzanfall, aber die Arbeit der Polizeitechniker war keine sonderlich gründliche. Was man feststellte, war lediglich, dass die Bremsspuren ausgesprochen diffus waren.

Als er die Nachricht erhielt, erlitt Peter einen Schock, der seinen Panzer durchbrach, hinter dem er sich in all den Jahren verschanzt hatte. Jetzt war er für Maries Zärtlichkeiten und ihren Zuspruch besonders empfänglich, und in seiner Trauer ließ er sich dazu hinreißen, sich ihr gegenüber vollständig zu öffnen.

In den Tagen nach dem Unfall saß er im Zimmer seiner Mutter und quälte sich mit drängenden Fragen. Warum bloß hatte er Marie erzählt, was er getan hatte? Warum war seine Mutter zusammen mit seinem Vater nach Alkmaar gefahren? Das hatte sie doch sonst nie getan! Wie hatten sie überhaupt so weit fahren können, bevor die Katastrophe passierte? Wenn er sich jetzt der Polizei stellte, würde er es ertragen können, ins Gefängnis zu kommen? Die Schuld, die er auf sich geladen hatte, war so groß, wie konnte ein einzelner Mensch damit umgehen?

Er war zutiefst verwirrt gewesen. Rien hatte ihn schließlich zur Vernunft gebracht. Der Junge war damals knapp dreizehn und hässlich wie die Nacht mit seinem runden Kopf und den vielen entzündeten Pickeln im Gesicht. Rien war zu ihm ins Zimmer gekommen. »Und was wird jetzt aus uns?«, hatte er gefragt. »Können Mutter und ich hier wohnen bleiben, Peter?«

Der Junge wusste ja von nichts, wie sollte er auch? Er wusste nichts von seinem Recht, dort zu wohnen, und nichts von seiner Herkunft.

Nirgendwo war etwas dokumentiert. Und so entschied Peter de Boer an Stelle seines Vaters.

»Ich war völlig ahnungslos, ist dir das klar?«, knurrte Rien mit gerunzelter Stirn. »Dass du meine Mutter gevögelt hast, sobald sich eine Gelegenheit dazu bot.« Seine Augen wurden dunkler. »Dass du den Mann umgebracht hast, der auch mein Vater war.« Die Bitterkeit verzerrte seine Miene. »Ich hatte das gleiche Recht, in diesem Haus zu leben, wie du, das wusstest du genau, du mieses Schwein.«

Peters Blick wanderte durch den Gastraum. Was hätte er Rien damals erzählen können? Wie hätte er ihm klarmachen sollen, welch abstoßende Forderungen Marie an ihn stellte, und dass er nichts tun konnte, weil sie ihn in der Hand hatte?

Marie war in ihn verliebt, und er sollte ihr gehören. Sie wollte ihn nicht heiraten, betrachtete ihn aber als ihr Eigentum. Er sollte ihr Liebhaber und ihr Versorger sein, und vor allem sollte er ihr sich immer weiter steigerndes sexuelles Verlangen befriedigen – damals und für alle Zeit.

Nur deshalb, um ihn für sich allein zu haben, ging Marie auf Peters Forderung ein, Rien wegzuschicken, sobald dieser achtzehn wurde.

Eines Tages aber schlug dann das Schicksal auch für Marie zu.

Sie war beim Einkaufen im Supermarkt, und plötzlich knickten die Beine unter ihr weg. Im Fallen riss sie ein Regal mit Konservendosen um, Kunden mussten ihr zu Hilfe kommen.

Schon nach wenigen Monaten zeigte Marie alle Symptome der Multiplen Sklerose, die sich sonst oft erst im Lauf von Jahrzehnten einstellen. Ihre Hände zitterten, die Augen konnten nur noch schlecht fokussieren, es fiel ihr schwer, sich in der Dunkelheit draußen zu orientieren. Dazu kamen unberechenbare Stimmungsschwankungen. Schon kurze Zeit nach dem ersten Schub war sie auf den Rollstuhl angewiesen.

Vor allem aber machte die Krankheit sie psychisch verletzbar, und so vertauschten sich unmerklich ihre Rollen. Für

Peter eröffneten sich damit neue Perspektiven, und er hatte wechselnde Geliebte.

Als Kelly auf den Plan trat, brach für Marie eine Welt zusammen. Sie rastete völlig aus. »Bring mich doch gleich um. Aber ich schwöre dir, es wird dir noch leidtun!«

Sie gingen eine Allianz ein: er aus Schuldgefühlen seinen Eltern gegenüber, sie in der Annahme, noch immer ein lebenswertes Leben vor sich zu haben. Die Absprache lautete, dass Marie bis zu ihrem Lebensende im Haus wohnen bleiben konnte und dass sie selbst den Zeitpunkt ihres Todes bestimmen durfte – sofern Gott ihr nicht zuvorkam.

Zu Anfang ihrer Ehe gab sich Kelly Mühe. Sie deckte zu den Mahlzeiten das feine Geschirr, brachte die Spitzendeckchen und das schwere Silberbesteck aus New Orleans zum Einsatz. Sie kümmerte sich um Peters kranke Tante, unterhielt sie mit Anekdoten und schmuggelte bisweilen sogar Schokolade auf ihren Nachttisch, obgleich von Marie nie auch nur ein Wort des Dankes kam. Und zu Anfang wusste Peter seinerseits auch Kelly glücklich zu machen. Aber auch das hörte recht bald schon auf.

Er war ja nie da.

Schließlich verlangte Kelly, dass Marie oben in ihrem Teil des Hauses blieb. Sie erklärte rundheraus, sie sehe nicht ein, sich noch weiter zu kümmern, da die Stimmung im Haus durch Marie mehr als feindselig sei.

Daraufhin stellte Peter Mevrouw Jonk ein. Ihre Aufgabe bestand vor allem darin, dafür zu sorgen, dass Kelly nichts mit Marie zu tun bekam. Bald wurde sie zu Maries wichtigstem Kontakt zur Außenwelt und mit der Zeit unentbehrlich.

Peters Freiheiten waren schlagartig größer geworden, eine große Erleichterung für ihn – während sich Marie mit »ihrer Jonk« begnügen musste. Kelly dagegen war meistens allein.

Unglückseligerweise fand sie eines schönen Tages Maries Tagebücher.

Bald darauf nahm sie sich das Leben.

Es gab keinen Abschiedsbrief, keine verzweifelten Anrufe, auch keine Schweinerei mit Rasierklingen oder Strick. Eine Flasche Weißwein und eine Handvoll Tabletten reichten ihr für den finalen Cocktail.

Peter fand die Tagebücher vor der Polizei, und damit war die Sache für ihn überstanden.

Seither hatte er niemanden mehr geliebt.

»Und was hast du jetzt vor, Rien?« Es war viele Jahre her, seit er seinen Halbruder mit Namen angesprochen hatte.

Rien antwortete nicht. Er schien selbst nicht zu wissen, was er eigentlich wollte, schien mit sich selbst zu kämpfen. Sein Gesicht drückte jedenfalls etwas anderes aus als Gier.

Aber Trauer war es auch nicht.

»Du musst mir einen Gefallen tun«, sagte er schließlich. »Danach sehen wir, wie es weitergeht.«

Peter wappnete sich. »Und der wäre?«

»Betrachte es als Auftrag: Du sollst die kuwaitische Ölgesellschaft Q-Petrol in Europa ruinieren«, antwortete Rien, ohne mit der Wimper zu zucken. Es klang wie ein Befehl.

Peter war vollkommen konsterniert. Glaubte Rien allen Ernstes, es stünde in seiner, Peters, Macht, eine Aktion von dieser Größenordnung durchzuführen? War er noch ganz bei Trost?

Als Rien gegangen war, trank Peter den letzten Rest Wein aus Riens Glas. Noch immer wie gelähmt, musterte er die neu angekommenen Gäste um sich herum.

Q-Petrol ruinieren! Die Aufgabe war der helle Wahnsinn. Aber Rien hatte darauf bestanden. Und da er über die Vergangenheit Bescheid wusste, hatte er Peter ab jetzt in der Hand. Rien hatte seinen Status als größter Feind zementiert, aber das war nicht das Schlimmste. Viel schlimmer war, dass Rien offenbar Angst hatte. So viel Angst, dass er seine Macht ausnutzte. Diese Mischung war es, warum Peter ihn ernst nehmen musste. Entweder ging er zum Gegenangriff über, oder er tat, was Rien verlangte.

Die Kellnerin kam an den Tisch und begann abzuräumen. »Sie sind heute nicht zu Ihrer üblichen Zeit gekommen.«

»Nein, stimmt. Und ich glaube, bis zum nächsten Mal wird es eine Weile dauern«, antwortete er. Da klingelte sein Handy, und die Kellnerin zog sich taktvoll zurück.

»Wo steckst du denn!«, sagte eine äußerst verärgerte Stimme.

Peter antwortete nicht.

»Lawson & Minniver sind in der Stadt. Thomas Klein ist gerade mit ihnen zusammen.«

Peter bedankte sich für die Information. Er hatte etwas in der Richtung vermutet. »Sind noch andere involviert?«, fragte er.

»Ja. Ich habe den starken Verdacht, dass auch andere von Christie dabei sind.«

Wieder bedankte sich Peter.

18

Ohne sich noch einmal umzusehen, hatte Nicky den Empfangsbereich von Christie verlassen, sie hatte auch nicht reagiert, als Anneke Janssen ihr etwas nachrief.

Wenn Passanten auf der Straße in ihr verweintes Gesicht blickten, wandte sie sich verlegen ab.

Wie hatte das nur so schiefgehen können.

Kaum war sie in ihrer Wohnung, löste sich ihre Wut, und sie erinnerte sich lautstark an alle Flüche ihrer Geschwister.

Dann plötzlich schwieg sie, spitzte die Ohren und stieß die Tür zu Milles Zimmer heftig auf. Doch Milles Bett war glatt und unbenutzt.

»Scheiße!« Sie ballte die Fäuste. Tränen schossen ihr in die Augen, und das Herz schlug ihr bis zum Hals.

Es dauerte eine Weile, bis sie sich beruhigt hatte. Richtig: Mille konnte ja gar nicht hier sein, Nicky musste ihr schleunigst einen neuen Schlüssel besorgen.

Dann setzte sie sich vor den Computer und starrte auf den Monitor, als wäre er ihr einziger Verbündeter.

Sehr schnell hatte sie ein Foto von Peter de Boer gefunden. Gelassen blickte er in die Kamera. Seine Augen wirkten unglaublich intensiv. Blaugrün und traurig.

»Du blöder Idiot!« Zärtlich küsste Nicky das flimmernde Bild. »Beim Schmetterling und dem verfluchten Dukun und bei allen verfluchten ältesten Töchtern, mit dir bin ich noch nicht fertig, Peter de Boer, das verspreche ich dir!«

Schon wieder spürte sie Tränen in sich aufsteigen. Mit

einem Klick schloss sie das Bild und stierte auf ihren Schreibtisch. Wie könnte sie das Blatt nur noch einmal wenden? Nicht einmal als sich ihr die Möglichkeit geboten hatte, war sie geistesgegenwärtig genug gewesen, sich ihm zu nähern. Und nun war sie gefeuert worden. Sie schüttelte den Kopf. Sie brauchte sich nichts vorzumachen, schließlich hatte sie nicht die geringste Erfahrung. Das war zwar traurig, aber eine Tatsache. Nach einer Weile richtete Nicky ihre Aufmerksamkeit wieder auf den Bildschirm. Sie surfte wie so oft ohne Sinn und Zweck im Internet. Wobei es vielleicht gar nicht so zwecklos war, denn in ihrem ausgezeichneten Gedächtnis blieben doch sehr viele Informationen hängen. Eben gerade hatte sie gelesen, dass Präsident Roosevelt – als mitten in einer Rede auf ihn geschossen wurde – weitergesprochen und ärztliche Hilfe erst akzeptiert hatte, als er zum Ende seiner Rede gekommen war.

Davon hatte sie vor langer Zeit schon einmal gehört, jetzt aber lag eine Erkenntnis für sie persönlich darin: Auch sie hatte sich ein Ziel gesetzt, und sie hatte nicht die Absicht, auf halber Strecke aufzugeben.

Entschlossen schaltete sie das Gerät aus.

Zwanzig Minuten später fand Nicky ihre Schwester Bea mit weit vorragendem, halbnacktem Bauch an der Ecke Bloedstraat und Nieuwmarkt. Sie stritt gerade mit einer schwarzen Prostituierten, die erheblich mehr Jahre auf dem Buckel hatte als die meisten der anderen Frauen des Bezirks.

»Verzieh dich!«, fauchte Bea, als Nicky auf sie zukam.

»Das tu ich gern, sobald du mir gesagt hast, wo Mille ist.«

Bea wich Nickys strengem Blick aus. »Ich habe sie seit fast einer Woche nicht mehr gesehen. Hast du sie gesehen, Willemijn?«

Gleichgültig schob die Schwarze ihre Unterlippe vor.

Inzwischen war wirklich nicht mehr zu übersehen, dass sich Bea den Warnungen zum Trotz ein Kind hatte machen lassen. Alle schüttelten darüber nur den Kopf, selbst Beas Wirt. Freundlich, aber bestimmt hatte er sie gebeten, sich für ihr Gewerbe eine neue Adresse zu suchen. In seinen »Hurenkammern« mochte ja viel Perverses passieren – und Bea hatte bestimmt nichts ausgelassen –, aber Sex mit Schwangeren gehörte selbst hier nicht zum akzeptierten Repertoire.

Deshalb schaffte Bea seit zwei Monaten wie ihre Freundin Willemijn abseits des populärsten Strichs an.

Aber der Straßenstrich war illegal, und Nicky wusste, dass es nur eine Frage der Zeit war, bis die Polizei Bea aufgriff. Und in Walletjes war immer ziemlich viel Polizei unterwegs, meist mit dem Fahrrad oder zu Fuß.

Die Polizisten hatten sich mit den Huren, den Zuhältern und den Hotelbesitzern im Viertel ganz gut arrangiert. Insgesamt ließ es sich in Walletjes gut leben – solange man die ungeschriebenen Gesetze beachtete. Widersetzte man sich, bekam man leicht Probleme, und die Prostituierten vom Straßenstrich waren, solange Nicky zurückdenken konnte, was dies betraf, immer Freiwild gewesen.

Der Polizist, der nun aus dem Barndesteeg heranspazierte und schräg über die Straße auf sie zukam, sah harmlos aus, aber die schwarze Frau machte sich blitzschnell aus dem Staub. Auf eine Konfrontation legte sie ganz offenkundig keinen Wert. Dadurch jedoch wurde der Polizist erst recht auf sie aufmerksam und setzte ihr nach. Bea blickte noch müder drein als vorher.

»Mille ist erst sechzehn, Bea«, wandte Nicky sich noch einmal an ihre Schwester. »Das weißt du doch. So hilf mir doch bitte, sie zu finden.«

Bea hob eine Augenbraue. Nicky sah plötzlich rot und versetzte Bea eine schallende Ohrfeige.

»Du verdammtes Miststück!«, schrie Bea und zog ihre Bluse zurecht. »Was glaubst du, wer du bist! Erst sperrst du uns allesamt aus, und dann kommst du hier an wie eine heilige Kuh und machst dir plötzlich Sorgen um Mille. Geht es vielleicht auch mal um mich? Was glaubst du, wo ich in den letzten Tagen geschlafen habe?«, schnaubte sie und fasste sich an die Wange.

Nicky schüttelte unbeeindruckt den Kopf. »Sag mir, wo sie ist, dann gebe ich dir zweihundert Gulden und du kannst für dein Bett heute Nacht selbst bezahlen.«

Bea hob die Faust, ließ sie aber gleich wieder sinken und spuckte ihrer Schwester mitten ins Gesicht. »Verdammt, was bete ich doch, dass Henk dich erwischt, du Dreckstück! Geh mir aus der Sonne! Hau ab, sage ich, hau ab!«

Nicky machte einen Satz nach vorn und schüttelte ihre Schwester.

»Zum Teufel, Nicky, ich weiß nicht, wo sie ist. Aber du kannst ja den kleinen Didi fragen, diesen Versager, wenn du ihm das nächste Mal deine Möse zeigst.«

Bei diesen Worten ließ Nicky sie los.

Nicky fand zwar Didi nicht, aber er fand sie. Sie war gerade eingeschlafen, da stand er vor ihrer Wohnungstür und klopfte sie aus dem Bett. Offenbar war Nicky nicht die Einzige, die er geweckt hatte, denn im Treppenhaus keifte es schon aus ein paar Türen heraus.

»Mann, ey, was seid ihr für Idioten!«, schrie er. »Müsst ihr etwa morgen früh raus zur Arbeit? Ooch, das tut mir aber leid!« Er brüllte vor Lachen, als sich noch eine weitere Stimme einmischte und ihrem Ärger Luft machte.

Nicky wickelte sich in ihren Morgenmantel. Wenn sie die Tür nicht aufmachte, würde das Theater womöglich so lange weitergehen, bis die Polizei aufkreuzte, und das konnte in diesem Teil der Stadt die halbe Nacht dauern. »Du bist doch total dicht!«, fauchte sie ihn deshalb nur an und ließ ihn herein.

Seine Augen waren eigentlich ziemlich normal. Doch seine trägen, seltsam kontrollierten Bewegungen ließen keinen Zweifel zu.

»Sag mir, wo Mille ist, und dann geh bitte einfach nach unten, Didi!«

Er lehnte den Oberkörper vor und sah sich um.

»Nein, Didi, in der Wohnung ist sonst niemand. Okay? Also, weißt du, wo Mille ist?«

Mit ein paar langen Schritten durchquerte er den Flur und ließ sich im Wohnzimmer auf einen Sessel fallen. »Zieh den Bademantel aus, Nicky! Komm, lass mich mal sehen! Dann erzähl ich dir auch, was ich weiß.«

Sie starrte ihn einfach nur an.

Sein Blick war durchdringend. Der Häuptlingssohn hatte einiges gelernt, seit er den Urwald verlassen hatte. Die Ader an seinem Hals pochte, und er lehnte den Kopf gegen den fettigen Fleck an der Lehne, der noch von Nickys Vater stammte. Als wäre es das Selbstverständlichste von der Welt, eine Art eingespieltes Ritual zwischen den beiden, wiederholte er seine Aufforderung.

Nickys Blick wich nicht von seiner Halsschlagader. »Bea hat mir verraten, dass du nicht die Klappe halten kannst, Didi. Das sollte man in diesem Viertel aber schon.«

Er setzte eine übertrieben erschrockene Miene auf, doch schon im nächsten Moment lachte und gähnte er gleichzeitig. »Zeig mir noch mal deine Matte, Nicky, dann sag ich dir vielleicht, wo Mille ist.«

Zielstrebig ging Nicky zum Fenster und zog die Gardine auf. In der Mansarde gegenüber sah ein älterer Mann aus dem Fenster.

Erst jetzt wandte Nicky sich zu Didi um. »Okay, Didi. Da ist noch ein Zuschauer. Du fasst mich also nicht an, verstanden!«

Er zuckte gleichgültig die Achseln.

Nicky ließ den Bademantel fallen und stand nun splitternackt vor Didi. Seine Atemzüge wurden spürbar tiefer und das Pochen in seiner Halsschlagader überdeutlich. Es sah aus, als wollten seine Augen aus den Höhlen treten.

»Hast du 'ne Kippe?«

Nicky rührte sich nicht. »Jetzt sag schon!«

Seine Hand flog nach vorn, und seine Finger glitten zielstrebig, aber nicht unsanft zwischen ihre Beine.

»Die Fensterscheibe von dem Kerl da drüben beschlägt«, flüsterte Didi und zog langsam seine Hand zurück, bis sie flach auf Nickys Schamhaar lag.

»Nimm die Hand weg, Didi!«, sagte sie so beherrscht wie möglich und sah stur geradeaus. Viel zu deutlich nämlich spürte sie, wie ihre Brustwarzen hart wurden.

Didis Atem normalisierte sich, und auch sein Puls ging wieder ruhiger. »Irgendwie bist du noch nackter als andere Frauen!«, sagte er leise und ließ dabei seine Finger durch die Schamhaare nach oben zu Nickys Nabel gleiten.

Sein Gesicht glühte. »Leider habe ich keine Ahnung, wo Mille ist.«

Nicky straffte entschlossen die Schultern und schlüpfte wieder in ihren Bademantel.

Didi berührte sie nicht mehr, machte aber noch ein paar unbeholfene Versuche, ihr zu schmeicheln. Er machte ihr Komplimente, legte die Stirn in Falten, vielleicht dachte er wirklich nach.

Und er beteuerte, dass er ihr wirklich helfen würde. Plötzlich sprang er auf und sagte, er würde Mille schon finden – und seltsamerweise glaubte Nicky ihm.

Als Didi gegangen war, blieb der Nachbar an seinem Fenster stehen, bis sie schließlich das Licht ausknipste.

Sie zog die Knie an, schlang die Arme darum, schloss die Augen und sah Peter de Boer vor sich.

Plötzlich schoss die Wut in ihr hoch. Aber nur für einen kurzen Augenblick, dann nahmen andere Gefühle in ihrem Körper überhand und bescherten ihr völlig neue sinnliche Empfindungen.

Mit einem Schlag stand alles still. Sie riss im Dunkeln die Augen auf, hielt die Luft an und spürte einen kleinen Stich unter dem Brustbein, einen Reiz, der sich als tiefe Müdigkeit in alle ihre Glieder ausbreitete. Das Gefühl überrumpelte sie vollkommen, so tiefgreifend und verzehrend war es. Der erste und elementarste Bestandteil der Seele, er bemächtigte sich ihrer durch und durch und öffnete ihre Augen für das, was die Menschen vorantrieb.

19

Nun hatte Peter Gewissheit, dass Marie mit Rien gesprochen hatte, und er reagierte mit eisiger Kälte.

Marie versuchte, ihm verständlich zu machen, wie wichtig es für sie war, ihrem Sohn endlich alles gesagt zu haben. Als sie Peters Zorn bemerkte, verstummte sie und bat ihn um Vergebung – doch Peter wandte ihr den Rücken zu und sie wusste, sie hatte ihn endgültig verloren.

Er rief Mevrouw Jonk an und behauptete, Marie sei schwächer geworden und habe den Wunsch geäußert, sie, Mevrouw Jonk, möge für einige Tage nicht durchs Haus geistern. Sie brauche sich nicht zu sorgen, er würde in der Zeit für Marie sorgen.

Als er ging, glühte er förmlich vor Hass. Aber Hass war nicht das einzige Gefühl. Alles in ihm war in Aufruhr, er glaubte fast, die Kontrolle über sich zu verlieren. Unter anderen, unter normaleren Umständen hätte er sich dafür verachtet. Das war jedoch erstaunlicherweise nicht der Fall.

Tatsächlich fühlte er zum ersten Mal seit sehr langer Zeit überhaupt wieder etwas. Etwas anderes als diese totale innere Ödnis.

Als Peter de Boer im Büro eintraf, herrschte die übliche Betriebsamkeit.

Anneke Janssen stand hinter dem Empfangstresen. Einige Kollegen huschten mit einer Kaffeetasse in ihr Büro. Der Kopierer brummte. Von unten war das rhythmische Piepen eines

LKW zu hören, der vollbeladen rückwärts auf die Kanalstraße einzubiegen versuchte, andere Autofahrer hupten, weil sie seinetwegen nicht weiterkamen.

Peter setzte sich an seinen Schreibtisch. Er erwog, Rien anzurufen. Zum einen hatte er eine unlösbare Aufgabe gestellt bekommen, zum anderen mangelte es ihm an Hintergrundinformationen. Er hatte keine Ahnung, wer und was hinter diesem Auftrag steckte. Kurz und gut, er musste einfach mehr wissen.

Neben ihm blinkte das Faxgerät, vermutlich bereits seit einigen Stunden. Er zog das bedruckte Papier heraus und las.

An
Peter de Boer, Christie N.V., Amsterdam

Alle Bedingungen von M. Kabibarta akzeptiert. Kakaz Übertragung von Kabibartas Unternehmen an SoftGo mitgeteilt. Kooperation mit Kakaz gekündigt.
Schlussnote wird ausgestellt und noch heute an SoftGo gefaxt, so dass Benjamin Holden sie absegnen kann. Schicken Kopie.
Hasan Anas
P.S. Habe M. Kabibarta berichtet, dass Nicky Landsaat die Asche ihrer Mutter nach hinduistischer Sitte dem Fluss übergeben hat. Ihr Respekt für ihre Ahnen rührte ihn aufrichtig und gab letztlich den Ausschlag. Glückwunsch!

Stirnrunzelnd las Peter das Fax noch einmal. Die Erinnerung an Nicky Landsaats traurige Augen brannte heftig in ihm, und er sah wieder ihr zartes Handgelenk und den schäbigen Koffer vor sich.

Peter presste die Lippen zusammen. Seine Intuition hatte ihn also nicht im Stich gelassen. Natürlich hatte Nicky das Richtige getan, und sie war sich bei allem treu geblieben. Und zum Dank hatte er sie gefeuert. Du Idiot!, schimpfte er mit sich. Manche Menschen waren schlichtweg geeigneter, die Umstände zu nutzen als andere, und zu diesen Menschen gehörte Nicky Landsaat. Darauf hätte er die ganze Zeit vertrauen sollen. Ausgerechnet sie war es, deren Fähigkeiten ihn jetzt um mindestens acht Millionen Gulden reicher gemacht hatten.

Wie gebannt starrte er auf das Telefon. Sollte er nicht beide, Rien wie Nicky Landsaat, anrufen? Lange wog er das Für und Wider ab. Nachdem er die Tastatur mit einem Schubs an ihren Platz befördert hatte, schaltete er schließlich den Computer ein.

Freitag, 13.09.1996, las er unten auf dem graugrünen Bildschirm. Du liebe Güte, dachte er, ausgerechnet so ein unheilschwangeres Datum. Abergläubisch war er zwar nicht, trotzdem: Freitag, der Dreizehnte, das verhieß nichts Gutes. Acht Millionen Gulden hin oder her.

Er loggte sich ein und überflog wie gewöhnlich die Icons auf dem Desktop, das geschah ganz automatisch.

»Marjan van Eek ist am Telefon.« Das war Lindas Stimme in der Sprechanlage.

Peter hörte kaum hin, denn wie er sah, hatte der Unglückstag bereits an seine Tür geklopft. Ein Detail auf dem Bildschirm war ihm aufgefallen, im Grunde nichts Gravierendes, aber eine winzige Kleinigkeit stimmte eben nicht.

»Marjan van Eek von Kakaz!«, wiederholte Linda Jacobs unverdrossen. »Sie will unbedingt mit dir sprechen.«

»Stell sie bitte durch!« Peter wandte den Blick von den Icons ab. Sein Hemdkragen war feucht, so heiß war ihm geworden. Er sah auf die Uhr. Hasan Anas hatte wahrlich keine Zeit verschwendet.

Marjan van Eek, die Vorstandsvorsitzende von Kakaz, war außer sich. Aber aus ihren zornigen Worten hörte Peter auch Schmerz heraus, und er konnte sie gut verstehen. Für sie brach gerade eine Welt zusammen. In weniger als zwei Wochen würde sie als Vorstandsvorsitzende vor der undankbaren Aufgabe stehen, den Kakaz-Aktionären berichten zu müssen, dass ihr Hauptzulieferer abgesprungen war. Sie würde ihnen erklären müssen, wie es hatte geschehen können, dass es in all den Jahren offenbar niemand für nötig befunden hatte, die Vereinbarung der Zusammenarbeit mit dem indonesischen Schuhfabrikanten schriftlich festzuhalten. Außerdem, und das war bestimmt der schwerste Schritt, würde sie die Aktionäre darauf vorbereiten müssen, dass ihr größter Konkurrent SoftGo sie in unmittelbarer Zukunft vom Platz fegen würde. Mit anderen Worten würde sie zweihundert Aktionären so professionell und abgeklärt wie möglich beibringen müssen, dass Kakaz höchstwahrscheinlich vor dem Aus stand.

»Wir wollen verhandeln«, erklärte sie und klang jetzt sehr bestimmt. »Fusion, Übernahme von SoftGo, was auch immer. Nehmen Sie Kontakt mit Benjamin Holden auf und teilen Sie ihm das mit!«

Peter hatte wieder die verräterischen Symbole auf dem Monitor im Auge. »Eine Fusion ist aber doch wohl ausgeschlossen, oder täusche ich mich?«

»Telefonieren Sie mit Benjamin Holden, er soll seinen Preis nennen. Verlieren Sie keine Zeit!«

»Das Honorar für Christie beträgt acht Millionen Gulden.«

»Tun Sie es einfach!« Marjan von Eek knallte den Hörer auf.

Peter starrte weiterhin auf seinen Bildschirm. Dann drückte er erneut den Knopf der Sprechanlage.

»Verbinde mich mit Ḥasan Anas!«

»Aber in Jakarta ist es zwei Uhr nachts!«

»Er wird es überleben.«

Zu Hause war Hasan Anas nicht, aber Linda Jacobs erreichte ihn in der Fabrik. Peter übermittelte ihm Marjan van Eeks Angebot, Kabibartas Aktiva zu übernehmen. Anas klang müde, fast gequält, vermutlich wurden ihm sofort die möglichen Konsequenzen bewusst. Er hatte gerade erst die Schlussnote beendet und wollte sie an Benjamin Holden faxen. Nun befürchtete er wohl, alle Arbeit sei umsonst gewesen.

»Hören Sie, Mr. Anas! Teilen Sie Made Kabibarta mit, er soll an Benjamin Holden verkaufen, was auch immer Marjan van Eek sagt. Richten Sie ihm aus, er könne mit seiner Forderung unter diesen Umständen zwei Millionen Gulden nach oben gehen. Überzeugen Sie ihn davon, dass diese Summe als Kompensation ausreichen sollte für das, was ihm Nicky Landsaat hinsichtlich seiner Beratertätigkeit angeboten hatte. Alles Weitere werde ich schon mit Benjamin Holden ordnen.«

Am anderen Ende der Leitung war ein Seufzer zu hören. »Ich werde der Erste sein, den Kakaz opfert, darüber sind Sie sich doch wohl im Klaren?«

»Mr. Anas! Ich verspreche Ihnen, in zehn Minuten faxe ich Ihnen ein Angebot, dass Christie N.V. Ihnen eine Entschädigung von einer Million Gulden auszahlt, wenn der Deal zustande kommt.«

Einen Moment lang herrschte absolute Stille. »Das geht in Ordnung.« Die Antwort hatte keine zwei Sekunden auf sich warten lassen.

Anschließend rief Peter Benjamin Holden an. Der Amerikaner brachte unzählige Einwände vor. Wenn er SoftGo an Kakaz verkaufen sollte, wäre ja der ganze Deal auf den Kopf gestellt. Was wäre mit den elfeinhalb Millionen Gulden für Christie? Und warum sollte SoftGo überhaupt diese indonesische Fabrik kaufen?

Peter überhörte Holdens Bedenken. »In dieser Situation beträgt das Honorar für Christie natürlich nicht elfeinhalb Millionen«, sagte er. »Wir könnten uns mit der Hälfte begnügen.

Außerdem vereinbaren wir hier und jetzt, dass Christie N.V. sämtliche Kosten, die von Hasan Anas und Made Kabibarta noch dazukommen, übernimmt.«

Das tat seine Wirkung. Nach einer kurzen Denkpause nannte Benjamin Holden seinen Preis. Mit der Summe waren der Kauf der indonesischen Fabrik, das Honorar von Christie und darüber hinaus ein sorgenfreies Leben finanziert.

Marjan van Eek wurde ausgesprochen still, als Peter ihr Holdens Preis nannte. Erst als ihr klar wurde, dass Made Kabibartas Fabrik im Preis inbegriffen wäre, hörte Peter sie aufatmen. »Wir müssen zuerst eine außerordentliche Generalversammlung einberufen«, wandte sie ein.

»Nein, das ist leider völlig ausgeschlossen. Begnügen Sie sich mit einer Sitzung des Vorstands, der die Aktienmehrheit hält. Sorgen Sie dafür, dass uns die nötigen Unterschriften bis heute Nachmittag fünfzehn Uhr Ortszeit übermittelt sind. Benjamin Holdens Angebot wird Ihnen in einer Stunde per Boten überbracht. Und ich faxe Ihnen in zwanzig Minuten Made Kabibartas Schlussnote als Anlage. Ziehen Sie zwei der Großaktionäre als Beobachter der Transaktion hinzu. Ich bin sicher, dass die Aktionäre in der Generalversammlung die vorliegende Situation als höhere Gewalt anerkennen werden.«

Eine Stunde später erlaubte sich Peter, eine einfache Rechnung aufzustellen:

8 Millionen von Kakaz
5,75 Millionen von SoftGo
minus 2 Millionen an Made Kabibarta
minus 1 Million an Hasan Anas
ergibt: 10,75 Millionen.

Das war in etwa die Summe, auf die der Handel ursprünglich geschätzt worden war und 2,75 Millionen mehr, als Benjamin Holdens persönliche Garantie betragen hatte.

Nun musste er also nur noch seine letzte Ausgabe abziehen, deren Umfang er allein bestimmte.

Peter de Boer nahm einen Bogen seines Briefpapiers, schrieb ein paar Worte, steckte den ausgefüllten Scheck mit dem Brief in einen Umschlag und klebte ihn zu.

Für einen Freitag mit schicksalhaftem Datum waren die Geschäfte wider Erwarten gut gelaufen.

Zurückgelehnt in seinen Schreibtischstuhl betrachtete er erneut die Desktop-Anzeige auf dem Bildschirm. Auf zum nächsten Problem: Die schnurgerade Reihe, in der die Icons aufgeführt waren, verhieß nichts Gutes. Jemand hatte an seinem Rechner gesessen.

»Linda!«, rief er. »Würdest du bitte kurz hereinkommen!«

Im nächsten Augenblick stand sie bei ihm im Zimmer, ihre Haare wie immer leicht zerzaust.

»Ist alles erledigt? Sind alle Papiere verschickt?«

»Ja!«, antwortete sie ein wenig atemlos.

»Linda, weißt du vielleicht, wer gestern in meinem Büro war, nachdem ich gegangen bin?«

Es war diese direkte Konfrontation, die sie irritierte. Er hatte »wer« gesagt und nicht »ob«. Es ging hier offensichtlich nicht mehr um eine Vermutung.

Ihr Mienenspiel verriet sie, auch ihre aufgerissenen Augen.

»Nein«, sagte sie, als sie sich wieder gefasst hatte. »Außer mir war niemand hier. Und bevor ich gegangen bin, habe ich dein Büro wie immer abgeschlossen.«

»Danke.«

Peters Blick folgte ihr bis zur Tür. Sie sah sich nicht mehr um.

Er betrachtete die bunten Piktogramme erneut. Inzwischen war er ganz sicher: Eines davon war nach unten bewegt worden, so dass es nicht mehr ganz mit den anderen in einer Reihe stand, eigentlich eine Geringfügigkeit. Er klickte auf

»Menü«, schob die Maus auf »Symbole automatisch anordnen« und klickte. Die Icons veränderten ihre Position. Es handelte sich um nicht mehr als ein, zwei Millimeter, aber auf seinem streng geordneten Desktop war selbst das überdeutlich.

Er seufzte. Nun also auch Linda Jacobs. Es tat ihm leid, für sich selbst und für ihre Familie.

Er bewegte die Maus über das verräterische Symbol. »Neue Projekte« stand dort. Er öffnete es, aber da war nichts Ungewöhnliches zu sehen.

Er stürmte aus seinem Büro und versetzte Linda damit den Schreck ihres Lebens. Alarmiert legte sie den Telefonhörer auf. Eine weitere unüberlegte Geste.

Als Peter ohne anzuklopfen die Tür zu Thomas Kleins Büro aufriss, hielt der den Telefonhörer wie vermutet noch in der Hand.

»Was zum Teufel!«, rief Klein und ließ den Hörer sinken.

»Entschuldige, dass ich hier so hereinplatze. Ich dachte, du bist krank, Thomas! Ich wollte mir nur den hier ausleihen.«

Peter reckte sich zum obersten Brett des Regals in Thomas Kleins Rücken und zog den dicksten Band der Gesetzestexte heraus.

»Kein Problem«, sagte Klein und legte auf. »Ich war ohnehin gerade fertig.« Thomas Klein war ein Meister im Taxieren seines Gegners. Er war der beste Interpret aller Anzeichen von Nervosität, eine Gabe, die für seine Opponenten mit einem Hang zur Lüge verheerend war. Nun starrte er Peter an.

»Linda hat mir gerade erzählt, dass der SoftGo-Vertrag abgeschlossen ist«, schob er rasch nach.

Gar nicht übel, dachte Peter anerkennend. Gute Erklärung für die Hand am Telefonhörer und die überraschte Miene. Sehr simpel und geradlinig. Er nickte beifällig.

»Kakaz kauft also SoftGo auf«, resümierte Thomas.

Peters Miene verriet keine Regung. »Wir werden gleich

noch eine Besprechung der Abteilungsleiter anberaumen, um die Aufgaben neu zu verteilen.« Er klopfte Thomas auf die Schulter, was diesen zu beruhigen schien. Nichts anderes war Peters Absicht gewesen. »Nun haben wir wieder Kapazitäten für neue Projekte. Ausgezeichnet! Besonders, wo ich selbst erst mal noch genug mit Lawson & Minniver zu tun haben werde.«

»Vielleicht solltest du die Sache besser abschließen.« Thomas sah Peter nicht an.

»Ach wirklich? Findest du?«, erwiderte Peter. »Bist du der Meinung, dass es meiner Strategie in dem Fall an etwas fehlt?«

Thomas lehnte sich zurück. »Mal ehrlich, Peter, was kannst du gewinnen?« Er atmete tief durch, bevor er fortfuhr. »Das gibt nur jede Menge Ärger, und letztlich geht keiner als Sieger daraus hervor. Ich bin mir sicher, dass ich Lawson & Minniver dazu bewegen kann, ihre Forderung zurückzuziehen. Was hältst du davon?«

Peter zuckte die Schultern. »Meine Gedanken gehen in eine andere Richtung.«

»Was willst du damit sagen?«

»Du warst gestern Abend nach unserem Meeting mit ihnen zusammen, habe ich gehört.«

Thomas Klein holte noch einmal tief Luft, die Scharniere seines Stuhls knarrten. Er schob die Unterlippe vor, und vor lauter angestrengter Selbstkontrolle hätte er beinahe gegähnt. »Wer behauptet das?«

»Du wurdest mit ihnen zusammen am Flughafen gesehen.«

Klein rieb sich die Augen und versuchte, Gelassenheit auszustrahlen. »Das muss jemand anders gewesen sein.« Er lachte auf. »Obwohl es mir ein Rätsel ist, wie man mich verwechseln kann.«

Peter lächelte. Natürlich leugnete Klein, am Flughafen gewesen zu sein. »Wenn ich es mir recht überlege, dann glaube ich, ich warte noch ein wenig mit dem Meeting der Abteilungsleiter. Lass uns sagen, in dieser Sache sprechen wir uns am Mittwoch. Ich muss erst noch etwas anderes erledigen, das eiliger ist.«

Klein sah ihn fragend an.

Peter schloss die Bürotür und setzte sich an Thomas Kleins Schreibtisch. »Ich will dir etwas sagen. Ich habe den Verdacht, dass es hier im Büro Unregelmäßigkeiten gibt. Ich weiß noch nichts Konkretes, wie gesagt, es ist ein Verdacht. Aber doch etwas, wofür ich erst noch etwas Zeit brauche.«

»Ein Verdacht?«

»Ich erkläre es dir später.«

Thomas Klein machte eine ernste Miene. »Peter, du musst mich wirklich mehr einbeziehen in das, worüber du nachdenkst. Sonst werden wir beide noch paranoid. Ist es etwas oben in der Finanzabteilung? Hat es mit Hans Blok zu tun?«

Peter sah seinen Mitarbeiter an. Er erinnerte sich wieder, warum er ihn letztendlich eingestellt hatte und warum er ihn für einen der Besten in seinem Stab hielt: Es waren die Kaltschnäuzigkeit und das schauspielerische Talent, wofür er ihm einfach Anerkennung zollen musste.

»Ganz ehrlich, Peter«, fuhr Klein fort. »Mach doch mal Urlaub. Hol Matthijs zurück ins Führungsteam. Er kann dich entlasten, während du deine Akkus auflädst.«

Peter stand auf. Ruhig blickte er einen Moment lang auf den Mann, dem er nie mehr würde trauen können. Dann lächelte er ihn aufrichtig an. Das war ein letzter Dank für die Jahre, in denen sie gemeinsam gekämpft hatten.

»Ich werde darüber nachdenken, Thomas.« Damit wandte er sich zum Gehen.

Wenige Minuten später wurde er in seinem Verdacht, dass etwas im Argen lag, aufs Neue bestärkt. Linda Jacobs war noch nicht wieder an ihrem Platz, und Peter sah sich in ihrem Büro um. Auf dem Computerbildschirm war ein halb fertig geschriebener Brief zu sehen, und Lindas geöffnete Handtasche lag auf ihrem Stuhl.

Das Telefon auf ihrem Schreibtisch klingelte, und Peter nahm ab.

Gert Schelhaas war am Apparat, Besitzer einer der großen Industriegärtnereien westlich von Rotterdam. Peter hatte seit Jahren nicht mehr mit ihm gesprochen, schätzte ihn aber sehr.

»Wie nett! Peter de Boer höchstpersönlich. Seit wann vertreten Sie Ihre eigenen Angestellten?« Er lachte. Schelhaas war ein ausgezeichneter Mann, sehr bodenständig. »Nun, ich wollte Ihre Sekretärin bitten, mir einen Vertrag zu schicken. Wir nehmen Ihr Angebot an.«

Peter stutzte kurz, bedankte sich dann und beglückwünschte den Mann zu seiner Entscheidung. Er legte auf, und als er aufsah, blickte er in Lindas entsetztes Gesicht. Sie sah aus, als würde sie gleich in Ohnmacht fallen.

Das war durchaus nachvollziehbar, fand Peter, sofern sie auf genau diesen Anruf von Gert Schelhaas gewartet hatte. Denn seines Wissens hatte Christie N.V. Schelhaas niemals ein Angebot unterbreitet.

»Das war Heleen.« Mit diesen Worten überließ er sie ihrer Erleichterung und verschwand aus ihrem Büro.

Peter starrte aus dem Fenster des leeren Konferenzraums und kam sich vor wie das Sinnbild seiner majestätischen Einsamkeit.

Es gingen also hinter den Kulissen tatsächlich Dinge vor, von denen er nichts wissen sollte. Dass etwas in der Firma nicht stimmte, hatte er längst gespürt, aber er bekam nicht zu fassen, was es war, wer die Finger im Spiel hatte – und vor allem: welche Dimension das Ganze hatte.

Die Fensterscheiben im Konferenzraum waren noch etwas beschlagen, und er schrieb mit dem Finger auf das feuchte Glas:

Thomas Klein
Linda Jacobs
Rob Sloots?
Hans Blok?
Magda Bakker?
Andere?

Um die Namen noch einmal auf sich wirken zu lassen, trat er einen Schritt zurück.

Er streckte den Zeigefinger aus, zögerte. Kann ich das tun?, fragte er sich. Aber dann ließ er sich von seiner Intuition leiten und machte einen Strich durch Magda Bakkers Namen.

Wieder blickte er auf die Liste, schloss die Augen und konzentrierte sich ganz auf sich selbst, bis er den Willen und die Energie förmlich unter der Haut spürte und Wärme ihn durchströmte.

Er hauchte seinen Atem auf alle Namen, bis sie verschwunden waren. Nun fühlte er sich schon besser. Dann setzte er sich ans Ende des Konferenztischs, griff nach dem Telefon und wählte eine externe Nummer. Sie werden schon sehen, dachte er. Niemand, auch niemand hier im Haus, ist unersetzlich. Für einen kurzen Moment genoss er ein Gefühl von so etwas wie Macht und Stärke. Es währte allerdings nicht sehr lang, denn am anderen Ende der Leitung wurde nicht abgenommen.

Er drückte auf die Gabel, versuchte es noch einmal, gab aber schließlich auf, weil Lindas Stimme aus dem Vorzimmer hereindrang.

Sie hatte einen hochroten Kopf, als sie, kaum hatte sie geklopft, die Tür öffnete. »Da steht ein … äh … Herr, der mit dir sprechen will. Er ist einfach hereinmarschiert. Es tut mir leid, ich habe versucht …«

Peter musterte die so korrekt wirkende Frau. Für sie einen passenden Ersatz zu finden, würde schwer werden.

Der Fremde in dem übergroßen Baumwollmantel reichte Peter weder die Hand noch stellte er sich in irgendeiner Weise vor. »Sie müssen mit mir kommen! Auf der Stelle!« Er sprach mit einer Bestimmtheit, die keinen Widerspruch duldete. Seinen Akzent konnte Peter nicht einordnen, aber er passte ganz gut zu der sanft braunen Haut des Mannes, zu seinem Oberlippenbart und dem schwarzen Haar.

Als Peter sich aufrichtete, war er mindestens einen halben Kopf größer als der Eindringling. Er sah ihm trotzig in die Augen, ergriff dessen Hand und schüttelte sie kräftig. »Peter de Boer!«, stellte er sich vor. »Und wer sind Sie?«

Der Fremde zog seine Hand so heftig zurück, als hätte er etwas Unreines berührt. »Das spielt keine Rolle. Folgen Sie mir einfach! Ziehen Sie Ihren Mantel an!«

Peter versuchte, sich ein Bild zu machen. Er kannte den Mann nicht, und er verspürte auch nicht den Wunsch, ihn kennenzulernen. Seine Kleidung schien aus der Altkleidersammlung zu stammen, und der starke Geruch seines Aftershaves kämpfte vergeblich gegen den Knoblauchgestank an. Der Ausdruck seiner Augen war feindlich und aggressiv.

In diesem Moment trat der Mann einen Schritt vor.

»Kommen Sie mir nicht zu nah!«, zischte Peter.

Der Mann blieb stehen.

»Noch mal: Wer sind Sie?«, sagte Peter langsam und deutlich. »Wer hat Sie beauftragt? Falls ich jemandem Unrecht getan habe, sagen Sie mir, wem.«

»Kommen Sie mit, dann werden Sie es erfahren.«

Ganz oben auf dem Regal hinter Peter stand eine Holzfigur,

die ihm einmal ein dankbarer Software-Importeur geschenkt hatte. Die Figur war eher eigenwillig als schön, aus Ebenholz und glatt wie die Steine im Mahakam-Fluss. Diese Figur packte Peter nun, pustete den Staub weg und wägte sie demonstrativ in der Hand.

»Wissen Sie, dass es erst drei Monate her ist, seit ich vor meinem Haus überfallen worden bin?«

Der Mann reagierte nicht.

»Na ja, ich erwähne das nur, weil mich der Mann damals mit einer Machete töten wollte. Sie verstehen sicher, dass ich Fremden gegenüber seither etwas misstrauisch bin.« Peter unterbrach sich. »Sind Sie Türke?«, wechselte er das Thema. »Oder Grieche?« Nur noch wenige Sekunden, dann würde er an dem Mann vorbei ins Vorzimmer spazieren, den Gang hinunter. Der andere konnte ihm ja folgen, wenn ihm der Sinn danach stand.

»Ich gehe nirgendwohin!« Unvermittelt schlug Peter die Ebenholzfigur in seine freie Handfläche. »Und ich kann es nicht leiden, wenn man mich zu etwas zwingen will oder mich bedroht. Sagen Sie mir, wer Sie sind und was Sie wollen, dann kommen wir vielleicht zu einer vernünftigen Regelung.«

»Sie haben Ihren Auftrag zur Kenntnis genommen, behaupten Sie also nichts Gegenteiliges«, sagte der Mann und verzog sich. Nur der Gestank nach Knoblauch und Aftershave hing noch in der Luft.

Eine Stunde später holte Peter seinen Wagen in der Werkstatt ab. Das Auto sah aus wie neu. Es strahlte fast so wie das Gesicht des Mechanikers, als er Peter die Rechnung überreichte.

Peter fuhr langsam aus der Stadt heraus. Er konnte sich nicht konzentrieren, nicht einmal Musik ließ ihn zur Ruhe kommen.

Als er an der Unfallstelle vorbeifuhr, wurde ihm ganz flau. Die Leitplanke war noch immer eingedrückt, und Glasscherben glitzerten auf dem Asphalt. An jenem Tag war das Glück auf seiner Seite gewesen. Aber er bemerkte, dass seine Aufmerksamkeit auch jetzt schon wieder nachließ.

»Was ist los mit dir, Peter!«, murmelte er. Er nahm den Fuß vom Gaspedal und konzentrierte sich. Vielleicht sollte er das Auto besser für eine Weile in der Garage stehen lassen.

Kaum hatte er das Haus betreten, kickte er die Schuhe von den Füßen und ließ den Mantel auf den Schirmständer gleiten.

Marie musste noch warten. Erst wollte er ein bisschen zur Ruhe kommen.

An der Tür zum Herrenzimmer ließ ihn der intensive Geruch innehalten. Instinktiv zuckte er zurück. Seine rechte Hand tastete nach dem Schirmständer, kämpfte mit dem Mantel, den er soeben dorthin geworfen hatte, und bekam endlich einen Spazierstock zu fassen, den sein Vater vor Jahren dort hineingestellt hatte. Der Stock war aus hartem Holz, der würde einiges aushalten.

»Peter!«, hörte er nun Maries schwache Stimme aus dem Herrenzimmer. Ihm brach der kalte Schweiß aus.

Er packte den Stock noch fester und näherte sich der Tür. »Ja!«, rief er. »Marie, alles in Ordnung?«

Es war sonderbar, aber ihr Lachen beruhigte ihn in keiner Weise.

Er trat ein.

Merkwürdig verdreht saß sie im größten der Ohrensessel. Über ihre Beine war eine karierte Decke und um ihre Schultern ein Schal gebreitet. Der Blick, mit dem sie ihn empfing, war so kokett, als befände sie sich auf einem Ball und wollte einen gerade eingetroffenen Gast becircen. Neben einem großen Strauß Rosen standen in ihrer Reichweite eine Flasche Portwein sowie ein halbvolles Glas. Auf ihrem Schoß lag eine Packung kostbarer Pralinen. Sie war bereits geöffnet, das Cellophan war auf dem Teppich gelandet.

»Wir haben Besuch«, zwitscherte Marie.

Peter lockerte verblüfft den Griff um den Stock und ließ ihn sinken, als hinter Marie aus dem Erker des Herrenzimmers zwei Männer traten. Den einen hatte bereits der Geruch verraten, aber den anderen hatte er hier nicht im Geringsten erwartet.

»So trifft man sich wieder, Peter de Boer. Nett von Ihnen, uns einzuladen.« Es war der Mann, dem er in den vergangenen Wochen auf zwei Empfängen begegnet war. Sein Name fiel ihm in dem Moment ein, als er Peters Arm mit einer Herzlichkeit ergriff, wie man sie nur bei nahen Verwandten erlebt. Marc de Vires.

»Wie gut, dass Sie uns einen Schlüssel gegeben haben.«

Peter runzelte die Stirn und betrachtete befremdet den Schlüssel, den Marc de Vires nun hochhielt. Die Situation war gelinde gesagt unübersichtlich, hier stießen gerade ein paar zu viele Rätsel und Fragen aufeinander. Augenblicklich fühlte sich Peter wie gelähmt.

»Der zweite nette Herr heißt Rahman, nicht wahr?« Marie lächelte Marc de Vires' Handlanger schmeichlerisch an. »Rahman hat so fantastisch starke Arme, Peter, du glaubst es kaum. Er hat mich heruntergetragen, als ob ich leicht wie eine Feder wäre.« Sie legte den Kopf in den Nacken und lachte entzückt. »Ist es nicht so, Rahman?«

Peter zog es den Magen zusammen. Weil er sich seines Anteils an Maries vernachlässigtem Zustand allzu schmerzlich bewusst war. Weil er sich zwei Männern gegenübersah, deren Vorhaben er nicht durchschaute. Weil ihm sein ganzes Leben in diesem Moment zu entgleiten schien.

De Vires lächelte. »Vielleicht möchtest du so freundlich sein, Rahman, und deine schönen, starken Arme noch einmal zum Einsatz bringen. Ich glaube, Peter de Boer und ich haben etwas unter vier Augen zu besprechen.«

»Aber nein, es ist doch noch viel zu früh!«, protestierte Marie, bis sie Rahmans Arme unter sich spürte. Da legte sie ergeben den Kopf in den Nacken und ließ sich ohne jeden Widerstand hinaustragen.

»Also«, sagte Peter, »soll ich die Polizei rufen, oder gehen Sie freiwillig? Von wem haben Sie überhaupt den Schlüssel?«

»Ganz ruhig.« Marc de Vires nahm in dem Ohrensessel Platz, in dem eben noch Marie gesessen hatte, und naschte eine Praline. »Ich muss dich schon loben, Peter! Ach so, entschuldige, dass ich so formlos zum Du übergehe, aber wir haben schließlich gemeinsame Bekannte.«

»Hat Heleen irgendwas mit der Sache hier zu tun?«

»Heleen? Ja und nein. Ich habe seinerzeit schon dafür gesorgt, dass du ihr vorgestellt wirst, aber davon weiß sie nichts.« Er lächelte. »Na ja, und den Rest hast du ja ganz ausgezeichnet selbst hinbekommen, oder etwa nicht, Peter? Heleen ist eine schöne Frau, und du bist Manns genug, dir stets das Beste zu nehmen, oder?«

Peter erwog, dem Ganzen ein Ende zu bereiten. Es gab für ihn keinen Grund, im Haus zu bleiben, er könnte draußen einfach die Polizei anrufen. Die Geschichte mit der Machete war bestimmt noch nicht vergessen, garantiert würden sie trotz seines schlechten Rufs in Windeseile hier aufkreuzen. Klar, Marc de Vires und sein Kumpan wären noch vor Ankunft der Streife verschwunden. Aber das wäre immerhin etwas.

»Ich muss dich wirklich loben für deine Entschlossenheit Rahman gegenüber, als er in deinem Büro aufgetaucht ist. Hättest du seinen Hintergrund gekannt und sein Temperament, wärst du sicher etwas zögerlicher gewesen.« Er nahm eine weitere Praline und pries, den Mund voll, die Cremefüllung mit einer Geste von Daumen und Zeigefinger.

»Aber so bist du nun mal, Peter, an deiner Konsequenz und Zielstrebigkeit ist nichts auszusetzen. Denk nur daran, wie viele du auf deinem Weg nach oben eliminiert hast. Eigentlich alle, die dir hätten in die Quere kommen können. Deinen Vater. Ja, und eigentlich sogar deine Mutter. Du hast dir deinen Halbbruder vom Hals geschafft und deine reizende Frau und letztlich auch, wenngleich nicht ganz so radikal, deine süße kleine Tante. War sie nicht früher deine Geliebte? Komischer Gedanke, wenn man sie heute so sieht, da wirst du mir doch zustimmen?«

Peter sah rot. Sie schlugen fast gleichzeitig zu. Aber Marc de Vires' Faust traf sauberer, Peter ging sofort zu Boden.

De Vires ließ sich in den Ohrensessel sinken, der Schlag an den Hals hatte ihm offenbar auch ganz schön zugesetzt. Als Peter sich aufgerappelt hatte und auf ihn zugehen wollte, hob de Vires abwehrend den Arm und deutete wortlos zur Tür, wo Rahman mit dem Springmesser in der Hand bereitstand.

»Lass gut sein, Peter. Wir haben alle nötigen Informationen von deinem Cousin Rien bekommen. Sehr kompromittierende Informationen im Übrigen, und deshalb bleibt dir gar nichts anderes übrig, als für uns zu arbeiten. Rien hat dir ja bereits von der Aufgabe erzählt, nun wird es ernst.«

»Ihr seid ja verrückt!«

Nicht ohne Stolz und ohne mit der Wimper zu zucken erzählte Marc de Vires, dass er der Inhaber von M'Consult sei, der Firma, für die Heleen in Bagdad gearbeitet hatte. Auch ihren jetzigen Job hatte er ihr beschafft.

Peter versuchte, das Ausmaß dieser Information zu überblicken, schüttelte aber weitere Gedanken über die Qualität der Beziehung zwischen Marc und Heleen rasch von sich und hörte Marc de Vires aufmerksam zu, der inzwischen richtig in Fahrt gekommen war.

De Vires' Hauptquartier war also bereits vor einigen Jahren in die Niederlande verlegt worden. Kurz darauf war Peter de Boer ihm zum ersten Mal in die Quere gekommen, einer von de Vires' Geschäftspartnern war dabei in den Ruin getrieben worden. So sehr es Marc de Vires damals empört hatte: Peter und seine Firma hätten ihn, de Vires, aufrichtig beeindruckt.

»Früher oder später«, sagte er und spitzte die Lippen, »früher oder später, dachte ich, würde ich eine Kraft wie dich brauchen. Deshalb platzierte ich also Heleen Beek auf deinem Schoß. Sie konnte mich stets mit nützlichen Informationen versorgen.«

Peter nickte bedächtig. Das erklärte eine Menge, auch, wie de Vires heute in sein Haus gelangt war. Heleen musste ihm den Schlüssel gegeben haben.

»Sie konnte mir natürlich bei Weitem nicht alle notwendigen Informationen liefern. Aber die Götter seien gepriesen, denn was ich da an Land gezogen habe, das war ein wahrlich fetter Fisch! Rien und deinen Jugendsünden sei Dank.«

Marc de Vires schien äußerst zufrieden mit sich zu sein, und dazu hatte er auch allen Grund. In all den Jahren in der Branche hatte Peter stets darauf geachtet, dass außer ihm selbst niemand Einfluss nehmen konnte auf die Projekte, die er selbst übernahm – oder auch nicht. Es war das erste Mal, dass er gezwungen war, eine Ausnahme zu machen.

»Du hättest dir die Mühe sparen können. Wenn du mit diesem Auftrag direkt zu mir gekommen wärst, hätte ich dir sofort sagen können, dass wir Aufträgen dieser Art nicht gewachsen sind. Eine multinationale Ölgesellschaft wie Q-Petrol bekommt viel zu viel mediale Aufmerksamkeit, auch die Dauer eines solchen Prozesses übersteigt unsere Kapazitäten und Kompetenzen bei Weitem.«

»Dummes Zeug!«, rief Marc de Vires erbost, und sogleich trat Rahman einen Schritt vor. Peter war überrascht, dass de Vires Rahman einen bösen Blick zuwarf. Was war denn das zwischen ihnen?

»Auch wenn du es nicht wahrhaben willst, Peter, wir sind in gewisser Weise in derselben Branche tätig.« De Vires lächelte, als er Peters Skepsis bemerkte. »Es gibt inzwischen viele dieser, wie sollen wir sie nennen, Unternehmensabwickler? Tatsächlich unterscheiden sich deine und meine Firma nur geringfügig.«

Er entdeckte Peters Handy auf dem Boden und hob es auf. »Oho, Ericsson! Sicher beste Qualität.« Er legte das Gerät vor sich auf den Tisch.

»Wer die Vergangenheit kontrolliert, kontrolliert die Zukunft! Wer die Gegenwart kontrolliert, kontrolliert die Vergangenheit! Jedenfalls behauptete das George Orwell«, sagte de Vires und schüttelte lachend den Kopf. »Aber du und ich, wir wissen es besser, nicht wahr, Peter de Boer? Wer die Gegenwart kontrolliert, kontrolliert alles!«

So fucking what?, dachte Peter. »Warum machst du deine dreckige Arbeit dann nicht selbst?«, antwortete er nur.

»Mein Auftraggeber gestattet keine Fehltritte. Ein Fiasko wird mit dem Tod belohnt.« Er kniff die Augen zusammen und sah zu Rahman hinüber. »Sollte das Fiasko eintreffen, was Gott verhüten möge, ist es besser, du kassierst den Lohn.«

Peter erwiderte den kalten Blick seines Gegenübers. »Wer ist dein Auftraggeber?«

»Das wüsstest du gerne, was?« De Vires lächelte. »Der irakische Nachrichtendienst«, erklärte er dann überraschend direkt. »Dschihaz al-Muchabarat al-Amma. Ja, oder auch der militärische Nachrichtendienst, al-Istichbarat al-Askarija. Bei derartigen Angelegenheiten macht das keinen Unterschied. Einer seiner Mitarbeiter steht direkt hinter dir.«

Peter versuchte, sich nicht beirren zu lassen. »Ihr wollt, dass ich Q-Petrol zerschlage. Warum bittet ihr mich nicht gleich, in den Sudan zu reisen und mit einer Atombombe den Lauf des Nils zu verändern, auf dass Ägypten zugrunde gehe?«

»Keine schlechte Idee.« De Vires hieb sich auf die Schenkel. »Wie auch immer, versuch, die Schwachpunkte von Q-Petrol ausfindig zu machen, so dass wir den Konzern zumindest für eine Weile aushebeln können. Wir verlangen nicht die vollständige Zerschlagung, nur eine ernste vorübergehende Krise, die einige wundern, andere ängstigen wird.«

»Dadurch werden die Ölpreise noch lange nicht in die Höhe schnellen.«

»Sicher nicht. Aber es wird Kuwait für eine Weile schwächen.«

»Und Saddam Hussein will ein schwaches Kuwait?«, hakte Peter nach, aber weder Rahman noch de Vires reagierten auf die Bemerkung. »Unmittelbar bevor er ernsthaft zuschlägt und die Führung im Nahen Osten an sich reißt.«

»Das hast du gesagt, nicht ich.«

»Also ist der ganze Ärger mit den Kurden nur eins von Saddams Scheinmanövern?«

De Vires hob in einer fragenden Geste die Hände.

»Finden noch mehr solcher Missionen statt wie diese, die ihr mir übertragt? Gibt es andere, die außer mir solche Aufgaben übertragen bekommen haben?«

De Vires stand abrupt auf, als würde das Gespräch eine unerwünschte Wendung nehmen, und strich seinen Anzug glatt. »Das ist für den Moment alles. Ich bin sicher, dass du bis Montag etwas vorzuweisen hast. Mehr Zeit können wir dir definitiv nicht geben.«

»Ich glaube nicht, dass du das so einfach verfügen kannst. Wenn ich die Sache erledigen soll, dann auf meine Weise, und das wird länger dauern als drei Tage.«

Mit einem Satz stand de Vires unmittelbar vor Peter. Im selben Moment spürte Peter Rahmans Messer an seinem Rücken. Peter rührte sich nicht.

»Es wird genau so gemacht, wie ich es sage, klar?«, zischte de Vires. »Du weißt so gut wie ich, dass jede Firma eine Schwachstelle hat, und wenn dort angesetzt wird, ist es egal, wie groß die Firma ist und ob sie Microsoft heißt oder Sony oder McDonald's.«

Peter wollte sich auf das konzentrieren, was de Vires sagte. Aber mit einem Messer am Rücken war das nicht ganz leicht.

»Du übernimmst die Sache, Peter. Für mich ist es sehr wichtig, dass du sie erfolgreich erledigst. Und: Es geht hier nicht um Geld, klar?«

De Vires legte sich seinen Mantel über den Arm. »Ich bin sicher, Peter, dass du nicht erleben möchtest, wie schnell man alles verlieren kann. Oder wie andere an deiner Stelle ihr Leben verlieren. Es könnte einfach noch ein paar mehr Todesfälle in deiner nächsten Umgebung geben. Die kleine Dame zum Beispiel wirkt ziemlich gebrechlich, findest du nicht, Rahman? Und dann gibt es ja auch noch deine Freundin, die schöne Heleen.«

Peter lächelte. Seinetwegen konnte de Vires mit Heleen machen, was er wollte.

»Du lächelst? Ob du das auch noch tust, wenn die Polizei Heleens Leiche in deinem Bett findet und dich daneben, vollgepumpt mit Alkohol und Tabletten?«

Solche Drohungen kannte Peter. Das war genau die Art, mit der Psychopathen gern ihre Macht und ihre Skrupellosigkeit unterstrichen. Auf die leichte Schulter nehmen durfte man sie allerdings nicht.

»Deinen Cousin Rien haben wir bereits in der Hand. Ich gehe davon aus, dass dich das nicht weiter aufregt.«

Würde ihn der Tod seines Halbbruders wirklich nicht berühren? Zu seiner eigenen Überraschung war Peter sich auf einmal gar nicht mehr so sicher.

»Wir nehmen Kontakt auf, klar?« Mit einer Kopfbewegung kommandierte de Vires Rahman an seine Seite und wandte sich zum Gehen. An der Tür drehte er sich noch einmal um. »Und noch etwas. Du arbeitest selbstverständlich allein. Wir können nicht riskieren, dass einer deiner Mitarbeiter Lunte riecht. Schließlich bist in erster Linie du es, den wir in der Hand haben. Andere sind möglicherweise weniger diskret.«

Peter schüttelte den Kopf. »Das geht nicht. Ich brauche die Leute aus meiner Research-Abteilung. Das Projekt ist für einen allein zu groß.«

De Vires richtete drohend den Finger auf ihn. »Wage es nicht! M'Consult ist genauestens über alles informiert, was bei Christie vorgeht. Frag mich, was du willst. Frag mich nach Kakaz, nach den Eisengießereien in Südholland oder was auch immer.« Er strich über die vernarbte Partie seines Gesichts. »Du arbeitest allein, so verlangen es meine Auftraggeber, haben wir uns verstanden?«

Und dann waren sie verschwunden.

Peter atmete tief durch. Ganz offensichtlich hatte M'Consult bei Christie einen Maulwurf eingeschleust, und nun glaubte de Vires, er hätte Einblick in Peters Prinzipien und Projekte. Aber da täuschte er sich.

Peter vergegenwärtigte sich eine ganze Reihe von Namen. Er hatte nicht vor, allein zu arbeiten. Aber auf wen konnte er sich noch verlassen?

Er stutzte. Ein trockenes Knarren, gefolgt von einem schwachen Kreischen war zu hören, als würde unten auf der Straße ein Auto scharf bremsen.

Noch einmal ertönte das Geräusch, dieses Mal deutlicher. Es kam aus Maries Wohnung.

In großen Sätzen sprang Peter die Treppe hinauf. Sein Herz raste, als er Maries Zimmer betrat.

Aber vom Bett, wie er vermutet hätte, kam das Wimmern nicht. Er riss die Tür zur Kammer nebenan auf.

Allerlei von Staub bedeckte Reminiszenzen eines Lebens, das in bescheidenen Schritten gelebt worden war, tauchten vor ihm auf. Die ausgeblichenen Gardinen flatterten in den Raum, und hinter ihnen, oben auf der Fensterbank, bewegte sich kantig eine dunkle Silhouette.

Peter ging darauf zu. Jetzt war Marie ganz deutlich zu erkennen. Sie zitterte und wimmerte und atmete schwer. Hierher also hatte Rahman sie gebracht, ans offene Fenster der Kammer! Ihre Füße hingen nach draußen, und zurückklettern konnte sie aus eigener Kraft nicht. Sie war gefangen und krallte sich an der Fensterbank fest, um nicht hinab zu stürzen.

»Bleib ganz still sitzen, Marie!«, flüsterte er. »Ich bin da!«

Erschrocken blickte sie ihn an. Peter bekam ihre dünnen Arme zu fassen und hob sie hoch. Als er sie zwischen Fotoalben und alten Lumpen auf den Fußboden legte, schloss sie erschöpft die Augen.

Der Kampf hatte also begonnen. Die Spielregeln bestimmte von nun an Marc de Vires. Peter strich Marie über die Wange. Sie würde ihre Meinung über Rahman wohl revidieren müssen.

20

Nicky starrte auf den Fernseher, der Ton war aufgedreht. Das große Thema vom Vortag, die Sexskandale im Lager von Bob Dole, war den Nachrichten von asylsuchenden Kurden gewichen, die die amerikanischen Konsulate förmlich überrannten. Eine Nachricht folgte auf die andere. In den Kampfgebieten von Sulaimaniya und Arbil, so wurde vermutet, saßen über zweihundert irakische CIA-Mitarbeiter fest.

Inzwischen war es Samstagmorgen.

Nicky bekam von alldem kaum die Hälfte mit.

Zwei Tage war es her, seit Didi ihr versprochen hatte, Mille zu finden. Mittlerweile gab es in diesem Stadtteil kaum einen Winkel mehr, den sie nicht abgesucht hatte.

Mille war nirgendwo aufgetaucht.

Außerdem hatte Nicky keinen Job mehr und musste immerzu an Peter de Boer denken.

Resigniert schaltete sie den Fernseher aus und nahm sich vor, noch einmal durch das Viertel zu streifen. In der Wohnung zu bleiben, hatte keinen Sinn, die Atmosphäre hier war bedrückend.

Unten an der Haustür stieß sie mit ihrem Bruder zusammen. Er war sehr blass. Die abgewetzte Lederjacke hing schlaff über seinen Schultern.

Ohne eine Sekunde zu zögern, wich Nicky zurück in den Hausflur.

»Immer mit der Ruhe!« Henk hob beschwichtigend eine Hand.

Nicky kannte den Blick in seinen Augen, der zugleich abschätzig und bittend war. Es ging natürlich um Geld, und das passte Nicky im Grunde gut in den Kram. »Nur im Tausch gegen etwas«, sagte sie, ohne abzuwarten, was er überhaupt wollte.

»Ich weiß, wo Mille ist.« Er stand leicht nach vorn gebeugt da und strich sich ungelenk über die Stirn.

Nicky war sofort wie elektrisiert. »Wie viel?«

»Vierhundert!«

Sie griff in die Tasche und knallte ihm einen Schein in die offene Hand. »Du bekommst hundert, mehr nicht. Nun sag schon!«

Verächtlich grinsend griff er nach dem Geldschein. »Du bist so ein Stück Scheiße. Kannst du nicht bald mal abhauen, damit wir anderen nicht länger auf der Straße schlafen müssen? Glaubst du im Ernst, du kannst mich für einen Hunderter kaufen? Rück gefälligst mehr raus!«

»Wo ist sie? Sag schon!«

»Frag doch einfach Didi, wo sich Frank rumtreibt, dann weißt du es.« Er spuckte ihr vor die Füße, drehte sich um und ging davon. Auf der anderen Straßenseite fing ein abgestelltes Fahrrad einen kräftigen Tritt ein, so dass es auf den Bürgersteig kippte. »Dann kann wenigstens keiner behaupten, du hättest es von mir«, rief er ihr über die Schulter noch zu und wankte um die nächste Ecke.

Didis Mutter stand neben seinem leeren Bett und fluchte und schimpfte unablässig vor sich hin. Nicky verstand zwar nicht viel von dem, was die Frau sagte, aber den Sinn ihrer Worte erfasste sie schon.

Didi hatte sich letzte Nacht offenbar nicht blicken lassen.

»Weißt du, wo Frank steckt?«, fragte Nicky den kleinen Jungen, der sichtlich ungewaschen und in schmutzigem Unterhemd in der Tür stand. Seine Haare waren völlig verfilzt. Nicky nahm fünf Gulden aus der Tasche. »Weißt du es vielleicht jetzt?«

Als das Kind näher kam, gab ihm die Frau einen Klaps auf den Hinterkopf und schnappte sich den Schein selbst. »Fünf Gulden!«, rief sie höhnisch aus. Aber immerhin bekam Nicky die Adresse. Und wenn sie richtig lag, handelte es sich dabei um ein echtes Loch.

Nicky ertappte ihre jüngste Schwester auf frischer Tat.

Rund um ihr Bett verstreut lag jede Menge Zeug, darunter unzählige Pillendöschen. Weggetreten und verkrampft lag Mille da, eine Brust hing ihr halb aus dem durchscheinenden Hemd, und mit ihren gespreizten Beinen war sie bereit für den nächsten Kunden.

Nicky schüttelte sie und rief ihren Namen.

Eine ziemlich heruntergekommene Frau hatte ihr die Tür geöffnet und stand nun neben ihr. Sie hatte offensichtlich Angst. »Nicht so laut«, flüsterte sie. »Du weckst Frank!«

Sie deutete hinter sich, wo aus dem Nachbarzimmer das regelmäßige Schnarchen eines Mannes zu hören war.

»Umbringen sollte man ihn«, zischte Nicky, woraufhin die Frau sich Milles leichten Sommermantel schnappte, über die Schultern warf und die Treppe hinunterrannte.

Sie war kaum verschwunden, da tauchte Frank schon in der Tür auf. Seine Rastalocken waren plattgedrückt, seine Ausdünstungen raumfüllend. Der Kerl wirkte schon wieder um etliche Jahre gealtert, seit sie ihn zuletzt gesehen hatte.

»Was zum Teufel machst du hier?«

Nicky deutete auf ihre Schwester. »Sag mir lieber, was sie hier macht! Sie ist minderjährig, du Arschloch, das weißt du doch!« Nicky sammelte Milles Habseligkeiten zusammen und warf sie in ihre Tasche.

Frank begann, sie mit Beleidigungen und Verwünschungen zu überschütten, aber Nicky packte unbeirrt weiter und versuchte dabei erneut, Mille wachzurütteln.

»Wo bleibst du denn, Frank?«, hörte Nicky da eine helle Stimme aus dem Nebenzimmer. Sie zuckte zusammen und schoss im nächsten Moment an Frank vorbei nach nebenan.

In dem abgedunkelten Zimmer stank es nach Schnaps und Schweiß. Die Situation entwickelte sich alles andere als zufriedenstellend. Nicky kniff die Augen zusammen und entdeckte Bea. Die Bettdecke bis zum Hals hochgezogen, saß sie aufrecht im Bett. »Schmeiß sie raus, Frank!«, fauchte sie.

Stattdessen aber packte Frank wutentbrannt Nickys Arm, schleuderte sie aufs Bett und mit dem Kopf gegen die Wand. Ihr wurde schwarz vor Augen.

»Mann, was machst du da! Schmeiß sie raus!«, schrie Bea, aber Frank schien sie nicht zu hören. Völlig außer sich zerrte er an Nickys Klamotten. Seine Hände waren überall, an ihren Schenkeln, in ihrem Schritt, in ihrer Bluse. Nicky versuchte, sich zu wehren, doch plötzlich umklammerte Frank ihre Kehle. Seine Hände waren riesig und seine Kraft total unkontrolliert. Und so sehr sie auch um sich trat und versuchte, seine Hände von ihrem Hals zu zerren: Sie hatte keine Chance. Bea schrie, er solle sie loslassen, aber beim Blick in sein wutverzerrtes Gesicht war Nicky klar, wer hier unterlegen sein würde.

Nicky spürte noch, wie ihre Beine immer heftiger zitterten, und als sie schon kurz davor war aufzugeben, erlebte sie etwas Sonderbares. Sie wusste, dass ihr Leben jeden Moment vorbei sein konnte, und urplötzlich wurde sie völlig ruhig. Sie sah einen Schmetterling über sich hinweg flattern, sie sah Peter de Boer, der ihr zulächelte und winkte. Die Bilder kamen und gingen. Ein Licht wurde immer greller und kam immer näher, und der Raum um sie herum verschwand.

In der Sekunde, als sie loslassen wollte, war ein dumpfer

Knall zu hören. Sie riss die Augen weit auf. Franks Griff löste sich, und er sackte lautlos über ihr zusammen. In ihrer Lunge brannte der Sauerstoff wie Säure. Ihre Schläfen pochten, ihr Kopf drohte zu zerspringen. Bea schrie noch immer wie am Spieß, Nicky hustete und rang nach Luft.

»Alles in Ordnung, Nicky, bist du okay?«, drang es aus weiter Ferne an ihr Ohr. Hände streichelten ihr Gesicht und stützten ihren Nacken.

Verwirrt bemühte sie sich zu erfassen, was in ihrem Blickfeld war. Doch sie sah nichts als große weiße Zähne, die Cancan tanzten. Sie sah Augen, die zu keinem Gesicht gehörten, und Hände, die in der Luft zu hängen schienen.

Dann klatschten die Hände ein, zwei Mal auf ihre Wangen, und sofort trat sie wieder um sich.

»He, verdammt!«, rief die Stimme. »Du bist ja offenbar noch sehr lebendig!«

Didis Gesicht erschien jetzt direkt über ihr und strahlte vor Erleichterung. »Es ist vorbei, Nicky!«, flüsterte er dann sanft und beugte sich vor, um Franks Körper von Nicky herunter auf den Fußboden zu wälzen. »Die Flasche hier …«, sagte er und deutete auf die Glasscherben auf der Bettdecke, »… die Flasche war eine zu viel für das Arschloch. Ich hoffe nur, dass ich ihm nicht den Schädel zertrümmert habe.«

Bea saß splitternackt auf dem Bett und zitterte am ganzen Leib. Nicky konnte noch immer nicht richtig durchatmen. Sie sah ihrer Schwester in die Augen. »Wie konntest du nur, Bea? Du musst doch auf Mille aufpassen! Das bist du Mutter schuldig!«

Bea zog sich die Bettdecke bis über die Brust.

Nicky sah hinüber zu Didi. In ihrem Kopf ging alles durcheinander. »Wieso bist du eigentlich hier?«

»Mein Bruder hat erzählt, dass du bei uns warst. Ich bin fünf Minuten später nach Hause gekommen.« Er presste die

Lippen zusammen. »Ich wusste nicht sicher, ob Mille hier ist, das musst du mir glauben. Ich war zweimal hier, aber da habe ich nur diese Kuh gesehen.« Er packte Beas Kinn. »Was da gerade passiert ist, hast du nicht gesehen, ist das klar? Du bist ohnmächtig geworden und hast nichts gesehen, okay?«

Bea nickte, aber Nicky wusste, dass auf Beas Versprechen kein Verlass war.

Didi weigerte sich, Mille mitzunehmen. Es würde zu sehr auffallen, meinte er. Frank habe überall Verbündete. Keine Freunde zwar, aber Verbündete.

Nicky nickte. Didi musste sich in Acht nehmen, vielleicht waren seine Tage in ihrer Straße jetzt ohnehin gezählt.

»Okay. Aber ohne Mille gehe ich nirgendwohin, klar?«, erklärte sie trotzdem. »Du brauchst uns nicht zu begleiten, aber ob das noch einen Unterschied macht, weiß ich nicht. Bea kann eh nicht lange die Klappe halten, wenn Frank sie erst mal unter Druck setzt.«

Didi lächelte. »Da irrst du dich«, sagte er so überzeugt, wie sie es an ihm gar nicht kannte. Seltsam, dachte sie. Aber dann schüttelte sie den Kopf, sie konnte sich darüber jetzt keine Gedanken machen.

Warum Didi sie schließlich doch begleitete, war Nicky schleierhaft. Aber er trug Mille durch die Straßen nach Hause.

Als er sich von Nicky verabschiedete, versprach sie ihm, sich für seine Hilfe zu revanchieren.

Kaum hatte sie Mille auf dem Sofa abgesetzt, fing Nicky an herumzutelefonieren. Der Pfarrer des Viertels konnte ihr eine Familie in Mijdrecht empfehlen. »Die Leute betreiben ökologische Landwirtschaft, die allerdings nicht genug abwirft, und so beschäftigen sie sich zusätzlich noch mit alternativen Behandlungsmethoden«, hatte er noch gesagt und ihr dann die Telefonnummer gegeben.

Nicky hatte Glück und erreichte die Frau sofort. Ja, sie sei bei ihnen an der richtigen Stelle, sie nähmen sich minderjähriger Drogenabhängiger an. Wenn die Behörden ihre Einwilligung gaben, wollte sie sich um Mille kümmern. Voraussetzung sei allerdings, dass das Mädchen selbst überhaupt einigermaßen motiviert sei.

Eine Stunde später bog das Taxi nach einer Brücke ab, und hinter einer Hecke tauchte der Bauernhof auf. Er lag inmitten von Feldern und Kanälen – ein Idyll und für Nicky ein tröstendes Bild der Hoffnung.

Das Ehepaar und ihre erwachsene Tochter nahmen Mille liebevoll auf, betteten sie auf das Sofa in ihrem schönen hellen Wohnraum. Die Frau fühlte Milles Puls und hob behutsam ihre Augenlider, um die Pupillen zu prüfen. Dann lächelte sie Nicky zu und versprach, gleich anzurufen, falls es etwas zu berichten gäbe.

»Bitte sagen Sie ihr, dass sie jederzeit nach Hause kommen kann, wenn sie das will.« Sie überließ der Familie den Schlüssel für ihre Wohnung und bat sie, Mille diesen zu geben, sobald sie zu sich gekommen war. Am Ende verließ sie das Haus erleichtert und in der großen Hoffnung, dass ihrer kleinen Schwester hier ein Neustart gelingen könnte.

Als Nicky in die leere Wohnung zurückkehrte, fühlte sie sich wie in einem Gefängnis.

Nachdem sie eine Zeit lang durch die Räume getigert war, nahm sie den Batikstoff aus der Schublade und betrachtete das gezackte Muster. Was sollte sie jetzt tun? »Mutter!«, sagte sie laut. »Ich habe keine Ahnung, wie es mit mir weitergehen soll.«

Dann saß sie lange schweigend auf einem der alten Küchenstühle. Der flatternde Schatten eines vorüberfliegenden Vogels schien die Fensterscheibe zu berühren. »Mutter«, hob sie erneut an, »warum hast du gesagt, dass Mille auf sich selbst aufpassen kann, du wusstest es doch besser?«

Mille hat ihren Platz im Leben gefunden, das ist längst schon prophezeit, hatte ihre Mutter gesagt. Hatte sie ihre Tochter wirklich aufgegeben? Aber sie, Nicky, würde Milles Schicksal nicht akzeptieren. Hatte ihre Mutter wirklich alles getan, was in ihrer Macht stand, um Mille zu helfen? Sie spürte förmlich, wie die Frage im Raum hing – im selben Raum, in dem der Fluch des Dukun schwebte.

Der verfluchte Dukun.

Nach einer Weile stand sie unvermittelt auf, eilte aus dem Haus und rannte den Weg bis zum Hauptbahnhof. Dort folgte sie einzig ihrem Instinkt und stieg in den nächstbesten Zug ein, dessen Türen gerade offen standen. Sie hatte nicht einmal das Gefühl, außer Atem zu sein, sie registrierte lediglich, dass sie sich auf den Weg gemacht hatte. Ohne sich besonders zu versichern, dass es der richtige Bahnhof war, stieg sie irgendwann aus, passierte die Bushaltestelle, folgte der Hauptstraße und blieb erst stehen, als die Grote Kerk hinter ihr lag und Peter de Boers Haustür in ihr Blickfeld drang, genau so, wie sie sie im Fernsehen gesehen hatte.

Weiter reichte ihr Instinkt jedoch nicht. Als sie mit hängenden Armen vor dem Gebäude stand, zeigten ein paar Kinder auf sie.

Nickys Blick folgte den Konturen der Haustür, der Messingklinke, sie streckte die Hand aus und berührte sie.

In dem Augenblick packte jemand ihre Schulter, so dass sie fürchterlich erschrak.

»Was machst du da?«, erkundigte sich ein großgewachsener Mann. Und auch wenn er offenkundig bereute, dass er sie so überrumpelt hatte, musterte er sie skeptisch, als ob sie ihn jederzeit angreifen könne. »Entschuldigung«, fuhr er fort.

»Aber man muss vorsichtig sein. Es ist noch nicht lange her, da habe ich Peter de Boer vor einem Verrückten gerettet, der ihn überfallen wollte.«

Nicky ließ die Klinke los und rannte. Sie rannte mit großen Schritten immer weiter, bis alle Zeit sich aufzulösen schien. Und irgendwann blieb sie stehen und lehnte sich, in der Hoffnung, das kalte Metall könnte ihre Gedanken in die richtigen Bahnen lenken, mit der Stirn gegen einen Laternenpfahl. Nach ein paar hilflosen Schluchzern kamen endlich die Tränen, und zum ersten Mal seit dem Tod ihrer Mutter weinte sie. Vorübereilende Passanten sahen sie mitleidig an, aber niemand blieb stehen. Was hätte das auch genützt, sie musste mit ihrer Trauer doch allein fertigwerden.

Sehr viel später, als Nicky an der schief in den Angeln hängenden Wohnungstür von Didis Familie vorbeitrottete, stand dort der kleine Bruder. Wie immer machte er einen vernachlässigten, jämmerlichen Eindruck. Ohne zu zögern, steckte sie ihm einen Geldschein zu, woraufhin der Junge jubelnd in die Wohnung lief.

Als sie die eigene Wohnungstür aufschloss, lag auf dem Kokosläufer im Flur ein Brief. Nicky stutzte. Der Umschlag zeigte das Logo von Christie.

Alarmiert öffnete sie ihn, und ihre Hände zitterten, als sie Peter de Boers Schrift erkannte. Sie zog den Scheck aus dem Umschlag, und für einen Moment schien die Welt stillzustehen.

Sie starrte auf die Summe, die da geschrieben stand. Sie strengte sich an, die Bedeutung der vielen Nullen zu erfassen, sie drehte und wendete das Stück Papier, als ob das helfen würde, zu begreifen.

Jetzt erst las sie, was Peter de Boer ihr geschrieben hatte:

Liebe Nicky Landsaat,
Made Kabibarta hat nachgegeben. Dass du die Asche deiner Mutter in den Fluss gestreut hast, hat ihn gerührt. Damit ging letztlich alles seinen Gang.
Das hier ist dein Anteil.

Mit den freundlichsten Grüßen
Peter de Boer

Sie nahm erneut den Scheck in die Hand. Kopfschüttelnd las sie noch einmal den Betrag. Siebenhundertfünfzigtausend Gulden!

Erschöpft ließ Nicky sich auf das Sofa fallen. Der Gedanke, was diese enorme Summe für ihre Familie hätte bedeuten können, stimmte sie traurig.

Verstört sah sie sich um, betrachtete die Teppiche, für die ihre Mutter gespart hatte, indem sie Wasser unter die Milch gemischt hatte. Sie betrachtete die Gardinen, die die Mutter mit Garnresten genäht hatte, die abgenutzten Küchenutensilien, die wild zusammengewürfelten Stühle. In allem sah sie Beweise für die jahrelangen Entsagungen einer Frau, deren Träume am Ende unerfüllt geblieben waren.

In Nicky wollte einfach keine Freude aufsteigen. Es gab nichts, was sie anstrebte, und sie hatte niemanden, mit dem sie ihre Freude hätte teilen können. Sie war im Gegenteil traurig, weil ihre Hoffnung und Sehnsucht nach Peter de Boer schwand und mit dem Schatten des Schmetterlings verschmolz. Weil sie das Gefühl hatte, bestochen worden zu sein, um dem Mann ihres Lebens fortan fernzubleiben.

Derart in Gedanken versunken hörte sie das Läuten des Telefons erst nach einer ganzen Weile. Langsam erhob sie sich und nahm den Anruf entgegen.

Im Hintergrund waren Stimmen und Musik zu hören. Schlagzeug, Gelächter, laute Rufe.

»Hallo? Hallo, kannst du mich hören?« Die Stimme des Mannes klang verzerrt. »Warte einen Moment. Okay, jetzt bin ich auf der Straße. Verstehst du mich nun besser?« Irgendwie klang er anders als sonst – fast ein wenig wie unter Druck.

Nicky schnappte nach Luft.

Es war Peter, Peter de Boer.

Angesichts des Aufruhrs, in den sein Anruf sie versetzte, musste sie sich enorm konzentrieren. Sie brauchte eine Weile, bis sie begriff, was Peter de Boer da sagte: Er bot ihr die Möglichkeit an, in die Firma zurückzukehren, allerdings sollte sie ihm bei einer Spezialaufgabe helfen. Und sie wäre in der Wahl ihrer Methoden völlig frei, erklärte er.

»Offen gestanden bin ich von deiner Einwilligung abhängig«, sagte er schließlich. »Ich kann mir nicht vorstellen, dass irgend jemand anderes es besser machen könnte als du.«

Ohne ihre Reaktion abzuwarten, erläuterte er die Aufgabe, und die war schlichtweg absurd. Eine internationale Ölgesellschaft sollte unter Druck gesetzt werden. Nicky lachte auf, doch als Peter de Boer ebenfalls zu lachen begann, schwieg sie abrupt. Sie schwieg, weil sie sein Lachen hören wollte. Sie hatte ihn noch nie lachen gehört. Es fühlte sich an wie kleine Windböen an einem lauen Sommertag, wie Sonne auf der Haut. Und doch: Das war kein heiteres Lachen.

»Du darfst mich ausschließlich auf der Handynummer anrufen, die ich dir jetzt gebe. Nimm nie auf andere Weise zu mir Kontakt auf und versuch nie, Marc de Vires direkt zu kontaktieren. Falls du gezwungen sein solltest, dich ihm oder M'Consult zu nähern, sei bitte vorsichtig, versprich mir das. Diese Menschen sind skrupellos. Und wenn du einem hageren Kerl mit Oberlippenbart, krausen Haaren und schlechter Kleidung begegnest, dann nimm dich bitte in Acht. Das ist Rahman, Marc de Vires' Scherge. Dem darfst du nicht über den Weg laufen.«

Es wurde ein langes Telefonat, er wollte absolut sichergehen, dass sie alles richtig verstanden hatte. Und auch sie selbst wollte sich absichern: Je mehr Details sie wusste, umso besser wäre sie gewappnet. Schließlich schlug sie ein. Sie würde die zuverlässigste Agentin überhaupt sein. Das war tatsächlich das Wort, das sie benutzte, Agentin!

»Du hast nichts von alledem aufgeschrieben, oder? Du musst dir alles merken. Telefonnummern, Adressen, alles.«

»Das habe ich verstanden.«

»Gut. Ich lasse dir per Kurier die nötige Hardware und eine Kontovollmacht schicken. Dann reden wir weiter.«

21

Peter de Boer hielt Wort.

Am Samstag nach Geschäftsschluss, zu einer Zeit, in der sich die Prostituierten in ihren kleinen Schaufenstern schon auf den abendlichen Ansturm vorbereiteten, fuhr ein großer Transporter rückwärts in Nickys Straße hinein. Als er wieder davonfuhr, hatte er auf dem Treppenabsatz vor ihrer Wohnungstür einige gut geschnürte Pakete mit äußerst begehrtem und kostspieligem Inhalt zurückgelassen. Wäre Nicky nicht zufälligerweise gerade zu Hause gewesen, hätte die Ladung gewiss die Aufmerksamkeit ihrer Hausmitbewohner auf sich gezogen.

Nicky studierte den Bestellschein, der zu ihrem Erstaunen nicht auf die Firma, sondern auf Peter de Boers Privatnamen ausgestellt war. Sie beeilte sich, den Computer samt allem Zubehör in Henks Zimmer zu schleppen. Dort stand die Ausrüstung nun versteckt inmitten einer Unmenge von leeren Kartons, die längst verhökertes Diebesgut enthalten hatten. Sie hatte nicht um die Ausrüstung gebeten, und was sie brauchte, besaß sie bereits.

Am Sonntagmorgen weckten sie die Kirchenglocken, die zur Hochmesse riefen. Wie lange lag das zurück, dass ihr das Geläut zuletzt aufgefallen war!

Sie kochte sich gerade einen Kaffee, als die Familie aus Mijdrecht anrief. Mille sei aufgewacht und fühle sich den Umständen entsprechend. Gerade frühstücke sie mit gutem

Appetit. Nicky bat noch einmal, ihr auszurichten, dass sie jederzeit nach Hause kommen könne.

Und wenn dem so wäre, dachte Nicky, musste man sie von Frank und den Fallstricken des Walletjes-Viertels fernhalten. Die Prophezeiung des Dukun sollte damit Lügen gestraft werden.

Nachdem sie selbst gefrühstückt hatte, spürte sie, dass sie etwas unternehmen musste. Immer noch fühlte sie sich völlig leer. Sie hatte überhaupt keine Ahnung, wo und wie sie ansetzen sollte. Ihre Aufgabe lautete, möglichst viele Informationen über M'Consult zu sammeln. Aber wo sollte sie anfangen? Vielleicht sollte sie sich einfach an den Computer setzen und sich die Zeit ein wenig im Internet vertreiben. Vielleicht tat sich dort ein Schlupfloch in Marc de Vires' Reich auf.

Ein wenig Glück hatte sie tatsächlich. Sie fand heraus, dass die Anschrift von M'Consult identisch war mit der zweier weiterer Beraterfirmen, die beide ebenfalls mit M anfingen, nämlich Mesopotamia Consult und Mediterranean Consult. Da lag die Hoffnung und Vermutung nahe, dass sie auf diesem Umweg an weitere Informationen herankam. Ihre Hoffnung sollte allerdings nicht erfüllt werden: Weder M'Consult noch Mesopotamia oder Mediterranean Consult hatten eigene Webauftritte.

Schließlich riss sie sich zusammen, schaltete den Rechner aus, schüttelte ihre Höhlenstimmung ab und wanderte gedankenversunken durch das sonntägliche Gewimmel der Oude Doelenstraat und Damstraat bis zum Dam. Die Hände in den Hosentaschen vergraben saß sie eine halbe Stunde auf den Stufen vor dem Nationalmonument zwischen Alt-Hippies und Rucksacktouristen und scannte die Fassade des Gebäudes, in dem M'Consult residierte.

»Und was genau suchen Sie hier?«, fragte der Pförtner in seinem gläsernen Kabuff, als sie gerade in den Torbogen hineinschlendern wollte. Nicky wusste sofort, dass sie, so wie sie jetzt gekleidet war, keine Chance hatte, an ihm vorbeizukommen. Gleich morgen würde sie sich eine Designerjacke und ein Paar elegante Schuhe anschaffen.

»Ach nichts«, sagte sie, schenkte ihm ein breites Lächeln und ging weiter.

Schräg gegenüber erhob sich stolz das Hotel Krasnapolsky. Von den exklusiven Zimmern zum Platz hin hatte man sicher eine ausgezeichnete Sicht auf M'Consults pompöse Fensterpartie.

Nicky ging am Hotel vorbei und schlenderte kreuz und quer durch die Fußgängerstraßen zum Leidseplein. Hierhin zog es sie oft, der Ort bot ihr Ruhe zum Nachdenken. Manchmal traf man Didi hier in einer kleinen Gruppe. Der sonntägliche Frieden ergriff selbst die Bewohner dieses Viertels von Amsterdam.

Unentwegt kehrte sie in Gedanken zu ihrer Aufgabe zurück. Wer war dieser Marc de Vires, und woher kam er? Peter wusste nur, dass er für die Iraker arbeitete, aber nichts über seine Beweggründe. Vorsichtig hatte sie erwogen, das Motiv könne schlichtweg Geld sein, dann wäre ja ziemlich klar, wie man das Problem lösen könnte. Aber Peter hatte Zweifel gehabt. Geld allein konnte es nicht sein, das hatte de Vires selbst gesagt. Mach dich auf die Suche nach den Schwachpunkten von M'Consult und de Vires.

Am Leidseplein war so gut wie keine Menschenseele zu sehen. Die Straßenbahnen hielten völlig umsonst.

Nicky setzte sich auf die nächstbeste Bank. Sie versuchte, systematisch vorzugehen, so wie man es ihr beigebracht hatte. Der Unterricht bei Christie hatte ihr binnen kürzester Zeit zu entscheidenden Schlüsselqualifikationen verholfen: Recherche, Analyse, Strategie. Alles Dinge, die in ihrem alten Leben keinerlei Rolle gespielt hatten.

»Ist M'Consult eine Aktiengesellschaft?«, murmelte sie vor sich hin. »Ja«, gab sie sich selbst die Antwort und nickte dazu.

»Gibt es einflussreiche Aktionärsgruppen?« Sie schüttelte den Kopf. »Peter sagt, nein.«

»Finden sich im Internet ungewöhnliche Informationen über die Aktiengesellschaft?« Wieder schüttelte sie den Kopf. »Nein.« Im Internet hatte sie überhaupt nichts über Marc de Vires oder M'Consult gefunden. Die Firma war aktiv im Bereich Handel, und zwar hauptsächlich mit Ölprodukten. Das war alles, was sie bisher wusste. Peter zufolge wurden sowohl im vergangenen als auch im laufenden Geschäftsjahr Gewinne erwirtschaftet.

Nicky ging noch einmal in sich. Was sie über Marc de Vires' Gesellschaften wusste, war minimal. Vielleicht sollte sie über die Homepage des ›Telegraaf‹ und anderer relevanter Medien noch einmal checken, ob sich möglicherweise weitere Firmennamen mit dem kryptischen M in M'Consult verbinden ließen.

Am Rembrandtsplein herrschte gute Stimmung. Die blasse Sonne hatte die Menschen auf den Rasen vor dem Denkmal gelockt. Nicky lehnte sich an den grün gestrichenen eisernen Zaun hinter dem Denkmal, legte den Kopf in den Nacken und schloss die Augen. Nun wird es wieder Monate dauern, bis die Sonne so kräftig scheint, dass sie die Haut richtig wärmt, dachte sie.

Sie stand eine ganze Weile so da, als sich mit einem Mal ein völlig unerklärliches Gefühl in ihr breitmachte. »Ich kann dich spüren, Mutter«, sagte sie klar und deutlich und schlug sogleich erschrocken die Augen auf. Sie sah sich um. Niemand hatte sie beachtet. Sie ließ ihren Blick über den Platz schweifen und beobachtete das Spiel des Sonnenlichts.

Ihr war, als befände sich zwischen all diesen Gesichtern ein Schutzengel, der ausschließlich Augen für sie hatte. Bei diesem Gedanken senkte sie entspannt die Schultern. Sie schloss die Augen halb und spürte den Blick des Schutzengels erneut, aber dieses Mal schwang ein anderes Gefühl mit.

Alles würde gut werden. Sie würde Peter de Boer bei der Lösung seiner Probleme helfen, und er würde sie von hier wegbringen, ins Land der ältesten Töchter.

Einen Augenblick lang genoss sie ganz das frühherbstliche Wetter. Aber das Glück währte höchstens fünf Sekunden, als jemand ihren Arm packte. »Also hier bist du, du Miststück!« Diese Stimme kannte sie nur zu gut. Sie vermied es, ihn anzusehen, diesen lausigen Drecksack, den sie mehr als alles verachtete.

Ihr Vater schüttelte sie, und als er einen Schritt zur Seite tun wollte, wankte er. Sie drehte den Kopf weg, der Gestank nach altem Schweiß und Schnaps ekelte sie an.

»Du miese Ratte!«, brüllte er.

Niemand nahm Notiz von ihnen. Die Menschen sonnten sich und interessierten sich nicht für die Probleme anderer.

»Lass mich los!« Wütend blitzte sie ihn an. Doch er packte ihren Arm nur umso fester und schob sein Gesicht dicht vor ihres.

»Wir werden kommen, Henk, Bea und ich, und dann schmeißen wir dich raus, darauf kannst du Gift nehmen!« Dann spuckte er ihr vor die Füße und sah sie mit hasserfülltem Blick an. Sie wandte sich angewidert ab, in ihrem Gesicht stand nichts als Verachtung für diesen Mann, der seine ganze Familie auf dem Gewissen hatte.

»Geh einfach!« Sie musste sich beherrschen, ihm nicht ins Gesicht zu schreien. Doch als er auf sie losging, rissen sich mehrere Männer aus ihrer Lethargie, kamen auf sie zu und drückten Nickys Vater binnen weniger Sekunden zu Boden.

Nicky nutzte den allgemeinen Tumult, um sich aus dem Staub zu machen. Voller Scham und außer sich vor Wut lief sie in Richtung des alten Münzturms. Nein, dieses Leben war nicht mehr ihres. Das alles musste ein Ende haben.

Zweihundert Meter weiter hatte sie sich einigermaßen beruhigt, blieb stehen und fuhr sich durchs Gesicht. Die Gedanken rasten durch ihren Kopf. Falls dieser Dreckskerl zusammen mit Henk und Bea es wagen sollte, auch nur ein einziges Mal bei ihr aufzukreuzen, würde sie die drei mit einer weiteren Wahrheit konfrontieren, über die sie bisher immer geschwiegen hatte. Doch auch damit war jetzt Schluss. Was ihr Vater den Geschwistern angetan hatte, ließ sich nie wiedergutmachen. Warum sollte sie ihn noch schonen?

Sie ging langsam an den Kähnen auf der Singel entlang, dem schwimmenden Blumenmarkt. Unvermittelt entdeckte sie aus dem Augenwinkel heraus ein bekanntes Gesicht. Es war der blasse Matthijs Bergfeld, Thomas Kleins Assistent, der in Richtung Dam eilte.

Sie folgte ihm mit einigen Metern Abstand, und auch das nur, weil es so einfach war.

Als Bergfeld den Dam überquerte und in das Gebäude von M'Consult trat, blieb sie wie vom Donner gerührt stehen.

Aus sicherer Entfernung beobachtete sie, wie im zweiten Stock das Licht anging. Hinter einem der Fenster erkannte sie einen wild gestikulierenden Mann. Schließlich sah sie, wie das Licht wieder ausging.

Bergfeld wirkte ernst, als er kurze Zeit später das Gebäude verließ und davoneilte. Intuitiv folgte Nicky ihm nicht, sondern wartete ab.

Fünf Minuten nach Bergfeld trat der Pförtner vor das Haus

und pfiff ein paarmal, bis schließlich einer der Taxifahrer ganz in der Nähe reagierte. Ein Mann, der mittlerweile aus dem Tor getreten war, stieg ein.

Nicky musste unbedingt wissen, wer dieser Mann war. Gegenüber, an der Einmündung des Nieuwezijds Voorburgwal, setzte ein weiteres Taxi gerade einen Fahrgast ab, und Nicky rannte kurzentschlossen quer über die Fahrbahn.

Der Chauffeur ließ sich auf die Verfolgung ein. Aber als sie nach einer Fahrt quer durch die Stadt schließlich auf die N5 fuhren, meinte er mit einem Blick in den Rückspiegel: »Ich hoffe, Sie können sich das hier leisten.«

»Keine Sorge! Ich behalte den Taxameter im Auge und sage Bescheid, wenn es eng wird.« Sie musste dringend an ihrem Äußeren arbeiten, wenn sie die alte Welt hinter sich lassen wollte.

Als sie Haarlem erreichten, wurde sie unruhig. Wenn es noch sehr viel länger in diese Richtung weiterging, würden sie irgendwann im Zentrum landen, dort, wo Peter de Boer wohnte.

Zunächst fuhr der Wagen vor ihnen tatsächlich an jeder Ampel geradeaus in Richtung Stadtmitte weiter, schlug dann aber einen Weg auf die Umgehungsstraße zum südlichen Stadtrand ein und hielt schließlich vor einem Eckgrundstück mit einem Haus aus rotem Backstein. Nicky bedeutete ihrem Taxifahrer, in angemessenem Abstand zu halten.

Das Haus mit den zarten Birken im Vorgarten strahlte Wohlstand aus. Im Erdgeschoss dominierte ein bleigefasstes Panoramafenster im typischen Stil des siebzehnten Jahrhunderts.

Der Mann spurtete auf das Haus zu, ließ das Taxi mit laufendem Motor warten.

Nicky hingegen bezahlte ihren Taxifahrer, bat ihn aber vorsichtshalber, noch nicht gleich wegzufahren.

Dann schlenderte sie in aller Ruhe auf das Grundstück zu. Als sie ankam, trat der Mann gerade aus der Tür.

»Ich will nicht hierbleiben, ich will mit!«, rief eine Kinderstimme.

Ein kleiner Junge stand jetzt auf der Stufe vor der Haustür, hinter ihm eine junge Frau, deren Hände auf den Schultern des Kindes ruhten. Die Mutter ist das nicht, dachte Nicky, die hier ist höchstens achtzehn Jahre alt. Seiner Haarfarbe und dem runden Gesicht nach zu urteilen, konnte der Junge dagegen durchaus der Sohn des Mannes sein.

Plötzlich riss sich das Kind los und stürzte auf den Mann zu. Streng fuhr der den Kleinen an: »Geh zurück, Dennis! Denk an das, was ich dir erzählt habe! Ingrid, du lässt niemanden ins Haus, hast du mich verstanden!« Mit diesen Worten drehte der Mann sich um und stand nun direkt vor Nicky.

Sein Blick schien sie zu durchbohren, und sie versuchte, ihre Beklemmung hinter einem Lächeln zu verstecken. Dreißig Sekunden später war der Mann mit seinem Taxi davongebraust.

Nicky warf einen Blick in ihr Portemonnaie und gab dem Taxifahrer dann ein Zeichen, er könne nun fahren.

»Verdammt, warum habe ich nur so wenig Geld bei mir?«, murmelte sie, als das Taxi an ihr vorbeifuhr. Sie schwor sich, dass sie von jetzt an dafür sorgen würde, immer genug Bargeld bei sich zu haben. Gleich morgen würde sie ein Konto eröffnen und den Scheck einzahlen.

Aus dem Haus war erneut die Kinderstimme zu vernehmen, sie klang nun ganz fröhlich. Der Junge hatte sich offenbar schon mit dem unfreiwilligen Hausarrest abgefunden.

Vorsichtig trat Nicky näher. Auf dem Messingschild stand Merksem Consult, sonst nichts.

22

Am Montagmorgen, noch vor Sonnenaufgang, packte Peter seine Sachen zusammen. Den Pass steckte er in die Innentasche seines Jacketts.

In den Nachrichten war am Wochenende unablässig über den Irak berichtet worden. Von ein paar naiven Fantasten vielleicht abgesehen, gab niemand etwas auf Saddams Versprechungen, er werde nicht auf die Flugzeuge der Alliierten schießen.

Peter hatte andere Sorgen. Ein Mann mit seltsam vernarbtem Gesicht bedrohte seine Existenz. Sein Cousin Rien hatte ein unverhältnismäßig großes Interesse an seinen Geheimnissen aus der Vergangenheit gezeigt. Und um das Maß vollzumachen, waren einige seiner vertrautesten Mitarbeiter im Begriff, ihm den Dolchstoß zu versetzen.

Peter zog den Krawattenknoten fest. Gerade berichtete der Nachrichtensprecher von einer CIA-Operation, deren Ziel es gewesen war, Saddam Hussein zu eliminieren, aber wieder einmal war die Aktion – zum Verdruss der amerikanischen Steuerzahler Hunderte Millionen Dollar teuer – unterm Strich umsonst gewesen. Der stellvertretende russische Botschafter in Bagdad kommentierte hingegen den Misserfolg mit dem Hinweis, jedes Land habe das Recht, feindliche Flugzeuge über dem eigenen Luftraum abzuschießen.

Im Stillen gab Peter ihm Recht.

Jedenfalls hatte er in seinem eigenen Arbeitsumfeld genau das vor.

Im Zug nach Amsterdam unterhielten sich zwei ältere Herren einträchtig über die aktuelle Nahostpolitik. Sie waren fest davon überzeugt, dass es bei dem Konflikt der Kurden im nördlichen Irak um Stammesunterschiede gehe. Immerhin habe der ›Telegraaf‹ einen Kurden zitiert, der sich den Aufständischen allein des Geldes wegen angeschlossen habe.

Gesindel, genau das Wort benutzte einer der Männer.

Peter musste sich sehr beherrschen. Der Irak war längst keine versandete Zivilisation mehr, kein Märchenreich in der Wüste.

Niemand durfte sich erlauben, das Land derart zu verunglimpfen.

Peter hatte seinen Platz am Kopfende des Tischs bereits eingenommen, als die Mitglieder der Führungsriege bei Christie nach und nach in den Konferenzraum strömten. Einige wirkten auffallend angespannt.

Das wird das letzte Meeting in dieser Konstellation sein, versprach Peter sich selbst.

Hans Blok, Chef der Finanzabteilung, ließ sich am Fenster nieder, vor sich auf den Tisch legte er einen dicken Stapel Berichte. Am anderen Ende des Tisches vermittelte Karin van Dam emsig den Eindruck, ganz auf ihren Report konzentriert zu sein. Nur Thomas Klein wirkte einigermaßen gelassen, wenn auch etwas müde, als hätte ihm Matthijs Bergfeld wieder einmal seinen ohnehin knapp bemessenen Schlaf geraubt. Ein Lächeln andeutend setzte er sich, faltete entspannt die Hände über dem Bauch und nickte Peter zu – alles genau wie immer.

Eine Minute später erschien Herman van der Hout und nach ihm Magda Bakker. Ihr Eintreffen war für Linda Jacobs das Signal, mit dem Einschenken des Kaffees zu beginnen – ökologischer Kaffee aus fairem Handel.

»Linda, wir brauchen dich heute nicht fürs Protokoll. Und Kaffee nehmen wir uns selbst, danke.« Peter hielt einen Moment inne. »Wir haben einen Judas unter uns!«, eröffnete er die Sitzung.

Alle Anwesenden waren viel zu sehr Profi, als dass sie sich von einer solch provokanten Bemerkung aus der Fassung hätten bringen lassen. »Ich habe mit Gert Schelhaas gesprochen, ihr kennt ihn sicher alle. Er hat vergangene Woche ein Angebot von Christie akzeptiert. Weiß jemand von euch etwas darüber?«

Natürlich reagierte niemand. »Nein? Nun, ich auch nicht. Also gibt es hier im Unternehmen jemanden, der auf eigene Faust arbeitet. In der Vermutung bestärkt mich im Übrigen auch einiges andere.«

Keiner rührte sich. Kein Stuhl knarrte, kein Papier raschelte. Alle blickten Peter fest in die Augen.

»Übermorgen erwarte ich die Kündigung des oder der Verantwortlichen auf meinem Schreibtisch.«

Einzig Thomas Kleins Daumen rotierten meditativ. »Was du da sagst, klingt natürlich beunruhigend, Peter, und ich will auch gar nicht den Versuch unternehmen, dir zu widersprechen. Aber wie kommst du darauf, dass es gerade einer von uns ist? Jeder von uns hat mindestens fünf oder sechs Mitarbeiter unter sich. Alle könnten im Grunde …«

Peter ignorierte Kleins gerunzelte Stirn. »Ihr prüft euch selbst und eure Abteilungen. Eine Kündigung, zwei Kündigungen oder drei – das ist mir am Ende völlig egal. Aber am Mittwoch um fünfzehn Uhr ist die Sache geklärt.« Nachdrücklich stieß er mit der Spitze seines Zeigefingers auf den Tisch, sah dann auf seine Armbanduhr und erhob sich.

»Das war's für heute zu diesem Thema. In einer Stunde fliege ich nach Kopenhagen. Vermutlich möchte mich keiner von euch zum Sinn und Zweck dieser Reise befragen.« Während er in seinen Mantel schlüpfte, wanderte sein Blick von einem zum anderen. Niemand reagierte, allein Magda Bakker lächelte ein wenig gequält.

»Es geht um ein neues Projekt. Ich fliege nach Kopenhagen, um die Verhältnisse der dortigen Niederlassung eines multinationalen Ölkonzerns zu untersuchen.«

Jetzt knarrten einige Stühle.

»Meine Damen und Herren. Wir wurden gebeten, Q-Petrol zu zerschlagen!« Das Knarren verstummte abrupt. »Ja, ihr habt richtig gehört. Q-Petrol. Nicht mehr und nicht weniger.« Er ging einmal rund um den Tisch und verteilte die von ihm erstellten individuellen Arbeitsaufträge. »Bitte bereitet bis Mittwoch einen Maßnahmenkatalog vor. Das dürfte als Vorlauf genügen.«

Damit rauschte er aus dem Konferenzsaal. Das Taxi unten auf der Straße hatte bereits mehrmals gehupt.

Peter hatte einen Platz am Gang und blätterte unbeirrt in seinem Papierstapel. Er tat so, als wäre er konzentriert in die Lektüre vertieft. Sein Verhalten war einem Mann in einem grünen Trenchcoat geschuldet, der drei Reihen hinter ihm auf der anderen Seite des Gangs saß.

Das Interesse dieser Person an ihm war Peter bereits in der Lounge der Abflughalle von Schiphol aufgefallen. Auf der Toilette hatte er so lange vor dem Pissoir gestanden, bis der Kerl ebenfalls den Raum betreten hatte, scheinbar nur, um einen Schluck Wasser zu trinken und seinen Schnurrbart in Form zu zupfen. Peters Verdacht erhärtete sich, als dieser Mann sich später im Wartebereich desselben Gates aufhielt und beim Boarding nur zwei Meter hinter ihm durch die Gangway ging.

Als Peter seine Tasche über sich in das Gepäckfach legte und der Mann an ihm vorbeimusste, war der Knoblauchgeruch nicht so ausgeprägt wie bei Rahman, aber definitiv benutzte der Mann das gleiche Aftershave.

Peter hatte sich also sogleich seinen Stapel Papiere auf den Schoß gelegt, der keinem anderen Zweck diente, als seine Vorbereitungen für diese Mission glaubhaft zu machen. Diese Information konnte der Mann gleich an Marc de Vires weitergeben, der damit hoffentlich zufriedengestellt war.

Peter aber nutzte die Gelegenheit, sich einige Hintergrundinformationen noch einmal zu vergegenwärtigen. Einiges davon war entscheidend für sein weiteres Vorgehen.

Q-Petrol war einer der zehn größten Ölkonzerne weltweit und gehörte der staatlichen Kuwait Oil Corporation. Der Hauptsitz war in London, während die Vermarktung und das Tagesgeschäft dezentral in den einzelnen Ländern organisiert wurden. Trotz des Golfkriegs und der starken Konkurrenz der Ölkonzerne untereinander ging es Q-Petrol in jeder Hinsicht gut. Dies galt besonders auch für die Situation des Konzerns in Dänemark, wo er, anders als in den Niederlanden, zu den Marktführern gehörte.

Q-Petrol in Dänemark war der absolute Musterknabe. Besonders engagiert war man hier im Bereich Umweltschutz: Dem Heizöl waren Ruß reduzierende Zusätze beigemischt, der Schwefelanteil im Dieselkraftstoff lag unter null Komma null fünf Prozent. Q-Petrol hatte als erste Gesellschaft im Land bleifreies Benzin eingeführt. Gegen die Benzindämpfe an den Tankstellen hatte man sogenannte Rückgewinnungssysteme entwickelt. Sogar das in den Autowaschanlagen verbrauchte Wasser wurde gefiltert und weiterverwertet.

Was sollte man denen nur anlasten! Peter schüttelte den Kopf und seufzte so tief, dass sich seine Sitznachbarin ihm zuwandte. Neugierig deutete sie auf das Q-Petrol-Logo auf Peters Papieren.

»Ich habe auch zu denen gewechselt«, erklärte sie. »Bei Shell habe ich jedenfalls seit der furchtbaren Hinrichtung dieses schwarzen Schriftstellers nicht mehr getankt.«

Peter nickte. Der Tod Ken Saro-Wiwas lag wie ein schwerer, düsterer Schatten über Nigeria und Shell.

»Und was sagen Sie zu der Geschichte mit diesem gewaltigen Öltank mitten im Atlantik, war das nicht eine Riesenschweinerei?«

Wieder nickte er. Die Brent-Spar-Affäre hatte Shell ganz gewiss ebenfalls nicht zum Vorteil gereicht. Durch das Versenken des Öltanks war Shell eindeutig zum Prügelknaben geworden. Und zwar verdientermaßen.

Die Frau tippte mit dem Finger auf Peters Unterlagen. »Nein, da tanke ich lieber bei Q-Petrol, auch wenn die Firma in arabischer Hand ist.«

Peter nickte vage. Und fühlte sich erneut bestätigt: Was man ihm da aufs Auge gedrückt hatte, war wahrlich keine leichte Aufgabe.

Vor dem Flughafen Kastrup traf Peter den Journalisten, mit dem er sich am Vortag in Verbindung gesetzt hatte. Lars Hansen war, anders als sein schlichter Name vermuten ließ, einer der vielen genialen Entdeckungen Herman van der Houts. Die Research-Abteilung bei Christie kontaktierte Hansen regelmäßig, wenn es um skandinavische Angelegenheiten ging. Sie schüttelten einander herzlich die Hand und stiegen in ein Taxi.

Kaum waren sie auf die Autobahn eingeschwenkt, bemerkte Peter, dass der Mann aus dem Flugzeug ihn weiter beschattete. Das Taxi, ein schwarzer Mercedes, fuhr in sicherem Abstand hinter ihnen her. Wenn Peter sich nicht sehr täuschte, dürfte man bei M'Consult schon bald über seine Bewegungen unterrichtet sein. Er musste lächeln, dann aber kam ihm ein unguter Gedanke: Wenn nun Rahman den Kerl eigenständig auf ihn angesetzt hatte?

Peter massierte sich das Gesicht. Dass Marc de Vires ihn nicht gewarnt hätte, konnte er nicht behaupten. Die Tentakeln des Muchabarat erstreckten sich weit über die Grenzen des Irak hinaus, das war bekannt.

Er wandte sich dem Journalisten zu. »Haben Sie etwas für mich, Hansen?«

»Okay, wenden wir uns zunächst Q-Petrol zu. Die aktuelle Entwicklung der Situation im Irak können Sie ja nachlesen. Hier ist mein Bericht.« Er reichte Peter einen Stapel Papiere mit rot geschriebenen Anmerkungen.

Lars Hansen räusperte sich. »Q-Petrol in Dänemark steht auf der Top-50-Liste der Wirtschaftsunternehmen und gehört definitiv zu den unbescholtenen. Keine spektakulären Fusionen oder Übernahmen, keine unnötigen Risiken, keine Skandale. Es lässt sich wirklich in keiner Hinsicht etwas Unvorteilhaftes feststellen, sei es im Bereich des Personalmanagements, sei es der Betrieb der Raffinerien oder bei den lukrativen Nebengeschäften. In der Satzung der dänischen Q-Petrol-Division sind die gleichen Ziele festgeschrieben wie in der grünen Umweltpolitik der dänischen Regierung, und das will schon einiges heißen.« Er hob einen Zeigefinger. »Eine kleine Schwäche habe ich allerdings gefunden. Eine Spitzfindigkeit vielleicht, die sich im Grunde auch vorteilhaft für das Unternehmen auslegen lässt.«

»Und das wäre?«

»Es geht um das besonders lukrative Nebengeschäft aller Ölkonzerne, nämlich den Verkauf von Waren des täglichen Bedarfs, also Speisen und Getränke in den Tankstellen. Ohne diesen Zweig wird kein Überschuss erwirtschaftet.«

»Und diese Waren sind nicht in Ordnung?« Peter hatte geraten, aber so musste es sein.

Der Journalist schnipste mit den Fingern. »Sicher nicht mehr als anderswo. Nur mit dem Unterschied, dass Q-Petrol selbst das Problem angesprochen hat. Mir ist bekannt, dass dazu gerade eine Pressemitteilung vorbereitet wird. Veröffentlicht wird sie zwar erst in zwei Tagen, aber ich habe Kenntnis vom Inhalt.«

»Man will vermutlich offensiv dagegen angehen, könnte ich mir vorstellen.«

»Alle Tankstellen haben Probleme mit abgelaufenen Lebensmitteln, und da die Kennzeichnung der einzelnen Artikel mit dem Verfallsdatum hierzulande Pflicht ist, lässt sich das nicht einfach vertuschen. Q-Petrol wird verlautbaren lassen, dass man bestrebt sei, die Lebensmittel künftig noch strengeren Kontrollen zu unterziehen. Man wird den Kunden garantieren, dass in Zukunft nur frische Ware in den Regalen liegen wird.«

»Diese Pressemitteilung ist bereits auf dem Weg, sagen Sie?«

Lars Hansen versuchte erst gar nicht, seine Selbstzufriedenheit zu verbergen.

»Danke. Das ist alles, was ich brauche«, sagte Peter. »Und die Krise im Irak?«

»Steht alles da drin.« Der Journalist deutete auf seinen Bericht.

Damit war ihre Unterredung beendet. Peter sah aus dem Fenster. Sie hatten den Großraum Kopenhagen längst hinter sich gelassen.

Die dänische Abteilung von Q-Petrol residierte in einem von der Straße zurückgesetzten Betonbau, der jedem Architekten mit Visionen Schlafprobleme bescheren musste. An hohen Fahnenmasten wehte das Logo des Unternehmens, direkt neben der Hauptverwaltung gab es eine Q-Petrol-Tankstelle.

Nachdem sie ihr Ziel erreicht hatten, erhielt Lars Hansen seinen Scheck und brauste mit dem Taxi davon, sein Arbeitstag war beendet. Über den Stundenlohn konnte er sich gewiss nicht beklagen.

Nur wenige Sekunden später bog das Verfolgertaxi in die Tankstelle ein und bremste unter deren Vorbau, wo es mit laufendem Motor stehen blieb.

Peter verharrte ruhig und wartete auf den richtigen Augenblick. Nun musste er sich entscheiden. Entweder er hielt die Verabredung mit dem Presse-Chef von Q-Petrol ein. Oder er ließ es sein. Es kam ausschließlich darauf an, ob er Spuren hinterlassen wollte oder nicht.

Peter entschied sich für Letzteres. Keine Spuren.

Als zwei Männer aus einem stahlgrauen BMW ausstiegen, mit dem sie gerade vorgefahren waren, und an ihm vorbeigingen, nickte er ihnen zu und heftete sich an ihre Fersen, so als hätte er es eilig und würde drinnen bereits erwartet. Die Männer nahmen nicht weiter Notiz von ihm, als sie sich mit ihrem Zugangscode einloggten und Peter mit hineinging. Die blonde Frau an der Rezeption musterte ihn dagegen eingehend, aber Peter nickte ihr nur flüchtig zu und folgte den Männern dicht auf den Fersen durch einen langen Gang.

Als sich die Wege der beiden trennten und jeder in sein Büro ging, schlüpfte Peter unbemerkt in ein leeres Büro. Hier wollte er so lange wie möglich ausharren.

Fünf Minuten später klingelte sein Handy laut und durchdringend. Peter fuhr erschrocken zusammen.

»Nicky Landsaat hier. Können wir reden?«

Peter bekam eine Gänsehaut. Ihre Stimme war unglaublich klar, hell und schön.

»Nein«, antwortete er und behielt die Tür zum Flur im Auge. »Es sei denn, du machst es wirklich kurz.«

»Okay, dann beschränke ich mich auf vier Fragen.« Sie

hielt einen Moment lang inne. »Darf ich M'Consult sabotieren?«

»Sabotieren?« Peter traute seinen Ohren nicht. »Wie sabotieren?«

»Eine Bombe in die Eingangshalle von M'Consult legen oder etwas in der Art?«

»Allmächtiger, nein! Wie kannst du so etwas fragen, Nicky?«

»Darf ich dann eine Geschichte erfinden, die andeutet, dass M'Consult ein doppeltes Spiel treibt? Zum Beispiel, dass sie auch für die Amerikaner arbeiten und der irakischen Botschaft dann Infos zuspielen?«

Sprachlos starrte Peter zu Boden. »Nein, Nicky, das darfst du nicht! Du sollst überhaupt nicht mit so etwas anfangen! Du sollst lediglich herausfinden, welche Motive hinter de Vires' Tun stecken. Dann entscheiden wir, wie wir weiter verfahren.«

»Darf ich jemanden dazu animieren, etwas über M'Consult zu veröffentlichen?«

»Wer soll was veröffentlichen?«

»Die Medien. Sie sollen auf bestimmte Aktivitäten von M'Consult achten.«

»Gewisse Aktivitäten? M'Consult ist ein völlig legal arbeitendes Unternehmen. Was soll das bezwecken?«

»Das soll bezwecken, dass Marc de Vires auf andere Gedanken gebracht, dass er abgelenkt wird. Vielleicht bekommt er kalte Füße und lässt seine Forderung fallen.«

»Nein, Nicky, auch das darfst du nicht! De Vires ist kein Typ, der kalte Füße bekommt. Wie lautet deine letzte Frage?«

»Ich darf wirklich niemanden von M'Consult kontaktieren, um mehr Informationen einzuholen?«

Resigniert schüttelte er den Kopf. »Wir haben doch darüber gesprochen, Nicky. Nein, das darfst du nicht. Du hast es mit gefährlichen Menschen zu tun. Sie werden dich sofort durchschauen, und außerdem haben sie totale Diskretion gelernt, davon kannst du ausgehen. Aus denen bekommst du nichts heraus.«

Nicky entschuldigte sich für die Störung. Sie habe sich nur der äußersten Grenzen ihres Spielraums versichern wollen, sagte sie.

Peter runzelte die Stirn. Hatte sie die womöglich längst überschritten?

Eine halbe Stunde brachte Peter noch in dem Büro zu, ohne irgendetwas zu unternehmen. Als er die Frau am Empfang dann bat, ihm ein Taxi zum Flughafen zu bestellen, lächelte sie zwar freundlich, aber er sah ihr an, dass sie sich immer noch über ihn wunderte. Als ordentliche Empfangsdame würde sie sich an die beiden Männer wenden, die ihn eingelassen hatten, und erfahren, dass die beiden ihn nicht kannten. Den verbleibenden Tag würde sie sich grämen und inständig hoffen, dass keine Probleme auftauchten, kein Diebstahl, keine Bombe, keine Anzeichen von Industriespionage.

Das Taxi brachte ihn direkt zum Flughafen, wie zuvor gefolgt von dem schwarzen Mercedes. Der Mann würde seinem Arbeitgeber für diesen Tag erhebliche Spesen präsentieren müssen.

23

Mit knapper Not schaffte Peter den Flieger KLM 170, Abflug Kastrup um 13 Uhr 15. Seinem Verfolger blieb nichts anderes übrig, als in der Abflughalle herumzulungern und mit gequälter Miene zuzusehen, wie Peter auf der Rolltreppe nach oben entschwand. Dass in Schiphol später ein anderer auf ihn wartete, überraschte Peter nicht. Rahman höchstpersönlich lugte hinter einer Reklamesäule hervor, der Lebensüberdruss war ihm förmlich ins Gesicht geschrieben. Wie lächerlich das alles war.

Rahmans Wagen hielt bis ins Zentrum von Amsterdam beständig einen angemessenen Abstand zu Peters Taxi. Erst im dichten Verkehr auf dem Dam verlor Peter den Verfolger aus den Augen. Doch als Peter durch die Glastür des Firmensitzes von M'Consult trat, sah er mit einem Blick über die Schulter Rahmans Wagen in hohem Tempo hinter dem Gebäude verschwinden.

De Vires stand am Fenster und telefonierte. Mit einem kurzen Blick stellte er fest, wer da bei ihm eingedrungen war, brachte sein Gespräch aber in Ruhe zu Ende. Keine Sekunde lang wirkte er irritiert oder verstört.

»Ausgezeichnetes Equipment!«, sagte Peter und betrachtete anerkennend eine Wand mit Monitoren. Auf CNN und mehreren arabischen Satellitensendern liefen leise die Nachrichten. Dann ließ er seinen Blick über die verchromten Aktenschränke, das Panoramafenster hinter dem gewaltigen

Schreibtisch und schließlich den halb geöffneten Schrank schweifen, in dem Maßanzüge unbestreitbarer Qualität in Reih und Glied hingen. »Entschuldige den unangekündigten Besuch«, sagte er. »Aber schließlich haben wir eine Menge zu besprechen.«

Marc de Vires nickte. »Ja, ich habe schon mitbekommen, dass du einen Ausflug nach Kopenhagen unternommen hast. Zweifellos ein schräger Winkel, um Q-Petrol anzugreifen.«

»Mein Angriffswinkel stand nicht zur Diskussion, oder?« Peter holte seine Notizen aus der Mappe und legte sie auf den Tisch. »Der Marktanteil von Q-Petrol in Holland ist nicht der Rede wert«, fuhr er fort. »Er macht höchstens zwei Prozent des Marktes aus. Deshalb wird ein Angriff auf den Q-Petrol-Konzern hier in Holland kaum ein nennenswertes Medienecho verursachen. Da wir es so eilig haben, ist das also wenig zweckmäßig.«

»Medienecho? Was meinst du?«

»Es wird nicht ausbleiben.« Peter schüttelte den Kopf, als ihm de Vires etwas zu trinken anbot. Er wartete, bis dieser sich selbst Tee eingeschenkt hatte, bevor er seine Neuigkeit servierte.

»Ich hatte auf dem Trip nach Kopenhagen einen von Rahmans Spionen im Gefolge, wusstest du das?«

De Vires, der die Teetasse gerade an den Mund geführt hatte, hob den Kopf. Er wusste es also nicht.

»Wie ich höre, hast du dich nicht an die Absprache gehalten«, wich er aus. Sein Gesicht war von der Teetasse halb bedeckt. »Sagte ich nicht, dass du unter keinen Umständen deine Angestellten einbeziehen darfst?« Er stellte die Teetasse ab. »Und doch ist es passiert. Was soll ich jetzt deiner Meinung nach tun?«

De Vires hatte also nicht geblufft, er hatte seine Quellen bei

Christie. Zumindest das war nun bestätigt. »Du kannst tun und lassen, was du willst«, antwortete Peter.

Einen Moment lang starrten sie sich feindselig an. Da spürte Peter Zugluft, und unvermittelt stand Rahman hinter ihm.

De Vires bedachte den Iraker mit einem eiskalten Blick, ehe er sich wieder Peter zuwandte. »Hättest du wohl etwas gegen eine Leibesvisitation durch Rahman?« Es war eine dieser Fragen, die keine Antwort zuließen. Rahman hatte sich bereits vor Peter aufgebaut. Peter hob die Arme, und der Iraker tastete ihn mit geübten Händen ab.

»Nur das hier.« Rahman hielt Peters Handy in die Höhe.

»Bedauere, Peter. Rahman wird dein kleines feines Ericsson ins Vorzimmer legen. Wir sind ein wenig paranoid, was das Abhören angeht, weißt du.«

Peter runzelte die Stirn. Gott sei Dank konnte das Handy nichts Wichtiges preisgeben. In seiner Branche hatte man seine Telefonnummern im Kopf, das sogenannte Telefonbuch hatte er längt gelöscht. Nur beim Pincode war er sich manchmal nicht sicher. Er hatte ihn im Deckel des Akkufachs notiert.

Peter trat an das riesige Fenster und sah auf den belebten Platz hinaus. »Dein Mann ist aus Kopenhagen nicht mitgekommen, Rahman«, sagte er. »Du musst damit rechnen, dass es mindestens noch eine Stunde dauert, bis du ihn wiedersiehst.«

Rahman und de Vires warfen sich vielsagende Blicke zu.

»Wie genial aber, dass du selbst die Gelegenheit hattest, mich zu beschatten, als ich in Schiphol ankam.«

Diese Bemerkung saß.

»Rahman tut nur, worum man ihn bittet«, mischte de Vires sich ein. Aber Peter ließ sich nicht an der Nase herumführen. De Vires hatte Stoff zum Nachdenken bekommen, denn Rahman hatte die Beschattung auf eigene Faust unternommen. Er war de Vires' Schwert, aber auch seine Achillesferse.

»Wie schon gesagt, ich dulde es nicht, dass du deine Mitarbeiter miteinbeziehst.« Er warf einen kleinen Stapel Papiere auf den Tisch. »So etwas will ich nicht mehr sehen, ist das klar?«

Auch wenn Peter anerkennend nicken musste, beschlich ihn ein ungutes Gefühl. Vor ihm lagen Kopien der einseitigen Arbeitsanweisungen, die er am Morgen an seine Mitarbeiter verteilt hatte. Peter versuchte, die Seiten zu zählen, und kam auf sechs.

»Kein Problem«, sagte er. »Ich benötige meine Leute nicht mehr.« So wie es aussah, waren ihm alle sechs in den Rücken gefallen. Dass Thomas Klein und Herman van der Hout dabei waren, verwunderte ihn nicht. Die zwei hatten schon immer vertrauten Umgang miteinander gepflegt.

Aber die anderen vier? Hans Blok, dieser pedantische Buchhalter, der konnte doch jede Lohnerhöhung haben, um die er bat. Und Karin van Dam? Er hatte sie getröstet, als ihr Mann weggelaufen war, und angesichts ihrer miserablen administrativen Fähigkeiten immer Nachsicht walten lassen.

Rob Sloots und Magda Bakker?

Dass Magda dabei war, fand er ausgesprochen niederschmetternd.

»Das Medienecho«, riss de Vires Peter jetzt aus seinen Gedanken, während er Rahman mit einem Kopfnicken aufforderte, mitsamt dem Handy den Raum zu verlassen. »Wenden wir uns dem Medienecho zu.«

In groben Zügen berichtete Peter nun, was der dänische Journalist herausgefunden hatte. De Vires, der ihn keine Sekunde aus den Augen ließ, fasste zusammen. »Q-Petrol in Dänemark setzt sich also dafür ein, die Qualität des Lebensmittelangebots zu verbessern, was uns wiederum einen Angriffspunkt bietet. Aber würde ihnen das wirklich zusetzen? Bist du sicher, dass ein Skandal in diesem Sektor gravierend genug wäre, um Aktienkurse ins Wanken zu bringen?«

Peter nickte. »Wir manipulieren ihre Lebensmittel«, sagte er, auch wenn er das nicht ernsthaft vorhatte. So weit durfte es auf keinen Fall kommen. »Peu à peu«, fuhr er jedoch fort. »Hier ein Produkt und dort eins, scheinbar völlig unsystematisch. Journalisten lieben alles, was das Vertrauen in die großen Ketten untergräbt. So etwas ist Stoff für die erste Seite.«

»Du meinst: infizieren?«

»Ja, zum Beispiel mit Staphylokokken, die bilden sich ja so leicht in Lebensmitteln. Das passiert immer mal im Lager oder auf dem Transportweg. Du weißt: Kühlketten werden durchbrochen, und schon … Vielleicht könnte es auch im Laden selbst passieren.«

De Vires reagierte wie erwartet. »Wer soll das erledigen?«, fragte er. Worauf der konkrete Plan hinauslief, hatte er begriffen, aber offenbar noch nicht das große Ganze.

Peter, der einen Kopf größer war als sein Kontrahent, zog seinen Stuhl so dicht an de Vires heran, dass der gezwungen war, zu ihm aufzuschauen. »Zuerst Dänemark«, flüsterte Peter, »dann die anderen skandinavischen Länder, zuerst Nord-, dann Südeuropa. Die klassische Dominotaktik.«

De Vires war skeptisch. »Staphylokokken! Damit kann man vielleicht Käse und Fleisch infizieren, aber sonst? Wie soll das technisch möglich sein, eine Konserve und Tiefkühlware zu infizieren? Außerdem, wenn ein bestimmtes Lebensmittel schon im Herstellungsprozess verseucht wird, dann trennt man sich auf der Stelle von dem Lieferanten, und in dem Fall sind wir genauso weit wie vorher. Mit anderen Worten, man muss die Ware am Point of Sale infizieren, und das ist höchst riskant. Und außerdem, was, wenn sich deine Information über die Pressemitteilung als Bluff erweist? Angreifbar sind sie doch nur, wenn sie sich wirklich auf dem Gebiet der Lebensmittel profilieren wollen.«

»Gut möglich, dass die Methode heikel ist«, erwiderte Peter und spürte, wie der Albtraum für ihn Konturen annahm. »Aber deine Auftraggeber haben es schließlich eilig, oder? Es kann ihnen einigermaßen egal sein, wenn ein Täter erwischt wird? Hauptsache, er plaudert nicht aus, wer ihn bezahlt hat.« Peter rückte noch näher an de Vires heran. »Kann Rahman eigentlich hören, worüber wir sprechen?«

De Vires antwortete nicht, sondern entzog sich der unfreiwilligen Vertraulichkeit, indem er seinen Stuhl zurück schob, aufstand und die Tür öffnete. »Rahman! Komm herein!« Er deutete auf einen Stuhl, und Rahman setzte sich. »De Boer hat sich eine Strategie für unser weiteres Vorgehen überlegt«, sagte er und trommelte mit den Fingern auf die Tischplatte.

Ein leiser Triumph lag in dem Blick, den de Vires Peter dabei zuwarf. Dann wandte er sich wieder an Rahman. »Wie du weißt, hat de Boer heute Morgen dem Leiter seiner Research-Abteilung, diesem Herman van der Hout, zwei Fragen gestellt. Vielleicht kannst du ihm die Antworten darauf liefern, Rahman? Er fragt zum einen, ob sich in letzter Zeit Übergriffe des irakischen Nachrichtendiensts auf holländische Bürger dokumentieren ließen, und zum anderen, ob sich womöglich eine Verbindung zwischen Lawson & Minniver und M'Consult dokumentieren lässt. Ist das nicht hochinteressant, Rahman?«

Der Iraker antwortete nicht und starrte ungerührt in die Luft.

»De Boer hat für Q-Petrol einen Plan. Meinst du nicht, wir sind es ihm schuldig, zu erzählen, was passieren soll?«

Rahman bewegte sich nicht von der Stelle.

Und de Vires starrte auf einen unbestimmten Punkt in der Luft. »Rahman weiß nur zu gut, dass Schweigen Gold ist und

Reden zum verkehrten Zeitpunkt eine abgeschnittene Zunge bedeuten kann. Etliche Mitglieder seiner Familie haben das am eigenen Leib erfahren müssen, stimmt's, Rahman?«

Zwar schwieg Rahman noch immer, aber seine Nasenflügel, ganz offensichtlich Sitz seiner Verachtung, bebten.

»Hierzulande aber schneiden wir niemandem die Zunge ab. Und deshalb bekommst du von Rahman nur aus dem Grund keine Antwort, weil er dir keine geben will. Danke, Rahman, du kannst gehen.«

Nun hatte Peter endgültig die Orientierung verloren. »Was sollte diese Nummer?«, fragte er, nachdem sich die Tür hinter Rahman geschlossen hatte.

»Du begreifst offenbar nicht, welche Kräfte dir und mir entgegenstehen.« De Vires griff nach dem Fläschchen, das vor ihm auf dem Schreibtisch stand. »In dieser Flasche ist Thallium! Was das ist, kannst du ganz leicht selbst herausfinden. Ein paar Tropfen fehlen schon, und ich bin mir sicher, dass dir dein Halbbruder etwas zur Wirkung dieser Tropfen erzählen kann – oder soll ich ihn deinen Cousin nennen?« De Vires lachte. »Wir haben ihm jedenfalls ein wenig von diesem Stoff eingeflößt, was für ihn nicht sonderlich gesund war.« Er schaute Peter ernst an. »Ja, wir haben es eilig, wie du siehst. Ich bin froh, dass du eben selbst darauf hingewiesen hast. Aber das bedeutet vor allem, dass du von nun an nur mehr tust, was ich dir sage. Genau wie der stumme Rahman. Beim nächsten Mal, Peter, wenn du ungehorsam bist, wirst du spüren, wie lähmend sich Rahmans Schweigsamkeit urplötzlich auswirken kann.«

Peter sah ihn höhnisch an. Um sein eigenes Wohl fürchtete er kein bisschen. Was ist unser Leben schon wert, hatte ihm sein Vater einmal an den Kopf geworfen, als Peter gerade sechzehn gewesen war. Die Worte hatten ihn schockiert und waren später in seinen schlimmsten Stunden doch ein Trost für ihn gewesen.

Nein, um sein eigenes Leben fürchtete er nicht.

»Du rührst Marie ten Hagen kein zweites Mal an!«, gab er zurück, und das mit fester Stimme.

In dem Moment klingelte eines der Telefone auf de Vires' Schreibtisch. Dieser nahm ab und hörte eine Weile schweigend zu. »Ich komme sofort«, sagte er dann mit gänzlich veränderter Miene. »Sagen Sie der jungen Frau, sie soll morgen früh in mein Büro kommen, wenn sie nicht so lange warten kann, bis ich zu Hause bin.«

Er legte auf. Sichtlich erregt starrte er hinüber zu dem gläsernen Aufzug, der sich auf der anderen Seite des Platzes am Spiegelpalast auf und ab bewegte. »Ich werde meinen Auftraggebern deinen Plan skizzieren«, sagte er schließlich. »Derweil wirst du ihn weiter ausarbeiten. Am Donnerstag muss er mir in der endgültigen Form vorliegen, klar?«

»Das ist unmöglich. Frühestens am Freitag.«

»Donnerstag. Und nun geh! Und vergiss dein Handy nicht!«

Mit zitternden Händen reichte die Empfangsdame Peter sein Telefon. Sonderbar, die Frau hatte so kühl und beherrscht auf ihn gewirkt.

Heleen öffnete ihm, als er bei ihr zu Hause ankam. Ihr Kleid schmiegte sich seidenweich und glatt über ihre Brüste und Hüften. Als sie Peter erblickte, strahlte sie.

Ihren Protesten zum Trotz kam Peter sofort zur Sache. Legte die Hände auf ihre Hüften, schob sie sanft in den Flur, legte einen Arm um ihre Schultern, führte sie ins Wohnzimmer und küsste sie.

Trotzdem spürte Heleen offenbar, dass etwas nicht stimmte. Die Hände auf seinen Schultern trat sie einen Schritt zurück und versuchte, in seinen Augen zu lesen.

»Heleen, es ist vorbei.« Warum sollte er drumherum reden? Das Ausmaß ihres Verrats rechtfertigte seinen schnörkellosen Abschied. »Hast du wirklich gedacht, du kämst damit durch?«

Die Hände auf seinen Schultern griffen unwillkürlich härter zu. Die kleinen Falten um Heleens Mund vertieften sich.

Diese Frau blieb ihm ein Rätsel. Ob es überhaupt einen Menschen gab, dachte er, der Heleen wirklich kannte?

Peter hatte ihre Papiere gesehen. Sie bezeugten ihre enorme Anpassungsfähigkeit. Ob sie in Bagdad oder in Venezuela arbeitete, schien für sie keinen Unterschied zu machen. Mindestens zehn Arbeitgeber hatten Heleens Verhandlungsstärke und ihre Loyalität in ihren Zeugnissen in derart blumigen Worten gepriesen, dass man zu vermuten geneigt war, sie habe sich diese Anerkennung nicht nur in der Senkrechten erworben.

Sie sahen einander fest in die Augen. Eigentlich hätte er sie hassen müssen. Für all die Worte, die sie ihm über die Jahre ins Ohr geflüstert hatte. Dafür, dass sie an der katastrophalen Situation, in der er steckte, ihren Anteil hatte. Aber als sie sich jetzt an seinem Jackett festklammerte, fühlte er nur Mitleid.

Sie versuchte, nichts zu überspielen. »Ich hatte Angst.«

Natürlich, dachte er.

»Und ich kann lieben!« Inbrünstig betonte sie jedes Wort. »Ich liebe dich, Peter. Doch, ich kann lieben.«

Er glaubte ihr. Sie konnte es, wenn sie wollte, und vielleicht hatte sie es zuletzt tatsächlich eine Weile gewollt. Aber aus vielerlei Gründen war es nun zu spät. »Dann sag mir, was ich tun soll, wie die Dinge stehen.«

»Wir müssen von hier weg, Peter, weit weg«, flehte sie, und in ihrer Stimme lagen Begeisterung und Appell gleichzeitig. »Lass uns fliehen. Nach Polynesien, Paraguay, auf dein geliebtes Borneo.«

Peter machte sich von ihr los. »Ich habe dich gefragt, was ich deiner Meinung nach tun soll, und ich habe darauf keine Antwort bekommen. Tut mir leid, Heleen.«

Sie erstarrte. Spätestens jetzt hatte sich ihre sogenannte Liebe endgültig verflüchtigt, so leicht ging das. Doch sie fasste sich schnell und zündete sich eine Zigarette an. »Du? Was du tun sollst?« Der Rauch hob sich weiß vom letzten Rest des Tageslichts ab. »Du solltest dein Möglichstes tun und die Befehle befolgen. Vielleicht lässt er dich dann ja am Leben.«

Heleen, wo bist du bloß?, dachte er und schaute nachdenklich auf die Zigarette, die an ihren Lippen klebte. In Heleens Welt gab es viele Fluchtwege, viele Winkel, in denen sie sich verkriechen konnte.

»Und jetzt geh nach Hause zu deiner Geliebten.« Kalt starrte sie ihm ins Gesicht. Ihr Blick schmerzte ihn, aber es gelang ihm, die Kälte an sich abgleiten zu lassen. Im Grunde entsprach doch das, was er gerade erlebte, noch am ehesten ihrem wahren Kern. Alles an ihr war künstlich. Jetzt, in diesem Moment, sah er vielleicht zum ersten und letzten Mal ihr wahres Gesicht.

Nun drehte Heleen ihm den Rücken zu. »Hau ab, verzieh dich in Marie ten Hagens dunkle Dachkammer und lass mich in Ruhe.«

Peter sah sich noch einmal um und nahm Abschied. Er holte tief Luft, löste sich von den Eindrücken und ließ alles zur Erinnerung werden. Zum letzten Mal zog er die Tür hinter sich zu, er wusste es in diesem Moment. Ihre Gefühle füreinander waren ab sofort ein abgeschlossenes Kapitel, falls es überhaupt je geschrieben worden war.

Der Kies auf dem Weg zum Rondell, wo sein Auto parkte, knirschte und kündigte die erste Kälte an. Peter blieb stehen, um ganz diesem Augenblick nachzuspüren – und wohl nur deshalb hörte er das Knirschen fremder Schritte.

Ein Stück entfernt von ihm trat ein Schatten zwischen dem Dunkel der Bäume hervor und blieb stehen. Der mittelgroße Mann machte keine Anstalten, sich zu verstecken, sondern sah im Gegenteil Peter entgegen, als wollte er sich im nächsten Moment entweder auf ihn stürzen oder ihn umarmen.

Soweit Peter beurteilen konnte, hatte er diesen Mann noch nie zuvor gesehen. Peter nahm sein Handy aus der Tasche und wählte eine Nummer.

»Vor übermorgen passiert nichts«, sagte er nur, als am anderen Ende abgenommen wurde. »Vorausgesetzt, dass ich überhaupt entscheiden darf, was passieren soll«, ergänzte er und starrte zu dem Mann unter den Bäumen hinüber.

Dann schaltete er das Handy aus.

24

Während Peter den gesamten Montag voller Spannungen erlebt hatte, ließ dieser Tag sich bei Nicky äußerst positiv an. Der Bankangestellte nahm am Montagmorgen ihren Scheck entgegen, warf einen Blick darauf und hielt kurz inne. Dann aber fasste er sich schnell und richtete für Nicky das gewünschte Konto ein. Vor den Augen der Anwesenden küsste Nicky den Beleg und verstaute zweitausend Gulden Bargeld in ihrem Portemonnaie. Zum ersten Mal in ihrem Leben spürte sie, wie sich neidvolle Blicke in ihren Rücken bohrten. Es fühlte sich großartig an.

Das große Kaufhaus De Bijenkorf lag keine hundert Meter von de Vires' Büro entfernt, und dorthin ging sie.

Hosenanzug, Hemd und Bluse zu wählen, ging so schnell, als wären ihr die Abteilungen des Warenhauses längst bestens bekannt. Tatsächlich aber war sie zum ersten Mal dort.

Sie bezahlte alles auf einmal. Bei der Summe musste sie schlucken, überwältigt von Schuldgefühlen und Glück.

Ohne aufzusehen packte die Verkäuferin die Kleidungsstücke ein. Erst als sie Nicky die Tragetasche reichte, erkannten sich die beiden. Es war Bernadette Swart, sie waren Klassenkameradinnen gewesen. Beide starrten sich an, bis Nicky schließlich ohne ein weiteres Wort bezahlte.

»Oh Gott, Nicky«, rief Bernadette aus. »Hast du jetzt auch damit angefangen, genau wie Bea?«

Mit einem Lächeln im Gesicht drehte Nicky sich um und ging davon.

Zu Hause betrachtete sich Nicky lange vor dem Spiegel im Schlafzimmer. Sie war zufrieden. »Warte nur, bis dich Peter de Boer so sieht, meine Liebe«, flötete sie ihrem Spiegelbild zu.

Dann versteckte sie die Bankunterlagen unter der Fliese in der Kammer ihrer Mutter und wandte sich ihren Aufgaben zu.

Der Notizblock vor ihr war leer. Sie hatte nur eine einzige Spur. Merksem Consult. Sie griff zum Telefonhörer und rief bei M'Consult an, bat darum, mit Marc de Vires verbunden zu werden. Sobald sie die Bestätigung hatte, dass die Stimme identisch war mit der des Mannes, den sie am Vortag mit dem Taxi verfolgt hatte, legte sie auf.

Nun wusste sie also, wie ihr Feind aussah und wo er wohnte.

Ein Blick in das Unternehmensregister bestätigte ihr die Existenz von Merksem Consult. Das Eigenkapital betrug vier Millionen belgische Francs, stand dort.

Der Eigentümer war, wenig überraschend, M'Consult. Nicky notierte sich die Telefonnummer, die sie dann auswendig lernen musste. Die Anschrift, unter der die Firma registriert war, erwies sich als identisch mit dem Haus in Haarlem und nicht, wie sie vermutet hatte, mit dem Gebäude am Dam.

Als Geschäftsfeld der Firma war »Erwerb von Rechten und Lizenzen« angeführt, und der Name de Vires erschien nur einmal.

Die weitere Recherche ergab, dass Merksem der Name einer belgischen Stadt war. War Marc de Vires womöglich Belgier? War sein eigenartiger Akzent dem flämischen Einschlag geschuldet?

Allerdings ergab sich sonst nichts, was darauf schließen ließ, dass der Mann in irgendeiner Form in Belgien aktiv war. Für Informationen über weitere familiäre Zusammenhänge müsste sie wahrscheinlich einen Genealogen kontaktieren.

Im Internet fand sie einen Link der »Vlaamse Vereniging

voor Familiekunde«. Die Homepage verkündete zahlreiche Aktivitäten in der nördlichen, flämisch sprechenden Provinz Belgiens.

Sie zögerte nicht und rief sofort an. Ihre präzisen Fragen wurden zwar schnell und freundlich beantwortet, doch brachten die Antworten sie nicht weiter.

Schließlich hatte sie Peter de Boer auf seinem Handy angerufen, um den äußersten Rahmen ihrer Vorgehensweisen mit ihm abzustecken. Was sie allerdings wirklich vorhatte, ließ sie unerwähnt.

»Didi!« Nicky hatte die Wohnungstür unter sich zuschlagen gehört und erwischte ihn im Treppenhaus.

»Ich muss los«, nuschelte er. Er war ungekämmt und sah sie mürrisch an.

Nicky versicherte sich rasch, dass es keine Zuschauer gab, dann zog sie sechs Geldscheine à zweihundertfünfzig Gulden aus der Tasche. Sie wedelte damit vor seiner Nase herum, und schon hellte sich seine Miene auf.

Er folgte ihr in die Wohnung und hörte geduldig zu.

»Ja, klar, ich kenne da ein paar Leute«, sagte er schließlich.

»Denk dran, Didi, die Explosionen dürfen nicht zu heftig sein, sie sollen nur ein bisschen Eindruck machen. Niemand darf dabei zu Schaden kommen.«

»Nicht zu heftig? Was zum Teufel heißt das denn?«

»Frag besser die, von denen du den Sprengstoff bekommst, Didi.«

Der Transporter, mit dem die beiden Typen vorfuhren, hatte schon bessere Tage gesehen. Nicky schüttelte angesichts der kleinen Versammlung den Kopf. Zwei Surinamer, rabenschwarze Kerle, in Netzunterhemden, plus Didi. Wie diskret würde das wohl über die Bühne gehen?

Den Sprengstoff hätten sie sich von einem Typen namens Roy organisiert, der ihn schon zehn, zwölf Jahre unterm Bett liegen hatte, wie er behauptete. Deshalb hätten sie den Dreck natürlich billig bekommen. Der Vorteil wäre außerdem, das hätte ihnen dieser Roy – Hand aufs Herz – versichert, dass die Herkunft des Sprengstoffs nicht nachzuverfolgen war. Was wiederum die Voraussetzung für sein Mitwirken wäre, denn er hätte null Bock, mit der Polizei in Kontakt zu kommen. Davon hätte er nämlich schon mehr als genug, seit es damals wegen der Geiselnahme im Zug bei Beilen so viel Ärger gegeben hatte.

»Ist er Molukke?«, fragte Nicky, Böses ahnend, und einer der beiden Dunkelhäutigen bejahte ihre Frage mit breitem Grinsen.

Nicky wusste nicht so genau, ob das wirklich eine gute Nachricht war. »Der Zug in Beilen? Verdammt, das ist doch ewig her! Dann muss der Sprengstoff uralt sein, ist euch das klar?« Sie warf einen Blick auf den Transporter. Wurde alter Sprengstoff nicht unberechenbar, so dass er schlimmstenfalls jeden Moment in die Luft gehen konnte?

»Wie wollt ihr wissen, ob das Zeug überhaupt noch funktioniert?«

Der eine Surinamer und Didi zuckten synchron die Achseln. Falls sie wissen wollte, wozu der Sprengstoff imstande war, würde sie sich wohl bis zur Anwendung gedulden müssen. Kopfschüttelnd setzte sie sich auf die Ladefläche des Transporters.

»Uralt?« Der Typ ihr gegenüber, der Schwarze mit der breiteren Nase von den beiden, schüttelte den Kopf. »Woher willst du das wissen?«

Nicky warf ihm einen missbilligenden Blick zu. »Es war vom 2. bis zum 14. Dezember 1975. Die Molukker haben in Beilen den Zug überfallen und die Passagiere als Geiseln genommen. Auf genau demselben Gleis fand vom 23. Mai bis zum 11. Juni des Jahres 1977 eine weitere Geiselnahme statt. Als die Marineinfanteristen den Zug stürmten, wurden sechs Terroristen und zwei Geiseln getötet.« Sie lächelte ihrem skeptischen Gegenüber zu. »Du kannst dich doch bestimmt an den Überfall erinnern. Solltest du jedenfalls. Das ging doch genau eine Woche nach dem 25. November 1975 los.«

»Nach dem 25. November? Wie soll ich mich daran erinnern können? Da hab ich noch in Paramaribo gewohnt.«

Nicky lächelte immer noch. Er wusste es nicht, natürlich nicht. »An dem Tag wurde Surinam selbstständig«, sagte sie. »Das könnte ein Surinamer schon wissen, findest du nicht?«

Vom Platz des Chauffeurs vorne war hämisches Lachen zu hören.

Der mit der breiten Nase starrte kurz in die Luft, dann richtete er seine dunklen Augen direkt auf sie. »Wenn du schon so schlau bist, dann erzähl uns doch mal, wer 1987 den Europapokal der Pokalsieger gewonnen hat?«

»Ach Dalip, halt doch die Klappe.« Didi reckte sich und versetzte ihm eine Kopfnuss.

Der Fahrer trommelte inzwischen so heftig auf dem Lenkrad herum, dass man meinen konnte, er wolle es in Stücke hauen.

»Das gilt auch für dich, Willy!« Didi stieß ihn an.

Als sie die Namen hörte, runzelte Nicky die Stirn.

»Willy und Dalip!« Wütend sah sie Didi an, der sich abwandte und so tat, als hätte er keine Ahnung, worauf sie hinauswollte.

»Heißen Franks Brüder nicht Willy und Dalip?«

»Franks Brüder? Du spinnst wohl!«, protestierte der Fahrer. »Didi?«

Er schob die Unterlippe vor. »Cousins, okay? Das sind Franks Cousins.«

»Dann könnt ihr jetzt auf der Stelle anhalten!« Nicky schrie so laut, dass die beiden Brüder zusammenzuckten.

»Mach mal halblang, Nicky. Die quatschen nichts weiter an Frank. Was sagt ihr, Leute?«

Beide schüttelten den Kopf. »Du spinnst wohl«, sagte der Fahrer. »Wir haben doch nichts mit Frank zu tun. Der will doch bloß von allem seinen Anteil.«

Nicky sah ihn prüfend an. Zum ersten Mal in ihrem Leben war sie im Begriff, etwas Kriminelles zu tun. Wenn alles gutging, kam dabei niemand zu Schaden, aber trotzdem. Hier saß sie nun in dieser gestohlenen Rostlaube, stieß mit den Schuhen an Uraltsprengstoff, übrig geblieben vom schlimmsten Terrorangriff, den die Niederlande je erlebt hatten, und war vollkommen auf Didi angewiesen, der nur an seine Joints dachte, und auf zwei grenzdebile Idioten, die mit diesem widerwärtigen Individuum Frank verwandt waren.

Das war doch alles völlig absurd.

»Verdammte Scheiße!«

»Du weißt also nicht, wer das Finale 1987 gewonnen hat?« Dalip triumphierte schon.

»Ajax hat Leipzig eins zu null geschlagen. Kopfball von Marco van Basten. Das einzige Mal, dass Ajax den Europapokal der Pokalsieger gewonnen hat«, setzte sie nach. »Dafür haben sie den Europapokal der Landesmeister 1971, '72 und '73 und auch im letzten Jahr gewonnen.« Sie sah Dalips ungläubiges Stirnrunzeln. »Reicht dir das? Oder sollen wir auch noch die niederländischen Meisterschaften dazunehmen und alles andere?«

Dalip murmelte etwas vor sich hin und starrte sie lange schweigend an. »Ich hätte 'ne andere Mannschaft nehmen sollen«, kam dann. »Ich hätte Feyenord oder AZ oder was anderes nehmen sollen. Das mit Ajax weißt du doch nur, weil du aus Amsterdam kommst.«

»Mann, Dalip, jetzt halt endlich die Klappe«, raunzte Didi.

Während draußen die Randbezirke von Haarlem vorbeizogen, fachsimpelten die beiden in der Fahrerkabine inzwischen lebhaft über Sprengstoffe. Nicky hätte am liebsten weggehört.

»Der Dreck hat in einem der Klos im Konsulat in Amsterdam gelegen«, lachte Willy. »Roy sagt, das Zeug hätte die ganze Zeit da gelegen, schon lange vor dem Angriff. Wenn sie gewollt hätten, dann hätten sie das Konsulat damit in die Luft jagen können, bis zu den Molukken.«

Nicky zitterte. Das indonesische Konsulat war im Dezember 1975 überfallen worden, in etwa zeitgleich mit dem ersten und blutigeren Überfall damals auf den Zug in Beilen. Das Geiseldrama im Zug endete erst zwei Wochen später. Nach diesen Ereignissen hatte man es in den Niederlanden schwer, wenn man Molukke war. Ihre Mutter war damals aus Angst und Scham für lange Zeit nicht aus dem Haus gegangen.

»Hatten die vor, das Konsulat in die Luft zu sprengen?«, fragte sie und starrte aus dem schmutzigen Fenster. Noch lag ein Stück Weg vor ihnen.

Noch war Zeit, sich umzubesinnen.

Sie parkten den Transporter in einigem Abstand von de Vires' Haus und vergewisserten sich, dass sie keine Zuschauer hatten.

Willy rannte vor den anderen los und legte die Sporttaschen hinter einen Busch unterhalb des großen Fensters im Erdgeschoss, das mit den bleigefassten Scheiben. Inzwischen rief Didi von seinem Handy aus im Haus an.

Nicky stand an der Haustür und hörte drinnen das Klingeln. Eine bekannte Stimme nahm ab. Sie gehörte dem Kindermädchen.

Nicky zählte die Sekunden. Inzwischen musste Didi dieser Ingrid Bescheid gegeben haben. »Guten Tag«, sollte er sagen.

»Ich bin Ihr Nachbar. Ich weiß nicht, ob es Ihnen recht ist, wenn ich anrufe, aber ich meine da eben einen jungen Kerl an Ihrer Haustür gesehen zu haben. Es kam mir so vor, als hätte der Graffiti ans Haus geschmiert.«

In dem Moment legte Ingrid auf. Nicky schielte hinüber zu den Sporttaschen im Gebüsch. Sie hoffte inständig, dass Willy wusste, was er tat, schlug zuerst die Hände vors Gesicht, steckte dann aber die Finger in die Ohren und zog sich in den Hauseingang zurück. Im selben Augenblick, als das Kindermädchen die Haustür aufriss, explodierte der Sprengstoff in weniger als sieben Metern Entfernung. Gestrüpp und Erdbrocken flogen durch die Luft. Die Explosion war viel zu gewaltig ausgefallen und entsprach überhaupt nicht dem, worum sie gebeten hatte, auch wenn Dalip zum exakt richtigen Zeitpunkt in zirka fünfundsiebzig Metern Entfernung den Knopf der Fernbedienung gedrückt hatte.

Noch ehe die Detonation verklungen war, warf sich Nicky auf das Kindermädchen, so dass sie beide im Hausflur landeten. Dann schien sich alles in stummer Zeitlupe abzuspielen.

Das Erste, was sie wieder hörte, waren die sich nähernden Sirenen der Einsatzfahrzeuge der Polizei. Anders als das Kindermädchen war Nicky vollkommen ruhig.

Didi und seine Kumpane waren längst über alle Berge.

Das Kindermädchen war vollständig aufgelöst und weinte ununterbrochen, während die Polizei sie vernahm. Nicky hatte man gebeten, in einem Nebenzimmer zu warten. Kaum hatte sie sich vorsichtig auf einen Stuhl gesetzt, schlich sich der Junge ins Zimmer. Er lächelte zwar, aber aus seinen Augen sprachen Angst und Einsamkeit.

»Wer bist du? Wohnst du hier?«, fragte Nicky ihn und nahm seine Hand. Ihn zu trösten, war nicht schwer.

Bevor die Polizei Nicky mit Fragen bombardierte, gaben sie ihr einen Schluck Wasser zu trinken. Nicky verriet ihnen zwar ihren Namen, nicht aber ihre Anschrift, zumindest nicht die richtige. Nach einer halben Stunde stellten sie ihr haargenau dieselben Fragen ein zweites Mal, und Nicky beantwortete sie haargenau wie zuvor.

Anschließend rief ein Polizist bei Marc de Vires an und berichtete, was geschehen war.

»Sagen Sie der jungen Frau, sie soll morgen früh in mein Büro kommen, wenn sie nicht so lange warten kann, bis ich zu Hause bin«, hatte er der Polizei aufgetragen.

Sie durfte gehen, ehe Marc de Vires auftauchte.

Von zu Hause aus rief sie Peter auf seinem Handy an. Erst nach dem siebten Läuten erklang das erhoffte Klicken.

»Hallo«, sagte sie. Im Hintergrund hörte sie das Rauschen des Verkehrs. »Hallo«, wiederholte sie und wollte gerade ihren Namen nennen.

Da hörte sie jemanden schwach atmen und war sofort alarmiert. Ein drittes Mal wiederholte sie »Hallo«, dann legte sie auf. Sie rief die Nummer noch einmal an, doch als sie im Hintergrund erneut den Verkehr hörte, legte sie sofort wieder auf.

Ratlos starrte sie auf das Foto ihrer Mutter, das einzige, das sie in der Wohnung hängen gelassen hatte. Es war schon etliche Jahre alt. Damals fand man ziselierte Rahmen schön, und die Fotos steckten in Passepartouts. Das Bild zeigte eine hübsche Frau, sehr zart, mit einem Lächeln in den Augen, die Haare trug sie offen. Nicky fuhr mit dem Finger die scharfe Kante des Rahmens entlang.

Wie sollte sie jetzt weiter vorgehen? Peter musste erfahren, was in den beiden letzten Tagen passiert war. Sie musste ihm von der zufälligen Begegnung mit Matthijs Bergfeld berichten, was ihn sicher interessieren, wenn auch wohl nicht freuen würde. Und dann musste sie ihm ihren unorthodoxen, aber gelungenen Überfall auf Marc de Vires' Haus beichten, von dem er sicherlich noch weniger begeistert wäre.

Noch einmal wandte sie sich ihrer Mutter zu, als erwartete sie von ihr Zustimmung für das, was sie als Nächstes tun musste.

In aller Ruhe, wenn auch mit klopfendem Herzen, wählte sie Peters Nummer bei Christie.

Peters Sekretärin erklärte freundlich, aber bestimmt, dass ihr Chef leider nicht im Hause sei. »Wessen Anruf darf ich ihm melden?« Sie klang indigniert, wenn auch professionell gelassen. Wer wagte da anzurufen, ohne seinen Namen zu nennen?

»Ich versuche es später wieder.« Nicky bedankte sich und legte vorsichtig auf, hörte aber gerade noch, wie Linda Jacobs erstaunt fragte: »Spricht dort Nicky Landsaat?«

25

Rien fühlte sich wie zerschlagen.

Er hatte seine Aufgabe erfüllt, und nun blieb ihm nichts, als zu warten. Er sah aus dem Fenster, beobachtete den Verkehr. Das war sein einziger Kontakt zur Außenwelt. Seit Tagen schon war er völlig isoliert und fühlte sich wie ausgestoßen. Das Telefon blieb stumm. Niemand rief ihn an. Niemand suchte seine Gesellschaft.

Er sah sich um. Seine Wohnung war zum reinsten Schweinestall verkommen. Das fiel sogar ihm selbst auf.

In diesem Moment spürte Rien tiefen Hass auf sie alle, auf Huijzer und Poot, auf Marc de Vires, auf Peter, ja auch auf seine eigene Mutter. Alle hatten sie ihn betrogen, hatten sich Stück für Stück seines Lebens bemächtigt und es am Ende ruiniert.

Er war zornig und frustriert, und er hatte Angst, aber sich wirklich Gedanken über sich und sein Leben zu machen, dafür fehlte ihm in diesem Moment die Ruhe. Gepeinigt von Verzweiflung und Wut brüllte er sich die Stimmbänder heiser. »Die bringen mich um!«, schrie er. »Ohne jede Skrupel!« Dann wieder riss er sich am Riemen und wiegte sich in Sicherheit: Jetzt ist es überstanden, Rien. Du hast deinen Teil beigetragen. Du bleibst so lange im Haus, bis Peter ihnen geliefert hat, worauf sie wirklich aus sind. Rien nickte. Klar, auf Peter ist Verlass.

Zum zwanzigsten Mal schon sah Rien an diesem Vormittag in den Spiegel. Sein rundes Gesicht schien fülliger geworden zu sein, aber das konnte kaum am Gewicht liegen. Ganz im Gegenteil, er hatte inzwischen so abgenommen, dass sein Gürtel bald nicht mehr genügend Löcher hatte. Nein, es lag eher an seiner Gesichtsfarbe. Er war leichenblass und wurde Tag für Tag immer noch blasser. Und ihm fielen die Haare aus. Ein Blick in das Waschbecken genügte.

Ich rufe ihn an. Morgen rufe ich Marc de Vires an. Er wird sicher verstehen, dass meine Loyalität an ihre Grenzen stößt, wenn ich nicht bald etwas Gescheites zu essen bekomme. Ja, dachte er, das werde ich morgen tun.

Als im selben Moment sein Telefon klingelte, erschrak er zu Tode. Alarmiert starrte er auf das Gerät, bevor er den Hörer endlich abnahm. Hatte er in schwindender Loyalität gerade noch über eigene Forderungen nachgedacht, so verdunsteten diese Gedanken wie Tau in der Sonne.

»Du kanntest doch Kelly de Boer, Peters Frau, oder?« Die Frage wirkte zwar unschuldig, aber Marc de Vires klang düster.

Unwillkürlich schüttelte Rien den Kopf. »Nein. Leider nicht. Ich bin ihr nie begegnet. In den Jahren ihrer Ehe hatten Peter und ich keinen Kontakt.«

»Was hat dir deine Mutter über sie erzählt?«

»Eigentlich nichts, jedenfalls nichts Besonderes. Meine Mutter und Kelly de Boer waren nicht gerade Busenfreundinnen.« Er versuchte zu lachen.

»Und Peter? Hat er Kelly geliebt?«

»Dazu kann ich nichts sagen.«

»Vielleicht wird dir jemand in den nächsten Tagen dieselben Fragen stellen. Sprichst du Englisch?«

Die Haut in seinem Gesicht spannte mit einem Mal wie eine Maske. Rien strich sich über die Stirn, um das unangenehme Gefühl loszuwerden. »Das will ich meinen.«

»Eine angesehene New Yorker Anwaltskanzlei ist beauftragt mit dem Fall Kelly de Boer. Sie heißt Lawson & Minniver. Man wird dich nach Peters Beziehung zu Kelly befragen. Leg dir also bitte deine Antworten zurecht.«

»Ich werd's versuchen.«

De Vires lachte eine Spur zu laut. »Nein, Rien, du wirst es nicht versuchen. Du wirst die Antworten parat haben. Verstanden?« Unvermittelt hörte das Lachen wieder auf. »Übrigens, was machen deine Haare?«

Rien fuhr sich an den Kopf, als hätte er soeben einen Stromschlag bekommen. Er war völlig überrumpelt und hätte fast die Beherrschung verloren.

»Du wirst noch viel mehr von deiner Mähne verlieren«, fuhr de Vires inzwischen ungerührt fort, »wenn du dich wegen der Fragen nicht ins Zeug legst. Denk an das Fläschchen, das ich dir neulich gezeigt habe. Thallium, du erinnerst dich? So fängt es an. Mit den Haaren. Na ja, und vielleicht kommen noch Magenschmerzen und Erbrechen und ein paar Wahrnehmungsstörungen dazu.«

Rien war wie gelähmt. So fängt es an. Die Worte brannten in seinem Inneren.

»Nur jeweils ein mikroskopisch kleiner Tropfen, Rien. Mehr muss es gar nicht sein. Thallium sorgt auf dem Weg ins Paradies einfach für ein bisschen mehr Tempo.«

»Aber ihr habt mir doch gesagt, ihr hättet mir nichts gegeben?« Sein Blick wanderte unstet durch den Raum.

»Ja, das haben wir gesagt.«

»Warum …«

»Gib mir deine Antworten, dann bekommst du meine. Du hörst von uns.« Ein Klicken verkündete das Ende des Gesprächs.

Schwankend ließ Rien den Hörer fallen.

Dann rannte er in die Küche, griff wahllos alles, was noch in Speisekammer und Kühlschrank lag, und stopfte es in Plastiktüten: asiatische Nudeln, Chili-Paste, Toastbrot, Würste, eingelegtes und tiefgefrorenes Gemüse, Nüsse, Mehl, Gewürze. In hohem Bogen warf er die Tüten anschließend in den Abfallschacht im Treppenhaus, dass es an dessen Ende nur so dröhnte. Alles musste weg, und wenn er verhungerte.

Als das erledigt war, ließ er sich schwerfällig in seinem einzigen Sessel nieder und kaute an seinen Fingernägeln, bis es blutete.

Was zum Teufel sollte er tun? Und: »Warum zum Teufel ich?«, murmelte er. »Warum haben diese Leute es so verdammt eilig? Und warum ich?« Er kniff die Augen fest zu und fasste sich an den Kopf, massierte den immer lichter werdenden Haaransatz – unübersehbares, mahnendes Zeichen seiner Bedrohung.

Du Teufel, meldete sich eine innere Stimme. Wenn das hier überstanden ist, muss für mich etwas dabei herausspringen. Schluchzend bedeckte er sein Gesicht mit den Händen. Dafür wirst du büßen, Peter, das verspreche ich dir!

26

Seine Mitarbeiter hatten gehört, was sich am Vortag vor seinem Haus zugetragen hatte, und erwarteten Marc de Vires einigermaßen beunruhigt im Büro. Während ihm die meisten lediglich zunickten, sah ihn seine ansonsten so korrekte Sekretärin voller Mitgefühl an. Er ging darüber hinweg, aber wenn Marc de Vires ehrlich war, ging es ihm gar nicht gut. Zu vieles lag im Dunkeln.

Die Bombenexplosion vor seinem Haus war nur ein weiteres in einer ganzen Kette von Ereignissen, die er noch nicht wirklich in einen Zusammenhang brachte.

Seine Sekretärin hatte die junge Frau bereits in sein Büro gebracht. Die Besucherin war groß, hatte dunkles Haar und trug einen fantastischen, figurbetonten Hosenanzug. Nur die Schuhe passten gar nicht zu ihrer Erscheinung.

Er stellte sich ihr vor und erklärte, die Polizei habe ihm bereits ihren Namen genannt. Nicky Landsaat reichte ihm lächelnd die Hand.

Sofort hatte er das Gefühl, sie schon einmal gesehen zu haben – besonders ihr Lächeln. Nur wo?

»Ich weiß nicht, wie ich Ihnen danken soll. Was hätte nicht alles geschehen können, hätten Sie nicht so geistesgegenwärtig reagiert.« Er schenkte ihr in das bereitstehende Glas ein. »Was genau hat Sie eigentlich auf den Plan gerufen?« Er sah auf ihren Mund, der gänzlich unbekümmert wirkte, und genau das war es, was ihn nun verunsicherte. Ich weiß genau, dass ich sie schon einmal gesehen habe, dachte er, und zwar erst vor Kurzem. Aber wo? Ist da jemand ausgebufft genug, eine Indonesierin anzuheuern, um die eigenen Spuren zu verwischen? Er zwang sich, die Gedanken abzuschütteln.

»Ich sah, wie zwei dunkelhäutige Männer auf das Haus zuliefen, wie sie zwei Sporttaschen vor die Haustür warfen und sofort auf die andere Straßenseite rannten«, sagte Nicky. »Noch im Laufen gab einer der beiden etwas in sein Handy ein. Irgendwie fand ich das merkwürdig. Dann waren sie verschwunden. Wohin, habe ich nicht gesehen.« Sie blickte aus dem Fenster, und ihre Miene schien auszudrücken, dass sie das Ganze längst hinter sich gelassen hatte. Sie wirkte aufrichtig.

»Und dann kamen Sie zu Hilfe, Fräulein Landsaat. Noch bevor das Kindermädchen die Haustür öffnen konnte, hatten Sie die Sporttaschen ins Gebüsch geworfen.« De Vires versuchte, ihren Blick aufzufangen. Als er sie mit Fräulein angeredet hatte, hatte sie nicht protestiert. Sehr vielversprechend.

»Ich hatte doch keine Ahnung, worauf das Ganze hinauslief. Es wirkte nur alles so merkwürdig. Ohne weiter nachzudenken, bin ich deshalb zur Haustür gerannt, habe die beiden Taschen gegriffen und erst eine, dann die andere in die Büsche geworfen. Und da sind sie auch schon gleich explodiert. Ich kann mich überhaupt nicht mehr genau erinnern, was dann passiert ist, nur, dass ich plötzlich im Hausflur lag.«

De Vires versuchte, sich die Situation vor Augen zu führen. Was hatte die Zündung der Bombe ausgelöst? Oder wer? Bei einem Zeitzünder wäre sicherlich mehr Zeit eingeplant gewesen als diese nicht vorhersehbare Anzahl von Sekunden, die das Kindermädchen gebraucht hatte, um den Anruf anzunehmen, durchs Haus zu gehen und die Haustür zu öffnen. Also musste die Bombe per Fernzünder ausgelöst worden sein.

»Was mag die Sprengung der Bomben ausgelöst haben?«

Sie zuckte nur die Achseln, eine natürliche Reaktion, wenn man nichts wusste. Aber ebenso natürlich, wenn man etwas sehr wohl wusste, aber keine Ahnung hatte, welche Antwort man am besten gab.

»Vermutlich eine Fernbedienung, oder wie heißt das?«

Mit dieser Antwort hatte er nicht gerechnet. »Aber Ihnen war es doch bereits gelungen, die Taschen in die Büsche zu werfen. Warum hätte man sie dann noch zünden sollen? Den Tätern muss doch klar gewesen sein, dass die Sprengkraft nicht groß genug war, um so weit von der Tür entfernt jemandem Schaden zuzufügen.«

»Das war denen ja vielleicht ganz recht.«

»Ja, vielleicht.« De Vires nickte. Sie hatte mit Sicherheit den Nagel auf den Kopf getroffen. Der irakische Nachrichtendienst und seine Methoden, die Menschen in Angst und Schrecken zu versetzen, waren schließlich ein Kapitel für sich. Morde waren üblicherweise nicht an einen konkreten Zweck gekoppelt, entscheidend war vielmehr der Grad der Abschreckung – unmittelbar, aber auch auf lange Sicht.

Dieses Mal hatten sie es auf sein Kindermädchen abgesehen gehabt. Sie stand ihm nahe, aber nicht persönlich. Damit konnte der Anschlag als Warnung gemeint gewesen sein. Was bedeutete es schon, ob sie am Ende dabei starb oder nicht? Bei der Aktion zählte einzig und allein, dass sie hätte getötet werden können.

Dass das Überleben allein von der Gnade des Nachrichtendienstes oder des Militärgeheimdienstes und damit von Saddam Hussein abhing.

Hatte Saddam Hussein nicht zum Beispiel den aufmüpfigen Oberst Abd ar-Razzaq an-Naif verschont und ihn sogar persönlich zum Flughafen bringen lassen, die geladene Pistole stets in der Tasche? Und hatte Saddam dann nicht einfach ein wenig Zeit verstreichen lassen? Genau so war es gewesen!

Darin bestand doch der eigentliche und höchst raffinierte Terror. Zehn Jahre lang ließ Saddam den Oberst ein Dasein im Exil führen, wobei die Killer stets und unverkennbar in seiner Nähe waren. Dann, am zehnten Jahrestag seines Exils, hatte Saddam ihn vor seiner Londoner Haustür erschießen lassen.

Das war unmissverständlich Terror. Das Wissen um diese und ähnliche Vorkommnisse brachte auch jeden rationalen Menschen dazu, überall Täuschung zu wittern und zu erzittern, sobald sie Saddams Zorn auch nur im Leisesten spürten. Die ewige Angst vor einer Strafe, angesichts derer die Angst vor einer umgehenden Hinrichtung geradezu verblasste, ließ die ewig schwelende Glut des Aufruhrs ausglimmen. Jedermann war verwundbar. Den eigenen Tod fürchtete de Vires nicht, aber er trug die Verantwortung für Dennis, und die wog schwer.

Er konnte den Vorfall nicht einfach als Bagatelle abtun. Rahman oder wer auch immer hatte damit jedoch die Machtverhältnisse klargestellt und dafür gesorgt, dass er wachsam blieb.

Außerdem hatte ihm der Anschlag ein neues Problem beschert. Ingrid, das Kindermädchen, war seit dem Vorfall ein einziges Nervenbündel und hatte fristlos gekündigt. Wer sollte nun auf seinen Neffen aufpassen?

»Wie haben die Männer ausgesehen?« So unauffällig wie möglich musterte er sie.

»Sie waren dunkelhäutig.«

»Wie Surinamer?«

»Nein, sie sahen eher wie Araber aus.« Sie zögerte. »Ich bin eigentlich sicher, dass es Araber waren. Schnurrbärte, lockiges Haar, braune Pullis mit V-Ausschnitt und volle Brustbehaarung.«

Stirnrunzelnd drückte de Vires auf seinen Knopf. »War es vielleicht einer der beiden?«, fragte er sie, als Rahman den Raum betrat.

»Nein.« Die Antwort kam wie aus der Pistole geschossen. »Sie waren nicht so groß.«

De Vires ignorierte die Wut in Rahmans Augen sowie den prüfenden Blick, mit dem dieser die junge Frau ins Visier nahm. Es gehörte nicht viel dazu, sich diesen Mann zum Feind zu machen.

Na gut, dachte de Vires, nachdem er Rahman wieder hinausgeschickt hatte, warum den Stier nicht bei den Hörnern packen. »Ich habe das Gefühl, als hätten wir zwei uns schon einmal gesehen, kann das sein?«

»Ob wir uns schon einmal gesehen haben? Aber ja. Ich bin vorgestern an Ihrem Haus vorbeigegangen. Ihr Taxi wartete vor dem Haus, erinnern Sie sich? Da haben Sie mich vielleicht gesehen.« Sie wischte sich mit dem Handrücken einen Fussel vom Hosenbein. »Na ja, ich war etwas weniger formell gekleidet.«

De Vires nickte, jetzt erinnerte er sich. »Sie wohnen in der Gegend?«

»Nein.« Sie lachte auf. »Nein, nein. Ich wohne in Amsterdam, aber ich suche etwas Neues. Ich würde gerne ein bisschen mehr im Grünen wohnen.«

»Amsterdam ist aber eine sehr schöne Stadt.«

»Sie kennen den Teil der Stadt nicht, in dem ich wohne.«

»Das Viertel um den Haarlemmerhout ist ein teures Pflaster.«

»Ich weiß, ich habe geerbt. Meine Mutter ist vor Kurzem gestorben, und nun hält mich nichts mehr in Amsterdam. In einem Viertel wie Walletjes hat man es als Frau und besonders als Molukkin nicht immer leicht, das können Sie mir glauben.«

»Walletjes! Verstehe.« Er sah sie nachdenklich an. »Was Sie gestern getan haben, war mutig. Gibt es etwas, das ich für Sie tun kann, Fräulein Landsaat?«

Sie schüttelte den Kopf, aber dann veränderte sich ihre Miene kaum merklich. »Ich habe im Sommer mein Examen als Marketingmanagerin abgelegt. Bisher habe ich noch keinen Job, aber ich rechne fest damit, dass ich bald etwas finde. Andere Wünsche habe ich eigentlich nicht.«

Er presste die Lippen zusammen. Das kam ihm nun wirklich zupass. »Einen guten Arbeitsplatz zu finden, ist nicht leicht. Haben Sie gute Abschlussnoten?«

Wieder schüttelte sie den Kopf.

Das ist mal eine ehrliche Antwort, dachte er. Wie angenehm. »Könnten Sie sich vorstellen, mir in der nächsten Zeit mit Dennis zu helfen?« Er setzte sein freundlichstes Lächeln auf. »Dennis ist mein Neffe. Wie ich gehört habe, hat er sich gestern bei Ihnen gleich wohlgefühlt. Das Kindermädchen ist ehrlich gesagt völlig zusammengebrochen und hat gekündigt.«

Er sah, wie sie mit sich kämpfte.

»Nur für eine Weile, bis ich einen Ersatz für Ingrid gefunden habe. Vielleicht finden Sie in der Zeit sogar eine Wohnung in der Gegend.« Er sah sie weiter prüfend an. »Und einen guten Job. Wer weiß?«

Marc de Vires hatte sein Leben lang eine einfache Maxime befolgt, die besagte, unter allen Umständen immer erst ein Problem zu lösen und sich dann dem nächsten zuzuwenden.

Seine Taktik schien aufzugehen. Sie biss an. Was hätte sie den Bedingungen auch entgegensetzen sollen? Sein Lohnvorschlag würde dem einer jungen Betriebswirtin entsprechen, und Dennis wäre versorgt.

Sie vereinbarten, dass Nicky schon am selben Nachmittag beginnen sollte, denn so könnte Ingrid sie vor ihrer Abreise noch einweisen.

»Matthijs Bergfeld erwartet Sie, Herr de Vires«, kam in diesem Moment die Stimme aus der Sprechanlage.

De Vires lächelte entschuldigend, und Nicky stand auf und

verabschiedete sich. Hatte sie leicht errötend ihr Gesicht weggedreht, als Matthijs Bergfeld an ihr vorbeiging? De Vires war sich nicht sicher. Glaub bloß nicht, Fräulein Landsaat, dass Thomas Kleins Geliebter Frauen auch nur wahrnimmt, nicht einmal solche Leckerbissen wie dich, dachte er still vor sich hin lächelnd und verfolgte ihren Abgang mit gefälligem Blick.

»Was gibt's?« De Vires übersah Bergfelds ausgestreckte Hand und schenkte sich noch ein Glas Wasser ein.

»Thomas Klein bittet mich, Ihnen mitzuteilen, dass er gestern Abend telefonisch mit der Kanzlei Lawson & Minniver konferiert hat. Die Angelegenheit ist vom Tisch. Kelly de Boers Mutter hat ihre Forderung zurückgezogen«, erklärte Bergfeld mit blassem Gesicht.

De Vires' Missfallen war unüberhörbar. »Gestern hatte ich mit Thomas Klein ausdrücklich vereinbart, dass die Alte auf keinen Fall von Peter de Boers Schachzügen erfahren darf.« Kein Wunder, dass der Mann nicht wagte, persönlich zu erscheinen. »Wie konnte das trotzdem passieren?«

»Sie hat nichts erfahren. Jedenfalls nicht von uns. Mrs. Wright spricht einzig und allein mit den Angehörigen der Kanzlei.«

»Warum ist Thomas Klein nicht persönlich hier?«, fragte er. Jetzt erzähl mir bloß keinen Scheiß, du kleiner Arschficker, sonst schicke ich dir Rahmans Kühlwagen vorbei, dachte er.

»Ich weiß es nicht.«

Marc de Vires fluchte schweigend in sich hinein.

Das mittlere Telefon auf seinem Schreibtisch klingelte unheilverkündend. Er spürte, dass er blass wurde, als er den Hörer abnahm.

Er kannte weder den Namen des Anrufers, noch wusste er, wie der Mann aussah. Aber die Stimme kannte er genau. »De Vires, das geht zu langsam.«

Du elender Teufel, du, dachte de Vires und drehte den Bürostuhl, so dass er Matthijs Bergfeld den Rücken zukehrte. Der sollte auf keinen Fall seine Aufregung sehen können. »Zu langsam?« Er sprach gedämpft. »Ich verstehe nicht. Wir können Ihnen bereits in wenigen Tagen einen Strategieplan liefern.«

»Gut!«, entgegnete die Stimme. »Da haben Sie Zeit gewonnen. Aber was ist mit dem nächsten Fall?«

»Der nächste Fall? Auf den habe ich de Boer noch nicht angesetzt.«

»Und warum nicht?«

»Es ist noch zu früh. Eins nach dem anderen, das ist bewährte Praxis.«

»Ich gebe Ihnen zwei Tage. Andernfalls bekommen Sie ein Päckchen mit den Gehirnen Ihres Bruders und Ihrer Schwägerin.«

»Sie rühren die beiden nicht an!« Er hörte selbst, wie leer die Drohung klang.

Das Lachen auf der anderen Seite war Antwort genug. »Wir tun, was wir können.«

De Vires biss so sehr die Zähne zusammen, dass es wehtat. »Vergesst nicht, was mein Bruder in Les Baux-de-Provence für euch getan hat.«

Wieder dieses Lachen. »Das vergessen wir auch nicht. Aber die Wahrheit ist, ohne Les Baux-de-Provence wärt ihr alle längst tot.«

Dann stieß die Stimme auf Arabisch einen Befehl aus. De Vires konnte sich den Raum Tausende Kilometer entfernt lebhaft vorstellen, in dem der andere sich befand – für ihn Inbegriff einer anderen Realität. Glatter, verschmutzter Boden. Verdreckte Wände und Haken an der Decke. Zwei Stühle, ein Tisch. Licht kam lediglich von einer nackten Glühbirne.

Als er im Hintergrund das charakteristische trockene Knallen von Schüssen hörte, brach ihm der Schweiß aus.

»Lassen Sie mich mit ihm sprechen!«, rief er.

Die automatische Waffe feuerte ein paar weitere Schüsse ab.

»Lassen Sie mich mit ihm sprechen!«, wiederholte er, dieses Mal allerdings ruhig, bestimmt, selbstbewusst.

»Wir lassen uns keine Bedingungen stellen.«

»Seid ihr vielleicht gerade dabei, zweihundert Menschen einen nach dem anderen umzubringen? Ist es das? Was zum Teufel glaubt ihr, werden die Amerikaner dazu sagen?«

»Wir haben die zweihundert nicht, falls Sie das glauben. Aber wir haben Ihren Bruder und Ihre Schwägerin. Reicht das nicht?«

Bevor de Vires etwas entgegnen konnte, hatte der andere aufgelegt.

De Vires atmete mehrmals tief durch.

Als er sich auf seinem Stuhl wieder umdrehte, saß der blasse Kerl da und gaffte aus dem Fenster. Er hatte keine Ahnung, worüber soeben gesprochen worden war.

27

Dennis war ein entzückender, aufgeweckter Junge, der allerdings permanent um Aufmerksamkeit buhlte und einigermaßen treulos war. Kaum stand Nicky im Haus, ließ er die Hand seines Kindermädchens los und klammerte sich mit hingebungsvollem Blick an Nicky.

»Komm mit nach oben!« Begeistert zog er sie die Treppe hinauf, nur um ihr wenig später den Keller zu zeigen. »Da sind auch viele Zimmer.«

Als Ingrid eine Stunde später mit dem Koffer in der Hand reisefertig im Flur stand, hatte Nicky keine Gelegenheit gehabt, auch nur fünf Minuten mit ihr zu reden.

Das Haus, das Dennis Nicky zeigte, war in jeder Hinsicht repräsentativ. Hohe Decken, teures Mobiliar und farbenfrohe Deko-Stücke aus aller Herren Länder. Alles war aufgeräumt und penibel sauber, nirgendwo lag auch nur ein Staubkorn. Im ersten Stock versank man im Flor des Teppichbodens. Alle Kleider hingen auf Bügeln oder waren exakt gefaltet in den Schrankfächern verstaut, nirgendwo lag etwas herum.

Nicky fand den Anblick überwältigend. Was für eine andere Welt. Einen Moment lang drifteten ihre Gedanken ab in die Wohnung der eigenen Familie.

»Komm!«, sagte sie schließlich. »Zeig mir, wo dein Onkel arbeitet.«

»Warum?« Seine Augen waren nun hellwach, aber es lag keine Begeisterung darin.

Er ist ein Kind, ermahnte sie sich. Setz ihn bloß nicht unter Druck, Nicky! Und riskiere nichts, du hast Zeit genug.

Am nächsten Morgen kleidete sie sich praktischer.

Marc de Vires öffnete ihr die Tür und musterte sie in ihrer Bluse und Leinenhose. Fast wirkte er ein wenig enttäuscht. Er gab ihr noch ein paar Anweisungen, dann überließ er ihr den Jungen.

Nicky hatte sich vorbereitet. »Lass uns Verstecken spielen, Dennis«, lockte sie ihn, und der Junge jubelte. Er trippelte ungeduldig auf der Stelle, und als sie bis zehn gezählt hatte, war er kichernd die Treppe hinauf verschwunden.

»Ich komme!«, rief Nicky, schlich dabei aber in das angrenzende Zimmer.

Verglichen mit der Ausstattung seines Arbeitszimmers sah Marc de Vires' Computer aus, als gehöre er auf den Sperrmüll. Vergilbt und voller Kratzer und Dellen stand der PC-Turm zwischen den Tischbeinen auf dem Boden. Ein Markenhersteller war daran nicht beteiligt gewesen.

Sie schaltete den Rechner ein und erwartete einen 386er-Prozessor, der mit Müh und Not ein monochromes Bild zustande brachte. Überrascht musste sie stattdessen feststellen, wie die Hardware leise und effektiv summte, und schneller, als sie es je zuvor erlebt hatte, erschien ein wahres Meer von Icons auf dem Bildschirm. Irritiert trat Nicky einen Schritt zurück. Warum steckte man ein solches Wunder elektronischer Aufrüstung in diesen verschrammten Kasten? Zudem war der Zugang zu diesem Computer durch keinerlei Passwort geschützt, bemerkte Nicky atemlos.

»Ja, ich komme!«, antwortete sie, als sie Dennis' Stimme verzagt aus dem zweiten Stock rufen hörte. Sie stellte den Monitor aus, ließ den Computer aber laufen.

Dennis saß unter einem Tisch, das Versteck war leicht zu

finden gewesen. Nicky beschloss, jetzt, wo sie an der Reihe war, sich ebenfalls dort zu verstecken.

Der Junge hatte sie in null Komma nichts gefunden.

So machten sie eine ganze Weile weiter. Jedes Mal, wenn Nicky den Jungen gefunden hatte, versteckte sie sich anschließend am selben Platz wie er. Dieses Spiel amüsierte ihn köstlich. Er selbst strengte sich mächtig an, gute Verstecke zu finden, und wären nicht seine gelegentlichen aufgeregten Schreie gewesen, hätte sie keine Ahnung gehabt, wo sie ihn suchen sollte.

Immer wieder bot sich ihr die Gelegenheit, für einen Moment vor dem Computer zu sitzen. Dabei trampelte sie mit den Füßen auf den Boden und tat so, als wäre sie auf der Suche nach ihm. Laut seufzend klagte sie über den raffinierten Jungen, der es schaffte, sich so gut zu verstecken.

Seine Begeisterung für das Spiel schien kein Ende zu kennen, und so ließ Nicky ihn immer länger in seinen Verstecken warten. In der Zwischenzeit konnte sie ungestört weiter in die Tiefen des PCs vordringen. Sie hoffte, auf irgendwelche Informationen zu stoßen, die sie im Zusammenhang mit ihrem Auftrag sinnvoll würde nutzen können.

Aber auch wenn Nicky es verstand, die Geheimnisse einer Festplatte nach Belieben auszuspähen, dieses Mal half es ihr nicht. Und auch was der Internet-Browser ihr verriet, brachte sie nicht weiter. Alle Verläufe und Favoriten waren gelöscht.

Dann suchte sie im Explorer nach Informationen, fand aber auch hier nichts. In den Textbearbeitungsprogrammen waren kaum Dateien gespeichert, und in den Datenbanken sah es ebenso aus.

Frustriert sah Nicky sich um, ging die Zeitungsausschnitte durch, die auf dem Tisch lagen, versuchte, die Unterstreichungen, die de Vires vorgenommen hatte, zu interpretieren, fand aber keinen gemeinsamen Nenner. Sie wandte sich den Regalen zu, zog ein paar Aktenordner heraus und blätterte darin, ohne die Klammer zu lösen.

Sie stieß auf keinerlei persönliche Informationen, es gab lediglich blaue Ordner mit Infos zu Wirtschaftsfragen und Vermögensanalysen und gelbe Ordner mit Angaben zu Steuergesetzen in Finanzparadiesen wie Liechtenstein, den Cayman Islands und Jersey. Die roten Ordner waren gefüllt mit systematisch abgelegten Zeitungsausschnitten über die Machtstrukturen und politischen Verhältnisse in einer Reihe von Dritte-Welt-Ländern, die grünen enthielten Rundschreiben und Merkblätter rund um die unterschiedlichen Formen von Unternehmen und Kapitalgesellschaften in den Niederlanden, England und Frankreich.

Nichts davon brachte sie jedoch auf eine neue Spur.

Als sie Dennis zum siebten Mal gesucht und gefunden hatte, lag er auf dem Boden unter einem Schrank, sein Kopf war hochrot vor Anstrengung und Begeisterung, dass er sie mit seinem Geschrei auf den richtigen Weg gelockt hatte. Dann schlug seine Laune jedoch um, und er hatte keine Lust mehr.

Es war Essenszeit, und während der Junge strahlend losfutterte, forderte Nicky ihn zu einem Ratespiel auf. Für einen Sechsjährigen, fand Nicky, beantwortete er ihre Fragen über fast alles zwischen Himmel und Erde sehr kenntnisreich, er wusste ausgezeichnet Bescheid über Tiere, Fabelwesen oder ferne Länder. Aber als sie ihn schließlich fragte, wie die holländische Königin hieß, musste er passen. Er wusste so gut wie nichts über Holland, und ebenso wenig kannte er den Unterschied zwischen Nasi und Bami Goreng.

»Woher kommst du eigentlich, Dennis?«, fragte sie.

Er grinste und sah weg.

»Wie heißen dein Vater und deine Mutter?«

Auch darauf mochte er nicht antworten. Laut und deutlich

erklärte er dagegen, er habe keine Lust, zu antworten. Das Brot mit Erdnussbutter flog auf den Boden. »Holland ist ein Mistland! Ich bin hier nur, bis mein Vater und meine Mutter zurückkommen. Dann gehen wir nach Hause nach Belgien.«

Mit diesen Worten wollte er davonlaufen, und Nicky konnte ihn gerade noch an seinem Pullover packen. Sie kitzelte ihn, bis seine Gegenwehr zusammenbrach. »Dann geht es zurück nach Merksem, oder?« Sie lachte und hörte für einen Augenblick mit ihrem Zwicken und Kitzeln auf.

Der Junge dagegen lachte, bis ihm die Tränen über die Wangen liefen. »Wohin?«, fragte er.

»Nach Antwerpen«, schlug sie vor und zwickte ihn über seinem dünnen Knie.

»Ja!«, kreischte er und krümmte sich vor Lachen.

»Wie heißen dein Vater und deine Mutter mit Vornamen, Dennis? Sag schon, sonst kitzle ich dich richtig durch. Sicher heißen sie François und Michelle. Oder Leopold und Astrid oder Charlotte.«

»Nein!«, krächzte er. »Sie heißen Constand und Anna, hahaha! Constand und Anna!« Er wiederholte die Namen immer wieder. Aber als sie ihn nun fragte, warum er nicht bei ihnen war, wo seine Eltern denn wohnten und wie sie mit Nachnamen hießen, war Dennis zu keiner Antwort zu bewegen. Er schwieg beharrlich und wirkte plötzlich ganz leer. Zum Versteckspielen hatte er keine Lust mehr. Er fragte Nicky, ob sie nicht Computer spielen könnten.

»Ich glaube, das dürfen wir nicht, Dennis. Dein Onkel hat es sicher nicht gern, wenn wir seinen Computer anfassen.«

Für einen Augenblick stemmte er eingeschnappt die Hände in die Seiten und betrachtete sie, als ob sie sich einen Spaß mit ihm erlaube. »Hier!« Er zeigte auf einen Sekretär an der pfirsichfarbenen Rückwand des angrenzenden Esszimmers.

Der Junge öffnete die Klappe des antiken Stücks und zog die Tastatur so lässig heraus, wie es nur einer konnte, der diesen Handgriff schon hundertmal gemacht hatte. Selbst wie man den Computer einschaltete, wusste er.

Schon bald nahm der Junge nichts mehr um sich herum wahr, und Nicky ließ ihn mit seinen Waffen und den unendlich vielen Leben im Cyberspace zurück. Sie hatte beschlossen, Marc de Vires' PC eine letzte Chance zu geben, und tastete sich, begleitet von den Geräuschen der Schüsse aus Dennis' Computer, langsam in die Tiefen des Betriebssystems vor.

Dieses Mal glich sie den belegten Speicherplatz mit der Größe der vorhandenen Dateien und Programme ab und entdeckte eine Abweichung von fast drei Gigabytes. Auf der Suche nach etwas Auffälligem blätterte sie das gesamte Verzeichnis durch und klickte sich noch einmal durch sämtliche Icons.

Um wirklich nichts auszulassen, öffnete sie das obligate Entertainment-Paket von Microsoft. Vor ihren Augen entfaltete sich eine ganze Flut von Spielen.

Die unscheinbare Zip-Datei hatte dort wahrhaftig nichts zu suchen.

Nicky klickte das Symbol an, woraufhin der Computer umgehend mit Ticken und Summen reagierte. Es machte den Eindruck, als würde sich eine ganze Maschinerie in Gang setzen. Verschiedene Fortschrittsanzeigen tauchten auf und schossen ihre blauen Balken quer über den Bildschirm, während sich Prozentzahlen mühsam auf Hundert hocharbeiteten.

Als der Prozess abgeschlossen war, hatte sie alles vor sich, was sie brauchte.

Über dreihundert Dateien, in Untergruppen sortiert. Mindestens hundert Bilder im JPEG-Format.

Wo sollte sie anfangen?

Die Dateien zu sichten, war aufwendig, aber Dennis spielte ›Doom‹, er brauchte also garantiert noch mehr Zeit, um sich von einem Level zum nächsten zu schießen. »Geht es dir gut, Dennis?«, rief Nicky. Die fehlende Antwort sagte alles.

Sie suchte in den Dateien nach den Worten *M'Consult, Merksem Consult, Mediterranean Consult* und *Mesopotamia Consult* und landete jedes Mal einen Treffer. Umfassende Auskünfte erhielt sie nicht, aber immerhin eine Bestätigung, dass die Gesellschaften existierten und irgendwie zusammenhingen.

Als sie de Vires' Korrespondenz entdeckte, überlegte Nicky einen Augenblick lang, den Computer auszuschalten. In diesem sehr kurzen Moment beschlich sie nicht nur eine ungute Ahnung von Unglück, Blut und Gewalt. Ihr wurde plötzlich auch das Ausmaß ihrer Neugier bewusst, ihr Ehrgeiz und besonders die von Liebe kaum noch zu unterscheidende Hingabe, die sie für Peter de Boer empfand und für alles, was er repräsentierte.

Nicky feuchtete ihre Fingerspitzen an, rieb sie aneinander und ließ sie dann über die Tastatur gleiten, als zöge eine übernatürliche Kraft sie an einen vom Schicksal bestimmten Ort.

Dann legte sie los.

Die Briefe waren gut archiviert, darum war es einfach, sich sogleich auf die Korrespondenz mit Spitzenpolitikern aus aller Welt zu konzentrieren. Sie überflog die Dokumente, scrollte in ihnen vor und zurück. Es ging um Öl, Kraftwerke, Raffinerien, Handel und Logistik, um Angelegenheiten, bei denen große Summen Geld im Spiel waren. Persönliches fand hier nicht statt. Aus Andeutungen zu politischen Intrigen ließ sich schließen, dass diese Geschäfte zweifelsohne zu ungesetzlichen Handlungen, sogar zu gewaltsamen Übergriffen geführt haben mussten.

Die Lektüre war höchst unerfreulich, viele der beschriebenen Szenarien hatten längst stattgefunden und die Medien weltweit mit Nachrichten und Bildern über Aufstände, Hunger, Leid und Tod versorgt. Die Dokumente enthielten weder Absender noch elektronische Signaturen. De Vires hatte sich abgesichert.

Als Nächstes suchte sie nach den Namen von Dennis' Eltern. Da sie hierbei zu keinen Ergebnissen kam, schloss sie die Textdateien und begann nun die Bilder durchzugehen. Ein Foto nach dem anderen zu öffnen und zu betrachten, nur um es gleich wieder zu schließen, kostete sie viel Zeit.

Die weitaus meisten Fotos waren aus den verschiedensten Zeitungen und Zeitschriften gescannt. Männer vor Maschinen und futuristischen Metallkonstruktionen, deren Zweck Nicky unbekannt war, die sie aber an die glänzenden Raffineriebehälter erinnerten, wie sie am Ufer der Maas westlich von Rotterdam standen.

Andere Bilder zeigten Handwaffen, Bazookas und Granatwerfer, manchmal mit unverhohlenem Stolz von Männern präsentiert. Auf wieder anderen Fotos standen mehrere Männer mittleren Alters zufrieden hinter Tischen, auf denen zur Unterschrift vorbereitete Dokumente mit imposanten Siegeln lagen.

Inzwischen war der Nachmittag weit vorangeschritten. Es blieben ihr vielleicht noch zwei Stunden, bis de Vires nach Hause kam, und das reichte auf keinen Fall, sich alle Fotos anzusehen. Sie musste eine Auswahl treffen. Aber wie?

Ihre Hand bewegte die Maus, ohne sich entscheiden zu können. Wenn nur Dennis nicht unvermittelt hineinplatzen würde! Kaum auszudenken, dass er seinem Onkel von ihren Aktionen berichten könnte. Immer ein Ohr auf den Flur gerichtet, begann sie schließlich, die Liste nach Datum abzuarbeiten. Sie wollte zuerst die drei neuesten Dateien, dann die drei ältesten anschauen, dann die drei zweitneuesten und zweitältesten und so weiter. Die Methode spielte vermutlich keine Rolle, Hauptsache, sie ging systematisch vor und verlor nicht den Überblick.

Das Vorgehen war mühsam, wurde aber verhältnismäßig schnell von Erfolg gekrönt, denn schon am zweiten Bild in der fünften Serie der ältesten Dateien blieb sie hängen.

Was sie sah, wirkte zunächst wie eine zufällige Gruppe von Männern in einer dramatischen Landschaft, hoch über ihnen, auf einem Felsplateau gelegen, erkannte man eine mittelalterliche Festung. Das steife Lächeln der Männer schien auf einen Verhandlungsabschluss mit einigermaßen gerecht verteilten Gewinnen zu deuten. Erst bei genauerem Hinsehen blieb ihr Blick an einem dunklen Mann inmitten dieser grauen Schar hängen, einem Mann, dessen Anwesenheit sie verstörte. Trotz der schlechten Auflösung des Bildes und der Unschärfe konnte kein Zweifel daran bestehen, dass es sich um Saddam Hussein handelte. Selbstbewusst stand er dort in schwarz-weiß kariertem Anzug, buntem Hemd und Schlips.

Auch der gut gekleidete Mann daneben musste nicht weiter vorgestellt werden, selbst wenn das Bild einige Jahre alt war. Es war unverkennbar Jacques Chirac, Frankreichs Präsident, der Saddam Husseins Händedruck erwiderte.

Die Männer hinter den beiden wirkten ernst, aber zufrieden. Nicky betrachtete die Bildunterschrift und schüttelte den Kopf. Hübsche Zeichen, schwarz und anmutig verschnörkelt, aber leider für sie nicht zu entziffern.

Zum x-ten Mal blickte sie auf die Uhr.

Der Countdown lief.

Sie kniff die Augen zusammen und versuchte, die fünf Männer im Hintergrund des Bildes zu identifizieren. Zwei der Beamten, die unumgänglichen Statisten derartiger Treffen, waren zweifellos Araber, wie Klone ihres Führers standen sie lächelnd und mit breiten Schnauzbärten dabei. Die Männer links und rechts von ihnen waren vermutlich ihre französischen Pendants.

Nicky fixierte einen der vermeintlichen Franzosen, den größeren und dunkleren der beiden. Die zusammengekniffenen Augen und der leicht zurückgehende Haaransatz kamen ihr merkwürdig bekannt vor.

Lange betrachtete Nicky das Gesicht. Jetzt streng dich an, flüsterte eine Stimme in ihrem Hinterkopf. Diese Augen kennst du doch. Oder ist es die Stirn? Die Augen, es mussten die Augen sein! Sie zoomte sie heran, bis sie vor lauter Pixeln schon keine Augen mehr erkannte. Resigniert zoomte sie wieder zurück, um in der Bildlandschaft nach anderen Anhaltspunkten zu suchen.

Der fünfte Mann der Gruppierung im Hintergrund stand etwas abseits, als ob er nicht direkt am Treffen beteiligt sei. Eindeutig war er der Älteste von ihnen. Auch er lächelte, allerdings nicht selbstzufrieden, vielmehr zeigte er das typisch unpersönliche Lächeln eines Diplomaten. In einer Hand hielt er eine Art Akte, die selbst die besten elektronischen Geräte nicht so weit vergrößern würden, dass ihr etwas Sinnvolles zu entnehmen war.

Doch da entdeckte sie neben ihm im Gras einen halbgroßen runden Stein. In diesen war ein Pfeil eingehauen, der an den Männern vorbeizeigte.

Ein dunkler Schatten unterhalb des Pfeils erwies sich bei genauem Hinsehen als ein Stück in den Stein gehauene, unleserliche Schrift. Nicky zoomte den Bereich heran und konnte die Buchstaben tatsächlich entziffern.

Citadelle des Baux.

Genau das stand da.

Sie zoomte zurück, bis alle Männer erneut im Bild waren.

Jetzt war der Stein zwar wieder undeutlich, aber trotzdem gab es keinen Zweifel.

Citadelle des Baux!

»Schau mal!« Nicky fuhr zusammen, als Dennis' helle Stimme direkt hinter ihr zu hören war. »Schau! Das ist mein Vater!« Dennis drückte den Finger direkt zwischen die stechenden Augen des großen Mannes, wobei er schmierige Abdrücke hinterließ. Der Junge hatte in dem Moment glücklicherweise für nichts anderes Interesse.

Nicky versuchte, ruhig zu atmen. »Sicher, Dennis?«

»Ja!«

Aber genauso plötzlich, wie er gekommen war, lief er nun zurück ins Esszimmer und nahm seine Aktivitäten am Computer wieder auf. Sie würde ihm später, unter dem Vorwand eines Spiels, einen unabdingbaren Geheimhaltungsschwur auferlegen müssen.

Nicky starrte wie gebannt auf den schmierigen Fingerabdruck und das Gesicht dahinter. Das war der Mann mit dem starken Blick, der ihr so merkwürdig bekannt vorgekommen war. Dunkle Augenbrauen, volle Unterlippe, selbstsichere Augen. Ein Gesicht genau wie Marc de Vires' und doch so völlig anders. Warum war ihr das nicht gleich aufgefallen?

So einfach konnte das also sein. Bei dem Mann handelte es sich also um Constand, Marcs Bruder und Dennis' Vater.

Sie schloss die Datei. »Baux.JPG, 45 563 KByte. 03.03.1995.« Das Datum bezog sich garantiert auf das Einscannen. Sie klickte das Foto noch einmal an. Über die Zeit seiner Entstehung sagte es nichts aus. Aber der Kleidung nach zu urteilen, musste das Bild schon recht alt sein. Ja, sie tippte auf irgendwann Mitte der Siebzigerjahre.

Es gab also tatsächlich einen Beweis für ein Gipfeltreffen zwischen Saddam Hussein und Jacques Chirac auf französischem Gebiet in einer Gegend, die irgendetwas mit »Baux«

hieß und wo über einem fruchtbaren Tal eine mittelalterliche Festung lag.

Aber war es wirklich ein Gipfeltreffen zwischen den beiden gewesen? Gehörten Chirac und Hussein in den Siebzigerjahren überhaupt schon in die Riege der Staatenführer?

Obwohl sie glaubte, die Antwort bereits zu kennen, blickte sie sich suchend nach einem Lexikon um. Tatsächlich gab es ein großes Regal, das mit Nachschlagewerken bestückt war. Schnell hatte sie gefunden, wonach sie suchte.

Sie nickte. Ja, man konnte das Treffen in Baux durchaus als Gipfeltreffen bezeichnen. Chirac und Hussein waren damals zwar noch keine Präsidenten, aber immerhin doch Premierminister und Vizepräsident.

Nun suchte sie nach der Stadt Baux, ohne jedoch fündig zu werden. Einer Eingebung folgend zog sie einen der roten Aktenordner aus dem Regal hinter dem Schreibtisch. »Ag–Bi« stand auf dem Rücken.

Sie blätterte die Ausschnitte durch, fand aber nichts zum Stichwort Baux. Verdammter Mist!

Gerade als sie den Ordner zuklappen wollte, fiel ihr Blick auf ein Blatt Papier, das auf die Innenseite des Aktenordners geklebt war. Dort stand mit Schreibmaschine geschrieben:

```
Agra … siehe Uttar Pradesh, Indien
A.P.Møller … siehe Reedereien, Shell, Texaco,
Chevron
Arequipa … siehe Eisenindustrie
Awami … siehe Mujibur R.
Baux-de-Provence (Les) … siehe L'Oustau de
Baumanière, Chirac, Hussein, Timmerman
Beira … siehe Mosambik, Südafrika, Jute
Bilbao … siehe Öl, Biskaya
```

Les Baux-de-Provence! Sie hielt den Atem an.

Das Gipfeltreffen hatte in der Provence stattgefunden.

Sie schob den Aktenordner an seinen Platz zurück und zog stattdessen den Ordner hervor, auf dem »Od–Que« stand.

Volltreffer! »L'Oustau de Baumanière« war mit Filzstift quer über die mit vielen Notizzetteln, Broschüren und Zeitungsausschnitten gefüllte Klarsichthülle geschrieben.

Hinter dem Namen L'Oustau de Baumanière verbarg sich ein berühmtes Wochenend-Etablissement, das einem der berühmtesten Küchenchefs Frankreichs gehörte, dem Bürgermeister und Gaullisten Raymond Thuillier. Es überraschte sie kaum, dass er identisch war mit dem lächelnden Mann auf dem Foto. Sein Restaurant hatte viele Jahre lang als Freistätte für die politische Elite gedient, also auch für Hussein und Chirac. Die nötigen Beweise fand sie in einer Klarsichtfolie unter der Buchstabenkombination »Ou«. Dort steckten auch zahlreiche Fotos, die alle auf die eine oder andere Weise mit dem Treffen zwischen Saddam Hussein und Chirac zu tun hatten. Eines zeigte in der mittelalterlichen Stadt promenierende Diplomaten, ein anderes einige Halbstarke vor altem Gemäuer, die ein Stierkalb herausforderten. Wieder andere Aufnahmen zeigten Männer vor dem Gästehaus des französischen Präsidenten, dem Hôtel de Marigny in Paris. Außerdem fand sie dort einen weiteren Zeitungsausschnitt über jenes Treffen, allerdings auf Französisch. Nicky buchstabierte sich durch, so gut sie konnte, aber viel verstand sie nicht.

Sie drehte den Ausschnitt um. Oben an der Seite war ein Foto festgeklemmt. Im Hintergrund stand lächelnd eine Gruppe Jungen. Offenbar bemerkten sie nicht, dass der Mann im Zentrum des Bildes, ein sehr maskuliner und hier bedeutend besser gekleideter Saddam Hussein, auf der Steintreppe hinauf zur mittelalterlichen Festung gerade stolperte. Genau hinter ihm war ein Beamter hervorgesprungen, dessen untadeliges Diplomatenjackett durch die Bewegung in Unordnung geraten war. Auf diesem Foto war die Ähnlichkeit mit Marc de Vires unverkennbar, und sein Blick war, trotz der heiklen Situation, ebenso stechend.

Die Bildunterschrift entzifferte sie ohne Probleme.

»Staatssekretär Constand de Vere ist im rechten Moment zur Stelle.«

Nicky wurde heiß vor Freude über ihr unwahrscheinliches Glück und darüber, dass ihre Neugier so belohnt wurde. De Vere, lachte sie in sich hinein. Constand de Vere, das war der Name. Kein Zweifel. Sie notierte sich das Datum oben auf der Artikelseite, Samstag, der 6. September 1975. Sie hatte mit ihrer Vermutung richtig gelegen.

Nicky sah auf die Uhr. Die Zeit wurde eng. Aber sie musste noch dem Namen Timmerman nachgehen.

Sie suchte den Namen auf de Vires' Computer und in den Aktenordnern. Sie kramte den Rest der »L'Oustau de Baumanière«-Klarsichtfolie durch, fand aber nur einige Broschüren, die auf die vortrefflichen Angebote des Etablissements hinwiesen und dem Leser einen Begriff vom Preisniveau vermittelten.

Dann suchte sie nach dem Namen Constand de Vere. Der Computer reagierte mit einer einzigen Bilddatei.

Sie öffnete sie und hielt die Luft an.

Das Foto war unerwartet schrecklich. Es zeigte Dennis' Vater in einem kahlen Raum, wo er mit übel zugerichtetem Gesicht zusammengesunken auf einem schäbigen Stuhl saß. Das Hemd hing schlaff an ihm herunter, auf den Ärmeln waren Blutflecken zu sehen. Die Aufnahme rief furchtbare Erinnerungen an die Geiselnahmen alliierter Piloten in ihr wach, die während des Golfkriegs weltweit für Schlagzeilen gesorgt hatten.

Allerdings gab es einen entscheidenden Unterschied: Das hier war die Gegenwart, denn Constand de Vere hielt eine ›New York Times‹ vor sich, und das Datum ließ darauf schließen, dass das Foto erst zwei Tage zuvor aufgenommen worden war!

Der Artikel handelte von Menschen, die für den amerikanischen Nachrichtendienst im Irak gearbeitet und das Land nicht rechtzeitig verlassen hatten, bevor der Konflikt mit den Kurden aufflammte. Offenbar steckten sie in dem überaus bedrohlichen Treibsand fest, mit dem der Konflikt im nördlichen Irak verglichen werden konnte. Und Dennis' Vater schien einer von ihnen zu sein.

Sie betrachtete Constand de Vere eingehend. Sein Gesicht wirkte auf den ersten Blick ausdruckslos, aber bei genauerem Hinsehen verrieten seine dunklen Augen und die Haltung seiner Beine seine Kapitulation. Über der Rückenlehne des Stuhls hing ein Tuch, das übersät war von großen dunklen Flecken. Man wollte Macht demonstrieren. Wahrscheinlich hatten sie ihn tatsächlich gefoltert.

Nicky fahndete nach weiteren Spuren, durchforschte das Foto so lange, bis sie fand, was sie suchte.

In die obere rechte Ecke der Zeitung war der Name des Hotels gestempelt: Hotel Alkadra, Salah ad-Din. Selbstverständlich hatten Constands Wächter dafür gesorgt, dass der Ort des Dramas dokumentiert wurde.

Neben dem Schreibtisch lag ein schwerer Weltatlas. Den schlug Nicky nun auf. Auf der Karte, die den Nordosten des irakischen Kurdistans zeigte, fand sie schnell die Orte Salah ad-Din und Arbil. Die Vermutung lag nahe, dass de Vere zu den vielen Gestrandeten gehörte, von denen der Zeitungsartikel handelte. Jetzt hatten Saddams Handlanger ihn dort, wo sie ihn haben wollten, schutzlos, ohne Verteidigung und seines freien Willens beraubt.

Nicky schloss das Bild und saß einen Augenblick nachdenklich da. Als sie sich schließlich aus dem Bildprogramm herausklicken und das System herunterfahren wollte, passierte, was nicht passieren durfte.

Der Cursor bewegte sich nicht mehr von der Stelle, und das Problem ließ sich mit keiner der Funktionstasten beheben.

28

»Ganz ruhig jetzt!«, flüsterte sie und drückte auf die Reset-Taste.

Vierzig Sekunden lang fixierte Nicky den eingefrorenen Cursor auf dem Bildschirm. Die Mischung aus Ungehorsam, Waghalsigkeit und Inkompetenz würde Peter de Boer ungeheuer wütend machen, zu Recht.

Zwei Tage lang hatte sie mehrfach versucht, ihn anzurufen. Sie hatte im Hintergrund schwache Atemzüge vernommen. Mehr nicht. Es gibt kein Problem, hatte sie sich eingeredet, es hat nichts zu bedeuten. Es gibt eine vernünftige Erklärung dafür, ganz bestimmt. Aber die Unruhe war da, sie ließ sich nicht leugnen. Seit dem Anruf, als er in Kopenhagen war, hatte sie nicht mit ihm gesprochen. Darum wusste er nichts von dem, was in den letzten Tagen geschehen war. Er ahnte nichts von Matthijs' ominösem Besuch bei M'Consult, nichts davon, dass sie gerade bei de Vires im Haus saß und dessen Computer durchforstet hatte, nichts von ihrem Versuch, ihn in seinem Büro bei Christie zu erreichen, und nichts über Constand de Vere, den Bruder von Marc de Vires. Schon gar nicht wusste er von Salah ad-Din oder Les Baux-de-Provence, Chirac oder Saddam Hussein.

Genauso wenig wusste Peter von der schrecklichen Situation, in die sie sich selbst und womöglich auch ihn durch ihre Aktion gebracht hatte. Garantiert würde er vor Wut an die Decke gehen. Betroffen dachte sie, was für ein Abgrund sich nun zwischen ihnen beiden auftun konnte.

Ein weißer Mann sollte sie dereinst zurück nach Indonesien bringen, so hatte die Prophezeiung gelautet. Durch ihren eigenen Leichtsinn hatte sie verspielt, dass es der Mann war, den sie sich gewünscht hatte.

Dann aber riss Nicky sich zusammen und stand auf. Resolut schob sie das Computergehäuse unter dem Schreibtisch hervor, zog den Monitor bis an die Tischkante und schlich sich zu Dennis hinüber. »Huh!«, erschreckte sie ihn. Sie kitzelte ihn und piekte ihn in die Rippen, so dass er auf seinem Stuhl zusammenzuckte.

»Fang mich doch, los, fang mich«, neckte sie ihn. »Dann darfst du mich kitzeln!« Der Junge strahlte über das ganze Gesicht und wurde wieder zu dem pfiffigen kleinen Kerl vom Vormittag.

Bei ihrer Verfolgungsjagd durch das ganze Haus blieb sie ihm immer zwei Sprünge voraus. Mit übermütigen Schreien stoben sie durch den Korridor, die Treppe hinauf, sprangen über wertvolle Teppiche und über die straff gezogenen Bettdecken.

Als sie atemlos vom Juchzen zum zweiten Mal ins Arbeitszimmer im Erdgeschoss stürmten, drehte Nicky sich plötzlich um und schritt zu einer angedeuteten Zombie-Umarmung auf ihn zu.

Die Finger munter zum Gegenangriff ausgestreckt, sprang Dennis sie prompt an. Siegesgewissheit spiegelte sich in seinem Gesicht. Nicky ließ ihn gut zupacken und schrie vor Lachen, so laut sie konnte.

Dann aber warf sie ihren Körper in einem heftigen Ruck um hundertachtzig Grad herum. Dennis wurde mitgerissen, er versuchte, sich zu wehren, und stieß im Fallen gegen den Schreibtisch. Dabei rammte er den Monitor und riss ihn über die Tischkante mitten auf den Computer.

Die Glassplitter des Monitors flogen wie Sternschnuppen

bei Neumond, ehe sie sich wie lauter glitzernde Eiskristalle über das ganze Parkett verteilten. Die Katastrophe war perfekt. Das Gehäuse war vollends zerbeult.

Erschrocken füllten sich die Augen des Jungen mit Tränen. Es war Nicky ganz recht, dass Dennis sein Gesicht unter seinen Händen verbarg. So konnte sie dem Computer noch ein paar gezielte Tritte versetzen, ohne dass er es sah.

Im Gehäuse knisterte es.

»Dennis, bitte beruhige dich«, sagte sie dann. »Es war auch meine Schuld.«

Dennis' Schluchzen legte sich erst ein wenig, als sie ihm erlaubte, noch einmal an den Computer im Esszimmer zu gehen.

Nicky räumte im Haus etwas auf und schlich dann ins Wohnzimmer.

Wenn sie dieses Haus heute verlassen hatte, würde sie mit Sicherheit nie wieder einen Fuß hineinsetzen, dachte sie und sah sehnsüchtig zum Fenster hinaus.

Ein Auto bog langsam um die Ecke der Straße, fuhr jedoch am Haus vorbei. Durch den Filter der blauen, grünen und scharlachroten Bleiglasfenster sah sie zu, wie sich die Wolken am Himmel auftürmten. Sie lehnte sich auf der Fensterbank vor und zählte die Wolkenbänke. »Bist du da, Dukun? Beobachtest du mich?«, flüsterte sie.

Auf der Straße schlug eine Frau den Kragen hoch. Offenbar bemerkte auch sie die Unruhe, die der Wetterumschwung mit sich brachte. Der aufbrisende Wind hob den Mantel der Frau ein wenig an. Ein dunkelhaariger Mann im grünen Mantel ging vorbei und lächelte sie an.

»Was machst du?« Dennis stand hinter ihr.

Nicky öffnete die Augen. »Ich schaue zum Fenster raus …«, und dann verstummte sie. Genau vor ihr auf der Fensterbank lagen zwei Bücher. *The Death Lobby. How the West Armed*

Iraq, stand auf dem Rücken des unteren. Sie hielt den Atem an.

»Warum?«

»Einfach so, Dennis.« Sie sprach so ruhig sie konnte, denn jetzt sprang ihr der Name des Autors in die Augen: Kenneth R. Timmerman.

Timmerman!

Mit beiden Händen umfasste sie Dennis' Wangen, so dass er einen Schmollmund bekam. »Du hast noch genau eine Viertelstunde Zeit, am Computer zu spielen, bevor dein Onkel nach Hause kommt, Dennis. Was meinst du?«

Seine Miene verriet, dass die Zeit entschieden zu knapp war, und schon war er verschwunden.

Nicky schlug das Buch auf, und als sie ein paar Minuten darin gelesen hatte, wusste sie, dass sie Peter de Boer unbedingt kontaktieren musste.

Sie rief bei ihm zu Hause in Haarlem an. Es klingelte ein paarmal, dann nahm er ab. Nicky biss sich auf die Unterlippe.

»Ich dachte, wir hätten fest abgesprochen, dass du mich nicht zu Hause anrufst.« Peter klang leicht ungehalten.

»Ich habe dich über dein Handy nicht erreicht.« Sie wusste um seine Befürchtung, das Telefon könne abgehört werden, aber sie musste wirklich mit ihm sprechen. Sie wusste, dass jeden Augenblick ein Auto mit quietschenden Reifen in die Einfahrt hereingebraust kommen und sie unterbrechen konnte. Die Uhr tickte. Vielleicht war es sogar schon zu spät.

Alles sprudelte ungefiltert aus ihr heraus, und es war ihr noch nicht einmal peinlich. Sie erzählte ihm von dem kleinen Sprengstoffanschlag. Von Matthijs Bergfeld. Von Marc de Vires' sechsjährigem Neffen und seinem Bruder, der in Salah ad-Din auf seine Hinrichtung wartete.

Und sie erzählte ihm von dem Treffen Jacques Chiracs mit Saddam Hussein, dem Mann, der in diesen Tagen zum Gott weiß wie vielten Mal dafür sorgte, dass die Welt den Atem anhielt. Von dem Treffen in dem Städtchen Les Baux-de-Provence und was sie auf die Schnelle in Kenneth Timmermans Buch darüber gelesen hatte.

Das Wissen über dieses Treffen erleichterte zu verstehen, weshalb es für den Westen so schwer geworden war, eine Entscheidung zu treffen, wie man einvernehmlich mit einem internationalen Verbrecher wie Saddam Hussein verfahren sollte. Viele Entwicklungen, von denen die Titelseiten der Zeitungen dieser Tagen berichteten, konnten auf jenes Treffen zurückgeführt werden. Und es erklärte, warum sich die Franzosen so zurückhaltend gaben, wenn es um Sanktionen und Strafaktionen gegen Saddams Regime ging, obwohl ihre Verbündeten diese Sanktionen allesamt sehr befürworteten.

Les Baux-de-Provence bot die Erklärung. Denn erst als sie das Treffen in dem idyllischen Städtchen zufriedenstellend hinter sich gebracht hatten, war es Chirac und Hussein möglich, Waffen und Atomtechnologie einerseits gegen Öl andererseits zu tauschen. Erst durch Baux-de-Provence lernte Saddam Hussein, sich an den Stil westlicher Diplomaten anzupassen. Chirac und Hussein hatten Waffen und Rohstoffe verhandelt und dabei die Bahnen für den weiteren Verlauf des zwanzigsten Jahrhunderts vorgezeichnet, einer von grenzenloser Gewalt geprägten Zukunft.

Als perfekter Gastgeber hatte Chirac abschließend vorgeschlagen, den Pakt mit einem kleinen Spiel zu besiegeln, und so wurde, wie es der Tradition in diesem Landesteil entsprach, ein »Jeu de Taurillons« arrangiert. Bei dieser regionalen und unblutigen Variante des Stierkampfs war es üblich, eine Horde junger Stiere einen nach dem anderen in die Straßen hinauszulassen. Junge Männer kämpften darum, sich eine der hinter dem Ohr des Stieres steckenden Blumen zu schnappen.

Les Baux-de-Provence war der perfekte pittoreske Rahmen für ein solches Spektakel. Zu Ehren Saddam Husseins wurde der Ort für Touristen gesperrt.

»Du bist sicher, dass der Mann auf dem Foto Marc de Vires' Bruder war?«, fragte Peter.

»Ganz sicher.«

In diesem Moment bog ein glänzendes Auto in die Einfahrt ein, und Nicky knallte den Hörer auf die Gabel.

De Vires hatte kaum seinen Mantel an den Messinghaken in der Diele gehängt, da baute sie das reinste Bollwerk aus Entschuldigungen um sich auf. Sie entschuldigte sich für den ruinierten Computer, die Glasscherben auf dem Fußboden, sie entschuldigte sich für ihre Unvorsichtigkeit und dass der Unfall überhaupt geschehen konnte und beteuerte unentwegt, alles erstatten zu wollen, was auch immer der Schaden ihn kosten würde.

Sie hörte nicht auf, sich zu entschuldigen, bis er begriff, dass es keinen Sinn hatte, seinen Unmut an ihr auszulassen.

Dennis stand in der Tür zum Esszimmer. Allein schon die bekümmerte Miene des Jungen zeigte dem Onkel, dass ein verkehrtes Wort reichen würde, und der Junge würde in Tränen ausbrechen.

De Vires beugte sich zu ihm und drückte seine Wange an die des Jungen. »Das macht alles nichts, Dennis.«

Nicky hielt für einen Moment die Luft an, aber wirklich erleichtert war sie nicht.

All die verloren gegangenen Informationen, das machte ihm nichts aus? »Ja, aber Ihre Daten auf dem Computer?«, stotterte sie.

De Vires lächelte, und Nicky fuhr ein Schauder über den Rücken.

»Wir haben im Keller einen Server.«

Sie verfluchte sich. Dass sie daran nicht gedacht hatte! »Puh!« Sie gab sich Mühe, ehrlich erleichtert zu wirken. Aber solange ihre Sinne sämtlich auf Flucht ausgerichtet waren, fiel ihr das schwer.

»Ah, dann ist ja alles gesichert«, stellte sie fest.

»Ja, natürlich!« Marc de Vires gab Dennis einen letzten tröstenden Klaps auf die Wange und richtete sich zu Nicky auf. »Es kann nichts verloren gehen.«

Nicky stockte der Atem.

»Bitte, Onkel Marc«, bettelte Dennis. »Darf ich noch zu Ende spielen?« Erwartungsvoll blickte er seinen Onkel an. Das war offenbar genau der Blick, mit dem er bei ihm punkten konnte.

»Fünf Minuten, Dennis.« De Vires blickte ihn liebevoll an. »Nicht länger.«

Nicky nutzte die Gelegenheit, sich ihre Tasche zu schnappen und den Mantel anzuziehen. Dann wechselten sie noch ein paar Sätze über ihre Arbeit am nächsten Tag. Und damit entließ er sie.

Zielstrebig ging Nicky die Straße entlang und tauchte dann in ein Wohnviertel ein, in dem de Vires sie wohl kaum suchen würde, wenn er entdeckte, was sie getan hatte.

Sie würde sich in seinem Haus nie wieder blicken lassen.

Nach einer Weile verlangsamte sie ihr Tempo ein wenig. Sie war froh, dass sie de Vires keine Möglichkeit gegeben hatte, sie aufzuspüren. Er hatte keine Adresse von ihr, keine Telefonnummer.

Sie lachte und genoss ihren Triumph.

Darum bemerkte sie den Mann, der sie verfolgte, auch erst, als er sie bereits eingeholt hatte.

29

Zwei Tage bevor ihn Nicky von de Vires' Haus aus anrief, hatte Peter sich endgültig von Heleen verabschiedet.

Er hatte den Schnitt als Erleichterung empfunden, und der Weg nach Hause war ihm kurz erschienen.

Als er dann auf der breiten Stufe vor seiner Haustür gestanden hatte, hatte er sich umgedreht, um seinen Verfolgern eine gute Nacht zu wünschen, aber der Platz war menschenleer gewesen.

Ihr lasst mich in Ruhe, ausgezeichnet, dachte er. Dann werde ich heute Nacht ungestört arbeiten können.

Doch schon in der Diele hatte er gewusst, es würde anders kommen. Dort standen zwei braune Koffer, wie in einem Hotelfoyer, allerdings ohne Namensschild.

Mevrouw Jonk war erregt aus der Küche gekommen. Peter war erschocken. Um diese Uhrzeit sollte sie eigentlich gar nicht im Haus sein.

»Ich ertrage das nicht mehr«, hatte sie gestöhnt und war Peter die Treppe hinauf gefolgt.

Obwohl das Fenster sperrangelweit offen gestanden hatte, stank Maries Wohnung aufdringlich nach Parfum. Niemand war zu sehen, der Rollstuhl stand leer auf seinem Platz im Erker. Alarmiert war Peter zum Fenster gehastet und hatte sich hinausgelehnt. Er hatte nichts Ungewöhnliches entdecken können.

Aber Marie war wie vom Erdboden verschluckt.

»Nehmen Sie sich zusammen, Mevrouw Jonk! Wo ist sie?

Was ist passiert? Wem gehören die Koffer unten in der Diele?«

»Während Sie in Kopenhagen waren, rief Maries Sohn an. Heute hat er seine Mutter abgeholt. Die Koffer unten in der Diele gehören ihm, er hat sie einfach abgestellt.« Nervös hatte sie einen Schürzenzipfel um ihren Zeigefinger gewickelt.

Als Mevrouw Jonk das Haus verlassen hatte, war sie immer noch aufgelöst gewesen, hatte aber wenigstens versprochen, am nächsten Morgen wie gewohnt zu kommen.

Erschöpft hatte sich Peter an seinen Schreibtisch gesetzt. Kurz darauf hatte es in der Diele gepoltert, als hätte ein Dieb dort gerade Mühe, seine Beute abzutransportieren. Er löschte die Lampe über seinem Schreibtisch und griff nach der großen polynesischen Kampfkeule, einer der wenigen übrig gebliebenen Trophäen aus den ruhmreichen Tagen seines Vaters.

Erst als er Marie zetern hörte, konnte er wieder durchatmen. Im nächsten Moment erkannte Peter auch Riens Stimme, und er umfasste die schwarze Keule wieder fester, bis er überzeugt war, dass keine weiteren ungebetenen Gäste in Maries Gefolge aufgetaucht waren.

Als er mit der Schlagwaffe in der Hand in die Diele trat, hätte Rien die schmächtige Frau vor Überraschung beinahe fallen gelassen. Marie stieß einen spitzen Schrei aus. Hinter Rien bemerkte Peter ein ausgemachtes Durcheinander. Neben den Koffern waren jede Menge Pakete und Kisten aufgereiht.

Marie blickte ihn vorwurfsvoll an. »Du hast uns einen Schrecken eingejagt!«

Peter musterte Rien und dessen Habseligkeiten, während Rien, den Blick auf Peters Waffe in der Hand gerichtet, sich zu beruhigen versuchte. »Ich ziehe bei Mutter ein«, erklärte er mit fester Stimme.

Sie starrten einander einen Moment lang wortlos an. Marie brach schließlich das Schweigen.

»Wir waren im Raden Mas. Ach, Peter, das Essen dort ist einfach wunderbar, erinnerst du dich? Danach waren wir bei Rien zu Hause und haben seine Sachen geholt. Wusstest du, dass bei ihm eingebrochen worden ist?«

»Rien!«, sagte Peter, ohne auf Marie einzugehen. »Bring deine Mutter ins Bett und komm dann in mein Arbeitszimmer!«

In der Nacht waren Peters Gedanken Achterbahn gefahren. Aber wenigstens wusste er am nächsten Morgen, in welcher Reihenfolge er seine Probleme angehen wollte.

Zuerst rief er Linda Jacobs an und teilte ihr mit, das Meeting der Abteilungsleiter am Mittwochnachmittag sei abgesagt. Als Grund gab er an, noch einmal nach Kopenhagen fliegen zu müssen, um seine Sondierungsgespräche über Q-Petrol abzuschließen. Das war genauso gelogen wie die Aussage, dass er dafür in Kopenhagen zu übernachten gedenke. Peter war sich im Klaren darüber, dass das große Aufräumen bei Christie N.V. sehr bald über die Bühne gehen musste. Ohne Vorwarnung wollte er im Büro auftauchen und den Server abschalten und damit zugleich die Zugriffe auf die Computer unmöglich machen. Anschließend wollte er sich die Büroschlüssel erbitten und die Leute nach Hause schicken. Wahrscheinlich würden sie heftig protestieren, aber letztlich würde er sich von seinem Entschluss nicht abbringen lassen.

Als Nächstes ging er noch einmal sorgfältig alle Aspekte und die Konsequenzen seines Plans für die dänische Sektion von Q-Petrol durch und analysierte die weiteren Akteure des Ölmarktes.

Dann verschlüsselte er alle Textdateien mit den statistischen Informationen sowie die Analysen der möglichen Konsequenzen und Handlungsdiagramme und speicherte sie in komprimierter Form ab. Damit hatte er dem Fall Q-Petrol die gebotene Sorgfalt erwiesen.

Peter beschloss, mit dem Weiterleiten des Strategieplans an de Vires ein paar Tage zu warten. Wer wusste schon, welchen Schritt dieser dann in die Wege leiten würde? Nein, er hatte nun einen gewissen Vorsprung, und der Report würde umso gründlicher und seriöser wirken, je mehr Zeit verstrich. Dennoch wusste er: Es war ein heuchlerisches Spiel in einem hoffnungslosen Vorhaben.

Er lehnte sich zurück, schloss die Augen und strich sich seufzend übers Gesicht. Auf einmal spürte er die Anstrengung der letzten Tage und Wochen allzu deutlich. Und so bemerkte er nicht sofort, dass Rien das Zimmer betreten und sich in dem Sessel am Fenster niedergelassen hatte.

»Mutter will sterben, weißt du das?« Peter fuhr erschrocken auf. »Sie wünscht sich nichts sehnlicher, als noch vor ihrem Geburtstag sterben zu dürfen. Und der ist in zwei Wochen. Du hättest versprochen, ihr dabei zu helfen, sagt sie, aber sie verlässt sich nicht mehr auf dich, und nun hat sie mich gebeten, es zu tun.«

Peter hob schon an zu einer Antwort, aber Rien fuhr bereits fort. »Vergiss es, Peter. Ich bleibe. Schau dir das an!« Er fuhr sich mit den Fingern vorsichtig durchs Haar, zog unvermittelt an einem kleinen Büschel und hielt es Peter hin. Dann öffnete er die Hand, so dass die Haare im hellen Schein des Morgenlichts zu Boden sanken.

»Ich bleibe hier, bis das Ganze überstanden ist, hörst du?« Rien wirkte gequält, aber nicht ängstlich. »Weißt du, warum mir die Haare ausgehen, Peter? De Vires hat mich mit Thallium vollgepumpt, und wenn du diesen Fall nicht bald abschließt, dann pumpt er das Zeug ein weiteres Mal in mich hinein.«

Er schüttelte den Kopf. »Mein Zuhause ist nicht mehr sicher. Ich weiß nicht, wie der verfluchte Kerl es angestellt hat. Keine Ahnung, ob er Thallium in die Mischbatterie vom Wasserhahn gespritzt hat oder in meinen Boiler. Vielleicht hat er es auch auf die Innenränder meiner Gläser geschmiert oder auf mein Kopfkissen geträufelt. Alles, was ich weiß, ist, dass ich Tag für Tag mehr Haare verliere. Außerdem habe ich die ganze Zeit Durchfall und wahnsinnige Kopfschmerzen. Mein ganzer Körper tut weh. Selbst das Laken nachts fühlt sich zu schwer an. Alles Anzeichen einer Thalliumvergiftung. Deshalb bleibe ich hier, bis das Ganze überstanden ist. Verstehst du?«

Die Frage blieb im Raum stehen.

»Egal, was du tust, Rien, es wird kein Ende nehmen«, sagte Peter. »Marc de Vires wird nicht aufhören, auch wenn diese Sache hier überstanden ist. Glaubst du vielleicht, mein armseliger Q-Petrol-Report wird den Muchabarat, oder wer auch immer dahintersteht, zufriedenstellen?« Er lachte trocken. »Glaubst du, deine Rolle ist ausgespielt, wenn ich den Strategieplan abliefere?«

Der trübsinnige Blick, mit dem Rien ihn anstarrte, erinnerte Peter an ihren gemeinsamen Vater. Unwillkürlich wandte er sich ab. »Ich kann nicht zulassen, dass du tust, worum Marie … worum deine Mutter dich bittet, Rien. Das darfst du nicht!«

Rien zuckte die Achseln.

»Du kannst bis auf Weiteres hier im Haus bleiben, nur lass dich hier unten nicht mehr blicken, klar?«

Noch einmal zuckte Rien die Achseln. »Mir wurde die Aufgabe übertragen, Details über Kellys Leben und ihren Tod beizubringen«, sagte er mit ruhiger Stimme, »damit Marc de Vires etwas in der Hand hat, um dich zu kompromittieren, falls du nicht spurst. Wie soll ich dieser Aufgabe nachkommen, wenn ich mich hier unten nicht aufhalten darf?«

Peter rieb sich die Stirn, die Müdigkeit drohte ihn zu übermannen.

Rien ließ nicht locker. »Kurz bevor ich meine Wohnung verlassen habe, hat de Vires dafür gesorgt, dass mich eine New Yorker Anwaltskanzlei über dich und Kelly ausgefragt hat.«

Etwas in der Art hatte Peter bereits geahnt. Jetzt reichten also die Fäden von Thomas Klein zu Lawson & Minniver bis hin zu M'Consult und wieder zurück. Alle hingen sie zusammen wie Kletten.

»Und was hast du geantwortet?«

»Dass du ein untadeliger Ehemann warst und sie eine eifersüchtige, neurotische Zicke und dass sie mich im Übrigen am Arsch lecken können.« Rien verzog keine Miene.

Sieh einer an, dachte Peter.

»Du hast von dieser Sache keine Ahnung, Rien.« Rien zuckte erneut die Achseln. »Und jetzt möchtest du gern, dass ich dir meine Dankbarkeit erweise, was?«

In einer raschen Handbewegung zog Rien eine Pistole aus der Tasche, richtete den Lauf auf Peters Stirn.

Seltsam gelassen strich Peter sich mit Daumen und Zeigefinger über die Mundwinkel. Dann drück doch ab, dachte er. Lass uns die einfache Lösung wählen!

»Peng!« Rien simulierte einen Rückstoß, blies in den Lauf und ließ die Pistole sinken. »Marc de Vires kann ja einfach einige seiner Handlanger schicken, wenn er nicht zufrieden ist.«

»Woher hast du die Pistole?«

»Ich hab sie auf dem Flohmarkt gegen den Blechaffen eingetauscht, den du mir einmal geschenkt hast.« Er tat so, als kratze er sich in den Achselhöhlen. »Jaap, Jaap, Jaap!«, jaulte er. »Jaap, Jaap! Weißt du noch, Peter, der kleine Affe? Jaap hieß er, genau wie unser lieber Vater. Ha, ha! Und ganz im

Geist unseres Vaters habe ich das Einzige, was du mir jemals ehrlichen Herzens geschenkt hast, gegen so eine Scheißpistole eingetauscht.« Er lachte hysterisch. »Hätte der Affe durch meine unsanfte Behandlung nicht so viele Beulen gehabt, dann wäre dabei wahrscheinlich sogar ein verfluchter Colt herausgesprungen!«

Wortlos erhob er sich aus dem Ohrensessel und stieg die Treppe hinauf zu seiner kranken Mutter, der er versprochen hatte, sie vor Ablauf der nächsten zwei Wochen ins Jenseits zu befördern.

Peter fand im Internet, was er suchte. Es gab einige Links zu Thallium: Einträge naturwissenschaftlicher Art, Artikel über spezifische Fälle, die Jahresberichte von Amnesty International über die Situation im Irak.

Viele Stunden saß Peter vor dem Computer, um sich ein einigermaßen vollständiges Bild zu machen. Für den perfekten Mord eignet sich Thallium nicht, erfuhr Peter. Zwar ist es geruch- und geschmacklos, und die tödliche Dosis von weniger als einem Gramm kann dem Opfer unauffällig verabreicht werden. Die auftretenden Symptome sind außerdem leicht mit den Symptomen vieler Krankheiten zu verwechseln.

Aber eine Thalliumvergiftung lässt sich durch eine einfache Blutanalyse nachweisen, und der Patient kann sofort entsprechend behandelt werden. Stirbt das Opfer, bleibt die Substanz im Körper nachweisbar und kann so als Todesursache erkannt werden. Selbst nach der Kremierung des Leichnams ist Thallium noch nachweisbar.

Wiederum wirkt das Gift erst nach geraumer Zeit, wodurch sich der Täter einen beträchtlichen zeitlichen Vorteil verschaffen kann. Diesen Umstand machte sich zum Beispiel der irakische Geheimdienst zunutze.

Die Lektüre war für Peter äußerst interessant, er hatte von

diesem chemischen Element bislang noch nie etwas gehört. Dabei war es in unzähligen Ländern als Insekten- und Rattengift überaus gebräuchlich. Auch wenn er seinem Halbbruder gegenüber so ablehnend eingestellt war, auch wenn dieser ihn gerade in einem dummen Scherz mit einer Pistole bedroht hatte, dachte Peter doch sehr betroffen über Rien und dessen bevorstehendes Schicksal nach. Lange würde er nicht mehr zu leben haben, bei all den Symptomen, die er bereits zeigte.

»Ich habe mit einem Arzt gesprochen, der sich mit Thalliumvergiftungen auskennt.«

»Ich gehe nirgendwo hin.«

»Der Arzt hat sich bereit erklärt, heute noch vorbeizukommen, um dir das Gegengift zu verabreichen.«

»Und das soll helfen?«

»Sieh dir das hier an!« Peter zeigte Rien die Jahresberichte von Amnesty International und die darin erfassten Übergriffe auf Dissidenten und andere Zivilisten im Irak, in erster Linie Amputationen, Brandmale und standesrechtliche Hinrichtungen sowie andere Ungeheuerlichkeiten, die in diesem gepeinigten Land an der Tagesordnung waren, und so eben auch Vergiftungen durch Thallium.

Rien blickte ängstlich auf den Monitor.

Viele Opfer waren an diesen Vergiftungen letztendlich gestorben. Für das Jahr 1994 gab es zahlreiche Vermerke über Vergiftungen im südlichen Irak. Diese Methode wurde offenbar so systematisch angewendet, dass sich Ärzte zu Experten in der Behandlung von Thalliumvergiftungen ausgebildet hatten.

Davon konnte Rien jetzt profitieren. Letztlich stimmte er der Behandlung zu.

Als der Arzt gegen Abend endlich den Tropf entfernt hatte, fand Peter den Patienten zusammengekrümmt auf einer Chaiselongue in der abgedunkelten Kammer neben Maries Wohnzimmer. Rien hatte sich den Unterarm übers Gesicht gelegt, wirkte aber, als er ihn wegnahm, ruhig und abgeklärt.

»Und? Wird dein Haar wieder wachsen?«

Rien zuckte resigniert die Achseln, ging nicht weiter auf die Frage ein. »Ich darf keinen Tropfen mehr von diesem Zeug abkriegen, Peter, ist dir das klar?«

Peter musste fast schmunzeln. Sehr viel klarer konnten die Dinge wohl nicht sein. »Du und deine Mutter, ihr dürft die Wohnung vorläufig nicht mehr verlassen«, sagte er streng. »Ich habe keine Ahnung, für wie lange, aber ihr bleibt hier, bis ich Entwarnung gebe.«

»Du kannst beruhigt sein, ich gehe freiwillig nirgendwo hin!«

»Kommt der Arzt noch einmal wieder?«

Rien nickte.

In diesem Moment rief Marie nach Peter. Obwohl sie um den Ernst der Situation wusste, konnte sie es nicht ertragen, dass er seine Aufmerksamkeit einem anderen zukommen ließ. Das zweite Stockwerk war ihr Reich, und hier hatte sie ihre angestammten Rechte, jedenfalls bis zu ihrem Tod.

»Hat Mevrouw Jonk dafür gesorgt, dass deine Mutter alles hat, was sie heute Abend braucht?«

Rien verzog das Gesicht. Er ließ nicht durchblicken, ob er Schmerzen hatte oder ob er vom penetranten Rufen seiner Mutter einfach genervt war.

Marie ließ nicht locker. Doch Peter ging an ihrer Tür vorbei.

Gegen neun Uhr wurde es ruhig im Haus. Rien und Marie waren beide vor Erschöpfung eingeschlafen, und Peter beneidete sie. Er hatte schon lange nicht mehr richtig geschlafen.

Und er war nervös, sein Handy hatte schon viel zu lange nicht mehr geklingelt. Als er spät in der Nacht endlich auf sein Bett sank, fiel er in einen unruhigen Schlaf, aus dem er ständig aufschreckte. Benommen versuchte er, sich an den Inhalt seiner Albträume zu erinnern. Mehrere Male sah er Nickys Gesicht vor sich, jedoch nicht ihr junges, glattes, von Trotz und Temperament geprägtes, sondern ein verschwitztes und forschendes Gesicht, klug und nachdenklich.

Als das Telefon klingelte, erwachte er mit einem Ruck, der sein Herz rasen ließ. Benommen stützte er sich auf die Ellbogen und sah sich verwirrt im Zimmer um. »Ja!« Es war taghell. Verwirrt sah er auf seinen Wecker. Siebzehn Uhr. Er hatte die ganze Nacht und den größten Teil des Mittwochs verschlafen.

Er hörte Nickys Stimme und war sofort hellwach.

Seit ihrem Anruf am Montag in Kopenhagen hatte er nicht mehr mit ihr gesprochen. »Ich dachte, wir hätten fest abgesprochen, dass du mich nicht zu Hause anrufst.«

Sie entschuldigte sich nicht, erklärte lediglich, sie hätte es unzählige Male unter seiner Handynummer versucht. Jemand hätte abgenommen, und sie hätte die Person atmen gehört, aber sie hätte nichts gesagt.

Beunruhigt nahm Peter sein Handy vom Nachttisch und aktivierte es. Das Display leuchtete grün auf, der Ladezustand war absolut in Ordnung. Mindestens ebenso sehr beunruhigte ihn, dass sie, wie sie ihm nun mitteilte, aus Marc de Vires' Haus anrief.

Und dann erzählte Nicky ihm, was in de Vires' Privathaus geschehen war – und dass sie Matthijs Bergfeld bei M'Consult gesehen hatte. Ihre Worte überschlugen sich fast. Er konnte kaum glauben, was er da hörte, und musste immer wieder einhaken, bis Nicky plötzlich mitten im Gespräch auflegte.

Nachdenklich blieb Peter auf seinem Bett sitzen. Er begann, sich Sorgen zu machen. Erst jetzt ging ihm auf, in welche Gefahr sich Nicky begeben hatte, in welcher Gefahr sie wahrscheinlich immer noch steckte. Erst jetzt bemerkte er, wie sehr es ihn belastete, dass er sie in diese Sache überhaupt hineingezogen hatte. Erst jetzt meldeten sich die Skrupel zu Wort – für ihn ein ganz neues Gefühl. Wann hatte er eigentlich zum letzten Mal darüber nachgedacht, ob das, was er tat, angemessen war?

Nicky war erfolgreich gewesen, wie er es eigentlich nicht anders erwartet hatte, und sie war auf sein Geheiß hin eigene Wege gegangen. Darum war am Ende er es, der sie der Gefahr ausgesetzt hatte, und nicht sie selbst. Hatte er nicht gewusst, dass sie notfalls selbst Entscheidungen treffen würde? Genau deswegen hatte er sie doch ausgesucht! Aber jetzt musste er dem Ganzen ein Ende setzen, denn die Sache war zu groß und zu gefährlich geworden, völlig unberechenbar. Allein schon, dass Constand de Vere, Marc de Vires' Bruder, Saddam Hussein, dem gefährlichsten Mann der Welt, so beängstigend nahe gekommen war, sollte alle Alarmglocken schrillen lassen.

Sobald Nicky wieder Kontakt zu ihm aufnahm, würde er sie bitten, ihre Untersuchungen einzustellen, so nützlich sie auch gewesen sein mochten.

Und jetzt erst wurde ihm bewusst, dass sein Handy wirklich schon lange nicht mehr geklingelt hatte. In der obersten Schreibtischschublade fand er nach einigem Suchen zwischen zwei klobigen Mobiltelefonen aus einer anderen Ära die Gebrauchsanweisung für sein Ericsson-Handy. Er ging die Anweisungen durch, mittels derer Fehler gefunden und behoben werden sollten. Aber sein Handy-Display zeigte nichts Ungewöhnliches an.

Warum aber, wenn das Handy scheinbar in so gutem Zustand war, hatte sie ihn dann nicht erreichen können? Und warum war es überhaupt in den letzten Tagen so still gewesen?

Endlich kam er auf die Idee, das Handy von seinem Festnetztelefon aus anzurufen.

Er hörte es ein paarmal tuten, dann folgte ein leises Klicken. Ja, tatsächlich, er hatte Kontakt, nur nicht mit dem Ericsson-Telefon, das immer noch stumm vor ihm auf dem Schreibtisch lag und auch sonst auf keinerlei Art einen Anruf verzeichnete. Peter schwieg und horchte konzentriert. Dann hörte er Atemzüge und im Hintergrund leise Verkehrsgeräusche. Sofort legte er auf.

Seine Vermutung stimmte, es war nicht mehr seine Nummer. Es durchfuhr ihn eiskalt. Nicky hatte ihn in Kopenhagen angerufen, und seitdem hatte er keinen einzigen Anruf mehr bekommen. In der Zwischenzeit hatte er das Telefon genau ein einziges Mal aus der Hand gegeben, und zwar unfreiwillig, in de Vires' Büro.

Schlagartig war ihm alles klar. Wie raffiniert! Er nahm den Akku heraus. Auf der Innenseite des Akkudeckels stand nach wie vor sein Pincode, also hielt er hier sein eigenes Telefon in der Hand. Sie hatten sich mit dem Austauschen der SIM-Karte begnügt, und das hatte in Marc de Vires' Büro stattgefunden.

Und sie hatten die Aktion mit der Angst, abgehört zu werden, begründet! Mit einem kleinen Schraubenzieher öffnete er das Handy und untersuchte es genau. Soweit er es beurteilen konnte, deutete nichts darauf hin, dass sie noch mehr manipuliert hatten.

Er wischte sich den Schweiß von der Stirn. So einfach war das. Einfach, elegant und wirkungsvoll. Alle, die ihn auf dem Handy erreichen wollten, hatten seine SIM-Karte angerufen, die in ein anderes Mobiltelefon eingesetzt worden war. Mit Hilfe der PIN, die man auf dem Akkudeckel gefunden hatte,

hatte man die SIM-Karte ohne Weiteres aktivieren können. Eine nach der anderen hatten sie sich die Stimmen der Anrufer angehört.

Plötzlich packte ihn ein schrecklicher Gedanke. Er griff nach dem Hörer des Festnetzanschlusses auf seinem Schreibtisch und wählte die Nummer von Christie.

Linda Jacobs hörte sich ungewöhnlich verwirrt an. Sie fragte mehrmals, ob er denn schon aus Kopenhagen zurück sei, aber darauf ging er nicht ein.

Er fragte nur, ob bereits Kündigungen auf seinem Schreibtisch lägen, was sie verneinte, aber doch sofort noch einmal überprüfen wollte. »Gib mir Matthijs Bergfeld«, bremste er sie und zählte die Sekunden.

Bergfeld klang ungewöhnlich resolut. »Warum habe ich dich in den letzten Tagen nicht erreichen können, Peter? Warum zum Teufel funktioniert dein Handy nicht?«

»Immer mit der Ruhe! Tut mir leid, aber es funktioniert eben einfach nicht.«

»Es wäre wirklich dringend gewesen! Du hast keine Ahnung, was hier in den letzten Tagen los war.«

Ach, nein?, dachte Peter und erwartete, dass Matthijs ihm nun einiges zu erzählen hatte, besonders was er in M'Consults Büro zu suchen hatte, noch dazu am Sonntag.

»Es ist total verrückt, Peter. Thomas steckt da in einer Sache drin, die er meiner Meinung nach nur schwer überschaut. Meines Wissens hat er nicht nur selbst Kontakt zu Lawson & Minniver, er hat vielmehr inzwischen auch andere in den Kelly-Fall hineingezogen.«

»Wen denn?« Peter wartete gespannt.

»Eine Firma namens M'Consult, deren Inhaber heißt Marc de Vires, Marc Franken de Vires, um ganz korrekt zu sein. Der Firmensitz befindet sich am Dam. Kennst du die?«

Peter atmete erleichtert auf. Matthijs gehörte also nicht zu den Verrätern. Aber eigentlich wurde er ja auch für seine Loyalität bezahlt. »Flüchtig, ja. Und du?«

»Thomas verlässt sich vollständig auf mich und glaubt offenbar, ich mache alles mit, was immer er sich ausdenkt. Das hat ihn gewaltig geschwätzig werden lassen. Er versucht, mich mit großen Gewinnen zu locken, wovon ich bisher allerdings nichts gesehen habe.« Er lachte auf. »Aber bald passiert etwas, Peter. Mehrere meiner Kollegen haben schon begonnen, ihre Sachen zu packen. Man könnte meinen, der Frühjahrsputz stünde bevor.« Wieder dieses trockene Auflachen.

»Was hattest du eigentlich bei M'Consult zu suchen, Matthijs?«

Offenbar verblüffte er seinen Mitarbeiter mit dieser Frage nicht. »Ich sollte einen Bescheid von Thomas abliefern, dass in Übereinstimmung mit Lawson & Minniver beschlossen wurde, den Fall Kelly niederzulegen. Die Nachricht wollte er nicht so gern selbst überbringen, also hat er mich geschickt. Typisch Thomas.« Er zögerte einen Augenblick. »Welche Rolle spielt M'Consult eigentlich in der ganzen Geschichte?«

»Später, Matthijs. Ich möchte zuerst wissen, ob du bei deinen Versuchen, mich auf meinem Handy anzurufen, jemals deinen Namen genannt hast?«

»Warum?«

»Weil die Leute von M'Consult meine SIM-Karte ausgetauscht haben und weil sie auf keinen Fall herausfinden dürfen, dass du auf meiner Seite stehst, klar?«

»Großer Gott, nein!« Er hielt inne. »Oh, warte«, sagte er dann.

»Du hast also etwas gesagt? Wann?«

»Heute.« Er fluchte.

»Was hast du gesagt, Matthijs?«

»Ich habe nur gesagt, verdammt noch mal, Peter, antworte

doch endlich! Warum willst du nicht hören, was ich dir zu erzählen habe!«

Peter war beunruhigt, denn Matthijs' affektierte Stimme war allzu leicht wiederzuerkennen. Er griff nach einem der klobigen alten Handys in der Schublade.

»Benutz ab jetzt die alte Nummer, Matthijs! Ich benutze von nun an wieder das alte Handy.«

»Und was soll ich jetzt machen?«

»Absolut gar nichts! Du bist möglicherweise in Lebensgefahr. Es ist wohl am besten, wenn du heute Nacht im Büro bleibst. Schleich dich nach Feierabend in die Mansarde. In den Schränken gibt es noch etwas Kaffee und verschiedene Konserven. Schließ die Tür ab und bleib dort, bis morgen die Leute zur Arbeit kommen, hörst du? Dann komme ich ins Büro, und bis dahin verhältst du dich ruhig.«

»Meinetwegen, aber was geht hier eigentlich gerade ab? Thomas oder Hans oder einer von den anderen, die werden mich doch wohl nicht umbringen, oder?« Er lachte, aber es klang nicht sonderlich echt. »Obwohl Thomas dazu vielleicht Lust bekommt, wenn er erfährt, was sein lieber Matthijs hinter seinem Rücken anstellt.«

»Es gibt Leute bei M'Consult, vor denen du dich hüten musst!«

»Aber warum? Geht es denn nicht nur darum, dass ich für Thomas den Laufburschen spiele und außerdem für dich die Nase in diese ganzen lichtscheuen Aktivitäten der letzten Zeit bei Christie stecke?«

»So war es gedacht, ja, aber leider ist es nun etwas anders gekommen.«

Lange schwiegen beide. Peter schüttelte den Kopf. Es war schon schlimm genug, einen tüchtigen Mann für eine so hinterhältige Aufgabe einzustellen, aber auch noch von ihm zu verlangen, dafür zu lügen? Und nicht zuletzt hatte er Matthijs nur zur Hälfte erzählt, worum es wirklich ging. Am schlimmsten fand Peter allerdings, dass er früher bei solchen Dingen keinerlei Skrupel oder Bedenken gehabt hatte. Seltsamerweise war das alles plötzlich da. Und seltsamerweise war es da, seit er Nicky Landsaat kennengelernt hatte. Sie hatte ganz offensichtlich etwas in ihm ausgelöst, etwas so Neues wie echte, oder zumindest unbekannte Gefühle. Und vielleicht sogar so etwas wie ein Gewissen.

Ja, Peter konnte verstehen, dass Matthijs Bergfeld einen Augenblick sprachlos war.

»Zufällig habe ich ein Telefongespräch von de Vires mitangehört, als ich in seinem Büro war.« Matthijs sprach sehr langsam, als ob er sich die Begebenheit ins Gedächtnis rufen müsste. »Er war sehr aufgebracht und befahl mir hinterher, alles zu vergessen, was ich gerade gehört hatte.«

»Und was hast du gehört, Matthijs?«

»Natürlich nur seine Antworten: dass er im Laufe der nächsten Tage imstande sei, den Leuten, mit denen er sprach, irgendeinen Q-Petrol-Aktionsplan vorzulegen.«

»Er bekommt nur, was ich ihm gebe. Und dann?«

»Dann sagte er: ›Vergesst nicht, was er für euch in Baux-de-Provence getan hat.‹ Aber ich weiß nicht, wen er damit gemeint hat und was es mit Baux-de-Provence auf sich hat.«

Peter nickte und dachte an Nicky. »Ich weiß es, Matthijs. Das muss dich nicht weiter beschäftigen.«

»Anschließend bat er noch darum, mit irgendjemandem reden zu können, aber das klappte nicht. Dann fragte er, ob sie vielleicht schon dabei seien, alle zweihundert, einen nach dem anderen, umzubringen. Und was sie glaubten, was die Amerikaner dazu sagen würden.«

»Hat er den Namen Salah ad-Din erwähnt?«

»Nein.«

»Das Hotel Alkadra?«

»Nein.« Matthijs holte tief Luft. »Da gibt es noch etwas. Das wollte ich vorhin schon sagen. Ich habe Nicky Landsaat bei M'Consult gesehen.«

Auch damit rückte er also heraus. Peter nickte. »Das mit Nicky Landsaat vergiss einfach. Hast du jemandem davon erzählt, Matthijs?«

»Natürlich nicht, für wen hältst du mich? Aber wer ist eigentlich dieser Marc de Vires?«

»Ein Teufel, Matthijs, da kannst du sicher sein. Halt dich von ihm fern und ab jetzt auch von Thomas! Bleib im Büro, bis wir uns morgen früh sehen.«

Peter sah die Zeitungsberichte über Salah ad-Din im Internet durch. Das war wahrlich keine erquickliche Lektüre, und Marc de Vires hatte allen Grund, um das Leben seines Bruders zu fürchten.

Peter lehnte sich zurück und ließ den Blick über den Domplatz schweifen. Dann sah er auf die Uhr und zog kurzentschlossen ein kleines Buch aus dem Regal über dem Schreibtisch. Die Nummer der amerikanischen Botschaft in Den Haag hatte er schnell gefunden. Er überflog die Liste des amerikanischen Botschaftspersonals und entschied sich schließlich für Oberst Ronnie Lewis von der USAF, der amerikanischen Luftwaffe.

Dann wählte er die Nummer.

»Oberst Ronnie Lewis, bitte«, sagte er zu der Sekretärin.

»Oberst Ronnie Lewis ist leider nicht da, kann ich eine Nachricht übermitteln?«

Peter sah noch einmal auf die Liste. John Zalewski, DEA. Bedeutete das nicht Defense Attaché, Verteidigungsattaché?

»Ist John Zalewski vielleicht zu sprechen?«

»Tut mir leid. Worum geht es denn?«

»Ich hätte gern Informationen über einen gewissen Constand de Vere, der vermutlich in Salah ad-Din im Irak im Hotel Alkadra als Geisel festgehalten wird.«

Einen Augenblick war es am anderen Ende still. »Einen Moment«, kam es dann mit einiger Verzögerung aus dem Hörer.

Es vergingen einige Minuten, dann hörte er ein leises Klicken, und die Sekretärin war zurück.

»Pardon, ich fürchte, ich habe Ihren Namen nicht richtig verstanden.«

»Peter de Boer.«

»Mr. de Boer. Alle, die für Angelegenheiten des Nahen Ostens zuständig sind, befinden sich in diesem Moment leider in einer Sitzung. Aber wenn Sie möchten, können Sie gerne in die Botschaft kommen, dann werden wir …«

»Ich bin in Haarlem. Ich kann morgen wieder anrufen.«

Wieder klickte es, und Peter wartete.

»In Haarlem?«, war die Stimme dann erneut zu hören. »Ja, dann könnten Sie Randolph Fischer treffen. Er wird Ihre Fragen gerne beantworten. Wären Sie daran interessiert?«

»Wir könnten uns in einer halben Stunde im Stads Café in der Zijlstraat treffen. Würde ihm das passen?«

»In einer halben Stunde?« Dieses Mal deckte sie den Hörer nur nachlässig ab, so dass Peter deutlich hören konnte, wie die Anwesenden im Zimmer die Absprache bestätigten und augenblicklich von einem anderen Telefon aus einen Anruf tätigten. »In einer halben Stunde?«, vergewisserte sie sich. »Ausgezeichnet. Randolph Fischer wird dort sein. Darf ich Sie um Ihre Telefonnummer bitten, Mr. de Boer, falls etwas dazwischenkommt?«

Da legte Peter einfach auf.

Von seinem Stammplatz aus sah Peter zwei Personen die Zijlstraat heraufkommen. Als sie die Nassaulaan überquerten, verlangsamte einer der beiden seine Schritte, so dass sie das Café nicht zusammen betraten.

Peter winkte, und der Mann, der Randolph Fischer sein musste, hob ebenfalls die Hand zum Gruß.

Der Händedruck war fest und verbindlich. »Randolph Fischer. Sie wollten mit mir sprechen, Mr. de Boer?« Er reichte Peter seine Visitenkarte.

Peter ließ ihn in Ruhe seine anachronistische Seemannsjacke ausziehen und Platz nehmen. Seine ganze Erscheinung inklusive dem beige-grau karierten Tweedjackett entsprach nicht im Mindesten dem landläufigen Bild vom schwarz gekleideten CIA-Agenten mit Sonnenbrille.

»Ich habe einen Bekannten, dessen Bruder sich unter den zweihundert irakischen CIA-Leuten befindet, die nicht mehr rechtzeitig aus dem Irak herausgekommen sind, als die Kurden begannen, sich gegenseitig anzugreifen.«

Randolph Fischer zog ein Fax aus der Innentasche des Jacketts und las. »Constand de Vere, das klingt nicht sehr irakisch, hieß er nicht so?«

»Ja, genau.«

»Und wie können wir Ihnen in dieser Sache weiterhelfen?«

»Könnten Sie mir vielleicht bestätigen, dass er für die CIA arbeitet?«

Randolph Fischer lächelte. »Sie haben offenbar die Artikel der letzten Zeit in der ›Washington Post‹ oder der ›New York Times‹ gelesen. Überall wähnt man auf einmal CIA-Beobachter und -Agenten, Mr. de Boer. Oder vielleicht haben Sie von Dr. Ahmad Dschalabi gehört und von seiner Behauptung, viele Mitglieder des Irakischen Nationalkongresses hätten für die USA gearbeitet und säßen nun dort in der Gegend fest.«

»Nein, ich weiß nichts von einem Dr. Dschalabi, aber so wie es klingt, würde ich ihn gern kennenlernen. Kennen Sie Constand de Vere?«

»Darf ich fragen, womit Sie sich beruflich beschäftigen, Mr. de Boer?«

»Sagen wir einfach, ich bin Firmenberater. Ich rücke die Verdienstgrundlage der Leute etwas zurecht und bringe ihre Unternehmen aufs richtige Gleis. Können Sie bestätigen, dass er für die CIA arbeitet, Mr. Fischer?«

»Leider nicht. Wir kennen besagten Constand de Vere nämlich nicht.«

»Und deshalb hat die Botschaft Sie gebeten, den langen Weg von Den Haag oder dem Konsulat in Amsterdam hierher auf sich zu nehmen? Um mir zu erzählen, dass Sie keinen Constand de Vere kennen? Das hätte man mir ja in einer Sekunde am Telefon sagen können.«

»Ich habe es nicht weit. Aber es stimmt, deswegen bin ich gekommen. Uns ist kein Constand de Vere bekannt.«

»Das glaube ich Ihnen nicht.«

»Aber wir wüssten gern mehr über diesen Herrn. Der Bruder eines Bekannten, sagen Sie?« Er zog einen Notizblock aus der Jackentasche und wirkte plötzlich sehr formell.

Peter trank einen Schluck aus seinem Glas. »Jemand hat ein Foto von ihm gesehen. Er war übel zugerichtet und hielt eine aktuelle Tageszeitung in der Hand. Auf der Zeitung war der Stempel des Hotels Alkadra, Salah ad-Din, zu sehen.«

Fischer schrieb fleißig mit.

Peter tippte mit dem Finger auf die Internetausdrucke vor ihm auf dem Tisch. »Hier habe ich vier verschiedene Quellen, und alle berichten von in dem Hotel internierten CIA-Mitarbeitern. Zweihundert, um genau zu sein, die meisten von ihnen Kurden. Gleichzeitig haben die irakischen Agenten ebenfalls mehrere Hundert aufgespürt und getötet, die angeblich für das CIA-Programm im nördlichen Irak gearbeitet haben. Wollen Sie behaupten, dass Ihnen auch darüber nichts bekannt ist?«

»Wer ist Ihr Freund, Mr. de Boer? Wer hat das Foto von Constand de Vere gesehen, von dem Sie sprechen, und wo hat der Betreffende es gesehen? Wir haben keine derartigen Informationen erhalten und möchten gern mehr erfahren.«

Die Kellnerin reagierte sofort, als Peter ihr winkte. Er bezahlte und nahm die Internetausdrucke und Randolph Fischers Visitenkarte an sich. »Ich weiß jetzt alles, was ich wissen wollte, Mr. Fischer, und ich glaube, es geht Ihnen genauso.« Die Proteste seines Gegenübers ignorierend, verabschiedete sich Peter mit einer angedeuteten Verbeugung.

»Rufen Sie uns an, wenn Sie Neuigkeiten haben!«, rief Fischer noch, als Peter gerade die Schwingtür erreichte.

In einer Schaufensterscheibe entdeckte Peter das Spiegelbild von Randolph Fischers Begleiter. Der Mann ging wenige Meter hinter ihm und schien den Blick starr auf seinen, Peters, Nacken zu richten. Alles verlief nach Wunsch. Fortan hatte Peter die Begleitung eines waschechten CIA-Agenten. Ein besserer Bodyguard war kaum zu haben.

Rahman und die anderen konnten also ruhig kommen.

30

Seit Stunden schon waren aus den umliegenden Zellen keine Schreie und auch keine Schüsse mehr zu hören. Saddams Schergen hatten wieder ganze Arbeit geleistet.

Constand betrachtete seine kraftlosen, mit blauen Flecken übersäten Arme und die Haarbüschel am Boden. Tagelang hatte er sich immer wieder übergeben, sehr lange würde er das nicht mehr durchhalten. Die Geheimdienstagenten hatten angesichts des Gestanks in seiner Zelle die Verhöre in ihre Büros verlegt.

Constand de Vere hatte nie wirklich hinter der Aktion gestanden, und so empfand er die gegenwärtige Situation als besonders absurd.

Anna hatte das Land zwischen Euphrat und Tigris immer als Wiege von Kultur und Zivilisation betrachtet. Natürlich hatte sie recht, denn ohne die Jahrtausende alten kulturellen, zivilisatorischen und religiösen Errungenschaften im Zweistromland war unsere heutige Welt nicht denkbar. Selbst in der – wie Constand fand – kargen Landschaft mit den weiten unfruchtbaren Flächen und staubigen Farben lag für Anna eine zeitlose Schönheit. Aber für seine Frau war die gesamte Situation ohnehin etwas einfacher: Während Constand seinem Auftrag nachgehen und Geld verdienen sollte, wollte sie sich ganz und gar auf ihr Engagement für eine der humanitären Organisationen konzentrieren. Anna machte sich um sich und ihre Familie keine Sorgen. Und dass ihr Sohn Dennis für ein paar Monate bei seinem Onkel lebte, konnte ihm in ihren Augen nur guttun, denn so war er einmal nicht der permanenten Aufmerksamkeit der Eltern ausgesetzt.

Die Aufgabe des Staatssekretärs Constand de Veres im irakischen Teil Kurdistans hatte sich zunächst relativ unkompliziert angehört. Kompliziert war nur der Hintergrund: Seit den Dreißigerjahren hatte die Existenz eines eigenständigen Kurdistans weltweit immer wieder auf der Agenda gestanden, ohne dass das Problem hätte gelöst werden können.

Mit dem Golfkrieg war alles nur schlimmer geworden. Saddam Hussein war aus reiner Geldnot in Kuwait einmarschiert, wofür ihn die Vereinigten Staaten und ihre Alliierten abgestraft hatten. Dabei hatte er bis dahin als Musterknabe der Region gegolten, als sichere Barrikade des Westens vor der herrschenden Geistlichkeit im Iran. Erst nach dem Krieg kamen die unmenschlichen Kosten zur Sprache, die Saddams Regime dem Volk zugemutet hatte, und Saddams Unzuverlässigkeit. Wann würde die Welt die nächste Ölkrise erleben? Wann würde er seine Kriegsmaschinerie demonstrativ zur Schau stellen, wann die Straße von Hormus unbefahrbar machen oder westliche Staaten mit biologischen oder chemischen Kampfstoffen angreifen? Wann würde er die arabische Welt unter dem Schirm seines Schreckensregimes versammeln?

Saddam hatte die Schlacht um Kuwait verloren, deshalb war ihm die Rebellion der Schiiten im Süden nun ganz und gar nicht unwillkommen, die sich mit den Ayatollahs im Iran solidarisierten. Wer wollte schon, dass die womöglich irgendwann den größten Teil der bekannten Ölreserven kontrollierten? Aus demselben Grund hatten die Schiiten, als sie sich den Repressalien und Hinrichtungskommandos Saddams ausgesetzt sahen, auch keine Unterstützung vonseiten der Vereinten Nationen bekommen, sondern sich mit schnöden Resolutionen begnügen müssen.

Der amerikanische Präsident und seine Berater richteten den Blick viel lieber auf den nördlichen Irak, wo die Kurden seit Jahrzehnten versuchten, im Grenzland zwischen der Türkei, Syrien, der Sowjetunion, dem Iran und dem Irak einen kurdischen Staat zu etablieren.

Die Kurden waren seit jeher gemäßigte Moslems und harte Krieger gewesen. Ihr Lebensraum war so unwirtlich, dass es kaum möglich war, dort Krieg zu führen. Deshalb sprach man den Kurden unmittelbar nach dem Golfkrieg eine Zone nördlich des sechsunddreißigsten Breitengrades zu, wo sie in Ruhe ihren Widerstand gegen Saddam Husseins Regime mobilisieren konnten. Und das ließ sich gut von außen steuern.

So wurden Hunderte militärischer Instrukteure in der Gegend um Arbil eingesetzt, und Tausende Einheimischer arbeiteten indirekt für die CIA, um schnellstmöglich eine breit aufgestellte Regierung zu organisieren und einen Bürgerkrieg zu verhindern.

Aber in der Politik lief nicht immer alles glatt.

Masud Barzani, Anführer der Demokratischen Partei Kurdistans, und Dschalal Talabani, Anführer der pro-iranischen Splitterpartei PUK, der Patriotischen Union Kurdistans, hassten einander zutiefst. Und obwohl die Amerikaner alles unternahmen, um die unterschiedlichen Ansichten im Irakischen Nationalkongress, dem INC, zusammenzubringen, konnten sich die Kurden nicht auf einen Weg zum Ziel einigen.

Um das Problem zu lösen, setzte man den früheren Vizedirektor des irakischen Nachrichtendienstes ein, Wafiq al-Samarrai, einen Mann mit ausgezeichneten Kontakten. Aber al-Samarrai gelang es an keinem Punkt, Barzanis Unterstützung zu bekommen, und entsprechend konnte er auch nur ein paar Hundert irakische Soldaten für die Sache gewinnen.

Die Pläne scheiterten endgültig, als die Amerikaner auf den Luftangriff gegen irakische Stellungen im Norden, zu dem sie sich fest verpflichtet hatten, verzichteten. Al-Samarrai flüchtete daraufhin nach Damaskus, und der Meistertaktiker Saddam Hussein sah seine Chance.

Saddam überzeugte seinen alten Erzfeind Masud Barzani, Kurdistan sei nichts weiter als ein Luftschloss.

Und er hatte recht. Zumindest die Vereinigten Staaten würden niemals zulassen, dass sich ein souveräner kurdischer Staat etablierte, denn die Türkei würde dagegen selbstverständlich protestieren. Doch ohne das Wohlwollen der Türkei war der Nahe Osten nicht zu bändigen. Der Konflikt zwischen den Kurden ließ sich ohnehin nicht vermeiden.

Die Amerikaner hatten Ärger gewittert und einige Wochen zuvor Menschen in den Irak geschleust, um Barzani im Zaum zu halten. Aus diesem Grund hatte sich auch Constand de Vere im Land aufgehalten. Er hatte das Ausmaß der Katastrophe zu diesem Zeitpunkt nicht ahnen können.

Als der Bürgerkrieg ausbrach, hatten Constand und seine Frau Anna sich erst wenige Wochen in der Gegend aufgehalten. Sie waren zusammen mit einer Handvoll professioneller »Problemlöser« eingeschleust worden. Man hatte ihnen eines von vier »sicheren« Häusern auf einem Hügel in Salah ad-Din zugeteilt, von wo aus sie südwärts einen Blick in Richtung des strategisch günstig gelegenen kurdischen Orts Arbil hatten. Einheimische Helfer und Leibwächter, von der CIA rekrutiert, standen ihnen jederzeit zur Verfügung.

Unvermutet allerdings kontrollierten Barzani-Anhänger die Gegend. Die Zeit wurde knapp – um eine Einigung der verfeindeten kurdischen Gruppierungen zu erwirken, um Barzani in die Schranken zu weisen oder um ihn im äußersten Fall sogar ermorden zu lassen.

Der Aufenthalt war für die Berater der USA zur Hölle geworden.

Als er daran zurückdachte, schüttelte Constand unwillkürlich den Kopf. Diesen Auftrag hatte er nicht nur wegen des großzügigen Honorars angenommen, das ihm winkte. Nein: Man hatte ihm die Kontrolle über einen Teil des irakischen Handels mit dem Ausland versprochen, sobald die Situation geregelt wäre, mit anderen Worten, eine Geldmaschine ungeahnter Dimensionen.

In der Zwischenzeit sollte Constands Bruder Marc seine Firma M'Consult in Amsterdam leiten. Die Vollmacht für sämtliche finanzielle Transaktionen lag dabei komplett in den bewährten Händen von Huijzer & Poot.

Das war der Plan gewesen.

Niemand hatte damit gerechnet, dass Saddam Hussein derart radikal vorgehen würde. Plötzlich befanden sich alle, die in der Region der Barzani-Kurden für die Amerikaner oder die westlichen Hilfsorganisationen gearbeitet hatten, in höchster Gefahr.

Anna bat Constand inständig, wie Tausende anderer Flüchtlinge ihre Sachen zu packen und zu verschwinden.

Aber ihr Mann zögerte. Dass die Sache wirklich aus dem Ruder gelaufen war, bemerkte er erst, als Saddam Hussein allen Kurden Amnestie bot, die unter westlichem Schutz gelebt hatten, im gleichen Atemzug aber von dieser Amnestie all jene ausnahm, die für den Westen spioniert hatten.

Die Jagd war eröffnet.

Constand und Anna verloren keine weitere Zeit, sie mussten so rasch wie möglich das Land verlassen. Ziel war die Stadt Zakho direkt an der türkischen Grenze. Längst hielten sich dort Tausende Kurden auf, die für die amerikanischen humanitären und militärischen Einsätze im Nordirak gearbeitet hatten. Zakho war überschwemmt von verzweifelten Menschen, die darauf hofften, dass die USA sie jetzt retten würden.

Die Bedingungen, auf die sich Constand eingelassen hatte, waren schlecht. Sollte etwas schiefgehen und gerieten sie in Gefangenschaft, dann waren sie auf sich selbst gestellt, das war ihm klar. Niemand würde schützend die Hand über sie halten, sich für sie einsetzen. Selbst von den Franzosen, für die Constand früher gearbeitet hatte, konnte er keinerlei Unterstützung erwarten: Denn warum in aller Welt sollte man das gute Verhältnis ruinieren, das man allen internationalen Verwicklungen zum Trotz zum Regime in Bagdad immer gewahrt hatte?

Keine Frage, sie mussten unbedingt bis Zakho kommen.

Anders als die großen Jeeps konnten sie sich mit dem Motorrad auf den schmalen Ziegenpfaden fortbewegen, wo noch keine Minenleger unterwegs gewesen waren. Anna klammerte sich an ihren Mann. Während der Fahrt sprachen sie kein Wort.

Sie hatten die Stadt gerade hinter sich gelassen, als der Angriff auf den Höhenzug bei Salah ad-Din einsetzte. Wer fliehen konnte, floh.

Einer von Constands und Annas Leibwächtern wurde zwanzig Kilometer östlich der Stadt aufgegriffen. Der Mann flehte um Gnade und sagte aus, sein Chef, Constand de Vere, sei zusammen mit seiner Frau Anna auf einer kleinen Kawasaki geflohen. Der Leibwächter war es schließlich auch, der die beiden identifizierte, nachdem der Helikopter die vom Motorrad aufgewirbelte Staubwolke lokalisiert hatte. Zum Lohn wurde er aus dem Hubschrauber geworfen.

Nachdem eine Maschinengewehrsalve in den Erdboden rings um das Motorrad niedergegangen war, hielt Constand schließlich an. Der Hubschrauber landete, und Anna und Constand wurden festgenommen.

Nach stundenlangem Verhör brachte man Constand de

Vere zurück nach Salah ad-Din. Dort, im Hotel Alkadra, wurde er zusammen mit Hunderten anderer interniert.

Erst viele Stunden später erfuhr er, dass Anna noch lebte und in einem anderen Teil des Hotels untergebracht war. Viele weitere Stunden brauchte er, um seine Bewacher zu überreden, seiner Frau Bescheid zu geben, dass er am Leben war.

Die Reihen ringsum lichteten sich schnell. Constand kannte die Justiz in solchen Situationen. Er wusste, dass sie das hier vermutlich nicht überleben würden. Und als man ihn schließlich abholte, hatte er längst aufgegeben.

Wie lange er sich schon in Untersuchungshaft des Geheimdienstes befand, vermochte er nicht zu sagen. Wie viel Zeit noch vor ihm lag, war abhängig von den Launen seiner Henker.

Constand glaubte nicht an einen Erfolg der Vermittlungsbemühungen seines Bruders. Das geschundene Land der Kurden war von Amsterdam weit entfernt, und Marc war ja von klein auf schon immer eine Niete gewesen, Marc, mit seinen völlig unrealistischen, idiotischen Ideen.

Constand und Marc trennten zwar nur zwei Jahre. Die Karrierewege, die familiären Situationen und die Lebensumstände der beiden Brüder hätten jedoch unterschiedlicher nicht sein können.

Marc hatte stets im Schatten seines großen Bruders gestanden und nach dessen Ansicht immer nur Flausen im Kopf gehabt, immer den Weg des geringsten Widerstandes gewählt. In Constands Augen war er weinerlich und labil, hochmütig und falsch.

Nach der Scheidung der Eltern war die Mutter von Frankreich nach Belgien umgezogen. An allem seien nur Marc und sein ungebärdiges Verhalten schuld, hieß es, er säe überall

Zwietracht zwischen den Menschen. Schulpsychologen hatten psychopathische Züge bei ihm diagnostiziert, und Constand war sehr geneigt, ihnen recht zu geben. An dem Tag, als seine Mutter wegging und Marc mit sich nahm, war er erleichtert und glücklich.

Bis er zweiunddreißig Jahre alt war, hatte Marc nie etwas Eigenes geschaffen, sondern ausschließlich nach seinem Bruder geschielt und versucht, mit ihm gleichzuziehen.

Damals, Mitte der Siebzigerjahre, war Constand überaus erfolgreich gewesen. Alles, was er in Angriff nahm, glückte ihm. Er hatte eine eigene Firma, die er nach dem Geburtsort der Mutter »Merksem Consult« nannte. Wann immer sich die Gelegenheit ergab, war er in Angelegenheiten des Nahen Ostens als Berater für den französischen und später den belgischen Staat tätig. Er genoss seine guten Einkünfte, die Aufmerksamkeit und die Reisen, die seine Tätigkeiten mit sich brachten. Als er eingeladen wurde, in Les Baux-de-Provence am Treffen zwischen Jacques Chirac und Saddam Hussein teilzunehmen, glaubte Constand de Vere sich für die Rolle des Vermittlers wie geschaffen.

Bei dieser Gelegenheit war es ihm sogar gelungen, einen Treppensturz Husseins vor laufender Kamera gerade noch zu verhindern – und ihn dadurch vor einem enormen Gesichtsverlust zu bewahren. Außerdem gelang bei dem Treffen ein sensationeller Deal über den Austausch französischer Waffen- und Atomtechnologie gegen irakisches Öl. So hatte sich Constand in der irakischen Administration einen Namen gemacht.

Durch diese »Vorleistung« hatte er sich bei Vereinbarungen über Öllieferungen, den Handel mit Technologien und nicht zuletzt bei der Vermittlung von Kontakten zwischen westlichen Geschäftsleuten und Angehörigen der Tikrit-Mafia einen erheblichen Vertrauensbonus erarbeitet – dieser Bonus drückte sich fortan in barer Münze aus. Alle waren zufrieden, nicht zuletzt er selbst.

Eine Dekade später, im Jahr seiner Hochzeit, steckte er den größten Teil seines Geldes in das Unternehmen Mediterranean Consult. Die Firma arbeitete offiziell mit Öl und Rohstoffen, war intern jedoch offen für jede weitere Quelle von Einkünften. Die Überschüsse wurden in Aktien angelegt, die bei einer Reihe westeuropäischer Banken deponiert waren. Sämtliche Belege befanden sich in der Obhut der alteingesessenen Amsterdamer Finanzmakler Huijzer & Poot.

Als Constands und Marcs Mutter erkrankte, schlug Anna großmütig vor, nach Belgien umzuziehen und ein Haus in der Nähe der alten Dame zu kaufen, damit sie sich um sie kümmern könnte. Zögernd stimmte Constand zu. Doch trotz aller Widrigkeiten wurde es eine glückliche Zeit – und dann kam Dennis.

Marc tauchte erst wieder auf, als ihre Mutter längst verstorben war. Er hatte sich verändert. Nicht nur war er äußerlich entstellt, er war auch deutlich gealtert, wirkte hart und teilnahmslos.

Constand brauchte nicht lange, um die Wahrheit ans Licht zu bringen. Er wusste, dass der Muchabarat sehr effektiv sein konnte. Nein, die Entstellung in Marcs Gesicht hatte nichts mit Verbrennungen durch die Wüstensonne zu tun.

Marc war auf seinen Reisen durch den Nahen Osten in der syrischen Hafenstadt Latakia einigen freundlichen Irakern begegnet. Wie es seiner Art entsprach, prahlte er damit, Saddam Hussein persönlich zu kennen, und damit, dass sein Bruder entscheidend für die Handelsabkommen zwischen Frankreich und dem Irak verantwortlich zeichne.

Seine Zuhörer reagierten interessiert, und Marc versprach, an der richtigen Stelle ein gutes Wort für sie einzulegen – in der Hoffnung, man würde sich beizeiten erkenntlich zeigen. Die Männer aber gehörten zu einer Gruppe Exiliraker, die Saddam am liebsten hoch oben an einem Fahnenmast aufgeknüpft gesehen hätten.

Sie luden Marc in ein kleines Fischrestaurant am Hafen ein, dort, wo sich hinter den Kais die Lagerschuppen befanden. Was sich ihm dort darbot, würde er sein Leben lang nicht vergessen: Nahezu das gesamte Personal zeigte sichtbare Beweise für Saddams Grausamkeit gegenüber jenen, die ihm den Gehorsam verweigerten.

An den Wänden hingen Dekrete, die man Marc nun vorlas. Das erste war ein Strafdekret für Deserteure. Es ordnete bei einmaligem Fernbleiben vom Militärdienst die Amputation eines Ohres an, bei Wiederholung die Amputation eines Fußes und beim dritten Mal die Erschießung, bei anderen Verbrechen die Amputation der Hände. Marc stockte der Atem: Schwangere verschonte man mit der Handamputation bis vier Monate nach der Entbindung. Den Krankenhäusern, denen es oblag, diese Eingriffe durchzuführen, stellte man detailgenaue Handlungsanweisungen zur Verfügung, hier blieb nichts dem Zufall überlassen. Es gab Erlasse bezüglich Brandzeichen und Tätowierungen im Gesicht. Ärzten, denen man nachweisen konnte, dass sie über kosmetische Eingriffe diese Gräueltaten zu lindern versuchten, drohte die Todesstrafe.

Marc flehte um Gnade, er habe nie etwas mit Saddam Hussein zu tun gehabt, er habe nur imponieren wollen. Er bot ihnen eine Menge Geld an in seiner Verzweiflung, und am Ende begnügten sie sich mit einer Spezialbehandlung seines Gesichtes: Sie brannten ihm zwei gekreuzte Linien auf die Stirn und behandelten die eine Gesichtshälfte mit einer Säure.

Dann überließen sie ihn seinem Schicksal.

Von diesem Trauma hatte sich Marc nie wirklich erholt. Sein Vertrauen in die Welt war ohnehin nicht sehr ausgeprägt gewesen, aber seither witterte er überall Bedrohungen. Er nannte sich »de Vires« und benutzte fortan den Mädchennamen seiner Mutter als zweiten Namen. Nicht im Traum hätte er ihr zu ihren Lebzeiten diesen Respekt erwiesen.

Um Marc irgendwie in ein halbwegs bürgerliches Leben zurückzuführen, hatte Constand die Firma Mesopotamia Consult in Bagdad gegründet und seinem Bruder den Posten des Direktors überlassen.

Im Rückblick waren die Jahre in Bagdad für Marc richtig gut gewesen. Die Firma erwirtschaftete tatsächlich Gewinne. Und als Marc schließlich nach Antwerpen zu Besuch kam, brachte er Heleen mit. Sie schienen das perfekte Paar zu sein. Und Anna und Heleen waren schon bald ein Herz und eine Seele.

Aber das Leben in Bagdad wurde zu Zeiten der Blockade immer beschwerlicher. Wie nicht anders zu erwarten gewesen war, hatte Marc irgendwann genug und bat, zurückkommen zu dürfen.

Constand wollte ihn nicht in seiner Nähe haben und gab ihm den Posten des Direktors einer neu gegründeten Dachorganisation in Amsterdam. M'Consult sollte sämtliche seiner Firmen repräsentieren und abgeschlossene wie laufende Projekte dokumentieren.

Wirklich entspannen konnte sich Constand aber erst, als die Finanzmakler Huijzer & Poot einwilligten, als Verantwortliche der Firma für Wirtschaftsfragen im Vorstand zu sitzen. Ohne deren Zustimmung und ohne Constands Unterschrift konnte Marc keine größeren Transaktionen durchführen.

Freilich räumte Constand seinem Bruder in dieser Firma die Möglichkeit ein, sein eigenes Konzept weiterzuentwickeln. Dieses zielte darauf ab, undemokratische Machthaber in aller Diskretion mit guten Ideen zu »füttern«, wie sie ihre Bevölkerung in Schach halten konnten. Die Gegenleistung war immer dieselbe: Niederlassungen in dem entsprechenden Land – und ordentliche Beteiligungen an den Einnahmen.

Binnen kurzer Zeit florierte das Geschäft. Marc organisierte Streiks, registrierte im Anschluss alle unruhestiftenden Subjekte, sorgte für den Austausch von Dienstleistungen und Waren über Drittländer und pflegte nicht zuletzt Kontakte zu Söldnern in der Londoner King's Road.

Dass die Einnahmen in keiner Hinsicht mit den immensen Investitionen korrelierten, nahm Constand billigend in Kauf. Er ließ seinen Bruder gewähren und beruhigte sich mit der Aussicht, dass Marcs Verbindungen in den Niederlanden ihm in Zukunft noch von Nutzen sein konnten.

All das aber lag jetzt weit hinter ihm.

Nur unter Mühen hob Constand den Kopf. Die Sonnenflecken an den dreckigen Wänden waren blasser geworden. Die Feuchtigkeit im Raum war überall zu spüren. In seinen Gedärmen rumorte es.

Er sah aus dem Fenster, spähte sehnsüchtig in den Himmel und war überrascht, wie sehr ihn der Anblick berührte. Er wollte schlucken, doch sein Mund war trocken.

Hinter der grauen Eisentür waren Schritte zu hören. Sie klangen anders als sonst.

Die Tür wurde aufgerissen, grob stieß man Anna zu ihm hinein, und für wenige Minuten versanken sie in einer verzweifelten Umarmung, bevor die Männer die weinende Anna wieder wegzerrten.

Einer der Männer sagte in gebrochenem Englisch: »Du hast eine letzte Chance, zusammen mit ihr nach Hause zu gehen. Also erzähl uns, was du weißt.«

Gute dreitausendsechshundert Kilometer entfernt hatte Marc de Vires gerade das Kindermädchen verabschiedet.

Er streichelte noch einmal Dennis' Wange, ging in sein Büro, schob den ruinierten Monitor vorsichtig mit dem Fuß an die Wand und blickte Nicky Landsaat nach.

Was für eine seltsame Frau. Ausgesprochen hübsch und zweifellos hochintelligent, aber dennoch seltsam. Dazu dieser ungewöhnliche Mangel an Zurückhaltung und dieser federnde Gang, der ihre Tasche auf der Hüfte tanzen ließ.

Das Wichtigste war natürlich, dass sie mit Dennis umgehen konnte. Deshalb hatte er trotz des Missgeschicks mit dem Computer beschlossen, sie zu behalten, bis er Constand und Anna nach Hause geholt hatte.

Und wer weiß, dachte er, vielleicht ließ sich ja noch mehr mit ihr anfangen.

Er sah dem Schwung ihrer Hüften hinterher, als sie links in die Straße abbog. Merkwürdig, dachte er, warum geht sie nicht zur Bushaltestelle? Der Mann hinter Nicky Landsaat bog ebenfalls nach links ab. Vielleicht hatte man die Haltestelle verlegt, er fuhr ja nie mit dem Bus.

Viel Zeit blieb ihm nicht, Nicky für sich zu gewinnen. Sie war wegen Dennis bei ihm und würde nur so lange bleiben, bis Peter de Boer den endgültigen Plan für Q-Petrol geliefert hatte und Constand und Anna wieder frei waren.

De Vires hegte nicht die geringsten Zweifel. Der Plan war solide. Alles würde problemlos ablaufen. Die Iraker waren sofort darauf angesprungen. Es konnte für Saddam Hussein doch wohl kaum eine schönere Vorstellung geben als die, die staatliche kuwaitische Ölgesellschaft in Europa maximal zu ruinieren. Und dafür war nun Peter de Boer zuständig.

Auf Peter de Boer war Marc de Vires aufmerksam geworden, als dieser binnen drei Wochen eine Eisengießerei in Südholland gründlich zerschlagen hatte. Die Iraker waren an der

Fabrik interessiert gewesen, de Vires wollte vermitteln, dann aber ging sie für ein lächerliches Geld an eine konkurrierende Gießerei in Belgien.

Den Vorgang hatte er damals beobachtet wie ein faszinierendes und gut erdachtes Schauspiel. Auf dem internationalen Markt eröffneten sich mit Sicherheit ungeahnte Möglichkeiten, wenn es gelang, den Mann zu kopieren oder ihn zumindest als Verbündeten zu gewinnen. Um verfolgen zu können, wie Peter de Boer handelte, hatte de Vires Heleen auf ihn angesetzt.

Die hatte ihre Aufgabe vorbildlich erledigt. Dass sie sich dann aber tatsächlich in den großen Holländer verliebte, war nicht vorgesehen. Immerhin hatte sich Heleen gar nicht so selten aus alter Freundschaft auch zu de Vires ins Bett gelegt. Sie war Profi und tat, was ihr Auftraggeber von ihr verlangte.

Aber dann kam ihm Peter der Boer ein weiteres Mal in die Quere. De Vires hatte den Kontakt zwischen den Irakern und einer Softwarefirma in Eindhoven hergestellt, Van Nieuwkoop Holding, bei der er Aktien kaufte. Sie entwickelte Software für Industrieroboter, verwandt der Software, wie sie in Waffensystemen eingesetzt wurde. Natürlich hatte man Bedenken: Den Irak mit Steuerungssystemen zu versorgen, die sich für militärische Zwecke verwenden ließen, war vor dem Hintergrund des Embargos tabu. Verdammt schmutzige Geschichte, hatte es einer der Vorstände der Firma auf den Punkt gebracht. Aber die Aktienkurse stiegen, und de Vires und die Firma konnten damit äußerst zufrieden sein. Nur irrte man sich über die Ursache …

Denn plötzlich fielen die Kurse wieder. Blitzartig waren all seine Investitionen in die Firmenaktien verloren, und mehreren hohen Vertretern der Van Nieuwkoop Holding drohte eine Gefängnisstrafe. Natürlich zogen sich die Iraker daraufhin zurück, und de Vires wäre fast ruiniert gewesen. Es kostete ihn einige Mühe, die Verluste vor seinem Bruder und vor Huijzer & Poot geheim zu halten.

Als de Vires herausfand, dass auch hinter dieser Misere Peter de Boer steckte, beschloss er, diesen Mann ein für alle Mal auszubremsen. Vorher aber wollte er sich noch dessen Fähigkeiten bedienen.

Damals wurde das Projekt »Q-Petrol« geboren. De Vires wusste genau, dass sich Peter de Boer niemals darauf einlassen würde. Also musste er andere Wege finden, ihn zu einer Zusammenarbeit zu bewegen.

Der Zufall wollte es, dass er, genau als sich die Situation mit Constand und Anna zuspitzte, von Peter de Boers Schwachpunkt erfuhr: dessen Cousin Rien ten Hagen.

Damit stand der Umsetzung des Q-Petrol-Plans nichts mehr im Weg. Eine vorzügliche Rache. Marc de Vires war höchst zufrieden. Und endlich einmal würde eine seiner eigenen Ideen Geld ins Haus bringen.

Zwei Haken allerdings gab es: Da war zum einen Rahman, den man ihm aufgeschwatzt hatte. Dieses nach Knoblauch stinkende Individuum musste schnellstmöglich aus dem Weg geschafft werden. Viel zu oft hatte de Vires in Bagdad beobachten können, mit welchen Methoden solch abgestumpfte Typen wie Rahman operierten.

Selbstverständlich war ein Kerl wie Rahman aber auch praktisch. Wenn nötig, erledigte er die Drecksarbeit. Dennoch hätte Marc de Vires immer die Söldner aus der King's Road bevorzugt. Aber Rahman hatte sehr schnell dafür gesorgt, dass jegliche Assistenz von dieser Seite buchstäblich auf Eis gelegt wurde.

Zum anderen, und das war der zweite Haken, war der Preis für Constands und Annas Leben gestiegen, die Iraker wollten nun nämlich auch die Aufgabe erfüllt sehen, wegen der sie ursprünglich an ihn herangetreten waren.

Dennis saß immer noch am Computer. De Vires ging in den Keller und schaltete den Monitor auf dem Tisch neben dem Server ein. Nur wenige Sekunden später erstarrte er.

Die Logfiles waren unbestechlich: Jemand war ins System eingedrungen und hatte alle Datensätze geöffnet.

Nicky Landsaat! Deshalb hatte sie so schockiert gewirkt. Es war ihr nicht gelungen, die Dateien wieder zu schließen. Natürlich steckte hinter der aparten Fassade etwas anderes als ein Herz aus Gold. Verfluchte Scheiße!

Einen Augenblick lang saß er ganz still da. Schlagartig durchschaute er die Zusammenhänge: der Anschlag auf sein Haus am Montag. Nickys Bereitschaft, sich so kurzfristig auf den Job einzulassen. Ihre bei genauerem Hinsehen völlig unwahrscheinliche Geschichte, weshalb sie sich ausgerechnet an dem Tag in dieser reichen Gegend von Haarlem aufgehalten hatte. Wie hatte er sich so blenden lassen können!

De Vires nahm sich das Telefonbuch von Amsterdam und Umgebung vor und suchte nach ihrem Namen. Schon Sekunden später erkannte er: Er wusste nichts von ihr. Er hatte keinerlei Kontaktdaten, nicht einmal eine Telefonnummer. Er hatte nichts, nur einen Namen, der nicht im Telefonbuch stand.

Nun las er die Logfiles genau, um Nicky Landsaats Bewegungen auf dem Computer nachverfolgen zu können. Sehr schnell war klar, dass sie überall gewesen war. Sie hatte die Scans von Baux-de-Provence ebenso gesehen wie das Foto von Constand als Geisel. Sie hatte die Geschäftsordner geöffnet und seine Korrespondenz gelesen.

De Vires griff nach dem Telefon. Rahman klang nicht überrascht, er lachte höhnisch, als er die Neuigkeit erfuhr. Zwar konnte auch er nichts darüber sagen, wer diese Nicky Landsaat wirklich war und woher sie kam. Aber er hatte ja einen Mann vor Marc de Vires' Tür postiert … In dieser Hinsicht war dieser stumpfe Typ von Rahman doch vorausschauender gewesen, das musste man ihm lassen.

Als er von Rahmans eigenmächtigem Handeln erfuhr, fluchte de Vires – und atmete doch erleichtert auf. Ihm war am Vortag im Büro durchaus aufgefallen, wie Rahman die junge Frau beobachtet hatte. Der Typ, der vorhin hinter Nicky um die Ecke gebogen war, war sicher Rahmans Mann gewesen.

So leicht würde sie dann doch nicht davonkommen.

31

Die Spiegelung in der großen Panoramascheibe eines Reihenhauses verriet ihr, dass der Mann hinter ihr sie verfolgte.

Das Herz schlug ihr bis zum Hals. Sie blieb stehen und gab vor, sich für den Gartenweg zu interessieren, der, obwohl kaum fünf Meter lang, in typisch holländischer Manier so angelegt war, als handelte es sich um die Auffahrt zu einem englischen Herrenhaus.

Der Mann war nun ebenfalls stehen geblieben und machte sich an seinen Schuhen zu schaffen.

Der große militärgrüne Trenchcoat kam ihr bekannt vor. Ja, das war der Mann, der an dem Tag, als sie Peter de Boer mit dem Zug gefolgt war, über den Parkplatz gespurtet und hinter Peter in ein Auto eingestiegen war. Damals hatte er Peter beschattet, jetzt war sie das Opfer. Sollte sie einfach losrennen?

Nicky drehte sich zu ihrem Verfolger um. Sie wollte seine Augen unter den buschigen Augenbrauen fixieren, doch er ließ seinen Blick so schamlos über ihren Körper wandern, dass sie sich wie beschmutzt fühlte.

Kurzentschlossen machte sie kehrt und überquerte die Straße. An der nächsten Ecke bog sie blitzschnell ab, presste ihre Tasche fest an sich, sprang mit einem riesigen Satz über die Hecke eines Reihenendhauses und lief in deren Schutz geduckt bis in den Garten hinter dem Haus. Dieser wiederum stieß an den Garten des Hauses in der Parallelstraße. Nicky schlüpfte durch ein Loch in der Hecke und ging dahinter in die

Hocke. Vielleicht konnte sie dort bis zum Einbruch der Dunkelheit bleiben und abwarten.

Das Haus vor ihr war so zierlich wie alle anderen in der Nachbarschaft. Auf der teppichgroßen Terrasse standen vier grüne Plastikstühle, ein passender Gartentisch und zwei kleine Grillgeräte. Es gab eine Art Mäuerchen, auf dem das Grillzubehör abgelegt war, außerdem einen Sonnenschirm und Blumentöpfe und Pflanzenkübel in allen Größen: die Standardausstattung eines holländischen Reihenhausgartens. Das Kinderfahrrad gehörte sicher dem Fünf- oder Sechsjährigen, der sie vom Fenster aus beobachtete.

Hinter dem Jungen an der Wand waren Schatten zu sehen, Abbildungen dessen, was in der Küche passierte. Auch in diesem Haus war Essenszeit.

»Hallo kleiner Mann«, flüsterte sie. »Spielst du Wachhund?« Mit zur Seite geneigtem Kopf schien der Junge ihr die Worte vom Mund abzulesen, als sie sich halb aufrichtete und ihm mit einem Zeichen bedeutete, dass sie Spaß machte.

Was sollte sie tun? Würde der Junge seinen Eltern von seiner Beobachtung berichten, oder hielt er den Mund? Die Antwort lag auf der Hand. Von aufgebrachten Menschen aus dem Garten gejagt zu werden, konnte sie gar nicht gebrauchen. Also winkte sie dem Jungen noch einmal zu und schlich dann an der Hecke entlang zur Giebelseite des Hauses und zur Straße.

Das Geschrei von Ball spielenden Jungen lockte sie ans Ende der Straße. Sie bewegte sich mit großer Vorsicht, suchte immer wieder Deckung zwischen den geparkten Fahrzeugen. Sobald sie das Viertel hinter sich gelassen hatte, wollte sie das nächstbeste Taxi anhalten und zusehen, dass sie wegkam.

Hinter ihr pochte es auf dem Asphalt. Sie fuhr blitzschnell herum und atmete gleich darauf erleichtert auf. Der kleine

Junge stand auf dem Bürgersteig vor dem Haus und dribbelte mit seinem Ball. Sein übermütiger Blick lud sie zum Mitspielen ein, doch sie schüttelte bedauernd den Kopf und rannte weiter.

Auf einem langgestreckten Schulhof spielten Jungen Basketball. Kurz erwog sie, über den Schulhof hinweg zum Ausgang auf der anderen Seite zu gehen. Damit wäre sie schon ein gutes Stück von der Stelle entfernt, wo sie ihren Verfolger abgehängt hatte.

Doch da tauchte der Mann im grünen Mantel mit einem Mal hinter den Spielern auf, und als sich ihre Blicke begegneten, spurteten beide gleichzeitig los. Ich hätte auf ihn zurennen sollen, durch die Gruppe der Spieler hindurch!, schoss es Nicky durch den Kopf. Aber die Jungen waren noch nicht so alt. Wie hätten sie ihr schon helfen können?

Auf einmal wirkte das Viertel vollkommen verlassen. Wo war denn jetzt nur die Straße mit dem kleinen Jungen? Wenn sie dorthin zurückfand, könnte sie an die Scheibe klopfen und um Einlass bitten.

Nickys Schritte auf dem Asphalt klangen wie das Trappeln aufgescheuchter Tiere. Sie hatte sich in eine unbekannte Straße verirrt, in der nur wenige Autos parkten. Keine Menschenseele war zu sehen. Bei einem kurzen Blick über die Schulter stellte sie fest, dass ihr Verfolger zurückgefallen war.

An der nächsten Querstraße tauchte ein Spielplatz auf. Verzweifelt hielt sie nach einem Fluchtweg Ausschau und entdeckte hinter einer Ligusterhecke dichtes Gestrüpp.

Nicky hastete in Richtung der Büsche, vorbei an einem blauen Spielauto aus Sperrholz und einer soliden bunten Rutsche. Oben auf der Rutsche thronte der kleine Junge von zuvor, gerade wollte er seinen Ball hinunterrollen lassen.

In diesem Moment hörte sie die Schritte ihres Verfolgers wieder.

Gerade noch rechtzeitig entdeckte Nicky in einem eher verwahrlosten Teil des Spielplatzes, unter überhängenden Zweigen und halb zugewachsen, eine altmodische Schaukel und direkt daneben einen kleinen Sandkasten. Mindestens die Hälfte des Sandes lag allerdings daneben. In der Verlängerung des Sandkastens stand unter einem Baum etwas, das andernorts eine Attraktion wäre, eine altmodische englische Telefonzelle nämlich, rot, mit gebogenem Dach und roten Buchstaben auf weißem Grund: TELEPHONE. Die unteren Glasscheiben waren entfernt und, vermutlich mit Rücksicht auf die Sicherheit der Kinder, durch weiche Spanplatten ersetzt. Die Kinder hatten darauf eine Katze gemalt und einen gefleckten Hund, der das Bein hob und an eine Wand pinkelte. Mit einem Satz war Nicky dort und öffnete die Tür.

Die Telefonzelle hatte keinen Boden. Stattdessen war ein großes Loch gegraben. An der Wand lehnte die Sperrholzplatte, die früher wohl einmal als Boden gedient hatte.

Nicky quetschte sich in das Loch und zog so schnell sie konnte die Platte über sich. Sie hielt die Luft an. Das Ganze hatte höchstens fünf Sekunden gedauert.

Die Schritte des Mannes hörte sie nicht, aber sie hörte, wie er in einer fremden Sprache telefonierte. Sie vermutete, dass es sich um Arabisch handelte – vielleicht war er aus dem Irak.

Im Gestrüpp hinter der Telefonzelle raschelte es. Der Mann war gründlich, er schien sich seiner Sache sicher zu sein. Nicky drückte sich noch fester in die feuchte Erde. Ihre Lungen schrien nach Sauerstoff, langsam wurde ihr schwindlig.

Sie musste bald hier raus, aber was dann?

Weiter kam sie mit ihren Gedanken nicht.

Die Türangeln der Telefonzelle knarrten. Sie saß in der Falle. Der Mann trat auf die Platte. Tränen schossen ihr in die Augen, sie konnte kaum glauben, dass er in der nächsten Sekunde die Zelle schon wieder verließ.

Sie lauschte eine ganze Weile. Stand er draußen und spielte Katz und Maus mit ihr? Oder suchte er noch einmal im Gestrüpp?

In diesem Moment wurde die Tür ein zweites Mal aufgezogen.

»Warum liegst du da?«, hörte sie den Jungen flüstern. Offenbar hatte er sie beobachtet. »Und warum bist du vorhin in meinem Garten gewesen?« Er stieß mit dem Schuh gegen die Erde am Rand der Holzplatte. »Spielst du Verstecken?«

»Ja. Aber du musst heimgehen, deine Mutter wartet mit dem Essen auf dich.«

»Kennst du meine Mutter?«

Nicky blieb fast das Herz stehen. »Geh! Sie wird böse, wenn du zu spät kommst!« Was vermutlich stimmte, denn der Junge rannte davon.

Das Rascheln im Gestrüpp hatte aufgehört.

Was soll ich tun, was soll ich bloß tun?, dachte sie verzweifelt.

Da flog die Tür auf. Als der Mann die Holzplatte wegzog, wollte sie aufspringen, doch ihre Glieder waren vollkommen steif.

Niemand ist wehrloser als ein Mensch, der eingeklemmt in einem Erdloch liegt. Der Mann trat ihr in die Seite, zerrte sie aus dem Loch und hielt sie fest.

Komm doch zurück, Junge, flehte sie stumm.

Ohne Vorwarnung schlug der Mann ihr so hart ins Zwerchfell, dass sie vor Schmerz aufschrie.

Sobald er sie losließ, sank sie in sich zusammen. Hilflos musste sie mitansehen, wie er in ihrer Tasche herumwühlte. Ihre Geldbörse steckte er ein. »Keine Kondome!«, fluchte er. Er sprach Holländisch mit starkem Akzent.

Während sein Blick unverhohlen über ihren Körper wanderte, nahm er sein Handy. »Aayed«, sagte er und erklärte etwas in der für Nicky unverständlichen Sprache. Und bevor Nicky um Hilfe schreien konnte, hieb er ihr noch mal die Faust in den Magen. Dann holte er eine Rolle graues Klebeband aus seiner Manteltasche und begann, ihr den Mund zuzukleben. Nicky war fieberhaft bemüht, durch die Nase zu atmen, und merkte kaum, wie er anschließend auch ihre Hände fesselte.

Unter Schmerzen richtete sie sich auf. Sie konnte sich denken, was nun geschehen würde.

Mit letzter Kraft versuchte sie, ihm das Knie in den Schritt zu rammen, doch sie hatte keine Chance, er war zu stark. Er riss ihr Bluse und Hose auf, dann entblößte er eine Brust, und während er sich daran zu schaffen machte, knallte er mit der anderen Hand ihren Kopf gegen den Münzkasten des Telefons. Blitzschnell hatte er ihr Hose und Slip heruntergezogen und seinen Reißverschluss geöffnet.

Dieses Mal traf ihr Knie. Er fluchte und schlug ihr mit dem Handrücken ins Gesicht.

Die Schreie des Jungen ein Stück entfernt ließen den Mann innehalten. Rasch stopfte er sein halbsteifes Glied in die Hose und drückte Nicky zu Boden. Brutal packte er ihren Kopf. Diesen Griff hatte Nicky schon einmal erlebt, und instinktiv spannte sie die Halsmuskeln an, so gut es eben ging.

Als Zwölfjährige hatte sie verzweifelt versucht, dazwischenzugehen, wenn ihr Vater sich an Bea verging. Das war ihr schlecht bekommen. Der Chiropraktiker hatte ihr drei Halswirbel wieder einrenken müssen. Das Geräusch der knirschenden Halswirbel hatte sie niemals vergessen und monatelang versucht, dieses Geräusch mit Zunge und Mund nachzuahmen. Als nun ihr Peiniger ihren Schädel packte und ihn gewaltsam zur Seite drehte, gelang es ihr, im entscheidenden Augenblick genau dieses Knirschen zu produzieren und zu erschlaffen, als habe er ihr soeben das Genick gebrochen.

Der Mann ließ sie los, als habe er in kochendes Wasser gegriffen.

Oh bitte, lass dieses Schwein nicht noch einmal zupacken, sandte sie ein Stoßgebet zu den Göttern. Ein zweites Mal würde sie keinen Widerstand mehr leisten können.

Ihr Stoßgebet wurde erhört. Doch statt einfach abzuhauen, fixierte der Mann sie mit Klebeband in der Telefonzelle. So würde man sie vermutlich nicht so rasch finden.

Und dann, als sie schon gar nicht mehr damit rechnete, passierte es. Erst spürte sie den keuchenden Atem dieses Schweins und dann seine Hände an ihren Brüsten, spürte wie sich sein Keuchen veränderte und wie er mit einer Hand ihre Scham bearbeitete. Merkte er denn nicht, dass ihr Herz vor Angst und Wut raste?

Da hörte sie den Jungen wieder rufen, dieses Mal zwar ein Stück entfernt, aber dafür umso lauter. Komm doch bitte zurück, lieber Junge, dachte sie und versuchte, sich auf diesen Gedanken zu konzentrieren, als könnte allein dieser Gedanke den Jungen zurückholen.

Immerhin hielt der Fremde fluchend inne. Als Letztes hörte sie noch, wie er das Klebeband einmal rund um die Telefonzelle zog und wie die Rufe des Jungen langsam erstarben.

32

So richtig wach war Peter erst, nachdem der Radiowecker bestimmt schon eine halbe Stunde geklingelt hatte. Der Nachrichtensprecher war an diesem Donnerstagmorgen bei den Auslandsnachrichten angelangt.

Megawati Sukarnoputri, die Tochter des für die Loslösung Indonesiens von den Niederlanden verantwortlichen Drahtziehers Sukarno, hatte in den Meinungsumfragen an Boden gewonnen. Inzwischen war bereits die Rede von vorgezogenen Neuwahlen für 1997. Die Meldung des Tages war jedoch, dass irakische Einheiten auf das Flüchtlingslager von Siranband schossen. John Deutch, Direktor der CIA, sprach sehr ernst von Saddam Hussein als Gefahr für Kuwait, Jordanien und Syrien. Als ob das etwas Neues wäre. Von den Geiseln war nicht mehr die Rede.

Für Peter ging es an diesem Tag um Sein oder Nichtsein.

Der Beschatter, den Randolph Fischer nach dem Treffen im Stads Café auf ihn angesetzt hatte, war im Lauf der Nacht durch einen großen, unglaublich glatt rasierten, perfekt gekleideten Afroamerikaner ausgetauscht worden. Dieser Schatten würde im Gewimmel der Menschen auf dem Domplatz ganz gewiss nicht zu übersehen sein.

Auch im Zug nach Amsterdam folgte er Peter in gebührendem Abstand. Peter überlegte. Den Beschatter konnte er nicht dirigieren, und er war deshalb vielleicht doch nicht ganz so praktisch. Denn das, was er jetzt vorhatte, ging die Angehörigen der amerikanischen Botschaft nichts an, und mit den Ereignissen im Irak hatte es auch ganz und gar nichts zu tun.

Die weit geöffneten Luken im Achterdeck des Hausboots, das am Kai vor Christie vertäut lag, ließen die Septembersonne hinein. Die Lampen im Achterschiff, die nur Verzierung waren, glänzten frisch geputzt.

Im Winter verließ der alte Klaas, der Eigner des Schiffs, sein Hausboot nur, um sich seine Sozialhilfe abzuholen und die nötigsten Einkäufe zu tätigen. Aber zu dieser Jahreszeit saß er gern an Deck und füllte sich mit seinem Lieblingsbier ab. Als er Peter erblickte, hob er die Flasche zum Gruß. Peter nickte Klaas zu, setzte sich neben ihn und nahm die Flasche, die ihm wortlos gereicht wurde.

»Genau die richtige Temperatur.« Klaas blinzelte Peter zu. »Moreeke-Bier darf niemals, merk dir das, niemals kälter sein als zwölf Grad!« Er rülpste. Peter nahm einen Schluck. Es schmeckt echt gut, fand er wie jedes Mal, aber er trank es nur bei Klaas, und dazwischen konnten jeweils Jahre vergehen.

Der Afroamerikaner stand unter den Bäumen auf der anderen Seite des Kanals. »Klaas, können wir vielleicht ins Boot gehen?«

Viel deutete darauf hin, dass Klaas schon lange keine Gäste mehr gehabt hatte. Bestenfalls fünfundzwanzig Zentimeter auf der Bank an der Längsseite des Schiffs waren nicht bedeckt von alten Zeitungen, Plastiktüten mit leeren Moreeke-Flaschen und Kleidungsstücken, die er auf seinen Streifzügen frühmorgens durch die Fußgängerzonen und am Museumsplein gefunden hatte.

Klaas platzierte sein Hinterteil auf diese fünfundzwanzig Zentimeter. Peter konnte sich überlegen, ob er auf den Flaschen sitzen oder lieber stehen bleiben wollte.

Er entschied sich zu stehen, so hatte er auch den besseren

Überblick. Er lehnte sich ein wenig vor und sah hinauf zur Mansarde von Christie. Hoffentlich hatte Matthijs eine ruhige Nacht verbracht.

Klaas unterhielt Peter mit Geschichten von der Überlegenheit der Bavaria-Brauereien und seiner großen Verehrung für den wunderbaren Laurentius Moorees, der sich 1719 das Rezept für dieses Bier ausgedacht hatte. Im Hintergrund liefen holländische Schlager aus der Zeit, als Königin Juliana ihrer Tochter Beatrix den Thron überlassen hatte.

Das Touristenschiff »Johann Strauß« von Meiers Rondvaarten fuhr vorbei und brachte Klaas' Hausboot zum Schaukeln.

Alles in allem ein ganz gewöhnlicher Tag an der Keizersgracht. Fast.

Klaas fiel nichts auf, er war viel zu sehr damit beschäftigt, die nächste Flasche Moreeke zu öffnen. Aber Peter beobachtete das hektische Treiben vor dem Eingang von Christie. Hans Blok und Rinus Groeneveld tauchten plötzlich mit etlichen Kartons aus dem Archiv auf.

In diesem Moment fuhr ein Lieferwagen vor das Hausboot und versperrte die Aussicht, aber die Stimmen waren nach wie vor deutlich zu hören. Außer Blok und Groeneveld waren demnach noch Thomas Klein und Linda Jacobs zugange.

»Klaas, leih mir einen deiner Mäntel«, bat Peter.

Über seine Flasche hinweg, die er soeben angesetzt hatte, starrte Klaas ihn ungläubig an.

»Dein Fahrrad möchte ich auch gern ausleihen«, fuhr Peter fort.

Die Moreeke-Flasche hing immer noch in der Luft.

Als der Lieferwagen eine Viertelstunde später beladen war und drei der engsten Mitarbeiter von Christie vorn eingestiegen waren, befand sich Peter in einem reichlich zerlumpten Mantel und mit Klaas' Fahrrad ausgestattet längst auf der anderen Seite der Brücke.

In der Innenstadt von Amsterdam ein Auto mit dem Fahrrad zu verfolgen, ist keine große Sache, aber dieses Auto hier verschwand auf die Brouwersgracht und die Korte Prinsengracht, um dann mit hoher Geschwindigkeit den Haarlemmer Houttuinen hinunterzufahren, jene Ringstraße, die in die Prins Hendrikkade übergeht, den Hauptbahnhof passiert und an den Docks an der Amstel vorbeiführt. Früher war Peter viel mit dem Rad gefahren, doch niemals so riskant wie jetzt. Mehr als einmal blieben Fußgänger beim Anblick dieses Don Quixote im flatternden Siebzigerjahremantel auf dem rostigen Damenfahrrad stehen.

Mit Peters Kondition stand es nicht zum Besten. Zu viel Arbeit, zu wenig Schlaf und so gut wie gar kein Sport. Aber die Ampeln und der dichte Verkehr waren auf seiner Seite. Er verlor den Wagen zwischenzeitlich zwar aus den Augen, aber er holte wieder auf, als er auf der Plantage Middenlaan vor Artis stand, diesem Areal aus Zoo, Aquarium, Planetarium und zwei Museen. Der Lieferwagen war anschließend auf die Plant Badlaan eingebogen, einmal um den Block gefahren und hielt jetzt vor einem Hausboot, das etwas abseits an der Plantage Muidergracht angelegt hatte.

In Peters Lungen pfiff es. Ob er später in der Lage sein würde, das Rad bis zu Klaas' provisorischem Fahrradschuppen auf dem Vordeck seines Hausboots zurückzufahren, war alles andere als sicher. Aber zunächst einmal empfand er die ungehinderte Sicht auf das emsige Ausladen der Kisten und ihr Verladen im Hausboot durch Thomas Klein, Hans Blok und Rinus Groeneveld als ein echtes Trostpflaster.

Er sah sich aufmerksam um, denn er wollte sichergehen, dass es dem Amerikaner nicht noch auf wundersame Weise gelungen war, jemand auf ihn anzusetzen. Erst dann schob er das Rad langsam die Straße hinunter und stellte es an einem Parkautomaten ab, keine zehn Meter vom Büroschiff entfernt.

Als die Stimmen im Inneren des Schiffs verschwanden und ein dumpfes Rumoren dort von emsiger Aktivität kündete, stieg Peter auf einen Pflanzenkübel vor dem Hausboot und von dort über die Reling auf das Achterdeck.

Der überdachte Niedergang zur Kajüte war im Grunde zwar ziemlich breit, aber die Treppe war zur Hälfte vollgestellt mit Kartons, die wiederum notdürftig mit einer Persenning abgedeckt waren.

Thomas und seine Kollegen mussten schon mehr als einmal zum Schiff gefahren sein.

Peters Blick fiel auf eine graue Metallbox neben der Tür. Seine Leute waren offenbar mit etwas sehr Wichtigem beschäftigt, wenn sie es für nötig erachteten, ein halbleeres Büroschiff mit einer teuren Alarmanlage auszustatten.

Deshalb hob er die Persenning kurzentschlossen an und legte sich so darunter, dass er sowohl die Tür als auch die Tastatur im Auge behalten konnte.

Fünf Minuten später verließen alle fünf das Schiff und fuhren mit dem Lieferwagen davon. Peter hatte sich sogar die Zahlenkombination merken können, denn Thomas Klein hatte die Zahlen halblaut mitgesprochen, während er sie eingab. 19591972, erst Thomas' Geburtsjahr und dahinter Bergfelds. Wie dämlich einfach! Und diesem Mann hatte er sein volles Vertrauen geschenkt, ihn hatte er in die Geheimnisse des Unternehmens eingeweiht.

Er tippte den Code ein.

Die drei Räume des Schiffs lagen hintereinander. Im Innern war es freundlich und hell, geradezu anheimelnd.

Der letzte Raum war als Konferenzraum eingerichtet und offensichtlich auch schon als solcher genutzt worden. Ein nagelneues Whiteboard in der gesamten Breite des Vorderschiffs war vollgeschrieben mit Namen, Stichworten und Sätzen.

Peter war schockiert. Das Datum von Kellys Todestag war

der Ausgangspunkt für viele blaue Pfeile hin zum Namen von Kellys Mutter, zu Lawson & Minniver, zu M'Consult, Rien, Marie und Heleen.

Große Teile der Tragödie seines Lebens waren hier dokumentiert. Wie in einem Spinnennetz von Faktoren, mit denen sie ihn verletzen und seinem Lebenswerk jederzeit ein jähes Ende bereiten konnten, hatte ihn die Gruppe hier eingezingelt.

Alles war darauf ausgelegt, ihn unschädlich zu machen. Und alle, die daran mitgewirkt hatten, die Informationen auf dieser Tafel festzuhalten, waren Marc de Vires' Mitverschworene und zugleich Angestellte von Christie. Peter schüttelte den Kopf. Neben dem Whiteboard stand eine grüne Tafel, über und über vollgeschrieben mit Handlungsszenarien nach seinem eigenen Konzept. Die Namen waren mit Kreide geschrieben, er kannte sie alle. Kakaz war auch darunter. Auch diesen Deal hatten sie sich unter den Nagel reißen wollen, aber nun hatten sie den Namen durchstreichen müssen, denn dort war ihnen Peter zuvorgekommen.

Darunter aufgeführt waren MultiCable und Gert Schelhaas sowie Stichpunkte zu drei anhängigen Verfahren, von denen er keine Kenntnis hatte, die sich aber in den diversen Abteilungen von Christie offenbar in Warteposition befanden.

Er nahm einen Lappen und wischte die Tafel ab. Dann zog er sämtliche Schubladen auf, öffnete alle Schränke und durchwühlte alle Kartons, die er finden konnte.

Quittungen, Rechnungen und Kalkulationen, alles, was hier nicht sein durfte, kam ihm unter die Augen. Abgezeichnet waren die Papiere mit den Kürzeln der Verantwortlichen. Thomas Klein, Linda Jacobs, Hans Blok, Karin van Dam und noch einige mehr.

Peter schickte einen freundlichen Gedanken an Magda Bakker und Rob Sloots, denn sie schienen an diesem Komplott nicht beteiligt zu sein. Aber wer wusste das schon so genau.

Er zuckte zusammen, als plötzlich sein Handy klingelte. Wie gut, dass das nicht passiert ist, als ich unter der Persenning lag, fluchte er. Dieser Fehler war ihm nun schon zum zweiten Mal unterlaufen.

Ein wütender, aufgeregter Matthijs war am Apparat. »Peter, du musst sofort ins Büro kommen! Sonst hauen sie mit allem ab, fürchte ich.«

Peter versprach es, bat ihn, gut auf sich aufzupassen, und beendete das Gespräch. Dann sah er sich noch einmal um.

Nagelneue Computer, drei Drucker und ein hochmoderner Kopierer, gefüllt mit Papier. Da gab es nur eins. Er schaltete nacheinander sämtliche Computer ein und löschte, was es zu löschen gab. Alles, was ihm an wichtigen Unterlagen in die Finger kam, stopfte er in einen Karton. Dann ging er in den kleinen Motorraum, schloss die Lenzpumpe und öffnete das Bodenventil. Schließlich warf er Verpackungsmaterialien zusammen mit ölgetränkten Lumpen in den mittleren Raum und zündete alles an. Das Feuer flackerte bereits, als er über die Gangway auf den Kai trat.

Nachdem er Fahrrad und Mantel bei Klaas abgeliefert hatte, stellte er sich einen Moment lang vor die Eingangstür von Christie und ließ den Blick über die Umgebung schweifen. Die Straße war menschenleer, sein Beschatter auf der anderen Kanalseite verschwunden.

Ohne anzuklopfen trat Peter in Linda Jacobs' Büro. Mit vor Schreck hochrotem Kopf erklärte sie ihm umständlich, wie überrascht sie sei, ihn zu sehen.

In Thomas Kleins Büro berieten sich Thomas, Rob Sloots und Hans Blok gerade mit ernsten Mienen. Alle Schubladen und Schränke waren weit geöffnet. Linda hatte sie nicht warnen können.

»Ihr habt zehn Minuten Zeit, um das Gebäude zu verlassen.« Mehr sagte er nicht. Linda Jacobs machte sich in seinem Rücken ganz klein.

Ihm war eiskalt.

Rob Sloots also doch.

Mit langen Schritten rannte Peter in den Keller, schaltete den Hauptserver ab, spurtete in sein Büro und änderte das Passwort seines persönlichen Computers. Dann nahm er in drei Sätzen die Treppe zu Magda Bakkers Büro.

Natürlich war sie überrascht, als er hereinplatzte, aber schockiert schien sie nicht zu sein. Peter sah sich um. In ihrem Büro herrschte das übliche organisierte Chaos. Aber hier standen keine Pappkartons, und bis auf einen eleganten Kugelschreiber, der schräg auf einem Stapel Papiere vor ihr platziert war, gab es überhaupt keine Veränderung und nichts Verdächtiges.

Peter nahm den Stift weg und überflog das oberste Blatt Papier. Geschäftsplan, 4. Quartal 1996 las er. Eine lange Reihe Zahlen war durchgestrichen und am Rand eine neue hinzugefügt. Mehrere Posten waren vollständig entfernt. Peter registrierte nichts Ungewöhnliches. Ohne zu fragen zog er ihre Schreibtischschublade auf. Alles war wie immer: Bonbonpapier, Schokolade, Terminkalender und die kleinen Ringbücher, in denen sie Ideen notierte, die sie bei passender Gelegenheit präsentierte.

Er musterte sie eindringlich und stellte ihr rasch eine Frage nach der anderen. Als er schließlich innehielt und sie fragte, ob sie bei ihm bleiben wolle, errötete sie, und aus ihren Augen sprachen grenzenlose Loyalität und Verehrung.

In den anderen Büros herrschte helle Aufregung. Bisher souverän agierende Mitarbeiter von Christie standen ratlos herum, wussten offenbar nicht, wie sie auf die Schnelle reagieren sollten. Andere rissen Papiere aus Aktenordnern und stopften sie in ihre Taschen.

Peter verspürte nicht den Ansatz von Mitleid.

»Seht zu, dass ihr verschwindet! Ich gebe euch noch drei Minuten, bevor ich die Polizei rufe.«

»Peter, was geht hier vor?« Thomas Klein war der Einzige, der mit seiner Show fortfuhr. Peter warf ihm einen vernichtenden Blick zu, und Klein schaltete um. »Das wird dir nicht gut bekommen, das ist dir hoffentlich klar?«

Peter sah auf die Uhr. »Du hast noch eine halbe Minute.«

Der junge Rinus van Loon, den Magda Bakker in so hohen Tönen gelobt hatte, kam über den Flur gerannt. »Was ist denn hier los? Brennt es?«

»Komm mit!« Peter zog ihn mit sich zum Haupteingang. Dort bat er Anneke Janssen, bei Jan Moen Bescheid zu geben, seine Aktenschränke abzuschließen und mit Matthijs Bergfeld und zwei anderen der jungen Mitarbeiter nach unten zu kommen.

Als Erster erschien Jan. Er wirkte, als hätte man ihn beim Mittagsschlaf gestört, was durchaus auch der Fall sein konnte.

Peter blickte ihn ernst an. »Jan, wo ist Matthijs?«

»Ich weiß es nicht, ich habe ihn heute noch nicht gesehen.«

Hinter Jan tauchten Daan und Piet auf. Peter sah die jungen Männer, auf die er sich künftig allein würde verlassen müssen, ernst an.

»Ihr werdet in den nächsten Tagen einiges zu tun bekommen. Aber es wird euer Schaden nicht sein. Und du, Jan, gibst auf keinen Fall irgendwelche Auskünfte über das Personal, verstanden?«

Jan nickte. Dann wandte sich Peter an Rinus van Loon, den Jüngsten in der Runde. »Du bekommst eine Festanstellung bei Christie«, erklärte Peter.

Die sonst so glatten Gesichtszüge des jungen Mannes entgleisten für einen Moment. Er war bewegt und erschüttert zugleich. »Danke«, stammelte er.

Als Erster aus der Gruppe der Verschwörer erschien Thomas Klein auf der Treppe. Verschwitzt und mit hochrotem Kopf wirkte er doppelt so schwer wie sonst.

»Das wirst du noch bereuen, Peter!«, fluchte er.

Jan Moen kapierte als Erster, was hier gerade passierte. Unaufgefordert nahm er Thomas Klein alle Unterlagen ab.

Peter wandte sich an Daan. »Sag den anderen, sie sollen sofort herunterkommen.«

Die nächste Gruppe wirkte wild entschlossen, sich mit allen Unterlagen durch die Barriere zu drängen. Aber Peters Unterstützer nahmen ihnen alles ab. Der Berg an Beweismaterial wuchs.

Linda Jacobs schrie auf, als man ihre Unterlagen durchsuchte. Aber ihre aufgesetzte Selbstsicherheit fiel in Null Komma nichts in sich zusammen.

Es kam zu einem kleinen Handgemenge, aber kein Einziger schien überrascht zu sein oder versuchte gar, seine Unschuld zu beteuern. Sicher hatten sie ihr Hausboot an der Plantage Muidergracht im Hinterkopf und glaubten noch immer, am längeren Hebel zu sitzen.

Peter stand ein wenig abseits und konnte noch immer nicht so recht begreifen, was da geschehen war. Das erbärmliche Schauspiel war alles, was seine hoch qualifizierten, auf Herz und Nieren geprüften und im Laufe etlicher Jahre unentbehrlich gewordenen Mitarbeiter unter Druck zu präsentieren in der Lage waren?

Nur Rob Sloots war findig wie immer. Aber das sollte man auch von einem Mann erwarten können, der jahrelang für ein stolzes Honorar davon gelebt hatte, sich beachtenswerte Strategien auszudenken.

Erhobenen Hauptes schritt er die Treppe hinunter und war sich des bevorstehenden Spießrutenlaufs absolut bewusst. Als Einziger hatte er nichts bei sich.

»Rob, zieh dein Jackett aus!« Peter bedeutete den jungen Männern, näher zu treten.

Rob Sloots lächelte angestrengt, protestierte aber nicht.

Peter verzog keine Miene. Das Lächeln wird dir schon bald vergehen, dachte er, und dein Hochmut wird zusammen mit dem abgebrannten Wrack auf den Grund der Plantage Muidergracht sinken.

Rinus van Loon war es, der in Rob Sloots' Gürtel die Mikrofilme und in seinen knöchelhohen Stiefeln die Disketten entdeckte.

Als schließlich alle Verräter das Haus verlassen hatten, schloss Peter die Tür ab und versammelte die verbliebene Schar von Mitarbeitern in der Kantine im ersten Stock. Zu Beginn von Christie N.V. waren sie etwa so viel Leute gewesen wie jetzt, dachte er.

Er sah zu Boden. Hatte er versagt? Mit zusammengepressten Lippen blickte er in die Runde. Anneke Janssen saß auf der Fensterbank. Ihr standen Tränen in den Augen. Matthijs Bergfeld fehlte.

»Dies ist eine schwierige Situation«, begann Peter. »Eine Gruppe führender Mitarbeiter hat unserem Unternehmen seit geraumer Zeit Knowhow, Kunden und Aufträge entzogen. Dem wurde heute ein Ende gesetzt. Ab sofort seid ihr allein Christie. Wer von euch aus welchem Grund auch immer das Gefühl hat, nicht dazuzugehören, der sollte jetzt gehen. Und finde ich heraus, dass jemand von euch geschäftliche oder private Verbindungen zu den Verschwörern pflegt, dann wird das schwerwiegende juristische Konsequenzen haben. Also: Dies ist die letzte Gelegenheit, sich zu verabschieden.«

Keiner rührte sich.

»Magda Bakker wird von heute an die Tagesgeschäfte bei Christie führen. Sie wird auch die Reorganisation leiten und im Rahmen der Unternehmenskommunikation unsere Kunden über das Geschehene informieren.«

Magda Bakker sah ihn gerührt an. Oh Gott, jetzt fällt sie mir gleich um den Hals, dachte Peter und trat sicherheitshalber ein, zwei Schritte zurück. Er nickte ihr lächelnd zu. »Magda, ich bin dir aufrichtig zu Dank verpflichtet. Bedauerlicherweise kann ich gleich in der ersten Woche nach diesem Neubeginn aus verschiedenen Gründen nicht hier sein. Aber ich vertraue dir, du bringst sehr viel Erfahrung mit.«

Alle Anwesenden nickten zustimmend.

»Wenn ich wieder da bin, werden Magda und ich gemeinsam die Jobs neu verteilen. Ihr könnt davon ausgehen, dass eure Layolität angemessen belohnt wird – ihr könnt es aber auch als Bewährungsprobe betrachten.«

Dann wandte Peter sich an Jan Moen.

»Als Erstes bitte ich dich, Jan, zusammen mit Matthijs Bergfeld eine Übersicht zu erstellen, mit welchen Kunden die Exkollegen aktuell zu tun hatten.« Er schob ihm den Karton vom Hausboot zu.

Jan Moen lächelte. »Mach ich gerne, aber zuerst muss mir mal jemand sagen, wo Matthijs eigentlich ist.«

Peter griff nach dem Telefon an der Wand und wählte Matthijs' Handynummer an.

»Ich höre es klingeln«, sagte Anneke Janssen und lehnte sich aus dem Fenster.

Jan Moen dicht auf den Fersen, hastete Peter nach unten auf die Straße. Das Handy lag am Rande des Kais, es klingelte immer noch.

Peter spurtete zu Klaas' Hausboot. Der Eigner war im Korbsessel neben dem Steuer eingenickt. »Klaas, ist einer meiner Kollegen in irgendein fremdes Auto gestiegen? Hast du was gesehen? Denk nach!«

Klaas blickte ihn verständnislos an und rülpste. »Ich hab

nichts Außergewöhnliches gesehen, außer vielleicht einen alten Kühlwagen von Anton Borst, der mir ziemlich die Sicht versperrt hat. Na ja, weißt du, ich glaube, ich bin eingepennt.« Er reckte sich und tastete auf der Suche nach einer neuen Flasche das Deck neben dem Korbsessel ab.

Auf der Heimfahrt mit dem Zug betrachtete Peter die anderen Reisenden, die in die Zeitungen vertieft schweigend nach Hause fuhren. Zwei junge Kerle planten lautstark das Wochenende mit Besuchen in Coffeeshops und einem Streifzug durch das Nuttenviertel.

Peter versuchte abzuschalten. Ihm ging so vieles gleichzeitig durch den Kopf. Wem von den Übriggebliebenen bei Christie konnte er wirklich Vertrauen schenken? Wie weit hatte ihn seine Vertrauensseligkeit gebracht! Wo war Matthijs Bergfeld? Sollte er sich an die Polizei wenden? Und was sollte er sagen? Würde es Matthijs nützen, wenn nach ihm gefahndet würde?

Und was war mit Nicky Landsaat? Wo steckte sie? Wie konnte er die junge Frau aus allem heraushalten? Jetzt, wo sie schon so viel wusste?

33

Dass sie hier sterben würde, war wohl nur noch eine Frage der Zeit.

Die Nacht war eiskalt gewesen. Am ganzen Körper zitternd hatte sie in ihrem Gefängnis leise vor sich hin gejammert und war immer tiefer in Erinnerungen abgeglitten.

Stundenlang hatte sie durch ihre Haltung noch unter starken Gelenk- und Gliederschmerzen gelitten. Inzwischen war alles vollkommen taub.

Gerade hatte sie wieder an ihre Puppen gedacht. Ob sie sich wohl weniger einsam fühlen würde, wenn sie die in der Tasche hätte?

Irgendwann würde sie aufgeben und nach vorn kippen, das Klebeband war jetzt schon so fest um ihren Hals gezurrt …

Dann aber riss sie sich zusammen. Nein, Nicky. Du darfst noch nicht sterben!, ermahnte sie sich. Du willst doch Kinder bekommen und ihnen die Liebe schenken, die du selbst so schmerzlich entbehren musstest. Erzähl dir all das Gute, das du erlebt hast, Nicky. So soll man es in der Not doch tun.

Aber es war schwer. In der Zukunft würde sie ins Reich der Schmetterlinge zurückkehren, das war ihr prophezeit worden. Aber doch nicht das hier! War also doch alles nur Lug und Trug? Der Dukun und der Schmetterling und all diese Holzfiguren in der Kammer ihrer Mutter konnten sich aufführen, wie sie wollten. Sehr bald schon würde ihr Lebensfaden reißen und sich die letzte der ältesten Töchter nach dreihundert Jahren den vorangegangenen anschließen.

Verflucht sei der Tag, an dem sie Peter de Boer zum ersten Mal gesehen hatte. Hätte sie nicht bei Christie angefangen, dann hätten ihre Eltern vielleicht nicht diese letzte fatale Auseinandersetzung gehabt. Und auch sie selbst müsste jetzt nicht um ihr Leben bangen.

Die ersten Sonnenstrahlen brachen sich in den Scheiben der Telefonzelle. Blinzelnd stellte sich Nicky Peters Gesicht vor, seine schönen Augen, mit denen er ihr Herz angerührt hatte. Würde es ihm überhaupt etwas ausmachen, wenn er erfuhr, was ihr zugestoßen war? Hatte sie sich in ihm getäuscht?

Sie neigte den Kopf nur ein wenig zur Seite, und augenblicklich drückte das Klebeband auf ihre Halsschlagader. Ihr wurde schwarz vor Augen. Mutter, bald sehen wir uns wieder, dachte sie und sah auf einmal die Gestalt der Mutter in der Kammer, die sich umdrehte und ihr zulächelte.

Wir werden wiedergeboren, flüsterte die Gestalt. *Perempuanku mahal!* Mein liebes kleines Mädchen, wir alle werden gemäß unserer Taten im Leben wiedergeboren, und du wirst eine Rosenknospe sein, die im Frühling aufbricht. Und ich, mein liebes Herz, ich werde dir begegnen als das, was mir nun zugeteilt ist. Wir alle kommen immer wieder aufs Neue zusammen, vertraue darauf, *perempuanku!*

Trotz der sie überschwemmenden Wehmut bemühte sich Nicky zu lächeln.

Reinkarnation, Wiedergeburt! Der Gedanke daran, auch an die Ewigkeit, tat Nicky gut.

Schon als Kind war ihr diese Frage immer wieder in den Sinn gekommen: Wenn wir alle wiedergeboren werden, wo versammeln wir uns denn in viertausendsechshundert Millionen Jahren, wenn die Zeit der Erde zu Ende geht?

Darauf hatte ihre Mutter die befreiende Antwort gewusst: »Wir werden alle zu Sternenstaub, meine Blume, *bunga saya*. Wir werden zu einem Gedanken im All, zu einem Sandkorn im Schweif eines Kometen. Das Universum ist unendlich und bietet damit auch unendlich großen Raum für Möglichkeiten. Deshalb wird es auf deine Fragen immer Antworten geben, mein Liebling. Fürchte dich nicht.«

Langsam kam Nicky mit ihrer Wahrnehmung wieder an die Oberfläche ihres Bewusstseins. Im Flimmern hinter dem trüben Glas glitt der Schatten des Schmetterlings vorbei, nahm die Form von sich euphorisch aufschwingenden Körpern, von Armen und Beinen an. Kinderstimmen mischten sich in das Bild, die Schatten wurden immer mehr und die Rufe deutlicher und lebhafter.

Wie lange lag sie nun schon hier? Es kam ihr endlos vor. Die Sonne war schon vor geraumer Zeit aufgegangen. Es musste Vormittag sein. Die Kinder spielten auf der Wiese vor Nickys Verlies. Wieder jammerte sie, so laut sie konnte, aber niemand hörte sie.

Wie erbärmlich, dachte sie. Wenn niemand sie zufällig finden würde, hatte sie keine Chance, hier herauszukommen. Innerlich war sie schon bereit, sich zu verabschieden: von allen Möglichkeiten und Hoffnungen, von den damit verbundenen Menschen, von ihren Geschwistern. Von den wenigen, von denen sie Trost erfahren hatte.

Da hörte sie, wie der Dukun lachte. In einer Tiefe, die sie nur zu genau kannte, aber in der sie nie Ruhe gefunden hatte, spürte sie, wie die andere, die zweite Seele der ältesten Tochter Gestalt annahm und sich in allen ihren Sinnen ausbreitete. Sie roch das Platanenlaub im Herbst, sie spürte, wie die Wangen der Frauen von der Sonne glühten, sie spürte die Küsse ihrer ungeborenen Kinder. Sie öffnete die Augen und ließ sich von dem Licht umfangen, und sie sah, wie hinter diesem weißlichen Licht, das mit dem Schmerzgefühl verschmolz, die Liebe Gestalt annahm.

Tränen benetzten Nickys Augen, und die Gedanken flogen

ihrer Wege. Der Mann, den sie liebte, würde hiervon nie erfahren. Erst jetzt spürte sie in allen Gedanken, allen Fasern, allen Atemzügen, was dieses tiefe, fremde Gefühl von Anfang an gewesen war.

Liebe.

»Kees und Diana, hört auf, euch zu streiten!« Ein Schatten näherte sich der Telefonzelle. Es musste eine der Erzieherinnen sein.

»Hör auf, Kees! Wenn du Diana nicht in Ruhe lässt, gehst du raus aus dem Sandkasten. Spiel auf der anderen Seite weiter. Schau, dort neben der Telefonzelle. Dort ist auch Sand.«

»Nein!«, rief der Junge.

Doch, kleiner Kees, komm her und spiel hier, flehte Nicky in Gedanken. Ein winziger Hoffnungsschimmer kehrte zurück.

Kees und die Erzieherin stritten sich noch eine ganze Weile. Schließlich kam der Junge unter lautem Protest auf die Seite der Telefonzelle und trat frustriert gegen die Spanplatten, um sich dann davor auf die Erde zu setzen. »Ich habe gar nichts gemacht«, schmollte er, kaum zwanzig Zentimeter von Nicky entfernt.

Nicky holte tief Luft und stöhnte, so laut sie konnte, aber der Junge hörte nichts. In sein Spiel vertieft, häufte er Sand auf und klopfte ihn fest, als würde er seinen Ärger an ihm auslassen.

Nicky war verzweifelt, dann aber hatte sie eine Idee.

Auch wenn die Muskeln in ihrem Unterleib wie gelähmt waren, auch wenn sie sich völlig ausgetrocknet fühlte und keinerlei Drang verspürte, konzentrierte sie sich auf das Eine, das zu tun ihr noch blieb.

Endlich spürte sie, wie es unter ihr nass und warm wurde. Und auf einmal schien der Strom von Urin kein Ende nehmen zu wollen.

Als sie fertig war, sah sie, wie das Rinnsal unter dem Rand der Telefonzelle hindurch nach draußen floss, hin zu dem Jungen, der unverdrossen den Sand malträtierte.

»Kommt Kinder, wir müssen gehen!«, rief die Erzieherin in diesem Moment.

Nicky hielt die Luft an. Doch Kees blieb sitzen.

»Kees, nun komm schon, die anderen sind schon losgegangen!«

»Ich muss meine Burg fertig bauen!«

»Schluss jetzt! Warum hast du überhaupt so einen nassen Hosenboden, Kees?«

Dann hielt sie schockiert inne.

34

Rahman – und dies war nur einer seiner vielen Decknamen – stammte nicht, wie in seinem Dossier stand, aus Dschamdschamal. Nein, Rahman kam aus einem kleinen Flecken im zentralen Teil des Landes, wo sich Buschsteppen unendlich weit ausdehnen, wo Ackerbau und Ziegenhaltung die einzigen Einnahmequellen sind und wo ein anderes als dieses karge Leben für die Menschen gänzlich unvorstellbar ist.

Dort war er behütet aufgewachsen, von der grenzenlosen Liebe seiner Eltern genährt. Sie ließen es dem Jungen an nichts fehlen, beteten jeden Tag zu Allah, das Schicksal ihres Sohnes möge alles überstrahlen. Sie sparten all ihr Geld nur für ihn und schickten ihn schließlich auf die Militärakademie, in der Hoffnung, dieser kräftige und willensstarke Sohn möge eines Tages die Aufmerksamkeit von Saddam Hussein und dessen Getreuen gewinnen.

Rahman lernte und gehorchte und war immer dort, wo er sich gerade nützlich machen konnte. Zwar nur von mittelmäßiger Intelligenz, besaß er immerhin ein gutes Sprachgefühl. Jedenfalls waren seine Vorgesetzten mit ihm so zufrieden, dass sie ihn gern für unterschiedliche Spezialaufgaben, später auch in verschiedenen Ländern, einsetzten.

Ein Spezialgebiet war die biologische Kriegsführung.

Rahman war überrascht, dass Krieg führen so einfach sein konnte, und befasste sich interessiert mit allem, was der menschliche Organismus aushalten und wie er überleben konnte. Daraus entwickelte er seine Methoden – Betäubungen mit Rohypnol, Hautverätzungen mit Senfgas oder Behandlungen mit Clostridium perfringens, das den sogenannten Gasbrand verursacht, so dass dem Opfer am Ende nur die Amputation bleibt.

Eines Tages schließlich rekrutierte der Muchabarat Rahman für seine Zentrale und forderte ihn auf, seine Kenntnisse landesweit in die Praxis umzusetzen.

Aber Töten ermüdet, und ob Rahman es wollte oder nicht, er war seine Arbeit nach einigen Jahren leid. Er brauchte eine Pause und zog sich in seine Heimat zurück, während seine Vorgesetzten in der Zentrale überlegten, wo man ihn einsetzen könnte.

Dann wollte es das Schicksal, dass Rahman in das Gefängnis nach Bagdad versetzt wurde. Einem der »Versuchskaninchen« dort konnte er das Geständnis abtrotzen, dass einige Männer einen Anschlag auf Saddam Hussein planten.

Rahman holte aus dem armen Kerl alles an Informationen heraus, was herauszuholen war, dann brachte er ihn um. Auch die anderen Männer wurden hingerichtet.

Die Belohnung kam prompt: Sein Wunsch, ins Ausland entsandt zu werden, wurde endlich erfüllt. Man beförderte ihn, er bekam eine eigene Wohnung und Fortbildungen, die ihn auf seinen Einsatz vorbereiteten.

Nun wusste er mit Sicherheit, dass der Irak mit seinen Schurkereien nicht alleine dastand.

Die Liste skrupelloser Nachrichtendienste und zweifelhafter militärischer Operationen war lang, auch der amerikanische Nachrichtendienst fehlte darin nicht. Über Jahrzehnte hinweg degradierte die CIA mit ihren raffinierten Methoden und Zielen alle anderen zu Amateuren. Aber erst mit dem Tod von Salvador Allende hatte man eine Formel gefunden, die das Ziel selten verfehlte: lokale Putsche. Zahlreiche Länder, darunter auch der Irak, waren geeignete Gebiete für diese Vorgehensweise.

Die amerikanische Formel lautete: Infiltrieren, Unterwandern, Überwachen. Aber die Iraker, und nicht zuletzt Rahman, lernten rasch von den Methoden der CIA. Und so schickte man mit Rahman einen guten und effektiven Killer in die Welt hinaus.

In den Jahren seines freiwilligen Exils lernte er das luxuriöse Leben im Westen kennen und schätzen. Immer weniger zog es ihn in den Irak zurück. Doch Rahman gehorchte seinen Auftraggebern auch weiterhin, so gut er konnte, denn er hoffte, sich dadurch seine Existenz in Europa zu sichern.

Anfang 1990, Rahman führte in Österreich ein fantastisches Leben, spielte ihm einer seiner palästinensischen Kontakte ein paar vielversprechende Informationen zu: Die Israelis würden den niederländischen Flughafen Schiphol bei Amsterdam zur Zwischenlandung für einige außergewöhnliche El-Al-Frachtflugzeuge nutzen, schwer beladen mit Stoffen, die sowohl die Iraker als auch andere Staaten im Nahen Osten nur zu gern in die Finger bekommen würden.

Diese Information brachte ihn zum ersten Mal in die Niederlande. Und obwohl Rahman auch nach Monaten intensiver Überwachung keine entscheidenden Hinweise hatte weitergeben können, durfte er in den Beneluxländern bleiben, deren vielgerühmte Toleranz immer wieder Feinde Saddam Husseins anzog.

Mittlerweile wohnte er in einem der südlichen Vororte Amsterdams, dirigierte fünf Männer, war aber in keiner Weise der üblichen diplomatischen Jurisdiktion der irakischen Botschaft untergeordnet. Er hatte eine hübsche holländische Frau und ein kleines Kind, und das alles bekam ihm ausgesprochen gut.

Wenn man so wollte, war Rahman eine Zierde für seinen Berufsstand. Er war schnell, führte ein perfektes Doppelleben, zögerte nie und fürchtete niemanden. Diesen Eindruck vermittelte er jedenfalls allen, die mit ihm in Kontakt standen.

Seine einfache, neutrale Kleidung bei der Arbeit war nichts weiter als eine Uniform, durch die er sich in den Augen der meisten Europäer nicht von anderen Personen aus dem Nahen Osten unterschied. Zu Hause war Rahman gut gekleidet, er war höflich und gewandt, und alle in der Straße, einschließlich seiner Frau, nahmen ihn ausschließlich als angenehmen, erfolgreichen Geschäftsmann wahr, der mit Stoffen und Parfum aus dem Iran handelte.

Bis de Vires mit der Idee auf ihn zukam, Q-Petrol zu sabotieren, lief alles wie am Schnürchen. Diese Idee war in jeder Hinsicht idiotisch. Es gab dabei viel zu viele Unbekannte, und, gemessen am Ergebnis, war der Aufwand einfach zu groß – selbst wenn alles auf Anhieb klappte. Und das tat es seiner Erfahrung nach nie, wenn Außenstehende mitmischten.

Rahman hasste diesen de Vires schon, bevor sie überhaupt eng zusammenarbeiteten. Und zwar weniger, weil de Vires für diverse Regierungen suspekte Dienste erledigte, um im Gegenzug Lieferabsprachen mit den entsprechenden Ländern zu erhalten. Das war für Rahman nichts Neues, so machten es die meisten »Geschäftsleute«, mit denen er zu tun hatte. Nein, er hasste ihn, weil de Vires' Ideen dermaßen unbrauchbar waren, dass Rahman sie nicht im Traum selbst umsetzen würde. In den Kreisen, mit denen sie es aufnehmen wollten, war die Strafe im Fall eines Versagens final.

In Rahmans Augen war de Vires ein Schmarotzer ohne jegliche Ideale, ein bedeutungsloses, niederes Exemplar der menschlichen Rasse. Sobald dieser idiotische Job überstanden war, wollte er dafür sorgen, dass de Vires seinen Weg nicht mehr kreuzen konnte.

Alles hatte damit begonnen, dass im Nordirak ein Geschäftsmann namens Constand de Vere gefangengenommen worden war. Statt dem Stümper einfach eine Kugel in den Kopf zu jagen, war der militärische Nachrichtendienst des Irak auf seinen zweifelhaften Bruder Marc de Vires zugegangen und hatte ihm auferlegt, für das Leben seines Bruders eine passende Gegenleistung zu erbringen.

Marc de Vires erkannte sofort seine Grenzen. Aber er brachte einen Gegenvorschlag, der seinerseits so wahnsinnig war, dass Saddams Leute zustimmten.

Demnach sollte der irakische Nachrichtendienst von der Zerschlagung eines mächtigen internationalen Unternehmens profitieren, alles unter der Führung von Marc de Vires. Als Gegenleistung würden sie seinen Bruder freilassen.

War es ein Wunder, dass die Sache sich zu einem einzigen Chaos entwickelt hatte? De Vires hatte Rien ten Hagen Thallium verabreicht und ihn damit so verschreckt, dass derzeit kein Mensch wusste, wo der Mann abgeblieben war. Und was hatte das Ganze gebracht? Hätte man diesen Rien ten Hagen einfach bezahlt, und zwar gut, wäre das bedeutend sicherer gewesen. Deshalb hatte Rahman die Flasche aus de Vires' Schreibtischschublade entfernt.

Außerdem hatte de Vires für die Durchführung seines Q-Petrol-Plans diesen eigensinnigen Peter de Boer angeheuert. Was noch schlimmer war, so hatte der Blödmann ein Kindermädchen eingestellt, ohne vorher dessen Identität zu prüfen. Und diese Frau hatte Einblick in de Vires' geheimste Daten genommen!

Rahman schüttelte den Kopf. Vielleicht sollte er das Thallium doch zum Einsatz bringen. Wenn es nach ihm ginge, dürften sie alle miteinander davon probieren.

Gestern hatte Aayed, einer seiner Männer, bei Rahman angerufen und ihm mitgeteilt, dass sich Nicky Landsaat in seiner Gewalt befinde. Er wollte wissen, ob er sie ziehen lassen oder zu M'Consult bringen solle.

Für Rahman war das keine Frage. »Bring sie um!«, hatte er gesagt. »Lass es wie ein Sexualverbrechen aussehen, das ist am sichersten. Wenn du verstehst, was ich meine.«

Eine Stunde später meldete Aayed sich wieder. Er hätte der Frau das Genick gebrochen und sie in einer Telefonzelle eingesperrt. Niemand hätte ihn gesehen.

Als Rahman de Vires von der neuen Entwicklung berichtet hatte, war dieser offenkundig nicht begeistert, kommentierte das Ganze aber nicht weiter. Warum auch? De Vires hatte letztlich nichts mit der Geschichte zu tun, abgesehen davon, dass ihm jetzt jemand fehlte, der auf seinen Neffen aufpasste.

In dem Glauben, die Geschichte mit Nicky Landsaat sei abgehakt, war Rahman nach Hause gegangen. Erst als ihn de Vires in sein Büro rief und sein Erstaunen darüber ausdrückte, dass er bislang keine Meldung über die tote Frau in der Telefonzelle in den Medien gefunden hatte, beschlich Rahman ein ungutes Gefühl.

»Vielleicht hat man sie noch nicht gefunden.«

De Vires schäumte vor Wut. »Du hättest sie schon gestern Abend mit deinem verdammten Kühlwagen abholen müssen, dann wären wir jetzt auf der sicheren Seite.«

Rahman nickte. Das alles war zugegebenermaßen nicht optimal gelaufen, weder mit diesem Nebenschauplatz noch mit dem seit Tagen verschwundenen Rien ten Hagen.

Sie hätten ten Hagen entweder bestechen sollen oder ihn sofort liquidieren, nachdem er Peter de Boer rekrutiert hatte. Das hätte auch de Boer zum Nachdenken gebracht.

Rahman rief Aayed an und bestellte ihn auf der Stelle zu M'Consult.

»Hast du ihren Puls gefühlt?«

Aayed runzelte so sehr die Stirn, dass seine Augenbrauen aussahen, als wären sie zusammengewachsen.

»Los, antworte!«

»Sie war tot. Ihr Genick hat geknackt, und sie fiel vornüber.«

Rahman schlug Aayed unvermittelt und so heftig ins Gesicht, dass der Mantel, der über seiner Schulter hing, zu Boden glitt. Er rieb sich wortlos die Wange.

»Gib mir, was du ihr abgenommen hast.«

Er zuckte die Achseln, und es gelang ihm nicht, sich vor dem nächsten Schlag zu schützen.

»Gib her, habe ich gesagt!«

Aayed zog das Portemonnaie aus der Manteltasche und reichte es Rahman. »Da war nichts drin, nur ein paar Quittungen.«

Rahman untersuchte die Geldbörse. Sie war klein, braun und ohne Fächer für Kreditkarten, ein altmodisches nichtssagendes Portemonnaie. Ob sich vielleicht im Fach für die Scheine Hinweise fanden, die über den Besitzer Auskunft geben konnten? Ein alter Bon von einem Bäcker, »Luxe Bakkerij Joh. P. …«. Dann zwei weitere Quittungen, eine vom Kaufhaus De Bijenkorf über den Kauf eines Hosenanzugs und einer Bluse für insgesamt dreihundertfünfzig Gulden am Montag. Die zweite war der Auszahlungsbeleg der ABN-AMRO Bank am Dam über zweitausend Gulden mit demselben Datum.

Rahman drehte sich langsam zu Aayed um. »Wo ist das Geld geblieben?«

Die Telefonverbindung nach Bagdad war ausgesprochen schlecht, Rahman verstand nur mühsam, was ihm der Verbindungsoffizier zu sagen hatte, dem er in den letzten Jahren Bericht erstattet hatte.

Der Fall Q-Petrol sei unwiderruflich angeschoben worden, hörte er heraus. Man sei inzwischen auf höchster Ebene damit befasst. Wenn die Geschichte nun im Sande zu verlaufen drohe, so müsse er, Rahman, zusehen, sie schleunigst wieder in Gang zu bringen. Und nein, man könne nicht zulassen, dass Aayed oder Marc de Vires liquidiert würden, bevor sowohl der Fall Q-Petrol als auch die Bijlmer-Angelegenheit überstanden seien. Danach könne er machen, was er wolle.

»Und was ist mit Heleen Beek?«

»Wir erwarten sie morgen zu einem Empfang in Bagdad. Viele freuen sich darauf, sie wieder dabeizuhaben.«

Rahman blieb noch einen Moment mit dem Hörer in der Hand sitzen. Nachdem er aufgelegt hatte, spazierte er die wenigen Hundert Meter zu einer Tiefgarage in der Prins Hendrikkade, wo in einer dunklen Ecke ein ausrangierter Kühlwagen der Firma Anton Borst Catering parkte.

Er hatte einen Auftrag zu erledigen. Eine Leiche musste aus einer Telefonzelle abtransportiert werden.

35

»Gütiger Gott, gütiger Gott!«, hörte Nicky die Frau flüstern, während die atemlos an dem Klebeband zerrte, das um die Telefonzelle gewickelt war.

Dann erschien in der offenen Tür der Kopf der jungen Frau, der Schreck stand ihr ins Gesicht geschrieben. Ihre Hand fuhr erschrocken an ihren Mund, als ihre Blicke sich trafen. Mühsam unterdrückte sie einen Aufschrei. »Gütiger Gott«, wiederholte sie leise.

»Wer ist das?« Der Junge steckte den Kopf unter ihrem Arm durch, aber sie drängte ihn zurück.

Das Klebeband war so stramm um Nickys Hals gewickelt, dass nicht einmal ein Fingernagel mehr darunter passte. Fieberhaft suchte die Frau nach dem Ende des Klebebands. »Gütiger Gott, wer macht denn so etwas«, flüsterte sie unablässig.

Schließlich fand sie das Ende und konnte vorsichtig das Band vom Hals ziehen. Es tat höllisch weh, aber Nicky registrierte das alles nurmehr kraftlos. Als die Frau mit einem Ruck das letzte Stück Klebeband abriss, schoss Nicky das Blut in den Kopf. Sie rang nach Atem.

Die Frau zog Nicky vorsichtig aus der Telefonzelle und legte sie neben dem Sandkasten ins Gras. Nicky konnte ihre Arme und Beine nicht bewegen, sie wusste nicht, was schlimmer war, die Taubheit in den Gliedern oder die Schmerzen in den Gelenken.

»Lauf, Kees, lauf und hol Hilfe!«

»Nein!«

»Nun mach schon, Junge!«

»Ich darf nicht allein über die Straße gehen, und die anderen sind schon weg«, trumpfte er auf.

Die Frau strich sich die Haare aus dem Gesicht »Kannst du einen Moment allein hier liegenbleiben, bis ich Hilfe geholt habe?«, erkundigte sie sich bei Nicky. »Der Kindergarten ist nur ein paar Minuten entfernt. Ich rufe die Polizei an und den Notarzt und komme so schnell wie möglich zurück. Geht das?«

Nicky versuchte zu nicken, und die Frau rannte mit dem Jungen im Schlepptau los.

Zuerst kehrte das Gefühl in die Beine zurück. Als das Blut wieder zirkulierte, kam auch der Schmerz. Doch der war nichts gegen den Schmerz in Nickys Kehle. Leise jammernd drehte sie sich auf die Seite. Nach einer Weile kam sie unter größten Mühen auf die Knie. Endlich lag sie nicht mehr auf dem feuchten Erdboden. Stöhnend richtete sie sich auf und erhob sich schließlich wankend.

Noch war ihr nicht ganz klar, ob sie das alles nur träumte, und sie sah sich mit einem Gefühl der Erleichterung um, während sie mit noch immer tauben Händen versuchte, ihre schmerzenden Beine zu massieren.

Dann fiel ihr Blick auf den Kühlwagen, der mit laufendem Motor am Straßenrand stand. Hinter der Ladeklappe tauchte ein Mann auf. Sie erkannte ihn sofort wieder. In de Vires' Büro hatte sie ihn schon einmal gesehen.

Ungerührt checkte er die Umgebung und fixierte sie mit den Augen. Sofort war die Panik wieder da.

Lautlos und geschmeidig wie ein Tier kam Rahman auf sie zu.

Nicky schloss die Augen und versuchte, einen Schritt zu tun. Es tat weh, aber es ging.

»*Perempuan saya yang mahal dan manis!* Mein liebes Mädchen!«, ermahnte sie sich selbst. »Lauf! Lauf mit Schritten so leicht und geschwind wie das Flügelschlagen eines Schmetterlings.« Den Schmerz ignorierend setzte sie vorsichtig einen Fuß vor den anderen.

Da begann auch der Mann hinter ihr, seine Schritte zu beschleunigen.

»Hilfe!«, rief sie mit erstickter Stimme, überquerte die Straße und lief in die Richtung, in die auch die Erzieherin kurz zuvor mit dem kleinen Jungen verschwunden war. Niemand war zu sehen. »Hilfe!«, rief sie trotzdem immer wieder. Die Anstrengung schien ihre Halsmuskeln zu sprengen.

Die Schritte hinter ihr kamen stetig näher.

Sie schrie, und sie rannte um ihr Leben. Noch einmal würde sie ihnen nicht entkommen.

Als sie schon seinen Atem hören konnte, kam aus einer Nebenstraße eine Schar kleiner Gestalten und schnitt Nickys Verfolger den Weg ab. Es waren die Erzieherinnen mit ihren Kindern.

Nicky wagte nicht stehen zu bleiben, sondern lief, so schnell sie konnte, weiter, bis sie auf die verkehrsreiche Hauptstraße stieß.

Dort sprang Nicky in den nächstbesten Bus.

Erst die Blicke des Busfahrers und der Fahrgäste riefen ihr ins Bewusstsein, in welchem Zustand sie war: Sie alle betrachteten Nicky voller Abscheu wie eine dieser Obdachlosen, von denen man unter keinen Umständen berührt werden will. Vergeblich versuchte sie, ihre zerrissene und verschmutzte Kleidung zu richten.

Nicky konzentrierte sich auf die Umgebung. Ängstlich in den Sitz gepresst beobachtete sie die überholenden Autos. Sie wagte kaum, die schmerzenden Beine auszustrecken.

Als der Bus auf dem Bahnhofsvorplatz von Haarlem hielt,

stieg sie aus, den stechenden Blick des Busfahrers im Nacken. Von hier aus kannte sie den Weg zu Peter de Boers Haus.

Erst in dem Moment, als sich die Straße zum Domplatz hin öffnete und sie den Kirchturm sah, meldete sich, irrational und tiefsitzend, die Wut.

Sie hatte eine Aufgabe übernommen, aber nie richtig erfahren, worum es eigentlich ging.

Als Peter de Boers Haus vor ihr auftauchte, entdeckte Nicky den Mann sofort. Er trug einen ähnlichen Mantel wie Rahman und der Kerl, der versucht hatte, sie umzubringen. Und selbst der Schnurrbart war ähnlich. Auch er war scheinbar mit nichts beschäftigt, behielt aber ganz offensichtlich Peters Haus im Auge.

Nicky schlich am Denkmal auf dem Platz vorbei hin zu einem neben Peters Haus gelegenen Café. Einer der Kellner steuerte sofort auf sie zu. Er wollte sie schon wegjagen, aber als er sah, dass sie nur die Toilette benutzen wollte, ließ er sie gewähren.

Auf der Toilette stieg sie durch das winzige Fenster in einen schmalen, höchstens zwei Meter breiten Hinterhof, der ihrer Vermutung nach an Peter de Boers Grundstück angrenzte. Die mindestens zwei Meter hohe Mauer war über ihre ganze Länge bis auf halbe Höhe hinter Verpackungen, Kisten mit Flaschen sowie einer Reihe großer grüner Abfalltonnen verborgen. Ohne nachzudenken, stieg Nicky auf eine der Tonnen, zog sich keuchend an der Mauer hoch und blieb oben einen Moment lang liegen.

Der Garten mit ehrwürdigen alten Obstbäumen und Büschen war geschmackvoll angelegt und größer als erwartet.

Sie ignorierte ihre Schmerzen und sprang hinunter auf den gepflegten Rasen. Der Schmerz trieb ihr die Tränen in die Augen, aber sie musste weiter. Vorsichtig bewegte sie sich an den Beeten entlang und klopfte schließlich an die Terrassentür.

Peter erschrak, als er sie sah. Sein Blick fiel sofort auf die Striemen an ihrem Hals, und erst dann sah er ihr in die Augen. Noch nie hatte Nicky sich so geschämt.

Sie senkte den Kopf und versuchte, sich zu bedecken. Was zum Teufel hatte sie denn erwartet, wie er reagieren würde?

Ratlos starrten sie sich an, bis sie ihn schließlich bat, sein Badezimmer benutzen zu dürfen. Angesichts ihres Spiegelbilds kamen ihr jetzt die Tränen. Vorsichtig wusch sie sich so gut es ging und schob seufzend die Haare hinter die Ohren.

Als sie sich einen Blick in das Toilettenschränkchen über dem Waschbecken erlaubte, schrak sie zusammen.

Tampons, Parfumfläschchen, Hand- und Gesichtscremes, alles wohlsortiert und ordentlich aufgereiht.

Wieder stieg die Wut in ihr auf.

Als sie zurückkehrte, hatte Peter Tee gekocht und sah sie fragend an. Und da brach alles aus Nicky heraus.

Bestürzt hörte er zu. Und als sie zum Ende gekommen war, sagte er erschüttert und mehr zu sich selbst als zu ihr, dass er sie doch vor Marc de Vires und seinen Leuten gewarnt habe, aber offenbar nicht eindringlich genug. Man konnte ihm ansehen, dass er sich große Vorwürfe machte. Seine Bitte, sich sofort bei einem Arzt untersuchen zu lassen, ignorierte sie.

Nicky wurde nicht schlau aus diesem Mann. Er hatte ihr Leben verändert, aber keineswegs zum Besseren. So einfach war das, und es war zum Heulen.

Er schenkte Tee nach, und während sie ihn trank, berichtete er, was sich unterdessen bei Christie getan hatte, und dass er bis auf Magda Bakker sämtliche Abteilungsleiter nach Hause geschickt hatte.

Nicky hörte fassungslos zu. »Du warst kein guter Gärtner«, sagte sie nach einer Weile. »Kein Wunder, dass der Baum eingeht.« Sie erhob sich und trat ans Fenster. Augenblicklich fiel ihr der Mann auf dem Platz wieder ein. »Du weißt, dass man dich beschattet?«, sagte sie mit zittriger Stimme. »Da, sieh mal, der Mann dort am Denkmal.«

Peter stand nun so dicht hinter ihr, dass sie seinen Atem im Nacken spürte.

»Der sieht dem ähnlich, der mich heute Morgen schon beschattet hat. Die CIA hat ihn eingesetzt«, erklärte Peter.

Ungläubig drehte sie sich zu ihm um. »Die – CIA?« Kopfschüttelnd hielt sie inne. »Ich bin sehr dankbar dafür, dass du so große Stücke auf mich hältst, Peter. Und der Scheck neulich könnte mir bestimmt zu einem guten Leben verhelfen. Wirklich. Aber ich werde das hässliche Gefühl nicht los, dass ich für etwas bezahlt worden bin, das gar nicht teuer genug bezahlt werden kann.« Sie sah ihm in die Augen. »Was hat die CIA mit alledem zu tun?«

»Nichts. Ich habe mich bei der amerikanischen Botschaft nach Constand de Vere erkundigt, und daraufhin haben sie mir ihre Schnüffler auf den Hals gehetzt.« Er lächelte vorsichtig. »Nicky, das Geld hast du bekommen, weil dir ein Deal geglückt ist, mit dem Christie N.V. sehr viel Geld verdient hat. Das ist dein legitimer Anteil am Gewinn. Und was den Kerl da draußen angeht, so fühle ich mich eher beschützt, falls Rahman oder die anderen hier aufkreuzen sollten.«

»Warum gehst du nicht zur Polizei und erzählst alles?«

Aber statt einer Antwort ging Peter wortlos die Treppe hinauf.

Den Mann, mit dem er wenige Minuten später ins Zimmer trat, hatte Nicky noch nie gesehen. Er war bei Weitem nicht so groß wie Peter, blass, fast grau im Gesicht, und seine Kopfhaut schimmerte an vielen Stellen zwischen struppigen Haarbüscheln durch.

»Das ist Rien ten Hagen, mein Cousin.« Er unterbrach sich

und korrigierte. »Mein Cousin und Halbbruder. Ich finde, er soll dir die Geschichte erzählen. Dann verstehst du die ganze Sache vielleicht besser.«

Peter blickte zu Boden, während Rien erzählte und erzählte. Wie Peter seine Eltern umgebracht und wie sich das Verhältnis mit seiner Tante entsponnen hatte und wie er nun beschuldigt wurde, den Selbstmord seiner Frau nicht abgewendet zu haben.

Nicky fuhr es kalt über den Rücken. Hatte sie sich so in Peter getäuscht? Aber Rien war noch nicht fertig. Ungerührt berichtete er, dass Peter ihn stets verleugnet hatte und weshalb er heute so aussah, wie er eben aussah.

Ein Gefühl tiefer Trostlosigkeit erfasste Nicky.

In diesem Moment war in der oberen Etage des Hauses eine herrische Frauenstimme zu hören, und beide Männer sahen augenblicklich auf.

»Sie braucht mich«, sagte Rien ten Hagen und stand auf.

Wie versteinert saß Nicky da und überlegte, ob sie wohl als Nächste ihre Haare verlieren würde.

»Das alles tut mir aufrichtig leid, Nicky. Du hättest in das alles nicht verwickelt werden dürfen. Wir können froh sein, dass du noch lebst. Bist du sicher, dass du nicht erst mal einen Arzt aufsuchen solltest?«

Nicky schwieg.

Peter blickte aus dem Fenster, und er schien ganz weit weg zu sein.

Nicky unterbrach das Schweigen. »Wissen die Iraker, wo ich wohne?«

Peter runzelte die Stirn. »Das glaube ich nicht. Natürlich steht deine Adresse in den Personalakten, aber im Büro ist niemand mehr, der weiß, dass du derzeit für mich arbeitest.«

»Und was ist mit Matthijs Bergfeld?«

»Matthijs Bergfeld ist auf meiner Seite, insofern sollte das kein Problem sein. Das hoffe ich jedenfalls«, setzte er nach, und die Bitterkeit in seiner Stimme ging Nicky unter die Haut.

»Aber Matthijs ist verschwunden. Ich fürchte, dass ihm etwas zugestoßen ist. Sein Handy habe ich heute am Kai vor der Firma gefunden.« Er schüttelte den Kopf. »Aber noch einmal zurück, ich bin mir sicher, dass niemand deine Adresse hat, Nicky. Hat dieser Kerl, der dich überfallen hat, dir etwas abgenommen?«

»Ja, mein Portemonnaie, aber da war keine Adresse drin.«

»Führerschein? Versicherungskarte? Irgendeine Mitgliedskarte?«

Sie schüttelte den Kopf. »Nein, nichts von alledem. Nur ein paar Quittungen für Kleidung und der Rest des Geldes, das ich abgehoben hatte. Tausendsechshundert Gulden, sonst nichts.« Sie presste die Lippen zusammen. »Obwohl das schon reichen könnte.«

»Du hast Geld abgehoben?«

»Ja.«

»EC-Karte?«

»Ja, die liegt zu Hause.«

Peter sah sie besorgt an, riss von einem Blatt Papier ein Stück ab, schrieb zwei Telefonummern auf. »Hier!«, sagte er und reichte ihr den Zettel. »Das ist die Nummer, die du von nun an benutzen musst. Die andere ist einer von de Vires' Anschlüssen. Er hat die SIM-Karten ausgetauscht.«

Sie nickte langsam. Das erklärte einiges. Kommentarlos stopfte sie den Zettel in die Hosentasche.

»Du kannst hier bei mir bleiben, Nicky, wenn du dich dann sicherer fühlst. Ich gebe dir einen Hausschlüssel.«

Aber Nicky schüttelte den Kopf. »Ich gehe nach Hause. Ich will mit all dem nichts mehr zu tun haben.« Sie griff nach der Klinke der Terrassentür. »An deiner Stelle würde ich das Haus ebenfalls auf diesem Weg verlassen. Ich werde dafür sorgen, dass das WC-Fenster im Café blockiert wird, dann steht dir wenigstens diese Fluchtmöglichkeit offen.«

Peter de Boer hatte allen Unglück gebracht, ihrer Familie, seiner eigenen Familie und den meisten Angestellten seiner Firma.

Die Erkenntnis war für Nicky gleichermaßen schmerzlich wie bedrückend. Was blieb ihr selbst? Die Aussicht, dass Mille eines Tages nach Hause kommen und ein normales Leben führen würde? Dass irgendwann einmal ein anderer Mann auftauchen und in ihr dieselben Gefühle auslösen würde wie Peter de Boer?

Waren ihre Zukunftsaussichten nicht vielmehr erschreckend einfach? Dass nämlich Marc de Vires und seine Leute sie finden und ihre offene Rechnung begleichen würden?

Zirka anderthalb Tage waren vergangen, seit sie zum letzten Mal zu Hause gewesen war, aber es fühlte sich an wie eine Ewigkeit. Diese unruhige, fiebrige Stimmung auf der Straße vor Einbruch der Dunkelheit war ihr vertraut. Sie sah die Fassade hinauf, aus den offenen Fenstern von Didis Wohnung dröhnte laute Reggae-Musik.

Und wenn sie nun schon bei mir waren?, schoss es ihr durch den Kopf, als sie die Treppe hinaufstieg. Oder noch schlimmer, wenn sie noch da sind?

Erst nachdem Nicky anhaltend geklingelt hatte, öffnete Didis Bruder die Tür. Ohne zu klopfen trat sie in das Wohnzimmer, Bob Marleys lautstarke Bekundungen hauten sie fast um. Das Wummern der Bässe fühlte sich in dem kleinen Zimmer an wie Hammerschläge. Didi lümmelte mit ein paar Freunden an dem schäbigen Couchtisch, auf dem ein wüstes Chaos aus leeren Coladosen, zerknülltem Silberpapier, aufgerissenen Zigarettenschachteln und angerauchten Joints herrschte. Didi hielt Hof – seine Charmeoffensive gegenüber einigen von Franks getreuen Vasallen. Aber wenn der davon Wind bekam, würde er einer solchen Extratour ganz schnell ein Ende bereiten.

Selbst nachdem Nicky den Stecker gezogen und die Anlage stillgelegt hatte, dröhnte der Lärm in ihren Ohren noch lange nach. Über ihren Zustand schien sich hier niemand zu wundern.

»Hey, was soll das!«, schnauzte Didi los und starrte sie mit geweiteten Pupillen an. »Zieh Leine! Oder hast du Lust auf 'ne schnelle Nummer am Nachmittag?« Alle lachten.

Nicky schwieg.

Sie streckte die Hand aus, und er nahm sie und folgte ihr ins Treppenhaus. Die anderen sahen den beiden neidvoll hinterher.

»Didi, die Arschlöcher da drinnen hat dir doch Frank auf den Hals gehetzt«, mahnte Nicky ihn eindringlich. »Damit sie kurzen Prozess mit dir machen. Die warten bloß darauf, dass du richtig angeturnt bist. Und dann fliegst du aus dem Fenster.«

»Was redest du für 'nen Scheiß?«

»Hör zu. Du musst mir helfen. Es ist das letzte Mal, ich schwöre es, und irgendwann werde ich mich revanchieren. Versprochen. Du bist mehr wert als das, was du da gerade treibst.«

Er lächelte. »Meine Fresse, Nicky. Jetzt halt schon die Klappe, okay?« Er drehte sich um und griff nach der Türklinke.

»Didi, bitte hilf mir, ja? Geh mit mir nach oben, die Wohnung checken. Ich habe Angst, dass jemand da ist. Jemand, der es auf mich abgesehen hat.«

Die Wohnungstür war nicht abgeschlossen, ein schlechtes Zeichen.

Didi schob sie auf, der Flur war leer. Nicky sah sich um. Da war nichts Bedrohliches. Kein Chaos, keine Schritte, keine unerwarteten Geräusche aus den Zimmern. Kein Klicken von Pistolen, die entsichert wurden.

Das Wohnzimmer war wie immer, nur dass die Topfpflanzen die Köpfe hängen ließen. Das Schlafzimmer, Milles Zimmer, die anderen Räume – sie konnte nichts Auffälliges feststellen.

Didi legte den Zeigefinger an die Lippen und bedeutete ihr, still zu sein. Er ging voraus in die Küche. Sonnenstrahlen fingen sich in einer halbvollen Flasche Grolsch auf der Fensterbank und warfen braune transparente Muster an die Decke. Was Didi auf den Gedanken brachte, sich ein Bier aus dem Kühlschrank zu nehmen. Rasch öffnete er den Bügelverschluss. »Das hat ja nicht mal Plopp gemacht!«, nuschelte er und stellte die Bierflasche auf den Tisch, um sich ein Päckchen Zigaretten aus der Brusttasche zu ziehen.

»Vielleicht waren Mille oder Bea hier?«

»Mille?« Nicky schüttelte den Kopf. »Mille ist nicht in Amsterdam, sie ist bei einer Pflegefamilie.«

Genervt betrachtete Didi die halbgerauchte Kippe, die er aus der Packung gezogen hatte, und warf sie auf den Boden.

»He, lass das!« Sie bückte sich, um die Kippe aufzuheben, und dabei fiel ihr Blick auf die Tür zur Kammer. Sie war angelehnt. Und trotzdem konnte Nicky dort eine Schuhspitze erkennen.

Sie erstarrte.

»Schon gut.« Didi nahm das Bier vom Tisch und wollte gerade zu einem ersten Schluck ansetzen.

In einer heftigen Bewegung streckte Nicky den Arm nach hinten und hinderte so Didi am Trinken, sie legte einen Zeigefinger auf ihre Lippen und schob vorsichtig die Tür auf, voller Angst vor dem, was sie zu sehen bekommen würde.

Es war Mille. Zusammengekrümmt saß sie unter dem Nähtisch, den Kopf hatte sie zur Seite geneigt, das Make-up war verschmiert. Mit entsetzensgeweiteten Augen starrte sie durch Nicky hindurch.

Mille war tot. Der Fluch des Dukun hatte sich erfüllt.

Nicky stand unter Schock, und sie erfasste weder den Namen noch den Dienstrang des Kriminalbeamten. Er betrachtete aufmerksam ihre verdreckte Hose, während sie schnell die Bluse zuhielt, um die Striemen vom Klebeband zu verdecken.

»Sie glauben also, Fräulein Landsaat, dass jemand Gift in die Grolsch-Flasche gefüllt hat?«

»Ja. Und ich glaube, dass Mille von dem Bier getrunken hat. Die Flasche steht dort auf der Fensterbank. Und Didi hätte fast das Gleiche getan.«

»Didi?«

»Didi. Ein Nachbar. Er wohnt unter uns. Als ich die Polizei gerufen habe, ist er nach unten gegangen.«

»Wir werden ihn später vernehmen.«

Nicky nickte. Vermutlich nutzte Didi die Zeit bereits, all das vom Tisch verschwinden zu lassen, was dort nicht sein durfte, und seine Kumpel rauszuwerfen.

»Womöglich sind alle Flaschen im Kühlschrank vergiftet und wer weiß, was noch alles.«

»Wie kommen Sie darauf? Warum glauben Sie, dass in den Flaschen Gift ist? Und wer könnte so etwas getan haben?«

Achselzuckend blickte sie ihn an. Was sollte sie antworten? Dass man Rien ten Hagen mit Thallium vergiftet hatte? Dass sie fast umgebracht worden wäre? Dass mit all dem irgendwie die Iraker zu tun hatten? Oder dass Peter de Boer seine Eltern auf dem Gewissen hatte?

»Selbstverständlich untersuchen wir die Flaschen, Fräulein

Landsaat. Aber es gibt noch eine andere Möglichkeit, die vielleicht näherliegt.«

»Ach, ja?« Nicky hoffte, er möge recht haben.

»Ihre Schwester war drogenabhängig, nicht wahr? Wir haben mit der Pflegefamilie in Mijdrecht gesprochen. Die Leute waren schwer schockiert über die Nachricht. Sie haben gestern und heute mehrfach versucht, Sie zu erreichen.«

Nicky nickte.

»Ihre Schwester hat nach Hause gewollt. Auch sie hat offenbar mehrmals hier angerufen.«

Es brach Nicky schier das Herz, als sie das hörte. Sie wusste ja, warum sie die Anrufe nicht hatte entgegennehmen können, aber sie konnte doch nicht darüber sprechen.

»Die Todesumstände lenken den Verdacht zweifellos in Richtung Überdosis.«

»Möglich. Aber so war es nicht, ich bin ganz sicher.«

»Haben Sie so etwas schon einmal gesehen?« Er hatte zwei zusammengefaltete Stückchen Pergamentpapier aus der Tasche gezogen. Hier im Viertel kannte jeder diese kleinen Päckchen Kokain.

»Ich habe nie gesehen, dass sie so etwas genommen hat.«

»Und was ist damit?« Er zeigte ihr ein kleines Glas mit Schraubverschluss, gefüllt mit Kapseln.

Nicky nickte, auch die kannten alle. »Das ist Poppers. Kriegt man jederzeit und problemlos in der Warmoesstraat. Genauso wie Kava-Kava, Flower Power, Crazy Jack und das ganze andere Zeug.«

»Sie sind ausgesprochen gut informiert, Frau Landsaat.«

»Ich habe einfach nur ein gutes Gedächtnis.«

Der Kriminalbeamte nahm eine der Kapseln und hielt sie hoch. »Poppers alias Amylnitrit. Wenn man das Zeug schnüffelt, gibt's ein paar Minuten lang einen wunderbaren Kick. Aber wenn man das Zeug zum Beispiel trinkt, ist es verteufelt giftig. Wussten Sie das?« Er nickte dem Mann von der Spurensicherung zu, der in diesem Moment aus dem Wohnzimmer kam und ihm etwas reichte.

»Nein, das wusste ich nicht.« Nicky ließ sich auf den Küchenhocker sinken. Sie war ungeheuer müde, müde an Leib und Seele. »Haben die Leute von der Spurensicherung denn aufgebrochene Kapseln oder Blisterverpackungen in der Wohnung gefunden?«

»Nein, aber sie sind ja noch nicht fertig. Dafür haben sie das hier gefunden. Kennen Sie die?«

Nicky starrte auf die kleinen Pillen. »Nein«, antwortete sie wahrheitsgemäß.

»Diese kleinen Teufel haben viele Namen. Roofies oder Flummis, meine amerikanischen Kollegen nennen sie ›Date Rape Pills‹. In der Wirkung entsprechen sie K.-o.-Tropfen.«

Was sollte sie darauf antworten?

»Die sind zehnmal stärker als Valium. Frauen werden unter Einfluss dieser Dinger oft vergewaltigt. Haben Sie davon schon mal gehört?«

»Ja, aber ich habe sie noch nie gesehen. Auch nicht bei Mille.«

Er legte eine Handvoll Pillen auf den Küchentisch.

»Am nächsten Tag fühlt man sich schwach. Es kann sein, dass die Pupillen vergrößert sind, dass man verwirrt ist. Die Wirkung vergeht nicht sofort, aber die Vergewaltigte erinnert sich an nichts.«

»Ich habe nie gesehen, dass Mille so etwas genommen hat.«

»Sie ging doch auf den Strich, oder?«

»Ja, aber noch nicht lange.«

»Die Pillen könnten von einem Kunden stammen, der sie vergewaltigen und sich die Bezahlung sparen wollte. Hat sie die Kunden mit nach Hause genommen?«

»Nein.«

»Die Obduktion wird Aufschluss darüber geben, wie der heutige Tag für sie gelaufen ist. Hatte sie einen Zuhälter?«

»Ja, er heißt Frank. Den können Sie gern lebenslänglich einbuchten.«

»Es kann durchaus auch einer der anderen Zuhälter gewesen sein, der sie ihm wegnehmen wollte. Wissen Sie, wie dieser Frank mit Nachnamen heißt?«

»Nein, aber er ist Surinamer. Ich gebe Ihnen gern seine Adresse. Einmal bin ich dort gewesen, um Mille nach Hause zu holen.«

»Aha? Und es ist Ihnen gelungen, sie einfach so mitzunehmen?«

»Na ja, sie war bewusstlos. Wir mussten sie nach Hause tragen. Das war am letzten Samstag, unmittelbar bevor ich sie bei den Leuten in Mijdrecht abgeliefert habe.«

»Bewusstlos!« Der Kriminalbeamte hob einen Finger. »Da haben Sie's. Er wird ihr von dem Zeug gegeben haben. Anschließend bekommen sie übrigens Poppers. Das Zeug holt sie zurück aufs Laken, genau wie Salmiak den Boxer nach einem Knock-out wieder auf die Matte holt.«

Nicky griff sich an den Kopf. Sie hielt es nicht mehr aus, ihm noch länger zuzuhören.

»Und wenn die Mädels dann erst mal dabei sind, entdecken sie, dass Roofies und Poppers ihnen viel Schmerz ersparen. Möglicherweise sind die Männer, mit denen sie Sex haben, nicht besonders nett zu ihnen.«

»Mille hätte so etwas niemals freiwillig genommen!«, sagte sie so laut, dass einer der Spurensicherer einen Blick in die Küche warf.

Der Kriminalbeamte legte seine Hand auf Nickys Arm. »Es gibt auf der Welt viele Sadisten, Fräulein Landsaat. Vielleicht hat dieser Frank eine Möglichkeit für einen kleinen Nebenerwerb erkannt, und vielleicht war Ihre Schwester eines seiner besten Angebote. Derzeit können wir nicht ausschließen, dass Ihre Schwester eine Überdosis genommen hat. Aber ich habe das Gefühl, dass sich hinter diesem Fall noch etwas anderes verbirgt. Sind Sie sicher, dass Sie mir alles gesagt haben?« Er sah sie eindringlich an, dann wandte er sich zur Tür. »Ich bin gleich wieder da, vielleicht fällt Ihnen ja noch etwas ein. Vielleicht haben Sie noch einen Verdacht.«

Verführerisch leuchtend lagen die Roofies vor ihr. Vielleicht sollte sie einfach ein paar davon nehmen und das Ganze hinter sich bringen? Das waren zweifellos düstere Gedanken, aber war das Leben nicht gerade dabei, ihr vollends zu entgleiten, war nicht alle Wärme, alle Hoffnung verschwunden?

Sie ließ vier, fünf Pillen unter ihrer Handfläche verschwinden und zog die Hand dann zu sich heran, so dass die Pillen in ihren Schoß fielen.

Ob sie einen Verdacht hatte? Ja, den hatte sie. Es war sogar mehr als ein Verdacht. Sie war überzeugt, dass de Vires hinter alldem steckte. Sie, Nicky, war ihnen entkommen, und jetzt trachtete er erst recht nach ihrem Leben.

Doch dieses Mal war ihm ein Irrtum unterlaufen. Es sollte nicht Mille treffen, die Ärmste. Sie selbst war de Vires erneut entkommen, aber ob ihr das noch einmal gelingen würde?

Nicky starrte in die Kammer. Es war noch nicht lange her, da hatte ihre Mutter dort über ihre Handarbeit gebeugt gesessen. Und nun war sie fort – und Mille ebenfalls.

Auf einmal überrollte das Gefühl der Trauer sie mit voller Wucht – Trauer und Ohnmacht, ihre Gedanken drehten sich im Kreis. Tränen stiegen ihr in die Augen. Ach Mutter, wenn du doch noch lebtest.

Ihre Lippen zitterten. Was hätte das geändert? Am besten für alle wäre es gewesen, wenn der Vater bei einer der unzähligen Wirtshausschlägereien ums Leben gekommen wäre, damals, als er noch genügend Geld für Kneipenbesuche hatte. Dann wäre alles anders gekommen. Nichts als Schande und Perspektivlosigkeit hatte er seiner Familie beschert.

Als plötzlich der Kriminalbeamte wieder neben ihr stand, fühlte sie sich wie ertappt. »Und? Haben Sie uns noch etwas zu sagen?« Er glaubte offenbar, die Antwort zu kennen, und erwartete sich davon den Durchbruch.

Okay, ich werde dir etwas geben, dachte Nicky. »Ja«, sagte sie bedeutsam und machte eine Pause.

Der Mann stand so still, als fürchtete er, die geringste Bewegung würde ihn seinen Trumpf kosten.

»Ja«, wiederholte sie. »Wissen Sie, mein Vater hat sich an Mille und unserer Schwester Bea vergangen.« Sie schnaubte. »Unser Vater ist ein gewalttätiger Mensch. Er hasst sich, er hasst das Leben, er hasst uns alle.«

Er hat auch unsere Mutter umgebracht, hätte sie am liebsten gesagt. Aber wie sollte sie das beweisen?

Nicky merkte, dass die Leute von der Spurensicherung in die Küche gekommen waren und dass sie aufmerksam beobachtet wurde. Aber sie hatte nur Sinn für ein Gesicht, das vor ihr zu schweben schien und dessen Miene sich unablässig veränderte, von Mitleid zu Gleichgültigkeit zu Trauer und Freude. Alle Facetten des Lebens spiegelten sich darin, klar und undurchsichtig zugleich. Nicky schloss die Augen. In ihrem Kopf drehte sich alles, und ihr war, als umfassten zwei Hände behutsam ihre Schultern. Das Schattengesicht fixierte sie, und dahinter flatterte der Schmetterling.

Dann war das Gesicht plötzlich eine Fratze, durch die das Wesen des Dukun schien. Er grinste mit toten Augen und flüsterte ihr zu, was sie da sehe, sei das Gesicht der dritten Seele, die endlich die Kraft gewonnen habe, sich ihr zu zeigen.

Oh ja, Nicky kannte dieses Gesicht, sie sah es nicht zum ersten Mal. Es hatte sich in den Augen der Mutter gespiegelt in all den Nächten, als sich ihr Mann an ihrer Jüngsten vergriff, die sich an Nicky geklammert hatte.

Erst jetzt erkannte Nicky alles mit großer Klarheit. Es war der Schmerz. Der Schmerz war das Gesicht der dritten Seele, die alles verzehrende Qual, die alle Fasern des Körpers zerstörte.

Sie war allein. Völlig allein, und genau so hatte der Dukun es immer gewollt. »Vergib mir, Mutter, aber ich kann diesen miesen Kerl nicht verschonen«, flüsterte sie lautlos.

Sie öffnete die Augen. »Ja«, sagte sie zum dritten Mal und sah dem Kriminalbeamten ins Gesicht.

»Mein Vater war es. Er hat Mille umgebracht.«

36

Marc de Vires' Laune war im Keller. M'Consults Barvermögen neigte sich dem Ende zu, und da ihm Peter de Boer seinen Bericht noch immer nicht hatte zukommen lassen, konnte das Projekt Q-Petrol nicht zum Abschluss gebracht werden. So würde Constand nie freikommen. Die Situation war verfahren, denn ohne Constand gab es keine Unterschrift und ohne Unterschrift keinen Schlüssel zur Schatztruhe.

Mehr gab es dazu nicht zu sagen.

Vor Wut hieb de Vires mit solcher Wucht auf das Lenkrad, dass der schwere Wagen über die Bordsteinkante fuhr. Ein paar Radfahrer hoben drohend die Fäuste. Beruhige dich, ermahnte er sich.

Aber wie sollte er Ruhe finden? Heleen hatte offenbar das sinkende Schiff verlassen, denn seit Stunden ignorierte sie kategorisch sämtliche seiner Nachrichten auf ihrem Anrufbeantworter und ihrer Mailbox.

Und zu allem Überfluss kam jetzt auch noch dieser verdammte Mord an Nicky Landsaat hinzu.

Er hatte gerade im Büro die Alarmanlage deaktiviert, da klingelte eines der Telefone auf seinem Schreibtisch. Fluchend eilte er in das Zimmer und warf seine Mappe auf den Schreibtisch. Die Verbindung aber wurde im selben Augenblick unterbrochen, als er den Hörer abnahm. Er wartete, und keine Minute später klingelte es erneut. Beim Abheben schaltete er den Anrufbeantworter ein, um das Gespräch aufzuzeichnen.

De Vires zuckte zusammen, als er die Stimme seines Bruders hörte.

»Marc!« Die Stimme klang schwach. Dann folgte ein angestrengtes Husten.

De Vires spitzte die Ohren, der Schweiß brach ihm aus. Er nahm alles, was er hörte, geradezu physisch wahr.

Was nun kommen würde, wusste er. Aber heute könnte er diese andere Stimme nicht verkraften, diese Stimme, mit der entsetzliche und absurde Dinge von ihm verlangt würden. Deshalb legte er einfach auf.

Zwei Minuten später klingelte das Telefon erneut. Wieder das verzweifelte Flüstern, gefolgt von schlimmem Husten.

Er warf den Hörer auf die Gabel, stoppte den Anrufbeantworter, spulte das Band etwas zurück und hörte genau hin. Erst die schwache Stimme, dann das Husten.

Ratlos und aufgewühlt spulte er das Band um etliche Nachrichten zurück, bis er die gesuchte fand.

Die Aufnahme war mehrere Wochen alt und absolut identisch mit der Nachricht, die er gerade eben gehört hatte. »Marc«, flüsterte die Stimme, dann das Husten.

Jetzt war sich de Vires sicher: Constand war längst tot, denn das, was er zu hören bekam, war nichts weiter als eine Tonbandaufnahme von Constands Stimme. Er zitterte. Nicht aus Trauer oder Bitterkeit, nein, er zitterte vielmehr, weil ihm bewusst wurde, dass er somit von allen Absprachen und Übereinkünften befreit war, zugleich jedoch tiefer in der Bredouille saß und unfreier war denn je. Voller Wut biss er sich in einen Fingerknöchel.

»Dafür wirst du büßen, Rahman!«, schnaubte er. »Dafür und für deine ewigen verächtlichen Blicke. Für deinen Knoblauchatem und für Nicky Landsaats Leiche in einer Telefonzelle.«

Er zog die Schreibtischschublade auf und tastete nach der

Thalliumflasche. Zunehmend hektisch schob er Kugelschreiber, Flugpläne, Notizpapier, Büroklammern und allen anderen Kram zur Seite – nichts. Die Flasche war weg.

Ein Gefühl der Bedrohung stieg in ihm auf.

Er wählte Heleens Nummer, aber wieder sprang nur der Anrufbeantworter an.

Langsam legte er den Hörer auf die Gabel.

Falls Heleen und Rahman den Auftrag bekommen hatten, gemeinsam Front gegen ihn zu machen, musste er schleunigst verschwinden und retten, was noch zu retten war.

Er versuchte, einen kühlen Kopf zu bewahren. Natürlich waren die Firmen M'Consult, Mediterranean Consult und Mesopotamia Consult allesamt auf seinen Namen registriert, und nur auf seinen. Doch letztlich war Constand der Eigentümer gewesen. Das ging nur allzu deutlich aus den Unterlagen hervor, die bei Huijzer & Poot lagen.

Und in dem Moment, in dem Huijzer & Poot von Constands Tod erfuhren, würde Dennis als Alleinerbe eingesetzt, und zwar unabhängig davon, ob Anna de Vere noch lebte oder nicht. Huijzer & Poot würden sich Marc de Vires in ihrer Eigenschaft als Nachlassverwalter und Dennis' Vormund somit endgültig in den Weg stellen.

So war die Lage, es sei denn, Dennis würde aus dem Weg geräumt. Das aber würde selbst Marc de Vires nicht übers Herz bringen.

Er wählte die Nummer von Huijzer & Poot.

Die Sekretärin war wie stets verbindlich und Poot selbst geradezu überströmend herzlich bis zu dem Augenblick, als de Vires ihn schließlich bat, sechzig Prozent des Aktienkapitals von M'Consult zu verkaufen und den Erlös auf sein Konto auf den Cayman Islands zu überweisen.

»Sie wissen, Herr de Vires, wie es mit solchen Dingen aussieht.« Poots Stimme klang jetzt kühl und bestimmt. »Wir können ohne Weiteres und unbegrenzt Papiere in andere Papiere umwandeln, solange wir selbst hinter den Transaktionen stehen. Aber ohne die Unterschrift Ihres Bruders dürfen wir keine Papiere in Bargeld umwandeln. Das dürfte Ihnen bekannt sein.«

Marc ging zum Gegenangriff über. »Und Mitarbeiter Ihrer Firma dürfen sich ohne Constands Unterschrift mehrere Hunderttausend Gulden aneignen?«

Die Stille am anderen Ende verhieß nichts Gutes.

»Ein Mitarbeiter, Herr de Vires. Und ich kann nur noch einmal betonen, wie sehr ich den Fall Rien ten Hagen bedauere.«

Mehr sagte er nicht.

De Vires überlegte kurz. »Vielleicht wäre das der richtige Moment, mir statt der üblichen Entschuldigung eine Kompensation zukommen zu lassen, Herr Poot«, sagte er bedeutungsvoll. Was er meinte, waren Wohlwollen und unbegrenzte Flexibilität.

Doch Poot legte die Sache auf seine Weise aus. »Ich möchte Sie daran erinnern, Herr de Vires, dass wir Rien ten Hagen angezeigt hätten. Dass Herr ten Hagen Ihnen stattdessen einen Dienst erweisen sollte, war nicht unser Vorschlag, sondern Ihr persönlicher Wunsch, was mich selbstverständlich nicht davon abhalten soll zu hoffen, dass Sie von dieser ungewöhnlichen Investition profitiert haben.«

De Vires gab sich geschlagen. »Also gut. Passen Sie auf. Constand ist entführt worden. Er wurde im Irak gekidnappt, und man fordert Lösegeld für ihn. Ich brauche noch heute mindestens fünf Millionen Gulden. Mit diesen Menschen ist nicht zu spaßen. Verstehen Sie mich jetzt?«

Poot schwieg.

»Brauchen Sie tatsächlich einen schriftlichen Beweis dafür, dass ich die Wahrheit sage? Es dürfte auch in Ihrem Interesse sein, dass Constand überlebt.« Noch während er sprach, klickte de Vires das Programm an und hängte das Foto seines misshandelten Bruders an eine Nachricht an.

»Ich habe die Mail soeben abgeschickt.«

De Vires hörte, wie Poot mehrfach seufzte, dann das Tippen auf der Tastatur und ein erneutes Seufzen. Schließlich rief Poot nach seiner Sekretärin.

»Beeil dich, du Idiot, bevor die Bank schließt«, murmelte Marc in sich hinein.

»Ich habe jetzt das Foto Ihres Bruders vor mir«, sagte Poot dann wieder mit matter Stimme. »Das sieht nicht gut aus.«

Na los, Poot, ruf Huijzer dazu, dachte de Vires voller Ungeduld.

»Meines Erachtens ist das ja wohl eher ein Fall für die Polizei. Ja, oder für die CIA oder Interpol oder was weiß ich.«

»Ausgeschlossen, das wurde mir ausdrücklich untersagt, und dafür bleibt uns auch gar keine Zeit mehr. Sollten Sie nicht vielleicht Ihren Kompagnon hinzuziehen, Herr Poot? Soweit ich weiß, treffen Sie Ihre Entscheidungen doch immer gemeinsam.«

»Welche Entscheidung meinen Sie denn genau, Herr de Vires?«

»Dass es für Huijzer & Poot das Beste wäre, wenn Sie dieses Mal improvisierten: die Aktien verkaufen und das Geld so rasch wie möglich überweisen, so dass mein Bruder freikommt.«

»Das glaube ich kaum«, erwiderte Poot und gestattete sich jene Art von selbstgerechtem Altmännerlachen, das jede weitere Diskussion ausschließt.

»Sie wollen mir das Geld also nicht zukommen lassen?«

»Doch, natürlich.« Poots Tonfall war wieder nüchtern, und de Vires' Hoffnung wuchs. »Aber zuerst müssen Sie mir die schriftliche Zustimmung Ihres Bruders beschaffen«, erklärte

Poot ungerührt. »Ich bin mir sicher, dass seine Entführer in diesem Punkt verständnisvoll reagieren werden.«

Damit war das Gespräch beendet.

Marc war außer sich. Wie um alles in der Welt sollte er von einem Verstorbenen eine Unterschrift bekommen?

Natürlich ließen die Iraker ihn, de Vires, in dem Glauben, Constand sei noch am Leben, so dass er die Q-Petrol-Geschichte abschloss, genau wie diese andere Sache, die noch ausstand. Er lächelte. Warum sollten sie ihm dann aber nicht die Unterschrift seines Bruders übermitteln? Jeder Geheimdienst war in der Lage, was auch immer zu fälschen, und ihm selbst war es ohnehin egal, ob die Unterschrift echt war. Hauptsache, sie kam aus dem Irak, so dass Poot sie akzeptieren konnte. Er beschloss, seine Kontaktpersonen in Bagdad anzurufen, um völlig unbedarft um Constands Unterschrift zu bitten. Er kannte den Mann zwar nicht, aber hin und wieder gab es einen telefonischen Kontakt.

In dem Moment, als er nach dem Hörer griff, klingelte das Telefon.

»Zwei Seelen, ein Gedanke«, erwiderte de Vires barsch, nachdem er die dunkle, glatte Stimme vernommen hatte.

»Hallo, alter Junge.«

De Vires stutzte angesichts des kameradschaftlichen Tons.

»Ich wollte dich an unser Treffen in zehn Minuten im Euro Pub erinnern«, sagte der Mann. »Ich sitze in der Ecke, klar?«

Und bevor de Vires seine Bitte bezüglich der Unterschrift vorbringen konnte, hatte der Mann am anderen Ende der Leitung bereits aufgelegt.

Im Café auf der anderen Seite des Platzes saßen jede Menge korrekt gekleidete Mitarbeiter der Firmen, die am Dam niedergelassen waren. Die Stimmung war gut, gerade so, als wäre bereits Feierabend.

De Vires steuerte die Ecke ganz am Ende des Raums an und sah sich um. Niemand hier glich einer Person mit irakischem Hintergrund. In diesem Moment klingelte hinter Marc das Münztelefon. Noch ehe der erste Ton verklungen war, hatte er abgenommen.

Diesmal war ein anderer Mann am Apparat. Soweit de Vires informiert war, handelte es sich um einen Funktionär mit mehr Handlungsbefugnis.

»Ich weiß, was Sie denken, Herr de Vires. Sie glauben, Ihr Bruder sei tot. Und das war der Sinn der Sache. Aber ich kann Ihnen versichern, dass er am Leben und in den besten Händen ist.«

»Aha.« De Vires runzelte die Stirn. Das mochte die Wahrheit sein, aber das Gegenteil war genauso gut möglich. Die Aussage setzte ihn dennoch außer Gefecht.

»Kann ich mit ihm sprechen?«

»Ich rufe nicht aus dem Irak an, das muss also auf ein andermal verschoben werden.«

»Und warum dann dieses Theater? Warum sollte ich hierherkommen?«

»Sie werden abgehört.«

»Wer außer Ihnen sollte daran Interesse haben?«

»Die CIA. Peter de Boer hat den Amerikanern erzählt, wir hätten Ihren Bruder in unserer Obhut. Können Sie mir verraten, woher Peter de Boer das weiß, Herr de Vires?«

Scheiße, Scheiße, Scheiße, dachte de Vires nur. Da hatte diese verdammte Nicky Landsaat doch noch Gelegenheit gehabt zu schwatzen. Sie hatte seinen Computer durchforstet und von der Geschichte mit Constand erfahren, und dann hatte sie ihr Wissen an Peter de Boer weitergegeben. De Vires schüttelte den Kopf. Nicky Landsaat, verbündet mit Peter de Boer. Das hätte er sich denken können.

Er riss sich zusammen. »Warum fragen Sie noch? Ich gehe

davon aus, dass Rahman längst schon Bericht erstattet hat, über Nicky Landsaat, die ich als Kindermädchen für meinen Neffen angestellt hatte und die meinen Computer durchforstet hat.« Er spürte, wie ihm heiß wurde. »Was sollte ich denn tun? Irgendwer muss verdammt noch mal auf den Jungen aufpassen, solange ihr seine Eltern eingesperrt habt.«

Für einen kurzen Moment flogen de Vires' Gedanken zu Dennis, den er am Morgen allein zu Hause zurückgelassen hatte. Wohl war ihm nicht dabei, aber er hatte keine andere Wahl gehabt.

»Die Amerikaner sind ausgesprochen interessiert daran, Ihren Bruder in die Finger zu bekommen. Das heißt, eigentlich sind sie das nicht wirklich, aber sie sind daran interessiert, dass Ihr Bruder dichthält. Er weiß offenbar eine Menge über die Leute, die wir in Salah ad-Din interniert haben, und es wäre ihnen sehr recht, wenn davon so wenig wie möglich zu uns durchdringt.« Er lachte. »Deshalb hören die Amerikaner Ihr Telefon ab, um mitzubekommen, wie sich die Situation entwickelt. Jetzt glauben sie also, dass Ihr Bruder tot ist. Alles Weitere hat sich damit erübrigt. *Exit America.*«

Das war eine wirklich sonderbare Geschichte, so sonderbar und abstrus, dass sie vermutlich sogar stimmte.

»Und das Rendezvous hier? Ist das Arrangement nicht etwas merkwürdig?«

»Zwei alte Freunde, die sich in einem Pub treffen? *Come on*, nicht alle Amerikaner sind Einstein.«

»Alte Freunde?« De Vires schüttelte angewidert den Kopf.

»Es versteht sich von selbst, dass Sie über unser Telefonat Stillschweigen bewahren, nicht zuletzt, weil wir gestern Nachmittag Ihre Schwägerin, Anna de Vere, freigelassen haben. Wir haben ihr mitgeteilt, dass ihr Mann hingerichtet wird und dass sie sich von ihm verabschieden soll. Anschließend wurde sie zu einem Militärflughafen gebracht.

Im Augenblick ist sie per Schiff unterwegs nach Guam, gemeinsam mit einigen anderen bedeutungslosen Personen, die für die Amerikaner gearbeitet haben, darunter auch ein paar Dutzend Internierter aus Salah ad-Din. Es wirkt sich auf die internationalen Beziehungen positiv aus, wenn man dann und wann ein paar Menschen freilässt, verstehen Sie. Vor allem, wenn es sich um Europäer oder Amerikaner handelt.«

De Vires drückte sich den Hörer noch fester ans Ohr. »Und ich soll Anna in dem Glauben lassen, dass Constand tot ist, wenn ich mit ihr rede?«

»Ganz richtig. Sobald sie in Guam ankommt, wird sie den Amerikanern gegenüber Constands Tod bestätigen können, und wir können ohne die Amerikaner im Nacken in aller Ruhe weitermachen, nicht wahr?«

»Wie kann ich wissen, ob ihr Constand nicht tatsächlich hingerichtet habt?«

»Wissen können Sie das natürlich nicht. Aber Sie werden schon bald einen Beweis erhalten! Jetzt wird erst einmal das Q-Petrol-Projekt zum Abschluss gebracht, und dann wenden wir uns der eigentlichen Aufgabe zu. Danach bekommen Sie Ihren Bruder zurück.«

»Ich weiß, dass Peter de Boer die Q-Petrol-Sache abschließen kann.« De Vires war jetzt kurz angebunden. »Ich rechne damit, dass er jeden Moment mit dem Bericht aufkreuzt. Aber ich wüsste doch zu gern, was Sie glauben lässt, dass Peter de Boer die andere Aufgabe lösen kann, wo doch sogar schon Rahman und andere Ihrer Leute versagt haben?«

»Ganz einfach: die Notwendigkeit, dass es gelingen muss, und Glück. Zwei Gebiete, auf denen Peter de Boer Experte ist.«

»Und wenn es ihm doch nicht gelingt?«

»Dann haben wir getan, was wir konnten. Am Ende kommt

Ihr Bruder frei, und Peter de Boer erlebt eine Fahrt in Rahmans Kühlwagen – wie auch immer die Sache ausgeht.«

Rahman saß ihm mit gerunzelter Stirn gegenüber, er wirkte finsterer denn je.

Was er de Vires soeben berichtet hatte, war äußerst beunruhigend: Nicky Landsaat lebte und war auf freiem Fuß.

De Vires gab sich erst gar keine Mühe, seinen Ärger zu verbergen. »Was Aayed getan hat, ist absolut unverzeihlich! Du trägst die Verantwortung für alles, was Aayed tut, das ist dir doch wohl klar?«

Rahman sah ihn mit unbewegter Miene an. »Wir sind gerade ihrer Adresse auf der Spur.«

»Was heißt das?«

»In ihrer Geldbörse haben wir ein paar Quittungen gefunden. Sie hatte bei De Bijenkorf Kleidung gekauft, und eine der Verkäuferinnen, eine gewisse Bernadette Swart, kannte Nicky Landsaat von früher, hieß es.«

»Diese Bernadette Swart könnte ja vielleicht Nickys Adresse kennen, aber ihr wisst nicht, wo sie sich gerade befindet, stimmt's?«

Für einen kurzen Moment senkte Rahman den Blick. »Ja, stimmt. Aber wir wissen, wo sie heute Abend um halb neun ist. Sie nimmt mit einer der anderen Verkäuferinnen draußen in Geuzenveld an einem Kochkurs teil.«

De Vires schaute auf die Uhr.

Rahman nickte. »Sobald wir Nicky Landsaats Adresse haben, fahren wir hin und schließen die Angelegenheit ab.«

»Jetzt ist es siebzehn Uhr. Wir sollten nicht so lange warten. In vier Stunden kann sie über alle Berge sein.«

Er starrte Rahman an, doch der zuckte nur die Achseln.

De Vires hätte am liebsten alles hingeschmissen. Aber es blieb ihm nichts anderes übrig, als zumindest das Q-Petrol-

Projekt über die Bühne zu bringen. Soweit er es beurteilen konnte, war das wenigstens überschaubar.

Mit dieser Sache, mit der sich Peter de Boer auf Anweisung seiner Auftraggeber anschließend befassen sollte, verhielt es sich nämlich anders. Sie war diffus, unsicher, schwierig und lag schon mehrere Jahre zurück. Einige Leute hatten sich bereits daran versucht, ohne Ergebnis. Warum sollte es also ausgerechnet Peter de Boer gelingen?

Und jetzt hatte Nicky Landsaat nicht nur einen Mordanschlag überlebt, sie war obendrein auch noch buchstäblich vom Erdboden verschwunden. Er schüttelte den Kopf. Warum sollte sie nach allem, was sie durchgemacht hatte, ihre Wohnung noch einmal aufsuchen? Und welchen Schaden konnte sie dort, wo sie nun war, anrichten?

Wirklich, Probleme gab es mehr als genug. Nicht zuletzt mit diesem aufmüpfigen Kerl, der letzten Endes am längeren Hebel saß, nämlich dem Hebel des Muchabarats.

»Ich habe den starken Verdacht, dass Nicky Landsaat für Peter de Boer arbeitet«, sagte er. »Frag bei Christie nach, was man dort über sie weiß.«

»Das kann ich nicht.«

»Was soll das heißen?«

»Peter de Boer hat Thomas Klein, Linda Jacobs, Rob Sloots und noch etliche andere vor die Tür gesetzt.«

»Und was ist mit dem Hausboot in der Plantage Muidergracht? Gibt es dort nicht Kopien von allem, zum Beispiel auch von den Personalakten?«

»Vielleicht wäre es ganz gut, wenn Sie hin und wieder einmal Nachrichten hören würden.«

Marc konnte dieses überhebliche Lächeln Rahmans nicht ausstehen. »Was soll das heißen?«

»Auf dem Schiff hat es gebrannt.« Rahmans Lächeln verschwand, und seine Augen zeigten wieder ihren typischen kalten Ausdruck. »Ich schlage also vor, dass wir bis heute Abend stillhalten und dann tun, was zu tun ist. In der Zwischenzeit habe ich meine Leute auf die Wohnungen von Rien ten Hagen, Peter de Boer und Thomas Klein angesetzt. Ich gehe davon aus, dass Sie nichts dagegen einzuwenden haben?«

37

Peter saß gedankenverloren im Wohnzimmer. Fast vier Stunden waren vergangen, seit Nicky empört durch den Garten davongestürzt war. Er selbst war in einem Strudel widerstreitender Gefühle gefangen, die alle um diese junge Frau kreisten.

Er zog den Vorhang ein wenig auf und ließ den Blick über den Platz gleiten. Der dunkelhäutige Mann in natogrünem Militärmantel auf der gegenüberliegenden Seite beobachtete ungeniert Peters Haus. Inmitten all der vorüber eilenden Passanten stand er auffällig reglos bei den Fahrradständern vor dem Schlüsseldienst an der Ecke zur Grote Houtstraat.

Vielleicht ist es ihnen nur recht, wenn ich weiß, dass sie mich beobachten, dachte er. Aber er konnte sich eines unguten Gefühls nicht erwehren.

Als Peter den Blick langsam weiterwandern ließ, fiel ihm ein dunkelhäutiger Mann mit Oberlippenbart auf. Er lehnte zwischen zwei Schaufenstern an der Hauswand und tat so, als läse er Zeitung. Eine Viertelstunde später war alles unverändert. Da beschloss Peter, das Haus auf demselben Wege zu verlassen wie Nicky.

Ein paar Minuten später trat er aus dem Café, marschierte einmal um den Block und dann weiter zu seiner Garage in der Smedestraat.

Thomas Klein wohnte so, wie es zu einem Mann seines Standes und seines Einkommens passte: Üppige Stuckornamente schmückten das Mauerwerk der Villa, die Fassade war in gedeckten Farben frisch gestrichen, und im Vorgarten standen sorgfältig beschnittene exotische Bäume. Bereits von außen wirkte alles demonstrativ edel. Im Laufe der Zeit hatten sich nicht wenige Liebhaber davon beeindrucken lassen.

Matthijs Bergfeld sollte wahrscheinlich die Vollendung seiner Träume darstellen, vermutete Peter. Doch diesen Wunsch würde er ihm vermasseln.

Er parkte hinter dem Haus und grüßte eine gepflegte ältere Dame, die ihr winziges Hündchen ausführte.

»Sagen Sie, was um alles in der Welt wollen diese beiden Ausländer hier?«, sagte die Dame und lächelte Peter an. »Marschieren ums Haus, als würde es ihnen gehören.«

Vorsichtig spähte Peter um die Hausecke.

Hinter schräg parkenden Limousinen standen zwei Männer mit Oberlippenbart und unterhielten sich leise.

Peter zog sich wieder zurück.

Thomas Klein brauchte einen Augenblick, um sich von Peters unerwartetem Auftauchen zu erholen.

Ohne ihm in die Augen zu sehen, bat er Peter ins Wohnzimmer und forderte ihn auf, sich zu setzen. Dann schenkte er sich einen dreifachen Whisky ein, trank das Glas in einem Zug leer und goss sich sogleich nach.

Nach außen entspannt ließ er sich Peter gegenüber auf einem Sessel nieder. Beide musterten sich eine ganze Weile, bis Thomas Klein schließlich das Schweigen brach.

»Das war wirklich ein ganz erfrischendes Komplott«, sagte er mit süffisanter Stimme und nahm noch einen Schluck. »Zugegeben, es war ein ziemlicher Schock, als du uns rausgeschmissen hast, Peter, aber keine Sorge, wir haben uns schnell wieder sortiert.« Mit regungsloser Miene berichtete er dann, wie Rob Sloots vorgeschlagen hatte, sich zu einer Lagebesprechung in ihrem Stammlokal De Vergulde Gaper zu treffen.

Sie waren zu dem Schluss gekommen, dass nichts Weltbewegendes passiert war. Denn was genau konnte Peter de Boer ihnen schon anhaben? Sie hatten immer noch Marc de Vires hinter sich, und der hatte Peter de Boer vollständig in der Hand. Nein, im Grunde hatte sich gar nichts verändert. Sie waren im Besitz aller wichtigen Firmenunterlagen, ganz zu schweigen von den Strategieplänen für eine große, unabhängige Zukunft.

Erst als Karin van Dam völlig aufgelöst ins Lokal gestürzt kam, hatten sie begriffen, wie groß und dunkel Peter de Boers Schatten war.

»Zur Hölle mit dir, Peter!« Kleins Lider hingen schwer über den Pupillen. Sein Anblick war erbärmlich, Peter empfand bei aller Verachtung fast Mitleid mit ihm.

Eine Stunde ließ Peter ihn reden, und Thomas Klein nutzte die Gelegenheit. Ohne noch ein Blatt vor den Mund zu nehmen, verlieh er seinem Hass unverhohlen Ausdruck, seinem Hass auf Peters Prinzipien, dessen Zynismus und die beinharte Geschäftsmoral. »Jeden Einzelnen von uns hast du lächerlich gemacht, und nicht nur einmal, Peter, und das, obwohl die Firma ohne uns nie zu dem geworden wäre, was sie war und ist. Irgendwann hielt uns nur noch das Geld bei der Stange.« Er lachte in sein Glas. »Und rate mal, wer uns zu denen gemacht hat, die wir heute sind?«

Peter nickte. Kein Zweifel, er war immer ein sehr direkter Chef gewesen, hatte seinen Mitarbeitern enorm viel abverlangt. Die Firma konnte sich keine Fehler leisten, und darum auch keine Mitarbeiter, die Fehler begingen. Dafür bekamen sie alle Spitzengehälter.

Als Thomas Klein schließlich geendet hatte, fühlte sich Peter regelrecht erlöst. Trauer und Mitleid waren verschwunden, viele Fragen hatten sich plötzlich geklärt. Dann konzentrierte er sich wieder auf den Anlass seines Überraschungsbesuchs. »Warum ist Matthijs nicht bei dir?«, fragte er.

Ein Zucken seines Mundes verriet, wie sehr Klein die Frage irritierte. »Er war heute Nacht nicht zu Hause. Vielleicht …«

Plötzlich sah er Peter scharf an. »Du musst wissen, dass Matthijs bei all dem nicht mitgemacht hat. Es besteht also kein Grund, ihn zu bestrafen, klar?«

Peter hielt Kleins Blick stand. Er ließ seinen ehemaligen Mitarbeiter das Glas austrinken, nach der Flasche greifen und sich erneut einschenken.

»Das weiß ich, Thomas«, sagte er dann mit klarer Stimme. »Ich weiß es, weil Matthijs mein Mann ist.«

Kleins Glas blieb an seiner Unterlippe kleben.

»Ja, du hast richtig gehört. Matthijs arbeitete für mich, und das von Anfang an. Ich habe ihn angeheuert, um dich im Auge zu behalten. Ich wollte wissen, was bei Christie so vor sich geht. Er hat seine Arbeit sehr gut gemacht.«

Thomas Klein wurde kreidebleich, aber Peter sprach unbeirrt weiter. »Er hat mich auf dem Laufenden gehalten. Über alles. Er hat mir von deinen Sexreisen erzählt und von deiner wachsenden Menschenverachtung. Stell dir vor, ich war bestens informiert.«

Klein lächelte gequält und hob langsam den Kopf, der puterrot geworden war. »Das ist eine gottverdammte Lüge, du Schwein! Matthijs liebt mich.«

»Matthijs hat Sex mit dir gehabt, Thomas, das ist etwas anderes. Was glaubst du, wie viel mich jeder einzelne Blowjob gekostet hat?« Und das war die Wahrheit. Seit seiner Einstellung gut ein Jahr zuvor war Matthijs Bergfeld der am besten bezahlte Mann in der Firma gewesen.

Mucksmäuschenstill saß Klein da. Ein begabter Mann, der es gewöhnt war, die Menschen in seiner Umgebung blitzschnell zu analysieren. Er schürzte die Lippen und atmete langsam aus, als könnte er damit das Gehörte von sich fernhalten.

»Und jetzt ist Matthijs verschwunden, Thomas«, fuhr Peter kühl fort. »Er hat sich in Luft aufgelöst. Hast du dafür vielleicht eine Erklärung?«

Klein hob die buschigen Augenbrauen und legte den Kopf in den Nacken, fast so, als überlegte er, ob er sofort zum Angriff übergehen oder erst noch einen Schluck trinken sollte.

»Marc de Vires hat die SIM-Karte aus dem Handy geklaut, über das Matthijs den Kontakt zu mir gehalten hat. Verstehst du, was das heißt, Thomas?«

Kleins Augenbrauen hoben sich noch ein Stückchen mehr.

»Matthijs hat sich unfreiwillig gegenüber de Vires entlarvt. Deshalb habe ich ihm gesagt, dass er bei Christie im Dachgeschoss bleiben soll. Da war er vergangene Nacht, Thomas, und jetzt ist er weg. Keiner weiß, wo er ist, aber wir haben sein Handy unten bei Klaas' Boot gefunden. Du hast natürlich keine Ahnung, wo er sein könnte?«

Klein fasste sich an den Hinterkopf und massierte sich den Nacken. Dann fing er unvermittelt zu schluchzen an, heftig, aber nahezu lautlos. Es war erbärmlich. Er starrte Peter an und wandte den Blick ab.

»Ich fürchte, er ist tot, Thomas.« Peter sah ihn mitleidlos an. »Du hättest deine schmutzigen Geschäfte besser selbst erledigen sollen.«

Touché. Es hatte zwar immer wieder Fälle gegeben, bei denen eine der Parteien vor die Hunde ging, auch einen Selbstmord in den eigenen Reihen hatte es schon gegeben. Doch Klein hatte niemals Gnade walten lassen. Wie hatte er damals gesagt: »Wenn sich jemand umbringt, beweist das doch nur, wie schwach er war. Und damit völlig ungeeignet, für unsere Firma zu arbeiten. Dafür kann man uns doch nicht verantwortlich machen, Peter.« Damals hatte Peter nicht widersprochen.

Klein hörte plötzlich auf zu schluchzen und griff sich an die Brust. Er rang nach Luft, sein Gesicht verzog sich wie unter starken Schmerzen. Ein Ruck ging durch seinen Körper, sein Kopf neigte sich nach rechts, und der Mund stand offen. Überrascht riss er die Augen auf, dann kippte sein Kopf zur Seite.

Der Tod ist ein launischer Geselle, genau wie das Leben, dachte Peter. Er wollte sich räuspern, aber seine Stimmbänder ließen ihn im Stich. Er hätte noch so viele Fragen an Thomas gehabt.

Erst das Handyklingeln ließ Peter wieder auftauchen. Er sah auf die Uhr, es war kurz nach acht. Nicky war am Apparat, und ihre Stimme klang anders als sonst.

»Peter, du musst sofort zu mir kommen, bitte«, flehte sie. »Kommst du?«

38

Kaum hatten die Leute von der Spurensicherung die Wohnung verlassen, begann Nicky, am ganzen Körper zu zittern. Eine Bahre, ein weißes Laken, ein Umriss – das war Mille gewesen, ihre jüngste Schwester.

Sie starrte auf die beiden vor ihr liegenden Püppchen. Bald würde es Abend werden und das Jadeauge seinen Glanz verlieren. Die Einsamkeit würde sie einholen. Sie strich über das struppige Kokoshaar und glättete das Kleidchen mit dem seltsamen blauen Muster, in das ihre Mutter den Namen der Puppe gestickt hatte.

Dann hob sie beide Püppchen behutsam hoch und ließ sie zum sanften Rhythmus der Worte tanzen.

Komm, kleiner Schmetterling, schwing dich hinauf,
Tanz vor mir her, bring mich zur Ruh.
Lass mich frei atmen und träumen.
Lass uns zusammen fliegen
Durch die Zeit, die uns beiden gegeben ist.

Sanft wie Schmetterlinge landeten die Puppen auf der Kante des Küchentischs, direkt neben den fünf Pillen, die sie dem Kriminalbeamten unbemerkt weggenommen hatte. Sie ließ die Puppen los und faltete die Hände, aber ein Gebet wollte ihr nicht einfallen.

Sie stand noch immer unter Schock. Sie hatte nicht hinreichend auf Mille aufgepasst – und jetzt war ihre kleine

Schwester tot. Und was die Sache noch schlimmer machte: Sie hatte den Verdacht auf einen Mann gelenkt, der nun wegen Mordes verhaftet werden würde. Er mochte ein Schwein sein, aber an Milles Tod trug er keine Schuld.

Sie ließ den Kopf sinken. Nein, sie war keinen Deut besser als die anderen. Wie konnte sie sich da erlauben, Peter de Boer zu verurteilen? Ganz gleich, welche Sünden er in seinem Leben begangen hatte – sie sollte doch nur nicht so tun, als sei sie unfehlbar.

In diesem Augenblick der Erkenntnis fühlte sie sich einsamer denn je. Ihr Blick fiel wieder auf die Pillen vor ihr auf dem Tisch. Sie musste sich nur noch entscheiden.

»Hör zu, Nicky, *bunga saya*«, ermahnte sie sich dann, »das ist nicht dein Weg. Du hast nichts zu befürchten. Denk an die Worte deiner Mutter: Die Zeit ist wie ein Gummiband. Wenn es so weit ist, reißt es von selbst.«

Zärtlich streichelte sie die Püppchen. »Ihr lieben Püppchen, wovor habe ich Angst? Davor, Gefühle zu zeigen und Peter de Boer anzurufen, um ihm die Gelegenheit zu geben, mir alles zu erklären? Wie verrückt ist das denn!«

Endlich zog sie ihre schmutzigen Sachen aus und steckte ihre Klamotten in die Waschmaschine. Dann duschte sie lange, öffnete das Fenster, um zu lüften, trocknete sich ab und kehrte entschlossen ins Wohnzimmer zurück.

Sie wählte die Nummer des Hauses in Haarlem, aber er nahm nicht ab. Dann fiel ihr ein, dass Peter ihr eine neue Handynummer gegeben hatte. Wo hatte sie die bloß notiert? Sie seufzte tief. Der Zettel steckte in der Gesäßtasche der Hose, die gerade in der Waschmaschine rotierte!

Sie dachte nach. Als es an der Tür klingelte, zuckte sie zusammen und fuhr erschrocken herum. Sie schlüpfte in ihren Morgenmantel und öffnete.

»Du hast mir das Leben gerettet.«

Verschwitzt und zerzaust stand Didi vor ihr. Seine Pupillen waren klein, die Wirkung des Stoffs ließ bereits nach.

»Wenn die Flasche wirklich vergiftet war, Nicky, dann habe ich dir mein Leben zu verdanken. Wenn du sie mir nicht aus der Hand geschlagen hättest, wäre ich jetzt tot.« Er nahm die Lederkappe ab. »Nicky, ich … du, also … ich bin dir echt was schuldig.«

Sie schüttelte den Kopf.

»Du kannst von mir verlangen, was du willst.« Er setzte die Kappe wieder auf und rückte das darin steckende Messer zurecht.

»Sag mir lieber, ob Frank Mille und Bea gezwungen hat, Roofies zu nehmen«, sagte sie.

»Das werfen doch alle ein.«

»Kannst du mir was besorgen?«

»Klar. Gib mir fünf Minuten.«

Sie sah ihn durchdringend an.

»Wie viele willst du?«

»Vergiss es, Didi. Ich hab selbst genug.«

Am Ende der Jansstraat, die das Haarlemer Zentrum durchschnitt, fuhr Nickys Taxifahrer rechts heran und schaltete den Taxameter aus. »Wenn ich warten soll, kostet das fünfundzwanzig Gulden im Voraus.«

Es war ungefähr Viertel nach sechs, als sie zum zweiten Mal an diesem Tag in Peters Wohnzimmer stand. Wieder hatte sie den Weg durch das Café gewählt, und Peter hatte ihr ja zum Glück einen Schlüssel gegeben.

In Peters Haus war es dunkel und still, nur die Wanduhren tickten. Sie setzte sich ins Arbeitszimmer und wartete. Vieles hier erinnerte sie an ihre Mutter. Die Muster der Teppiche, die Schnitzereien der Möbel, die vielen exotischen Gegenstände an den Wänden. Die Weissagung fiel ihr ein, und plötzlich brach sich mit den Tränen alles, was sich angestaut hatte, Bahn. Und so hörte sie nicht, dass jemand hereinkam. Erschrocken fuhr sie zusammen, als sich eine Hand auf ihre Schulter legte.

Rien stellte keine langen Fragen. »Was ist passiert«, sagte er nur und hörte ihr einfach zu.

Irgendwann unterbrach er sie. »Komm mit nach oben«.

Die abgestandene Luft und der Gestank nach Urin setzten Nicky schwer zu, obwohl Rien sie gewarnt hatte.

Er machte Nicky mit seiner Mutter bekannt, die ihr einen Platz auf einem kleinen Schemel anbot.

Nicky setzte sich und sah die ausgemergelte Frau im Rollstuhl unverwandt an. Kaum zu glauben, dass sie einmal Peters Geliebte gewesen war.

Nicky entschuldigte sich vielmals, dass sie sich Marie ten Hagen so aufdrängte. Dann erzählte sie ihr vom Grund ihres Besuches in diesem Haus. Anfangs hörte Marie ihr aufmerksam zu, aber als Nicky von Kelly de Boers Selbstmord sprach und gestand, dass Rien ihr von Peters Verhältnis zu Marie berichtet hatte, da verschloss sich Marie ten Hagens Miene.

»Vielleicht finden Sie, dass mich das alles nichts angeht, Frau ten Hagen«, fuhr Nicky fort. »Aber Sie kennen meine Geschichte nicht. Vielleicht tröstet es Sie, dass auch ich viel Trauer und Schmerz erfahren habe und dass mein Gewissen in der letzten Zeit mit Dingen belastet wurde, um die ich nicht gebeten habe.«

Die magere Frau hob vorsichtig die Kaffeetasse an die schmalen, trockenen Lippen. »Was wollen Sie eigentlich von uns?«

Nicky wartete, bis die Tasse wieder sicher auf dem Nachttisch stand.

»Peter steckt in großen Schwierigkeiten«, erklärte sie dann und beobachtete ihr Gegenüber genau.

Marie ten Hagen zuckte nicht mit der Wimper, dafür meldete Rien sich zu Wort. »Niemand kann Peter für Kellys Selbstmord verantwortlich machen, aber der Tod seiner Eltern könnte ihn in Schwierigkeiten bringen.«

»Jaaps und Christines Unfall? So ein Quatsch. Nicht nach so vielen Jahren.« Spöttisch sah Marie Nicky an. »Das ist vierundzwanzig Jahre her.«

»Vierundzwanzig Jahre?«

»Ja. Die Sache ist verjährt.«

»Es sei denn, Peter gesteht«, wandte Rien ein.

»Gute Güte, kann die Sache denn nicht endlich ruhen?«, rief Marie und knetete ihre knöchernen Hände.

Rien schreckte hoch und sah seine Mutter erstaunt an. Und auch Nicky hatte den Eindruck, dass hinter diesem Wunsch etwas anderes steckte. Marie ten Hagen hatte noch mehr zu verbergen.

Rien nahm Maries Hand. »Jetzt bring es doch ein für alle Mal hinter dich. Ich weiß doch, dass du mir bisher nicht alles erzählt hast.«

In ihrem Gesicht spiegelten sich Empörung und Ratlosigkeit. Dann rief sie: »Meine Lebensversicherung? Willst du mir meine Lebensversicherung nehmen, Rien? Wer kümmert sich um mich, wenn Peter es nicht mehr tut?«

»Was soll das heißen, Mutter, ›meine Lebensversicherung‹? Ich bin auch noch da, Mutter, ich kümmere mich um dich, das verspreche ich dir«, sagte er und drückte ihre Hand. »Aber du musst endlich mit der Sprache herausrücken. Von welcher Art Lebensversicherung sprichst du da?«

Eine Weile schwiegen alle drei. Schließlich bat Marie ten Hagen ihren Sohn, sie zu einem kleinen Sekretär zu schieben. Unter größter Kraftanstrengung öffnete sie den Deckel, fegte einen ansehnlichen Haufen Zeitungsausschnitte auf den Boden und zeigte dann auf eine kleine, unscheinbare Klappe in der Schreibfläche.

Rien öffnete sie und steckte tastend die Hand in das Geheimfach. Dann zog er ein Stück Papier hervor: eine vergilbte Rechnung.

Die Rechnung stammte von Kuipers Autowerkstatt irgendwo im Norden Haarlems und war ausgestellt auf den Namen Jaap de Boer. Ganz unten stand der Gesamtbetrag, und daneben war vermerkt: *Bremsflüssigkeit und Benzin aufgefüllt, Datum und Unterschrift*.

»Bitte schön!« Marie klang bitter. »Ich hätte sie verbrennen sollen.«

»Was soll das heißen?« Rien las die Rechnung noch einmal durch.

Marie starrte leer in die Luft. »Die Rechnung ist vom selben Tag, an dem der Unfall passierte. Was gibt es da noch zu sagen? Peter hat die Bremsflüssigkeit aus dem Wagen gelassen, weil er wollte, dass sein Vater verunglückt, aber Jaap hatte das Problem auf dem Weg nach Alkmaar offenbar bemerkt und einen Mechaniker gebeten, nachzusehen. Jaap war ein äußerst wachsamer Mann. So einfach ist das.«

Nicky schüttelte den Kopf. »Das verstehe ich nicht. Peters Vater hat die Bremsflüssigkeit auffüllen lassen, nachdem Peter sie abgelassen hatte?«

»Ja.«

»Und wieso sind sie dann verunglückt?«

»Das wissen die Götter. Peters Schuld war es jedenfalls nicht.« Marie ten Hagen richtete den Blick auf das Fenster. »Aber ich wollte nicht, dass er das erfährt. Denn solange er glaubte, er sei für ihren Tod verantwortlich, und solange er wusste, dass auch ich das wusste, konnte er mich nicht vor die

Tür setzen! Auch nicht damals, als er diese Amerikanerin angeschleppt hat.«

Sie begann, sich im Rollstuhl hin und her zu wiegen. »Wenn Peter erfährt, dass ich das all die Jahre vor ihm verheimlicht habe, steckt er mich ins Pflegeheim.« Ihr Wimmern klang wie das eines verletzten Tieres. »Ich will nur noch sterben«, jammerte sie. »Hörst du, Rien? Du bringst mich jetzt um. Das hast du mir versprochen.«

Rien nahm ihre Hände in seine und streichelte sie. Dann versuchte er, sie mit Worten zu beruhigen. Nicky ertappte sich dabei, wie sie ein Anflug von Neid beschlich angesichts von so viel Zärtlichkeit.

»Eine Sache noch«, sagte Nicky und sah Rien an. »Von euch hat nicht zufällig jemand Peters alte Handynummer?«

Der Taxifahrer fand, er hätte deutlich länger gewartet, als dass fünfundzwanzig Gulden dafür ausgereicht hätten.

»Hören Sie«, sagte Nicky, »Sie können heute Abend mit ein paar weiteren Fahrten rechnen. Ich mache Ihnen einen Vorschlag: Sie nehmen das hier und geben mir später zurück, was Ihrer Meinung nach übrig ist.«

Verblüfft sah er auf die vier Zweihundertfünfzig-Gulden-Scheine und vergaß beim Losfahren, den Taxameter einzuschalten.

Am nördlichen Rand Haarlems, wo die Stadt jeglicher Atmosphäre und jeglichen Charmes entbehrte, fanden sie das Gebäude, in dem sich vierundzwanzig Jahre zuvor die Autowerkstatt befunden hatte. Jetzt diente es als Werkzeuglager und war verschlossen, und zwar nicht nur vorübergehend – so schmutzig, wie die Fensterscheiben waren.

»Warten Sie hier«, sagte Nicky zu dem Taxifahrer und stieg aus.

Die lange Reihe von Werkstattgebäuden würde bald anderen, zeitgemäßeren Bauten weichen, so viel war klar. Immerhin gab es noch einen Reifenhandel, eine Gießerei und diverse Garagen, die alle weit offen standen und den Blick freigaben auf allerlei Artikel aus Metall und in deren Chaos sich wohl nur Experten zurechtfanden.

»Sie haben aber lange geöffnet heute!«, rief sie einem älteren Mann in braunem Kittel zu, der über den Hof kam.

»Kuipers Autowerkstatt, die mal hier war, können Sie mir sagen, was aus der geworden ist?«

»Kuiper?« Mit der ölverschmierten schwarzen Hand wischte er sich über die Stirn. »Da müssen Sie da rüber.«

Er zeigte auf ein paar Gebäude ein Stück die Straße weiter.

Das Gebäude war beeindruckend, gut vierzig Meter lang, und hinter einigen Fenstern brannte trotz der späten Stunde noch Licht.

»Wir haben geschlossen!«, rief von drinnen eine Stimme, als Nicky die Türklingel betätigt hatte.

»Ich möchte nichts kaufen!«, rief Nicky zurück.

Ein paar Minuten stand Nicky so da und fragte sich ein ums andere Mal, was sie hier eigentlich machte und wieso sie nicht einfach wieder ging.

Sie konnte Peter doch die Rechnung zeigen. Was gab es dazu noch zu sagen? Oder zweifelte sie selbst immer noch?

Als sie gerade gehen wollte, stand der Mann vor ihr. Er war um die sechzig, und dem Namensschild an seinem Revers zufolge handelte es sich um den Inhaber des Betriebs: K. Kuiper.

Wortlos nahm er die Rechnung entgegen und betrachtete sie reglos. Es war, als legte sich ein Schatten über sein Gesicht. Mit düsterem Blick gab er Nicky das Papier zurück. »Ja, daran kann ich mich sehr gut erinnern.«

Nicky lief ein Schauer über den Rücken. »Wirklich?«, stammelte sie.

»Wer sind Sie?« Seine dunkelbraunen Augen wirkten freundlicher als sein Ton.

»Wer ich bin?« Nicky atmete tief durch. »Ich liebe den Mann, er sich die Schuld am Tod seiner Eltern gibt: Jaap de Boer und seine Frau. Die beiden kamen in dem Auto ums Leben, bei dem Sie an jenem Tag die Bremsflüssigkeit aufgefüllt hatten.«

Er nickte. »Jaap de Boer und seine Frau. Ich erinnere mich gut. Hab am nächsten Tag in der Zeitung von dem Unfall gelesen.«

»Warum können Sie sich so gut daran erinnern, Herr Kuiper?«

»Weil diese Rechnung überhaupt nicht hätte abgeschickt werden sollen und weil mich der Unfall leider nicht wirklich überraschte.«

»Was soll das heißen?«

»Als ich von dem Unfall erfuhr, dachte ich, es wäre sinnlos, die Rechnung zu schicken. Ich meine, wer hätte sie denn bezahlen sollen? Meine Frau hat aber darauf gedrängt, sie ist in solchen Sachen immer so korrekt.« Er lächelte. »Na, wie dem auch sei, ich habe die Rechnung geschickt. Und ich erinnere mich daran, weil sie sogar bezahlt wurde.«

Nicky sah die verbitterte Miene einer ausgemergelten Frau vor sich und nickte.

»Jemand muss die Post angenommen haben, der auch bereit war, die Rechnung zu bezahlen, da beschwere ich mich natürlich nicht. Aber weil es weder Herr de Boer noch seine Frau gewesen sein können, habe ich mich damals ziemlich gewundert. Daher weiß ich das noch so genau.«

Nicky wunderte sich nicht. Marie ten Hagen hatte das Geheimnis bewahren können, indem sie einfach die Rechnung beglich. Und sie gut versteckte. »Sie sagen, der Unfall hat Sie nicht wirklich überrascht. Warum? Stimmte etwas mit dem

Wagen nicht? Also, abgesehen von der fehlenden Bremsflüssigkeit?«

»Nein, nein. War alles in bester Ordnung. Das war der schönste und gepflegteste Wolseley, den ich je gesehen hatte. Er war hervorragend in Schuss.«

»Was war es dann?«

»Die ganze Begegnung war unangenehm. Der Mann bedrängte mich, dass ich mich sofort um den Wagen kümmern soll. Und als ich mich dann an die Arbeit machte, standen die beiden in der Werkstatt und stritten sich die ganze Zeit. Aber wie. So laut und so vulgär, dass ich zwischendurch dachte, die gehen sich gleich an die Gurgel.«

»Sie stritten sich?«

»Ja, daran erinnere ich mich genau. Der Mann war der Frau untreu gewesen, und sie schäumte vor Wut. Außerdem haben sie sich über ihren Sohn gestritten. Und das ging so weiter, als sie losfuhren. Der Mann saß am Steuer, und die Frau schlug ihm beim Verlassen des Hofes ins Gesicht. Vielleicht hat sie ihm ins Steuer gegriffen, dort auf der Einfallstraße nach Alkmaar. Würde mich nicht wundern.« Er schüttelte den Kopf. »Und dass der Wagen in die Luft ging, lag nahe, schließlich hatte ich ihn randvoll getankt, und das ist bei einem solchen Auto nicht wenig Sprit.«

Nicky hatte das Gefühl zu schweben. Peter war kein Mörder! Marie hatte in all den Jahren erfolgreich ihr Wissen missbraucht, um ihn in der Hand zu haben.

Nicky lächelte. Kaum war sie in ihrer Wohnung angekommen, zog sie den Zettel aus der Tasche, auf den Marie ten Hagen mit krakeliger Schrift Peters alte Handynummer notiert hatte. Doch sie wählte wieder vergebens.

»Mist, Mist, Mist«, fluchte sie und zog die zerknitterte Hose aus der Waschmaschine. Sie fischte Peters Zettel aus der

Gesäßtasche, faltete ihn behutsam auseinander und versuchte, die verwaschenen Zahlen zu entziffern, um sie zu vergleichen.

Eine Ziffer nach der anderen tippte sie ein. Nach etlichen Versuchen hatte sie endlich Glück.

Sie hörte ihm sofort an, dass etwas nicht stimmte.

»Peter, was ist los?«, fragte sie.

Er nahm mehrere hilflose Anläufe, sich zu räuspern.

»Wo bist du?«

»Bei Thomas Klein.«

»Bei Thomas? Peter, du musst sofort zu mir kommen, bitte«, flehte sie. »Kommst du? Ich muss dir etwas Wichtiges sagen. Komm ganz schnell her, ja?«

Dann setzte sie sich an den Küchentisch und dachte nach. Die Polizei war informiert, das ganze Haus, ja, die ganze Straße wusste Bescheid. Peter war auf dem Weg zu ihr, und Didi hatte gesagt, er würde aufpassen wie ein Schießhund. Zur Sicherheit hatte sie die Tür zur Feuerleiter unverschlossen gelassen. Also konnte sie sich doch sicher fühlen?

Voller Vorfreude zündete sie überall Kerzen an, schob dann die Betten im Schlafzimmer ihrer Eltern zusammen und bezog sie frisch.

39

Peter nahm Abschied von Thomas Klein, der friedlich in seinem Sessel saß, wie vermutlich viele andere übergewichtige Lebemänner mittleren Alters, die von einem Moment auf den anderen starben. Er beschloss, an die guten Zeiten zu denken und die schlechten zu vergessen.

Die beiden Typen standen immer noch bei den geparkten Autos.

»Guten Abend«, sagte er, als er an ihnen vorbeiging, und tippte sich zum Gruß mit zwei Fingern an die Stirn.

Die beiden antworteten mit einem Nicken und wandten ihm gleichgültig den Rücken zu, während er in eine Seitenstraße verschwand und Sekunden danach mit Vollgas in die Stadt raste. Wenige Minuten später betrat er das heruntergekommene Haus, in dem Nicky wohnte, nahm die abblätternde Farbe an den Wänden wahr, die Gerüche. Und genauso seine eigene innere Unruhe, die die bevorstehende Begegnung mit Nicky in ihm auslöste.

Kaum hatte er geläutet, öffnete Nicky ihm die Tür. Sie hatte das Haar hochgesteckt und trug einen safrangelben Sarong sowie ein rotes, besticktes Oberteil, das einen Streifen ihres nackten Bauches freigab. Er war vollkommen überrumpelt von ihrer zarten Weiblichkeit. Vor ihm stand eine ganz andere Frau als die vorlaute Göre, die er wenige Wochen zuvor bei Christie N.V. eingestellt hatte. Hinreißend war sie, anmutig und schön. Ein Gefühl, dem Heimweh ähnlich, traf ihn mitten ins Herz.

»Danke, dass du gekommen bist«, sagte sie.

Sie führte ihn ins Wohnzimmer, setzte sich neben ihn auf das Sofa und begann so genau wie möglich zu erzählen, was in den Stunden zuvor geschehen war. Es kostete sie einiges an Kraft, zwischendurch nicht in Tränen auszubrechen, doch ihr war klar, dass sie Peter so rasch und so präzise wie möglich über alles in Kenntnis setzen musste. Ihre Ausführungen endeten damit, dass sie Peter anvertraute, welchen Verdacht sie bezüglich Marc de Vires' Leuten hegte.

Doch Peter fiel es schwer, sich darauf zu konzentrieren, immer wieder fiel sein Blick auf ihren Mund und ihre mandelförmigen Augen, in denen man am liebsten sofort versinken wollte.

Oh Gott, was habe ich nur getan, das Leben dieser Frau zu gefährden. Das ist alles meine Schuld, dachte er und legte eine Hand sanft auf ihre Schulter.

Ihre Blicke begegneten sich.

Peter spürte, wie ihm heiß wurde. »Nicky, es tut mir so unendlich leid, dass du nach all den Strapazen jetzt auch noch deine Schwester verloren hast. Was kann ich nur für dich tun?«

Nicky schüttelte den Kopf, und ein paar Strähnen lösten sich aus der Haarspange. Sie reichte ihm das Blatt Papier, das vor ihr auf dem Tischchen lag.

Peter überflog die Rechnung. Datum, Text und Name des Empfängers – alles schien sich geradezu aus dem Papier herauszulösen und auf ihn zuzufliegen. Und augenblicklich stiegen die Gefühle von damals wieder in ihm auf. Kleine Schweißtröpfchen traten auf seine Stirn.

»Peter? Ist alles in Ordnung mit dir?«

Er nickte. Aber in Wahrheit drehte sich ihm schier der Magen um. Der Augenblick, in dem Vergangenheit und Zukunft aufeinandertrafen, sich die Hand reichten, schien Ewigkeiten zu dauern. Die Rechnung segelte zu Boden. Peter schloss die Augen und ließ die Bilder im Geiste Revue passieren.

Schließlich brach Nicky das Schweigen und erzählte ihm von Marie ten Hagens Geständnis und von dem bemerkenswerten Gedächtnis des Werkstattbesitzers, der sich noch sehr genau an den heftigen Streit seiner Eltern erinnerte. Peter war fassungslos.

»Peter, war deine Mutter eigentlich immer so impulsiv?«

Peter versuchte, sich zu erinnern. Das war eine schwere Frage. »Meine Mutter kam mit der Zeit, mit den veränderten Umständen nicht zurecht«, sagte er. »Und der Frust darüber hat sich in einem Gefühl permanenter Wut und Ohnmacht geäußert.«

Peter sah Nicky an. Wie großzügig von dieser jungen Frau, ihm diese Einsicht zu schenken, noch dazu am vermutlich schlimmsten Tag ihres Lebens. Kaum auszudenken, in welcher Gefahr sie geschwebt hatte, und dann obendrein noch der Tod ihrer geliebten Schwester! Und da stand sie nun mit dem größten Geschenk, das ein Mensch ihm hätte machen können: mit der Erlösung in Form einer Rechnung und diesem wunderbaren, selbstlosen Lächeln.

Mit den Fingerspitzen wischte er ihr sanft die Tränen weg, und plötzlich war alles ganz leicht, ganz selbstverständlich. Als er Nicky zärtlich aus ihrem Sarong schälte, fiel sein Blick auf die Striemen am Hals. Dann zog er sie ganz eng an sich heran, und wie in einem eingeübten Tanz fanden ihre Körper zueinander, fast so, als habe man sie allein zu diesem Zwecke geschaffen. Nickys Augen ließen ihn nicht mehr los. Diese Augen, dunkel, bodenlos und voller Leidenschaft, waren die unsichtbare Macht, die Peters Begehren ins Unermessliche steigerte, und zusammen mit der Gewissheit, dass Nicky es genauso empfand, ließen sie sich fallen in einen Liebesakt, in dem sich alle Gefahr, alle Schuld, alles Leid und Verderben, die Vergangenheit und die Gegenwart auflösten in einer Explosion aus Wärme, Tiefe, Liebe und Glück.

Als Peter aus ihrer Umarmung erwachte, fiel sein Blick auf Nickys wunderschönen Körper, ihre hohe Stirn, die dunklen Wimpern, die Brust, die sich mit jedem Atemzug hob und senkte. Und während er noch nach dem Begriff suchte für das Gefühl, das er so lange schon entbehrt hatte, konnte er nichts anderes denken als: Ja.

Vorsichtig erhob er sich schließlich vom Sofa und ging ins Bad. Er stellte sich in die kleine Duschkabine und ließ lauwarmes Wasser über sich laufen. Langsamer als sonst seifte er sich ein, und in Gedanken versunken sah er dem Schaum nach, der rotierend im Ablauf verschwand.

Objektiv betrachtet gab es nicht viel nachzudenken. Nicky war schön und intelligent und in ihn verliebt – konnte man sich mehr wünschen?

Als Peter ins Wohnzimmer zurückkehrte, streckte Nicky die Hand nach ihm aus und zog ihn zu sich. »Bin ich eingeschlafen?«, fragte sie und öffnete die Lippen. Der Kuss war weich und kühl und verheißungsvoll.

So lagen sie eine Weile da und träumten mit offenen Augen.

»Woran denkst du?«

»Ich träume davon, in deinem schönen Haus in Haarlem mit dir im Bett zu liegen und zum Dom hinüberzusehen. Siehst du es auch vor dir, Peter? Kannst du die Kirchenglocken hören?«

»Ich sehe nur deine Augen, Nicky. Und ich höre keine Kirchenglocken, sondern ein Gamelan-Orchester.« Er legte seine Hand an ihre Wange. »Nicky! Wenn ich an uns beide denke, dann sehe ich uns ganz weit weg von Haarlem und dem Leben hier.«

»Ganz weit weg? Du meinst: Indonesien?«

»Ja.«

Ihr warmer Atem roch ganz süß. »Gehst du mit mir dahin?«

Er atmete tief durch. Ob er mit ihr dahin ginge? Er streichelte ihren Rücken. Nichts würde er lieber tun, aber … »Nicky. Ich bin viel zu alt für dich.«

Sie schob ihn auf Armeslänge von sich weg.

»Nicky. Du bist siebenundzwanzig und ich fast fünfzig.«

»Passt doch perfekt.«

Er schüttelte den Kopf, bis sie die Hand an seine Wange legte und die Bewegung stoppte.

»Peter, das hat doch nichts mit Mathematik zu tun. Wir zwei sind füreinander bestimmt, glaub mir. Das hat ein Dukun auf Seram vorausgesagt, noch bevor wir beide geboren wurden.«

»So, so. Ein Dukun!« Mit Unbehagen erinnerte er sich an das längst vergessene Wort.

Sie strich seine gerunzelte Stirn glatt. »Lass uns zusammen wegfahren! Hier hält uns doch nichts. Du trägst nicht die Schuld am Tod deiner Eltern, und für den Tod deiner Frau wird dich auch niemand verantwortlich machen können. Was also hindert dich daran, bei Marc de Vires anzurufen und ihm zu sagen, dass er von jetzt an allein klarkommen muss?«

Für einen kurzen Moment war Peter durchaus versucht, Nickys Vorschlag zu überdenken. Dann schüttelte er wieder den Kopf. »Du weißt genau, dass ich das nicht kann«, sagte er dann. »Ich muss auch noch an andere denken.«

»Wen meinst du denn genau?«

»Marie. Rien. Ich habe Rien sehr schlecht behandelt. Und ich muss das Projekt zu einem Abschluss bringen.«

Seltsamerweise protestierte sie nicht. »Ich denke an Dennis, de Vires' Neffen«, sagte sie nach einer Weile.

»Ja, genau, den gibt's auch noch.«

»Glaubst du, er wird seinen Vater wiedersehen, wenn wir deine Arbeit hier abschließen?«

»Wir?«

Sie nickte.

»Ich weiß es nicht.«

»Und gibt es keine Alternative? Können wir nicht die Polizei einschalten? Oder das Außenministerium oder die CIA?«

»Ich glaube kaum, dass das Rien oder Dennis helfen würde.«

Sie sah ihn lange an. »Dir ist schon klar, dass wir jetzt Partner sind, Peter, oder?«

»Partner?« Was für ein beunruhigend altmodisches, viel zu vertrauensvolles Wort.

Sie stand auf, nahm den Telefonhörer und reichte ihn Peter. »Hier! Ruf Rien an und erzähl ihm alles. Und dann solltest du dich ihm erkenntlich zeigen. Alles, was heute passiert ist, hast du Rien zu verdanken, Peter. Ohne Rien hätte Marie mir niemals die Rechnung gegeben.«

Als Peter schließlich nach dem Telefon griff, war Nicky klar, dass er sich tatsächlich durchgerungen hatte, reinen Tisch zu machen. Umstandslos begann er das Telefonat mit der Bitte um Vergebung. Er bat seinen Halbbruder um Verzeihung für alles, was er ihm angetan hatte, wohl wissend, dass er nach allem, was war, wohl kaum damit rechnen konnte, dass Rien ihm vergab. Am anderen Ende der Leitung herrschte Schweigen. Peter schloss die Augen. Es fiel ihm nicht schwer, sich in Rien hineinzuversetzen. Weshalb sollte der ihm auch verzeihen? Umso erstaunter war er über den tiefen Seufzer Riens. Und tatsächlich hörte er durch das Telefon die Worte, mit denen er niemals gerechnet hatte: Ja, Rien war tatsächlich in der Lage, einen Schlussstrich unter alles zu ziehen. Ob er, Peter, diese Größe gehabt hätte? Inmitten eines Strudels widerstreitender Gefühle machte vor allem eines sich breit: Respekt. Ja, er empfand tiefen Respekt vor der Größe, die sein Bruder bewies.

»Hast du heute Abend schon deine Medizin bekommen, Rien?«, fragte Peter ihn betont sachlich, auch wenn seiner Stimme noch anzumerken war, wie sehr ihn dieses Gespräch berührte.

»Ja, der Arzt ist vor zehn Minuten gegangen.«

»Bist du allein?«

»Mutter schläft. Sie ist sofort nach Nickys Weggang eingeschlafen.«

»Rien, hör zu. Ich möchte dir die Firma überlassen.«

»Wie meinst du das?«

»Du bekommst die Firma. Ich schenke dir Christie. Du führst die Firma weiter. Keine Sorge, ich helfe dir dabei, aber sie gehört dir.«

Peter schielte zu Nicky hinüber.

Und während ein sprachloser Rien zu begreifen versuchte, was für einen unglaublichen Streich ihm das Leben da gerade spielte, küsste Nicky Peter zärtlich auf den Hals und schlich dann auf Zehenspitzen zur Dusche.

»Wir sprechen später darüber.«

»Danke«, stammelte Rien und legte auf.

Peter saß mit dem Hörer im Schoß da und starrte ins Leere. Er fühlte sich so frei wie vielleicht noch nie in seinem Leben, und er genoss den Augenblick.

Er zuckte zusammen, als es plötzlich heftig an die Wohnungstür hämmerte. Einen Augenblick später ging die Badezimmertür auf, und Nicky war auf dem Weg, die Wohnungstür zu öffnen.

Der Typ vor der Tür sah ihr zwar nicht ähnlich, aber Peter zweifelte dennoch keine Sekunde. Das musste Henk sein. »Henk!« Mehr schaffte sie nicht zu sagen, da stieß er sie auch schon rückwärts in den Flur.

»Sag mal, bist du eigentlich noch ganz sauber, Nicky?«, schrie er. »Rennst rum und erzählst allen, Vater hätte Mille kaltgemacht?« Ohne Vorwarnung stieß er sie gegen die Wand, Peter konnte sie gerade noch auffangen.

»Und wer bist du, du Arschloch?« Henk stierte Peter an, ließ blitzschnell die Hand in der Hosentasche verschwinden und fuchtelte im nächsten Augenblick mit einem ausgeklappten Rasiermesser vor Peters Gesicht herum. »Hast du dafür gesorgt, dass die Schlampe so einen Scheiß über unseren Vater verbreitet?«

Dann versetzte er auch ihm einen so heftigen Stoß, dass Peter über die Schwelle stolperte und schwer atmend in die Küche taumelte.

Sein Blick fiel auf Nicky, und es war nicht auszumachen, ob seine oder Henks Wut größer war.

»Dir werd ich's zeigen«, zischte Henk.

Im selben Augenblick aber bekam Peter den kleinen Küchentisch zu fassen, riss ihn mit einer schwungvollen Bewegung herum und schleuderte ihn gegen Nickys Bruder. Gleichzeitig packte Nicky die Figur aus Zedernholz neben dem Spiegel und ließ sie auf den Hinterkopf ihres Bruders hinuntersausen.

Lautlos sackte Henk in sich zusammen, und Peter zerrte den Bewusstlosen hinaus ins Treppenhaus.

Wenig später saß Nicky in den Sarong gewickelt auf der Couch. Ihr Atem beruhigte sich nur langsam. »Peter, wir müssen weg von hier. Bitte. Lass uns gemeinsam gehen.«

»Ja, Nicky, das verspreche ich dir. Wir gehen sobald wie möglich. Lass mich noch ein paar Dinge erledigen, bleib hier und öffne niemandem die Tür, hörst du?« Mit diesen Worten nahm er sie kurz in den Arm, schnappte sich seine Klamotten, zog sich an und ging. Nicky schloss zweimal hinter ihm ab.

Es regnete in Strömen.

Peter marschierte direkt auf die nächste Seitenstraße zu, wo er sein Auto abgestellt hatte. Der Überfall dauerte keine fünf Sekunden: Henk und ein weiterer Mann hatten ihn von hinten gepackt, zu Boden gedrückt und begannen, ihn mit Fäusten und Füßen zu traktieren. Peter rollte sich zusammen, um ihnen so wenig Angriffsfläche wie möglich zu bieten. Er sah nur noch glänzende Pflastersteine.

Plötzlich schrie Henk auf. Peter hob vorsichtig den Kopf. Wie aus dem Nichts waren zwei weitere Gestalten aufgetaucht, die dafür sorgten, dass die beiden Angreifer keine fünf Sekunden später keuchend und halb bewusstlos neben ihm auf dem Kopfsteinpflaster lagen.

Verwirrt sah Peter zu den dunklen Männern auf, die ihm jetzt auf die Beine halfen. Eine Sekunde lang konnte er sein Glück kaum fassen – doch dann begriff er. Der Geruch nach Knoblauch und billigem Aftershave half ihm auf die Sprünge.

Die beiden waren nicht Randolph Fischers Männer, sondern Rahmans.

Der eine Typ tippte eine Nummer in sein Handy. »Holt uns am Waterlooplein ab. Die anderen bringen wir auch mit. Keine Ahnung, welche Rechnung die mit de Boer offen hatten, aber das finden wir schon noch raus.«

40

Lange noch saß Rien regungslos in seinem Zimmer, nachdem er das Telefonat mit Peter beendet hatte.

Er wollte verstehen, was ihm da gerade widerfahren war, wollte die neue Wendung, die sein Leben nahm, begreifen und die über Jahre hin aufgestauten Gefühle neu ordnen.

Peter hatte ihn um Verzeihung gebeten und ihm sein Lebenswerk vermacht. Damit würden zwar sicher viele Verpflichtungen einhergehen, aber er hatte das Gefühl, dass sich schon alles finden würde.

Wie oft hatte er das Foto angeschaut: dieser stolze Mann mit den breiten Schultern. Kaum vorstellbar, wie völlig anders die Welt für Rien ausgesehen hätte, wenn Willem ten Hagen sein Vater gewesen, wenn er nach Hause zurückgekehrt wäre.

Rien ging hinüber ins Zimmer seiner Mutter. Dort lag sie, die Traumfrau des gehörnten Willem ten Hagen, und wälzte sich in ihrem leichten Schlaf von einer Seite auf die andere.

Er beugte sich über sie. »Peter war selbst ein Opfer«, flüsterte er. »Genau wie ich. Und du, Mutter, du allein trägst die Schuld. Du hast unser Leben zerstört. Begreifst du das eigentlich?«

Mühsam schlug sie die Augen auf. Darin war kein Glanz mehr, eher die Ahnung des Todes.

Rien erwartete keine Antwort. Marie ten Hagens Leben war eine Aneinanderreihung von Verrat, Untreue und falschem Spiel gewesen. Nein, eine Antwort auf seine Frage erwartete er wirklich nicht.

Aber etwas anderes interessierte ihn nun noch brennend: »Du warst es doch, die dafür gesorgt hat, dass Kelly Selbstmord beging, stimmt's, Mutter?«

Statt einer Antwort schloss sie die Augen wieder und presste die Lippen zusammen. Nach einer Weile bemerkte Rien, wie eine Träne über ihre Wange lief.

Seltsam, warum er ihr – statt seiner Wut, Enttäuschung und Empörung freien Lauf zu lassen – die Träne einfach fortwischte.

»Heute hat Peter mich ›Bruder‹ genannt«, flüsterte er. »Er hat mir seine Firma vermacht, Mutter. Begreifst du irgendetwas von dem, was ich sage?«

Sie schüttelte langsam den Kopf.

»Er hat mich ›Bruder‹ genannt, aber das bedeutet nicht, dass ich Jaap de Boer zum Vater haben möchte, verstehst du? Das will ich nicht! Ich werde nicht zulassen, dass Willem vergessen wird.«

Er betrachtete wieder den weißen Mann, der sein Vater war. »So lange ich lebe, werde ich dafür sorgen, dass die Erinnerung an Willem ten Hagen bestehen bleibt. Ich habe immer gehofft, dass er eines schönen Tages auftauchen würde. Er ist mein Vater. Er ist der Mann, der dich liebte und der auf dem Weg zu uns nach Hause ertrank.«

»Rien …« Ihr matter Blick schien um Verzeihung zu bitten, aber er ignorierte ihn.

»Mutter: Was hattest du mit Kelly de Boers Selbstmord zu tun?«

Sie wand sich, knetete die Finger. »Ich? Wieso ich? Was konnte ich denn dafür, dass sie meine Tagebücher gelesen hat?« Sie stieß die letzten Worte hervor und schlug mit geballten Fäusten auf ihre Decke.

Ihn schauderte.

»Ihr dürft mich nicht wegschicken, Rien, hörst du? Ich will

sterben. Und ihr habt versprochen, mir dabei zu helfen, Peter und du.«

Sie wimmerte, und ein Zucken ging durch ihre Beine.

Rien wandte sich ab, es war kaum zu ertragen: Hatte sie es tatsächlich übers Herz gebracht, dieser Frau ihre intimen Tagebücher zuzuspielen?

»Dann helfe ich mir eben selbst.« Mit diesen Worten richtete Marie sich auf und stopfte sich plötzlich eine Handvoll weiße Tabletten in den Mund.

»Was zum Teufel machst du da!«, schrie Rien und schlug nach ihrer Hand, so dass einige der Tabletten kreuz und quer durchs Zimmer flogen. Er packte ihr Gesicht und presste ihre Kiefer auseinander, bis die Tabletten schon halb aufgelöst über Maries Kinn liefen.

Dann zog Rien die oberste Schublade ihres Nachttisches auf. Sie war randvoll mit braunen Pillendöschen.

»Du hättest dir die ganze Zeit selbst helfen können!«

»Bitte, Rien, ich werde dir alles erklären«, schluchzte sie.

»Dann fang doch am besten mal mit Kelly an.«

Sie zuckte zusammen, als der Name fiel.

»Ich schwöre dir, ich habe Kelly nie Anlass zur Feindschaft gegeben. Aber irgendwann wollte sie mich loswerden und behandelte mich einfach schlecht. Darum erinnerte ich Peter an die Sache, mit der ich ihn in der Hand hatte, so einfach war das. Ich verlangte von ihm, dass er Kelly in ihre Schranken wies und dass er wieder mit mir ins Bett ging. Damals sah ich noch anders aus als jetzt, und Peter fügte sich. Und glaub ja nicht, dass er das widerwillig tat«, fuhr sie nach einer kurzen Pause fort. Sie bebte am ganzen Körper. »Aber es dauerte nicht lange, da hatte ich selbst dafür keine Kraft mehr.«

Sie streckte die Hand nach Rien aus, aber diesmal nahm er sie nicht. Ihre Beichte sollte nicht in Mitleid erstickt werden.

»Genau wie Peter. Er zog seine stützende Hand zurück, als

er begriff, wie wehrlos ich war, und überließ Kelly zu Hause wieder das Kommando. Und die Hexe führte sich schlimmer auf als je zuvor.« Maries Augen blitzten boshaft. »Kelly hasste ihr Leben, und sie hasste Holland. Eines Tages dann, als Peter mal wieder für ein paar Tage verreist war und ich mich ausnahmsweise im Wohnzimmer aufhielt, habe ich die Tagebücher halt neben den Kamin auf den Boden gelegt.«

Rien schwieg.

»Sie hat sie am nächsten Morgen gefunden. Oh Gott, hat sie geschrien. Ich dachte, jetzt bringt sie mich um. Aber herauf kam sie nicht.« Sie zog an ihrer Decke. »Nein, herauf kam sie nicht.«

Als sie geendet hatte, ließ Rien sie mit ruhiger Stimme wissen, dass er nicht vorhabe, sein Versprechen einzulösen. Der Tod solle kommen, wenn es so weit war, und ohne sein Mitwirken. Er würde sich die Finger nicht schmutzig machen. Dann leerte er den Inhalt der Nachttischschublade in eine Plastiktüte und nahm alles mit.

Fünf Minuten später sah er noch einmal nach ihr. Reglos, aber mit geöffneten Augen, lag sie im Bett.

Er ging nach unten. Er spürte jetzt, dass ihn nichts mehr hielt, er war frei. Eine Rückkehr in sein altes Leben war keine Option mehr. Er hatte sich verändert. Und Peter hatte ihm eine Zukunft geschenkt – vorausgesetzt, er würde diese Geschichte überleben. Früher hätte er keinerlei Bedenken gehabt, die damit verbundene Verantwortung zu übernehmen. Jetzt aber erfüllte ihn die Vorstellung, in Peters Fußstapfen zu treten, mit größtem Respekt. Christie N.V. und Peter. Ließ sich das überhaupt trennen?

Bisher waren weder Erwartungen noch Versprechungen formuliert worden, aber Rien musste jetzt rasch seine Gedanken ordnen und Pläne machen. Vor allem aber musste er reinen Tisch machen, es blieb ihm nichts anderes übrig. Denn hätte er, Rien, Marc de Vires nicht betrogen, wäre Peter für Marc de Vires nicht erpressbar gewesen.

Rien setzte sich an Jaap de Boers alten Schreibtisch. Schon bald würde er ein reicher Mann sein, dann könnte er seine Schulden bei de Vires begleichen. Zwar würde der Schweinehund das Geld nicht annehmen wollen, aber das war jetzt zweitrangig. Das Wichtigste war, dass Peter ungeschoren davonkam, Peter – sein Bruder.

Er griff zum Telefon und wählte die Nummer seines ehemaligen Chefs. Er warf einen Blick auf die Uhr, Peter würde sicher gleich auftauchen.

Seltsamerweise war Huijzer nicht zu Hause, was seine Frau trotz der späten Stunde freundlich bedauerte. Rien wählte eine andere Nummer und wartete angespannt.

Er hätte lieber mit Huijzer geredet als mit Poot.

Poot selbst ging an den Apparat, er klang schlaftrunken. Rien entschuldigte sich für den späten Anruf.

»Habe ich mich nicht deutlich genug ausgedrückt, Herr ten Hagen? Wir – möchten – definitiv – nichts – mehr – mit – Ihnen – zu – tun – haben!«, fauchte Poot. »Niemals, haben Sie verstanden?«

Rien atmete tief durch. »Ich habe das Geld aufgetrieben und möchte es gerne zurückzahlen.«

Eine ganze Weile blieb es still in der Leitung. Zögernd fuhr Poot fort. »Ich bin nicht befugt, mit Ihnen über die Sache zu reden. Aber Marc de Vires hat mir gegenüber Liquiditätsprobleme angedeutet. Vielleicht nimmt er Ihr Angebot an, allerdings müssen Sie das mit ihm selbst besprechen. Huijzer & Poot hat eine Vereinbarung mit M'Consult unterschrieben, wonach unsere Firma nichts mehr mit der Sache zu tun hat. Also bitte halten Sie mich da raus. Guten Abend.«

Langsam legte Rien den Hörer auf die Gabel. Marc de Vires brauchte Geld. Interessant.

Zum ersten Mal seit Wochen gab es für ihn einen kleinen Hoffnungsschimmer. Ihm stand bald ein festes Einkommen ins Haus, die Medikamente schienen langsam anzuschlagen, und weder de Vires noch diese verdammten Iraker wussten, wo er sich derzeit aufhielt. Aber wenn Marc de Vires sich einschaltete, konnten sich die Vorzeichen ganz schnell ändern. Es war absolut notwendig, dass Rien von nun an die Bedingungen formulierte, insbesondere, was die Rückzahlung der Schulden anging.

Er ballte mehrfach die Hände zu Fäusten und feuerte sich selbst an, dann wählte er die nächste Nummer.

De Vires nahm das Gespräch persönlich entgegen.

Rien trug sein Anliegen kurz und knapp vor, er musste sich vorsehen, nicht über sein Handy geortet zu werden. Marc de Vires hörte schweigend zu. Erst als Rien ihm Zins und Zinseszins anbot, wenn de Vires im Gegenzug Peter und ihn ab sofort in Ruhe ließe, bequemte sich de Vires zu reagieren.

»Ich denke darüber nach, Rien ten Hagen«, sagte er. Und das klang so erdrückend gleichmütig, dass bei Rien sämtliche Alarmglocken schrillten. »Sag mal, Rien, wo bist du eigentlich gerade?«, fuhr de Vires dann ungewohnt freundlich fort. »Wir haben dich die letzten beiden Tage vermisst.«

Rien beendete das Gespräch wortlos und zog den Vorhang zur Seite. Er ließ den Blick über den Domplatz schweifen. Es würde also keinen Deal mit Marc de Vires geben.

In diesem Moment betrachtete er eine erleuchtete Stelle vor der Statue. Wie eine Diva im Rampenlicht stand dort ein Mann und sah direkt zu ihm herauf.

Während Rien einen Satz zur Seite machte, holte der Mann draußen sein Handy aus dem Mantel.

41

Rahman war zufrieden. An diesem Abend kam wirklich alles in Bewegung. Die Teilnahme am Kochkurs war ein voller Erfolg gewesen. Bernadette Swart war eine solche Plaudertasche und so geschmeichelt von Rahmans Aufmerksamkeit, dass sie ihm Nickys Namen ohne zu zögern preisgegeben hatte. Damit war es ein Leichtes gewesen, ihre Adresse in Waltetjes ausfindig zu machen. Genau dort war dann auch Peter de Boer aufgetaucht, und er hatte den Beweis für ihre Allianz. Schließlich hatte sich Rien ten Hagen gemeldet, der sich von de Vires freikaufen wollte. Ihn hatten Rahmans Männer in Peter de Boers Haus lokalisiert.

»Die Schafe sind zusammengetrieben«, erklärte de Vires, der selbstsicher hinter seinem Schreibtisch saß, und Rahman schnaubte. Jetzt musste man nur noch definieren, wer hier zu den Schafen gehörte.

In diesem Moment war im Nebenzimmer ein heftiger Schlag zu hören und dann ein Stöhnen. Rahman erhob sich und öffnete die Tür. Was er zu sehen bekam, war erbärmlich, aber effektiv.

Die schweren, mit Leder umwickelten Knüppel lagen locker in Aayeds und Yasins Händen. Frank, der Surinamer, und der Halbblutmolukke, der behauptete, Nicky Landsaats Bruder zu sein, kauerten mit blutigen Gesichtern und halb bewusstlos am Boden.

Rahman sah zu Peter de Boer. Der wurde von Hamid, dem dritten Handlanger, nun bereits seit einer halben Stunde mit einer Pistole in Schach gehalten, deren Lauf er Peter in den Bauch drückte.

Rahman gab Hamid ein Zeichen und winkte Peter hinüber zu dem Stuhl an Marc de Vires' Schreibtisch, so dass sie sich nun gegenübersaßen.

»Du behauptest also, es war purer Zufall, dass du mit den beiden im Clinch lagst?«, fragte de Vires. »Na, dann kannst du ja von Glück reden, dass wir eingegriffen und ihnen klargemacht haben, dass du unter unserem Schutz stehst.« Er hielt einen Moment inne und sah Peter süffisant an. »Wir haben heute ein interessantes Fax aus Kopenhagen erhalten. Eine Pressemitteilung, die dich sicher mindestens genauso interessieren wird wie uns. Hör zu!«

»Q-Petrol in Dänemark will etwas gegen seine schlechte Reputation bezüglich abgelaufener Lebensmittel in den Regalen der Tankstellen unternehmen. Ich zitiere: ›Q-Petrol führt ab sofort eine Garantieregelung ein: Sollte das Verfallsdatum eines Artikels überschritten beziehungsweise sollte ein Artikel nicht mehr verzehrfähig sein, bekommt der Kunde unbürokratisch, das heißt auch ohne Kassenbon, einen Ersatz oder einen Gutschein, den er unbefristet einlösen kann.‹«

De Vires ließ das Fax sinken. »Deine Informationen stimmen also, und meine Hintermänner sind sehr froh über diese Informationen. Solche Ansagen werden Q-Petrol in ein sehr schlechtes Licht rücken, wenn die verdorbenen Lebensmittel, die wir angepiekst haben, nach und nach auftauchen.«

Rahman sah de Vires in die Augen. Komm zum Punkt, dachte er.

»Das bringt uns zum Thema, Peter«, fuhr er fort. »Wo ist dein Strategieplan? Hatten wir nicht verabredet, dass ich ihn heute bekommen soll?« Er sah auf die Uhr. »Du hast noch zehn Minuten Zeit, aber wer weiß, vielleicht zauberst du dein Konzept ja im letzten Moment aus dem Hut?«

»Ich hätte euch meinen Entwurf mailen können, wenn ihr mich nicht aufgehalten hättet. Ich war auf dem Weg nach Hause«, erwiderte Peter.

De Vires wirkte überrascht. »Du sprichst von einem Entwurf, obwohl du weißt, dass der Plan heute fällig ist?«

»Ich gehe davon aus, dass ihr ein professionelles Konzept erwartet. Das braucht Zeit. Ich liefere nichts Halbfertiges ab.«

Rahman registrierte de Vires' Nicken und streckte Peter de Boer mit einem präzisen Handkantenschlag nieder.

Rahman schüttelte den Kopf. Seine Zweifel verstärkten sich. Zweifel an der Urteilskraft seines Arbeitgebers, an seinen aktuellen Aufgaben und vor allem an Marc de Vires' Entscheidung, Peter de Boer als Problemlöser einzusetzen. Andererseits: Was hätte de Vires sonst machen sollen? Letzten Endes war er sich des Umfangs der Mission ja noch nicht sehr lange bewusst.

Er starrte auf Peter de Boers Rücken, als dieser sich langsam wieder aufrichtete. Da schlug Rahman noch einmal zu, dieses Mal mit der Faust gegen das Schulterblatt.

De Vires fixierte den vornüber sinkenden de Boer mit kaltem Blick. »An dieser Stelle wollten wir dich eigentlich mit einer Dosis Thallium verwöhnen, Peter. Nur ein Quäntchen, um den Ernst der Angelegenheit zu unterstreichen. Dummerweise ist das Fläschchen unauffindbar«, fuhr de Vires fort. »Doch ich würde mich an deiner Stelle nicht in Sicherheit wiegen. Denk nur mal an Matthijs Bergfeld. Das kann alles so schnell gehen. Liege ich recht in der Annahme, dass dein Konzept am Sonntag fertig ist?«

Rahman schlug noch einmal zu.

»Halt dich ran, Peter, wir haben nämlich noch einen anderen Auftrag für dich.«

Marc de Vires rückte seine Schreibunterlage zurecht, umrundete den Tisch und legte die Hand auf Peter de Boers Schulter.

»Muchabarat will was fürs Geld haben, wenn du verstehst, was ich meine?«

De Boer antwortete, indem er die Hand von seiner Schulter schob. Rahman runzelte die Stirn. De Boer war noch lange nicht am Ende. Wenn es nach ihm, Rahman, ginge, würden sie den Holländer hier und jetzt kaltmachen und den nächsten Auftrag sausen lassen. Diesen beschissenen Auftrag, den die Geschehnisse in Bijlmermeer vor vier Jahren ausgelöst hatten …

Die Sache hatte ja während seiner Stationierung in Österreich begonnen, als er von palästinensischer Seite die Informationen zu den mit dubioser Fracht beladenen El-Al-Frachtflugzeugen zugespielt bekommen hatte.

Als er sein Wissen weitergab, schickte man ihn umgehend in die Niederlande, um der Sache nachzugehen, und obwohl seine Nachforschungen ergebnislos blieben, wurde er aufgefordert, dortzubleiben. Die Sache mit den Frachtmaschinen verlief im Sand. Es war einfach nicht möglich gewesen, Beweise für die Informationen zu bekommen.

Richtig interessant wurde es erst ein paar Jahre später, als ein rangniederer israelischer Angestellter des Flughafens in Haifa eines Tages die Frachtpapiere einer El-Al-Frachtmaschine, die zufällig auf seinem Tisch gelandet waren, ein bisschen zu gründlich studierte.

Ein Blick auf die Papiere, und schon griff der junge Israeli nach der Tabelle mit den Codes für Gefahrgut. Sein Finger glitt über die Seite. Er hatte noch nie so viel gefährliches Material auf ein und derselben Frachtliste gesehen. Chemische Kampfstoffe, radioaktives Material, ätzende Substanzen – wohl eher nicht für den privaten Gebrauch.

Er schob einen Stapel Papier auf der Fensterbank beiseite und lehnte sich just in dem Augenblick aus dem Fenster, als der türkisfarbene Streifen der gigantischen Frachtmaschine hinter dem Hangar verschwand, der am weitesten von den Landebahnen entfernt lag.

Er wunderte sich.

Warum war diese Maschine nicht auf einem Militärflughafen gelandet, wie es für Frachtmaschinen mit derart klassifizierter Ladung üblich war?

Er rief den Bruder seines Schwagers an, der Datenlisten für die Flugsicherheit verwaltete und ihm ganz schlicht und plausibel erklären konnte, diese Maschine sei über dem offenen Meer in einen Vogelschwarm geraten und habe deshalb mit Motorproblemen notlanden müssen.

Der Flughafenangestellte überprüfte die Flugroute und stellte fest, dass die Maschine ganz schön herumgekommen war, seit sie in Amsterdam gestartet war. Dann legte er die Listen wieder ab. Gut, dass er bald Feierabend hatte. Wenn die Maschine aus irgendeinem unerfindlichen Grund in die Luft ging, würde man sich eine andere Hafenstadt zur Verschiffung von Apfelsinen suchen müssen. Jegliches Leben in einem Radius von fünfzig Kilometern wäre dann nämlich ausgelöscht.

Nach einer Stunde Fahrt über staubige Landstraßen kam der Mann bei sich zu Hause an. Er erzählte seiner Mutter von der seltsamen Ladung, und ohne zu ahnen, was sie damit auslösen würde, vertraute sie auf dem Balkon der Synagoge ihrer besten Freundin die Geschichte an.

Niemand rechnete an diesem Ort mit Leuten vom Muchabarat. Doch der redselige Flughafenangestellte überlebte das nächste Wochenende nicht – kurz vor dem Autounfall hatte der Muchabarat ihm einige wertvolle Informationen auf bewährte Weise abgepresst.

Die El-Al-Maschine war also in Amsterdam zwischengelandet. Rahman war der Mann in den Niederlanden, der am besten über biologische und chemische Waffen und deren Komponenten Bescheid wusste. Er bekam den Auftrag, ähnliche Transporte aufzudecken und Informationen darüber weiterzuleiten, damit eine für diesen Zweck zusammengestellte, unabhängige, transkontinentale Terrorgruppe sich der Ladung bemächtigen konnte.

Das war keine leichte Aufgabe. Die Behörden am Flughafen Schiphol hatten nämlich etwas getan, was für die Luftsicherheitspolitik eines neutralen Staates ganz und gar unüblich war: Sie hatten El Al einen Sonderstatus eingeräumt. Die israelische Fluggesellschaft hatte einen ganz eigenen, geschlossenen Bereich auf dem Flughafengelände zugeteilt bekommen, und das machte es so gut wie unmöglich, an Ort und Stelle zuzuschlagen.

Später wurde Rahman erklärt, dieser Sonderstatus stamme noch aus der Zeit des Sechstagekriegs 1967, als man eine Versorgungslinie zwischen New York und Tel Aviv via Amsterdam einrichtete. Vor diesem historischen Hintergrund war es den Israelis immer noch möglich, nicht nur Waffen, sondern auch alles mögliche andere unter Umgehung der normalen, strengen Sicherheitsvorschriften zu transportieren. Es waren nicht wenige Bedienstete des israelischen Sicherheitsapparates in der Steuerung des Flugverkehrs beschäftigt.

Aber genau wie in Haifa gab es auch in Schiphol undichte Stellen.

Am frühen Vormittag des 4. Oktober 1992 rief einer von Rahmans Kontakten vom Flughafen an. Er war aufgeregt und erzählte reichlich unzusammenhängend, dass er in den Besitz sehr interessanter Frachtpapiere gekommen war, die bei genauerem Hinsehen ahnen ließen, dass sich an Bord einer ankommenden El-Al-Maschine hundertneunzig Liter Dimethylmethylphosphonat, DMMP, befinden würden, ein wichtiger Bestandteil bei der Herstellung des tödlichen Stoffes Sarin. Der Bestimmungsort dieser Ladung war nicht minder spektakulär: das Institut für Biologische Forschung in Nes Ziona bei Tel Aviv.

Rahman wusste sehr genau, worum es sich bei DMMP handelte, das wussten alle, die je beim irakischen Geheimdienst gearbeitet hatten.

Rahman hatte sich alles sorgfältigst notiert: Dass die Frachtpapiere von einer israelischen El-Al-Maschine stammten, einer Boeing 747, dass die Fracht hundertvierzehn Tonnen wog, dass die Registrierungsnummer 4X-AXG lautete und die Routennummer LY-1862 und dass der Abflug von Schiphol für zirka achtzehn Uhr am selben Tag geplant war. Er hatte also Zeit genug, diese Informationen weiterzugeben, damit die Mitglieder der unabhängigen Terrorgruppe ihren Anschlag vorbereiten konnten.

Der Notlandungsplan, der dann in Kraft treten würde, sah eine Kursänderung über das Markermeer vor.

Alles wirkte ganz einfach. Man hatte präzise Vermutungen bezüglich der Platzierung der Ladung im Flugzeug. Es fehlten also nur noch ein paar routinierte Froschmänner im Wasser, um die Ladung zu bergen.

Aber dann ging die Sache schief.

Denn obwohl alles bis ins kleinste Detail geplant war, hatte niemand mit der Kaltblütigkeit des Piloten gerechnet, der nach Absetzen seines Notrufs aufgrund zweier brennender Triebwerke gute siebzehn Meilen östlich des Flughafens den Kurs zurück übers Land änderte in der Hoffnung, Besatzung und Ladung sicher nach Schiphol zurückbringen zu können.

Um 18:35:35 Uhr Ortszeit ging bei der für Schiphol zuständigen Feuerwehr die Meldung des El-Al-Flugkapitäns ein, dass die Jumbofrachtmaschine abzustürzen drohte.

Wenige Minuten später wurde das Ausmaß der Katastrophe klar. Die Maschine hatte sich frontal in ein Hochhaus im Vorort Bijlmermeer gebohrt.

Augenblicklich herrschte ein Flammeninferno, beißender Rauch erfüllte die Luft.

Wie viele Menschen auf der Stelle tot waren, blieb ungewiss, genauso wie das Schicksal Hunderter Verletzter.

Rahman mobilisierte umgehend seine Leute und stand kurze Zeit nach dem Unglück an der Absturzstelle, an der das totale Chaos herrschte.

Und Rahman wusste es sofort.

Sie waren zu spät. Jemand anderes war ihnen zuvorgekommen.

Rahman ging davon aus, dass nur die Israelis so kurze Zeit nach dem Absturz am Unglücksort hatten sein können. Die Mossad-Agenten im Flughafen waren vermutlich Augenzeugen der sich anbahnenden Katastrophe gewesen. Sicher hatten sie den Kurs der Maschine genau verfolgt. Und hatte man nicht kurz nach dem Absturz diverse Autos ohne Nummernschilder vom Schiphol-Gelände rasen sehen?

Rahman hatte noch eine weitere Theorie, die gar nicht so abwegig war. Angeblich hatten nämlich nicht nur Leute in weißen Schutzanzügen Teile aus dem Wrack eingesammelt, sondern auch ganz normale Bürger, und angeblich war es in den Stunden direkt nach dem Absturz zu Zusammenstößen zwischen den Zivilisten und den Männern in den weißen Anzügen gekommen.

Die Frage war nur, wer diese Bürger gewesen waren und was sie gefunden hatten.

Genau das war Rahmans Mission.

Weder die Regierung in Bagdad noch irgendwelche ihrer Verbündeten bedauerten den Zwischenfall. Dem illegalen Flugverkehr der Israelis war ein für alle Mal ein Ende gemacht worden, und trotz der gescheiterten Aktion kam Rahman ungeschoren davon. Vier Jahre lang arbeitete er unbehelligt, und alles war friedlich. Bis Constand de Vere in Kurdistan gefangen genommen wurde und ein lächerlicher, übereifriger Schreibtischoffizier in der Zentralverwaltung auf die Idee kam, dass Constands in Holland lebender Bruder den Teil der Ladung, der bei dem Absturz nicht zerstört worden war, in den Nahen Osten bringen sollte.

Rahman war skeptisch gewesen. Wie konnte ein solcher Beschluss gefasst werden, wo nicht einmal klar war, ob die Ladung überhaupt noch existierte? Und wenn sie existierte, wieso ging man dann davon aus, dass sie sich noch immer in den Niederlanden befand?

In den vergangenen vier Jahren war eine ganze Reihe guter Leute darauf angesetzt worden, diese Ladung zu finden, und keinem war es bislang gelungen. Und wen hatte man jetzt für diese Aufgabe vorgesehen? Marc de Vires und Peter de Boer. Ausgerechnet!

In diesem Moment trat Aayed in die Tür und sah Rahman fragend an.

»Sollen wir sie kaltmachen oder einfach nur loswerden?«, erkundigte sich Rahman daraufhin bei de Vires.

»Kaltmachen? Nein. Schmeiß sie raus!« De Vires erhob sich und warf einen Blick auf die beiden jämmerlich zugerichteten Gestalten. »Ihr seid jetzt fertig damit, Peter de Boer zu behelligen, oder?«, fragte er.

Die beiden nickten.

»Ich darf davon ausgehen, dass wir uns nicht mehr in Waletjes sehen?«

Kaum waren die beiden Schläger in den Aufzug verfrachtet worden, klingelte Rahmans Handy erneut. Seine Leute in

Haarlem berichteten, sie seien in Peter de Boers Haus eingedrungen und hätten Rien ten Hagen zusammengekauert in einem Schrank im Keller gefunden. Er hätte sie mit einer Pistolenattrappe bedroht, und dafür hätten sie ihm eine Abreibung verpasst. Dann hätten sie ihn mitgenommen und in dem üblichen schallisolierten Raum untergebracht.

Rahman war zufrieden. Alles war nach Plan verlaufen.

Lächelnd wandte er sich zu Peter de Boer um, der regungslos vor sich hin starrte. »Schönen Gruß von Rien ten Hagen. Er macht einen kleinen Urlaub auf unsere Kosten und bittet um Entschuldigung für das Chaos, das er in deinem Keller hinterlassen hat. Ich soll ausrichten, dass er hofft, es eines Tages wieder aufräumen zu können.«

Die Furchen in de Boers Gesicht wurden tiefer.

De Vires rieb sich das Gesicht. »Ja, das hofft er. Dann wollen wir ihn mal lieber nicht enttäuschen, was, Peter? Das setzt aber voraus, dass wir am Sonntag den Q-Petrol-Plan bekommen. Sonst müssen wir Rien leider beseitigen. Ich denke, wir verstehen uns?«

In de Boers Augen blitzte Trotz auf.

»Für Nicky Landsaats Leben würde ich meine Hand auch nicht ins Feuer legen«, fügte Rahman hinzu, und die Wirkung seiner Worte entging ihm nicht. Es funktionierte immer. Jeder Mensch wurde angreifbar, wenn er verliebt war.

De Boer sprang von seinem Stuhl auf, doch Rahman war bereits einen Schritt zurückgewichen.

»Peter«, sagte de Vires. »Setz dich und hör zu, worin dein nächster Auftrag besteht.«

De Vires drückte nervös die Fingerspitzen gegeneinander. Ihm war fast nicht anzusehen, dass seine Welt kurz davor war, zusammenzubrechen. Er war vollkommen darauf angewiesen, dass de Boer sich fügte und den Auftrag erfüllte. Und Rahman wusste das.

»Die Sache ist nicht weiter schwer«, fuhr de Vires fort. »Du sollst etwas finden, was wir verloren haben, und zwar sofort, weil die Leute in Bagdad keine Lust mehr haben, zu warten. Was Nicky Landsaat betrifft, so haben wir mit ihr keine Rechnung offen, solange wir bekommen, was wir wollen. Wenn du so auf sie stehst, kannst du sie gerne miteinbeziehen, aber haltet euch von der Polizei und allen Sicherheitsbehörden fern. Sollten die Amerikaner, allen voran Randolph Fischer, davon erfahren, war's das für euch.

Ihr zwei, und sonst niemand. Ihr habt für beide Aufträge Zeit bis Sonntag.«

42

Nicky öffnete das Fenster zur Straße, holte tief Luft und wischte sich die Tränen aus den Augen. Es war ein harter Tag gewesen, aber jetzt war alles gut, dachte sie und stieß einen leisen Seufzer aus.

Dann huschte ein hoffnungsvolles Lächeln über ihr Gesicht. »Ich liebe dich, und du liebst mich, das weiß ich«, flüsterte sie.

Sie spürte die Schatten, schob die Hand unter den Kimono und legte sie flach auf ihren warmen Bauch. Hier, kleiner Schmetterling, dachte sie. Hier wird schon bald deine Nachfahrin wachsen, und ich werde sie zurückbringen, damit der Kreislauf geschlossen wird.

Sie war noch immer in Aufruhr. Peter war bei ihr gewesen, und mit ihm hatte sie die Ewigkeit gespürt. Sie legte den Kopf in den Nacken und berauschte sich an dem grauweißen Nachthimmel, erhellt von den Lichtern der Stadt.

Konnte ein Mensch auf größeres Glück hoffen?

Ein Moped störte die Ruhe. Eine der Polizeistreifen war unterwegs durch ihre Straße. Sie hielt vor dem Haus. Der Beamte zog sich die Handschuhe aus und sah zur Hausnummer über der Tür. Da wusste Nicky, dass er auf dem Weg nach oben war.

Zu ihr.

»Marlene Landsaat?« Er sah sie fragend an. »Wir haben vor zwei Stunden Ihren Vater aufgegriffen. Ich bin hier, um Ihnen mitzuteilen, dass er den Mord an Ihrer Schwester Elisabeth – genannt Mille – gestanden hat.«

Nicky trat taumelnd einen Schritt zurück, und der Beamte hielt sie am Arm. Es schien ihr den Boden unter den Füßen wegzuziehen.

»Es tut mir leid, wir dachten, es wäre besser, wenn man Sie persönlich informiert. Sie haben einen harten Tag hinter sich.« Mit geschult mitfühlendem Blick sah er sie an. »Gibt es jemanden, der heute Nacht bei Ihnen sein kann?«

Sie schüttelte automatisch den Kopf, riss sich dann aber am Riemen. »Doch ja. Ja, selbstverständlich.« Ihre Stimme klang dünn, und Nicky musste sich erst räuspern, bevor sie ihre Frage stellen konnte: »Er hat gestanden?«

Der Beamte hatte ausgeprägte Augenbrauen. Nicky heftete den Blick an sie und ließ ihn reden.

»Es sieht ganz so aus, als wäre es ein Unfall gewesen. Ihr Vater ist völlig zusammengebrochen, als wir ihm erzählten, was passiert ist.«

»Ein Unfall?«

»Ja. Jedenfalls hatte er nicht vor, Ihre Schwester zu töten, so viel steht fest.« Er zog die Augenbrauen hoch. »Also, die Wahrheit ist die, dass … Also, er wollte nicht Ihre Schwester töten, sondern Sie. Er hat bereits alles gestanden.« Er sah zu Boden, die kräftigen Augenbrauen hatten sich gesenkt. »Er hat Poppers in die Bierflaschen gefüllt. Jede Menge von dem Zeug.«

Nickys Blick wurde glasig, und die Ausführungen des Beamten vom Verhör ihres Vaters drangen wie von weiter Ferne an ihr Ohr.

»Kommen Sie zurecht, Frau Landsaat?«, hörte sie ihn irgendwann fragen. Sie lächelte matt und nickte. Natürlich.

Noch lange nachdem er weg war, stand sie im dunklen Flur und sprach in Gedanken mit sich und den Geistern ihrer

Vergangenheit. Wie ist es möglich, dem Tod, der Liebe, der Angst und dem Glück innerhalb so weniger Stunden zu begegnen?

»Wir alle sind doch Teil von etwas viel Größerem«, flüsterte sie und streckte die Hand aus. Sie spürte, wie leicht sie wurde, von einer unsichtbaren Kraft getragen. »Wasser vom Mond ist etwas, das man nicht bekommen kann. Ich kann mich an dein indonesisches Sprichwort erinnern, liebe Mutter.« Sie lachte und schloss die Hand, als griffe sie nach etwas. Wärme durchströmte sie.

Sie schaltete in der Küche das Licht an und warf einen Blick in die kleine Kammer. Welche Ironie des Schicksals, dass Mille ausgerechnet im friedlichsten Raum der Wohnung gestorben war. Sie schob die Tür ganz auf, strich zärtlich über jede einzelne der Figuren, als würde sie sie nie wiedersehen.

Hier in dieser Kammer war alles, was ihre Mutter im Lauf ihres Lebens zusammengetragen hatte – und jetzt wollte sie, Nicky, all das zurücklassen? Sollte sie wirklich all diese Erinnerungsstücke Bea oder Henk überlassen, obwohl ihre Mutter entschieden hatte, den beiden nichts von alledem zu vermachen?

Dann ging sie in die Hocke und betrachtete die Fliesen, deren Ornamente sich zu dem prächtigsten aller Schmetterlinge zusammenfügten. Noch einmal öffnete sie die Fliese gleich neben der Türschwelle, in der sie den Umschlag ihrer Mutter gefunden hatte. Dieses Mal jedoch stellte sie fest, dass die Schwelle selbst ein wenig locker saß.

Ohne große Mühe ließ diese sich anheben und aus ihrer Verankerung lösen. Verblüfft sah Nicky in einen kleinen Hohlraum im Boden, in dem dicht an dicht vier aufrecht stehende Bücher verstaut waren.

An das erste war am schwierigsten heranzukommen. Es war ein Album mit Fotos, auf denen nur zwei Menschen zu sehen waren: ein kleines Mädchen in einem feinen Petticoat an der Hand seiner Mutter. Nicky und ihre Mutter. Der Anblick tat ihr weh, und die Tränen ließen sich nur schwer zurückhalten. Gleichzeitig aber war es auch ein gutes Gefühl.

Jedes einzelne Foto darin war der Beweis für ein zärtliches und inniges Verhältnis und korrigierte die Annahme, auf der Nicky ihr Leben aufgebaut hatte, die Annahme nämlich, sie sei nicht geliebt worden. Das letzte Bild betrachtete sie besonders lange. Ihre Mutter war immer eine schöne Frau gewesen, mit hohen Wangenknochen und einem hübschen Mund, und trotz der Grobkörnigkeit der Bilder strahlte ihre Schönheit der Betrachterin entgegen.

Nicky schlug das Album zu, zog die anderen drei Bücher aus dem Hohlraum. Jedes einzelne war mit kunstvoller indonesischer Schrift verziert, nur ein Wort, sonst nichts. Nicky konnte es nicht lesen, verstand aber trotzdem sofort, was da vor ihr lag. Ein Album für Henk, eins für Bea, eins für Mille und eins für sie, Nicky. Ein Album für jedes Kind. Mit Fotos, auf denen jedes Kind mit der Mutter zu sehen ist.

Mit einem Mal wurde Nicky wütend. Wütend, weil ihre Mutter die Existenz dieser Alben verheimlicht hatte. Wütend, weil die Mutter all die Jahre bei ihrem Vater geblieben war. Wütend, weil sie ihre Liebe nicht mehr in der gleichen Weise zeigen konnte, als die Kinder größer wurden. Wütend, weil sie selbst so viele Jahre lang nagende Schuldgefühle mit sich herumgeschleppt hatte und weil ihre Mutter nicht in der Lage gewesen war, sie davon zu befreien.

Der Dukun hatte wirklich ganze Arbeit geleistet.

Klopfenden Herzens schlug sie Milles Album auf. Auf den Fotos war ihre Mutter bereits abgemagert, aber ihr Lächeln strahlte noch immer. Sie hielt das kleine Mädchen fest an sich gedrückt, ihre schmalen Finger verflochten sich mit dem glatten, dunklen Haar des Kindes. Man konnte förmlich sehen, wie all ihre Liebe zu diesem Kind hinströmte und wie diese Verbindung gleichzeitig die Quelle ihrer Lebenskraft war.

Der Kloß in Nickys Hals wurde immer größer.

Sie legte die Fotoalben aufgeschlagen nebeneinander und ließ ihren Blick hin und her wandern. Gab es einen Unterschied? Nicky konnte keinen entdecken. Nein, ihre Mutter hatte sie alle geliebt. Bis zu der Zeit, als ihre Kräfte sie verlassen hatten. Davon war Nicky nun zum ersten Mal fest überzeugt.

Verflucht sei der Dukun – das, was ihre Mutter getan hatte, war von Liebe geprägt. Liebe im Rahmen ihrer Möglichkeiten. Das war die Wahrheit.

Nicky spürte, dass da etwas war, das jetzt unbedingt an die Oberfläche wollte. Sie dachte lange nach, bis das Durcheinander von Gefühlen und Sinneseindrücken einer konkreten Erinnerung wich.

Nicky und ihre Mutter waren mit der Straßenbahn gefahren. Sie hatten gelacht und gesungen und sich gekitzelt, und die Sonne hatte alle Sorgen aus ihren Gesichtern verscheucht. So war das gewesen: Jedes Jahr war ihre Mutter mit jedem Kind einmal zum Fotografen gefahren. Mit Nicky, Henk, Bea und Mille. Und für jeden einzelnen von ihnen war dieser Tag etwas ganz Besonderes gewesen. Genauso wie für ihre Mutter auch.

Wehmütig schüttelte sie den Kopf. Wie konnte sie das nur vergessen haben? Wie hatte das Glück von all den Ereignissen, die ihr später im Leben widerfuhren, verdrängt werden können? Der Dukun hatte seinen Tribut gefordert. Die Prophezeiung war in Erfüllung gegangen: Nur Nicky blieb verschont. Sie war auserwählt, das begriff sie erst jetzt so richtig. Aber die Liebe, die diese Bilder ausstrahlten, hatte sie nie wieder erlebt. Ihr Leben lang hatte sie sich ungeliebt gefühlt. Aber das stimmte doch gar nicht! Mit Macht erfüllte sie jetzt diese Erkenntnis, und im selben Moment verschwanden auch ihre Schuldgefühle.

In diesem Moment lernte sie, die Menschen und ihre Welt als etwas zu begreifen, das sich nicht mit einem Blick erfassen ließ.

43

Er war bei ihr, bevor der morgendliche Berufsverkehr die Innenstadt verstopfte, und sie umarmte ihn, als wären sie schon immer Liebende gewesen und würden sich nun nach langer Trennung wiedersehen. Wie Peter hatte auch Nicky nicht geschlafen, dennoch strahlte sie vor Glück.

Aber die Wolken über ihnen hatten sich ja längst zusammengebraut – nach allem, was ihr und Peter widerfahren war, ahnten sie, dass ihnen jetzt einiges an Gefahr bevorstand.

Nachdem Marc de Vires' Leute Peter am Dam aus dem Auto geworfen hatten, war er mit dem Taxi nach Hause gefahren. Er musste unbedingt herausfinden, was Rien zugestoßen war.

Zu Hause angekommen, ging er als Erstes in Riens Zimmer. Er konnte nichts Auffälliges erkennen. Alles war wie immer. Dann öffnete er Maries Tür.

Mit zitternder Stimme berichtete sie, dass sie einen mächtigen Radau und halb erstickte Schreie von unten gehört hatte. Dann war die Haustür ins Schloss gefallen, und sie war alleine gewesen.

Es stimmte also. Sie hatten Rien mitgenommen.

Er versuchte, sie zu beruhigen, so gut es ging. In welchem Zustand Peter sich selbst befand, dafür hatte Marie keinen Blick. Die arme, naive Marie brauchte ihren Seelenfrieden, und als sie in den frühen Morgenstunden schließlich eingeschlafen war, fuhr Peter zurück in die Stadt. Zurück zu Nicky.

Wir müssen das schaffen!, dachte er, als er wenig später sein Gesicht in ihren Haaren vergrub. Nicky wusste sofort, was geschehen war. Sie kühlte seine Schwellungen und Blutergüsse und küsste ihn hingebungsvoll. Wir müssen es schaffen!, war alles, was Peter jetzt denken konnte.

Wie gut tat es, sich all das von der Seele zu reden, was sich so lange schon in ihm aufgestaut hatte. Und als Nicky ihn nach den Schilderungen dessen, was in der Nacht passiert war, wortlos in die Arme nahm, wusste er: Sie würden es schaffen, weil sie einfach zusammengehörten.

Irgendwann zog Nicky Peter mit sich in die kleine Kammer. Schlagartig war die Erinnerung wieder da: Als sein Blick über die Fliesen mit dem Schmetterlingsmuster glitt, über die zerschlissenen Geisterpuppen und die Batiktücher, als in seiner Nase der Duft von trockenen Kokosfasern kitzelte, war alles wieder da. Ja, diese kleine Kammer, in der Nickys Mutter sich eingerichtet hatte, war armselig, und doch trug sie eine Ahnung von Größe, von Reichtum und Weite in sich, die Peter fast den Atem nahm.

Er drückte Nicky fest an sich und wollte alles von ihr hören: von Mille, von ihren anderen Geschwistern, von ihrer Mutter und ihrem Vater. Während der ganzen Zeit schaute er die Fotoalben durch.

Am Vormittag gingen sie gemeinsam zum Bestatter, um die Beerdigung zu organisieren. Erst danach brachte Peter es übers Herz, Nicky zu sagen, was sie als Nächstes erwartete: Kurz und präzise erklärte er ihr den äußerst eiligen Auftrag, den de Vires ihm erteilt hatte. Ausgerechnet sie, Peter und Nicky, sollten das Rätsel um die Katastrophe von Bijlmermeer lösen.

Wie das gelingen sollte, wussten die Götter.

Computer zu programmieren, war für Peter ein Leichtes, aber wenn es um Internetrecherchen ging, sah er neben Nicky fast wie ein Amateur aus. Sie tippte ein paar Suchbegriffe ein, analysierte und bewertete die Ergebnisse, tippte einige weitere Begriffe ein, und binnen kürzester Zeit hatten sie sich einen Überblick über die Ereignisse rund um das Flugzeugunglück von Bijlmermeer verschafft.

Es war das schlimmste Flugzeugunglück in der Geschichte der Niederlande gewesen. Das halbe Land hatte damals vor dem Fernseher miterlebt, wie das Programm mit einer Sondermeldung unterbrochen wurde.

Das zehnstöckige Wohnhaus hatte wie einige weitere Wohnblöcke dieser Art zu Bijlmermeer gehört, einem Vorort von Amsterdam, der nicht gerade zu den besten zählte. Viele der Bewohner arbeiteten in den nahegelegenen Industriegebieten. Illegale Einwanderer konnten hier immer Unterschlupf finden.

Die Frachtmaschine hatte das winkelförmige Hochhaus genau dort torpediert, wo ein Gebäudeteil an den nächsten anschloss. Sofort hatte alles in Flammen gestanden. Verzweifelte Menschen sprangen von den Balkonen, um dem Inferno zu entfliehen. Das Chaos war unbeschreiblich. Überall Opfer und weinende Angehörige, aber auch Schaulustige. Feuerwehr und Rettungsmannschaften versuchten zu helfen, so gut es ging.

Binnen weniger Stunden belagerten Pressevertreter aus der ganzen Welt das Gebiet. Und die Berichterstattung war wie so oft in solchen Situationen ein schlechter Witz gewesen. Natürlich, wer konnte schon inmitten einer solchen Katastrophe Einzelheiten erkennen? Das explodierende Flugzeug, das brennende Hochhaus, all die vielen Menschen, die zu Tode gekommen waren oder noch in Lebensgefahr schwebten. Wer hätte wissen können, worum es bei all dem eigentlich gegangen war?

Bis zu diesem Augenblick hatte auch Peter nicht die leiseste Ahnung gehabt.

Inmitten des ganzen Durcheinanders hatten Männer in weißen Anzügen fast unbemerkt Kisten aus dem Wrack eingesammelt. Männer, die genauso schnell wieder verschwanden, wie sie aufgetaucht waren. Aber auch Zivilisten schienen an dem mysteriösen Abtransport beteiligt gewesen zu sein.

Einige meinten, es seien Experten gewesen auf der Suche nach der Blackbox, und es sah ganz so aus, als wäre es ihnen gelungen, sie fortzuschaffen. Jedenfalls wurde sie nie gefunden.

Aber nicht nur die Blackbox war spurlos verschwunden, sondern auch ein Frachtbrief, den einer der Bewohner von Bijlmermeer zunächst gefunden und der Polizei übergeben hatte. Einen Tag später war das Dokument weg. Irgendjemand hatte hier ganze Arbeit geleistet.

In den Tagen und Wochen nach dem Unglück waren immer mehr Menschen rund um den Unglücksort erkrankt. Ärzte berichteten von diversen unerklärlichen Krankheitsbildern, begleitet von extremer Müdigkeit, von Gelenk- und Muskelschmerzen.

Die Diagnosen waren diffus, nur eines schien ganz klar: Einige dieser Patienten waren radioaktiver Strahlung ausgesetzt gewesen.

Es dauerte nicht lange, da hatten Nicky und Peter auch dazu alle Tatsachen recherchiert.

Die Maschine hatte höchst delikate Ladung an Bord gehabt, unter anderem wahrscheinlich mindestens zweihundertfünfundsiebzig Kilo abgereichertes Uran. Ein großer Teil der Ladung, über zwanzig Tonnen, war unmittelbar nach dem Absturz spurlos verschwunden. Und eben diese Zivilisten, die daran beteiligt waren, sollte Peter ausfindig machen. Das war die schier unmögliche Aufgabe, die de Vires nun von ihm verlangte. Peter sah erstaunt zu Nicky, die aufgestanden war und anfing, ihre Tasche zu packen. Sie sah hinreißend und sehr entschlossen aus, als sie ihm die Hand reichte.

»Komm«, sagte sie. »Wir müssen nach Bijlmermeer, mit den Leuten da draußen reden.«

Die Unglücksstelle war gar nicht so leicht zu finden. Ein Hochhaus glich dem anderen, und die Beschilderung ließ zu wünschen übrig.

»Wieso halten wir nicht einfach und fragen die beiden Typen hinter uns, wo es langgeht?« Nicky zeigte nach hinten auf den weißen Opel, der ihnen in etwa hundert Metern Abstand gefolgt war, seit sie das Zentrum verlassen hatten. Peter nickte. Wenn jemand wusste, wo sie suchen mussten, dann ja wohl Marc de Vires' Leute.

»Nein, warte. Schau mal, der da.« Sie zeigte auf einen alten grauhaarigen Surinamer, der an der Bushaltestelle stand.

Aber der Alte mit seiner dicken Brille wandte sich ab, als Nicky das Fenster herunterließ.

Peter sah in den Rückspiegel. »Der Bus kommt, wir müssen weg. Der will sowieso nicht mit uns reden.«

»Nein. Fahr weiter und warte dort vorne auf mich.«

Nicky sprang aus dem Wagen und sprach den Mann an. Dazu zog sie einen Ausdruck des Bildes von dem zerstörten Hochhaus aus der Tasche und hielt es ihm vor die Nase. Die Furchen in seinem Gesicht schienen tiefer zu werden, als er ihr mit leiser Stimme den Weg beschrieb.

Nach wenigen Minuten fanden sie tatsächlich den Platz. Ein Trupp Handwerker legte gerade letzte Hand an ein Mahnmal.

Es bestand aus einer viereckigen Holzkonstruktion rund um eine große, alte Birke inmitten etlicher junger Bäume. An einer transparenten Acrylglaswand standen Satzfragmente, die zusammengefügt ein längeres Gedicht ergaben.

In den hölzernen Pflanzkästen unter dem Baum standen Dutzende Topfpflanzen aufgereiht. An den Seitenflächen der Kästen waren Gedichte in Plastikhüllen befestigt – Grüße der Lebenden an die Toten. Nicky war zutiefst berührt und gedachte eine Weile der Opfer.

»Wo fangen wir an?«, sagte sie schließlich, bemüht, die finsteren Gedanken abzuschütteln.

Mit einem Kopfnicken wies Peter auf einen Mann mittleren Alters, der seinen Hund spazieren führte.

Als sie nur noch wenige Meter von ihm entfernt waren, blieb der Mann stehen und schloss die Augen für ein paar Minuten. Als er sie wieder öffnete, sah Nicky, dass ihm Tränen über die Wangen liefen.

Peter blieb stehen, obwohl Nicky ihn verlegen wegzog.

»Kann ich Ihnen helfen?«, fragte der Mann.

Sie zeigten ihm Nickys Ausdruck von dem eingestürzten Hochhaus.

»Das hier ist die Absturzstelle, richtig?«

Der Mann streichelte seinem Hund die Schnauze. »Genau hier, wo jetzt die Gedenkstätte errichtet ist, und darüber sind wir sehr froh.« Er lächelte leise. »Obwohl wir im Herbst jede Menge Laub werden zusammenfegen müssen. Aber irgendwie muss man sich ja beschäftigen. Sind Sie von der Zeitung?«

»Ja«, sagte Peter im selben Moment, in dem Nicky »Nein« sagte.

»Er ist Journalist«, fuhr Nicky entschuldigend fort. »Ich nicht. Aber wir sind beauftragt worden. Waren Sie damals hier, als es passierte?«

Er nahm Nicky das Foto von dem eingestürzten Haus aus der Hand und zeigte auf ein zerborstenes Fenster im sechsten Stock, direkt neben der Stelle, wo das Flugzeug in das Gebäude gerast war. »Hier haben meine Frau und ich gesessen und ferngesehen.« Dann zeigte er auf die Stelle daneben, wo die riesige Lücke klaffte. »Und hier lagen unsere beiden kleinen Mädchen und schliefen.« Er schluckte. Dann wanderte der Finger zu dem riesigen Haufen Bauschutt. »Und da unten saß unser Sohn mit einem Freund in seinem gemieteten Zimmer.«

Wieder stiegen ihm Tränen in die Augen. Er zeigte mit ausgestrecktem Arm in Richtung einiger Wohnblocks. »Jetzt wohnen wir da drüben, meine Frau und ich.«

Nicky drückte Peters Hand.

»Leicht ist das nicht. Ich komme jeden Tag hierher. Ich krieg es einfach nicht aus dem Kopf.«

Dann erzählte er, dass die meisten Überlebenden Ersatzwohnungen in der Gegend bekommen hatten. Sehr viele seien nach diesem Unglück schwer erkrankt. »Die Menschen hier sind unglücklich, aber wegziehen können wir ja auch nicht, oder?« Er schüttelte den Kopf.

Da wagte Nicky einen ersten Vorstoß. »Haben Sie damals etwas mitbekommen von den Männern in den weißen Schutzanzügen?«

»Nein.« Er schüttelte den Kopf. »Jedenfalls nicht an dem Tag. Erst am Tag danach. Als sie wohl rausgefunden hatten, wie viel Dreckszeug die Maschine geladen hatte. Nein, diese Männer im weißen Anzug habe ich hier am Tag des Absturzes selbst nicht gesehen. Es ist ja auch alles so verdammt schnell gegangen. Und ich hatte echt andere Sorgen, wie Sie sich vorstellen können.«

Nicky legte ihm mitfühlend eine Hand auf die Schulter. »Dann können Sie sich sicher auch nicht mehr daran erinnern, ob es weitere Leute gab, die hier Gegenstände weggeschafft haben?«

»Andere Leute?«

»Ja, Leute in Zivil«, meldete Peter sich zu Wort. »Hier soll eine ganze Menge delikater Fracht weggeschafft worden sein.«

Der Mann sah zu Boden. »Das kann ich Ihnen wirklich nicht sagen. Doch, es ist einiges geredet worden, aber selbst gesehen habe ich es nicht.«

Als Nicky und Peter sich bei ihm bedankten, tippte sich der Mann an die Kappe und zog mit seinem Hund weiter.

Dann trennten sich Peter und Nicky, und jeder nahm sich eines der Hochhäuser vor. Was auch immer ihre Beschatter davon halten mochten.

Die meisten Menschen, die Peter die Tür öffneten, waren freundlich und durchaus bereit, über den Absturz zu reden, sogar dann, wenn es in ihrer Familie selbst ein Opfer gegeben hatte. Die Ereignisse von damals hatten tiefe Spuren in ihrem Leben hinterlassen, Spuren, die man in ihren Gesichtern und Blicken noch heute sehen konnte. Aber keinem von ihnen waren damals inmitten des Chaos verdächtige Leute in Zivil aufgefallen, in jenen schicksalsschweren Stunden hatten sie wirklich andere Sorgen gehabt.

Zwei Stunden später trafen Peter und Nicky sich wieder. Die Gespräche waren zwar interessant und berührend gewesen, aber weitergekommen waren sie nicht.

»Das ist doch nicht zu schaffen, Peter. Schon gar nicht bis übermorgen. Außerdem hast du ja auch noch den Strategieplan am Hals.«

»Um den mach dir mal keine Sorgen, Nicky. Der Plan ist seit Tagen fertig.«

Verblüfft sah sie ihn an.

»Ja, ich weiß, was du denkst. Warum ich ihn dann noch nicht abgeliefert habe?« Er schüttelte den Kopf. »Vielleicht wäre das in der Tat besser gewesen. Aber ich hatte nicht damit gerechnet, dass ich schon eine neue Aufgabe bekomme, bevor ich die erste abgeschlossen habe.«

»Und was, wenn wir das hier nicht schaffen?«

»Dann haben wir wenigstens den Strategieplan.«

»Glaubst du, sie werden uns je in Ruhe lassen?«

Er schlang die Arme um ihre Taille und sah sie so ruhig an, wie er nur konnte. »Wir werden zusammen nach Indonesien fliegen. Das ist alles, was ich weiß.«

Sie nahm sein Gesicht in ihre warmen Hände und sah ihm tief in die Augen. »Aber vorher nehmen wir uns den nächsten Wohnblock vor, ja?«

Unermüdlich fuhren die beiden Stockwerk für Stockwerk mit ihrer Befragung fort. Das Ergebnis: Null.

Im neunten Stock ließen sie den Blick über die Betonlandschaft wandern, als würde ihnen erst jetzt die Größenordnung ihrer Odyssee bewusst. Sie lehnten sich über das rostige Geländer und winkten den Irakern zu, die weit unter ihnen auf einer Betonmauer saßen und rauchten, während sie Nicky und Peter nicht aus den Augen ließen.

»Was machen wir jetzt?«, fragte Nicky, als sie wieder draußen standen.

»Keine Ahnung, Nicky. Vielleicht sollten wir einmal auf die andere Seite gehen und uns ein paar der Hochhäuser dort vorknöpfen. Ich glaube nicht, dass wir uns nur auf die Wohnungen konzentrieren sollten, deren Fenster der Absturzstelle zugewandt sind. Damals waren sowieso alle draußen, unten. Meinst du nicht auch?«

Seufzend stimmte sie zu.

Sie wollten gerade mit einigem Abstand an ihren Beschattern vorbeigehen, als jemand nach ihnen rief.

Bei dem Mann hatten sie zuvor geklingelt, er hatte geschlafen, und auch die Kinder in seiner Wohnung hatten ihn nicht wecken können. Forschend sah er sie an, während er sich sein Hemd in die Kordhose stopfte.

»Kommen Sie. Ich kann Ihnen etwas sagen«, erklärte er leise, während er zu ihnen rüberkam. Er strich sich über den Schnurrbart und nahm Peter schließlich beim Arm.

»Gehören die zu Ihnen?« Er nickte in Richtung der Iraker.

Peter schüttelte den Kopf.

»Mein Schwager hat mich geweckt, als Sie weg waren.« Der Mann räusperte sich. »Wir sind Kurden und arbeiten sehr hart. Ich muss immer erst mal zwei Stunden schlafen, wenn ich von der Arbeit komme.«

»Wohnen Sie schon lange in der Wohnung?«, fragte Nicky.

»Nein. Vorher habe ich dort gewohnt.« Er zeigte zum Mahnmal.

Er also auch.

»Sie wollen wissen, ob ich gesehen habe, wie irgendwelche Leute hier Sachen eingesammelt haben? Also, normale Leute, keine in Uniform?«

»Ja.«

»Mein Neffe, sein Schwiegervater und zwei seiner Freunde haben direkt nach dem Absturz Zeug eingesammelt. Das weiß ich, weil ich sie vom Fenster aus dabei beobachtet habe.«

Nicky drückte Peters Arm. Auch Peter war gespannt und erleichtert.

Endlich.

»Sie waren also oben in der Wohnung, während hier unten das Chaos herrschte?«, fragte er.

Der Mann zog seinen Ärmel hoch und zeigte den beiden seinen Unterarm.

»Drei Tage vor dem Flugzeugabsturz bin ich von einem Baugerüst gefallen. Offener Bruch. Ich kam ins Krankenhaus. Ein echter Scheiß, wo ich doch keine Aufenthaltsgenehmigung hatte. Also bin ich abgehauen, bevor die richtig fertig waren. Als das Flugzeug runterkam, habe ich den Krach gehört und bin zum Fenster gerannt. Ich war nur zehn Meter von den eingestürzten Wänden entfernt. Nicht zu fassen.«

»Wo haben Ihr Neffe und die anderen die Sachen denn hingebracht, die sie eingesammelt hatten?«

Er schob den Ärmel wieder herunter und zeigte zu den Kellerräumen des Gebäudes, in dem Peter sich umgehört hatte.

»Würden Sie uns die Namen nennen?«

»Kann ich gerne machen, aber das wird Ihnen nicht helfen. Die sind nämlich alle tot.«

»Tot?«

»Ja. Ich weiß nicht, was da in den Kisten war, aber es kann nichts Gutes gewesen sein. Nach ein paar Monaten waren alle tot. Vielleicht kam das ja auch von dem ganzen Scheiß, zwischen dem sie rumgelaufen sind. Keine Ahnung.«

»Ja, aber wieso haben sie denn überhaupt diese Kisten abtransportiert, wenn sie doch gar nicht wussten, was drin war?« Nicky trat nach ein paar Kieselsteinen.

Er runzelte die Stirn. »Na, sie dachten, sie wüssten es. Waren ja alle beim Militär. Nur ich habe keine Ahnung, und sie haben es mir auch nicht erzählt.« Er räusperte sich. »Und ich habe sie auch nicht gefragt. Ich ging davon aus, dass Maschinengewehre und so'n Kram drin waren, und das stimmte ja wohl auch.«

»Können Sie uns den Keller zeigen, in dem sie die Kisten verstaut haben?«

Er setzte sich in Bewegung, bevor Peter den Satz zu Ende gesprochen hatte und bevor die Iraker auf der Betonmauer sich rühren konnten.

»Da«, sagte er und zeigte auf eine der Türen in dem langen

Betonflur. »Wenn Sie da reinwollen, müssen Sie die Witwe meines Neffen fragen, aber sie ist gerade nicht zu Hause, soweit ich weiß.« Er gab ihnen die Hand und drehte sich um.

»Einen Moment noch.« Nicky hielt ihn am Ärmel fest. »Warum ist das hier eigentlich nicht schon früher ans Licht gekommen?«

Einen Augenblick sah er sie skeptisch an. »Es sind echt genug Leute hier gewesen, um zu schnüffeln, habe ich gehört. Israelis, Iraker und jede Menge anderer, aber mehr weiß ich nicht, ich war nämlich in meiner Heimat. Was sollte ich noch hier? Mit dem Arm konnte ich ohnehin nicht mehr arbeiten. Ich bin erst letztes Jahr wiedergekommen, als der Arm wieder einigermaßen in Ordnung war. Sie sind die Ersten, die bei mir nachfragen.«

Er nickte ihnen zu und ging. Peter und Nicky überlegten, wie sie die Tür aufbrechen könnten.

»Welche Tür?«, fragte eine Frau in einem knalligen Kleid hinter ihnen, die ihr Fahrrad in den Keller brachte.

Peter erklärte ihr Anliegen.

»Der Keller ist leer«, sagte sie, ohne den Blick von Nicky zu lösen. »Die Kisten haben nur ein paar Wochen hier unten gestanden. Dann sind nämlich die Kinder, die immer hier gespielt haben, krank geworden, und darum haben mein Mann und die anderen sie weggeschafft.«

»Und wissen Sie, wohin?«, fragte Nicky.

Für diese Frage hatte die Frau nur ein Achselzucken übrig. »Da müssen Sie die Männer fragen.«

Ein etwa vierzehnjähriger Junge jagte mit seinem Mountainbike durch den Flur und bremste erst wenige Zentimeter vor Peter voll ab. Er grüßte, schloss den Kellerraum auf und schob sein Fahrrad und das seiner Mutter in den halbleeren Raum.

Nicky zeigte auf eine offene Holzkiste mit Farbdosen, die

in einer Ecke stand. An der Kiste klebte ein Schild mit hebräischen oder arabischen Zeichen.

Nicky las Peters Gedanken. »Das ist Hebräisch. Da steht Tel Aviv.« Sie zeigte auf die entsprechenden Zeichen und lächelte. »Das ist zwar das Einzige, was ich lesen kann, aber das reicht ja wohl.«

Tel Aviv! Peter sah die Frau an, die seltsam gleichgültig blieb.

»Und Sie wissen nicht, wo die anderen Kisten sind?«, fragte er.

Widerwillig wandte sie sich an ihren Sohn. »Hat dein Vater jemals gesagt, wo sie die Kisten hingebracht haben, Jalal?«

Der Junge nahm eine zerschlissene Tasche vom Gepäckträger. »Wer sind die beiden Spackos da draußen? Kennt ihr die? Die sehen aus wie dieser beschissene Saddam Hussein.« Er spuckte auf den Boden. »Wenn die zu den DPK-Arschlöchern gehören, dann sollen sie bloß kommen.« Er zückte ein Schmetterlingsmesser, fuchtelte mit der Klinge in der Luft herum und spuckte dann abermals aus.

Peter schüttelte den Kopf, zog einen Hundert-Gulden-Schein aus der Tasche und wedelte dem Jungen damit vor der Nase herum. »Meinst du, dir könnte einfallen, wo die Kisten sind?«

Der Junge starrte auf den Schein. »Jetzt könnte ich jeden Scheiß erzählen, oder?«

Peter nickte und zog noch einen Schein hervor. »Könntest du, ja. Und in fünf Sekunden stecke ich die Kohle zurück in die Tasche. Eins. Zwei. Drei …«

Der Junge sah wütend aus. »Ich weiß es nicht«, sagte er.

Nicky biss sich auf die Lippe.

»Ich weiß nur, dass sie immer ziemlich viel über ihren Club ›Newroz‹ geredet haben, aber seitdem ist dort viel passiert, klar?«

Peter ging davon aus, dass der Junge auf die Kämpfe unter den Kurden anspielte.

Der Junge lächelte. »Jedenfalls tauchen die DPK-Ärsche da nicht mehr auf.«

Peter nickte. »Meinst du, ich erfahre mehr, wenn ich mal in den Club von deinem Vater gehe?«

Er zuckte die Schultern. »Mein Vater und mein Großvater haben darüber gesprochen, die Kisten zu einem von Großvaters Freunden zu bringen, der wohnt auf einer Insel, Marken heißt die. Da hatte er wohl einen Schuppen oder so was. Sie wollten immer raus zu ihm und mal sehen, was da eigentlich drin ist.« Er lachte. »Und über seine Vögel haben sie auch ständig geredet. Papageien oder so.«

Zum dritten Mal spuckte er auf den Boden, und dieses Mal versetzte ihm seine Mutter dafür einen Klaps auf die Schulter.

Peter rief bei Mevrouw Jonk an, die so schimpfte, dass es aus dem Hörer dröhnte, letztlich aber doch versprach, gegen eine erkleckliche Aufwandsentschädigung ein paar Tage bei Marie zu bleiben. Sie wusste genau, wie viel sie wert war.

Dann fuhren Peter und Nicky mit den beiden Irakern im Schlepptau wieder zu Nickys Wohnung.

Peter fluchte vor sich hin. Wirklich ärgerlich, dass die Iraker die Kurdin und ihren Sohn gesehen hatten, als diese aus dem Keller gekommen waren. Verdammt ärgerlich sogar.

Schließlich aber schüttelte er den Gedanken ab. Der Junge würde schon dichthalten. Männern mit getrimmtem Oberlippenbart brachte er ein kaum auszutreibendes Misstrauen entgegen.

»Ich weiß, das wird dir nicht gefallen, Nicky, aber morgen werden wir uns aufteilen müssen, sonst schaffen wir es nicht«, sagte er.

Sie stand am Wohnzimmerfenster und sah hinaus auf die Straße. »Ich hasse die beiden Schnurrbärte da unten. Ich will nicht beschattet werden. Kannst du nicht bei de Vires anrufen und ihn bitten, sie abzuziehen?«

Peter lächelte verständnisvoll.

Sie zog die Vorhänge zu. »Ja, ja, ich weiß. Aber bei nächster Gelegenheit hänge ich die beiden ab.«

Peter breitete einen Stadtplan vor sich aus und ließ auf der Suche nach dem Club, von dem Jalal erzählt hatte, den Finger über die verschiedenen Stadtviertel wandern. Dann, endlich, fand er die Straße, die der Junge genannt hatte, zwischen dem Prins-Bernard-Park und dem Friedhof De Nieuwe Ooster.

»Wenn ich mir die kurdische Kaffeebar vornehme und mit den Jungs dort rede – kannst du dann vielleicht nach Marken fahren, Nicky? Mit dem Taxi dauert das über den Deich eine halbe Stunde.«

»Und was machen wir, wenn wir die Kisten finden?«

»Was meinst du?«

»Na, die Kisten sind gefährlich. Menschen, die in ihrer Nähe waren, sind inzwischen längst tot.«

»Na, dann halten wir Abstand.«

Sie wiegte den Kopf hin und her. »Ich bin seit meiner Schulzeit nicht mehr auf Marken gewesen, aber so klein ist die Insel nun auch wieder nicht. Wo soll ich denn da anfangen zu suchen?«

Sie hatte recht. Er schlang die Arme um sie. Ihre Haare dufteten wie der Blumenmarkt in Singel an einem Sommertag, nach Zimt und Freesien. »Wir werden sie morgen finden, Nicky, ganz bestimmt. Und dann ist alles vorbei.«

»Meinst du?«

Er zögerte den Bruchteil einer Sekunde zu lange. »Ich verspreche dir, wenn wir uns morgen nicht irgendwie mit ihnen einigen, dann hauen wir ab und überlassen die Aufräumarbeiten der Polizei und einem gewissen Randolph Fischer.«

Von diesen Aussichten ließ sie sich nur allzu gern beruhigen. Sie legte die Hand in seinen Nacken und küsste ihn mit offenen Augen.

44

Nur von einem Laken bedeckt lag er im Bett, noch ganz erfüllt von der Nacht mit Nicky. Die Verletzungen im Gesicht schmerzten schon nicht mehr so sehr, und er hing noch ein bisschen den Bildern seiner Traumwelt nach, aus der er soeben erwacht war.

Er streckte seine Hand nach Nicky aus und bemerkte erst dann die junge Frau, die vor ihm stand und ihn anstarrte.

»Tach!«, sagte sie. »Ich bin Bea. Nickys Schwester.«

Sie versuchte zu lächeln, was ihr aber aufgrund der Schwellung der einen Gesichtshälfte sichtlich schwerfiel. »Ich hab Nicky gerade unten auf der Straße getroffen, und da hat sie mir den Schlüssel gegeben.«

Nicky auf der Straße? Peter hatte keine Ahnung, wovon Bea redete. Er streckte sich nach seiner Armbanduhr auf dem Nachttisch und fand den Zettel, den Nicky dort hinterlassen hatte.

Geliebter.
ich konnte nicht schlafen. Habe dich die halbe Nacht nur angesehen. Fahre nach Marken. Es ist noch dunkel, und ich hänge Rahmans Leute ab. Ich kann einfach besser arbeiten, ohne die beiden im Nacken zu haben. Sehen wir uns heute Nachmittag bei dir? So um fünf? Können ja noch telefonieren.
Ich liebe dich.

Deine Nicky

Scheiße, dachte er und rief sofort auf ihrem Handy an. Keine Verbindung. Blitzschnell zog er sich an und verließ die Wohnung, ohne sich von Bea zu verabschieden. Im Schutz des einzigen Baumes schoben immer noch zwei von Rahmans Handlangern Wache, allerdings hatte in der Nacht offenbar ein Personalwechsel stattgefunden.

Hoffentlich hatte Nicky sich unbemerkt an ihnen vorbeischleichen können.

Und hoffentlich hielten die beiden sich diskret im Hintergrund, wenn er Kontakt zu den Kurden in der Kaffeebar aufnahm. Sonst würde es wirklich schwierig werden.

Das, was früher mal ein gemütlicher Club gewesen war, in dem Kurden aller politischen Überzeugungen sich zu einem Brett- oder Kartenspiel trafen, hatte sich unter dem Einfluss der Ereignisse der vorangegangenen Wochen in einen unversöhnlichen Debattierclub verwandelt. Direkt unter der Oberfläche schwelten tiefe und teilweise uralte Konflikte, Drohungen waren an der Tagesordnung.

Der Versuch, alle irakischen Kurden auszuschließen, die Verbindungen zur DPK oder Barzani pflegten, hatte die Sache nicht besser gemacht. Darum hatte eine Fraktion der früheren Clubbesucher, in erster Linie solche mit Verbindungen zur PUK, es vorgezogen, sich einen anderen Treffpunkt zu suchen. Der Club »Newroz« befand sich im Keller eines bescheidenen Hauses, zu dem eine Außentreppe hinunterführte. Über der Tür hing ein altes Schild, das bis heute niemand entfernt hatte. ERSATZTEILLAGER stand darauf.

Peter stieg die Treppe hinunter. In dem großen, rechteckigen Raum war es verdammt dunkel, und es brauchte einen Moment, bis seine Augen sich daran gewöhnt hatten.

In der Nähe des Eingangs standen einige junge Männer um einen heruntergekommenen Billardtisch. Sie sahen ihn unfreundlich, fast schon feindselig, an. Ein Typ, der gerade seine Queuespitze mit Kreide einrieb, trat auf Peter zu, als hätte dieser die Grenze zu einem verbotenen Land überschritten.

»Was willst du?«

»Ich suche Omar«, sagte Peter.

»Welchen? Hier heißen mindestens drei Omar.«

»Den Namen hat mir ein Junge in Bijlmermeer gesagt, aber einen Nachnamen wusste er nicht. Der Junge heißt Jalal.«

»Jalal. So, so.« Er lächelte. »Red mal mit denen da drüben, das sind alles eingefleischte PUKler.« Er zeigte auf einige Männer, die an schlichten, braun gebeizten Tischen saßen. Einige tranken Tee und spielten Karten, andere unterhielten sich und lachten.

Peter trat an einen der Tische und wiederholte seine Frage.

»Omar!«, rief der Mann am anderen Tischende, ohne den Blick von seinem Blatt zu lösen. »Kennst du einen Jungen, der Jalal heißt und in Bijlmermeer wohnt?«

Ein älterer Mann mit einem riesigen Schnauzer legte seine Karten auf den Tisch, platzierte die Hände auf den Oberschenkeln und lehnte sich nach vorne. »Jalal Soliman?«

Peter trat ein paar Schritte auf ihn zu. »Soliman? Weiß ich nicht. Ich weiß nur, dass sein Vater und sein Großvater kurz nach dem Absturz der El-Al-Maschine gestorben sind.«

Aus allen Ecken richteten sich finstere Blicke auf ihn. Ein Mann, der die Tür zum Hinterzimmer bewachte wie eine Katze ein Mauseloch, drehte die Musik etwas leiser.

»Ja, das ist Jalal Soliman«, sagte der Alte. »Und?«

»Können wir uns unterhalten? Ich komme auch gerne später noch mal wieder, wenn es jetzt nicht passt.« Dabei wusste er genau, sie würden jede Minute brauchen …

Der Alte erhob sich, stopfte sein Hemd in die Hose und sagte etwas Unverständliches zu seinem Nachbarn, der sogleich seinen Platz einnahm. Dann bedeutete er Peter, ihm zu folgen.

Im Hinterzimmer standen jede Menge Pappkartons, und Peter nahm auf einem der stabileren Platz.

Peter hatte sich wohl überlegt, wie er die Sache anpacken wollte. Als der Alte ihn fragte, wer er sei, reichte Peter ihm deshalb die Hand und antwortete: »Ich bin ein Freund des freien Kurdistan, mein Name ist Peter de Boer.«

Der Alte schlug nicht ein. Misstrauisch sah er Peter an. »Nie gehört. Sind Sie Journalist?«

»Ja.«

»Mit Journalisten rede ich nicht.« Der Alte wollte sich gerade erheben, doch Peter legte ihm die Hand aufs Knie.

»Heute bin ich aber in einer anderen Eigenschaft hier.«

»Bitte beschreiten Sie einen offiziellen Weg und lassen Sie uns hier in Ruhe.«

»Wissen Sie etwas darüber, wo die Kisten abgeblieben sind, die Jalals Vater und Großvater und zwei ihrer Freunde nach dem Absturz eingesammelt haben?«

Die Falten rund um die Augen des Alten vertieften sich.

»Nein.« Er schob Peters Hand weg und stand auf.

»Keine Sorge, ich werde weder von den Israelis noch von sonst jemandem bezahlt! Ich will die Fracht nur zu einigen mutigen Menschen bringen, die damit sinnvoll umzugehen wissen. Ihr Volk ist in großer Bedrängnis. Könnte das, was in den Kisten ist, nicht gute Dienste tun?«

»Mein Volk?« Er zeigte zur Tür. »Diese Leute sind mein Volk. Eine bunt gemischte Truppe. Von allem was dabei. Leute, auf die ein Kopfgeld ausgesetzt ist, aber auch türkische Einwanderer, die seit über zwanzig Jahren hier leben und besser Niederländisch sprechen als ihre Muttersprache. Und Flüchtlinge aus den fünftausend Dörfern, die die Türken und Saddam Husseins Soldaten dem Erdboden gleichgemacht haben. Und Menschen aus dem Norden, die nach dem Golfkrieg ein Problem hatten. Verstehen Sie?«

Er wartete Peters Antwort gar nicht ab. »Mein Volk ist groß und reich. Sogar die DPKler gehören zu meinem Volk. Sobald Barzani, dieser Versager, einen Kopf kürzer ist, werden wir uns wieder zusammentun. Wir sind zwanzig Millionen Kurden. Das größte staatenlose Volk der Welt. Es gibt mehr Kurden als Iraker. Unser Land ist gut zehnmal so groß wie ihres, und wir haben Öl, fruchtbare Täler, alles!« Er dämpfte die Stimme. »Ich weiß nicht, was Jalals Vater und Großvater vorhatten mit dem Zeug, das sie da einsammelten. Sie dachten wohl, in den Kisten seien konventionelle Waffen, aber da wurden sie sicher enttäuscht. Ich habe Gerüchte gehört, was drin gewesen sein soll, aber was sind schon Gerüchte? Wissen *Sie* denn überhaupt, wovon Sie reden?«

Aus den Augen des Alten sprach Verachtung, aber auch eine gewisse Neugier.

»Ich spreche von Rache«, sagte Peter ganz ruhig. »Rache für die vielen Toten in Halabdscha und für die, die alles verloren haben und aus ihrer Heimat vertrieben wurden. Ich bin sicher, dass die Kisten, die die Männer versteckt haben, Ihnen bei Ihrer Rache helfen könnten.«

»Halabdscha!« Er nickte. Kein Kurde mit Respekt vor dem Leben konnte diesen Namen aussprechen, ohne dabei den Blick zu senken. Tausende Tote, Opfer von Saddams Zyanidbomben. »Es gibt viel, wofür wir uns rächen könnten, aber ich kann Ihnen nicht helfen. Ich weiß nicht, wo die Kisten sind.«

»Aber wissen Sie, was in den Kisten drin war?«

Er schnaubte auf. »Die waren zu viert. Jalals Vater, Jamshid Soliman, und Jamshids Schwiegervater, Shivan, ein türkischer Kurde.« Er sah zu Boden. »Und irgendwann haben sie meine beiden ältesten Söhne, Ehmed und Salim, überredet, mitzumachen. Meine Söhne haben ihnen geholfen, die Kisten einzusammeln, verstehen Sie?« Traurig schüttelte er den Kopf. »Wir hatten uns nicht viel zu sagen, meine Söhne und ich, aber ja, ich weiß ungefähr, was in den Kisten drin war.« Er strich sich den Schnauzer glatt. Mehr wollte er offensichtlich zu all dem nicht sagen.

Peter hatte sich bereits halb erhoben, als die Tür aufging. Der Mann, der die Tür bewachte, meldete sich zu Wort.

»Gegenüber stehen zwei Iraker und beobachten uns. Sie sind mit dem da gekommen.«

Aufgebracht stürzte Peter auf ihn zu. »Das ist nicht wahr!«, rief Peter, wurde aber von dem Türsteher unsanft zurückgestoßen. Er stolperte und landete wieder auf dem Karton, der dieses Mal unter ihm nachgab.

Plötzlich war der ganze Raum voller Männer, die Peter festhielten und ihn durchsuchten. Sie entdeckten Peters Brieftasche, sein Handy aber, das ihm bei seinem Sturz aus der Tasche gerutscht war, fanden sie nicht.

Dann ließen sie ihn allein zurück und diskutierten lautstark vor der Tür.

Kein gutes Zeichen.

Peter hob sein Handy vom Boden auf und überprüfte seine Brieftasche. Zwischen den vielen Visitenkarten fand er die von Randolph Fischer. Sofort wählte er die Telefonnummer.

»Ja?«, erklang eine Frauenstimme.

»Ich muss mit Randolph Fischer sprechen, und zwar schnell.«

»Mit wem spreche ich?«, fragte sie.

»Mit Peter de Boer. Randolph Fischer kennt mich.«

»Augenblick.«

Pausenmusik erklang.

»Ja?«, sagte eine neue Frauenstimme.

»Randolph Fischer – kann ich mit ihm sprechen?«, drängte Peter.

»Er ist gerade nicht da, kann ich ihm etwas ausrichten?«

»Ich bin hier in einem kurdischen Club namens ›Newroz‹

und stecke ziemlich in der Klemme. Ich fürchte, ich komme da alleine nicht raus. Ich brauche Hilfe, und zwar sofort.«

»Adresse?«

Peter gab sie ihr, und sie bat ihn, sich ein wenig zu gedulden.

Als die Stimmen vor der Tür verstummten, steckte er sich schnell das Handy wieder in die Tasche – gerade noch rechtzeitig, bevor die Tür wieder aufging.

Einer der Männer, die an den Teetischen gesessen hatten, leitete das Verhör ein. »Warum stehen die Iraker da draußen?«

»Weil ich regimekritische Artikel über Bagdad geschrieben habe. Ich werde schon seit langem beschattet.«

»Wo?«

»Im ›Handelsblad‹ zum Beispiel, und im ›Telegraaf‹.«

Der Mann wandte sich einem der anderen Männer zu. »Überprüf das! Er heißt Peter de Boer.« Dann wandte er sich wieder Peter zu. »Wann?«

»Seit der Operation Wüstensturm immer wieder.«

»Wie lange beschattet man Sie schon?«

»Genauso lange. Aber heute habe ich es nicht bemerkt, ich schwör's.«

»Schwören?«, wandte Omar ein, und die Furchen in seinem Gesicht wurden tiefer. »In Ihrer Brieftasche war kein Presseausweis.«

»Er liegt in meinem Auto, und das hat meine Frau heute. Sie wissen schon, Samstagseinkäufe.«

Omar wirkte nicht überzeugt, und das konnte Peter gut verstehen. »Und was hatten Sie sich vorgestellt, was wir für Sie tun könnten?«, fragte er.

»Mir dabei helfen, die Kisten aus der El-Al-Maschine zu finden, damit wir sie der PUK übergeben können!« Sie sahen ihn an, als wäre er verrückt.

Peter versuchte, sich zu konzentrieren. »Hören Sie, die DPK und die Iraker haben vorgestern Granaten über dem Flüchtlingslager in Siranband abgeworfen. Dabei sind viele Kinder umgekommen. Und das, während Barzani in der Türkei war und den Amerikanern versprach, die Allianz der DPK mit den Irakern sei nur vorübergehend. Man hat ihm geglaubt, ist euch das klar? Also, was kann Barzani aufhalten? Ich werd's euch sagen! Einzig und allein chemische und biologische Waffen – genau das Zeug, das in den Kisten der El-Al-Maschine war.«

Die Männer sahen sich an. »Omars Söhne und die beiden anderen wollten die Kisten doch bloß verkaufen«, warf einer der älteren ein. »Wir anderen haben uns nie dafür interessiert. Wir können das, was in den Kisten ist, nicht gegen die Iraker und deren Handlanger einsetzen.«

»Man könnte das Zeug den Amerikanern geben und sich irgendwie mit ihnen einigen«, schlug ein anderer vor.

»Mit ihnen einigen? Worauf?«

»Darauf, dass die Amerikaner Druck auf Barzani ausüben, um einen Waffenstillstand zu erwirken«, mischte sich Peter ein. »Oder man könnte versuchen, neue Verhandlungen einzuleiten und Sicherheitsgarantien für die Flüchtlingslager zu erwirken. Sie sind in einer günstigen Position. Wenn Sie die Kisten ausliefern, tragen Sie dazu bei, einen internationalen Skandal zu beenden, und Clinton wird sich die Finger danach lecken, den Vermittler zu machen.«

Wieder erhob Omar das Wort. »Warum reden wir überhaupt mit diesem Mann? Er weiß genauso wenig wie wir. Schmeißt ihn raus, ich will weiter Karten spielen.«

Na, los, macht schon!, dachte Peter und betete, sie mögen ihn gehen lassen, bevor der junge Kerl die Wahrheit über ihn herausfand. Das Handy in seiner Innentasche gab ein leises, aber verräterisches Piepen von sich. Peter brach der Schweiß aus. Er drückte den Arm fest gegen die Innentasche, um das Klingeln zu ersticken, aber zu spät, die anderen hatten es bereits gehört. Als das Handy abermals klingelte, drehten sie ihm die Arme auf den Rücken und nahmen es an sich.

Der Mann, den sie Ababakia nannten, zog ein Messer aus der Tasche und hielt ihm die Klinge an die Kehle.

»Los! Sag was!« Er drückte auf die Rufannahmetaste, hielt Peter das Gerät ans Ohr und rückte ihm so dicht auf die Pelle, dass er mithören konnte. Es war Nicky. Peter hielt die Luft an. Er schloss die Augen und lauschte. Nicky klang gut gelaunt, fast aufgekratzt. Welche Wohltat in dieser Lage.

»Ich glaube, ich habe die Kisten gefunden, Peter«, erzählte sie aufgeregt.

»Frag sie, wo sie ist«, flüsterte Ababakia und drückte die Klinge etwas fester gegen Peters Kehle.

»Wo bist du?«, fragte er leise, damit seine Stimme ihn nicht verriet.

»Auf Marken, wie besprochen. Stimmt was nicht, Peter?«

Ababakias Atem war warm und feucht. »Sag ihr, dass sie am Kai auf dich warten soll«, flüsterte er.

»Nein, nein, alles in Ordnung. Hör zu, Nicky. Klasse, dass du die Kisten gefunden hast. Geh zurück zum Hafen, ich komme, so schnell ich kann.«

Peters Magen krampfte sich zusammen, als sie sich verabschiedeten und Ababakia auflegte.

In diesem Moment kehrte der junge Mann zurück. »Weder die eine noch die andere Zeitung kennt ihn. Er hat nie auch nur eine Zeile für sie geschrieben.«

»Ach!« Ababakia lächelte breit. »Wie seltsam.« Dann wandte er sich an die anderen. »Da draußen sind zwei von Saddams Waschlappen, die eine Runde in den Kanal müssen. Wer meldet sich freiwillig?«

»Sie sind weg«, verkündete wieder ein anderer.

Peter zog es fast die Beine weg. Plötzlich sah er Nickys Gesicht vor sich, in dem Wärme, Liebe und so viel Hoffnung lagen. Tiefe Schuldgefühle stiegen in ihm hoch, weil er sie so im Stich ließ, und er sah zu Boden.

»Na, das gefällt ihm wohl nicht«, sagte einer.

Sie fuhren in mehreren Autos. Ein dunkler Wagen hängte sich an den Konvoi, als dieser auf den Middenweg abbog. Peter betete, dass das Randolph Fischer war.

45

Rahman saß bei sich zu Hause und sah zufrieden auf die Uhr. Vor einer knappen halben Stunde hatte er eine Mitarbeiterin, eine gut angepasste Studentin mit kurdischen Wurzeln, nach Bijlmermeer geschickt, um eine gewisse Meryem Soliman und deren Sohn Jalal aufzusuchen. Diese Lina sollte behaupten, der Fremde, der am Vortag mit ihnen gesprochen hatte, wäre ein israelischer Agent mit Decknamen Peter de Boer. Rahman lächelte. Diese Nachricht würde die beiden Kurden schon dazu bringen, Lina alles zu erzählen, da war sich Rahman sicher.

Ja, doch, er hatte allen Grund, zufrieden zu sein. Peter de Boer würde ihnen nichts verheimlichen können.

Als das Telefon klingelte, nahm er Linas Anruf gut gelaunt entgegen. Sie kam sofort zur Sache: »Meryem Solimans Ehemann und drei weitere Männer haben nach dem Absturz Kisten abtransportiert.«

Rahman umklammerte den Hörer fester. Endlich! »Und weißt du, wo die Kisten jetzt sind?«

»Nein, aber der Sohn hat Peter de Boer die Adresse eines kurdischen Clubs gegeben, wo man bestimmt mehr weiß. Der Junge hat auch gesagt, dass die Kisten eventuell nach Marken geschafft worden seien.«

»Die Kisten sind also noch im Land?«

»Ja, ich glaube schon. Die Männer, die sie mitgenommen haben, sind jedenfalls tot. Ich glaube nicht, dass sie die Kisten verkauft haben.«

»Wo bist du jetzt?«

»Ich stehe vor dem Wohnblock, in dem Meryem Soliman wohnt.«

»Gut. Du kannst jetzt nach Hause gehen.«

Rahman schürzte die Lippen. Was für ein Durchbruch! Jahrelang hatten sie keine einzige brauchbare Spur gehabt. Immer wieder waren ihm Zweifel gekommen, ob es diese Kisten überhaupt noch gab – und jetzt das. Peter de Boer war deutlich systematischer vorgegangen als er und seine Leute, das musste Rahman ihm lassen.

Dass Peter de Boer im Club »Newroz« war, wusste Rahman bereits von den beiden Männern, die sich an seine Fersen geheftet hatten. Erregt wie er war, wollte er sich noch einmal bei ihnen melden.

»Ihr lasst ihn nicht mehr aus den Augen«, warnte Rahman.

»Geht in Ordnung. Der Wagen steht in der nächsten Seitenstraße.«

Als Nächstes meldete sich Rahman bei Hamid, der vor Nicky Landsaats Wohnung stand und Wache schob.

»Geh zu ihr rauf!«, befahl Rahman ihm. »Klingel bei ihr.«

»Ja, aber dann weiß sie doch, dass ich da bin.«

»Tu's einfach, Hamid.«

Nach sieben langen Minuten rief Hamid zurück.

»Sie ist weg!«, schrie er beinahe. »Ich hab mit ihrer Schwester geredet. Nicky Landsaat hat die Wohnung schon heute Morgen um kurz nach sechs verlassen.«

Rahman wurde heiß und kalt. Er musste sich beherrschen. »Wie bitte? Und wo ist sie jetzt? Hat die Schwester das auch gesagt?«

»Sie wollte nach Marken.«

Kommentarlos beendete Rahman das Gespräch und wählte eine weitere Nummer.

»Aayed Hammoudi«, meldete sich eine heisere Stimme.

»Ich bin's, Rahman«, sagte er leise. »Bist du zu Hause in Volendam?«

»Ja. Wieso? Ich hab heute frei.«

»Du musst sofort rüber nach Marken. Deine kleine Freundin Nicky Landsaat, der du ja angeblich das Genick gebrochen hast, hat möglicherweise die Fracht der El Al gefunden.«

»Nein!«

»Doch. Haben wir ein Motorboot draußen?«

»Nein, zurzeit nicht.«

»Wie oft geht die Fähre rüber?«

»Alle halbe Stunde, aber warum? Wenn ich über den Damm fahre, bin ich in fünfzehn Minuten dort.«

»Nimm die Fähre und nimm deinen Bruder mit. Wenn ihr sie seht, hängt euch an sie dran. Sie darf euch auf keinen Fall entwischen, und ihr dürft sie nicht anrühren – es sei denn, sie hat das Zeug wirklich gefunden und erzählt es überall herum, okay? Ich fahre selbst rüber und parke ein paar Hundert Meter vom Parkplatz entfernt auf dem Deich, damit sie nicht entwischen kann, ohne dass ich es mitkriege.«

Er ging durch den Vorgarten, winkte den Nachbarn von gegenüber zu, verließ die Reihenhausanlage und marschierte weiter bis zu einem Parkplatz, auf dem ein Kühlwagen von Anton Borst Catering stand.

46

Der Morgen war ungewöhnlich kühl und klar gewesen. Nicky hatte sich ihre Schultertasche geschnappt und war durch den schwach beleuchteten Kellergang in das Nachbarhaus und von dort durch eine Luke in die nächste Seitenstraße gelangt. Als Bea plötzlich vor ihr auftauchte und sie um Hilfe anflehte, hatte sie ihr schließlich den Wohnungsschlüssel gegeben. Kurz danach war ihr auch noch Didi in die Arme gelaufen, der sich einfach nicht mehr abschütteln ließ. Gemeinsam waren sie mit dem Taxi nach Marken gefahren. Dort hatte sie ihn, vollgedröhnt wie er war, auf einer Bank vor dem Souvenirladen in der Nähe des Hafens abgesetzt.

Endlich konnte sie sich auf die Suche nach dem Mann mit den Papageien machen.

Auf ihrem Weg durch das Labyrinth schmaler, malerischer Gassen sprach Nicky mehrere Inselbewohner an. Alle waren freundlich, aber keiner konnte ihr weiterhelfen. Von einem Mann mit Papageien wusste niemand etwas.

Schließlich, als sich ihr Hunger meldete, betrat Nicky eine kleine Bäckerei. Und plötzlich hatte sie ganz deutlich das Gefühl, schon einmal hier gewesen zu sein. In ihrem Hals bildete sich ein Kloß. Kein Zweifel. In genau diesem Laden hatte sie einst als Kind gestanden und davon geträumt, wenigstens ein Rosinenbrötchen kaufen zu können, während ihre Schulkameraden immer alles im Überfluss hatten.

»Ich hätte gern je ein Teil von allem«, sagte sie und riss sich damit rasch aus ihren Gedanken. Sie zeigte auf Kekse und Kuchen. Ein wunderbares Gefühl. »Kennen Sie jemanden hier draußen, der Papageien hält?«, erkundigte sie sich dann bei der Bäckersfrau. »Ich suche jemanden, der ein paar Papageien haben soll.«

»Papageien?« Die Verkäuferin verschloss die Tüte und nahm eine weitere zur Hand. »Nein, ich kenne keinen, der Papageien hat, und ich kenne ja wohl so ziemlich jeden hier draußen. Oder ist derjenige gerade erst hergezogen?«

Nicky schüttelte den Kopf. »Nein, gerade hergezogen ist er bestimmt nicht. Ich weiß nur, dass er einen Schuppen oder so was hat und dass er vor einigen Jahren Kontakt zu ein paar Kurden hatte, die ab und zu hier waren. Und die wiederum haben davon erzählt, dass der Mann Papageien oder irgendwelche anderen exotischen Vögel hält.«

Die Bäckersfrau schürzte die Lippen, statt zu lächeln. »Ah«, sagte sie dann. »Sie meinen den Koch.«

Nicky nahm die beiden Tüten mit dem Gebäck entgegen. »Den Koch?«

»Ja, einen, der Vögel wirklich gerne mag, aber am liebsten auf seinem Teller. Sie suchen Frits Paauw. Er schießt sie, rupft sie, kocht sie, stopft sie und brät sie. Er ist begnadet, was das angeht. Den kennt hier jeder. Er ist selbst ein bunter Vogel. Dass er Kontakt zu Kurden haben soll, wundert mich nicht. Und Frits hat einen Schuppen. Sogar mehr als einen. Mindestens zehn, wenn Sie mich fragen.«

Die Frau trat mit Nicky zusammen hinaus auf die Straße und erklärte ihr den Weg durch die Gassen. »Grüßen Sie Frits von mir!«

Sie fand das Haus sofort. Es war älter als die anderen in der Gasse und vollständig überwachsen mit Efeu.

Der Mann mit dem wettergegerbten Gesicht, der Nicky die Tür öffnete, sagte, sie hätte Glück, ihn anzutreffen, denn zu dieser Jahreszeit gebe es reichlich zu tun, und er sei gerade erst von einem seiner herrlichen frühmorgendlichen Jagdausflüge zurückgekehrt.

Mehr musste er nicht sagen. Die Beute auf dem Küchentisch sprach Bände. »Ich habe gelesen, dass in Holland jedes Jahr dreieinhalb Millionen Enten geschossen werden. Glauben Sie, daran sind außer Ihnen noch ein paar andere Jäger beteiligt?« Sie zeigte auf den Berg auf dem Tisch und löste den Anflug eines Lächelns aus.

Frits Paauw bat Nicky, auf dem Sofa Platz zu nehmen, über dessen Rückenlehne einige Tierfelle ausgebreitet waren. Offenbar hatten noch andere Kreaturen das Pech gehabt, seinen Weg zu kreuzen. Sie strich mit der Hand über eines der Felle und erzählte, weshalb sie bei ihm war.

»Sie wollen die Kisten abholen?« Er nahm die Pfeife aus dem Mund. »Dann müssen Sie aber auch die Lagermiete für die letzten Jahre nachzahlen.«

Nicky klappte die Kinnlade herunter. »Soll das heißen, Sie haben sie?«, fragte sie.

»Ja, das will ich meinen. Als ich letztes Mal nachgesehen habe, waren sie jedenfalls noch da.«

Er griff nach dem Jagdgewehr. Wenn sie jetzt ohnehin in die Richtung mussten, konnte er genauso gut das Auto nehmen und sehen, ob es auf dem Festland nicht noch eine Stelle mit ahnungslosen Enten gab.

Sie machten sich auf den Weg zum Parkplatz.

Nach einer kurzen Fahrt zeigte Paauw auf einen windschiefen Schuppen. Das ist nicht sein Ernst, dachte Nicky.

»Früher standen da auch ein paar Ponys, aber die sind irgendwie krank geworden und gestorben.«

Nicky stutzte, als sie das hörte, und sah sich gründlich um. Rund um den Schuppen war in der Tat nicht mehr viel Leben. Die Äste des Baums jenseits des Schuppens waren abgestorben, und der Boden war auf mindestens einem Meter Breite rund um die Holzwände dunkel und kahl. Nicht einmal Moos bedeckte die Hütte.

Nicky beschloss, nichts anzufassen.

Der Schuppen hatte zwei Eingänge. Eine blassblaue Tür an einem Ende und eine holzfarbene Doppeltür, wie ein Garagentor, am anderen. Frits Paauw schloss auf.

Drinnen drängte sich ihnen ein saurer, scharfer Geruch auf. Paauw hob eine große graue Leinenplane an und zeigte darunter. »Ja, ist alles noch da, wie Sie sehen.«

Nicky bückte sich und erkannte sofort die Aufkleber mit den hebräischen Zeichen. Es handelte sich um mindestens dreißig mittelgroße Holz- und Pappkisten, unordentlich übereinander gestapelt, als hätte man es damit verdammt eilig gehabt.

»Ich habe mit diesem Chaos nichts zu tun. Die Kisten stehen noch genau so da, wie sie abgeladen wurden.« Er zog die Plane wieder herunter und ließ seinen Blick dann über den Polder wandern, während er rechnete. »Also, wenn Sie sie haben wollen, kostet Sie das achthundert Gulden. Gut fünfzehn Gulden pro Monat, das ist wohl recht und billig, oder?«

Sie holte das Geld aus der Tasche, bevor er es sich anders überlegen konnte. Er nahm es an und sah Nicky tief in die Augen. Darüber hinaus stellte er keine Fragen. Was aus den Kurden geworden war, woher er sie gekannt hatte, warum so viel Zeit ins Land gegangen war? Das alles interessierte ihn nicht. Muss eine flüchtige Bekanntschaft gewesen sein, dachte Nicky und versprach, die Kisten noch am selben Tag abzuholen.

Frits Paauw hatte sie bei sich zu Hause wieder abgesetzt, und Nicky hatte, sobald sich die Gelegenheit bot, mit Peter telefoniert, der sich ganz seltsam angehört hatte. Zunächst war sie beunruhigt gewesen. Doch dann mahnte sie sich zur Ruhe, du kennst ihn einfach noch nicht so gut. Immerhin hatte er zugesagt, sich so schnell wie möglich am Hafen mit ihr zu treffen.

Auf dem Weg zum Kai hatte sie rasch noch einmal bei Didi vorbeigeschaut. Da er immer noch schlief, legte sie eine der Bäckertüten neben ihn auf die Bank. Dann ging sie weiter zum Hafen.

Sie schlenderte mehrmals an dem vor Anker liegenden roten Dreimaster vorbei und studierte den Fahrplan und die Preise des Marken-Express, der Schnellfähre nach Volendam und Monnickendam.

Sie sah zum Fahrkartenschalter, einem kleinen, weiß und grün angestrichenen Häuschen mit großen Fenstern.

Der Blick über den Hafen, wo der Marken-Express bald anlegen würde, war ausgezeichnet. Dann ist der Blick vom Restaurant nebenan sicher genauso gut, folgerte Nicky.

Keiner außer der Kellnerin bemerkte sie, als sie sich in dem großen, hellen Raum einen Platz am Fenster suchte. Sie war nicht die einzige Touristin. Eine Gruppe Rentner diskutierte lautstark.

Nicky bekam ihren Kakao in dem Moment serviert, als der Marken-Express vertäut wurde und die Passagiere an Land gingen. Erst ein paar Schulkinder mit ihrem Lehrer, dann ein dunkelhäutiger Mann, gefolgt von einem weiteren Mann, der dem ersten zum Verwechseln ähnlich sah.

Erschrocken griff sich Nicky an den Hals. Tisch und Tasse wackelten, der Kakao schwappte über.

Den Mann, der da draußen in der Sonne stand, kannte sie nur allzu gut. Das war der Mann, der versucht hatte, sie in der Telefonzelle umzubringen! Ihn hatte sie hier absolut nicht erwartet.

Sie versuchte, sich zu beruhigen, und sah sich um. In der Ecke führte eine schwarze, schmiedeeiserne Wendeltreppe in den ersten Stock, und an der hinteren Wand waren die Türen zu den Toiletten. Mehr nahm sie nicht wahr. Als sie wieder zum Fenster hinaussah, waren die beiden Männer aus ihrem Blickfeld verschwunden.

Sie blieb sitzen, duckte sich jedes Mal, wenn draußen jemand vorbeiging, und warf immer wieder einen Blick zu den Toilettentüren.

Nach zehn, fünfzehn Minuten erhob sie sich, fest entschlossen, sich hinter den kleinen Häusern an der Südmole entlangzuschleichen und von dort über den schmalen Deich, den sie in der Ferne erkennen konnte, zum Festland zu laufen. Sie musste weg. Didi sollte selbst zusehen, wie er zurechtkam.

Nicky trat vor das Restaurant und erschrak. Genau auf dem großen Parkplatz am Ende der Deichstraße stand Aayeds Begleiter und beobachtete die Straße zum Festland hinüber, als hätte er Nickys Gedanken gelesen.

Nun aber wirklich weg vom Hafen, dachte sie. Und ich muss Peter warnen. Sie drückte sich an den Hausmauern entlang, doch kaum war sie an der Straßenecke angelangt, sah sie, dass Ayed gerade aus dem kleinen Café wenige Meter entfernt trat. Geistesgegenwärtig stürzte Nicky in das Heimatmuseum, bevor Aayed sie entdeckte.

»Hoppla!«, lachte ein großer, alter Mann mit schwarzer Mütze, der das Museum offensichtlich leitete. »Willkommen in meinem bescheidenen Heim.« Ohne zu zögern hob er zu einem Vortrag über seine Kindheit und Jugend in diesem Haus an und war kaum zu bremsen.

Unter anderen Umständen hätte Nicky sicher gern zugehört, in diesem Moment aber wollte sie einfach nur raus. Weg.

»Gibt es hier einen Hinterausgang?« Sie sah sich um und wusste bereits, wie die Antwort lauten würde.

»Liebeskummer?« Er stemmte die Hände in die Seiten und bedachte sie mit einem mitfühlenden Blick.

Sie nickte. Das war das Einfachste.

Er bückte sich und zog an einem Ring auf dem Boden. »Früher kam man durch diese Luke direkt an die frische Luft, weil das Haus auf Pfählen gebaut ist. Heute habe ich da unten einen wunderbaren Stauraum.«

Sie reichte ihm fünf Gulden. »Vielen Dank für die Führung. Sie haben ein wunderschönes Haus.« Aber er wollte das Geld nicht.

Nicky sprang von der steilen Stiege und erreichte die Außentür. Kaum im Freien, stellte sie fest, dass sie sich nun auf einem Backsteinweg befand, der unter den massiven Stützbalken der Häuser hindurchführte, hin zu einem weiteren, südlich um den Ort herum verlaufenden Weg.

Ohne sich umzusehen rannte sie los. Vorbei an gedrungenen Häusern kam sie schließlich dorthin, wo sich das Flachland öffnete.

Menschen waren keine in Sicht. Nicky ließ den Blick schweifen und entdeckte ein Stück entfernt in der Marsch ein großes, flaches Holzgebäude. Es lag, umgeben von einer Hecke, genau an der Stelle, wo der Deich an die Insel andockte.

Einige abgestellte Traktoranhänger sollten ihr auf dem Weg dorthin als Deckung dienen. Sie atmete tief durch und eilte geduckt von einem Anhänger zum nächsten.

Kaum hatte sie das Holzgebäude erreicht und sich hinter der Hecke in Sicherheit gebracht, rief sie noch einmal Peter an.

»Ja?«, meldete dieser sich atemlos, als wäre auch er gerade gerannt.

»Peter, du musst mich sofort abholen. Ich habe Aayed gesehen.« Sie hörte, wie ihre Stimme bebte, und auf einmal ließen sich die Tränen nicht mehr zurückhalten.

»Nicky! Bleib ganz ruhig! Hör mir zu.« Er sprach sehr kontrolliert und langsam, und doch entging ihr nicht, wie sehr er sich beherrschen musste. »Die Kurden und ich, wir fahren gerade hinaus nach Marken. Sie hören alles, was du sagst. Verstanden?«

Sie nickte wortlos.

»Sie glauben, dass wir mit den Irakern unter einer Decke stecken«, fuhr er fort. »Immerhin konnten wir unsere Verfolger abschütteln, dafür mussten wir allerdings einen ziemlichen Umweg fahren. Ich schätze aber, dass wir in zehn Minuten da sind. Weiß Aayed, wo du bist?«

»Nein, ich glaube nicht.«

»Wo versteckst du dich? Bist du immer noch unten –…« Da brach die Verbindung ab. Weg war er. Vielleicht war das Netz schlecht oder der Akku leer. Ein Anflug von Panik machte sich in ihr breit.

Vorsichtig streckte sie den Kopf über die Hecke. Reiß dich zusammen, dachte sie. Sie musste Peter und den Kurden ja bloß entgegengehen und sie anhalten. Das konnte doch nicht so schwer sein. Am Deich entlang wuchsen Binsen, zur Not konnte sie sich dort verstecken.

Nicky trat auf die asphaltierte Straße und sah sich vorsichtig um. Ein gutes Stück zurück lag der große Parkplatz. Und nicht weit von ihr entfernt stand in einer Haltebucht ein alter weißer Lieferwagen. Seltsam, dachte sie, leide ich an Verfolgungswahn? Der wurde doch bestimmt dort abgestellt, um die Parkgebühren zu sparen. Nicky atmete tief aus und entzifferte die verblichene Schrift auf der Seite.

»Anton Borst Catering« stand da. Nicky ging langsam darauf zu. Das leise Brummen aus dem Heck des Wagens bemerkte sie erst, als sie den Wagen erreicht hatte. Alarmiert nahm sie den Knoblauchgeruch wahr, aber da war es bereits zu spät. Jemand packte sie und hatte sie blitzschnell mit eisernem Griff außer Gefecht gesetzt.

Sie erkannte Rahman sofort. Er riss die hintere Tür des Lieferwagens auf und stieß sie hinein, auf einen geriffelten, eiskalten Metallboden. In seiner Hand blitzte ein Springmesser.

Seltsamerweise wurde Nicky in dem Moment vollkommen ruhig.

Er griff nach ihrer Tasche und kippte den Inhalt auf die Straße. Dann trat er ein paarmal kräftig auf das Handy und sagte emotionslos: »Du weißt, wo die Kisten sind.«

Sie antwortete nicht.

»Also: Wo sind sie?«

Sie rutschte ein Stückchen zur Seite und schielte zur offenen Tür hinaus. In der Ferne war ein Autokonvoi zu erkennen, der sich mit hoher Geschwindigkeit der Insel näherte.

Sie musste unbedingt Zeit gewinnen. Zeit und sein Vertrauen.

»Die Kisten sind auf der Insel. Ich habe ja ohnehin keine Alternative, also zeig ich dir, wo.« Sie hielt kurz inne. Unter der Bedingung, dass du mich hinterher gehen lässt, hatte sie hinzufügen wollen.

Aber sie zögerte zu lange. Rahman sah ihr in die Augen und entdeckte etwas, das dort nicht sein sollte. Sofort drehte er sich zum Deich um. Kaum erblickte er den Konvoi, sprang er auch schon in den Wagen und knallte die Türen zu.

»Sei still!«, fauchte er sie in der Dunkelheit an und drückte ihr die Klinge an die Kehle.

Nicky blieb ihr verzweifelter Hilfeschrei im Hals stecken.

Drei Autos fuhren so schnell vorbei, dass der Lieferwagen ins Schwanken geriet. Das vierte bremste leicht ab und passierte deutlich langsamer. Vielleicht sehen sie ja das zertrampelte Handy auf der Straße. Ach, Peter. Bitte. Schau genau hin!, betete sie. Dann gab auch das vierte Auto wieder Gas, und kurz darauf war es nicht mehr zu hören.

Der Druck der Klinge gegen ihre Kehle ließ nach. »Wissen die anderen, wo die Kisten sind?«

»Nein.« Ihre Stimme bebte. »Wir wollten uns am Hafen treffen.«

Nicky wusste, was Rahman dachte. Das würde Ärger geben. Aayed und sein Doppelgänger gegen vier Autos voller Kurden. Das würde für Schlagzeilen sorgen. Und Peter war dabei. Bitte, bitte, macht, dass er nicht aus dem Auto steigt!, flehte Nicky die Götter an.

»Ich setz mich nach vorn ans Steuer, und du bleibst hier«, ordnete Rahman in diesem Moment vollkommen sachlich an. »Wenn du Zicken machst, schlitz ich dich auf, verstanden? Wir werden die Kisten ohnehin finden, auch ohne deine Hilfe.«

Er schloss die Tür des Kühlraums und sprang in die Fahrerkabine. Wenige Minuten später klapperte Nicky mit den Zähnen.

»Tja, Nicky, das war's dann wohl. Wie konnte es bloß so weit kommen?«, flüsterte sie zu sich selbst und kämpfte mit dem allzu bekannten Gefühl, dass ihr Leben niemals den Verlauf nahm, den sie sich gewünscht hätte. Sie zitterte am ganzen Körper. Der Frost kroch in alle Gliedmaßen, und sie versuchte, sich abwechselnd durch Bewegung und heftiges Reiben ihrer Arme und Beine irgendwie warm zu halten.

Sie wusste, dass ihr in dieser Kälte nicht allzu viel Zeit blieb. Wenn die Körpertemperatur eines Menschen zu sehr abfällt, stellt sich Gleichgültigkeit ein. Dann wird es immer schwerer, klare Gedanken zu fassen, und das Leben entweicht dem Körper, ohne dass der Geist auch nur in Ansätzen dagegen rebellieren könnte.

Denk an etwas, Nicky. Solange du an irgendetwas denkst, lebst du!, dachte sie. Und halt die Luft an, damit du keine Wärme abgibst.

In diesem Moment spürte sie, wie der Wagen abgebremst wurde. Sie hörte, wie Rahman aus dem Führerhaus sprang und die Fahrertür hinter sich zuschlug. Die Tür zum Kühlraum ging auf, und das grelle Sonnenlicht blendete sie.

»Bitte lass mich hier raus«, bettelte sie. »Ich zeig dir, wo die Kisten sind.«

»Dazu brauch ich weder dich noch Peter de Boer.« Ohne eine Miene zu verziehen, setzte er einen Fuß auf die Ladefläche.

In diesem Moment schrie Nicky los wie noch nie, sie schrie aus Leibeskräften, sie schrie um ihr Leben.

Da kippte Rahman wie von unsichtbarer Hand gezogen rückwärts aus dem Wagen.

Irgendjemand versetzte ihm brutale Tritte, noch bevor er mit dem Kopf auf dem Asphalt aufschlug. Nicky hörte ein dumpfes Knirschen, dann einen Schrei. Rahman gab keinen Laut mehr von sich.

Als Nicky sah, wer ihr zu Hilfe gekommen war, begann sie unwillkürlich zu lachen: Der gute, alte Didi hatte endlich seinen Rausch ausgeschlafen.

»Ach, du Scheiße!«, sagte er und schlug seine Fäuste gegeneinander. »Was zum Teufel machst du denn hier, Nicky?«

Vollkommen verwirrt war Didi auf der Bank aufgewacht und hatte nur Augen für die Bäckertüte gehabt, deren Inhalt er binnen weniger Minuten verputzt hatte. Ziellos war er dann auf der Insel herumgelaufen, bis er beschloss, per Anhalter nach Hause zu fahren.

»Ich habe ein paar Rostlauben auf den Parkplatz fahren sehen und dachte, jetzt müssten doch bald auch mal welche in die andere Richtung fahren. Dann bin ich losmarschiert und an diesem Schrotthaufen und dem Spacko da vorbeigekommen.« Er zeigte auf Rahman, der nach dem Tritt gegen die Schläfe bewusstlos auf der Straße lag. Didi hatte ihm inzwischen mit seinem Ledergürtel die Arme auf den Rücken gebunden.

»Der hat mich irgendwie so aggressiv angeschaut, und dann habe ich gemerkt, wie er mich im Außenspiegel beobachtet hat. Irgendwie hatte ich das Gefühl, ich muss mir das genauer ansehen. Da hab ich mich unten an der Böschung zurückgeschlichen.« Er legte ihr die Hand auf die Schulter. »War wohl keine ganz schlechte Idee.«

Das war die Untertreibung des Jahres.

»Sind wir dann jetzt quitt?«, fragte er.

Sie lächelte. »Ja, das auch.«

»Wer ist das eigentlich?« Er stupste Rahman mit der Schuhspitze an.

»Einer, der leider ziemlich viele Gründe hat, Peter, mich und dich umzubringen, wenn sich die Gelegenheit bietet. Versucht hat er's schon mal, und ich bin sicher, er wird es wieder versuchen, wenn wir ihn nicht aufhalten.«

Didi zog das Rasiermesser aus seiner Lederkappe. »Ich schneid ihm die Gurgel durch.« Die Klinge blitzte in der Sonne.

Sie packte ihn am Unterarm. »Didi, hör auf! Hilf mir lieber, ihn in den Kühlraum zu verfrachten. Wir müssen so schnell wie möglich zum Parkplatz.«

Rahman bewegte sich. Er schlug die Augen auf, in denen sofort wieder der Hass brannte.

Didi warf einen skeptischen Blick auf den Gürtel, mit dem er Rahmans Hände gefesselt hatte.

»Und wenn er sich befreit? Ich kenne diese Typen. Die sind die reinsten Befreiungskünstler, kommen echt überall raus.« Er senkte den Kopf und sah sie an. »Hast du sie noch?«

»Was meinst du?«

»Die Pillen. Deine Roofies.«

»Ja, müsste ich eigentlich.« Sie wühlte in ihrer Tasche und beförderte vier Tabletten zutage.

Didi setzte sich auf Rahmans Brustkasten, hielt ihm das

Messer an den Hals und drückte ihm zwei Pillen in den Mund. »So!« Damit blieb er ganz ruhig noch ein paar Minuten sitzen, bis Rahmans Körper sich zu entspannen begann.

Dann schafften sie ihn in den Kühlraum und setzten sich in die Fahrerkabine.

»Scheiße! Wir haben vergessen, ihm den Schlüssel abzunehmen.« Didi rannte noch einmal zum Kühlraum und zerrte den Schlüssel aus Rahmans Hosentasche.

Nicky nahm ihren Kopf in die Hände und beugte sich vor. Komm schon, Didi! Wir haben's eilig! Peter ist in Gefahr. Als sie wieder aufsah, war der Konvoi nur noch knapp hundert Meter entfernt.

Didi war gerade aus dem Kühlraum auf die Straße gesprungen, als er eine ganze Horde Männer aus den Autos stürzen sah. Sofort griff er nach der Lederkappe, schaffte es aber nicht mehr, das Messer rechtzeitig parat zu haben. Einer der Männer richtete bereits den Lauf einer Pistole auf ihn.

»Okay!« Didi ließ das Messer fallen und machte ein paar Schritte rückwärts. »Ist doch gar nichts passiert! Der Mann liegt einfach nur im Kühlraum und macht ein Nickerchen.«

Die Männer waren fast alle dunkelhäutig und hatten schwarze Oberlippenbärte. Nicky wagte kaum zu atmen. Erst als sie Peter aus dem letzten Wagen steigen sah, entspannte sie sich. Er ging seelenruhig auf sie zu und öffnete die Beifahrertür. Sanft nahm er ihr Gesicht in die Hände und küsste sie zärtlich.

»Gott sei Dank«, flüsterte er. »Da bist du ja.« Seine Erleichterung stand ihm ins Gesicht geschrieben.

»Alles in Ordnung?«

»Ja!« Nervös sah sie zu den Männern.

Er drückte ihre Hand. »Das sind die Kurden. Jetzt wissen sie, auf wessen Seite wir stehen. Wo ist Rahman?«

Sie zeigte nach hinten.

Peter zog die Augenbrauen hoch. »Lebt er?«

Sie nickte.

Peter küsste sie noch einmal. Dann nahm er sie in den Arm und drückte sie ganz fest an sich, bis auch der letzte Rest Kälte aus ihrem Körper verschwunden war.

»Seid ihr bald fertig?«

Nicky sah in den Außenspiegel.

Didi stand mit ausgestreckten Armen mitten auf der Straße. »Könnte ich jetzt bitte mal erfahren, ob das Freunde oder Feinde sind? Ich spiel nicht so oft in Krimis mit.«

Peter nickte dem Mann mit den zusammengewachsenen Augenbrauen zu. »Der gehört zu uns, Ababakia. Der, den ihr sucht, ist hinten im Wagen.«

Peter lächelte Nicky an. »Eben sind wir zwei von Rahmans Leuten über den Weg gelaufen. So schnell konnten die gar nicht reagieren, wie sie auf dem Rücksitz des Autos da vorne gelandet waren. Als ihnen klar wurde, wie viele wir sind, haben sie uns erzählt, dass Rahman hier draußen ist. Ich bin so froh, dass dir nichts passiert ist.«

In diesem Moment wurden Aayed und sein Begleiter aus einem der Autos gezogen und herübergestoßen. Beiden waren die Hände auf den Rücken gebunden, beide sahen aus, als hätten sie Schläge kassiert.

Nicky war zufrieden. Sie stieg aus der Fahrerkabine und ging auf Aayed zu.

»Einen Moment.« Sie hob die Hand, und die Kurden blieben stehen, während Aayed versuchte, die Hände aus den Fesseln zu winden.

»Hier!«, sagte sie kalt und trat Aayed zwischen die Beine.

»Was ist mit dem?« Einer der Männer zeigte in den Kühlraum auf den leblosen Rahman.

»Der hat zwei von denen intus!« Didi hielt die letzten beiden Roofies hoch. »Ich habe noch genau eine für jeden.«

Die verabreichten sie Aayed und seinem Begleiter. Wenige Minuten später lagen die beiden völlig entspannt auf dem Boden des Kühlraums. Zwei der Kurden entfernten die Fesseln.

»Spinnt ihr?« Didi wich zurück, als würden die leblosen Männer im nächsten Augenblick aufspringen und sie angreifen.

Peter stellte sich zwischen sie, und weil er deutlich größer war, richteten sich alle Blicke auf ihn. »Habt ihr vor, sie umzubringen?«

Ein älterer Mann trat hervor. »Haben Sie vor, uns daran zu hindern?« Er hob den Arm und zeigte auf einen jungen Kerl mitten in ihrem Kreis. »Sehen Sie den da?«

Peter nickte.

»Zeig uns mal deinen Hals, Abdallah.«

Der junge Mann mit olivgrünen Augen trat einen Schritt vor und öffnete sein Hemd. Eine dicke, hellrosa Narbe kam zum Vorschein. Unwillkürlich griff sich Nicky an den Hals.

»Allzu lange ist es noch nicht her, seit Abdallah zusammen mit seinem Vater im Militärgefängnis Diyarbakir saß. Sie hatten bloß ein paar Flugblätter verteilt wie so viele andere. Wissen Sie, wie er zu der Narbe kam?«

Der Alte sah Peter aus dunklen Augen an und wartete die Antwort gar nicht erst ab. »Abdallah und sein Vater wurden an eine fünf Meter lange Eisenkette gebunden. Die Wachen zwangen sie, Rücken an Rücken zu stehen, und dann fingen sie an, die beiden zu schlagen. Zu schlagen und zu schlagen, bis sie irgendwann auseinanderliefen und sich die Kette um ihren Hals zuzog. Wissen Sie, was das bedeutet?«

Auch diesmal war er an einer Antwort nicht interessiert. »Vier Mal musste Abdallah wieder aufstehen und erneut laufen, bis seinem Vater endlich das Genick brach.« Kalt starrte er Peter an. »Sie hatten doch gefragt, ob ich die Männer umbringen will, oder?«

Nicky spürte, wie Peter hin- und hergerissen war, aber sie verstand ihn gut. Er hasste Rahman und die beiden anderen. Sie hatten so viel Böses getan und eine Strafe verdient. Und doch.

»Waren denn diese Männer hier an dem Vorfall mit Abdallah und seinem Vater beteiligt?«, fragte er, und Nicky hielt den Atem an, denn für diese Reaktion hätte sie sich auch entschieden.

Der Alte ignorierte die Frage und legte seinem Nebenmann die Hand auf die Schulter. »Ababakia, den kennen Sie ja. Seine Frau wurde vergewaltigt, und ihren abgetrennten Kopf hat man vor seinen Augen wie einen Fußball in eine Schlucht gekickt. Da war keine Rede von Gnade.«

Eindringlich sah Peter den Mann mit den zusammengewachsenen Augenbrauen an.

»Waren das diese drei Männer, Ababakia?«

»Jeder von uns hier hat so eine Geschichte zu erzählen«, fuhr der Alte fort. »Wir haben unsere toten Säuglinge in Tücher gehüllt und begraben. Wir haben gesehen, wie Olivenbäume, die über Generationen hinweg gewachsen waren, in Flammen aufgingen. Wir wurden gezwungen, uns den Peschmerga anzuschließen, wir sind seither obdachlos, staatenlos und unerwünscht, wo immer wir auftauchen.«

»Ich frage noch mal: Waren das die drei Männer im Kühlraum, die euch das angetan haben?«

Der alte Mann zeigte auf Nicky, und sie meinte zu spüren, wie sein Finger brannte. »Sie ist unsere Zeugin. Sie weiß, wozu diese Männer imstande sind!«

Mit diesen Worten schoben die Männer Peter beiseite. Und als handelte es sich um ein Ritual, das sie schon Hunderte von Malen durchgeführt hatten, zapften sie das Kühlwasser des Wagens ab und gossen es über die am Boden liegenden Männer.

Dann schlossen sie die Tür, überprüften den Generator, der wieder auf Hochtouren lief, und zerstachen beide Hinterreifen.

Nickys und Peters Protest ließ die Männer kalt.

Ein Lastwagen mit offener Ladefläche rückte an, um die Kisten aus Frits Paauws Schuppen abzutransportieren. Peter und Didi halfen beim Beladen.

»Ich habe Angst«, flüsterte Nicky, als sie einmal kurz allein im Schuppen waren, um weitere Kisten zu holen. »Jetzt hast du die Kisten doch angefasst.«

»Ich glaube nicht, dass das schlimm ist«, flüsterte er zurück. »Die Kisten sind alle heil. Ich bin sicher, dass es an der Unglücksstelle ausgetretene Stoffe waren, die den Menschen zum Verhängnis wurden.«

Zweifelnd betrachtete Nicky den dunklen Boden vor dem Holzschuppen und den abgestorbenen Baum. Bevor die Männer die letzte Kiste aufluden, riss sie den Aufkleber ab und steckte ihn in die Hosentasche. Man konnte ja nie wissen. Vielleicht war die Deklaration darauf hilfreich für die Behandlung, wenn sie und Peter von dem Zeug im Inneren der Kisten krank wurden.

»Was machen die Kurden jetzt mit uns, Peter?«

»Keine Ahnung. Ich glaube, nichts. Sie interessieren sich lediglich für die Kisten.«

Sie fuhren im Konvoi von der Insel. Der Wagen mit Nicky, Peter und Didi hielt an einer Bushaltestelle, und die drei mussten aussteigen.

»Linie 111«, sagte Ababakia noch und nickte. »Gute Fahrt. Eine richtige Luxustour für alle, die sich nichts anderes leisten können.«

Er gab Gas, und seine Mitfahrer brüllten vor Lachen.

47

Am Vortag hatte er versucht, irgendwie an Geld zu kommen, hatte Wertpapiere weit unter Preis verkauft, hatte um eine weitere Hypothek auf sein Haus gebettelt und erwogen, sein Auto zu verkaufen. Abgesehen davon, dass er über eine Agentur ein Kindermädchen für Dennis gefunden hatte, war einfach nichts so gelaufen, wie es sollte.

Zum x-ten Mal sah Marc de Vires auf seine Rolex. Er hatte das Gefühl, als stünde die Zeit still.

Seit Stunden gab es nichts Neues von Rahman, Aayed oder einem der anderen Handlanger.

Er justierte die Lamellen der Jalousie, um das von den unzähligen Fenstern des Grand Hotel Krasnapolsky reflektierte Sonnenlicht zu dämpfen. »Verdammte Scheiße, jetzt ruft schon an!«, fluchte er vor sich hin.

Inzwischen hatte er alle durchtelefoniert: Rahmans Frau hatte sofort wieder aufgelegt, als ihr Sohn im Hintergrund anfing zu plärren. Und auch die Kontaktpersonen in der Botschaft konnten ihm nicht sagen, wie die Dinge sich entwickelten.

De Vires rieb sich die Augen. Er hatte in den letzten Nächten kaum noch geschlafen.

Schließlich wählte er die Nummer seiner Kontaktperson in Bagdad.

Die Antwort war dieselbe wie beim letzten Mal: »Nein, du kannst nicht mit deinem Bruder sprechen.«

»Dann brauche ich wenigstens wieder ein aktuelles Foto.

Ihr wollt den Q-Petrol-Bericht und die Fracht von der verunglückten El-Al-Maschine in Bijlmermeer, und ich will wissen, ob es Constand gut geht.«

Man versprach, ihm eine E-Mail zu schicken.

Nach zwanzig Minuten klingelte das Telefon. »Bist du das, Rahman?«, zischte er. Aber er bekam keine Antwort.

Es rauschte in der Leitung, dann war eine piepsige Frauenstimme zu hören, die nur schlecht Englisch sprach.

»Gespräch aus Guam. Sind Sie bereit, die Kosten zu übernehmen?«

Guam! Das musste seine Schwägerin sein, Anna de Vere. De Vires bejahte.

»Einen Moment.«

Das Rauschen wurde lauter, während im Hintergrund die metallischen Echos anderer Gespräche zu hören waren. Was sollte er Anna sagen? Dass Dennis sie vermisste? Sollte er sich an die Spielregeln halten und ihr bestätigen, dass Constand tot war, oder sollte er ihren Schmerz lindern und ihr erzählen, es gäbe noch Hoffnung?

In diesem Moment verriet ein blinkendes Icon auf seinem Computerbildschirm, dass eine E-Mail eingegangen war. De Vires klickte es an. Langsam baute sich das Foto auf. Zuerst erkannte er den Schopf. Zerzauste, grau melierte Locken, die Constands Kopf wie einen Heiligenschein umgaben. Schließlich waren der ganze Kopf und auch der Rumpf zu sehen. Wie beim letzten Foto seines Bruders zeugten Miene und Körperhaltung von nichts als Verzweiflung und Schmerz.

De Vires kniff die Augen zusammen. »Papst Johannes Paul II. besucht Frankreich« stand auf der Zeitung, die Constand in Händen hielt. Das war keine Sensationsnachricht, aber das Datum stimmte.

Er umklammerte den Hörer. Das Rauschen aus Guam veränderte sich abermals und verdichtete sich. Dann meldete eine fremde Stimme plötzlich »Jetzt«, und er konnte Annas Atem hören.

»Anna?«

»Marc? Bist du das?«

»Wo bist du?«

»Auf einem Schiff im Philippinischen Meer. Die Amerikaner haben einige von uns aus Salah ad-Din weggebracht, und jetzt sind wir auf dem Weg nach Guam. Hör zu, Marc, wir haben nicht viel Zeit. Ich habe den ganzen Tag auf dieses Gespräch gewartet.«

»Wie geht es dir?«

»Gut«, sagte sie, aber ihm entging nicht, wie sie mit den Tränen kämpfte. »Ach, Marc. Wie geht es Dennis? Sag ihm, dass seine Mutter ihn vermisst und dass sie bald wieder bei ihm ist.«

»Mach ich, Anna. Ihm geht's gut, aber du fehlst ihm sehr.«

De Vires' Blick war auf das grobkörnige Bild gerichtet. Die Versuchung war groß, ihr zu sagen, dass ihr Mann am Leben war. Er zoomte Constands Augen heran. War darin noch ein Funken Hoffnung? Hatte er noch einen Rest von Widerstandskraft?

Er hörte, wie Anna tief durchatmete. Sie schien sich zu sammeln. »Constand ist tot, Marc«, sagte sie dann. »Sie haben ihn vor meinen Augen erschossen.«

De Vires hielt die Luft an. Ihm war, als läge in dem Blick, der ihm vom Bildschirm zugeworfen wurde, plötzlich ein endgültiger Abschied.

Anna weinte nur kurz, dann fuhr sie fort zu sprechen. »In ein paar Stunden sind wir in Guam. Vermutlich werden wir erst einmal von den Amerikanern verhört. Marc? Bist du noch da?«

Er schluckte den Kloß im Hals hinunter.

»Wenn alles gut geht, dann komme ich am Dienstag um

zehn vor acht morgens Ortszeit mit Japan Airlines 982 in Tokio an. Dort werde ich zunächst einmal bleiben. Ich ertrage es nicht, nach Hause zu kommen. Bitte schick Dennis zu mir, Marc. Bitte sorge dafür, dass er im Yaesu Terminal Hotel ist, wenn ich komme. Hast du verstanden?«

»Ja.« Er holte tief Luft. »Das sind schreckliche Nachrichten, Anna.«

»Ja.«

»Und du warst dabei, wie sie ihn – erschossen haben? Bist du dir sicher?«

»Ach, Marc. Zwei Stunden lang habe ich mit ihm dagesessen, den Kopf in meinem Schoß, bis sie uns zu den Bussen brachten.«

Es fing an, in der Leitung zu knacken. Anna sprach jetzt immer lauter. »Marc, du kümmerst dich um Dennis, ja? Und du hast alles verstanden?«

»Natürlich. Dennis soll spätestens Dienstagmorgen im Yaesu Terminal Hotel in Tokio sein.«

Dann war es still in der Leitung. Das Knacken und Rauschen war verschwunden. De Vires legte auf. Vergrößerte und verkleinerte das Foto von seinem toten Bruder. Immer wieder. Er konnte es einfach nicht begreifen. Wie konnte sein Bruder mit der Zeitung von heute dasitzen, wenn er schon seit Tagen tot war?

Ganz genau besah er sich die Konturen der Zeitung, zoomte sie heran und scrollte dann Stück für Stück das Bild hoch und runter, bis er entdeckte, dass einige unscheinbare Grautonflächen aus kleineren Pixelpunkten bestanden als die restliche Fläche. Der Unterschied war minimal, aber er war da. Kein Zweifel, die Zeitung war in ein anderes Bild hineinretuschiert worden. Wahrscheinlich war schon vor seinem Anruf alles längst vorbereitet gewesen.

De Vires sackte in sich zusammen. Jetzt war alles vorbei. Ohne Constands Unterschrift hatte er nichts mehr in der Hand. Absolut nichts. Das hier war definitiv sein Untergang.

Und jetzt sollte er auch noch dafür sorgen, dass Dennis, sein einziger Lichtblick in dieser Katastrophe, nach Tokio flog. Düstere Fantasien verdunkelten seine Seele. Dann schüttelte er den Kopf und versuchte, sich zusammenzureißen, rief bei sich zu Hause an und bat das Kindermädchen, einen Koffer für den Jungen zu packen.

Dennis' Stimme klang piepsiger als sonst. »Wo soll ich denn hin?«, fragte er.

Marc schloss die Augen. »Du fliegst zu deiner Mutter, mein Kleiner.«

»Und zu Papa!«

»Das wird noch eine Weile dauern, Dennis.«

De Vires hatte eine ganze Stunde herumtelefoniert, bevor er endlich erfuhr, dass sie längst in Bagdad war. Irgendwann hatte er sogar ihre Telefonnummer herausgefunden.

Heleen klang nicht im Mindesten überrascht, seine Stimme zu hören. »Ich habe gehört, die Bijlmermeer-Angelegenheit geht gerade den Bach runter«, sagte sie nüchtern. Kein Wort über den Grund ihres plötzlichen Verschwindens.

De Vires runzelte die Stirn. »Den Bach runter? Was soll das heißen?«

»Wir wurden soeben darüber informiert, dass zwei irakische Agenten Peter de Boer zu einem kurdischen Club verfolgten, ihn aber dann, als er sich mit einer Gruppe Kurden auf den Weg machte, bei einer rasanten Verfolgungsjagd verloren haben.«

»Davon weiß ich nichts.«

»Die Leute hier toben. Man geht davon aus, dass die Fracht der El Al verloren ist.«

»Warum das? Warum sollte nach all diesen Jahren ausgerechnet jetzt alles verloren sein? Das ist doch absurd.«

Sie antwortete nicht. Und de Vires begriff schlagartig, was das bedeutete. Ja, es würde ihm jetzt an den Kragen gehen.

Er hörte, wie Heleen sich eine Zigarette anzündete und den Rauch ausstieß. »Ich kann dir nur raten, bis spätestens Mitte nächster Woche mit dem Q-Petrol-Plan hier in Bagdad zu sein«, sagte sie.

De Vires hatte sich wieder einigermaßen gefasst. »Man wird mich so oder so umbringen. Und ich möchte lieber hier sterben als in irgendeinem dreckigen Gefängnis in Bagdad.«

»Du hast mein Wort. Wenn du den Bericht hier ablieferst, passiert dir nichts. Andernfalls wirst du keine ruhige Minute mehr haben.«

»Dein Wort?«

»Ja, mein Wort. Ich habe hier sehr viele einflussreiche Freunde. Auch das weißt du.«

Ja, das wusste er. Und er wusste auch, wie schnell in einem Hexenkessel wie Bagdad aus Freunden Feinde wurden. »Ich will sehen, was ich tun kann«, sagte er und legte auf.

Er öffnete seine Mappe und holte ein kleines, durch ein Gummiband zusammengehaltenes Bündel heraus. Zwei Reisepässe, einige Empfehlungsschreiben früherer Geschäftspartner und ein Notizbuch mit den wichtigsten Telefonnummern, außerdem Valuta im Wert von etwa fünfzigtausend Gulden.

Damit konnte er auf der Stelle verschwinden.

Oder er konnte Heleens Rat folgen: den Q-Petrol-Bericht von Peter de Boer entgegennehmen, nach Bagdad fliegen, sein Honorar kassieren und die Sache vielleicht sogar noch so hinbiegen, dass eine gefälschte Unterschrift von Constand an Huijzer & Poot gefaxt wurde.

Dann bestand vielleicht eine Chance, seinem Leben doch noch eine Wende zu geben.

Er runzelte die Stirn. Andererseits war es äußerst riskant, nach Bagdad zu fliegen. Er wägte seine Optionen sorgfältig ab und rief schließlich bei Thomas Klein an. Als er ihn nicht erreichte, wählte er die Nummer von Rob Sloots, wo er dessen Frau eine Nachricht für Sloots hinterließ.

Und dann wartete Marc de Vires.

Sie kamen alle gleichzeitig. Rob Sloots zusammen mit Herman van der Hout vorneweg, in angemessenem Abstand gefolgt von Hans Blok und Karin van Dam als Schlusslicht.

»Wo ist Thomas?«, erkundigte er sich.

Erst jetzt erfuhr de Vires von Thomas Kleins Tod zwei Tage zuvor.

Die Nachricht ließ de Vires nicht ganz kalt. Thomas Klein hätte ihm in der gegenwärtigen Lage äußerst nützlich sein können.

Karin van Dam setzte sich auf das Ledersofa und richtete den Blick starr auf das Bürogebäude gegenüber. »Es ist viel geschehen, seit Thomas uns Ihren Plan erläutert hat, Marc. Jetzt stehen wir ohne Arbeit und ohne jede Existenzsicherung da – wie wollen Sie das wiedergutmachen? Ich glaube kaum, dass es für uns leicht sein wird, noch einmal von vorn anzufangen.«

»Von vorn anfangen? Was Christie N.V. angeht, ist noch nichts verloren! Sie werden schon bald in Ihren früheren Job zurückkehren, dafür werde ich bezahlt. Peter de Boer wird uns selbstverständlich Generalvollmacht über Christie geben, sobald er meinen Trumpf gesehen hat.« Er zog ein gefaltetes Blatt Papier aus der Gesäßtasche. »Und der ist eng verknüpft mit dem hier.«

Er wollte das Papier gerade öffnen, als er eine der Türen im Vorzimmer hörte. Er bedeutete den anderen, sich still zu verhalten, und ging in höchster Anspannung in die Richtung.

In diesem Moment flog die Tür auf. Männer in schwarzen Anzügen stürzten herein.

Marc de Vires wich ein paar Schritte zurück, er schaffte es gerade noch, das Papier zurück in seine Hosentasche zu stopfen, bevor sie ihm Handschellen anlegten.

48

Kaum waren Didi, Nicky und Peter in Nickys und Beas alter Wohnung angekommen, da fiel Didi sofort aufs Sofa. Noch bevor Peter die Tür hinter ihm geschlossen hatte, schlief er bereits tief und fest. Er würde bis zu Milles Beerdigung keinen Stoff mehr einwerfen, das hatte er Nicky versprochen, und es hatte sogar aufrichtig geklungen.

Bei Bea war Nicky sich da nicht so sicher. Auch sie war von den Ereignissen nicht unberührt geblieben. Nachdenklich stand sie am Küchenfenster, als Nicky und Peter die Wohnung wieder verließen.

»Warte mal.« Nicky bat Peter, ihre Tasche zu halten, und schlüpfte kurz zurück in die Wohnung, um etwas zu holen, das sie dann in die Tasche stopfte.

»Nur ein kleiner Glücksbringer«, sagte sie, und dann fuhren sie nach Haarlem.

Peter ging als Erstes hinauf zu Marie, die in größter Sorge war um den verschwundenen Rien. Peter versuchte, sie so gut es ging zu beruhigen, doch das war schwer, schließlich war er selbst höchst besorgt. Und erst als Marie eingeschlafen war, gab er ihr einen Kuss auf die Stirn und zog sich leise zurück.

Das Mondlicht fiel in Peters Schlafzimmer. Die dramatischen Ereignisse der letzten Tage und Stunden hatten Nicky und Peter schier überwältigt. Aufgewühlt und erschöpft zugleich versuchten sie jetzt, sich gegenseitig begreifbar zu machen, was ihnen da gerade widerfuhr. Stück für Stück rekapitulierten sie die Ereignisse. Doch bei aller Angst vor dem, was ihnen womöglich noch bevorstand, brach sich immer wieder das eine, überwältigende Gefühl größtmöglicher Nähe, Vertrautheit und Zuversicht Bahn. Und während der Mond seine Runde zog und die dunklen Dächer am Platz um die Kirche mit seinem silbrigen Licht erhellte, sprudelten Erzählungen aus ihrer beider Leben nur so aus ihnen heraus, all die Ereignisse und Gefühle, all die Erfahrungen, die sie in ihren so unterschiedlichen Biographien gesammelt hatten. Es schien fast, als könnte der Strom der Schilderungen die Gefahr, in der sie sich befanden, bannen. Und endlich, in der Gewissheit der Nähe des anderen und dem Gefühl vollkommener Geborgenheit, konnten sie sich dem Schlaf überlassen.

Am nächsten Vormittag standen sie beide vor einem weißen Haus am Alkmaardermeer, einem See, fünfzehn Kilometer nördlich von Haarlem. Früh am Morgen hatte Peter einen Anruf von Randolph Fischer bekommen, und sie waren gleich nach dem Frühstück losgefahren.

Keine Messingschilder, keine schmiedeeisernen Zäune, keine Flaggen, keine Wachen und keine schwarzen Diplomatenlimousinen. Nur erstes Herbstlaub, das zu Boden fiel.

Randolph Fischer begrüßte sie mit festem Händedruck in einem provisorischen Empfangsbereich und ging den beiden dann durch eine Reihe kleiner Büros voraus, in denen athletisch wirkende Männer konzentriert vor ihren Computern saßen und arbeiteten.

»Treten Sie ein«, sagte er schließlich und zeigte auf eine Tür.

Von dem herrschaftlichen Zimmer mit Stuckdecke führten breite Flügeltüren in einen sehr gepflegten Garten, in dessen sattem Grün hier und da einige Blüten der Jahreszeit trotzten.

Das hier war eindeutig Fischers Terrain.

Fischer kam gleich zur Sache. »Offen gestanden haben Sie

und Ihre hübsche Freundin uns reichlich Schwierigkeiten bereitet. Gleichzeitig waren Sie uns aber auch eine unschätzbare Hilfe, Mr. de Boer. Auch wenn Sie selbst das vielleicht gar nicht wissen«, ergänzte er lächelnd.

Er legte ein Blatt Papier auf den Tisch. »Wir haben es nicht geschafft, den kurdischen Club rechtzeitig zu stürmen. Alles lief anders als geplant, aber gestern Nachmittag kamen diese Kurden, die mit Ihnen auf Marken waren, hierher zu uns, und was glauben Sie, was diese netten Leute uns mitgebracht haben? Ich sehe schon, Sie wissen es bereits.«

Fischer schob das Papier zu Peter. Nicky schien er völlig zu ignorieren. »Bevor ich mich weiter äußere, muss ich Sie bitten, das hier zu unterschreiben. Ich erwarte, dass wir über alles, was ich gleich mit Ihnen besprechen werde, absolutes Stillschweigen vereinbaren. Darin sind wir uns hoffentlich einig.«

Peter las die Vereinbarung durch, die nichts weiter war als die formelle, schriftliche Zusage, den Mund zu halten.

Sie unterschrieben beide.

Randolph Fischer lächelte. »Die Kurden haben uns neununddreißig Kisten der Fracht der in Bijlmermeer abgestürzten El-Al-Maschine übergeben, und das haben wir Ihrem Einsatz und dem Verhandlungsgeschick der Kurden zu verdanken. Ich muss gestehen, das war mehr, als wir uns je erhofft hatten. In den Kisten befinden sich Chemikalien, die wir nun den Israelis zurückgeben können.«

»Sie meinen das, was Sie direkt nach dem Absturz leider nicht gleich kassieren konnten?«, meldete sich Nicky zu Wort. »Warum haben die Kurden die Kisten ausgerechnet Ihnen gebracht? Sind Sie plötzlich Solidarpartner der Israelis?«

»Dazu komme ich noch, ein klein wenig Geduld bitte.« Peter registrierte verärgert, dass Fischer Nicky weiterhin keines Blickes würdigte. »Die Kurden verlangten natürlich eine Gegenleistung, und daran arbeiten wir jetzt.«

Peter nickte. Dann hatten die Kurden also auf ihn und seinen Vorschlag gehört.

»Wir haben alle Hebel in Bewegung gesetzt, um die Kurden und ihre internationalen Berater im nördlichen Irak in Sicherheit zu bringen. Schon bald wird man davon in den Zeitungen lesen können.« Er lächelte, als erwartete er Beifall. »Die Forderungen der Kurden waren angemessen, wir hätten ohnehin früher oder später etwas in diese Richtung unternommen. Auch personell hätten wir ihnen irgendwann zur Seite gestanden.« Er stopfte sich seine Pfeife. »Kurzum, so sind doch alle glücklich und zufrieden.« Aus seinem Mund klang das wie blanker Zynismus.

Nicky sah Peter an. Wieso erzählt er uns das alles?, schien ihr Blick zu sagen.

»Die Fracht der El-Al-Maschine: Wofür war die gedacht?« Sie sah Fischer direkt an.

Er antwortete nicht.

Und wieder wanderte ihr Blick zu Peter.

»Ich gehe davon aus, dass der Inhalt der Kisten dem entspricht, was in den Frachtpapieren vermerkt war«, sagte dieser. »Racin und ein ähnlicher Stoff, der, wenn man ihn richtig einsetzt, für nur wenige Gulden Millionen von Menschen töten kann.«

Randolph Fischers Schweigen gab mehr preis als tausend Erklärungen und Dementi. Peter hasste Leute wie Fischer.

»Billige Massenvernichtungswaffen haben nichts, aber auch gar nichts Gutes an sich, Mr. Fischer«, fuhr er fort und merkte, wie seine Stimme bebte. »Ganz gleich, wer sie besitzt.«

Fischer steckte seine Pfeife an. Sie haben mir das Zeug doch besorgt!, schien sein Blick zu sagen.

In diesem Moment griff Nicky nach Peters Hand. Augenblicklich spürte er, wie Wut und Verbitterung in ihm nachließen, wie sein Körper sich entspannte. So ruhig war er seit

Jahren nicht gewesen. Zum ersten Mal nach langer Zeit wusste er wieder, was richtig und falsch war. Und es fühlte sich gut an. Für dieses Gefühl allein lohnte es sich, das hier zu Ende zu bringen. Für dieses Gefühl und für eine Zukunft mit Nicky.

»Warum sind wir hier?«, fragte er und musterte Fischer.

»Sehen Sie, Mr. de Boer, als die Kurden uns die Kisten brachten, da haben sie uns auch von einem Kühlwagen erzählt, in dem sich drei ziemlich unterkühlte Herren befanden.« Er lachte auf. »Der eine war so unterkühlt, dass wir beschlossen, ihn im Wagen in unsere Garage hier zu fahren. So ist er erst einmal aus dem Weg. Aber die anderen beiden waren noch recht lebendig und äußerst redselig.«

»Rahman ist tot?«

»Ja. Ob der Mann allerdings wirklich Rahman heißt, wage ich zu bezweifeln. Wir überprüfen das gerade.«

Rahman war tot. Peter konnte Nickys Erleichterung spüren, empfand selbst aber keine. Er wusste genau, worauf Fischer hinauswollte. »Hören Sie: Wir sind für Rahmans Tod nicht verantwortlich, dass das klar ist«, sagte er ruhig.

»Ja, ja«, sagte Fischer ausgesucht freundlich. »Das mag ja sein, obwohl ich sicher bin, dass die kleinen Tabletten, die Ihr surinamischer Freund, Ms. Landsaat, diesem Rahman verabreichte, seine Überlebenschancen nicht gerade positiv beeinflusst haben.«

Peter nahm Nickys Hand. Sie war kalt und verschwitzt.

Es hörte einfach nicht auf. Rahman war tot, und sie waren dabei gewesen, als er starb. Wie sollten sie ihre Unschuld beweisen? Er, Peter, hätte an Fischers Stelle genau das Gleiche getan und Rahmans Tod genau dokumentiert. Fotos, Fingerabdrücke, ja, vielleicht sogar Mitschnitte ihres gerade laufenden Gesprächs.

Doch, Fischer wusste ganz genau, dass er sie in der Hand hatte. Selbstzufrieden sprach er weiter: »Wir haben so eine

Art Hintermann ausmachen können. Marc de Vires heißt er. Hintermann oder Strohmann, je nachdem, wie man die Sache betrachtet. Jedenfalls ein Mann mit bewegter Vergangenheit, den wir schon länger im Visier haben.«

Fischer sah hinaus in den paradiesischen Garten. »Der Tag, an dem Sie uns anriefen und Fragen bezüglich Constand de Vere stellten, war nicht unbedingt ein guter Tag für uns.« Pfeifenrauch stieg in kleinen Kringeln über seinem Kopf auf. »Constand de Vere hatte viele Kontakte, sprach etliche Sprachen und hatte umfassende Kenntnisse. Er war ein fähiger Mann, und darum lag es nah, ihn darauf anzusetzen, im nördlichen Irak für Ruhe zu sorgen. Wir gaben ihm das Mandat, die Mittel einzusetzen, die er für nötig hielt. Dass es Ärger geben könnte, wenn dieser Umstand ans Licht kam, nahmen wir in Kauf.«

Er sah sie aufmerksam an. »Wir wollen keinen kurdischen Staat. Genauso wenig, wie wir einen fundamentalistischen irakischen Staat wollen. Der Status quo, bei dem keine der beiden Parteien die Führung hat, ist der Zustand, der uns die meisten Vorteile bringt. Aber dann hatten wir plötzlich ein Problem. Constand de Vere wurde gefangen genommen, und wenn er ausgeplaudert hätte, was er weiß, wären darüber viele Freundschaften zerbrochen. Das konnten wir nicht zulassen. Wir bewegten uns hier auf der Ebene der internationalen Sicherheitspolitik.«

»Das ging Ihnen ganz plötzlich auf, als ich mich bei der Botschaft meldete?«, schaltete sich Peter ein. »Dass auch andere über Constand de Vere und seine Mission Bescheid wussten?«

Fischer nickte. »Ganz genau. Und die ganz große Frage war, Mr. de Boer, woher Sie davon wussten. Das mussten wir herausfinden, denn Sie wollten es uns ja nicht verraten.«

Peter schüttelte den Kopf. Am liebsten wäre er aufgestanden und gegangen. »Wenn Sie mir gegenüber an dem Tag etwas freundlicher gewesen wären, Mr. Fischer, dann hätten Sie sich alle weiteren Umwege sparen können. Es gibt nämlich keinen Grund, warum ich es Ihnen nicht hätte erzählen sollen.«

Der Amerikaner zuckte die Achseln. »Belassen wir es dabei. Wir haben Sie beschatten lassen, solange wir es für sinnvoll hielten. Constand de Vere hat über die Jahre im diplomatischen Dienst für Frankreich, den Irak, Belgien und die USA gearbeitet und ziemlich viel Drecksarbeit gemacht. Er war bei einer ganzen Reihe zwielichtiger Waffengeschäfte als Bindeglied zwischen dem französischen Präsidenten und Saddam Hussein aktiv. Les Baux-de-Provence, Sie erinnern sich? Selbstverständlich wollten wir de Vere zurückhaben, andererseits … wenn er zu Tode kam … So ist das in dieser Branche manchmal. Eigentlich hatten wir wenige Tage nach Barzanis Offensive damit gerechnet, dass Constand de Vere und seine Frau Anna bereits liquidiert waren, aber dann kamen Sie, Peter de Boer, und erzählten uns etwas anderes. Wundert es Sie da, dass wir beschlossen, Sie etwas genauer unter die Lupe zu nehmen?«

Peter versuchte, sich zu erinnern. Das schien ihm plötzlich alles so lange her.

»Wir haben eine Übersicht aller in Ihrem Haus geführten Telefonate, Mr. de Boer«, fuhr Fischer kühl fort. »Und was haben wir da gefunden? Einen Anruf von Marc Franken de Vires' privatem Telefonanschluss, und zwar nur wenige Stunden, bevor ich Sie in Haarlem traf.«

»Das verstehe ich nicht«, sagte Peter.

Nicky drückte seine Hand. »Das war ich, Peter. Ich habe dich an dem Nachmittag von Marc de Vires aus angerufen, um dir zu erzählen, was ich auf seinem Computer gefunden hatte. Weißt du das nicht mehr?«

»Ach, Sie waren das, Ms. Landsaat? Das ist ja interessant.«

Fischer schürzte die Lippen. »Wir haben also dieses Gespräch registriert …«

»… und mich beschatten lassen«, ergänzte Peter. »Aber dann haben Sie das Interesse an mir verloren, nicht wahr?«

Fischer stutzte einen Moment und lächelte dann wieder.

»Wie gesagt, wir hörten de Vires' Telefon ab, und schon am zweiten Tag wurden wir Zeugen eines interessanten Gesprächs zwischen Leuten des irakischen Geheimdienstes und Marc de Vires. Aus diesem Gespräch ging indirekt hervor, dass Constand de Vere tot war. Das war alles, was wir wissen wollten. Dass man de Vires dann vorgaukelte, das alles diene nur dazu, den Feind – also uns – zu verwirren, ist eine andere Geschichte.« Er zog die Augenbrauen hoch. »Wir haben anderweitig Erkundigungen eingezogen und so Gewissheit darüber erlangt, dass Constand wirklich tot ist.«

Nicky zuckte zusammen. »Oh Gott. Der arme Dennis.«

Peter drückte ihre Hand. So hing das also alles zusammen. Randolph Fischers Leute hatten ihn, Peter, nur wenige Stunden beschattet. Deshalb waren die Amerikaner nicht vor Ort gewesen, als Bergfeld entführt wurde. Deshalb hatten sie Peter nicht geholfen, als er von Frank und Henk überfallen wurde. Und die Männer auf dem Domplatz waren wirklich Iraker gewesen, genau wie Nicky vermutet hatte.

Kalt sah Peter ihn an. »Und dann haben Sie die Ermittlungen eingestellt?«

»Ja, natürlich. Damit war die Sache für uns abgeschlossen – bis die Kurden mit den Kisten der El-Al-Maschine aufkreuzten. Die Ressourcen sind ja in allen Branchen begrenzt, nicht wahr? Das wissen Sie sicher besser als alle anderen, Mr. de Boer.«

Nicky ließ Peters Hand los. »Warum sind wir hier?«

»Gestern haben wir Marc de Vires in seinem Büro festgenommen, und wir dachten, es würde Sie vielleicht interessieren, dass uns bei der Gelegenheit auch ein paar Ihrer ehemaligen Mitarbeiter ins Netz gingen, Mr. de Boer.« Aus einer abgenutzten Mappe zog er ein Papier hervor.

»Hier ist der Vorgang. Van Dam, Sloots, Blok und Van der Hout. Die kennen Sie doch, oder?«

Peter sah die Gesichter der Mitarbeiter vor sich, denen er früher bedingungslos vertraut hatte. »Natürlich«, sagte er. »Sie waren alle einmal bei mir angestellt.«

»Wir haben den ehemaligen Mitarbeitern bei Christie eine Anzeige wegen Spionage und Industriespionage vorgelegt und ihnen die entsprechenden Sanktionen in Aussicht gestellt. Und dann haben wir sie nach Hause geschickt. Ich schätze, sie werden von jetzt an den Ball flach halten, und weder wir noch Sie werden je wieder von ihnen hören.«

Den Ball flach halten! So war das also. Das war gewünscht. Den Ball flach halten, sonst … Nicky und Peter sahen sich an. Sie ahnten, dass sie in einem Albtraum gefangen waren, ohne auch nur den geringsten Einfluss auf die Situation zu haben.

»De Vires aber«, fuhr Fischer unbekümmert fort, »haben wir noch in Gewahrsam. Er war sehr schwer zum Reden zu bringen. Aber als wir ihn zum Kühlwagen brachten, wurde er plötzlich etwas gesprächiger. Nicht, dass wir tatsächlich vorgehabt hätten, ihn in diese mobile Gefriertruhe zu packen, Gott bewahre. Aber der Anblick Rahmans machte offenbar doch Eindruck auf de Vires. Jetzt liefert er uns vernünftige und brauchbare Informationen. Und darum steht er jetzt indirekt ein klein wenig in Ihrer Schuld, de Boer.«

Peter zuckte die Achseln. Was war das jetzt? Ein Annäherungsversuch? Eine Charmeoffensive?

»Übrigens sitzt de Vires gerade in einem der Nebenzimmer. Und er würde sehr gerne mit Ihnen sprechen, Mr. de Boer.«

»Und wenn ich keine Lust habe?«

»Sie werden Lust haben, seien Sie überzeugt.« Er wandte sich an Nicky. »Und für Sie habe ich auch noch etwas, Ms. Landsaat. Ich soll Sie nämlich von Dennis de Vere grüßen. Er hat mich gebeten, Ihnen das hier zu geben.«

Er zog ein kleines Blatt Papier aus seiner Mappe und reichte es ihr.

Ganz still betrachtete sie gerührt die in ihrem Schoß liegende Zeichnung: ein kleiner Kopf mit abstehenden Haaren und Mandelaugen, der aus einem hellbraunen, undefinierbaren Haufen späht.

»Das ist Dennis, wie er sich im Wäschekorb versteckt«, sagte sie leise.

»Dennis' Mutter befindet sich in Guam.« Randolph Fischer machte die Beine unter dem Schreibtisch lang. Dieser Mann hatte alles unter Kontrolle. »Sie wurde verhört, als sie dort ankam. Gleichzeitig teilte man ihr mit, dass ihr Schwager, Marc de Vires, verhaftet worden war. Sie bat uns, dafür zu sorgen, dass ihr Sohn nach Tokio kommt.« Er sah auf die Uhr. »Er sitzt bereits im Flugzeug. Das können Sie ja de Vires erzählen, Mr. de Boer.«

»Wieso sollte ich?«

»Es würde de Vires freuen.«

»Und?«

»Damit würden Sie gute Voraussetzungen für eine fruchtbare Verhandlung schaffen. Um nichts anderes geht es doch die ganze Zeit, oder?«

Peters Puls beschleunigte sich. Er ahnte, worauf sein Gegenüber hinauswollte.

Wieder zeigte Randolph Fischers Miene diesen listigen Ausdruck. »Ich habe das Gefühl, Marc de Vires wollte mehr von Ihnen. Also mehr, als dass Sie die Kisten der El-Al-Maschine beschaffen. Wie sehen Sie das?«

»Sie kennen die Antwort vermutlich bereits.«

»Ja und nein. Aber vielleicht sollten wir diesem Aspekt der Geschichte kurz ein wenig Aufmerksamkeit schenken, bevor wir weitermachen.«

Nicky sprang von ihrem Stuhl auf. »Er will de Vires gehen lassen, Peter, verstehst du?«

Peter nickte. Natürlich hatte sie recht.

Fischer musterte sie kühl. »Was meinen Sie denn, was wir tun sollen, Ms. Landsaat? Wir befinden uns hier in einem zivilisierten Land und können ihn wohl kaum dafür zur Rechenschaft ziehen, dass nichts passiert ist.«

»Nichts passiert ist? Zweimal hat der Kerl versucht, mich umzubringen. Meine Schwester ist tot, zwei Männer sind spurlos verschwunden. Was zum Teufel meinen Sie mit ›es ist nichts passiert‹?«

»De Vires hat mit diesen Dingen nichts zu tun, falls Sie das glauben. Rahman war der Drahtzieher, und von ihm haben wir keine Probleme mehr zu erwarten. Ich habe mich ausschließlich auf die Umstände rund um den Flugzeugabsturz bezogen und darauf, was hinterher mit der Ladung geschah.«

»Und Sie meinen, Sie können sich jetzt heimlich, still und leise mit dem ganzen Dreck, der sich im Flugzeug befand, davonmachen und damit ermöglichen, dass solche Schweinereien weitergehen.« Nicky schlug so heftig mit der Faust auf den Tisch, dass alles wackelte. »Jetzt werde ich Ihnen mal was sagen! Das wird nur funktionieren, wenn alle auf ewig dichthalten.«

Randolph Fischers Ton wurde schärfer, er schien allmählich die Geduld zu verlieren. »Und das bezweifeln Sie?«

»Was sollte mich daran hindern, mich an die Medien zu wenden? Und an die Gerichte? Oder haben Sie sich vielleicht vorgestellt, da weiterzumachen, wo Rahman aufgehört hatte? Soll ich vielleicht auch noch eine weitere Runde in den Kühlwagen?«

Peter sah, dass Nicky Mühe hatte, sich zu beherrschen, aber sie hatte ja recht.

»Nein«, fuhr sie mit fester Stimme fort. »Das, was damals in Bijlmermeer passiert ist, war ein internationales Verbrechen, und das gehört an die Öffentlichkeit – und vor Gericht.«

»Ein Verbrechen? Woher wollen Sie das denn wissen?«

»Es liegt doch auf der Hand.«

»So, so. Haben Sie denn irgendwelche Beweise?«

Langsam erhob Nicky sich. »Eines ist auf jeden Fall ganz klar: De Vires darf unter keinen Umständen auf freien Fuß kommen, hören Sie?«

Peter war gespannt.

»Mr. Fischer, Sie hören mir jetzt zu.« Diesen Ton in Nickys Stimme kannte Peter noch nicht, und er drehte sich überrascht zu ihr. Auch Fischer stand die Verblüffung ins Gesicht geschrieben.

Ungerührt sah Nicky ihn an.

Fischer nickte widerwillig.

Bevor Nicky weitersprach, legte sie ein Etikett auf den Tisch: das Etikett von der Kiste.

»Und?«, reagierte Fischer reserviert.

»Meinen Sie, das ist das einzige Etikett? Ich habe dafür gesorgt, dass außer mir und Peter auch noch einige andere von der Sache wissen. Und ich habe einen detaillierten Bericht geschrieben, der jetzt bei den Etiketten liegt.«

Nicht schlecht, aber leider nicht wahr, dachte Peter.

»Wir lassen de Vires nicht einfach so gehen. Das ist doch genau der Punkt. De Vires an sich ist harmlos, gefährlich sind die Leute, die hinter ihm stehen. Wenn wir de Vires moderat überwachen, sind wir ihm nächstes Mal hoffentlich einen Schritt voraus.«

»Wenn Sie ihn hier in Holland frei herumlaufen lassen, gehe ich zur Zeitung. Sie werden große Schlagzeilen zum

Flugzeugabsturz in Bijlmermeer sehen, Aufmacher über chemische Waffen, Racin und all den anderen Dreck. Und Sie werden Namen lesen.«

»Davon rate ich Ihnen stark ab, Ms. Landsaat. Alle Ereignisse rund um Bijlmermeer unterliegen äußerster Geheimhaltung. Dazu gehören auch alle Ereignisse, die Ihnen in jüngster Zeit widerfahren sind. All das *ist* nicht passiert, Ms. Landsaat. Haben wir uns verstanden?«

Peter warf Nicky einen intensiven Blick zu, mit dem er ihr bedeutete, jetzt besser zu schweigen.

Sie mussten de Vires gehen lassen. Nicht, um Fischer einen Gefallen zu tun, sondern Peter zuliebe, begriff sie. Er war es, der die Verhandlungsgrundlage brauchte. Es galt immer noch, an Rien, Matthijs und Marie zu denken.

Sie nickte, trat an die offene Flügeltür, legte den Kopf in den Nacken und sog die klare, frische Luft ein.

Der Aufruhr in ihrem Innern war ihr dennoch deutlich anzusehen. Doch plötzlich kniff sie die Augen zusammen und fixierte etwas draußen im Garten. Dann streckte sie ihre Hand aus, und im nächsten Moment ließ sich ein Schmetterling mit blassen, gezackten Flügeln auf Nickys Hand nieder.

»Zu dieser Jahreszeit bringt er Glück«, flüsterte sie. Sie schien weit, weit weg zu sein.

Peter wandte sich an Fischer. »Marc de Vires muss bestraft werden. Es wird ja wohl noch andere Möglichkeiten geben, wenn Sie ihn hier nicht festhalten können.«

Und auf einmal war Fischer bereit, ihnen zuzuhören.

Jetzt galten ihre Spielregeln.

Peter und Nicky standen in der Einfahrt und verabschiedeten sich. »Ich traue keinem von denen über den Weg, Peter. Pass auf dich auf.«

Er nickte und drückte sie fest an sich. Doch ihr war auch

klar, dass er auf keinen Fall aufgeben konnte, solange sie nicht wussten, was aus Rien und Matthijs Bergfeld geworden war. Peter hatte Fischer seine Bedingungen genannt und seinen Plan erklärt – Fischer hatte am Ende zugestimmt.

Und so hatten sie beide in den nächsten beiden Tagen verdammt viel zu erledigen.

49

Der Raum, in dem Marc de Vires gefangen gehalten wurde, lag am Ende eines langen Flurs. Peter prägte sich die Räumlichkeiten, so gut es ging, ein.

De Vires saß in Hemdsärmeln in der Mitte des vergitterten Zimmers. Man hatte ihm alles abgenommen, Gürtel, Schnürsenkel, Krawatte, als wäre er ein potenzieller Selbstmordkandidat. An der Decke befanden sich Überwachungskameras. Die Tür hatte innen keine Klinke.

De Vires blieb sitzen, streckte Peter aber die Hand entgegen, was Peter ignorierte.

De Vires kniff die Augen zusammen. »Du hast in letzter Zeit ziemlich viele Tore geschossen.« Er zählte an den Fingern ab. »Eins: die Eisengießereien in Südholland.«

Peter nickte. Natürlich hatte Marc de Vires dort seine Hände im Spiel gehabt. Logisch.

»Zwei: die Van-Nieuwkoop-Geschichte. Danach habe ich beschlossen, dich zu vernichten.« Er lächelte.

Peter nickte noch einmal. Auch da hatte Marc also mitgemischt. Das hätte ihm eigentlich klar sein müssen.

»Drei: Heleen ist zurück nach Bagdad geflogen. Vier: Die Ladung der El Al ist in den falschen Händen gelandet. Fünf: Rahman sitzt draußen im Kühlwagen.« Er sah auf seine fünf ausgestreckten Finger und lächelte. »Sechs. Ich sitze hier.«

»Das waren alles Eigentore. Was willst du von mir?«

»Du musst schon näher kommen, Peter, damit ich dir etwas zuflüstern kann. Jetzt bin ich nämlich dran, ein Tor zu schießen, und unsere netten Wächter müssen das nicht mitbekommen.«

Das hatte Peter erwartet. »Rien und Bergfeld?«

»Sehr gut.« De Vires klopfte ihm auf die Schulter, doch aus seinem Blick sprach die blanke Verachtung.

»Du kommst nicht lebend aus diesem Zimmer, wenn du ihnen auch nur ein Haar gekrümmt hast«, sagte Peter ganz ruhig.

»Oha.« Das dunkle Gesicht verfinsterte sich noch mehr.

Eine Weile saßen sie so da und starrten sich an. Bergfeld war tot, dessen war Peter sich jetzt sicher. Er konnte es in de Vires' Augen sehen.

»Weißt du, dass die Kurden – Ironie des Schicksals – genau das Gleiche für die El-Al-Ladung haben wollten, was du auch gefordert hättest?«, sagte Peter und sah, wie die Glut in de Vires' Blick erlosch. »Die Kurden wollten, dass den Menschen in Sulaimaniya und Salah ad-Din geholfen wird. Wolltest du nicht auch so etwas in diese Richtung? Dein Bruder schon.«

De Vires sah zu Boden.

»Man hat mich gebeten, dir zu sagen, dass dein Neffe in einem Flugzeug nach Tokio sitzt.«

Es war nicht zu übersehen, dass beide Informationen de Vires ins Mark trafen. Dennoch reagierte er kaum.

»Ich bin dankbar für das, was für Dennis getan wird«, sagte er schließlich und rückte etwas näher. Er nahm Peter beim Arm und drückte ihn. »Ich habe Rien«, flüsterte er.

»Und Bergfeld?«, fragte Peter.

De Vires antwortete mit einem Achselzucken.

Diese Geste der Gleichgültigkeit ließ Peters Verachtung noch weiter wachsen.

»Bring mich hier raus und gib mir die Q-Petrol-Unterlagen, dann kommt Rien wohlbehalten zurück«, sagte de Vires kalt.

»Du hast wohl vergessen, dass du unter Hausarrest stehst?

Weißt du, wie viele Männer vor deiner Tür sitzen? Glaub mir, jeder Einzelne von denen kann dich in zwei Sekunden auslöschen, wenn er will. Und die Q-Petrol-Unterlagen sind seit Dienstag ausgearbeitet und bei mir in den besten Händen.«

»Seit Dienstag? Was soll das heißen?« De Vires packte Peter beim Kragen. »Du Schwein!«, zischte er. »Du hilfst mir hier raus und gibst mir die Unterlagen, sonst vergiss deinen kleinen Bruder. Rahman hat ihn bislang mit Essen und Trinken versorgt. Wenn ich hier nicht rauskomme und dir sage, wo er ist, kann ich nichts mehr für ihn tun.«

»Ich kann dir vielleicht einen Tipp geben, wohin du von hier aus flüchten könntest«, sagte Peter ruhig. Alles lief wie geplant und wie Fischer es erwartet hatte. »Aber die Q-Petrol-Unterlagen kriegst du erst, wenn du hier raus bist, verstanden?«

Marc de Vires schien sich ein wenig zu beruhigen. »Das muss dann aber morgen sein, verstanden? Ich muss dringend nach Bagdad. Klar?«

Peter zögerte kurz, dann nickte er.

De Vires wirkte zufrieden. »Du holst mich hier raus und gibst mir die Unterlagen, und dann erfährst du, wo Rien ten Hagen ist. Abgemacht?«

Wieder nickte Peter.

Mehr war für den Augenblick nicht zu erreichen.

Rien war ein Anfang.

Randolph Fischer war ausgezeichneter Laune, als er Peter zum Wagen begleitete.

»Ich habe also recht behalten, wenn ich das richtig sehe«, sagte er. »De Vires hat etwas, womit er handeln konnte.«

»Ja.«

»Sehr gut. Wir lassen ihn genau so verschwinden, wie wir besprochen haben, und dann sehen wir beide uns nie wieder. Hat mich gefreut, Sie kennenzulernen, Mr. de Boer.« Er streckte seine Hand aus.

Peter ignorierte auch die. »Ich verstehe immer noch nicht, wieso Sie ihn laufen lassen.«

»Tun wir das denn?« Er reichte Peter einen braunen Umschlag, dann zog er eine Diskette aus der Tasche seiner Tweedjacke. »Den Rest überlasse ich Ihnen«, sagte er.

50

Eines war sicher: Eingesperrtsein hasste er bedeutend mehr als körperliche Schmerzen.

De Vires starrte zwischen den schwarzen Stahlgittern hindurch nach draußen. Die Sonne war soeben über der Marsch und dem See aufgegangen und das Haus warf lange Schatten auf das grüne Paradies hinter dem Haus, das er gerade noch sehen konnte, wenn er auf Zehenspitzen stand.

Sie hatten ihn ganz ausgezeichnet versorgt. Mittagessen, Tee, Abendessen. Selbst am späten Abend hatten sie noch einmal gefragt, ob er etwas brauche – fast so, als sei er zum Tode verurteilt und stünde kurz vor seiner Hinrichtung.

Nichts war dem Zufall überlassen worden, sie waren überall gewesen. Die ganze Nacht hörte er sie im Gang herumlaufen.

Doch irgendwann waren keine Schritte mehr zu hören gewesen, genau, wie Peter de Boer vorausgesagt hatte, als er am Tag zuvor zum zweiten Mal in seine Zelle gekommen war.

»Man kann deutlich hören, wenn die Nachtwache kommt«, hatte de Boer gesagt und erklärt, dass sich das gesamte Personal jeden Montagmorgen in der Küche versammelte.

Mit anderen Worten blieben ihm jetzt zwanzig Minuten Zeit, um abzuhauen. Höchstens.

Er kramte das Taschenmesser aus der Tasche, das de Boer ihm gegeben hatte, und löste vorsichtig die Zapfen in den Türscharnieren.

Es kostete ihn einiges an Kraft, die schwere Tür aus den Angeln zu heben. Er lehnte sie gegen die Wand und sah den Flur hinunter. Bis zur nächsten Ecke waren es nur wenige Meter, rasch bewegte er sich dorthin, dann eilte er weiter, bis er Randolph Fischers Büro erreichte, den einzigen Raum, von dem aus er in den Garten gelangen konnte.

»Das Ganze muss aber möglichst geräuschlos ablaufen!«, hatte de Boer gesagt. »Wenn du draußen bist, folgst du der Hecke bis zur Straße, dort warte ich auf dich.«

Der Südwind war kühl und feucht. De Vires fluchte, weil man ihm sein Jackett abgenommen hatte. Die kreischenden Vögel im türkisfarbenen Licht über dem See kündigten den Herbst an.

Er brauchte keine fünf Minuten bis zur Straße. Vor Kälte zitternd erblickte er den großen Wagen mit de Boer am Steuer. Erleichtert ging er darauf zu.

Das, was ihm noch vor wenigen Stunden wie ein trostloser Abgrund vorgekommen war, bildete jetzt den Ausgangspunkt für völlig neue Möglichkeiten. Er hatte das Schicksal herausgefordert und gewonnen. Warum sollte er sich vor dem, was kam, fürchten? Der Weg war frei.

»Stopp!«, kommandierte eine tiefe Stimme, und bereits im nächsten Augenblick lag de Vires mit der Nase im Kies und die Handschellen fixierten seine Hände hinter dem Rücken.

»Wo willst du denn hin?«, herrschte die Stimme über ihm ihn an. Schachmatt. Game over.

»Ich soll ihn mitnehmen!«, ließ sich de Boers autoritäre Stimme aus dem Hintergrund vernehmen.

Der Griff um de Vires' Arm lockerte sich ein wenig, so dass er sich halb umdrehen konnte.

Peter de Boer war ausgestiegen und starrte den Mann nun aus wenigen Metern Entfernung an. Er wiederholte auf Englisch, was er gerade gesagt hatte, und fuhr fort: »Er ist für euch nicht wichtig. Hier, nimm das, dann sind alle glücklich und zufrieden.«

In seiner Hand lag ein Bündel Geldscheine.

»Sie sind auf dem Weg nach Hause, stimmt's?«, hakte Peter nach.

»Wenn Sie so gut informiert sind, dann wissen Sie ja auch, dass ich ihn nicht laufen lassen kann.« Der Koloss packte wieder fester zu.

»Ich weiß nur, dass ich den Mann dringend brauche. Sonst stirbt ein Unschuldiger. Kommen Sie doch mit, dann haben Sie die Situation weiter im Griff. Ich brauche nur eine Stunde, dann können Sie Randolph Fischer anrufen und ihn informieren.« Er wedelte noch mal mit den Geldscheinen. »Hier! Nehmen Sie. Was ist schon eine Stunde?«

Der Soldat starrte auf das Geld. »Eine Stunde?« Er sah auf die Uhr. »In einer Stunde werden die beiden Iraker freigelassen, da wird man merken, dass er weg ist. Also, höchstens fünfzig Minuten.«

De Vires schloss erleichtert die Augen.

Als sie Rahmans Haus erreichten, nahm der Amerikaner de Vires die Handschellen ab. Er blieb direkt hinter ihm stehen, wild entschlossen, jeden Fluchtversuch zu vereiteln.

Sie mussten mehrmals an der Tür klingeln, bis endlich eine ziemlich blasse und verschlafene Frau öffnete.

»Oh je!« Erschrocken musterte die junge Frau die kleine Delegation. Obwohl de Vires Rahman wie die Pest hasste und überzeugt war, dass sein Tod für seine Frau eine Befreiung sein musste, fiel es ihm schwer, kein Mitleid mit ihr zu haben. »Ganz ruhig«, sagte er und versuchte, sie zu stützen.

»Ist er tot?«, erkundigte sie sich angstvoll.

»Nein«, log er. »Aber es wird eine Weile dauern, bis er wieder nach Hause kommt.«

Peter erzählte ihr etwas von unerwarteten Geschäftsmöglichkeiten und einer damit verbundenen Reise, die Rahman sofort hatte antreten müssen. Und dann sagte er, sie seien gekommen, um eine Kleidersammlung zu holen, die Rahman im Keller aufbewahrt habe. Sie würden schon alles selbst finden.

Die Frau widersprach nicht.

Den neuen Kellerraum hatte eine ausländische Firma gebaut, während Rahmans Frau vierzehn Tage bei ihren Eltern war. Sie hatte nicht die leiseste Ahnung von der Existenz des geheimen Anbaus, und das war auch gut so, wenn man bedachte, wozu Rahman ihn benutzte. Wenn man nicht wusste, wonach man suchen sollte, konnte man es nicht finden.

De Vires sah den Wachmann an. »Ich muss allein mit Peter de Boer sprechen.«

De Boer nickte dem Amerikaner zu. »Ist in Ordnung. Sie können derweil Randolph Fischer anrufen und ihm Bescheid geben. Dann müssen wir uns nicht so hetzen.«

Der Mann nickte, zog ein Handy hervor und ging ein paar Stufen hoch in Richtung Erdgeschoss.

»Schaff mir diesen Bauerntrampel vom Hals, ja?«, flüsterte de Vires. »Ich habe noch mehr, was dich garantiert interessieren wird. Abgemacht?«

»Vielleicht. Ich will nichts versprechen. Erst will ich Rien sehen. Bist du sicher, dass er hier ist?«

Marc antwortete nicht. Er zog ein Blatt Papier aus der Gesäßtasche, das erstaunlicherweise bislang keiner bemerkt hatte. »Ich bin sicher, das hier wird dich interessieren.«

»Was ist das?«

»Der Mietvertrag für das Hausboot, das du neulich abgefackelt hast.«

De Boer nahm das Dokument. Fassungslosigkeit spiegelte sich auf seinem Gesicht.

»Ja, du liest richtig. Der Mietvertrag ist von Magda Bakker unterschrieben.«

Unverzüglich steckte de Boer das Dokument ein. »Ich wüsste nicht, was das an unserer Abmachung ändern sollte?«

»Nein?« De Vires packte de Boers Handgelenk. »Dann hör mal gut zu! Magda Bakker ist die Schlüsselfigur im Aufstand bei Christie. Sie hat die ganze Geschichte ausgeheckt, nicht Thomas, der war nur eine Spielfigur. Ich war der Einzige, der von ihr wusste.«

»Das fällt mir schwer zu glauben«, sagte Peter leise. »Sie hat seit Jahren ein Auge auf mich geworfen. Aber wie ich bereits sagte, das ändert nichts.« Peter versuchte, das unangenehme Gefühl, das ihn beschlich, abzuschütteln.

»Du glaubst, sie sei scharf auf dich gewesen?« De Vires schüttelte den Kopf. »Nein, Peter, Magda Bakker war ganz bestimmt nicht scharf auf dich, ganz im Gegenteil. Nicht der Gedanke, mit dir zu vögeln, ließ sie erröten, sondern ihr Hass. Hass auf dein Alleinherrschertum und deine Besserwisserei. Auf die vielen Male, die du sie ausgebremst hast. Auf deine ewigen Moralpredigten. Sie hat dich genauso gehasst wie alle anderen. Wenn nicht mehr.«

De Vires lachte leise, während er Peter de Boer beobachtete. Dem fiel es offensichtlich verdammt schwer, nicht einfach auf dem Absatz kehrtzumachen und zu gehen.

»Du musst ihr verzeihen. Sie war nur ein nützliches Werkzeug. Wie soll man schon gegen Heleens Überredungskunst ankommen? Das müsstest du doch am besten wissen.«

»Heleen?«

In diesem Moment kehrte der Amerikaner zurück. Offenbar hatte er seinen Chef noch nicht erreicht.

De Boer stoppte ihn mit einer Handbewegung und wandte sich Marc zu. »Fass dich kurz.«

Marc zögerte einen Moment. »Heleen hat schon immer mehrere Eisen im Feuer gehabt«, sagte er, während er fieberhaft nachdachte. »Ich habe sie auch nie für mich allein gehabt.«

»Und als Nächstes erzählst du mir wohl, dass Magda Bakker ein Verhältnis mit Heleen hatte?«

So unauffällig wie möglich sah Marc sich um. Zwischen Farbtöpfen, Werkzeug, Holzlatten und Metallrohren fiel ihm ein verzinktes Wasserrohr mit Gewinde an beiden Enden auf. Er trat einen Schritt zur Seite. »Ein Verhältnis? Ach, nein. Aber Heleen hat sie schon sehr beeindruckt, das stimmt. Sie hat Magda vor vielen Monaten rekrutiert und ihr versprochen, wenn sie mit dir, Peter, fertig wären, würde Rahman dich umlegen, und Magda würde die Firma weiterführen. Thomas Klein hatte sie genau dasselbe versprochen, aber das steht auf einem anderen Blatt.« Er trat einen halben Schritt zur Seite und beschloss, den Amerikaner erst dann anzugreifen, wenn er sich selbst in eine bessere Stellung gebracht hatte. »Und die Aussicht darauf hat die ganze Maschinerie in Gang gehalten. So dünn war der Boden, auf dem deine Firma stand, Peter. Reizend, was?«

»Vielen Dank für die Aufklärung, aber sie hilft dir nicht dabei, den da loszuwerden.« Peter zeigte auf den Wachmann.

Und in diesem Moment schritt de Vires zur Tat. Griff blitzschnell nach dem Wasserrohr und holte aus, um es dem Wachmann mit aller Kraft über den Kopf zu ziehen.

Doch noch bevor er den Amerikaner getroffen hatte, traf ihn selbst ein Schlag. Er spürte den Hieb im Hinterkopf, spürte den Schmerz im ganzen Körper und sackte zu Boden.

Damit hatte er nun wirklich nicht gerechnet.

Er drehte sich auf die Seite. »Du hast es wohl immer noch nicht ganz verstanden, Peter«, sagte er müde. »Vielleicht fördert es ja deine Kooperationsbereitschaft, wenn ich dir erzähle, dass Magda Bakker es war, die Matthijs Bergfeld aus dem Verkehr gezogen hat, und dass Bergfeld nicht tot ist.«

In Peters Gesicht traten Skepsis, Verwirrung und Hoffnung.

»Schaff mir den Bauerntrampel vom Hals«, flüsterte de

Vires noch einmal, »und gib mir die Q-Petrol-Unterlagen. Dann sage ich dir, wo Bergfeld ist.«

Peter nickte.

Ein Punkt für mich, dachte de Vires. Er erhob sich, taumelte in eine der Ecken und zerrte einen Karton von der Wand weg. Eine grüne, vom Boden bis zur Decke reichende Platte tauchte auf, hinter der sich eine schallgedämpfte Tür mit massiven Riegeln oben und unten befand. De Vires öffnete sie.

De Vires lauschte. Totenstille. »Er ist da drin«, erklärte er und zeigte auf eine Tür.

Als Peter sie aufziehen wollte, bremste ihn de Vires. Er legte ihm die Hand auf den Arm.

»Ich kann für nichts garantieren. Keine Ahnung, was du jetzt zu sehen bekommst«, sagte er. »Aber vergiss nicht: Wir haben eine Abmachung.«

Der Gestank von Fäkalien schlug ihnen entgegen. In dem Raum war es stockfinster. Peter tastete nach dem Lichtschalter.

Der Anblick, der sich ihnen bot, war unbeschreiblich, doch Peter zwang sich, sich auf die Suche nach Rien zu konzentrieren. Schließlich machte Marc in der vierten Ecke einen großen undeutlichen Umriss aus. Langsam schob die Gestalt die Decke von sich. Geblendet und in Angst geweitetem Blick sah Rien ten Hagen sie an. Er zitterte am ganzen Leib. Als er Peters Stimme hörte, veränderte sich sein Blick.

»Ihr Schweine! Wie konntet ihr!«, zischte Peter. »War das der Preis dafür, deinen Bruder freizukriegen, de Vires?« Er trat auf Rien zu und nahm ihn in den Arm. »Oh Gott, Rien.«

De Vires senkte den Blick. Das Bild einer irakischen Gefängniszelle stieg in ihm auf, verdreckt wie diese, dunkel und abgelegen. An einem Ort wie diesem war Constands Leben zu Ende gegangen. Mochte Gott ihm gnädig sein – und Anna, die gezwungen gewesen war, zuzusehen, wie er umgebracht wurde.

Es gelang ihnen, Rien in seinem erbarmungswürdigen Zustand unbemerkt hinaus in den Wagen zu schaffen. Der Amerikaner bildete die Nachhut.

»Haben Sie Randolph Fischer erreicht?«, fragte Peter ihn.

Der nickte und griff nach den an seinem Gürtel hängenden Handschellen.

Einen winzigen, schrecklichen Augenblick befielen de Vires Zweifel. Konnte er Peter de Boer wirklich vertrauen? Konnte er sich darauf verlassen, dass er sich an die Abmachung halten würde?

Schnell sah er sich um. Bis zur Hauptstraße waren es mindestens hundert Meter. Die Reihenhäuser wollten kein Ende nehmen. Es gab keine dunklen Ecken, keine Nischen, keine Schlupflöcher. Er besann sich und stieg ins Auto.

»Mr. Fischer erwartet, dass ich innerhalb der nächsten halben Stunde mit de Vires zu ihm komme«, teilte der Mann mit.

Peter sah auf die Uhr. »Das schaffen wir.«

Besorgt schüttelte er beim Anblick seines Bruders den Kopf. Der Mann war vollkommen ausgetrocknet, sie mussten dringend Wasser und etwas Essbares für ihn organisieren. Rien krümmte sich stöhnend auf dem Rücksitz zusammen. »Würden Sie Rahmans Frau um ein Glas Wasser für ihn hier bitten?« Er zeigte nach hinten. »Wir haben es ja nicht eilig.«

Erst sah der Amerikaner ihn zweifelnd an, doch dann verschwand er noch einmal ins Haus. De Vires atmete erleichtert auf.

Binnen Sekunden hatte de Boer das Gaspedal durchgetreten.

Genau, wie sie es besprochen hatten.

Marc hatte den Blick fest auf die Straße gerichtet. Er wusste, sobald diese Sache durchgestanden war, würde er im Büro anrufen und seine Sekretärin bitten, Reisepass und Geld bereitzulegen. Er würde sie an einem unauffälligen Ort treffen und dann verschwinden. Kein perfekter Plan, aber im Moment der beste.

Er würde sich in einer Höhle verkriechen und nach ein paar Tagen bei Peter de Boer anrufen. Er würde ihm eine wertvolle Information anbieten. Er müsste sich schon sehr irren, wenn der Verbleib von Matthijs Bergfeld Peter de Boer nicht ein paar Millionen wert war. So würde er am Ende seinen Seelenfrieden wiederfinden.

»Ich habe einen hübschen braunen Umschlag, und dieser Umschlag enthält deinen Reisepass und dein Geld«, sagte Peter, ohne den Blick vom Rückspiegel zu lassen. »Frag nicht, wie ich da rangekommen bin.«

De Vires hatte Mühe, den Schock zu verbergen. Damit hatte er nicht gerechnet.

»Wir halten uns an den Plan, verstanden? Ich gebe dir die Q-Petrol-Unterlagen, und du erzählst mir, wo ich Matthijs Bergfeld finden kann. Und dann fliegst du in den Irak.«

»Ich muss ein paar Sachen mitnehmen. Setz mich zu Hause ab, dann verschwinde ich, bis wir uns morgen am Flughafen sehen. Punkt neun, wie verabredet.«

»Morgen? Vergiss es. Du fliegst heute, so war das abgemacht.«

»Ja. Aber wir wollen doch nicht, dass Randolph Fischer Teil des Abschiedskomitees ist, oder?«

»Wovon redest du eigentlich? Das kann dir doch wohl scheißegal sein!«

»Wenn ich morgen am Flughafen Randolph Fischer oder irgendeinen seiner Männer sehe, erfährst du von mir null Komma nichts über Matthijs Bergfeld, verstanden? *Nada*. Sonst kannst du mich jetzt gleich zurück zu Fischers Villa fahren.«

Peter biss die Zähne zusammen. Er war kurz davor zu explodieren. Doch er atmete tief durch und schwieg. »Und was ist mit Bergfeld? Muss der verdammt noch mal auch bis morgen warten?«

In diesem Moment hielten sie vor de Vires' Haus, und er stieg aus.

51

Obwohl es Montag und früher Nachmittag war, als Milles Sarg in einem weißen Leichenwagen die Friedhofsallee hinaufgefahren wurde, waren die Königinnen und Könige der Nacht zahlreich erschienen.

Die Geschichte von dem jungen Mädchen aus Walletjes, das von seinem Vater umgebracht worden war, hatte sich bis in den letzten Winkel des Viertels herumgesprochen. Nicky kannte die meisten.

Peter hatte den Arm fest um ihre Schultern gelegt. Zwischen all den schrill und bunt gekleideten Gästen fiel er in seinem schwarzen Anzug ziemlich aus dem Rahmen.

Der Pastor hielt eine kurze Ansprache, und als er fertig war und sein Buch zuklappte, defilierte das, was das Amsterdamer Bürgertum »Abschaum« nennen würde, langsam am offenen Grab vorbei. Der Blumenteppich auf Milles Sarg war bunt wie ein Regenbogen und wurde immer üppiger.

Als Nicky am Grab stand, um endgültig Abschied von ihrer kleinen Schwester zu nehmen, drohten ihr die Beine zu versagen, und der Himmel über ihr begann sich zu drehen. Sie schloss die Augen und betete für ihre Mutter und für Mille, aber auch für die Lebenden, für alle, die sie liebte.

Peter hielt sie ganz fest, er spürte, wie sie zitterte. Da öffnete sie die Augen wieder, und die Wolken und der unendliche blaue Himmel über ihr standen ganz still.

Nachdem die Versammlung sich aufgelöst hatte, verharrte Nicky noch lange reglos am Grab. So viele Gedanken gingen ihr durch den Kopf, Erinnerungen, Zweifel und Wut lösten sich ab, und es fiel ihr schwer, loszulassen. Wie sollte sie an die Zukunft glauben, daran, dass alles irgendwann doch noch gut werden würde? Da war die dunkle Macht des Dukun, deren Auswirkungen sie in der letzten Zeit zu spüren bekommen hatte. Da war aber auch Peter, der ihr zur Seite stand.

»Nicky!« Die Stimme war so leise, dass Nicky sie erst gar nicht lokalisieren konnte.

Sie löste sich ein wenig aus Peters Arm und drehte sich um. Da stand er, auf der anderen Seite des Grabes. Rien ten Hagen. Mager und mitgenommen sah er aus, traurig und leichenblass. In der einen Hand hielt er einen kleinen Blumenstrauß.

Peter ließ Nicky los. Sie meinte zu spüren, was in ihm vorging, als Rien die Blumen ins Grab warf.

»Verzeih, Nicky. Bitte verzeih mir«, flüsterte Rien und hob langsam den Blick. »Das alles war meine Schuld! Ohne mich wäre das hier nicht passiert.«

Mit wenigen Schritten war Peter auf der anderen Seite des Grabes und schloss seinen Bruder in die Arme. »Peter. Es ist meine Schuld«, flüsterte Rien noch einmal. »Und dabei kannte ich sie nicht einmal. Ich hab sie ja nicht einmal gekannt, Peter!«

Peter nahm sein Gesicht in beide Hände. »Weißt du, Rien: Um das hier zu bewerten, müsstest du viel weiter in die Vergangenheit zurückgehen. Nichts von alledem hier ist deine Schuld, glaub mir. Vor dir habe lange Zeit ich die Schuld mit mir herumgetragen, und vor mir waren es wieder andere. Nein, Rien, das bist nicht du allein, und was Nicky betrifft …« Er warf ihr einen liebevollen Blick zu. »Was Nicky betrifft, so kann ich dir versichern, dass sie das genauso sieht. Wir müssen das hier gemeinsam durchstehen.«

Sie nickte, und Rien seufzte tief.

In diesem Moment hörte Nicky Schritte hinter sich. Es war Bea, die sich ihnen mit verweinten Augen näherte.

»Komm her, Bea!«, sagte Nicky.

Zögernd reichte Bea ihr die Hand.

»Bea, wenn ich jetzt fortgehe, musst du mir versprechen, dass du auf dich selbst aufpasst. Du bist meine Schwester, ich liebe dich trotz allem, was war. Bitte vergiss das nicht. Du musst auf dich aufpassen, hörst du?«

Sie sah ihre Schwester an, sah, wie die Zweifel an ihr fraßen. Nicky würde Bea alles überlassen, was ihre Mutter ihnen gemeinsam hinterlassen hatte. Sie wollte, dass die Wohnung in Walletjes auf Bea überschrieben wurde und dass das Kind in Beas Bauch in einem richtigen Zuhause aufwuchs.

»Bea, unsere Mutter hat dich geliebt, weißt du das eigentlich? Unter den Fliesen in Mutters Kammer liegt ein Fotoalbum. Ich habe es erst vor Kurzem entdeckt. Wirf mal einen Blick hinein, du wirst staunen.«

Bea kniff skeptisch die Augen zusammen.

»Sie hat uns wirklich geliebt.«

»Hör doch auf, Nicky!«, sagte Bea unbeherrscht, dann wandte sie das Gesicht ab und atmete tief durch.

»Du musst dir die Fotos anschauen, Bea, wie Mutter dich angesehen hat, so zärtlich …«

Bea unterbrach sie mit einer harschen Handbewegung. »Du bist so *fucking blind,* Nicky. Und so wahnsinnig heilig. Glaubst du im Ernst, ich hätte von den Fotoalben nichts gewusst? Ich weiß alles, und du brauchst aus unserer Mutter keinen Engel zu machen. Herrgott, Nicky: Engel gibt es verdammt noch mal nur im Himmel, und da kommt keiner aus unserer beschissenen Familie hin, das kann ich dir sagen!«

Nicky seufzte, nein, an Bea kam sie nicht heran, Bea hatte ihre Sicht auf die Dinge, das würde sie akzeptieren müssen. Ganz gleich, was Nicky sagte oder tat, es würde nichts an Beas

Verbitterung ändern. Aber ihr wurde jetzt auch bewusst, dass es keinen Sinn hatte, das Erbe an Bea weiterzugeben. Sie würde das Geld nicht sinnvoll nutzen. Ihr Leben würde sich in kleinen Schritten ändern müssen.

Sie strich Bea mit zitternden Händen über die Wange. Sie konnte nicht anders. Schließlich wusste sie, dass auch der Abschied von Beas hasserfülltem Gesicht endgültig war.

Und dann schaute sie Bea nach, wie die einen letzten Blick ins Grab warf, den Kiesweg hinunterging und allmählich im Schatten der Alleebäume verschwand.

Rien trat auf Nicky zu. »Ich werde mich um sie kümmern, Nicky, ich verspreche es dir. Um Henk und Bea und um das Kind.«

Nicky sah ihn dankbar an.

Hand in Hand gingen Nicky und Peter an den Grabsteinen vorbei.

»Schaffst du das alles?«, fragte Peter leise.

Er sah sie eindringlich an, und sie wusste nicht, was sie antworten sollte.

»Wenn doch nur schon alles vorbei wäre«, sagte sie statt einer Antwort. »Die Vorstellung, dass du noch immer mit Marc de Vires zu tun hast, halte ich nicht gut aus.«

»Ich weiß, Nicky. Aber wir müssen an Matthijs denken.«

Sie seufzte. »Ja. Du hast recht.«

Peter blieb stehen. »Ich war heute bei der Bank und habe mein Geld auf verschiedene Konten verteilt. Wenn das hier vorbei ist, Nicky, werden wir uns keine Sorgen mehr machen müssen.«

Er drückte ihre Hand.

»Nach meinem Besuch bei der Bank war ich bei Christie. Ich wollte Magda Bakker endlich konfrontieren. Ich dachte, wenn Matthijs lebt, kann sie mich vielleicht zu ihm bringen.

Dann könnte de Vires mich mit seinem Q-Petrol-Plan mal kreuzweise.«

»Aber?«, fragte sie leise.

»Magda war nicht da. Sie war zu einem Kunden gefahren. Offenbar informiert sie die Branche gerade über die neue Firmenstruktur bei Christie. Ich bin ihre Unterlagen durchgegangen und konnte keinen einzigen Hinweis darauf finden, dass sie zu denen gehört, die mich hintergangen haben. Was soll ich also glauben? Die Information, die de Vires mir gegeben hat, muss ja nicht stimmen, wer weiß das denn schon?«

Sie zuckte die Achseln. »Und was jetzt?«

»Jetzt verfolge ich meinen eigenen Plan weiter.«

»Deinen und Randolph Fischers Plan, meinst du?«

»Ja. Ich will gleich rausfahren zur Jan van Galenstraat, zu einem Computerfreak, der mir hoffentlich sofort weiterhelfen kann. Man muss dafür nur bezahlen.«

»Und morgen früh triffst du dich am Flughafen mit de Vires?«

»Ja.«

Sie betrachtete ihn eine ganze Weile. Dann sah sie hinüber zu den Bäumen, zwischen denen Bea verschwunden war, und zu Milles Grab. Dort entdeckte sie Didi, der vor den elfenbeinfarbenen Säulen eines reich verzierten Mausoleums stand und versuchte, die Inschriften auf den Marmorplatten zu entziffern.

»Nimm ihn mit«, sagte sie und zeigte auf Didi.

»Warum?«

»Ihm zuliebe. Und mir zuliebe.«

»Didi zuliebe?« Peter lächelte und strich ihr über die Wange. »Hast du vielleicht auch eine Aufgabe für Rien?«

Sie sah durch die Baumkronen nach oben in den Herbsthimmel.

»Ja, vielleicht«, antwortete sie zögernd.

52

Peter kämpfte gegen die Erschöpfung an. Die letzten Tage hatten ihre Spuren hinterlassen.

Er hatte sich, wie mit de Vires vereinbart, im Café Amsterdam in der Abflughalle eingefunden und sah durch die gewölbten, vom Boden bis zur Decke reichenden Fenster hinaus auf eine Reihe gelber Sonnenschirme. Didi neben ihm trank eine Cola und beobachtete mit ziemlich finsterer Miene die Reisenden. Er nahm seine Rolle als Bodyguard ernst – sein Gehabe war perfekt, vermutlich einstudiert in zahllosen Filmen.

Das Stimmengewirr strengte Peter heute mehr an als sonst. So viele Dinge mussten geregelt werden, bevor sie fliegen und endlich alles hinter sich lassen konnten. Genau darum ging es. Er würde nicht nur seine Arbeit hinter sich lassen, sondern den Großteil seines Lebens. Was ihm Wochen zuvor noch undenkbar erschienen wäre – heute wünschte er sich nichts anderes als das. Denn da war Nicky – und die hatte in einem Maße von seinem Leben Besitz ergriffen, für das er gar keine Worte fand.

Er merkte nicht, wie de Vires sich neben ihn setzte. Erst als er eine leichte Fahne roch, wandte er den Kopf. De Vires hatte vermutlich den größten Teil der Nacht im Flughafengebäude verbracht und sich den ein oder anderen Drink genehmigt. Sein leicht zerknitterter Anzug sprach jedenfalls Bände. Vermutlich hatte er es noch nicht gewagt, irgendwo einzuchecken.

Sichtlich nervös scannte de Vires die Umgebung, bevor er Peter fest in die Augen sah. »Pässe und Geld zuerst«, sagte er und streckte die Hand aus. Peter zog das Kuvert aus der Innentasche. De Vires prüfte den Inhalt und steckte den Umschlag dann in die Jackentasche.

»Und jetzt den Strategieplan.«

Peter holte einen Laptop aus der Tasche und stellte ihn auf den Tisch.

»Was soll ich damit? Ich will einen Ausdruck.«

»Das Konzept enthält Grafiken und farbige Diagramme. Auf Papier kannst du keine Parameter verändern und keine Ergebnisse aktualisieren. Im Übrigen hatten wir uns nicht auf die Form verständigt, in der der Bericht abgeliefert werden soll.«

De Vires dachte kurz nach. Dann bedeutete er Peter, den Computer einzuschalten.

»Hier.« Peter zeigte auf zwei Icons. »Das ist der Q-Petrol-Bericht, und das sind weitere Informationen dazu, unter anderem Budgets, eingescannte Diagramme und Jahresberichte. All das kannst du dir mit deinen Freunden ansehen.« Er zeigte auf ein kleines, grünes Icon. »Aber in diesem Ordner befindet sich deine Lektüre für den Flug: die Quintessenz des Projekts und der Aktionsplan. Das solltest du gründlich lesen, damit du in Bagdad, oder wo auch immer deine Auftraggeber sich befinden, alles ordentlich vermitteln kannst.«

De Vires verzog keine Miene. Er streckte den Arm nach dem Laptop aus und drückte auf die linke Maustaste.

In null Komma nichts füllte das Inhaltsverzeichnis den gesamten Bildschirm.

Das Konzept umfasste Analysen zur Dauer der Maßnahmen ebenso wie Möglichkeiten, die Konsequenzen verschiedener Szenarien durchzuspielen. Umsatz- und Gewinnverluste in Millionenhöhe waren berechnet worden. Es ging tatsächlich um einen Schwerthieb in die offene Flanke eines gesunden Unternehmens.

Was außerdem noch zwischen den Dateien lauerte, war Randolph Fischer zu verdanken – aber das würde de Vires erst viel später entdecken.

De Vires klickte die erste Überschrift an und nickte dann so zufrieden und selbstverliebt, dass Peter ihm am liebsten einen Fausthieb versetzt hätte.

»So, und jetzt möchte ich wissen, wo Bergfeld ist«, sagte er.

De Vires lächelte, packte Didis Handgelenk mit einer Kraft, dass der Junge sich fast an seiner Cola verschluckte, und schrieb dann mit Kugelschreiber eine Adresse auf dessen Hand. »Gute Fahrt!«, sagte er und erhob sich.

Sprachlos blickte Peter auf Didis Handfläche.

»Ich fasse es nicht!« Peter raste in halsbrecherischem Tempo über die Schnellstraße von Schiphol nach Buitenveldert. Er fuhr viel zu dicht auf und überholte ständig rechts. Weit war es nicht bis zu ihrem Ziel, und Peter kannte den Weg.

»Sag mal, willst du wirklich, dass dieses Schwein ungeschoren davonkommt?« Didi platzierte seine Füße auf dem Armaturenbrett. »Der Typ ist doch ein Mörder, Mann! Ich hätte ihn einfach kaltmachen sollen.«

Peter griff nach seinem Handy, und ohne das Tempo zu reduzieren, tippte er sich durch den Telefonspeicher.

»KLM Service. Wie kann ich Ihnen helfen?«

»Hören Sie gut zu, es ist wichtig. Innerhalb der nächsten Stunden geht in Schiphol ein Mann an Bord eines Flugzeugs, der ein großes Sicherheitsrisiko darstellt. Sein Name ist Marc de Vires, manchmal nennt er sich auch de Vere. Aber er ist leicht zu erkennen. Man erkennt ihn an einer riesigen Brandnarbe im Gesicht. Heute trägt er einen schwarzen Armani-Anzug, eine graue Krawatte und braune Schuhe. Und er hat eine graue Laptoptasche bei sich.« Er holte tief Luft. »Nein, ich bleibe anonym. Hören Sie, vermutlich nimmt er einen Flug nach Damaskus oder Amman kurz nach achtzehn Uhr, aber das Ziel ist nicht ganz sicher. Es würde mich nicht wundern, wenn er sich bereits im Boardingbereich aufhält, dort fühlt er sich wahrscheinlich sicherer. Haben Sie alles notiert? Wie bitte!? Nein, das ist kein Scherz, verdammt!«

Didi setzte die Füße im Fußraum ab.

»Nein, meinen Namen kann ich Ihnen nicht geben. Es sollte Sie vielmehr interessieren, was dieser de Vires vorhat: Hören Sie zu – er will ein Flugzeug kapern. Und er hat einen Nitroglyzerinzünder bei sich, mit dem er die Maschine in die Luft sprengen kann. Außerdem befinden sich auf seinem Computer jede Menge militärische Geheimnisse. Sorgen Sie dafür, dass er aufgehalten wird!«

Peter steckte das Telefon zurück in die Halterung.

»Alter Schwede«, murmelte der Junge auf dem Beifahrersitz.

»Wieso bin ich Idiot nicht selbst drauf gekommen, dass Bergfeld im selben Haus eingesperrt sein könnte wie Rien?« Er klingelte. »Kannst du die Tür zur Not aufbrechen, Didi? Ich glaube nicht, dass Rahmans Frau zu Hause ist.«

Aber in diesem Moment ging die Tür vor ihnen bereits auf.

Rahmans Frau sah noch verzagter aus als am Vortag. »Haben Sie etwas vergessen?« Sie sah ihn fragend an. »Haben Sie von meinem Mann gehört?«

Peter schüttelte bedauernd den Kopf.

Im Keller sah alles genauso aus, wie sie es am Vortag hinterlassen hatten. Der riesige Karton vor der grünen Platte, dahinter die schalldichte Tür. Peter zog Karton und Platte zur Seite und knipste das Licht an.

Hinter sich hörte er ein metallisches Klicken. Didi hatte sein Messer herausgeholt.

Peter schloss die Tür zu dem Raum, in dem sie Rien gefunden hatten, während Didi sich Nase und Mund zuhielt und vor sich hin fluchte.

Es gab noch vier weitere Türen. Peter öffnete jede einzelne. Nichts.

Leere, dunkle Räume. Was für eine Enttäuschung. Dieser Schweinehund von de Vires.

»Wie heißt der Typ, nach dem wir suchen?«, erkundigte sich Didi.

»Matthijs. Er heißt Matthijs Bergfeld.«

»MATTHIJS!!!«, schrie Didi aus Leibeskräften, so dass Peter zusammenzuckte. Im Stockwerk über ihnen war es verdächtig still. Plötzlich hörten sie eine Frauenstimme vom Ende des Flurs: »Was ist hier los? Was soll das?« Rahmans Frau zog ihren Kimono enger zusammen, als könnte sie sich so abschirmen gegen das, was in ihrem eigenen Haus vor sich ging. Sie war leichenblass und sah aus, als würde sie jeden Moment in Ohnmacht fallen.

»Was bitte soll das?«, wiederholte sie, dann brach sie in Tränen aus.

Didi hob warnend den Finger. »Pssst!«, machte er, und da hörte Peter es auch. Ein Geräusch vom anderen Ende des Flurs.

Sie tasteten sich bis zur hinteren Wand voran. Da hörten sie es wieder. Dieses Mal direkt unter ihnen.

Didi sah den Haken im Boden als Erster. Er kniete sich sofort hin und fegte Dreck und Staub beiseite, bis ein Riegel an einer Bodenluke zum Vorschein kam. Er schob den Riegel auf und zog an der Luke. Die Klappe an sich war nicht besonders schwer, aber an ihrer Unterseite klebten mindestens vierzig Zentimeter steinhartes Isoliermaterial.

Der Gestank aus Riens Zelle war schon übel gewesen, aber

das, was ihnen jetzt entgegenschlug, war unvergleichlich viel schlimmer.

Peter hielt die Luft an. Er war so sicher, dass sie zu spät gekommen waren, denn das, was den schmalen Flur erfüllte, war eindeutig Leichengeruch. Peter kannte ihn aus dem Urwald. Wenn dort den Göttern zu Ehren ein Fest gefeiert wurde, setzte man sich neben die Körper der Verstorbenen zu Tisch.

»Matthijs«, flüsterte er.

Im selben Moment streckte sich ihm eine zitternde Hand entgegen. Matthijs japste nach Luft wie ein gestrandeter Fisch. Er sah entsetzlich aus, was hatten sie nur mit ihm gemacht: übersät von Platzwunden und blauen Flecken, und sein Blick war der eines Fremden. »Matthijs!«, rief Peter noch mal lauter, doch der zeigte keine Reaktion.

Als Erstes brauchte er dringend Wasser. Didi schoss davon. »Kannst du sprechen, Matthijs?«, rief Peter zu ihm hinunter.

Es kam keine Antwort, und man konnte nicht einmal ahnen, ob er die Frage überhaupt erfasst hatte. Als Didi mit einer Flasche aus der Küche zurückgekehrt war, überlegten sie kurz, ob es besser wäre, die Flasche zu ihm hinunterzureichen oder Matthijs heraufzuholen – so dass sie zu spät merkten, was inzwischen im vorderen Teil des Flurs geschah. Bevor sie noch reagieren konnten, hatte der Mann die Frau bereits niedergeschlagen und richtete nun eine Pistole auf sie.

Aayed, von großflächigen, dunklen Erfrierungen gezeichnet, sah nicht so aus, als wollte er irgendjemanden noch einmal entkommen lassen. Für ihn war das die Stunde der Rache.

»Weg da!«, brüllte er und stieß Rahmans weinende Frau zu Peter und Didi herüber.

Peter sah sich um. Sie saßen in der Falle. Rührend, wie Didi versuchte, ihm Mut zuzusprechen.

»Los!« Aayed fuchtelte hektisch mit der Pistole herum.

»Werft die Frau zu ihm runter!«

Augenblicklich schlang Rahmans Frau wie zum Schutz die Arme um ihren Leib und machte sich steif. Doch Aayed ließ keinen Zweifel daran, dass er es ernst meinte. Sie hatten gar keine Wahl.

»Und jetzt du!«, befahl Aayed und zeigte mit dem Lauf der Pistole auf Didi, der sofort freiwillig in das Loch sprang, ohne die Miene zu verziehen.

»Na, los, erschieß mich!«, sagte Peter. »Bringen wir's hinter uns.«

»Wo ist Marc de Vires?«

»Ich wüsste keinen Grund, dir darauf zu antworten, wenn du mich sowieso umbringst.«

Verächtlich sah Aayed ihn an. »Deine Entscheidung. Vielleicht träumst du noch davon, erschossen worden zu sein, wenn du da unten liegst.«

Aayed trat einen Schritt näher und schlug dann so plötzlich mit dem Pistolenschaft zu, dass Peter kurz schwarz vor Augen wurde.

»Sag mir, wo de Vires ist«, herrschte Aayed ihn an.

»Am Flughafen, mehr weiß ich nicht«, stöhnte Peter.

In diesem Moment meldete Didi sich zu Wort. »Komm schon, Peter! Viel Platz ist nicht, aber es wird gehen.«

Peter sah Didi ungläubig an. Wenn der Riegel erst zu war, waren sie verloren.

Er zögerte.

»Komm schon, Peter!«, forderte Didi ihn erneut auf.

Peter setzte sich auf die Kante der Öffnung und ließ sich langsam in das Verlies hinunter.

»Du lässt los, wenn ich ›jetzt‹ sage«, flüsterte Didi, der direkt unter ihm stand.

»Jetzt!« Und dann ging alles rasend schnell.

Kaum hatte Peter den Boden berührt, stieß Didi ihn zur Seite. Als Aayeds Schatten über die Luke glitt, um die Klappe zu schließen, warf Didi sein Rasiermesser auf ihn und stemmte sich dann mit aller Kraft aus dem Verlies heraus. Blitzschnell war er oben und nicht mehr zu sehen. Vom Flur her war ein ziemlicher Tumult zu hören. Peter erhob sich von dem verdreckten Boden. Er hielt sich an der Kante der Luke fest und versuchte, sich hochzuziehen. In diesem Moment fiel ein Schuss, gefolgt von zwei dumpfen Schlägen. Dann war es still.

Sekunden später sah Peter Didi, der ihm die Hand entgegenstreckte.

Aayed lag auf dem Boden, das Gesicht zur Seite gedreht. Um seinen Körper breitete sich eine Blutlache aus. Die Pistole lag am anderen Ende des Flurs.

»Ist er tot?«, fragte Didi, der ihnen tatsächlich das Leben gerettet hatte. »Ich glaube nicht, es war ja nicht die Schlagader.«

Dann halfen sie den beiden anderen aus dem Verlies. Matthijs ging es hundsmiserabel, aber das Wasser, das sie ihm eingeflößt hatten, schien erste Wirkung zu zeigen, fast hätte man meinen können, die Züge um seinen Mund sollten ein Lächeln sein. Rahmans Frau hingegen saß regungslos mit dem Rücken an der Wand und starrte auf Aayed.

»Er muss weg!«, schrie sie dann unvermittelt, rappelte sich auf und versetzte Aayed einen Fußtritt. »Schafft ihn hier weg!«

Erst da begriff Peter, dass sie Aayed in das Loch fallen lassen wollte. Er stand auf und trat einen Schritt auf sie zu. »Sind Sie sicher, dass das die Lösung ist?«

Aber die Frau bückte sich bereits und zerrte an Aayeds Schultern.

Blitzschnell streckte Aayed in diesem Moment die Arme

aus, umklammerte ihren Hals und zwang sie in die Knie. »Die Pistole!«, schnarrte er. »Gib mir die Pistole, oder ich breche ihr das Genick!«

Sie erstarrten. Peter wusste, dass er nichts machen konnte. Aayed war mindestens zwei Meter von ihm entfernt.

»Dann bring sie eben um.« Didi hatte bereits sein Messer in der Hand.

»Allah ist mir gnädig«, erwiderte Aayed eiskalt. Er hatte keine Angst vor dem Messer.

»Gib mir die Pistole!«, befahl Aayed noch einmal.

Langsam bückte sich Peter nach der Waffe.

»Nicht du. Der da.« Mit der freien Hand zeigte Aayed auf Bergfeld. »Schieb sie zu dem da hin. Er soll sie mir geben.«

»Lass es, Peter«, schnarrte Didi, doch Peter gehorchte und kickte die Pistole in Richtung Bergfeld.

»Schön aufpassen!« Wachsam fixierte Aayed Didi. »Der andere soll sie nehmen. Kapiert?«

Bergfeld hatte den Blick starr an die Decke gerichtet. Seine Lippen bewegten sich, als betete er. Er nahm die Waffe an ihrem Lauf, hob sie hoch und richtete die Mündung direkt auf Aayed.

»Schieß!«, schrie Didi, während die Frau immer bleicher wurde.

»Gib mir die Waffe! Dann lasse ich die Frau laufen.« Aayed wirkte vollkommen selbstsicher, und mit diesem letzten Ausdruck im Gesicht würde er nun Allahs Gnade begegnen – allerdings mit einem Loch in der Stirn.

Matthijs' Hand krallte sich um die noch rauchende Pistole, als müsste er womöglich einen weiteren Schuss abfeuern.

Peter wandte sich an Didi. »Was sagst du, Didi? Kannst du uns helfen, die Leiche hier wegzuschaffen? Ich meine, ohne ein allzu großes Risiko einzugehen?«

»Logisch. Mach dir keine Gedanken.« Er schien fast gerührt

zu sein, dass Peter ihn um Hilfe bat. »Ich kümmere mich darum.«

Die Mittagspause hatte gerade begonnen, als Peter die kleine Gruppe unbemerkt ins Gebäude von Christie N.V. schleuste. Sie hatten sich alle notdürftig geduscht und umgezogen, und Matthijs war nach einer ersten leichten Mahlzeit erstaunlich schnell wieder auf den Beinen gewesen. Die Tür zu Magda Bakkers Büro war geschlossen, aber ihr schallendes Lachen konnte man durch den ganzen Flur hören.

Peter betrat ihr Büro, ohne anzuklopfen, und schloss dann leise die Tür hinter sich.

Sie verstummte und ließ den Telefonhörer sinken.

Er setzte sich ihr gegenüber an den Schreibtisch.

»Peter?« Ein wenig konsterniert lehnte sie sich in ihrem Bürostuhl zurück, fing sich aber schnell wieder.

»Du stehst wieder zur Verfügung, wie ich sehe.« Sie klatschte in die Hände. »Na, dann können wir ja weitermachen!«

»Ist Matthijs aufgetaucht?«

Sofort wurde sie ernst. »Wir haben keine Ahnung, wo er ist, Peter. Jan Moen hat ihn überall gesucht. Bei ihm zu Hause, bei seinen Eltern, wir haben keinen einzigen Hinweis darauf, was mit ihm ist.«

»Habt ihr die Polizei verständigt?«

Sie nickte. »Ja. Das heißt, wir überlegen, das zu tun.« Sie nickte noch einmal, dieses Mal etwas steifer, aber mit ihrem breiten Lächeln im runden Gesicht. Sie hob die gezupften Augenbrauen und überspielte ihre Überraschung ganz hervorragend.

»Hast du etwas dagegen, wenn ich das Fenster aufmache, Peter?«

Sie sperrte das Fenster weit auf, und frische Luft strömte herein.

»Gut, wo fangen wir an?« Sie schob Peter einen Stapel Papiere zu.

Ohne sich darum zu kümmern, zog er ein einzelnes Blatt aus der Innentasche seiner Jacke.

»Hiermit.«

»Was ist das?« Ihr Blick verriet, dass ihr Gehirn auf Hochtouren arbeitete. »Ein Mietvertrag, mit meinem Namen? Verstehe ich nicht. Was ist das, und woher hast du es, Peter?«

Sie gab Peter das Papier mit spitzen Fingern zurück.

»Das ist ein Gruß von Marc de Vires.«

»Soll das ein Spiel sein?«, fragte sie unschuldig. »Worum geht es hier eigentlich?«

Sie schnappte sich ihre Handtasche und holte eine Schachtel Zigaretten heraus. Es brauchte mehrere Anläufe, bis sie sich endlich eine angesteckt hatte.

Er schob ihr den halbvollen Aschenbecher hin. »Es gibt keinerlei Druckmittel mehr gegen mich, Magda. Alle Anschuldigungen, Behauptungen oder potenziellen Anklagepunkte sind widerlegt.«

Sie schüttelte fast unmerklich den Kopf.

»Du weißt genau, was ich meine: den Tod meiner Eltern. Kellys Selbstmord.«

Magda Bakker nahm einen tiefen Zug.

»Marc de Vires und Rahman, das Projekt Q-Petrol und die El-Al-Fracht, all das ist vorbei, hörst du, Magda: Vorbei.« Er breitete die Arme aus. »Ich bin ein freier Mann!«

Sie blinzelte ein paarmal. »Bitte erklär mir, was das alles soll, Peter. Ich verstehe kein Wort, und ehrlich gesagt verliere ich auch allmählich die Geduld.«

Peter stand auf und öffnete die Tür.

Der Anblick war geradezu rührend. Didi hatte den Arm um Matthijs gelegt, als wäre er höchstpersönlich für ihn verantwortlich.

»Schaffst du es?«, fragte Peter.

Didi nickte an Matthijs' statt.

Aus dem Augenwinkel bemerkte Peter, dass Magda aufgestanden und ans Fenster getreten war.

»Darf ich vorstellen!«, sagte Peter mit einer ausholenden Armbewegung.

Matthijs erschien in der Tür. Zwar hatte er sich inzwischen umgezogen, aber die Tage im Kellerverlies hatten deutliche Spuren hinterlassen. Seine Augen wirkten unendlich traurig.

Magda trat einen Schritt zurück und hielt sich am Fensterrahmen fest. Sie hatte verloren, und sie wusste es. All ihre Träume von Reichtum, Macht und Anerkennung waren ausgeträumt.

Plötzlich drehte sie sich um, und bevor Peter auch nur reagieren konnte, hatte sie sich mit beiden Armen über das Fensterbrett gezogen. Aber Didi war schneller: Er zerrte sie so heftig vom Fenster zurück, dass sie rückwärts gegen ihren Schreibtisch stieß.

»Es ist vielleicht nicht der günstigste Zeitpunkt, dir das zu sagen, Magda, aber die Zeit drängt. Ich fliege heute Abend zusammen mit Nicky Landsaat nach Jakarta.«

Zornig sah sie zu ihm auf.

»Und darum müssen wir dich hier noch ein bisschen festhalten. Ich möchte nämlich nicht aufgehalten werden, nur damit die Polizei mich zu deinem Selbstmord befragen kann. Ja, und außerdem hat Bergfeld Pläne für dich. Verständlich, oder?«

Das war das Stichwort. Matthijs Bergfeld setzte sich etwas steif an den Computer. Nach zehn Minuten war er fertig. Während seiner Gefangenschaft hatte er Zeit gehabt, sich alles zu überlegen, und darum musste er nicht mehr nach den richtigen Worten suchen. Magda Bakker hatte ihn unten am Kai seinem Schicksal überlassen. Sie hatte zugesehen, wie

Rahmans Leute ihn zusammengeschlagen und in den Kühlwagen verfrachtet hatten. Er machte rasch einen Ausdruck und reichte Peter das Blatt.

»Hier, unterschreib.« Peter hielt Magda Bakker den Ausdruck hin.

Fragend sah sie auf das Papier.

»Das ist ein Fax an alle deine Kooperationspartner, Magda, mit dem du ihnen mitteilst, dass du kündigst, weil du keine Lust mehr hast, mit Verrätern zusammenzuarbeiten.«

»Ist das alles?« Fast erleichtert sah sie ihn an.

»Außerdem lüftest du darin ein paar Geheimnisse, die du mit dir herumträgst. Deine Loyalitätskonflikte, Affären deiner Kollegen mit Sekretärinnen und den Ehefrauen anderer, interessante sexuelle Neigungen und Vorlieben, kleinere und größere Betrügereien und Speichelleckereien. Alles, was du uns eben erzählt hast. Du musst nur noch hier unterschreiben.«

Ihr Gesicht glühte. Das hier war ihr Abschied von der Branche. Es kam einem Selbstmord gleich, zumindest einem beruflichen.

»Das werde ich nicht tun!«, protestierte sie.

»Dann informieren wir jetzt die Polizei. Ein paar Jahre Haft werden wohl für dich dabei herausspringen.«

Sie runzelte die Stirn und sah Matthijs erschrocken an. Das meiste konnte sie abwiegeln oder vermutlich sogar entkräften. Aber dass sie aktiv daran mitgewirkt hatte, Matthijs Bergfeld auf die Straße zu locken und so Rahman in die Arme zu treiben: Dieser Vorwurf blieb im Raum stehen. Matthijs war wieder aufgetaucht, und zwar ziemlich lebendig. Er würde erzählen, was passiert war, und er konnte Zeugen benennen. Zeugen freilich, die an ihren Fenstern auf der anderen Seite der Straße gestanden, zugesehen und sich nicht gerührt hatten.

Sie hielt noch einmal kurz inne, dann nahm sie einen Stift und setzte ihren Namen unter das Dokument.

Bergfeld nahm es, steckte es in das Fax, tippte die entsprechenden Nummern ein und drückte auf Start.

Magdas Blick zu sehen, war eine Genugtuung für ihn. Verbissen starrte sie auf das Blatt Papier, während ihr zukünftiges Leben Zeile für Zeile im Faxgerät verschwand.

Als das erledigt war, rief Peter die Mitarbeiter von Christie in der Kantine zusammen. Dort klärte er sie umfassend über Magda Bakkers Verschwörung mit Thomas Klein auf. Als er ihnen dann die neue Firmenstruktur präsentierte, ging ein Raunen durch den Raum. Er habe, erklärte er, die Firma an seinen Halbbruder Rien ten Hagen übergeben, und Jan Moen und Matthijs Bergfeld – sobald dieser sich erholt hätte – würden der Firma mit vereinten Kräften wieder auf die Beine helfen.

Die Mitarbeiter applaudierten zaghaft, Anneke Janssen weinte. Peter gab einem nach dem anderen die Hand, dann wandte er sich ab und ging, ohne sich noch einmal umzusehen. Didi folgte ihm auf dem Fuß. Obwohl er keine Ahnung hatte, warum er mit nach Haarlem kommen sollte, hatte er eingewilligt. Wahrscheinlich Nicky zuliebe. Doch bevor sie Nicky holten, musste noch eine ganze Menge geregelt werden.

So viel hatte Peter immerhin verraten.

Marie klammerte sich an Peter.

»Du hasst mich«, wisperte sie und weinte leise. »Und das kann ich sogar verstehen.« Sie sah zu ihm auf und presste die Lippen zusammen.

»Marie.« Es kostete ihn einige Anstrengung, sanft zu sprechen. Sie hatte so viel zerstört, so viel Leid verursacht. Aber sein Zorn hatte inzwischen viel Zeit gehabt, kleiner zu werden, und angesichts des Glücks, das er endlich gefunden hatte, war die Empörung über Maries Verrat in den Hintergrund getreten.

»Marie«, sagte er noch einmal und nahm ihre Hand. »Liebe und Hass begleiten uns ein Leben lang.« Er lächelte. »Ich hasse dich nicht, Marie.« Er schüttelte den Kopf. »Ich kehre jetzt einfach nach Hause zurück.«

Ihre Augen glänzten tränenfeucht. »Und ich?«

»Ich werde für dich sorgen, solange du lebst«, sagte er schließlich ausweichend.

Sie seufzte, doch ihre Miene entspannte sich. Peter war nicht sicher, wie viel sie von dem, was um sie herum geschah, überhaupt noch begriff. Dass sie sich schämte für alles, was sie angerichtet hatte, daran hatte er seine Zweifel.

»Kannst du mir mein Schmuckkästchen geben? Schau, da drüben«, sagte sie.

Er brachte ihr das hübsche, mit winzigen Spiegeln und bunten Simili verzierte Kästchen. Sie öffnete es und wühlte darin herum, als wäre ihr plötzlich aufgegangen, wie gleichgültig und nutzlos all diese schönen Sachen waren angesichts der wenigen Zeit, die ihr noch blieb. Schließlich zog sie einen kleinen, bräunlichen Gegenstand hervor, der sich langsam entfaltete und Gestalt annahm.

Verwirrt betrachtete er ihn.

»Das hat Willem mir geschickt, einen Monat bevor er starb. Nimm es mit nach Indonesien. Ich möchte, dass du es in unserer Heimat begräbst.« Sie wandte sich von ihm ab. »Ich will es nicht länger bei mir haben.«

Er schloss einen Moment die Augen und überließ sich seinen Gedanken. Schließlich zog er Marie an sich, gab ihr einen sanften Kuss auf die Stirn. Er spürte, dass ihr Herzschlag ganz ruhig war – dann drehte er sich um und ging.

Als er die Tür zu ihrem Zimmer das letzte Mal schloss, war

ihm sehr bewusst, dass mit dem Abschied von Marie auch das Ende seines alten Lebens gekommen war.

Rien saß im Wohnzimmer bei Didi, doch Didi schenkte ihm kaum Beachtung. Er war viel zu sehr damit beschäftigt, sich alles, was an den Wänden hing, anzusehen.

»Es war nicht leicht, oder?«, sagte Rien.

Peter schloss die Augen.

»Auch ich möchte nicht mit ihr unter einem Dach wohnen, Peter. Ich ziehe zurück in meine alte Wohnung in Amsterdam.« Er versuchte zu lächeln.

Peter nickte. »Ja, ich verstehe dich gut. Und von dort aus bist du auch näher beim Büro.« Er dachte kurz nach, dann huschte ein Lächeln über sein Gesicht. Er wandte sich an Didi. »Hast du Familie, Didi?«, fragte er.

»Ja, klar!« Didi nickte. »Obwohl mein Alter sich aus dem Staub gemacht hat, bevor wir nach Holland kamen.«

»Jede Menge kleine Geschwister und eine Mutter?«

»Ja.«

»Fühlt ihr euch da, wo ihr jetzt wohnt, wohl?«

»Wohl? Na ja. Es ist besser als nichts. Du kennst das Haus ja.«

»Was würdest du davon halten, mit deiner Familie hier in diesem Haus zu wohnen? Zusammen mit Riens Mutter?«

Er sagte nichts.

»Kann deine Mutter kochen?«

Er nickte.

»Ein Vorschlag: Was hältst du davon, wenn ihr euch um Marie ten Hagen kümmert?«

Didi sah Peter lange und nachdenklich an. Dann nickte er.

Peter warf Rien einen Blick zu und wandte sich dann wieder an Didi. »Glaubst du, du wirst das hier im Griff haben?«

»Hier im Haus?«

Peter nickte.

Didi überlegte wieder. »Das würde ich schon hinkriegen. Aber ich glaube nicht, dass wir hier im Haus wohnen sollten, du weißt schon. Wir kommen nicht von hier, das passt doch eigentlich nicht.«

»Didi, begreif es doch als Chance. Es ist auch Nickys Wunsch, dass es dir gut geht, Didi. Und Rien und mir würdest du den größtmöglichen Gefallen damit tun«, erwiderte Peter. Es entging ihm nicht, dass Didi leicht zusammenzuckte, als er Nickys Namen hörte. Wieder wurde ihm bewusst, dass Nicky die Triebkraft hinter allem war und die Achse, um die sie beide sich drehten. Ja, auch Didi war sicher in sie verliebt, aber Didi war noch so jung. Nicky würde nicht die letzte Frau sein, an die Didi sein Herz verlor.

»Und wenn ihr euch bereit erklärt, euch um Marie ten Hagen zu kümmern, dann würde ich vorschlagen, dass du auch gleich ein bisschen über deine eigene Zukunft nachdenkst, Didi«, fuhr er fort. »Vielleicht kann Rien dich ja irgendwann in der Firma brauchen, aber dafür müsstest du dich mal auf deinen Hintern setzen und einen Schulabschluss machen. Und eine Ausbildung. Didi, in dir steckt doch mehr!«

Didi stierte in die Luft. Er versuchte, die Umgebung auszublenden, in der er von nun an leben sollte. Versuchte auszublenden, dass dieser Peter, der ihm Nicky nahm, von nun an sein Wohltäter sein sollte. Versuchte, seinen Stolz zu vergessen.

Dann sah er zu Peter. »Eine Ausbildung kostet viel Geld«, sagte er. »Woher soll ich das nehmen?«

Peter lächelte. »Didi, auch dafür findet sich eine Lösung. Du musst dir nur überlegen, ob du es wirklich willst.«

Er sah zu Rien, der blass und noch immer ziemlich mitgenommen im Sessel lehnte, in diesem Moment jedoch eindeutig Jaap de Boers selbstsicheren Zug um den Mund zeigte.

Zum ersten Mal in seinem Leben nahm Peter diesen Zug an seinem Halbbruder wahr, ohne Hass zu empfinden.

Lächelnd genoss er diese bislang völlig unbekannte innere Ruhe und wiederholte dann seine Frage. »Einverstanden, Didi?«

Die Entscheidung fiel ihm nicht leicht, das konnte man gut in seinem Gesicht lesen. Lange sah er hinaus auf den Platz, als würde er sich von der Freiheit verabschieden, mit der die Welt ihn bisher immer gelockt hatte.

»Also gut, okay, ich kann's versuchen«, sagte er dann.

53

Noch nie hatte Marc de Vires so viele Menschen im Duty-Free-Bereich gesehen. Noch nie hatte er am Flughafen so viel Zeit gehabt.

Er sah auf die Uhr. Nur noch wenige Stunden bis zu seinem Flug nach Damaskus. Wenige Stunden, in denen er aufpassen musste wie ein Schießhund. Und das in diesem Gewimmel! Am besten sah er zu, dass er zum Gate kam, dort war weniger los, und es würde ihm leichterfallen, die Menschen, die kamen und gingen, im Auge zu behalten.

Auf dem Weg dorthin fiel ihm ein Mann mit Oberlippenbart auf, der offenbar auf ihn wartete.

Scheiße, dachte de Vires, als er den Mann erkannte. Das war doch Yasin, Aayeds Bruder. Soweit er wusste, genossen nicht alle von Rahmans Leuten Diplomatenstatus und die damit verbundenen Vorteile. Warum war er dann hier?

Vielleicht sollte er einfach direkt zur Sache kommen. Später würde er sicher noch weniger Handlungsspielraum haben.

Er ging auf den Mann zu. »Was machst du hier?«, fragte er. Yasin antwortete nicht. Er sah de Vires bloß an, holte sein Handy hervor und gab eine Nummer ein. Offenbar meldete sich aber niemand. Die Augen des Mannes wurden schmaler, als er die Nummer ein zweites Mal eingab. Wieder keine Antwort. Er steckte das Handy ein.

»Wo ist mein Bruder?«, fragte er plötzlich.

De Vires zuckte die Achseln.

»Wo ist er?« Yasin packte de Vires beim Kragen.

Der schlug die Hand weg. »Lass mich ganz einfach in Ruhe. Ich bin auf dem Weg nach Bagdad. Wenn ihr Fragen habt, dann beauftragt dort jemanden, sie mir zu stellen.«

Yasin lächelte kurz, dann gefror seine Miene wieder. Er sah sich um, und bevor de Vires wusste, wie ihm geschah, hatte er ein Messer an der Kehle.

»Hier rein!«, kommandierte Yasin und stieß de Vires in die Herrentoilette.

»So, und jetzt hätte ich gern den Q-Petrol-Plan«, fuhr Yasin ruhig fort, nachdem er sich versichert hatte, dass sie allein waren.

Darum ging es also. Aayed und sein Begleiter waren nach Rahmans Tod arbeitslos geworden.

De Vires lächelte in sich hinein. Unter anderen Umständen hätte er laut gelacht. Die beiden waren blank, und darum hatten sie nachgedacht und eine gute Idee gehabt. Dass die Ernte nämlich nicht von Marc de Vires, sondern von ihnen eingebracht werden sollte. Gar nicht dumm, denn den Leuten in Bagdad war es sicher völlig egal, wer ihnen das endgültige Q-Petrol-Konzept lieferte. »Es gibt keinen Plan«, sagte er.

Yasin stieß ihn in eine der Kabinen und entriss ihm fluchend die Computertasche.

»Wenn ich es doch sage. Es gibt keinen Plan. Lass mich los, bevor jemand kommt. Sonst wird es unangenehm für dich.«

Der Druck des Messers gegen de Vires' Kehle nahm zu. »Er ist mit Sicherheit auf dem Computer«, zischte Yasin. »Nehmen Sie den Laptop raus und starten Sie ihn!«, befahl er.

»Wir brauchen Strom. Der Akku ist leer.«

»Dann schreiben Sie das Passwort auf ein Stück Papier.«

Um Kugelschreiber und Papier aus der Tasche zu holen, bückte de Vires sich. In diesem Moment packte er Yasin bei den Fußgelenken und riss ihm mit einem Ruck die Füße weg.

Yasin schlug mit dem Hinterkopf auf dem Urinal auf und stürzte seitlich zu Boden. Benommen blieb er dort liegen.

De Vires entwand ihm das Messer. Nur zu gern hätte er davon Gebrauch gemacht. Doch er konnte sich jetzt, so kurz vor dem Ziel, nicht noch in weitere Schwierigkeiten bringen.

Stattdessen packte er den Kopf des leblosen Mannes und schlug ihn noch einmal mit aller Kraft gegen die Schüssel. Dann schnappte er sich seine Computertasche und eilte zu den Gates.

Im Wartebereich beim Gate fühlte sich de Vires endlich sicher. Er sah noch einmal auf die Uhr, nahm dann Peter de Boers Laptop aus der Tasche und schaltete ihn ein.

Er klickte auf das grüne Icon mitten auf dem Bildschirm und öffnete das Inhaltsverzeichnis.

Dann begann er zu lesen. Peter de Boer hatte erstklassige Arbeit geliefert. Das Konzept war ausgereift bis ins kleinste Detail. Dieser Hund hatte tatsächlich alles bedacht. Wenn der Plan aufging, würde der Q-Petrol-Konzern schon bald in ernste Schwierigkeiten geraten.

Immer wieder sah de Vires auf und ließ seinen Blick durch den Wartebereich schweifen. Beim KLM-Personal fand ein Schichtwechsel statt. Neue Checklisten wurden auf dem Tresen ausgelegt. De Vires lächelte die blondeste der Frauen an, was diese mit einem verheißungsvollen Anheben der Augenbraue quittierte. Er beobachtete sie, betrachtete ihre Beine und den engen Rock, als sie wegging.

Dann öffnete er ein weiteres Dokument, das »Für Marc« betitelt war, und fing an zu lesen. »Inzwischen weiß man, dass du abhauen willst, Marc«, stand da. »Ich habe das Personal von KLM informiert. Sie suchen nach dir, Marc. Jetzt, in diesem Moment. Du hast eine Bombe in der Hand, und ganz gleich, wohin du fliegen willst, man wird dich mit dieser Bombe nicht an Bord lassen. Beim Sicherheitscheck des Flughafens hat man sie nicht finden können. Ich gebe dir einen Rat, Marc. Sieh dir deine Tasche genau an. Aber vorsichtig.«

Irritiert sah de Vires auf. Die blonde KLM-Mitarbeiterin war zurück. Sie ging Passagierlisten durch und sah mehrfach zu ihm herüber.

Er musterte die Tasche mit dem eingeschalteten Computer auf seinem Schoß. Dann hob er den Computer an und stellte ihn auf dem Sitz neben sich ab. Er öffnete sämtliche Klettverschlüsse, fand aber auch in den Seitentaschen nichts Verdächtiges. Kurz angebunden wimmelte er den Kontaktversuch des gesprächigen älteren Ehepaars, das neben ihm Platz genommen hatte, ab. Ihm war gerade wirklich nicht nach Smalltalk über ihre Enkelkinder zumute.

Jetzt betraten zwei uniformierte Männer den Wartebereich und meldeten sich am Schalter. Das Personal dort sah zu Marc herüber, und der Blick der Männer folgte ihnen. Sofort hörte de Vires auf, in der Tasche zu wühlen, und stellte seinen Laptop wieder darauf.

»Hast du etwas gefunden?«, las er auf der nächsten Seite. »Dann schau dir mal den Griff der Tasche an. Darin steckt ein Nitroglyzerinzünder. Beeil dich! Das Material, das die Sprengladung vom Zünder trennt, wird bald vom Alkohol zerfressen sein. Je mehr die Tasche geschüttelt wird, desto schneller geht es. Aber du kannst dir auch gerne einen Schluck Wodka gönnen. Er wird dir in deiner Situation ohnehin guttun.«

De Vires spürte, wie sein Hemd schweißnass wurde. Wenn es nun stimmte? Er fluchte leise. Würde Peter wirklich das Leben unschuldiger Menschen aufs Spiel setzen? Er hatte seine Zweifel, dennoch überlegte er, sich den Laptop unter den Arm zu klemmen und zu gehen. Ohne die Tasche.

Gerade als er sich erheben wollte, entdeckte er am Ende des Wartebereichs einen weiteren Sicherheitsbeamten. Er lehnte sich wieder zurück und legte vorsichtig die Finger um den Griff, um zu fühlen, ob er irgendetwas bemerkte.

Und tatsächlich: Das war nicht der Originalgriff! Er war dunkler als der Rest der Tasche. Verdammt! Der Henkel war mit Nieten befestigt, es würde also schwierig werden, den Griff zu lösen. Er tastete weiter und stellte fest, dass das Material an der Unterseite des Griffs in der Mitte etwas dicker war. Er vergrub die Fingernägel in der Naht und zerrte daran, so fest er konnte.

Als die Naht riss und ein kleiner Plastikzylinder, so lang wie ein Kugelschreiber, aus dem Griff zu Boden fiel, schaute sein Sitznachbar auf. »Hoppla!«, meinte er freundlich.

De Vires, der das Teil rasch aufhob, bemerkte aus dem Augenwinkel, dass die Gruppe an der Schranke den Vorgang beobachtet hatte.

Das eine Ende des Röhrchens war mit Alufolie verschlossen, aber am anderen Ende befand sich eine durchsichtige, mit Flüssigkeit gefüllte Glasampulle, um die sich dünne Kabel wickelten.

Marc runzelte die Stirn und versuchte, ein Zittern zu unterdrücken, als er den kleinen Stopfen herauszog, sich das Röhrchen unter die Nase hielt und dann vorsichtig daran nippte. Tatsächlich. Es war Wodka. Er leerte die Ampulle in einem großen Schluck.

»Jetzt wissen sie im Übrigen auch, dass du es bist, Marc«, las er, als er sich in dem Dokument wieder eine Seite weitergeklickt hatte, »sie suchen nämlich nach einem Mann, der am Griff seiner Computertasche herumfingert. Und sie wissen auch, dass du auf deinem Laptop eine Datei hast, die alles über deine Terrorabsichten verrät. Außerdem hat Randolph Fischer einige höchst brisante geheimdienstliche Hinweise gespeichert. Du wirst also sicher für ein paar Jahre hinter Gitter wandern. Und die Iraker werden ebenfalls nicht gerade begeistert sein. Aus einigen der Informationen geht leider deutlich hervor, dass du auch für den israelischen Geheimdienst arbeitest. Wäre es nicht besser, wenn du deinen Plan, nach Bagdad zu fliegen, aufgeben würdest? Ich glaube, das Personal von KLM und die Sicherheitsleute werden ziemlich bald versuchen, den Laptop zu beschlagnahmen. Es wäre also besser, wenn sie die Datei von Randolph Fischer gar nicht erst finden würden. Du musst nur das grüne Icon anklicken. Die Datei heißt ›cvjhao.dat‹. Um sie zu löschen, musst du allerdings die Festplatte neu formatieren. Dazu klickst du auf das Icon ›lw.br‹, und schon ist alles weg.«

Panisch schob de Vires den Cursor über das Kamikaze-Icon.

Die Sicherheitsbeamten kamen auf ihn zu.

De Vires klickte.

Auf dem Bildschirm erschienen mehrere blaue Streifen, die auf und ab tanzten, während sie gleichzeitig schmaler und wieder breiter wurden. Die Namen der Dateien, die gelöscht wurden, jagten über die Anzeigezeile.

»Marc de Vires?« Einer der Sicherheitsleute beugte sich zu ihm, während der andere in geringer Entfernung in Alarmbereitschaft stand. »Wir müssen Ihren Laptop konfiszieren. Kommen Sie bitte mit.« Er nahm de Vires den Laptop genau in dem Augenblick ab, als der Bildschirm schwarz wurde.

Ungeachtet seiner Proteste untersuchten die Sicherheitsbeamten ihn mit geübten Griffen an Ort und Stelle.

Doch es war schnell klar: Sie hatten nichts gegen ihn in der Hand: Die Festplatte war leer, und die Leibesvisitation hatte kein Ergebnis gebracht. Also blieb ihnen nichts anderes übrig, als ihn gehen zu lassen.

De Vires setzte sich wieder auf seinen alten Platz. Das Ehepaar lächelte ihm mitfühlend zu. Als sich die beiden bald danach in die Schlange zum Boarding nach London einreihen wollten, bot Marc dem Mann kurz entschlossen den Laptop an. »Ein Geschenk für Ihren Enkel!« Nach einigem Hin und Her – die beiden wollten den Computer auf keinen Fall geschenkt bekommen – einigten sie sich auf fünfhundert Euro. »Ich hätte vermutet, dass er ein Vielfaches kostet«, meinte der Alte. De Vires lächelte. »Dafür hätte ich gern Ihre Zeitschrift!« Überrascht drückte ihm der Mann das zerlesene Exemplar des ›Time Magazine‹ in die Hand.

De Vires war ein Gedanke gekommen. Konnte man eine Strategie entwickeln, um eine multinationale Gesellschaft wie Q-Petrol in Schwierigkeiten zu bringen, ließ sich das doch auf andere Multis übertragen. Erpressung großer Gesellschaften mit den Mitteln des Terrors! Er schlug die Zeitung aufs Geratewohl auf und stieß auf einen Artikel über die Neuordnung des Balkans.

De Vires erhob sich und ging zum Schalter, wo KLM-Mitarbeiter und Sicherheitsbeamte noch zusammenstanden und sich leise unterhielten.

»Ich werde wegen der Behandlung Beschwerde einlegen«, sagte er zu der Blonden.

»Warten Sie, ich besorge Ihnen das Formular«, entgegnete sie kühl.

»Zwischenzeitlich habe ich meine Reisepläne ändern müssen. Wann geht ein Flug nach Belgrad?«

Sie checkte die Möglichkeiten auf ihrem Computer. »Freitags und samstags um 10 Uhr 30. Nach Zagreb könnten Sie allerdings schon in etwa einer Stunde fliegen. Das ist ja einigermaßen nahe«, sagte sie säuerlich.

Jetzt startete er vorsichtig eine Charmeoffensive.

»Was halten Sie davon: Sie tun mir einen Gefallen und besorgen mir ein Ticket für den Flug – und damit vergessen wir den Vorfall von eben?« Er sah ihr in die Augen und lächelte.

Sie wandte den Blick ab, und tatsächlich glaubte er zu sehen, wie sie ganz leicht errötete.

54

Die Nacht war kurz gewesen. Als die Sonne von einem Augenblick zum anderen aufging, hatte sie die Gesichter der schlafenden Passagiere und die Wolken weit unter ihnen durch das halb geöffnete Rollo in Gold getaucht. Das erlebte man so nur auf dem Flug gen Osten.

Nicky sah auf die Uhr und versuchte, zu sich zu kommen.

Noch immer tanzten in ihrem Kopf so viele Bilder durcheinander.

Bilder von der weinenden Bea, Erinnerungen an Mille, an ihre Mutter. Und immer wieder die Fratze des Dukun, wie er inmitten eines undefinierbaren Stimmengewirrs höhnisch lachend mit dem Finger auf sie alle zeigte. Dann wurde das Sonnenlicht noch heller, und endlich wachte Nicky vollständig auf.

Sie warf einen Blick auf Peter. Sein Gesichtsausdruck, sein Atem – er war ganz ruhig. Nicky lächelte. Sie hatte geträumt. Das hier war die Realität.

Unter der Tragfläche glitt ein Gebirsgszug mit weichen Konturen vorbei. Sie hatte keine Ahnung, wo sie waren, aber schon bald würde sie wieder azurblaues Meer sehen, zum zweiten Mal binnen weniger Wochen. Nur dass sie dieses Mal zusammen mit dem Mann unterwegs war, der ihr Herz erst vor so kurzer Zeit erobert hatte, aber ihr längst alles bedeutete. Und dieses Mal würde sie nicht zurückfliegen.

»Ich liebe dich«, flüsterte sie. Seine Lippen bewegten sich. »Leja«, sagte er im Schlaf.

Nicky zuckte zusammen, so dass Peter die Augen aufschlug und sie ansah. Er streckte seine langen Beine, so gut er konnte, legte den Kopf an ihre Schulter und sog den Duft ihres Haares ein. »Merkwürdig«, flüsterte er. »Ich habe eben von einem kleinen Dayak-Mädchen geträumt, an das ich in letzter Zeit hin und wieder denken musste. Das erste Mal habe ich sie vor vielen, vielen Jahren gesehen, wie sie unter einem Palmdach auf dem Boden vor ihrer Hütte saß. Das war bei der Totenfeier ihres Großvaters in unserem Heimatdorf.«

Er richtete sich ein wenig auf, um Nicky in die Augen sehen zu können.

»Sie war so schön, Nicky, genau wie du. In ihrem Blick lag so viel Liebe. Im Traum kam sie auf mich zu, aber als sie mich erreichte, packte sie mich mit der einen Hand und stieß mich mit der anderen von sich.« Er schüttelte gedankenverloren den Kopf. »So etwas habe ich noch nie geträumt.«

Nicky versuchte zu lächeln. Sie hatte ihn noch nie so jung und verwundbar gesehen.

Sie strich ihm eine Haarsträhne aus der Stirn. »Das Mädchen hieß Leja, stimmt's?«

Erstaunt sah er sie an. »Woher weißt du das?«

»Du hast im Schlaf ihren Namen gesagt.«

»Wirklich?«

Nicky holte das Püppchen aus ihrer Tasche.

»Schau mal!« Sie zeigte ihm die kleine Holzpuppe mit dem dreieckigen Kopf und dem Jadeauge. »Diese Puppe hat meine Mutter mir an ihrem Todestag geschenkt.« Peter nahm sie in die Hand. »Manche sagen, dass so eine Puppe lebendig ist, wusstest du das? Lebendig durch die Seelen, die in ihr wohnen.« Zärtlich betrachtete sie das Geschenk ihrer Mutter. »In dieser Puppe wohnen die Seelen aller ältesten Töchter meiner Familie seit dreihundert Jahren. Aller meiner Vorgängerinnen.«

Er gab ihr die Puppe zurück, als wären diese vielen Seelen eine zu große Last für ihn. Sein Blick war ernst, und doch lächelte er ein wenig.

»*Nitu nitu,* du weißt schon, Peter.« Sie lachte leise. »Die Seelen der Toten wohnen darin. Hast du gemerkt, wie warm sie ist, wenn ich über sie spreche?«

»Ich kenne diese Puppen aus meiner Kindheit.«

Als Nicky die zweite Puppe hervorholte, sah sie Peter tief in die Augen. »Schau, ich habe noch eine!«

Die Puppe mit dem struppigen Kokoshaar, dem blau gemusterten, zerknitterten Kleid, die Puppe ihrer Kindheit, lag auf ihrer Handfläche und lächelte sie an.

Sie merkte, wie Peter beim Anblick der Puppe zusammenzuckte.

»Schau!« Sie schob das Kleidchen nach oben. »Schau nur, was hier eingestickt steht. Auf Indonesisch: Da steht *Leja,* hat meine Mutter gesagt. Ist das nicht seltsam, Peter? Da steht tatsächlich *Leja!*«

Konnte sie wirklich noch an Zufall glauben, angesichts dessen, was sie gerade erlebten? Ihr wurde ganz leicht bei dem Gedanken.

»Meine Mutter hat sie vor vielen Jahren bei einem Schiffsunglück im Wasser gefunden. Oder vielleicht hat ja die Puppe auch meine Mutter gefunden?«

Nicky hielt sie sich an die Wange. »Das war, als ich zwei Brüder verlor.«

Peter legte ihr eine Hand auf den Arm. Seine Lippen bebten, aber er blieb stumm. Dann stand er auf und holte seine Tasche aus dem Gepäckfach. Als er sich wieder gesetzt hatte, nahm er Nickys Hand und zog dann ein kleines Bündel aus der Tasche.

»Das hier hat Marie mir heute Nachmittag zum Abschied geschenkt.«

Nicky lief ein Schauer über den Rücken.

Das war Kismet, Fügung, Schicksal, Vorsehung. Es gab viele Worte für das, was man auch Zufall nennen konnte. Die Puppe in seiner Hand war ihrer zum Verwechseln ähnlich. Die gleichen Farben, der gleiche Stoff, das gleiche feine Lächeln. Nur war diese Puppe ein Junge. Ein Puppenjunge für ihr kleines Puppenmädchen.

»Maries Mann, Willem ten Hagen, hat ihr die Puppe in einem Brief geschickt, kurz bevor er Indonesien verließ«, erklärte er.

»Das ist sehr seltsam, Peter.«

»Ja, das ist wirklich seltsam, denn diese beiden Puppen gehören zusammen. Ich kenne sie, ich habe sie schon einmal gesehen. Es waren Lejas Puppen. Das kleine Mädchen, das in meinem Dorf wohnte. Von dem ich gerade geträumt habe. Willem ten Hagen muss sie ihr abgekauft haben. Die eine Puppe hat er Marie geschickt, und die andere nahm er als Talisman mit auf die Heimreise. Leider hat sie ihn am Ende nicht beschützt, er ist ertrunken – genau wie deine Brüder. Sie sind offenbar mit demselben Schiff untergegangen!«

Vorsichtig nahm Nicky den kleinen Puppenjungen, der ein blau gemustertes Hemd trug, und legte ihn neben ihr Puppenmädchen.

Und dann sah sie es: sah, wie die beiden blauen Muster verschmolzen. Feine schwarze Linien verbanden sich miteinander und ergaben plötzlich einen neuen Sinn.

Wenn sie nebeneinander lagen, erwuchs aus den ineinander fließenden Linien auf den Kleidern des Puppenjungen und des Puppenmädchens ein blauschwarzer Schmetterling, der nun auf Nickys Schoß lag und strahlte. Das Zeichen der ältesten Töchter.

Peters und Nickys Blicke begegneten sich. Alles war vorherbestimmt.

»Danke«, sagte Nicky leise und ohne den Dank an irgendjemand oder irgendetwas Bestimmtes zu richten. Zum ersten Mal seit langer Zeit war sie innerlich vollkommen ruhig und ganz erfüllt von dem Wunder, dass zwei Menschen wie sie sich hatten finden können. Zwei Menschen aus zwei Welten. Ein indonesisches Mädchen, das in seinem Land geboren war, und ein weißer Mann, der in ihrem Land geboren war. Die im Land des Mannes herangewachsen waren und die immer davon geträumt hatten, die beiden Welten zu verbinden. Das Schicksal hatte alles miteinander verknüpft. Jetzt gab es nichts mehr, was unerreichbar wäre.

Als hätte er ihre Gedanken geahnt, zog er sie fest an sich und küsste sie lange und zärtlich.

Nach einer ganzen Weile schob Nicky das Rollo vollständig hoch und sah hinaus in die Unendlichkeit, wo Meer und Himmel mit einem Mal in Flammen zu stehen schienen, wo silbern glitzernde Wellen und der Morgendunst sich vereinten.

Sie faltete die Hände und empfand eine unendliche Freude und – zum allerersten Mal in ihrem Leben – tiefen Frieden. Jetzt war sie so weit: Sie dankte den Göttern, die ihr Schicksal vor ewigen Zeiten vorausbestimmt hatten.

Ja. Sie dankte den Göttern. Aus tiefstem Herzen.

DANK

Ein Dankeschön an meine Frau Hanne sowie an Henning Kure, Jesper Helbo und Hans A. Spa für Inspiration und viele hilfreiche Beobachtungen. Bei Hanne Sørine Sørensen, Eddie Kiran, Mette Carstensen, Elsebeth Wæhrens, Tomas Stender, Lennart und Elisabeth Sane und Alis Caspersen bedanke ich mich für ihre ausführlichen Kommentare.

Mein Dank gilt auch Daan Jippes und Freddy Milton, die mir seinerzeit ermöglichten, für einen längeren Zeitraum in den Niederlanden zu leben.

Unsere holländische Haushaltshilfe Rudy half uns mit vielen nützlichen Ratschlägen für den Alltag weiter, dafür sind wir ihr dankbar. Ein großes Dankeschön schulde ich meiner holländischen Übersetzerin Erica Weeda, die so sorgfältig arbeitete und mich immer wieder auf den neuesten Stand brachte.

Ich danke unserem indonesischen Freund Made I. Kabibarta für viele schöne Stunden in seinem Heimatland. Eine der Personen im Buch ist nach ihm benannt.

HINTERGRUNDINFORMATIONEN DES AUTORS

Sehr kleines Wörterbuch

Meneer (niederl.):	Herr
Mevrouw (niederl.):	Frau
Bahmihapje:	Frittierte Krokette mit Nudeln (niederl./ indonesisch)
Nasihapje:	Frittierte Krokette mit Reis (niederl./ indonesisch)
Peschmerga:	kurdisch für die irakisch-kurdischen Kämpfer der Demokratischen Partei Kurdistans; hergeleitet aus dem Kurdischen, bedeutet »die dem Tod ins Auge Sehenden«

Reale Personen, die im Roman erwähnt werden:

Bill (William Jefferson) Clinton: amerikanischer Präsident 1993–2001. Am 19.08.1996 wurde er fünfzig Jahre alt; seit 1975 mit Hilary Rodham Clinton verheiratet

Bob (Robert Joseph) Dole: Clintons republikanischer Gegenkandidat und Verlierer der Präsidentschaftskampagne 1996; Senator, Kriegsveteran und Kriegsverletzter

Jacques Chirac: Bürgermeister von Paris 1977–1995, danach, bis 2007, französischer Präsident

Saddam Hussein (1937–2006): (ehemaliger) irakischer Präsident; In den 1970er Jahren Vizepräsident

Ken (Kenule Beeson) Saro-Wiwa (1941–1995): nigerianischer Schriftsteller, Bürgerrechtler und Vorkämpfer für den Umweltschutz. Angehöriger des Ogoni-Volks. Entschiedener Gegner der Shell-Bohrungen im Nigeria-Delta. Die Anklage auf Mitschuld am Mord von vier Ogoni-Führern führte im November 1995 zu seiner Hinrichtung zusammen mit acht anderen Umweltkämpfern. Sein Tod löste massive internationale Proteste aus. Danach startete Shell trotz des verstärkten Widerstands ein vier Milliarden Dollar Naturgas-Bohrprojekt.

George Orwell (1903–1950): britischer Schriftsteller (›Farm der Tiere‹, ›1984‹)

Richard Clayderman: populärer Pianist mit Pop-Repertoire

Daniel Barenboim: argentinisch-israelischer klassischer Klaviervirtuose und Dirigent

Yehudi Menuhin (1916–1999): bedeutendster Violinist des 20. Jahrhunderts

Masud Barzani: Führer der kurmanji-sprechenden Demokratischen Partei Kurdistans, DPK; Sohn des Mustafa Barzani, des ersten Führers der kurdischen Revolution

Dschalal Talabani: Führer der pro-iranischen sorani-sprachigen Splitterpartei PUK, der Patriotische Union Kurdistans

John (Malchase David) Shalikashvili (1936–2011): (ehemaliger) Vorsitzender des Vereinigten Generalstabs der Streitkräfte der Vereinigten Staaten

Sinterklaas alias **Sint Nicolaas**: ein Bischof, der, wie der Nikolaus in Deutschland, Geschenke verteilt, allerdings schon am 5. Dezember. Sein Begleiter ist traditionell der Zwarte Pied.

Abd ar-Razzaq an-Naif (1934–1978): wurde vom türkischen Geheimdienst am zehnten Jahrestag seiner Flucht aus dem Irak getötet

Raymond Thuillier: (ehemaliger) Bürgermeister von Les Baux-de-Provence und Küchenchef des Sterne-Restaurants L'Oustau de Baumanière

Kenneth R. Timmerman schrieb ›The Death Lobby‹.

Oberst Ronnie Lewis und Verteidigungsattaché **John Zalewski** wurden beide 1996 an die amerikanische Botschaft in Den Haag entsandt.

Dr. Ahmad Dschalabi: INC-Führer im Exil; versuchte vergeblich den Fall der vielen tausend Mitglieder des irakischen Nationalkongresses, INC, die in Kurdistan festgehalten wurden, auf die Titelseiten der Zeitungen zu bringen

Wafiq Hamud al-Samarrai: früherer Vizedirektor des irakischen Nachrichtendienstes, der vergeblich versuchte, im Irak einen Staatsstreich in Gang zu setzen

Megawati Sukarnoputri: Oppositionsführerin in Indonesien und Tochter von Sukarno, der die Unabhängigkeit Indonesiens von den Niederlanden erreichte.

John Mark Deutch: 1995–1996 Chef der CIA

Johannes Paul II (1920–2005): Papst von 1978 bis zu seinem Tod; als Karol Wojtyła in Polen geboren; der erste nicht-italienische Papst seit 1522

Salvador Allende (1908–1973): (ehemaliger) chilenischer Präsident; wurde 1973 gestürzt und ermordet

Bob Marley (1945–1981): jamaikanischer Reggae-Musiker

Eine Auswahl authentischer Begriffe und Begebenheiten, die im Roman benutzt oder erwähnt werden:

Das **Treffen zwischen Jacques Chirac und Saddam Hussein in Les Baux-de-Provence**. Die Absprache, der Stierkampf, die Einquartierung im L'Oustau de Baumanière: Alles hat sich wirklich zugetragen.

Der **Konflikt zwischen PUK- und DKP-Kurden** spitzte sich am **31.08.1996** zu, als der Irak auf Ersuchen von Massud Barzani Arbil besetzte. Massenhinrichtungen in Arbil, Taqtaq, Chamchamal und Suleymaniya.

Barzanis Reise in die Türkei.

Newroz. Das Neujahrs- und Nationalfest wird in der Zeit vom 21. März, dem ersten Tag im kurdischen Kalender, bis Anfang April gefeiert. Eine Tradition, die älter ist als der Islam, und im Medischen Reich, das 625 v. Chr. gegründet wurde, ihre Wurzeln hat. Ein Lichterfest für Einheit und Freiheit mit Tanz und Gesang auf den Berghängen, um den Wunsch nach einem unabhängigen Staat zu symbolisieren. Der 21. März ist ein bewegter Tag in der Geschichte der Kurden. An diesem Tag fand 1925 ein Aufstand statt. Der Gefangenenaufstand am selben Tag im türkischen Diyarbakir-Gefängnis 1982 und 1983 kostete viele Tote. In der Türkei, wo der Gebrauch des Buchstabens »w« unbeliebt ist, buchstabiert man den Tag Nevruz oder Nevros.

Das **Interview am Gedenkpark** mit dem Mann, der den Hund ausführte, dem Vater von drei in der Bijlmermeer-Katastrophe getöteten Kindern, ist ebenfalls authentisch.

Die **Sonderbestimmung des Schiphol-Flughafens** im Hinblick auf EL-AL-Frachtflüge tritt nach dem Sechstagekrieg 1967 in Kraft.

Der **Sandoz-Fall**. Ein großer Zyanidaustritt und andere Abfallchemikalien der Schweizer Firma verursachten 1986 eine katastrophale Verunreinigung des Rheins. Erst viel später hat sich herausgestellt, dass die Stasi, der ostdeutsche Geheimdienst, dahinterstand. Der Auftrag kam vom sowjetischen Nachrichtendienst KGB, um die Weltaufmerksamkeit von der Tschernobyl-Katastrophe, die sich ein halbes Jahr zuvor zugetragen hatte, abzulenken.

Q8-Pressemitteilung über Nahrungsmittel.

Installation von Personal, das vom CIA rekrutiert wurde, **in Suleymaniya** und **Salahuddin** samt Internierung der 200 CIA-Sympathisanten im Hotel Alkadra in Salahuddin. Später wurde ein Teil dieser Internierten nach Guam überführt, wohin zuvor auch 2100 Türken mit ihren Familien überführt worden waren.

Der **kurdische Hilfsarbeiter, der mit Benzin übergossen wurde** und den man später wegen eines Selbstmordversuchs anklagte.

Bei **Saddam Husseins Zyanidbombenangriff** auf die kurdische Stadt Halabdscha im März 1988 wurden 4000 Menschen getötet.

Brent-Spar-Affäre. Shell wollte 1995 eine ausrangierte Ölplattform im Atlantik versenken. Der Druck der Bevölkerung und der Umweltorganisation Greenpeace mit dem Boykott der Shell-Tankstellen in Deutschland, England, Dänemark, Holland und der Schweiz verhinderten das.

Geiselnahme der Molukker in Beilen im Dezember 1975 bzw. eine entsprechende **Kaperung im Sommer 1977**.

Bombardierung des Siranband-Flüchtlingslagers am 19.9.1996.

Operation Wüstensturm 1991 nach der irakischen Besetzung von Kuwait im Kampf um die Kontrolle über das Öl, die Förderung und die Ölpreise.

Die **Katastrophe im Heysel-Stadion 1985**, wo zahlreiche Juventus-Anhänger umkamen, weil sie von englischen Hooligans gegen eine Mauer gedrückt wurden.

Die **portugiesische Kolonisierung der Molukken-Insel Seram**.

Saddams Kanonenherstellungsskandal.

Die **irakischen Strafdekrete**, unter anderem das **Brandmarken**, gibt es noch immer und sie werden immer noch praktiziert.

Das Unglück von Bijlmer:

Nach dem Hochhausgebiet Bijlmer(meer) im Südosten Amsterdams benannt.

Am 4. Oktober 1992 um 18.36 Uhr stürzte eine israelische El-Al-Jumbo-Frachtmaschine mit Ziel Tel Aviv vierzehn Minuten nach dem Start frontal ins Kruitberg-Gebäude, eines der vielen Betonhochhäuser in Bijlmermeer. Das Gebäude wurde wie gezweiteilt. Wie viele Menschen in der Flammenhölle umkamen, kann nicht mit Sicherheit gesagt werden, denn in der Gegend lebten viele illegale, nicht registrierte Menschen. Die genannten Zahlen schwanken zwischen 43 und 300. Auch die Besatzung kam ums Leben. Das Chaos war unbeschreiblich, Menschen verbrannten bei lebendigem Leib, sprangen verzweifelt von den Balkonen in den Tod. In der Zeit nach dem Unglück klagten die Bewohner des Hochhausgebiets über unerklärliche Krankheiten, und sofort setzten Spekulationen über die Umstände des Absturzes und die Fracht des Flugzeugs ein. Mit der Zeit wurde immer klarer, dass alle Beteiligten, auch die holländischen Behörden, etwas zu verbergen haben mussten. In der Katastrophennacht hatten nicht identifizierte Männer in weißer Kleidung Gegenstände vom Wrack eingesammelt. Es wird vermutet, dass ungefähr 20 Tonnen Fracht von der Unglücksstelle verschwunden sind. Eine Erklärung gibt es nicht. Unbestätigten Vermutungen zufolge waren unter den Männern, die am Unglücksort Material einsammelten, auch israelische Mossad-Agenten.

Viele Faktoren deuten darauf hin, dass es sich nicht um einen normalen Absturz handelte, unter anderem folgende:

Die **Blackbox**, die die Umstände eines Absturzes aufzeichnet, blieb unauffindbar. Das ist bei einem Boing 747-Absturz noch nie passiert.

Die Behörden erklärten, dass der Absturz keine Gesundheitsgefahr bedeutete, trotzdem riss man das Gebäude vollständig ab und reinigte das Grundwasser der Umgebung.

Die **weißen Anzüge**, die man im Absturzbereich sah, wurden als Dräger-Schutzanzüge identifiziert. Diese Anzüge sind unzweckmäßig bei hohen Temperaturen, dafür schützen sie gut vor gefährlichen Chemikalien.

Nach geraumer Zeit wurde bekannt, dass **EL AL** seit dem Sechstagekrieg über einen **geschlossenen Bereich auf dem Flughafen Schiphol** verfügt, was bedeutete, dass es Israel möglich war, große Gütermengen, darunter Waffen, außerhalb der strengen Kontrollen des Flughafens zu transportieren.

Abweichend von dem üblichen Vorgehen wurden die **Frachtbriefe** weder in der Unglücksnacht vorgelegt noch bestand man später auf Einsicht. Erst nach vier Jahren erhielt das holländische Parlament die Dokumente, die aber größtenteils unleserlich waren.

In einem Schadensersatzprozess wurden andere Dokumente vorgelegt als diejenigen, die das Parlament zuvor erhalten hatte.

Ein Bewohner des Hochhausgebiets fand am Absturzort **Frachtpapiere**, die ein Amsterdamer Fernsehsender bei der Übergabe an die Polizei filmte. Wenige Tage später waren die Dokumente verschwunden.

In einem Bericht kamen 51 Ärzte zu dem Ergebnis, dass 300 Menschen in der Umgebung infolge des Flugzeugabsturzes erkrankt waren und dass sich weitere 400 geschwächt zeigten. Es wurden etliche Symptome für die **Strahlenkrankheit** registriert.

1998 wurde nachgewiesen, dass die Fracht unter anderem auch DMMP, **Dimethylmethylphosphat**, enthalten hatte, das zur Herstellung des tödlichen **Nervengases Sarin** gebraucht wird. Sarin wurde z. B. 1995 beim Giftangriff in Tokio eingesetzt und 1988 von Saddam Hussein bei seinem schändlichen Angriff auf die kurdische Stadt Halabdscha.

Die israelische Regierung hat sich nie zu den Kontroversen über den Absturz geäußert, obwohl man jetzt mit einiger Sicherheit sagen kann, dass die 240 Kilogramm des oben erwähnten DMMP bei weitem die Menge überstiegen, die für Forschungszwecke notwendig wäre. Das DMMP stammte von der amerikanischen Firma Solkatronic Chemicals Inc., Fairfield, New Jersey, und sollte an das israelische Institut für biologische Forschung geliefert werden, dem Zentrum der israelischen Forschung für chemische und biologische Waffen.

In der Unglücksnacht war keine besondere **Schutzkleidung** erforderlich, aber sie wurde nötig, als später mit den Wrackteilen hantiert wurde.

Die **Ursache des Absturzes** wurde nie vollständig aufgeklärt. Man vermutet, dass die Maschine die Triebwerke drei und vier verlor, und argumentiert, dass eine Zwillingsmaschine (Boing baut seine Jets immer paarweise) 747–200F der China Airlines die gleichen Triebwerke nach ungefähr der gleichen Flugstundenzahl verloren hatte. Inzwischen bestehen große Zweifel, ob die beiden Flugzeuge tatsächlich Zwillingsflugzeuge waren. Vielmehr zeigen schriftliche Stellungnahmen, dass ein Flugzeug 1979 gebaut wurde und das andere 1980. Luftkapitän Yitzhak Fuchs' Notsignale verwiesen darauf, dass ein Brand in einem Triebwerk ausgebrochen war.

Augenzeugen schildern, dass in den Stunden nach dem Absturz eine große Menge Fracht auf ein gechartertes israelisches Hapag-Lloyd-Jetfrachtflugzeug verladen wurde. Obwohl die holländischen Behörden es jahrelang bestritten, wurde später bekannt, dass das Flugzeug **konventionelle Waffen, Nervengas-Komponenten und Parfüm** transportierte. Das Übergewicht war so offensichtlich, dass die Behörden den

Piloten baten, einen Teil der Güter zu entladen, was dieser auch veranlasste.

Fotos, die den Unglücksort unmittelbar nach der Katastrophe und dann wieder zwei Stunden später zeigen, dokumentieren, dass in der Unglücksnacht ein enormer Berg von **Metall- und Wrackteilen verschwand**.

In den Heckflügeln des Unglücksflugzeugs wurden 282 Kilogramm **abgereichertes Uran** gefunden, was zum damaligen Zeitpunkt ein gebräuchliches Gegengewicht war. Doch standardmäßig hätten es für diese Flugzeuge 325 Kilogramm sein sollen, gewisse Quellen behaupten sogar bis zu 1200 Kilogramm. Dieses Wissen war bis ein Jahr nach dem Unfall inoffiziell. Einige Quellen geben an, dass aus unerklärlichen Gründen mindestens 152 Kilogramm abgereichertes Uran nach dem Unglück verschwunden sind. Verschiedene Untersuchungen haben nachgewiesen, dass ein Verlust dieser Größenordnung nicht von einem Brand verursacht worden sein kann, während andere im Gegenzug behaupten, es wäre bei Temperaturen über 1200 Grad doch möglich gewesen. Jedoch bedeute dieser Prozess eine große Gefahr für alles Leben in der Umgebung. Der holländische Flugsicherheitsausschuss RDL hatte Kenntnis von dem abgereicherten Uran, schwieg aber, um keine Panik auszulösen. Bei direkten Anfragen der Journalisten wurde verneint, dass das Flugzeug ein derartiges Gegengewicht hatte. Selbst am dritten Tag nach dem Unglück waren die Rettungsarbeiter an der Unglücksstelle noch nicht über dieses Risiko informiert. Doch verlautete aus gewissen Quellen, dass die KLM-Leute vor Ort am ersten Tag nach dem Unglück in ähnlichen weißen Anzügen gesehen wurden, wie sie gleich nach dem Absturz an der Unglücksstelle getragen wurden.

Nach dem Unglück wurde eine Untersuchung über die Gefahren mit abgereichertem Uran als Ballast im Falle eines Absturzes eingeleitet. Diese Untersuchung führte nie zu einem klaren Ergebnis.

Ein Giftexperte erklärte später, dass die EL-AL-Boing wegen ihrer giftigen Fracht nicht die Möglichkeit gehabt hätte, im Meer zu landen. Die Fracht hätte auf Berührung mit Wasser reagiert. Ein Brand würde aber keinen größeren Schaden anrichten.

Es wurde harsche Kritik geübt, unter anderen an:

Gesundheitsministerin Els Borst (Democraten 66), weil sie einen Rapport über die Gesundheitsprobleme bei den Rettungsarbeiten an der Unglücksstelle verzögert hat.

Wirtschaftsministerin Annemarie Jorritsma (VVD), weil sie eine interne Notiz über abgereichertes Uran und andere Gesundheitsrisiken als wissenschaftliche Untersuchung präsentierte, und alle Fragen zur Verwaltung der EL-AL-Frachten als irrelevant bezeichnete.

Ministerpräsident Wim Kok (PvdA), weil er seine Informationen über das Bijlmermeer-Unglück nicht mit anderen Ministerien koordinierte und auch den Signalen aus der Öffentlichkeit keine Beachtung schenkte.

Eine parlamentarische Untersuchungskommission wurde erst 1998 eingesetzt und die Anhörungen fanden von Januar 1998 bis März 1999 statt.

Dem Komitee ist es nicht gelungen, die Spekulationen über die Absturzursache und Umstände sowie über die Zusammensetzung der Fracht und ihre Auswirkungen zu beenden.

Jussi Adler-Olsen